译文纪实

THE CORNER
A Year In The Life Of An Inner-city Neighbourhood

David Simon Edward Burns

[美] 大卫·西蒙 爱德华·伯恩斯 著 李昊 译

街角

一个内城社区的一年

上海译文出版社

献给我的父母，伯纳德·西蒙和多萝

献给安娜·伯恩斯

"你可以从这世界的苦难前退开。你有这么做的自由，这亦符合你的天性。但也许这种退让正是你本可以避免的苦难。"

——卡夫卡

目　录

图例

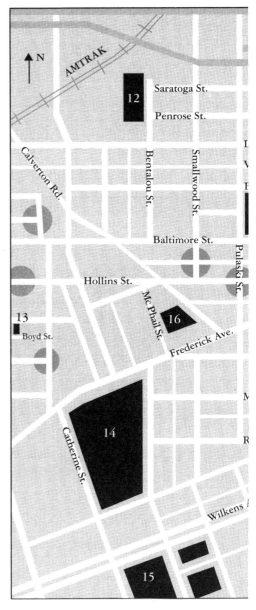

---

① 图例第 17 和 18 位于跨页夹缝位置,原书如此。——编者注

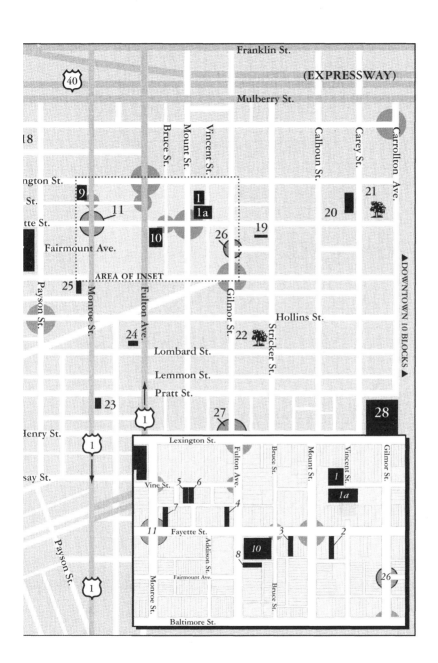

冬

一

　　"肥仔"科特（Fat Curt）站在街角。

　　他整个人都压在医院的铝制拐杖上，为生存这桩古老的生意折弯了腰。他布满针眼的双手肿到再也触不到裤子口袋的最深处了；一双前臂像是膨胀的皮革；浮肿的双腿则堆在了水泥地上。但超重肥胖的四肢接上的却是一具干瘪的躯体：看向这个男人的中间部位，"肥仔"科特再也不肥了。

　　"哟，科特。"

　　轻轻转了转身，科特就看到朱尼从费耶特街（Fayette）对面溜了过来，要去布鲁家扎今晚的最后一针。科特在离布鲁家大门还有几英尺的地方，那里站着布鲁先生本人，站在这栋属于他老妈的、曾经崭新干净的排屋门口。他站在上门的客人中，一边挠着胡须，一边把每个人给的钱放进口袋。如果你要新的工具，那就多付两块钱。当然，如果共用那就不额外收钱。

　　山脚下的吉尔莫街（Gilmor）附近传来了一阵短促的枪声——鞭炮声的间隔不可能这么平均和刻意。布鲁几乎没有显出一丝紧张，他由着朱尼擦身走上了大理石台阶。朱尼是常客了：不需要给钱。

　　"他们现在就在打枪了。"布鲁说道。

　　科特咕哝了一句："混蛋们可不管什么时间。"

　　布鲁轻柔地笑了，然后转身跟着朱尼进到了排屋里。

"肥仔"科特拖着步子慢慢走向了门罗街（Monroe），发红的双眼跟在那个刚把一辆饱经风霜的皮卡停在路边的白人男孩身上。但他没生意可做：吉钱帮（Gee Money）年轻小贩中的一人已经接下了这笔买卖。

科特在瓦因街（Vine）的街角上徘徊，碰到了布莱恩，后者冲着科特点头致意。这里也没啥生意：有布莱恩·桑普森在这里搞他的那套老业务——卖小苏打——就不会有生意。科特摇了摇头：布莱恩又想用该死的艾禾美①让自己的屁股吃枪子儿了。

山脚下，这次是在霍林斯街（Hollins）和佩森街（Payson）附近某处，传来了更多的噼啪声——这是暴雨到来的前奏，尽管还没到十一点。科特没去理睬这些，而是转身挪回了费耶特街。他知道，还有时间让自己赚点小钱。

"可还行？"

终于，一张他认识的脸从下面的芒特街（Mount）上来了。这是个深色皮肤的憔悴瘾君子，赶着上山来，希望能买点好货。他冲着科特走了过来。

"今儿可还行？"

科特哼了一声表示还行。店还开着。

"来点好的？"

"肥仔"科特，街角的权威。他在这些街道上混了二十五年了，所有人都知道在费耶特街和门罗街交汇的这个街角上，没有比他更好的贩子了。柯蒂斯·戴维斯（Curtis Davis，科特的全名）嗓音沙哑，是可靠的信息提供者，也对质量控制以及消费者权益有着坚定信仰。他这里没什么花招，没有鱼目混珠的玩意儿，也没有注了水的混蛋东

① Arm & Hammer，美国知名小苏打品牌，被布莱恩用来假冒毒品。——译者（本书所有注释，若无特殊说明，均为译者注。）

西。"肥仔"科特，是王牌贩子。

"你冲那儿走。"他说道，转身用拐杖指了指瓦因街的入口。

科特对着小巷子口望风的人点头确认后，瘾君子满怀饥渴走了过去。慢慢地，这个正一天天衰老下去的贩子杵着拐又走回了街角，在钠气灯黄亮的灯光下拖着脚来回踱步。市政府在这里安装了舞台级别的照明系统，光线刺眼又直接，似乎要公开地蔑视灯光下的一切。"肥仔"科特就一直暴露在这丑陋的光线之中，但他还记得昏暗的蓝色灯光更温柔地笼罩着这一切的日子，那时候这个社区被允许保有些许隐私。而现在，距离午夜只有一小时的此刻，整个街区都能望见这个街角。海洛因和可卡因。可卡因和海洛因①。一天二十四小时，一周七天，时刻供应。一天二十四小时，一周七天，时刻供应。

更多枪声响起。听上去是富尔顿街（Fulton）和列克斯街（Lex，即 Lexington，列克星敦街的简称）一带。但科特还在岗位上，等着下一笔买卖。此刻西区的警察们最后一次开车经过了这个街角。装有警用电台的警车沿着门罗街慢悠悠地开着，但不会有警察突然从车里跳出来，只有仪式性的眼神警告，阴沉地展示着权威。

在山下霍林斯街和佩森街附近，传来了一串长长的、不连贯的声响。从枪声判断，这一次开了十到十二枪，用的是九毫米的子弹。但警方对此充耳不闻，他们的目光都在行人身上扫来扫去，红色刹车灯一直亮着。

负责望风的都起身离开了。贩子、顾客和跑腿的也都溜了，像雾气一样消散了，沿着费耶特街往下，融进了背街的小巷子里。"肥仔"科特也背对着警方的巡逻车走开了，拐杖和脚步的交替实在太过缓慢，每一个动作都更像是做做样子，而不是真要走出去——仿佛暗示

---

① 此处用的是对这两种毒品的俚语称呼 dope 和 coke，均译作海洛因和可卡因，下同。

这只是一次在自己地盘上的礼貌性撤退。根据经验，科特知道这不过是警方的一次短暂拜访，而且没有任何一个头脑正常的警察会在接下来的十五分钟里下车，踏上这些街道。

侧过头，他瞥见刹车灯熄灭了，巡逻车队静静地驶过了十字路口：先是一辆车，然后它的队友也开向了门罗街。科特堪堪走到离列克星敦街尚有一半距离的地方，此刻又转身走了回来。商店还开着，但齐齐开火的枪声就在几秒之外了，四面八方都是。连开六发的枪声在医院上头回响。列克星敦街上有一支.22口径的枪发出了脆响。一支猎枪发出的咆哮则利落地回荡在下方的费尔蒙特街（Fairmont）某处。

该撤了，科特想道。得赶在他们从我的黑屁股里掏出几发"霍珀的子弹"① 前走掉。他蹒跚地拐过了街角，登上台阶走到布鲁家门前，用拐杖敲了敲前门。布鲁把门拉开一条缝，然后让开。科特溜进了房子。整个街角都注视着这名日益衰老的智者。"肥仔"科特告诉他们是时候撤了，于是最后的"士兵"们也都提起精神，跟着他溜了。"蛋仔"达迪（Eggy Daddy）和"饿仔"（Hungry）先走，跟着是布莱恩和"包子"（Bread），最后是科特的兄弟丹尼斯——自从脖子中了枪，还伤到了脊椎，他也有了自己的医院拐杖。一个接一个，他们跨过了布鲁家的门槛，凑到了酒精灯、蜡烛和注射器周围，大部分人是在等丽塔。丽塔，街角的医生，拥有罕见的魔法，能在冰冷的、正在死去的肢体上，在那些鲜活的血管就不应该存在的地方找到还可以注射的位置。

外面的街道现在空无一人。没有贩子，没有跑腿的，没有瘾君

---

① Hopper's Bullet，指的是演员丹尼斯·霍珀，艺术家安迪·沃霍尔的好友，在二十世纪七十年代，某次嗑药后持枪冲着后者的一幅作品开了两枪，留下了两个弹孔，沃霍尔便把这幅作品标为自己和霍珀的联合创作。此处科特是担心嗑药的枪击者们误伤自己。

子。警察也没了，正如科特预测的一样。距离午夜还有一刻钟，所有装有电台的警车都回到了西区的"洞穴"里，车头车尾紧紧贴着，停在高大仓库和教学楼后面；或者，还有更好的地方，那就是某些坚固东西的下面。

整个西边，零星枪击的清晰响声现在汇成了一阵刺耳的嘈杂声。在费耶特街下面朝着港口的方向，还有富尔顿街往上冲着高速路那里，枪火的明亮橘黄色在门廊、窗户和屋顶上星星点点地闪烁着。它们如同一片渐强噪音中的萤火虫，有一种别样的美。门罗街上的一扇窗户碎了。列克星敦街上也碎了一扇。往北一个街区的彭罗斯街（Penrose）上，某个毫无理智的傻瓜冲进了弹雨中，又突然畏缩了回去，抓着自己的前臂，跑到最近的门廊上查看伤口。

午夜临近，这层层叠叠的大混乱场面变得更吵闹了，街道上往来疾驰的灯光是这曲爆裂打击乐的"目击证人"。这是既陌生又熟悉的声响，是我们时代的标志性声音，是这个失败世纪骄傲且情绪高涨的炮声。上海。华沙。西贡。贝鲁特。萨拉热窝。以及此时此刻的西巴尔的摩。

富尔顿街上，两个十几岁的女孩站在自家排屋的门廊处，准备冲到列克星敦街一个女性朋友的公寓去。她们走下了台阶，嬉笑着，缓缓走进了这个漩涡。但她们甚至还没能走到人行道上，隔壁的邻居就出现在了门廊，醉醺醺地笑着，松垮地站着军姿，双手握着一支.38口径的长杆猎枪冲着天上。

六道闪光点亮了街道。女孩们俯身冲回了自家大门。她们依然大笑着，目光瞥过大理石台阶，看着那个醉鬼回到门里，重新装弹，然后以完美的节奏再射出了六发子弹。持枪的男人就像是某个劣质瑞士时钟上的小雕像，垂下手臂，又滑回门里重新装弹。计算好这个过程的女孩们，现在再次冒险跑上了富尔顿街。她们冲过了街区，沉浸在自己的少女笑声里，同时也竖着耳朵辨识着嘈杂枪声。

午夜带着完美的空白降临了——这是一个无人在门罗街或者费耶

特街上开火的罕见午夜。没有贩子和瘾君子流连在蒙特街上。巴尔的摩街和吉尔莫街交汇的路口上也没有巡逻的警队。当然也不会有闲逛的市民——大部分理智的纳税人早在几年前就已经逃离这个社区；剩下的几个如今蜷缩在走廊尽头和房屋深处的房间里，尽可能地远离流弹。往东二十个街区，几千人正在内港大道（Inner Harbor）上和酒店大堂里寻欢作乐，在另一种夜空里观赏烟火。但在这里，西巴尔的摩，声光庆祝需要的是一块空地。

嘈杂的声响又持续了整整十分钟，然后才能从一片声音中分辨出单独的枪响；还要再过十分钟，才能听出这阵声响也明显减弱了；整整半小时过后，剩下了晚到之人打出的零星四散的枪声。渐渐地，这个世界开始转动了。瓦因街上的一个醉鬼飘出了小巷子，向着列克星敦街走去。贩子在蒙特街上显了形，带电台的警车掠过巴尔的摩街上摇摇欲坠的商店。瘾君子踩着滑板滑过费耶特街，敲响布鲁家的房门。布鲁应了门，收了两块钱，在突然降临的安静中向外张望了一下，而瘾君子一言不发地走过他身边进入房内。

一小会儿后，"肥仔"科特出现了。他一步一拐地挪过了布鲁家的门廊，来到门前台阶上，停在那里等着取货。他的头转向一边，充血的双眼扫视着门罗街到蒙特街的街角。"肥仔"科特再度变回街角的权威，变回这个失落世界里保有着集体智慧的智者。无论此处还信奉着什么真理，他都是最古老的代表。站在门廊上的他像是村子里的通灵人，替吸毒点里聚在他身后的异教徒们解读着街道，神经调校到能搞清楚对象和频率的状态。如果这个胖子看到了自己的影子，其他人就还会待在室内再打半小时的针；如果没有看到，那商店就恢复营业。①

一把半自动步枪的脆响从海鲜餐馆那一带传了过来，但科特毫不

---

① 看影子的说法，作者借用了北美地区传统节日"土拨鼠日"的习俗。每年 2 月 2 日，如果土拨鼠从洞里出来，能看到自己的影子，说明冬天还有六个星期才会结束；要是看不到影子，则春天很快就会来临。

在意。太微弱也太晚了，当然也太远了，洪水已经来了又退了。再一次，他蹒跚踱到了费耶特街和门罗街的街角上，对人行道宣示了主权。

"肥仔"科特，人在街角。

渐渐地，整个社区似乎都明白了暗示。一个接一个，吸毒点里的身影散去了，朱尼、平普①和"包子"也都溜回了人行道上，重新开始自己的生意。贩子们重新出现在瓦因街的街口上。蒙特街上也恢复了营业，"裸钻帮"（Diamond in the Raw）的人有最好的货。而在富尔顿街的街角附近，"蜘蛛袋"（Spider Bag）的家伙们也开门迎客了。巴尔的摩街和吉尔莫街走到底，全是"大白鲨"（Big Whites）和"死刑犯"（Death Row）的地盘，余下鬼知道的什么地方这周则由"纽约男孩"（New York Boys）占去卖货了。

瘾君子们开始在各个街角之间流连。瘦得像竿子一样的可卡因成瘾者和浑身脓疮的注射吸毒者们把脏兮兮的一块钱和五块钱按进伸过来的手里，然后排队等着进到小巷子快快地来一发。贩子们把货藏在旧轮胎里或者放在煤渣砖后面，要不就是在某道后院墙边的高草丛里。满是纹身、牙齿一颗不剩的白人男孩们从猪镇②开着破旧皮卡或道奇达特③上来，在蒙特街上紧张地闲逛着，透过碎裂的后视镜观察情况，期望那些分不清长相的黑鬼④中的一个，在拿走了自己的二十块钱后能带着点儿货再回来。很快，所有人就会以奋不顾身、毒虫上脑的状态冲到某栋烂得狗屎一样的排屋里去，哪怕沿路要砸坏生活中仅存的意义，也要冲向那个有注射器和烟管、有烧焦瓶盖的房间里去。他们不耐烦地操弄着那些玩意儿，绝望地狂踢旧沙发想要找到火

---

① Pimp，意为皮条客，此处特指一人，故用了音译。
② Pigtown，地名。
③ Dodge Dart，道奇汽车旗下的一款车型。
④ 原文为"nigger"，符合当时的历史背景及书中人物生活环境，并无种族歧视之意。下同。

柴，或者在找血管的过程中连扎自己十几次。最终他们都会撞进温柔乡中，等待那个比性交还棒的感觉冲上巅峰，结束后再回到街角。

"肥仔"科特守在岗位上，看着他们来来去去。年复一年，他洞察了真相，让他们避开了那些垃圾货，介绍对他们有用的货。一直以来，他都把自己久经时间考验的信誉倾注在某个年轻贩子的货上。

"谁有'金星'？"

"马上就来。"

"和昨儿是一样的货？"

"哥们儿，这玩意儿可带劲了。"

"行吧。"

到了凌晨一点，夜色就同平日别无二致了。柯蒂斯·戴维斯知道夜色永不落幕，金钱和欲望也不会被节制。他能讲述的故事可以追溯到四分之一个世纪之前，回到那个他站在同样街角的曾经。当时游戏不过是刚刚开始而已。那时候他兜里有点儿钱，上帝也知道他的欲望。从此之后，他几乎每个晚上都待在这些街角上，直到只剩下欲望。他昨天在这里，今天也在这里，明天还会在费耶特街和门罗街上，注视同样的场景再次上演。

谈论改变毫无意义，连聊聊暂停甚至只是慢下来都没有意义。在自己这颗老兵的心里，科特知道每个人都在说着同样的鬼话，说出口的瞬间就没人相信了。比如布鲁，今晚还在容留吸毒和玩枪，但嘴里总是说自己明天就不干了。这是我的心愿，布鲁总说。扯淡，科特自语道，这玩意儿是永恒的。

"哟，科特。"

"嗨，嗨。"

"可还行，科特先生？"

科特悲伤地笑了笑，然后呢喃着说出了简单的真相："啊，哥们儿，这啥也没有，除了同样的那些傻事儿。"

他在费耶特街和门罗街上又兜售了一个小时的货，然后拖着身体回到了布鲁家，去整自己今晚的最后一针。注射器在"肥仔"肿胀的四肢上找到了入口。离开吸毒点的时候，他心情不错，精神饱满，手里还拿着一份小小的廉价黑麦威士忌——传统而罕见的优惠。

他一步一拐地沿门罗街挣扎着往上，没有明确目标，只是比他无聊惯常的边界要多走出了两步而已。彭罗斯街。然后是萨拉托加街（Saratoga）。科特一瘸一拐地挪着，啜着手里的酒瓶，一路拄着拐走在人行道上，直到这冲着高速路过街天桥方向的短暂探索变成了对自由意志的谦卑宣言。在今夜的西巴尔的摩，无论出于什么原因，"肥仔"科特没有坚守在岗位上。根据最后的信息，他离开了街角往北走去。他是在散步。这个胖子要不是在散步就见鬼了。

在穆博利街（Mulberry）上，一辆经过此地的西区警车慢了下来。也许警察是打算停下来想想要不要动用城市有关饮酒的法律——在这个社区用它就有点像在台风天里开乱扔垃圾的罚单。更可能的情况是，某个老警察，某个熟悉费耶特街和门罗街的老人，惊讶地看到街角的固定角色离开了他的地盘，游荡到了北边几个街区以外。不管是哪种情况，科特都觉察到了对自己的关注，因此试着把瓶子藏在肿大的手掌里。这个姿态足够展示他的屈服了。警察点了点头，然后开车走了。

科特继续走着，几乎微笑了起来。

新年快乐。

加里·麦卡洛等在韩国杂货店前面，此处就在蒙特街街角边上。清晨的寒气逼人，他把重心在两条腿上换来换去，一只手把玩着套在另一只手腕上的松垮皮筋，嘴里还哼着一支柯蒂斯·梅菲尔德[1]的曲

---

[1] Curtis Mayfield（1942—1999），美国创作歌手、吉他演奏家、唱片制作人，灵魂乐最具影响力的艺术家之一，亦是政治上活跃的非裔美国歌手。

儿。旋律温柔，在附近贩子们的噪音中，乐音几不可闻。加里融在背景里，堪堪可见。他在那儿，但又没在那儿。他很擅长等待。

托尼·布瓦斯来到了蒙特街的街角。他是从市场过来的，若有所指地冲加里笑着。加里打心底感到了温暖，冲着自己的搭档美美地咧嘴笑了起来。拿到了货了，从"家务事"①那里搞到好货了。对，没错。这两人一同转过了街角，往上走回费耶特街，头在一月寒冷的疾风中低着。加里抬起一只手捂住嘴，深深地咳嗽了起来。

"干。"

"啥？"托尼·布瓦斯问道，四下张望了一下。

"真冷。"加里说道。

"哦，可不，"托尼附和道，"该死的风冷死了。"②

加里偷偷摸摸地瞟着费耶特街，然后过街走向了"死刑犯"那帮人——他们全都忙着做买卖，没人留意。他们经过空地上的垃圾堆，回到了一周前某个"纽约男孩"丧命的地方。当时死者头顶的血水从一顶白袜队③的帽子下渗出来，一支9毫米口径子弹手枪，弹夹还满满的，挂在他运动服的腰间。

加里绕着边缘走过这个地方，但还是忍不住瞥了一眼：那块暗沉的锈红椭圆色块还沾染在野草和泥土上。干。

他们经过空地，来到了一栋红砖排屋旁边。费耶特街1717号的房门用封门的胶合板迎接他们。加里把自己的体重压在封门的胶合板上，弯出了一个可供人挤进去的缝隙。托尼跟着进到了房里。加里又把胶合板复了位。两人在黑暗中特地多听了一会儿动静，确保这个地方是空的。但前门走廊里的尿骚味说明这地方可不是一直都空着。

"他没啥意见吧？"加里问道。

---

① Family Affair，帮派名。
② 原文为"Hawk is out"。非裔美国人俚语，意为"刮着冷风"。
③ White Sox，芝加哥的棒球队。

托尼·布瓦斯确信地哼了一声。谈判进行得挺顺利的：街角那小子要价十八块卖了他两包"死刑犯"的货。那是托尼身上全部的钱。因为还少两块，托尼讪讪地提议下次多给点儿，那个比他年轻的贩子冲着能拿到手的现金让了步，清楚这两块钱是永远也别想收回来了。

循着旧有的记忆，加里领路穿过了黑暗走廊，转弯，伸手去摸索中央楼梯的圆柱扶手。他扶了一会儿，回忆着这玩意儿的漂亮弧度。

"维多利亚式的，"他说道，品味着这个词语，"这是维多利亚风格的。"

托尼没有说话。

"看看这边儿。那可是原装的。"

上楼梯时托尼一言不发。

"知道那意味着什么吗？摩（Mo，加里的口头禅）？"加里停在了第二层的楼梯间。"票子。这样的一栋房子里可是有大钱的。"

在离他两级楼梯的下方，托尼盯着某面被含铅涂料涂成屎棕色的木板，显然在好奇怎么会有哪怕一美元能留在这栋排屋的某处。他们钻进这地儿二十多次，卸下了最后一丁点儿铜管和铝窗栅，在追寻完美刺激的过程中，吞噬着这处加里·麦卡洛早年生活的容器。无论这栋房子里还有什么样的快钱可搜刮，都早已被拖到十个街区以南的联合钢铁金属公司（United Iron and Metal Company）的磅秤上：称重，收钱，然后化成铁水。但加里攀上了通往第三层的楼梯，他说话时在身前凝出了雾气。他嘟囔着房屋翻新，还有持证分包商和房地产价格一类的话。

"……我说的比珍珠还真，摩。要是你知道往哪儿去，就有票子可赚。你是不知道而已……"

托尼哼哼唧唧地上了楼梯。

"……就像在市场上一样。有些科技公司的股票，比如那些电脑公司啥的，哥们儿，我给你讲，如果你知道怎么做的话，可以在六个月里把一万美元翻上十倍。"

"对，可不。"托尼说道。

"真的。"加里坚持道。

"可不咋的。"托尼毫无情绪地说道，"你说得对。"

"哥们儿，你就是不知道。"

加里·麦卡洛也许是二十个街区半径内唯——个清楚市盈率和短期资本收益区别的活人，此刻他带着悲伤的失望摇着头。过去的已经过去了，加里没有像托尼·布瓦斯这类人一样无奈地接受一切，后者只为当下而活。

"你只是不知道而已。"他又说了一次。

距离加里能把一切归置清楚的时间尚未过去太久。他那时是干着两份全职工作的工作狂，还有自己的房地产开发公司当副业。他持有瓦因街上的好几处房产。他开着一辆崭新的奔驰。每个工作日，他都会审读《投资者日报》（*Daily Investor*）的内页专栏，寻找投资股票的线索，自己开立在嘉信理财公司（Charles Schwab）经纪账户上的现金余额一路涨到了十五万美元。加里对自己那栋三层排屋也有规划呢：那之前不过是作为一项投资买入的，但最终成了他忙着建设的富足且正确的生活核心。他打算翻修这个地方，让它重现光彩，把它变成自己的城堡。

托尼在楼梯间掠过他，除了手上的东西，对一切都毫无兴趣。

"在哪儿搞？"他问道。

"后边儿。"加里说道，冲着后面的那个卧室点了点头。

加里在窗沿上找到了两个瓶盖，他的搭档搞定了其他一切。玻璃纸袋被打开，里面的海洛因粉末被倒了出来。托尼快得势如疾风。注射器里挤出了水滴，火柴燃起了火苗，再把液体慢慢地抽进那根塑料圆筒里。注射器里吸足了三十毫升的量。子弹上膛、一切就绪。没有可卡因来锦上添花，但这也够他们撑到出门了。

托尼轻轻地戳了戳自己前臂的后部，一滴红色的血渗了出来，标出了下针的位置。加里用的是左前臂，在那条经常用到的暗棕色路径上选了个中间的点。托尼对吸毒过量的迹象毫不在意。加里在自己注射器的底部瞅见了一丝粉红，于是开始往前推，推到一半停了下来，估量着刺激感，小心地等待着。注射器又在拇指和食指之间温柔地停靠了一会儿，然后一路冲到底。

"有点儿东西，"托尼呢喃道，有点茫然和失望，"但比不上昨天。"

"昨天的可爽爆了。"加里附和道。

托尼回到了阳光下。光线是从后窗的玻璃里透过来的，在卧室污迹斑驳的地毯上量出了一块光影交错的温暖区域。加里丝毫没有留意到寒冷，靠坐在远端的墙角下，看着由悬浮灰尘构成的宇宙飘浮在光线中。

托尼点了点头。

"比你想的要爽，摩。"加里笑了起来。

"我也快了。"

一小段时间里，他们只是坐着，等化学反应发生，让刺激感把自己暖起来。两人都处在完美的放松状态，除了刺骨寒冷啥都感觉不到。很快他们一起大笑起来，因为那个把他们带来这里的勾当笑了起来。

勾当。这是加里的说法，也是加里的习惯。他和很多海洛因瘾君子一样，事关勾当的蛮荒冒险历来值得被承认，在某些层面上，甚至是被享受。在西巴尔的摩，你可以因一次好勾当而骄傲：妈的，一次成功的、能成事儿的勾当值得庆祝。尽管这个勾当可能在任何一名检察官读起马里兰州法典注释时一败涂地，但每个在街角求生的人都明白并接受勾当和罪行之间的区别。拿枪指着一个人的脸，抢了他的钱包，这是犯罪。嘿，那你就是个罪犯。但从一栋在建的排屋里偷走铜管子，当废铁卖了，这是勾当。朝街角贩子的膝盖上来一枪，抢他的货，那你就是个强盗，在贩子和警察眼里你都是猎物。连着两个小时盯着同一个贩子分装小袋，等他转过身后顺走他的货：勾当，简单又直接的勾当。闯入某户住家，里面还睡着实诚纳税人的那种，绝对是犯罪。钻进停在路边的车里，卸走磁带播放器，区区勾当而已。在加里心中，勾当不仅事关行为的严重程度能不能够得上犯罪，而且在于是否存在除你之外的任何人受到伤害的可能。在加里·麦卡洛的生命中，这一点至关重要。

毫无疑问，他会继续注射海洛因。要是近期收不到福利救济金支票，那他会偷点东西换钱来搞海洛因。之后，要是他别无选择——如果已经没有其他合理备选了——他会为自己盗窃和吸毒的事儿撒上一两个小谎；但实际上，加里太过实诚，不会去欺诈社区里的任何人。结果就是：没有犯罪，没有残忍，不过是些简单的勾当而已。关于加里·麦卡洛有一个又悲哀又美丽的真相：这个在美国所能创造出来的最残酷、最无情的贫民窟里出生长大的人，不会让自己去伤害任何人。

比如今天早上，费尔蒙特街那栋排屋地下室里的勾当几乎就搞砸了。当时加里和托尼待在地下室的黑暗中，摸索着关掉冷水的开关，同时还有六七个吸可卡因的瘾君子在他们头顶上争吵。他和托尼磕磕绊绊，撞到各种东西，直到托尼找到阀门关掉了水。他们尽可能安静地切下了那段很棒的一号铜管，与此同时头顶上充斥着污言秽语的声音一直在起起伏伏。

"该我了。"

"干他妈的，这是我的。"

"哥们儿，这次轮到我了。你不地道。"

"贱货，我说啥你都不听。"

托尼开始从嘴里往外大口喷气，试着压抑住大笑。加里也憋得很辛苦，要是他俩目光对上，那就再也忍不住了。他们在黑暗中肩并肩，尽最大克制压抑着冲动，在管道切割机工作的同时，每一声溢出的轻笑都搅得腹中抽搐。然后，从他们上方传来一声泼妇的哀嚎。一个女人的声音：

"莫——瑞斯，莫——瑞斯！"

"干吗？"

加里和托尼僵住了，因这女人的吼声又怕又僵。加里猜测要是不得已的话，托尼是愿意干一场的。但在他心中，他只愿意搞搞勾当而已。要是嗑嗨的莫瑞斯真下到了地下室来，加里愿意挨他一顿揍。

托尼先回过神来，又按开了切割机，直到最后一段铜管带着一声闷响从排水系统里脱离下来。

"莫——瑞斯！"

"干吗？"

"水龙头里没水了。"

"你说啥？"

他俩一同冲向地下室后门，在肾上腺素带来的刺激感中大笑。加里在墙边停留了一小会，把他们剩下的铜管抱了起来。他们上方某处，莫瑞斯还在斥骂自家女人，说她把应该用来交水费的钱都抽光了。街区远端的背街巷子里，托尼开始放声大笑起来。

"干。"加里说道，这是他最脏的脏话。

一边微笑一边摇头，他向前伸出的手中攥着一根很快就会被熔掉的铜管。他仿佛拿着国王的权杖一般，把它举在天光下仔细检查。

"至少三十块。"

"对，三十块。"托尼附和道。

现实姗姗来迟。搞勾当的快乐会让你无论搞到了什么——铜管、锡屋顶盖板、铝制纱门——总会一眼看上去觉得它比实际更值钱。此刻的加里和托尼，举着管子，轻易就估了三十块。足够搞两份上好的海洛因，再买点可卡因来锦上添花了。甜蜜的预期让前去联合钢铁金属公司的十个街区像跨步迈过院子那么轻松。

"呵！"加里叹道，满脸笑容。

不出所料，他们从"联合钢铁"的磅秤上只换来了十八块整——直接进了那个卖"死刑犯"货的年轻男孩兜里，换回来的是两个打了折的、原价十块一个的玻璃纸袋，现在全都进到血管里了。

舒服地待在那块阳光里，托尼望向加里，轻轻地笑了。

"妈的。"托尼说道。

加里冲他回了一个笑脸。

"妈的，要是她没在楼上刚好要开水龙头，我们还正在底下的话。"

"你还一直在逗我笑。"加里说。

"哥们儿，我可忍不住。"

每一次道地的勾当都有它专属的刺激，那种从孩提时就体验到的激动会紧紧附在每个瘾君子的心上，无论他搞这一套勾当已经多少年了。这是那种十二岁小子没付钱从五元店顺走糖果时体会到的热血感觉；或者是冲经过的警车扔苹果，被警察追还成功跑掉了的感觉。我们每个人内心深处都有，那是伴随着任何没受到惩罚的罪行的肆意喜悦，是那种当你成功搞成了毫无意义的事儿后收获的自我满足。

"哥们儿，"加里最后说道，"那可太野了。"

他们又笑了起来。一开始笑声响亮，从彼此的幽默中汲取着能量；然后又轻轻笑了一会儿；再后来，当海洛因席卷了他们，便陷入了沉默。

加里脱下帽衫的帽子，挠了挠头顶。他两条腿都伸在身前瘫坐着，摸着自己正在后退的发际线，皱了皱眉头。每一天，他都更像自己父亲一点儿。要不是因为父亲比自己大了三十多岁，那其实也没啥。加里好奇了一小会儿，到底是遗传还是吸毒，或者是两者一起把自己搞秃了。海洛因和可卡因显然已经改变了他，这一点他是清楚的。每过一天，皮肤在他看来都暗沉了一点儿，双眼都浑浊了一点儿，甚至在没有吸毒嗑药的时候也一样。当然，笑容还是没变。要是加里脸上挂着那个嘴咧得大大的笑容，你能在一个街区外就把他从人群中认出来。除了手臂上的针眼，他的身体也和自己记忆中的没啥区别——个子不高、比例合理、运动员一样壮实。但是，加里如现今这般重度吸毒的历史仅有四年。他可以望向房间对面，看看托尼发黄的眼睛，就能看到自己的未来。托尼·布瓦斯又高又结实，曾是一个强壮的男人——加里不止一次见过他把人狠揍一顿——但如今他脸上肉有点太少了，眼睛里的阴影有点太多了。加里盯着托尼看得越久，就越忍不住陷入比较。毕竟，他们俩穿着同款帽衫和迷彩外套，像是执行某个注定失败的任务的突击队失散队员。是加里建议穿这么一套衣服的。我们每天都在外面搞勾当，他分析说，既然已经在搞这档子硬核的行伍事儿了，干脆走走军旅风。

但现在，随着毒品刺激的消退，加里细看了一下托尼，又看了看自己，再望回托尼。这一刻，他感到一股凉意，好像有个什么恐怖的东西溜进了这栋房子。加里试着再笑起来，但被杂音卡住了喉咙。他开始担忧，托尼是不是已经被那个病毒感染了，这才日益消瘦了下去。现如今，"虫子"正在费耶特街上泛滥。

"咋了？"托尼问道，盯着他。

"哈？"

"你在想啥呢？"

加里定了定神，然后坐直了。他把目光从伙伴身上挪开了，第一次注视这个空房间。"这以前是安德烈①的房间。"他最后说道。这是他儿子迪安德尔的房间。第三层背街的位置，有蓝色的地毯和冲南的窗户。

① 迪安德尔的昵称

加里缓缓地从地板上站起来，伸展了一下，然后走到托尼那头，从后窗望了出去。在他盯着下面后院里堆积的垃圾看时，呼吸的雾气罩住了一块裂开的窗格。衣服、食品杂货的包装、高乐氏①产品的瓶子、坏掉的家具。如果加里的计划成了，那院子会被水泥墙和有机玻璃整个包起来，变成一个带露台和小泳池的私人庇护所。加里的脑子闪过了一瞬，一切就是这样的：芙兰和加里，还有迪安德尔一起待在泳池边上，过着富足的生活，向这个疲累衰老的城市炫耀着一点不一样的东西。

迪安德尔。他如今在哪儿？距离费耶特街一个街区的地方，也许吧，在那个他妈躺着的、专门注射毒品的屎坑里。或者更可能是在巴尔的摩街和吉尔莫街的街角上，替某个"纽约男孩"的成员跑腿吧。

加里为这些想法静静地诅咒着自己，也为毁掉了得来不易的高潮诅咒自己。他冲托尼点了点头，从窗户边走开，环顾了一圈，然后走出房间回到了走廊上。楼梯太美了，是这栋房子里他最喜欢的部分。他下到第二层，进了主卧室里，欣赏着嵌入式衣柜顶端那一道装饰镶边。都是原装的啊，就连离地十二英尺高的天花板也是。芙兰最喜欢的就是这高挑的天花板了。

这曾是他俩的卧室，尽管现在很难看得出来了。剩下的唯一一张床是地板上的一张单人床垫，肮脏的床单盖在上面。装牛奶的箱子代替了家具。一个破旧的松木五斗橱瘫在角落里，每个抽屉都是坏的。十几张色情图片用胶带贴在了四面墙上，每个奶子和胯部都被粗粗的黑色马克笔草草画出的圆圈和三角形框着。

这个"画廊"是迪安德尔的作品，去年夏天就在这里了，当时他儿子满了十五岁，开始在吉尔莫街上贩卖海洛因。被发现后，妈妈芙兰太过生气，把他赶出了家门。迪安德尔在老房子里待了一段时间，

---

① Clorox，主要生产清洁用品的品牌。

加里也在使用这里，把这个地方当做进行海洛因狂欢时的藏身之所。那个夏天，父亲和儿子有时候会在这些空荡荡的走廊里擦肩而过，两人都无力完成任何真正的联结。迪安德尔为父亲的堕落感到暴怒不已，却拒绝对他表露任何情绪。而加里本人，虽然满怀着真正的骄傲，看着自己的长子成了一个年轻男人，却不敢冒险先开口。这里弥漫着太多的愧疚，也有着太多的过往。

加里穿过卧室，走向了临街的窗户，试着找点好的想法来抖擞一下精神。两个装满了旧音乐专辑的塑料牛奶箱紧贴一扇窗户堆着，这是从那段美好时光里飘来的残骸。加里往前倾去，双手撑在膝头，扫视着自己藏品的残留部分。马文·盖伊①。巴里·怀特②。诱惑乐队③。当然，还有柯蒂斯·梅菲尔德，他曾经对加里来说意味着一切。总是为理智代言的柯蒂斯警告过，要是真有地狱，那我们都要下去。加里抽出一张专辑，看了一下，然后小心地放回了箱子里。

这里也存放着古老的历史：黑胶上承载着灵魂之音的遗迹，在嘻哈节奏称王和流行模仿匪帮的时代里，积上了灰尘。加里对现今年轻人称为音乐的东西毫无兴趣。

他唱了起来。

"如果你能选择肤色……"

美妙的嗓音，在任何一个教堂唱诗班里都是优秀的男高音。

"……你会选哪种呢，我的兄弟。"

歌声在房子里回响。加里听到托尼在自己上面一层发出了声响。加里唱起另一句歌词，但这一刻被临街窗户外面传来的一阵骚乱打破了。歌词消失在了愤怒的咒骂声中。

---

① Marvin Gaye（1939—1984），美国创作歌手，被誉为"灵魂乐王子"。
② Barry White（本名为 Barry Eugene Carter，1944—2003），美国创作歌手、音乐家、音乐制作人，曾两度获得格莱美奖。
③ The Temptations，底特律的黑人合唱组合。

"趴在地上！趴在地上，去你妈的！"

加里从右边的窗户一张被用作窗帘的脏床单的边缘看了出去。

"把手从口袋里掏出来。你听见了吗？把你的手从口袋里拿出来。"

便衣警察。搞突袭的条子。六个警察从两辆没有任何标志的雪佛兰汽车里跳了出来，把两个男人推到了加里正下方的路沿上。

"什么事儿？"托尼从门口问道。

"嘘——"加里嘘道，"警——察——"

"是谁？"

加里摇了摇头。

"鲍勃① · 布朗？"

鲍勃·布朗是富兰克林广场（Franklin Square）社区每个海洛因瘾君子的主要"灾星"——城市里这一块儿的瘾君子们用这个名字来指代整个巴尔的摩警察局。每当他出现的时候，望风仔们真的会喊出"鲍勃·布朗"，而不是惯常的"条子"或者"收工"。

加里摇了摇头。不是布朗先生，这一次不是他。"搞突袭的条子，"他轻声说道，"我一个都不认识。"

托尼轻轻地走到了另一扇窗户边缘，看着下面的冲突。这些警察不是这个社区常见的那几个，地上的两人也不是熟脸。两人都仰天躺着，一个躺在人行道上，另一个在一棵小树脚下的泥地里。两人都声称是无辜的。三个穿便衣的男人站在他们边上，都在大吼。第四个人站在街上，眼睛狠狠盯着蒙特街几个街角上的混混们。另外两人则等在没有标志的雪佛兰汽车旁边，两辆车都在费耶特街的快车道上打着火候着，前后车门大敞着。

"别他妈对我撒谎！"

"不，我们只是……"

---

① 罗伯特的昵称。

"去你妈的，把裤子脱了！"

加里和托尼静静地站在窗边，注视着这一切的发展。一个白人警察正在吼，他的两个黑人同事在嫌疑人的夹克口袋里搜索着。躺在泥地里的年轻男子还在试图争辩，但他的同伴已经沉默了，铁青的冷漠面孔上现在只有憎恨。慢慢地，保持着躺姿，两人把裤子褪到了膝盖上，暴露的双腿在冬天的空气里颤抖着。一个警察把他俩内裤的松紧腰带拉开，并往里看去，在只有十度的天气里检查私处。但内裤里没藏着毒品，任何地方都没有。人行道上落着一个男子先前拿着的棕色三明治袋子。一个条子捡了起来，看了看里面，然后心满意足地把它扔回了人行道上。

两名白人警察沿着费耶特街又往前查看了一番，寻找零散的纸张或者小瓶子。

"我没看见扔了东西。"一个黑人警察说道。这也许是个含蓄的暗示，是一个警察想要告诉另一个警察：嘿，也许这事儿搞错了。

"哥们儿，我发誓我们是清白的。"泥地里那个男子说道。

"闭嘴！"白人警察吼道。

对人行道的搜索没有任何结果。一小会儿之后，伴随着费耶特街上抽打着垃圾和落叶的风声，泥地里那个年轻一点的男子抬起头来看着那个黑人警察，冒险提了另一个请求。

"哥们儿，我们能把裤子穿上了吗？"

那个警察匆忙草率地点了一下头。两个男子用手肘撑起了自己，在人行道上像螃蟹一样摇摆着，试着把裤子穿上。

那个便衣白人警察对眼前的一切感到厌倦了。他走回了还打着火的雪佛兰，转头冲着还躺在地上的两个男子喊出了最后一句话。不管有没有毒品，故事总得有个中心思想。

"别让我再看见你们这些混蛋。"

然后他们离开了，雪佛兰汽车咆哮着驶过了费耶特街，冲着某些新的冲突去了。在蒙特街街角上所有揽客仔和毒贩的注视下，两个年轻男子慢慢地收起了他们的屈辱，走开了。

加里和托尼还静静地站在他们上方的窗户后面，不带一点惊讶地目击着一切。街对面，"死刑犯"和"裸钻帮"的成员立刻重启了蒙特街上的买卖。

"兄弟，我不敢相信。"加里说道，厌恶地摇着头。"他们不过是刚从外卖店出来。那个男孩只拿了一个三明治。"

托尼哼了一声表示同意。

"不敢相信。"加里又说了一遍。二十个人站在蒙特街和费耶特街上——每个人都在或卖或买毒品，一半人身上都有洗不脱的证据——而那些搞突袭的条子跳出来搞了两个无辜的黑鬼和一个肉丸三明治。让他们在街上脱掉衣服，警告他们别再上街，然后就开车离去对别人做同样的事儿了。

"就像他们去年对我做的事儿一样，"加里说，"为了一包玉米片把我牙都打掉了。然后还告诉我不准再站在我住的那条街上。"

加里慢慢地摇着头，但没有表现出任何一丝真正的义愤。这档子破事儿现如今天天都有，不需要去理解它意义何在了。在街头，任何一个贩子都可以告诉你，首要规则就是某事儿越没有意义，大家越赶着去做。毒贩、揽客仔、瘾君子和突袭的条子们——所有人都日日夜夜泡在街头，假装在玩这个游戏，好像能分出胜负似的，好像这游戏有规则似的。但其实不止于此，从核心处往外看去，对加里来说，显而易见的是所有规则终将被打破。他看着"死刑犯"的成员开始招揽新买卖，看他们派两个白人男孩拐过了街角去蒙特街上的巷子，他的呼吸模糊了一个窗格。然后加里的双眼盯上了新的一幕。

"干！"他说道。这句脏话并非无的放矢，因为从吉尔莫街到山上来的正是祸害本人，这个瘦得皮包骨的灾难信使正是加里在这个社区里又爱又恨的人。

"罗妮。"他说道。

维罗妮卡·布瓦斯，托尼的堂亲，也是加里分分合合的女朋友，拖着步子慢慢走上了费耶特街。她的目光从一个街角射到另一个街角，大嘴巴的一段弯了上去，露出了一点茫然的自信。罗妮这是在捕猎呢。

加里感觉到自己的脆弱，从窗边退开了，开始在脑子里描绘出一桩可能的灾难，这个过程消耗着刚刚的刺激。一阵忙乱的运算滴滴答答地流过他的脑海：罗妮在这里逮住了我和托尼；罗妮猜出我俩刚搞了个勾当；罗妮知道我们吸毒没带她；罗妮会让我付出代价。

一旦事关注射器里的那三十毫升玩意儿，地狱都比不上罗妮·布瓦斯的暴怒。就像去年那次，加里没让罗妮吸毒那次，她真叫了警察来抓他，让他被判了个家暴。那指控现在都还缠着他呢，就在市司法系统的法庭间四处流转。或者像是再前一次，罗妮诓了某个牙买加人的存货，并推到了加里的身上。当六个疯子一样的家伙破门闯入要他还钱的时候，加里完全蒙了。而罗妮——拢共只有九十磅重的罗妮——仅仅靠着自己的脑子和嘴巴就搞出了这么大的乱子。在这些街角上，她犹如一股洪荒之力。而加里尽管有各种理由惧怕她，也永远无法控制住对她的钦佩。罗妮会一次又一次地坑他：给他的毒品里注水或者换掉注射器。她会让加里陷入危险，同时不忘告诉他自己有多爱他。渐渐地，要是他不小心的话——加里本来就不是个小心的人——罗妮就会害死他。但这个女人能凭空变出钱来。就因为这一个理由，加里就要和她待在一起。

可他现在不想见她。绝对不想。

加里挪向了托尼，他俩一个接一个地溜下楼梯来到了第一层。在走廊里，加里瞥见了墙上一抹鲜亮的壁画。那是他请朋友布鲁画的。这幅作品展示了加里从一本星象书里找到的古代如尼文，被他当做莱特劳（Lightlaw）商标的一个符号，象征着生命力。莱特劳是他的房产开发公司。那已经是另一个时代、另一种生活了。

他们经过了一片狼藉的厨房，下了半截楼梯，进了尚未完工的地下室狭窄走廊里。他们冲着房子后面走着，一道银亮的光线透过正在朽坏的木制挡板，从另一侧透了进来。托尼打开门，阳光涌进了门框。像是穿着迷彩装备的突击队员，他们迈出了门，穿过满是垃圾的背街巷子，在风中弯着腰走着。

"你去哪儿？"加里问。

"往上去。你要见罗妮吗？"

加里点了点头。他要跑上富尔顿街，再下到费耶特街来，从另一个方向赶上罗妮，假装自己刚从他妈家的床上爬起来。问问罗妮是不是找到了什么勾当——这能让他过关——同时要一直祈祷她不会注意到自己眼睛里的迷茫。

"行，好吧，你去瞅瞅一切可好。"托尼说道。

"好，摩，"加里说，"我会回来找你的。"

"行吧。"

托尼朝南往巴尔的摩街去了。加里右拐，绕远路走回了费耶特街。罗妮还在山脚下的蒙特街，还在街角上搜寻机会。最后，她看到了加里，露出了一个无所不知又致命的微笑。即使在十度的低温里，加里都能感到有一股独特的寒意沿着自己的脊椎淌了下来。她知道了。

"嗨，亲爱的。"她说道，死死地盯着他的双眼。

"嗨。"

"你还好？"

"还行。"加里嘟囔道。

"感觉如何？"

"可以。"

"嗯嗯。"罗妮·布瓦斯说道。

她知道了。干，她一直都知道。

齐整穿着全套衣服的迪安德尔·麦卡洛被清晨的寒冷冻醒了，还在因为前一夜的经历虚弱不已。他慢慢地滚向狭窄床垫的一侧，床中间的凹槽里留下了一床破烂毯子，这里所有的弹簧都已经被睡塌了。他的一只手臂从床较高的一边垂了下去，缓缓睁开了一只眼睛。在右边的踢脚线那里，他瞅见了一只蟑螂的棕色光泽，便用手够向了床下。他摸到了一只原本属于妈妈但现在他在穿的鞋，冲着墙扔了过去。差了几英寸，蟑螂匆忙跑掉了。

迪安德尔闭上了眼睛，想要再睡一会儿，但那台老旧真力时牌电视的噪音，在这间背街卧室里永无歇止的噪音，已经吸引了他的注意力。他把脸埋进床垫，但他忍不住要去听。

"天哪，"他带着轻蔑嘟囔着，感觉到了躺在床尾的弟弟。"你在看什么愚蠢的垃圾。"

迪罗德耸了耸肩。"我起来的时候就放着呢。"

"不代表你就得看啊。"

迪罗德啥也没说。恐龙开始唱它的恐龙歌了，迪安德尔稍微抬起了头，刚刚够看到自家弟弟。

"巴尼屎都不是。"他最后说道。

"我没看。"迪罗德还在坚持。

"没牌子，紫屁股的恐龙。"迪安德尔嘟囔道，张开一只手掌挥向了弟弟的头。

"痛。"迪罗德轻轻说道。

迪安德尔慢慢地抬起腿，先是一条，然后另一条，依次甩出了床垫边缘，直到他终于坐了起来，用双手揉着眼睛。他能记得大概是在凌晨两点的时候跟跟跄跄地上到了卧室来，还拿着一个比尔餐馆的芝士牛肉三明治，包装纸还在自己前面的地板上。他能记得昨天自己在费尔蒙特街上过得不错：兜里有钱，博还为他供的货欠着更多的钱。他能记得和泰、肖恩一起嗑嗨了。实际上，他基本上什么都记得住，大麻会让你健忘这种说法完全就是狗屎。

"你为什么没去上学?"迪安德尔问道。

"周六。"

迪安德尔哼了一声。挺不错的回答,但他忍不了输给一个八岁小孩。

"但你还是应该去。"

"周六不上学。"

"你应该去那里等着周一。"

迪罗德噘起了嘴,迪安德尔用手掌又挥了他一下。这次弟弟有了准备,低头避开了。

"妈在哪儿?"迪安德尔问。

迪罗德耸了耸肩。

迪安德尔慢悠悠伸展了一下,站了起来,在梳妆台上的镜子里瞥见了自己。他头上巴特·辛普森①样式的浓密短脏辫因为睡觉被压向了一边。从侧面看,他像是一只炭黑色的公鸡。头发是他最独特的标志,在形象就是一切的社区里,这是宣示他独一无二的细节。

其他方面,他就只是一个黑人文化中随大流的典型而已。几分钟内,他就已经端起架势,打扮好了:黑色羽绒滑雪派克大衣,为了在风里呼扇,拉链要敞着;一件蓝白两色的法兰绒衬衫,不能扎进肥大的牛仔裤里;裤子则低低地挂在屁股上;还有必不可少的耐克高帮球鞋,最高能卖到一百二十五美元一双。

他一边沿着第二层的楼梯冲下去,一边一只手在牛仔裤的前兜里掏着,掏出了一卷裹得紧紧的现金,有二十块、十块和五块的。他在空荡荡的门厅里停了一会儿,把钱点清。四百二十五块,还有点儿零钱,这次钱都在。不像上个周末,他和几个哥们儿带着几个妞去了费

---

① Bart Simpson,动画片《辛普森一家》中的儿子。

耶特街上的那栋空房子。他们在那儿抽了差不多十袋大麻。然而第二天早上，迪安德尔在自己父母的旧卧室里独自醒来，感觉特别难受。贴在墙上的海报从四面八方嘲笑着他。那天早上，当他检查自己口袋的时候，发现那一卷七百块钱只剩三百四了。迪安德尔这辈子都搞不清楚那些钱去哪儿了。大麻？妞？或者有人等他在床垫上睡着了，再把手伸进了他的口袋。

他今天起得晚。等他下到街头走上街角的时候，已经是下午了。瘾君子们——从猪镇北上过来的白人男孩们，以及那些和自己肤色一样的、从门罗街的山头上下来的人——已经在巴尔的摩街和吉尔莫街的街角上聚成了一个松散的、实时变化的团体。沿着这个垃圾被吹得到处都是的街区走着，他比十五岁看起来要成熟，有种少年很少有的显眼的自信。任性的发型从一个街区外都能认出来。衣着打扮比照着当季的匪帮风格，但又没有任何够闪的物件去吸引不必要的注意。脖子上和手腕上都没有金链子反射冬天的阳光，没有闪到能吸引持枪抢劫的那帮人的东西，也不会引得某个搞突袭的条子随便找个借口为难自己。大体来说，这个麦卡洛家的男孩是低调的典型。

到了通往费尔蒙特街的小巷入口处，他环视着自己的地盘，看着招徕人群的混混们。这是我的，他想道。是我搞出来的。这不是小孩过家家，就像去年夏天那档子事儿一样，当时他的团伙试着插手买卖，但最终不过是被大玩家们收拾得够呛。

已经两年了，迪安德尔和哥们儿——泰、R.C.、博和"硬汉"（Manny Man）、丁基、布莱恩，还有其他人——一直当自己是个帮派，称自己是 C. M. B. [①]。这个名字是在去海港公园[②]看了四次还是五次《街区男孩》（*Boyz in the Hood*）后定下来的。迄今为止，

[①] Crenshaw Mafia Brother（克伦肖黑帮兄弟）的缩写。
[②] Harbor Park，内港的设施之一。内港是巴尔的摩著名景点、城市地标和商业区。

C. M. B. 还只是个渣渣帮派，夹在北边更知名的"埃德蒙森大街男孩"（Edmondson Avenue Boys）和南边那头的"拉姆齐和斯特里克帮"（Ramsay and Stricker）之间。比所有这些帮派更致命的是东边那些高楼里的团伙。那是在市中心的西部边缘，由五座塔楼组成的噩梦。列克星敦台地（Lexington Terrace）聚集了如此之多的建筑，可以源源不断地供应成员，这让"台地男孩"（Terrace Boys）的实力深不可测。但是，C. M. B. 小队拿下了费耶特街，自从他们满了十二或者十三岁，就一直在扮演帮派成员。两年前，他们大部分时候是在街头斗殴，在砖墙和沥青路面上涂鸦克伦肖黑帮的标志。去年夏天，他们升级了一下，一个接一个地因为好玩而开始偷车了，或者溜到普拉斯基街（Plaski）的街角上去试水贩毒。在另一个世界里，这就是犯罪。但在费耶特街上，这依然被当成随意的玩闹。在霍林斯街和普拉斯基街的街角，C. M. B. 的初次体验有个近乎滑稽的结局。当时他们的供货商候着他们管自己进夏天的最后一轮货，然后带着他们凑在一起的全部利润跑路了。

泰、R. C. 和其他人还在为此事哀嚎，但至少迪安德尔躲过了这场灾难。相反，他的后半个夏天都被一个"纽约男孩"的成员罩着。他叫巴格西，觉得迪安德尔有前途，便带着他卖蓝瓶盖小瓶子装的可卡因，四六分成。从运货做起，迪安德尔和几个人现在已经做大了，在费尔蒙特街 1500 号段街区和吉尔莫街交汇的那块老地方做起了买卖。

去年大部分时候费尔蒙特街都死气沉沉，原因是缉毒警（Stashfinder）和其他搞突袭的条子在严打，把这里的买卖都赶上了蒙特街和费耶特街，要么就是往下转移到了巴尔的摩街和斯特里克街上，把费尔蒙特街留给了孤魂野鬼。但它依然是黄金地段。小小的费尔蒙特街只有两个街区，巷子一样的街道携着两边的排屋和吉尔莫街呈 T 字形相交，能提供黑暗如大杂院一般的小巷子和人行道。对惯常搞突袭的警察们来说，这里是战术上的噩梦，也是年轻毒贩做点小生意的理想之地。当然，这还是抢劫犯们行动的好环境。所以像是奥德尔和"矮子"博伊德（Short Boyd）这样的家伙才能跳出来袭击一整个团伙，强迫他们排成队，把所有东西都搜刮一空。但迪安德尔能接受这些。毕竟时不时被抢，归根结底，也是这个游戏的一部分。

费尔蒙特街上的生意一开始没啥起色。他不得不放出话去，吸引瘾君子们来试试自己的货。他和自己表亲的男朋友科里花了很多时间耗在街角上，努力让买卖滚起来。搞突袭的条子们基本都转移去了别的热点地区，但抢劫的混混们还是个麻烦。一旦他们发现了这个新的市场，就会开始疯狂出手。他被抢过一次，丢了一两批小批量的货。但总体来说，大部分预期的利润还是拿到了。八月份的时候，他拿着一把药被几个条子抓了个正着。但没关系，迪安德尔在这事儿上也因祸得福。他给巴格西看了青少年法庭的文件，告诉这个毒贩自己连同一整批货都被抓了。巴格西便把那批货从账簿上销掉了。迪安德尔之后把瓶子的蓝瓶盖换成了粉瓶盖，背着自己的供货商吞掉了全部利润。

直到他遇到那个重大挫折之前，去年夏天都很是不错。而他的厄运既不是因为某个西区巡警的正义感，也不是因为某个抢劫犯手持装9毫米口径子弹的手枪指着他。最后，迪安德尔·麦卡洛是栽在了自己妈妈手里。芙兰卷着他的货跑了。

费耶特街上的隐私罕有又珍贵，这对一个要找地方存放毒品的年轻街角男孩来说，是个难题。试着在这附近隐身，或者踮脚溜进一栋空房子？总有人在看着你，记录着你的行动，期望你出纰漏。放着一小批货没人看，那小肯尼或者"饿仔"或者沙琳很快就会把它顺走。信任康特里或者蒂龙这样的揽客仔，那你的货很快就只存在于你的记忆里了。从某个出租房间让人存毒的熟人姑娘那里租来一间房，那你最好付钱请人一直守着，不然那个婊子一准会把你的利润都吸进鼻子里去，事后还会对你撒谎。对迪安德尔来说，选项最后落到了唯一的一个上：他妈妈的房间。房间不大，但芙兰·博伊德总算是幸运地有间房：一间背街的卧室。费耶特街上的瘾君子们习惯把这间卧室所在的房子称为"露珠旅店"（Dew Drop Inn），这是布鲁家往东最接近吸毒点的一个地方。

这栋三层的排屋位于西费耶特街 1600 号段街区，是博伊德家所有人的最后据点——除了芙兰的哥哥斯谷吉，他继承了他们奶奶在萨拉托加街上的房子。1625 号这栋房子的最上面两层是芙兰的姐姐邦琪每月以三十二美元的价钱，经由联邦八号住房补助条款的规定租来的。她把这份负担推给了三个兄弟姐妹——芙兰、史蒂维和雪莉——每人每月要为一间卧室支付五十美元。对芙兰和她的两个儿子来说，家就是第二层上那个背街的卧室，一共只有八英尺宽、十英尺长。

他们分享着这个充斥着新港牌（Newports）香烟刺鼻气味的拥挤小格子，其中塞进了一张单人床、一个破旧的梳妆台、两把填充物正被吐出来的椅子，当然还有一台永不关机的电视。床通常归迪罗德和迪安德尔，芙兰就在前面房间的旧沙发上将就。某些夜晚，床会被芙兰和迪罗德占了，迪安德尔就裹着铺盖卷睡在地板上。其他时候是芙兰裹铺盖卷，让儿子们有机会睡一晚上好觉。在最糟糕的夜里——也许是周末或者支票日，抽吸和注射吸毒的瘾君子们会不停在二楼的公寓里来来去去——他们三人争抢着单人床垫上的一小条地方，而同时难以计数的、各式花样的失控人生都会在卧室门外轮番上演。

除了这些少无可少的必需品，这个房间还有点别的东西：一个塞得满满的衣柜；一个充作床头柜的牛奶箱（如果地下室被占了，芙兰会在这里扎自己的血管）；墙上还有几张宝丽来照片，暗示曾有过某段好一点儿的时光；还有去年举行芙兰母亲丧礼的殡仪馆宣传册。这是迪安德尔可以假装掌控的空间，也是他不得不用来存放货物的地方。

一切并非一直如此。去年初秋，迪安德尔认为自己成事儿了。但芙兰为他贩毒而生气，把他赶出了露珠旅店。一被赶出 1625 号，迪安德尔立刻就去了费耶特街 1717 号，他父亲当时正在那里搜刮旧房子里仅存的一切。加里放弃了主卧室，迪安德尔突然发现自己住进了少年的梦想里——一个自己不承担房贷的天堂。他很快就把这里改成了自己的俱乐部，用色情杂志的中插装饰四壁，和 C. M. B. 其他成员在这里抽大麻、灌四十盎司一瓶的啤酒①。基本上就是干些在十五岁这个"成熟年龄"里，自己他妈的想干的事儿。没错，就这样。

但也有个缺点。这里没有下水系统，电也被断了，某些寒夜里可不行。家具这方面也不行。有时候还有"房客"，如果你可以这么称呼他们的话。有几个月，加里·麦卡洛在费耶特街 1717 号和他妈在瓦因街上的房子之间来回，天冷的夜里就待在他妈房子的地下室里，但把自己旧家残留的部分当成某种低级宿舍。问题是，加里自己身为瘾君子，承担不起提供任何常见设施的成本，他的"租客"们也都是瘾君子，更付不起房租。但也没有人打算搬出去。

房子里还住着一个县里上来的年轻白人姑娘，她在这里躲"假支票"②。和她一起的是她的黑人男朋友，靠她吃饭，偶尔会替"裸钻帮"招徕招徕客人。他们和一个流连在巴尔的摩街一带的老女人共享第三层，她为了毒资出卖身体。第二层住着亚瑟，一个嗑嗨的疯子，他的房间是最临街的那间。因为已经在海港公园放映的血腥恐怖片中见识过了太多的血浆，迪安德尔对疯子亚瑟毫无畏惧，直到某个早上他临时起意，故意把头伸进亚瑟房间看了看。他看到了一张污迹斑斑的床垫，发霉的衣服从一个绿色垃圾袋里溢了出来，还有各种尺寸和形状的玻璃瓶组成的"森林"——有好几百个，有的带盖，有的没盖，但全部都装尿装到快满出来了。当天晚上之前，迪安德尔就用各

---

① forties，一种大瓶装的廉价酒。
② 指开了无法兑现的支票。

种各样的板子把连着他们房间的走廊封了起来。他用到了一点栅栏，几块金属板，还有一团绳子——所有这些物件织成了某种自制的绊索，防止亚瑟在某个午夜时分从前面卧室溜达过来。

然而，费耶特街 1717 号的真正危险是他爸爸。不管迪安德尔多么小心地藏匿自己的存货，加里都能找到这些小瓶子。他爸爸一开始没拿太多走，但渐渐地，他拿走的量已经大到会让迪安德尔亏钱了，最后直接把他逼回了街尽头芙兰那里，回到了那个该死的二楼卧室里。

自从感恩节前搬回了妈妈这里，迪安德尔一直在费尔蒙特街上有一包没一包地卖货，比夏天时更像临时工，但收到的钱还是足够让钱卷越来越肥。对一个十五岁的孩子来说，街角还不是一份工作。迪安德尔无论如何假装，能扮演帮派成员的时限也就看什么时候把钱用完。当想要工作的时候，他和科里就会去找巴格西或者其他人，进一点"吉钱帮"或者"纽约男孩"的货，然后卖掉，再接着玩。

除开偶尔的未成年犯罪指控或者被抢劫，迪安德尔基本上过着梦寐以求的生活，前提是地球上有个地方能供他存放毒品。在老房子里，有他爸爸不请自来地东拿几瓶西拿几瓶。在露珠旅店，则要和他妈妈玩猫捉老鼠。十一月的时候，趁着没人在，迪安德尔做了自己所能想到的唯一选择：把可卡因、现金和巴格西给他的那支用来壮胆的.38 口径手枪都藏进了衣柜，藏在一件皮夹克的一只袖子里，之后还把那件夹克深深塞进了一大堆乱成一团的脏衣服里。

他没有更好的选择。隔壁史蒂维舅舅的房间与其说是卧室，更像是一个吸毒据点。史蒂维这个持照的焊工，如今灼烧的东西已不会大于一个瓶盖了。楼上也一样。邦琪姨妈和阿尔弗雷德，还有雪莉姨妈和她的男人肯尼，管理着楼上。雪莉也许不用担心，她除了喝酒什么都不管，但其他三个人都是老手了，会毫不犹豫地对他下手。至于二楼的客厅，也不在考虑范围内。往来的人太多了，而且小蕾蕾如今睡在那里，还连着一台心跳监测仪。因为雪莉姨妈的上一胎还在襁褓里就夭折了，你永远不知道什么时候会有人跟跟跄跄地摸过来查看蕾蕾。

所以只能选衣柜，并且期望一切顺利。但芙兰要比加里胆大。就在不到一周前，当迪安德尔走进这间背街的卧室，一看到那件皮夹克孤零零地瘫在床上，就意识到灾难降临了。

我去！他冲出房间，冲下楼梯进了地下室，在那里找到了芙兰和邦琪。她俩像是两只刚吃掉了金丝雀的猫。

"我的东西呢？"

只需要看到她俩一起坐在地下室里就有答案了。

"迪安德尔，你开什么玩笑，把那玩意放在那里。想想要是迪罗德找到了会怎么样。"芙兰轻描淡写地说道，露出了獠牙。

"我的东西呢？"他一步不退。

"你觉得呢？"

"我没开玩笑。那不是我的货。"

"我不在乎。都没了。"

"那你要付出代价。"

"你这是在威胁我？"她的怒气溢出来了。

迪安德尔转过头。"随你。不是我的错。那是巴格西的货。"

他下定决心要稳住。他了解妈妈，要是他还想继续住那个房间，必须要让她知道自己的决心在哪儿。

"你想说什么？你要告诉他？"她爆发了。"你这该死的混蛋。你要告诉他？我来告诉他吧，让他敢用未成年人来贩毒。让他去坐牢。迪安德尔，别开玩笑了。"

"行。"他说道，走了出去。"走着瞧。"

两天后，巴格西走上门前台阶找芙兰。在迪安德尔看来，这吓到了她，吓得她把那把.38口径手枪交了回来，也让她远离了自己的货。

所以到了现在，随着过了新年，存放货物的问题似乎解决了，一切也都好像在按计划进行。费耶特街上一半的熟脸都下到山下的费尔蒙特街，找蓝盖儿的货，找迪安德尔。白人男孩们也穿过了"非军事区"①，从南巴尔的摩赶来，躲开鲍勃·布朗和他的走狗们，上北边找好一点的货。年轻的迪安德尔·麦卡洛表现得如同自己就是这一带的国王。

"有蓝盖儿的。"

"有成块儿货②。"

"蓝盖儿的。跟这儿就是来买蓝盖儿的。"

沿着整条费尔蒙特街和吉尔莫街，对品牌的狂热在夜色里回荡。迪安德尔手里有爆款，所有瘾君子也都知道。他一晚要出掉两包甚至三包进价一千美元的货③。大部分的利润属于巴格西，但他仍然可以从中拿到六百块钱。在行情好的夜晚，甚至能到手七百或者八百，这还是除去了洒掉的部分和其他开支。他昨天就在这里。前天也在。再往前也在。今天他又回来了，在费尔蒙特街的一处门前台阶上等下一个客人，同时也评估着自己的周遭。他和博核对了一下。博上周在替他干活，从迪安德尔这里拿了半包货去卖，是和他四六分成的分包商。

"昨晚我给你的那些货走了多少?"

博在脑子里计算着。

"那五十份里走了多少?"

博在计算里晕了头。十二，他猜道。

"十二?"

---

① DMZ，Demilitarized Zone，此处指治安较好的城区。

② Ready Rock，固态，可当烟抽的可卡因品种，又叫快克（Crack），因制造过程中的声响而得名。

③ 原文为 G-pack，毒贩子的俚语，指打包好的、价值一千美元的大包毒品。

"嗯。"

如果你想把活儿干妥，迪安德尔想道，就得单打独斗。他对冬日寒风的撕咬毫不在意，静下来开始做买卖，整个下午都在工作，直到夜色初升。他的目光向着四处投射，对于街头的情况十分警醒。

一两分钟的时间里，他的注意力都集中在一个从吉尔莫街挪上来的黑影身上。那是个白人男孩，瘦得跟竹竿一样，抽可卡因抽疯了，正鬼鬼祟祟地摸来北边。竹竿子男孩犹豫着，半转过身子冲着巴尔的摩街，然后又转回费尔蒙特街。迪安德尔站起来，显出自己的身形。从门前台阶上走下来，在转过街角融进费尔蒙特街的黑暗前，他轻轻挥了挥手。可卡因瘾君子的目光锁定了他的动作，跌跌撞撞地跟上了新的方向。迪安德尔带着他走下费尔蒙特街，来到一条街边小巷的入口处，避开了吉尔莫街上的人群。

"还行？"迪安德尔打了个招呼，嗓音波澜不惊。

不需要推销。不需要。

竹竿子男孩向迪安德尔俯下身子，这个乞讨者递出了一小卷票子。迪安德尔接过钱，向街中间跨了几步，借着一点儿吉尔莫街上路灯的光查验。他慢慢地平展了钱，点了数。他心满意足地把钱放进口袋里，然后一句话没说，走进了小巷。竹竿子的身影靠在一堵砖墙上，想要避开风，显然也在担心这个黑小子会带着钱跑了。

但迪安德尔是个本分的生意人。他不会摇晃瓶子①或者私吞。他的贪不是那个方面的。竹竿子男孩焦虑不安，同时抽搐着，最终还是拿到了货，迅速溜了，箭一样地掠过街角往南去了。他是个带电的逃逸电子，已经脱离了人类的范畴，狂乱不已，在街道上从一瓶货冲向另一瓶货。那些抽疯了的人被可卡因搞坏了，对可卡因疯狂成瘾，甚至那些重度海洛因注射者都会表现出对他们的厌恶。人可以控制对海

①　指让毒品显得更多。

洛因的上瘾，或者至少可以假装控制，而可卡因则总是控制着人。

这笔买卖成了，迪安德尔回到了之前的门前台阶上，在夜晚的寒气中等着下一个顾客，以及再下一个。他是这里的玩家。至少，在这个小小街角上，他就是他妈的话事人。

当情况变糟的时候，迪安德尔·麦卡洛的问题总是：他妈的钱从哪儿来？但当一切顺利，问题则完全相反：钱都去哪儿了？耐克高帮球鞋。添柏岚①。汤米·希尔费格②和斐乐③。从埃德蒙森大街上的 E. A. B. 成员那里买来的大麻。麦当劳的足三两汉堡④和欢乐餐。比尔餐馆的芝士蛋糕。带某个邻居女孩去市中心海港公园看的电影。巴尔的摩街上的电子游戏。他钱赚得有多快就花得多快；赚得越多，能买的玩意儿也就越多。比如现在，随着费尔蒙特街上涌来了这么多现金，他甚至不会因为醒来发现一卷钱里的一半不见了而生气——他一两个小时就能赚回来那些钱。迪安德尔甚至不得不承认对任何一个十五岁的人来说，这都是太多的财富了。他正在搞砸一切，但几乎毫不在意。

而且一切都太轻松了。他现在就可以离开这个街角，手里的钱还够他过上一两周。等再带着一包货回来，他一天之内就又盆满钵满了。只要找对了关系，再加上一点名气，没啥比得上街角。他一次又一次地在卖完了一轮货、拿到了厚厚一卷钱后告诉自己，要收手了，要回学校上学，也许要找份正经工作，满足于没那么刺激的生活和没那么鼓胀的钱包。然后他会开始花钱，花更多的钱，直到意识到自己唯一的选择就是再回费尔蒙特街上。和那个相比，上学这档子事儿啥都不是，一个拿着最低薪酬的工作更没有意义。然而，内心深处还有

① Timberlands，服装鞋履品牌。
② Tommy Hilfigers，服装鞋履品牌。
③ Fila，服装鞋履品牌。
④ Quarter-pounder，麦当劳的一款汉堡。

点东西能让迪安德尔收着一点。这点东西阻止了他一劳永逸地宣布那个街角就是他在这个世界上的地盘了。在脑海深处，他告诉自己，他还没有做出选择。他只有十五岁，一次贩毒的指控再糟糕也不过仅仅意味着一场因未成年而轻判的起诉。而且他很聪明——他的所有老师都这么说——也还在弗朗西斯·M.伍兹中学的花名册上。他可以努努力，上点课，也许靠着社会实践学分升上十年级。他可以在这个街角嬉戏，但到时候也会抽身而退。迪安德尔相信自己，他知道何时算是"到时候"了。

实际上，前一天晚上就有搞突袭的条子从费尔蒙特街上经过了他。没什么大不了的。他们来的时候，他身上干干净净。但他被科林斯狠狠收拾过一次。他也知道科林斯还想收拾自己，这次要等芙兰不在附近出手制止时再动手。警察的这次路过让他开始思考，他现在都还在想着。这和害怕没什么关系。迪安德尔已经成熟到足以应付一次起诉了。或者别无选择的话，他也足以应付一次合法的殴打了。但是，昨晚看起来太像是一次警告了。他现在不再穷困了：汤米和耐克，还有其他牌子的衣服他都有了。费尔蒙特街的生意也跑起来了，任何时候他准备要回来，这里都在等他。现在也许是时候离开了，赶在科林斯和其他人抓住机会前离开。现在也许是时候去看看戴维斯女士，确保自己还在班级花名册上了。

坐在门前台阶上，迪安德尔决定这是自己在费尔蒙特街上的最后一夜了。当晚他把货都卖了。第二天早上，他在浴缸里洗了衣服。穿着还潮湿的衣服，他经过费尔蒙特街街角往下走到了费耶特街，再走过了两个街区，到了弗朗西斯·M.伍兹中学。这是巴尔的摩唯一一所会接收迪安德尔·麦卡洛的学校，其他学校一秒钟都不会考虑要他。头垂在胸口，眼睛瞟着地面，他步子僵硬地走着，同时也陷入了深深的沉思，机械地沿人行道踏着步子。

他假装自己属于这里，爬上了学校门前的台阶，试了试几道前门。都锁着。他按了门铃，自在地等候着。他已经在紧锁校门的一侧等过非一般长的时间了，大部分时候是由他妈妈陪着，等相关方面达成一致决定，等着重新开始。今天，在一月的寒冷中站在此处，他漠然地望着安保监控的摄像头。终于，他听到了门锁打开的轻响，随后他转动了门把手。

在门里，学校保安古尔德给他打招呼。

"很高兴看到你回来，兄弟。"

迪安德尔怯怯一笑，然后就进了前面的办公室去等戴维斯女士。他确定她会接收自己，他自信满满，至少此刻如此，原因是他想要上课、想要学习的新决心。在他这边，他愿意让过去的事儿就过去了，也希望助理校长有同样的看法。

萝丝·戴维斯为那些灵魂千疮百孔、被这座城市教育系统里其他学校拒之门外的叛逆孩子们在弗朗西斯·M.伍兹打造了一处港湾。在弗朗西斯·M.伍兹中学，她无处不在，是一股让人平静的能量，混杂着鼓励和责备，试图用自己的感染力去帮他们实现一点自己的潜力，或者至少体现一点价值。她用绵延不断的努力去对抗来自街角的诱惑。她把前往当地贩毒地点当成自己的工作。她在那里能看见很多自己现在和以前的学生在晃荡。她在费尔蒙特街上见过迪安德尔，也知道他是在干啥。

他坐在办公室里，被一种意想不到的无辜感包裹着，早已经习惯了此刻带来的虚假救赎感，他等着被给予再一次机会。迪安德尔常常出现在学校的行政办公室里，永远都在等着和某个管理人员谈话。他的学业生涯是被一长串的"次日开始停课"决定串起来的，这让他有机会在每学期的第一天来上课，有机会炫耀一下新衣服和新高帮鞋，逗逗女孩儿们。一旦第一天的快乐被榨干了，迪安德尔紧接着就会因为一个不少于两周的不守纪律停课处罚而中断自己的学校生活，要是"运气好"的话，甚至能有一个月或者更久。朋友们的学校违纪记录算不上短小，但迪安德尔总能胜过他们。对他们所有人来说，学校不过是某个你需要去熬到十五岁半的地方——法律规定是十六岁，但费耶特街孩子们攒出的青少年法庭积分可以被加到等式的另一头。在这种情况下，大部分小孩至少会出席申请撤诉的动议。而几个 C. M. B. 的核心成员——R.C.、多里安、布鲁克斯——甚至不屑于出庭，而是选择试试自己在青少年惩戒体系中的运气。但其他人会尝试着，带着些许的屡教不改，去教室里坐下来，假装自己完全和真实世界脱离了关系。

迪安德尔从来和任何近似官方的东西之间都没有共识，而他的青少年违法记录清单详细记载了他只忠于自己而无视自己造成破坏的记录。迪安德尔·麦卡洛永不屈服，也永不原谅、永不忘记。在教室里，他代表着无法无天和傲慢无礼。他就是抗争本身。

还在托儿所的时候，他就和一个小姑娘吵了起来，最后用一把椅子打破了对方的脑袋。这是他的第一次停课。在二年级和四年级的时候，他都和老师干了架，收到了袭击的指控和更多的停课。整个五年级，他被三所不同学校开除了。到了七年级，他拒绝认同在学校开展的一次反毒品宣教，并和少数几个人被控在上课期间拳打了一名巴尔的摩市警察。

这并不意味着学校的官员们不清楚自己的挑战。他们很早就逮住了迪安德尔，在他十岁的时候，就把他送进了一个"大哥项目"①，希望能有个模范对他产生积极的影响。这并没有成功，但他们继续留他在校。他们告诉芙兰，他非常聪明，要是不学习就太可惜了。而芙兰已经习惯了为任何一学期的第二天做好准备，准备好被邀请到市里某处的某个学校去见某个副校长。

---

① big brother program，全称为 Big Brothers Big Sisters of America，是一个非营利组织，旨在通过让模范成人同儿童及青少年结成对子，对后者施以正面的影响。

但去年九月的时候，情况似乎起了变化。当时迪安德尔去了弗朗西斯·M.伍兹，遇见了萝丝·戴维斯女士领导的开明校方。刚结束了费尔蒙特街上的狂野夏天，迪安德尔情绪高昂地回到了学校。到了学期的第二天，他都规规矩矩的。他在学校里也待过了第三天。还有第四天。他妈妈开始相信自己的儿子终于翻篇了。

她不知道的是，这对学习的突然热情根源何在。其实这要从去年夏天一个炎热的周末夜晚说起。当时C. M. B.的几个男孩晃到了深夜，决定去南巴尔的摩散散步，下到拉姆齐街去找一个传闻中的"家庭派对"。他们确实找到了派对，但不是特别受欢迎——至少"拉姆齐和斯特里克帮"的人不欢迎他们，而是觉得自己的领地遭到了侵犯。伴随着眼神往来扫射，两帮人在一段时间里成功保持了距离。但当你和博还有多里安这样的人在一起时，麻烦是不可避免的。先是脏话乱飞，接着便是拳头，最后在室外爆发了一场全面的斗殴。C. M. B.一开始守住了阵地，大部分的伤害是由迪安德尔和R. C.给对方造成的，直到"拉姆齐和斯特里克帮"其中一人——一个叫谢尔曼·史密斯的人——扭转了局势。他掏出了枪，浪费了几发子弹后，C. M. B.逃跑了。

这没什么特别的。在开枪射击和成为枪击目标方面，他们都有经验，通常会等到安全待在泰家的地下室里或者娱乐中心的游乐场上时，对此一笑了之。通常是由R. C.起头来复盘刚才的遭遇："哟，我们刚可把他们干翻了。哟，你们瞅见迪安德尔揍丫了吗？哟，他把对方给放倒了。"

他们逃跑的结局，或者当另一方掏出枪后他们认尿的事实毫不重要。在R. C.的版本里，胜利总是注定的。

但那一次后，R. C.的修正主义对迪安德尔来说不够用了。他摸回家去拿了自己的那把.38口径半自动手枪，那把缺乏保养的没用家伙。当夜，他又摸回了那个街尾，在麦克亨利街附近看到了谢尔曼。

他开了一枪，但打偏了。谢尔曼开火还击，一场你来我往的枪战由此开始，持续到了迪安德尔的枪散架，扳机落到地上，子弹在人行道上掉落四散。

啊，该死。他徒劳地想要把子弹塞回弹夹，但谢尔曼感到了对手的不堪一击，加强了攻势，逼着迪安德尔退回了山头。等安全待在了巴尔的摩街的另一侧时，他浑身都被汗浸透了。迪安德尔当时就发誓要报仇。而且他言出必行，夏天剩下的时间里他都在搜寻着谢尔曼，从西区到克莱尔山，但哪儿也找不到这小子。

等到了九月，到了开学第一天，在点名的途中，迪安德尔听到了那两个有魔力的字眼："谢尔曼·史密斯。"

嘿，小子。双眼一亮，他开始搜寻整个房间。

"……谢尔曼·史密斯……"

没人回答。记了缺勤。

那一天放学的时候，迪安德尔备受鼓舞。在这么多学校和这么多班级里，是命运选择把谢尔曼安排进了同一个受到祝福的教室。他只需要等他出现就行。为此，迪安德尔第二天和第三天也都去了学校，需要去多久就去多久。与此同时，他一直在祈祷谢尔曼没有被抓起来，或者在某个街角上干得太好而根本不来上课。随着九月一天天过去，他的决心丝毫没有松懈。每天早上他都起床上学，出勤头三节课的每一节，只有在他确信谢尔曼不来的时候，才会逃课。

他甚至请妈妈叫他早起。芙兰一开始带着怀疑，但过了一周左右，迪安德尔能看出她被自己的努力打动了。

学期第二周的时候，一天迪安德尔正在第三层的走廊里，然后就注意到了谢尔曼，他正躬在一个打开的金属储物柜前。

"嘿，小子!"

迪安德尔扔下文件夹就冲了上去。谢尔曼在迪安德尔撞上自己之前只有一秒钟可以直起身来，结果两个小伙子都滚到了地上。迪安德尔很快就压在上面，拳头雨点一样落了下去，谢尔曼像只负鼠一样蜷缩成一团。

后来在办公室里，萝丝·戴维斯放了迪安德尔和谢尔曼一马，让他们第二天带着一名家长来学校。迪安德尔先离开，马上找到了R.C.，他正和多里安在富尔顿街上晃荡。

"看看这些，"他炫耀着，带着骄傲抬起了自己肿胀的双手，"把那小子干翻了。"

"迪安德尔，你就是个疯黑鬼，哟。"R.C.笃定说道。

然后就需要告诉芙兰了。她听完了整个故事，最后只回复了一个冰冷失望的眼神。看着她，迪安德尔第一次真正地感到了愧疚，然后承诺自己想继续上学，如果芙兰肯去学校和戴维斯女士说说的话。

"安德烈，你是在开玩笑吧。"她告诉他。

但第二天，芙兰和儿子一起去见了萝丝·戴维斯。她热情地问候了芙兰，并把这位妈妈请进了办公室。在迪安德尔的记忆里，芙兰总在参加这样的会面，且无论她自己有什么困境，也总会带着她的担忧进到会面的房间里。

"你也可以进来。"萝丝补充道，她的眉毛扬了起来。迪安德尔当时已经在外面办公室的沙发里坐定了。"这里没有秘密。"

正如她所说的，萝丝前一天已经花时间去询问了她大量的线人，搞清楚了麦卡洛-史密斯争端的细节。当他们三人坐在办公室里的时候，她先用了一阵长长的沉默来削弱迪安德尔的自信：盯着他看，直到他垂下头，开始坐立不安。她向芙兰通报了他和谢尔曼之间的故事。

完蛋了，迪安德尔想道。是谁告的密？

"好吧，迪安德尔，"萝丝说道，把注意力转到了他身上，"你的出勤相比去年确实进步了。"

他脱险了，他自己也意识到了。他把情绪藏在了一句嘟囔背后："是的，女士。"

"现在你有了点小小成绩，我猜我们不会经常在这里见到你了？"

"不会了，我会努力的，"他坚称道，"我会努力的。"

"好的，让我们都写下来。"

她把自己的笔记本递给了他。这是一本满是手写承诺的节目单，还都签了名。有些承诺是守住了，但大部分都被遗忘了。所有内容都被用来试着把学生和自己连在一起，形成一种私人层面的联系。

迪安德尔在承诺上签了名。但随着天光渐短，他感到了贫穷的刺痛，费耶特街上那间背街卧室的孤寂，以及夜间活动的诱惑。慢慢地，无法阻挡地，他滑回了费尔蒙特街。

如今他回归了。当然，萝丝·戴维斯还会在花名册里保留他的名字，再给他一次机会，要是他能振作起来，甚至还会承诺让他升学。她看不到别的选择。和她的很多学生一样，迪安德尔两只脚各踏在一个阵营里，在两个迥然不同的世界里各溜达一阵。如果她能让他五天之中有四天都回到学校里——甚至一周里有三天就行——那她就有机会。如果他彻底不来了，那她就又输掉了一个——一个确有天赋的孩子——输给了街角。

萝丝·戴维斯办公室的门打开了。她用一个带着怜悯的点头示意给迪安德尔打了招呼。

"嗨。"他说道，打破了沉默。

"你可以进来了。"她告诉他。

迪安德尔站了起来，在门口经过她的时候，又瞟了萝丝一眼。让他吃惊的是，她面带微笑。

艾拉·汤普森在自家公寓的背街卧室里慢慢打扮着。黑裙子、黑帽子，搭配高跟鞋还有金耳环——她对这套东西已经越来越得心应手了。上个月，仪式是在玛驰家，今天是在新示罗教堂，下周会在巴尔的摩街的布朗殡仪馆为一个邻居的儿子送行。艾拉总会出席这些仪式，为每一份悼词、每一首福音都献出一点点自己的力量，仿佛端庄地坐在这些长椅上见证这些悲剧是某种职业。

正对着镜子化妆的她暂停了下来，倾听从走廊对面房间里传来的声音。没事儿。她最小的儿子基蒂，正假装已经起床在忙活了，但其实她清楚他还脸朝下埋在枕头里。

"基蒂？"

寂静无声。

"基——蒂——！你起来了吗？"

她开始朝着他卧室门走去，但鞋跟的哒哒声提前给出了警告。在她敲门前，儿子就招呼了她，双眼茫然地站到了卧室门口。

"妈，我起了。"

她微微一笑。"我是认真的。你必须穿好衣服，不然我们就迟到了。"

这个十七岁的小子点了点头，然后静静走向了浴室。艾拉回到镜子前，看着镜子里那张不知为何比四十六岁的年纪显得年轻得多的脸。艾拉的肤色非常深，还有颜色最深的棕色眼睛，以及为她的脸带来一种小姑娘感觉的完美乌黑直刘海。即使已经生了五个小孩，她依然保持住了身材，所以在费耶特街的小孩们眼中，基本共识是艾拉女士也许刚过三十岁，如果仔细计算的话，最多三十五岁。

不过，这样的无龄感在艾拉·汤普森身上算是浪费了，她似乎一点都没有让步给虚荣心。她不费心要显得更年轻，没有去改变造型或者模糊自己已经是个中年祖母的事实。相反，她为除此之外的几乎一切事儿操劳。不知为何，在一天天、一月月、一年年的匆忙操劳中，她忘记了变老。

但这个早上，很自然的，镜子让艾拉回味到了一丝恐惧。今天是纪念德纳·拉姆的日子，而儿子蒂托是她最挂念的年轻人。

德纳和蒂托俩人从小就形影不离。这其实是个三人组合——蒂托、德纳和戈登——一直在她的排屋公寓里进进出出的三个棒小伙。

他们和她分享着自己最早的成就，当他们跌倒时会寻求她的安慰。艾拉一视同仁地养育着儿子和他的朋友们，像鼓励所有人一样鼓励他们，带着谨慎的喜悦看着他们每个人都背离了街角。她在三人身上都看到过无限的可能，她也为那些可能奋斗过，用她那不可思议的乐观和毫不动摇的基督徒式的坚定为那些可能性遮风避雨。学校、工作、尊敬、爱和责任，在费耶特街上大部分人那里，这些东西会被轻易地贬低为陈词滥调。但在艾拉·汤普森这里，这些东西就是生命本身。伴随着上帝的慈悲，那三个小伙长大了，也离开了这里。她的儿子进了海军，戈登也和他一起，德纳则进了海军陆战队。

是胜利啊，她想着，在自己的黑色皮包里摸索着。

那今天又是什么呢？胜利败给了胜利本身。德纳最终输了，死于勒强营①的漏电事故。那是一次训练中的事故。童年在西巴尔的摩幸存了下来，却作为一名和平时期的军人死于一场意外事故，这样结局让人如何去秉持自己的信仰呢？艾拉摇了摇头。这说不通啊。

更糟糕的是，蒂托失踪了。当戈登打电话给她通报德纳去世消息的时候，她的思绪跳到了长子身上。当晚她就给在加州的蒂托打了电话，听他倾诉自己的悲伤。他的痛苦还因为海军不允许自己飞回家参加丧礼而更深了。他的痛苦中带着狂怒，她容他去抱怨和哭泣，尽自己所能承担他的难过。她也安慰和劝导了他，最终从他那里得到了不会擅离职守的承诺。但自那之后，已经四天没有接到他的只言片语了。

昨晚，她再一次熬到深夜，试图联系上他，为三个小时的时差烦恼着。蒂托的室友很热心，但也没有答案："一直没见到他。对不起，女士。我不知道他在哪儿。"

她清楚自己的儿子。他意志坚定。为了今天能陪伴着德纳，他会

---

① Camp LeJeune，海军陆战队基地之一。

不惜损失一切。要是一小时后在教堂见到了蒂托，她内心也有一部分会毫不意外。

她从镜子前走开了，在深色的布料上扫掉了一些线头。一切就绪。

"基蒂？"她喊道，把声音沿着窄窄的走廊送到了他的房间里。

"一分钟。"他回答道。

她在客厅里等着他。这是位于这处一楼公寓前方的一个拥挤但整洁的空间。墙上挂满了亲人和朋友的照片，她停在门口搜寻着蒂托的照片，那张他身穿制服拍的。她清楚地记得拍照片的那天，德纳本来也应该一同出镜的，但他找不到自己制服的裤子了，所以当蒂托和戈登穿着礼服军装去市中心的照相馆时，他没有一起去。这张照片旁边，是蒂托在高中舞会上拍的照片，下面则是她孩子们的合影——所有的小孩挤在一张沙发上。有一瞬间，艾拉双眼盯在了最小的孩子脸上，安德烈娅，这张照片里的她大概十岁。然后艾拉迅速移开了目光，压抑着每每想到"臭肥肥"（Fatty Pooh，安德烈娅的爱称）就必定会席卷自己的情绪波浪。

终于，基蒂来到了她身边。她一边调整他的领带，一边宠溺地看着他。她是个高个子的女人，但基蒂，还是个高中毕业年级学生的基蒂，在屈服于母亲宠爱的同时，已经远高过她了。

"你看起来很棒。"她说道。

他尴尬地笑了笑。他们出了公寓大门，来到门前台阶上。艾拉一边关上前门，一边扫视着费耶特街。现在没人在 1806 号门口晃悠，尽管在山下，布鲁斯街已经忙活起来了。一个望风的人懒散地踱过了富尔顿街。

两个熟脸也走了过去，从门罗街来，朝山下去。"早啊。"离得最近的那个招呼道。

"早上好。"她回复道。她语气坦率，小心地避免了审视的感觉。

这是艾拉对谁都不排斥的表现。"今天可好?"

两个男子都哼哼了一句表示肯定。没人打乱自己前往布鲁斯街的节奏,一切充满着确信。基蒂把房门钥匙放进口袋,慢慢走到了车前。他们出发了,在一个街区外的门罗街上又被交通灯拦住了。伴随着引擎在一月的寒冷中粗响着空转,艾拉看见史密蒂和盖尔在酒吧前面:盖尔像是兜售一包货一样抱着自己的婴儿,对冬天的寒风视而不见。科特出现在了十字路口上,举起拐杖向艾拉致意。而在吸毒点的门前台阶上,脚边扔着挎包的布鲁带着衷心的愉悦向她挥手。身为职业艺术家,布鲁依然在那个挎包里放着自己的颜料和马克笔,还有一本诗集。因为担心会将其遗失在针头的"圣殿"里,他到哪儿都随身带着那个挎包。艾拉也在做布鲁的工作,试着把他拉到娱乐中心上一门艺术课。她今天又试了一次。

基蒂摇下了副驾这边的车窗,艾拉冲着自己的邻居喊道。

"你好啊,布鲁先生。你啥时候过来啊?"

"快了。快了,艾拉。"

"我们需要你,布鲁。"

他脸上闪出了一抹自卑的笑容,但只是挥了挥手。这次没有任何表示。蝇营狗苟和吸毒都顾不过来了。真可惜,她想着,看着布鲁家台阶上上下下的人流。

交通灯变了,她继续往前开去。费耶特街和门罗街的世界淡去了。随着车子向北深入到西巴尔的摩的中心,取而代之的是转过弯后出现的、连成一线的无数贩毒街角。富尔顿和列克星敦的街角,富尔顿和埃德蒙森的街角,富尔顿和兰瓦尔(Lanvale)的街角——它们全都一个样。

"这说不通啊。"她说道,既是对自己也是说给基蒂。如果艾拉·汤普森有一句熟练咒语的话,那就是这一句了:这说不通啊。对她来说,从外窥探时,街角世界永远说不通。这很奇怪,毕竟她已经在这个世界的边缘居住多年了。更奇怪的是，毕竟她还目睹这个世界渗进了自己的生活，并且造成了如此巨大的破坏。

在对这个世界稍有洞察之前，她已经结婚一年半了。艾伦来自一个勤奋的家庭，在柯蒂斯湾（Curtis Bay）的通用透镜工厂（General Refractors）上班。这是一份受工会保护的工作，收入可观。他们的共同生活一度似乎拥有着美好的未来。艾拉已经有过了一段感情，她最大的孩子舒丽塔就是和那个男人生的。另外的两个，冬妮拉和蒂托，是在和艾伦结婚后紧接着出生的。至少，她曾有一个努力工作的丈夫，承诺要把她从格罗斯和布莱克维尔公司①灌装罐头汤的无尽苦差事上带走。对于一个二十五岁的女人来说，那可是份无情的工作。单从这一点上来说，艾伦就是某种救赎，一个身穿闪亮铠甲的骑士，也许这也是为什么她会如此后知后觉。他们和每对有孩子的年轻夫妻一样缺钱，所以只有在家中各处的物件开始消失后，她才注意到了这其中的堕落。一开始只是小东西，食品和小器具，但渐渐地，大件儿也消失了。直到她发现他的吸毒工具那天前，爱都让她盲目着。看着公然摆在外面的针头，她咽下了恐惧，尝试和他对质，但这不过是带来了又一个终将破灭的承诺而已。她能做什么呢？她又能去哪儿呢？她当时还年轻，还带着三个不到四岁的小孩。她太害怕也太愚蠢，于是试着去忽视丈夫吸毒的问题，再忽略了他因为愧疚和愤怒而对她施加的毒打。她试过等他回心转意，认为要是她足够爱他，就可以逆着所有的逻辑去期望情况好转。

在又一个充满了暴虐和眼泪的夜晚之后，她姐姐为她提供了庇护。但即使是身处那个庇护所中，她也看不到出路。我是自作自受，她告诉姐姐，然后回家再受虐待。渐渐地，并非出于自己的决定，她

---

① Gross & Blackwell Company，疑为 Crosse & Blackwell，诞生于英国的食品公司，现属于美国公司盛美家食品（J. M. Smucker）。

还是抓住了机会：艾伦因为一项州一级的涉毒指控被判了三年。他乘着矫正部门那辆灰色大巴去了黑格斯敦①，艾拉和她的孩子们利用这个空当策划了出逃。

经富尔顿街穿过北大街（North Avenue），艾拉和基蒂到了门罗街的顶端，也到了新示罗浸会教堂，这里是巴尔的摩黑人社区老一辈教徒们的堡垒，凭真诚展示着上帝的力量和荣光，也依然是聚拢破败社区碎片的一块磁铁。

在这个寒冷阴郁的周五，教堂停车场正迅速被填满：轿车、卡车和小货车排在了已经停在入口的灵车和加长轿车后面。好人们——所有和街角保持了距离的巴尔的摩黑人社区成员——都聚在此地，凭吊和纪念自己中的一员。

艾拉和基蒂汇入了迅速穿过教堂大厅的人流。人们填满了以布道台为中心、如同环形剧场座位一样展开的长椅。艾拉和儿子沿着一条走道走了下去，找到了座位。紧接着艾拉开始四处张望，一排一排地扫描着面孔。

"感谢上帝。"她最后叹道。

蒂托没在这里。

在唱诗班吟出开场乐曲前的几分钟，戈登找到了她。他们互相拥抱后，他带着艾拉来到了一群精心打扮的年轻士兵面前，把她介绍给了自己的朋友们。她冲着他们所有人微笑。这些人在浆洗过的礼服军装里显得如此利落。都是些强壮、优秀的男人啊，她告诉自己。就和德纳一样。就和蒂托一样。他们是认真严肃的年轻人，都会礼貌地握手，说话也轻言细语。

仪式开始了。艾拉走回了走道，再次抓住了戈登的手，然后轻手轻脚地走回自己的座位。在四散于巴尔的摩黑人社区的教堂中，从西

① Hagerstown，马里兰州地名。

边的希尔顿林荫大道（Hilton Parkway）到东边的米尔顿大街（Milton Avenue），无论是哥特式建筑群或者门面房，还是古老的石头大厦或者改造过的排屋，新示罗都有着崇高的地位。在西边，只有A. M. E. 礼拜堂和它里面的传奇唱诗班能和新示罗在社区里的地位一较高下。对把位于巴尔的摩及普拉斯基街街角、简朴得多的非裔浸会教堂当做主场的艾拉来说，如此端庄非凡的非裔浸会教堂，以及被五百多个悼念者填满的巨大礼堂，为德纳的归来赋予了更高的重要性和权威。当然，这其中也包括了哈罗德·卡特牧师。

"这个清晨我深感悲切，"他说道，带着回响的男高音诉说着悼词，"我很伤心，但我不能伤心。我今天不会失望。"

这不是西巴尔的摩常见的葬礼发言。这个发言不需要去优雅地宽恕逝者的脆弱，无需试图去理解这个无情世界里上帝的旨意。很多逝者都在这座城市的布道台上被悼念，而今天卡特牧师所说的悼词，与他们所享有的截然不同。今天，他不需要为又一个因毒品和枪支而荒废了人生的年轻生命负责。今天，他可以自由地赞扬一个过着正义生活的年轻人，一个超越了街角、为祖国献身的年轻人。他没有把生命抛掷给针头或者手枪，而是被一截松脱电线导致的随机事故夺取了生命。在巴尔的摩，这足以被称为胜利了。

牧师也没有忘记这一切，他选择这样一段悼词来进行了对比：德纳短暂的生命，其他很多人在城市街道上荒废的生命。面对这些积极且迫切呼应他的悼念者，他强调着每一个音：

"……因为这一次我不是在这里埋葬一个在毒品和暴力中迷失了方向的年轻人……"

"是的，上帝。"

"……这一次我无需帮助一个年轻人的家人和朋友们抬起头来，因为他们的头从未低下。这个优秀年轻人的生命中，毫无羞愧。"

"说得对。说得对。"

悼词如同波浪一样向外翻涌，有波峰也有波谷。哈罗德·卡特的声音渐高之际，形成了波峰，向信徒们展示了让他得以立足新示罗布道台上的才华。然后，几乎有如安慰，唱诗班加了进来。接着宣读了致以悼念的电报和消息。最后，是对一条未尽生命的盖棺定论——德纳·拉姆的讣告。

在仪式的最后，艾拉简短地询问了一下基蒂的意见。他们决定，和朋友们一起乘车前去位于华盛顿以南阿灵顿国家公墓的下葬仪式。蒂托会希望他们这么做的，在这个冬天早晨，他的母亲和弟弟是他忠实的代理人。

"一定有五十辆汽车。"基蒂说道。当时队伍刚开始沿着门罗街往南走，按照公路地图上的标识沿着从前全美一号公路往南走。门罗街向南蛇行穿过了一个又一个街区的排屋，一直延伸至西边的高速。

在费耶特街的十字路口上，艾拉看见各个帮派现在已经出街了。科特和五六个人一起，驻守在酒水专卖店的门口。布鲁则在自家门前的台阶上打理着吸毒点的生意。葬礼队伍经过了他们，然后下到山下，到了山里佬们①住的猪镇边缘，穿过了威尔金斯大街（Wilkens Avenue）。正是在这里，门罗街包围着卡罗尔公园（Carroll Park）转了一圈，然后掠过了空置的蒙哥马利场仓库，最后上到山上，和州际高速交汇。排屋、街角、衰败的锈带（rust-belt）工业区让位给了树木繁茂生长、清洁干净的巴尔的摩–华盛顿林荫大道。

到阿灵顿四十英里的旅途花了一个多小时。旅途的尽头是一个方阵的士兵，有黑人也有白人，他们列阵于此，献上了只有军队可以提供的一项古老仪式。一个司号兵吹响了一段温柔的乐音。在头顶的山脊上，一队身着蓝色制服的士兵在没有声音的命令下立正敬礼。步枪给出了尖声的回应，让悼念者们惊了一下，不舒服地骚动了起来，这

① hill-billy，常指住在美国山区、没有多少文化的贫困居民。

个声音在他们熟知的世界里有着不同的意味。艾拉震惊地注视着国旗在紧闭的棺材上方绷起，战士们随后叠出了利落的三角形。然后，伴随着脚跟的碰撞声，叠好的国旗被送到了悲哀的母亲手中。

回家的路上，基蒂睡熟了，艾拉独自思索着阿灵顿那空旷的完美，并享受着城市之间、九十五号州际高速两边绵延的苍翠。然后巴尔的摩耸立了起来，城市西边的景观向着宽阔地平线外延伸着，那是一个街区接一个街区的平顶排屋，偶尔才会被教堂的尖顶戳破。

艾拉停在凯里街（Carey）的红灯前时，基蒂醒了过来。

"太抑郁了，"她说道，再次撞见了常见街角上散落着的男男女女，"甚至空气都闻起来不太一样。"

基蒂盯了她一眼，她笑了。"我是认真的……回来太让人抑郁了。很悲伤。"

基蒂什么也没说。

"几点了?"她问儿子。

"两点半。"

艾拉冲进公寓，迅速换了衣服。基蒂跟在她身后，无精打采地进了自己的卧室。她现在不用担心基蒂。他会待在自己的房间里，也许和他的某个女朋友煲电话粥。基蒂不太出去鬼混，艾拉对此心怀感激。

她穿着牛仔裤和套头衫，还有一件绿色连帽外套，把车子留在了费耶特街上，情愿步行亮相。她用轻快的节奏走着，毫不东张西望。她视线固定，眼神空茫。在这个社区里，甚至艾拉·汤普森都有一副战斗表情。

她穿过布鲁斯街，一个揽客仔走上前来，不太坚定地兜售自己的货物。他能看出来同她做不成买卖，但又觉得试试也无妨。

一个年轻贩子瞟了一眼那个揽客仔。"嘿，别烦她。"

他道了歉，艾拉继续朝着蒙特街走去，那里做买卖的声量骤然提升了。一代人以前，蒙特街是一块油水丰厚的宝地，对头帮派为这里大打出手。但是现在，因为有太多的帮派卖着太多种类的货，地盘已经不再是个问题了。在巴尔的摩，任何人都可以在任何地方卖货，只要这里有瘾君子愿意付钱就行。现在，毒品街角仅和货物本身以及贩子的声名有关。

"有橘盖儿的。"

"'大白鲨'。'大白鲨'的货。"

"红的。红盖儿的。红得你嗨。红盖儿啊。"

当然，一如既往的，还有"洞里货"（In the Hole）。

"黑美人"（Black Beauty），一个因严肃外形而知名的深色皮肤贩子，今天正忙着替那个团伙兜售货物，他们卖的海洛因顶着一个出自当地地名的品牌名。因为和其他地方完美隔绝，费耶特街南边那条位于蒙特街和文森特街之间的背街小巷长久以来一直被称为"洞子"（the Hole）。兜售这个品牌时，"黑美人"在蒙特街上兜小圈子走着，机械地重复着叫卖，像是一只在春天交配季里落单的鸟儿。

"洞里货。洞里货。洞里货。"

艾拉径直穿过蒙特街，进到一条紧紧贴着倒塌排屋废墟的小巷里。她扫视了一下裂开倾斜的沥青路面，上面散落着玻璃碎片，铁丝网栅栏的残骸围在前方。一扇老旧扭曲、没有镶边的墙板，秋千架，攀爬架，还有一个底部锈蚀不堪的滑梯，这些符合考古学特征的遗迹暗示这里曾是一个游乐场。

在这块地的北部边缘蹲着一栋一层楼高的预制板建筑，没有窗户的灰色外立面上用暗红色油漆涂着一条带状装饰。矮小、丑陋且幽怨，这玩意儿可能是一个在马奇诺防线上学得手艺的建筑师整的，因为它太像是战时的碉堡了。

艾拉瞭见两个少年的身影正靠在网状金属大门两侧的两个水泥花槽其中一个上面。"硬汉"和泰正在放空，等着娱乐中心开门。

"你们俩怎么没去上学？"

"我们被停课半天。"泰轻松地说道。

标准答案，每人平均每周能有四次。艾拉迅速地挨个瞟了他们一眼，让他们感受到了自己的怀疑，但男孩们没有反应。她登上台阶，打开了两个沉重的门锁，弯腰拉开了金属门。这扇门尖叫着发出了抗议，全程都在抵抗她。她又打开了两道双开门中的一道，进了里面，男孩们跟了进来。在走廊上方，一个弯折的方形牌匾写着"小马丁·路德·金娱乐中心"。

步入黑暗的同时，艾拉在自己的钥匙圈上摸索着，因为她着急要打开那间小小的背街办公室，并打开报警系统。然后她才折回来拨开照明开关。

"签下名字。"她对从"硬汉"身边一跃而过的泰说道。泰抢占了第一个在那本被用作签到簿的作文本上签名的特权。这帮孩子每周有五天都会在这个本子上签到。

"我是第一个。"泰说道，欣赏着自己的签名。"唐泰"（Dontae，即泰的全名），用整洁紧凑的笔迹写在了第一行。

"所以呢？""硬汉"说道，"我也当过第一啊。"

泰的手指掠过了本子。"看看谁总是第一个。R. C.。干！那小子是从来不上学吗？"他说道。

泰沉浸到了本子里。他是个子矮矮的十五岁男孩，结实的躯干上顶着宽宽的肩膀，连着长长的双臂，双腿有点罗圈。他的头发剪得很短，脸上的皮肤绷得紧紧的，看上去有一副憔悴但犀利的面孔。他脸上闪出了一个大大的笑容。

"迪安德尔也在。这两个家伙都疯了吧。"他津津有味地评价道。

泰还玩着那套游戏：上学、写作业、遵守他妈妈的宵禁要求。他参加了田径队，成绩以B的低分飘过，上大学或者参军也都还在他的计划中。但今天，他翘课和"硬汉"一起鬼混了，想要查证一下艾拉女士要组建篮球队的谣言。

"咱啥时候比赛啊?""硬汉"问道,试图激着她给个准话。

"我还不知道。我希望你能像关心篮球一样关心上学。"她回道。

"艾拉女士,我们会很棒的。""硬汉"申辩说。

"我们走着瞧。现在你别催我。"

艾拉退回了自己的小办公室,希望能独处一小会儿。她纠结篮球队这个想法已经很久了,想要彻底想清楚。一支十五岁及以下的球队对她和娱乐中心来说都是一件大任务,但她知道自己需要一些东西来绊住年纪大的男孩们,他们对于小孩子们来说太过粗野了。某些日子里,她也仅仅能够维持住一种有秩序的表象。

办公室外面,好像是一声令下,大一点的那间房里爆发出了噪音。金属双开门正狂野地响着,还有泰和"硬汉"发出的笑声。

"我说,打开那扇该死的门。"

这就是她能够思考的全部时间了。艾拉推开椅子站了起来,叹了口气,然后出去给理查德·卡特(Richard Cater,即 R. C. 全名)开门。

"打开这道他妈的门!"R. C. 吼道,泰和"硬汉"则坐着窃笑,满足地透过装了金属网的窗户看着他恼怒地敲门。这次轮到他们可以安全地躲在那条规则后面了。规则规定只有艾拉和她在娱乐中心的兼职助理马泽尔·迈尔斯可以开门。

"R. C.,拜托,"艾拉说道,结束了对峙,"你没必要说脏话。"

"艾拉女士,"他叹道,声音升高了,一如往常地升到了吼叫的程度,"他们不给我开门!"

"R. C.,你知道规定的。"

"没错,但艾拉女士,他们在笑我。"R. C. 反驳道,他的大脸上挤出了惯常的愤恨。整个世界都在密谋和他作对,这个想法对他的存在如此重要,都能够得上他的信仰了。

"我懂。R. C.，平静一下，把名字签了。"

"好的女士。"他回道，依然紧盯着折磨自己的人。经过艾拉，他扑向了泰，一把抓住了这个比自己小一圈的男孩手中的本子。"硬汉"跳起来要维护泰，用自己的方法试图再激起一下艾拉的愤怒："R. C. 从来都不去上学。"

但 R. C. 立刻就反击了。"上课铃声对我可没有任何效果。"他骄傲地宣称。

说得好。泰滑下柜台去同 R. C. 击掌致敬。友谊恢复了，两人走向了一排桌子，去瞎玩几个已经遍体鳞伤的桌游，把"硬汉"留在原地回味泰突然转向的忠诚。然后，他忠实得如同一只小狗，也回过神来跟了上去。

娱乐中心严格说来不比一间宽敞的教室大多少。中间走道两边的一排排桌椅占去了大部分空间。在走道的右边，被设定为"图书馆"和"艺术和手工区"的小小一方空间靠着墙。只有四个书架的"图书馆"包含了一堆主题令人不解的二手书，而且即便在极罕见的情况下，都不会有人来翻动。只有几罐颜料和胶水的艺术和手工区则在年幼孩子中间大受欢迎。

走道左边立着一排高高的储物柜，每个上面都印着严厉警告，不许打开及擅自取用玩具。这又是一个仅属于艾拉女士和马泽尔的权力。储物柜里存着大部分疑似游戏和玩具的东西，这些东西不知从何处流落到了娱乐中心来。糖果乐园、四子棋、国际象棋以及东一点西一点的大富翁游戏。

堆在储物柜旁边塑料牛奶箱顶上的是一部古老的收音机、一个音响、一台毫无光泽的唱片机、一台旧电视和一台录放机。白墙上画着一幅乐观的壁画——尼瑟、甘迪和其他几个年纪大点的姑娘的作品——一枝树叶茂密的树枝下有几个童话人物。

在后墙的卫生间前是一组杠铃片，孤零零的杆子歇在塑料长凳的金属支架上。在房间的尽头，年幼孩子们制作的一组非洲面具装饰着一个金属架子，墙上的一张海报是涂色书风格的知名非裔美国人肖像。

所有这一切都一尘不染，被艾拉和马泽尔爱惜地维护着，他们偶尔还会得到大一点的姑娘们的帮助。瓷砖地板每天都擦，桌子也每天收拾，椅子则整齐地排着。斑驳脱落的天花板那令人抑郁的感觉被一长串装饰着气球的红绿皱纹纸稍稍点亮了一点，这是某次圣诞节活动上剩下来的。总体上，娱乐中心的内部算是足够有节日气氛了，能吸引到接受了这一幻觉的小孩们。年纪大点的孩子们则想要更多，艾拉清楚，这也是她担心的原因。

在 R. C. 为庆祝一局四子棋胜利而发出的刺耳吼叫声中，她听到了一声轻柔的敲击声。艾拉看了看钟——三点半，还不到小孩子们上门的时间。接着她再次站了起来，去看娱乐中心的门。蹒跚前来的是六岁的德娜·斯伯洛，她裹在一堆冬衣中连路都快要走不动了。她来得和平日一样早，因为她家就住在巷子对面。艾拉迎进了德娜，领着她走过了入口，这才又折回来关门。但门没有动。

"迪安德尔，放开门。"她命令道。

表情严肃的迪安德尔·麦卡洛走了进来，径直走过了艾拉，连个像样的招呼都没打。他脸颊埋向胸口，双臂僵在身体两侧，操着练过的流氓步子走着——绷紧膝盖、挺直脊椎。他的举止里挂一丝当天的寒意。

"你好，迪安德尔。"艾拉说道。

"嗯。"

"你好，迪安德尔。"她又试了一次。

"我说了好。"他嘟囔道，显然被烦到了。他停在桌前，签了到，然后脱掉了外套，随意地扔到了柜台上。他无拘无束、趾高气扬地经过了其他人，没有流露出一丝认识对方的神色。他解开了法兰绒衬衫的扣子，任由它垮成了一堆。接下来是 T 恤，上面印着一幅混混抽烟的卡通。他光着上身，露出了结实的肌肉，躺到了椅子上，举起了杠铃。他机械地做着卧推，没有计划，因此很快就累了。

"二十五个。不错啊，小子。"他坐了起来。

他又抓起了杠铃，做了十个又长又慢的弯举。做完后，他把杠铃放到了地板上，一边转向其他人，一边屈伸着双臂。"硬如铁。"他说道，同时敲击着自己的胸膛。"我是个'硬汉'。"

其他人没理他，但坐在艾拉办公室附近一张椅子上看着这一切的小德娜穿过房间慢慢走了过来。她脸上绽着大大的微笑，被杠铃和迪安德尔吸引到了。小姑娘向着杠铃弯下了小小的身子，试着把它举起来。迪安德尔在她身后弓下了身子，举起了杠铃，并把它举过了小姑娘的头顶。

"姑娘，你很壮啊。"他宣称道，又帮她把杠铃放了下来。他把小姑娘举到空中，她笑了起来。他举着她打圈儿，脸上满是喜悦。"她比你还壮，R.C.。"德娜抱他的时候，他笑了起来。

艾拉看着这一幕，也很开心。不管有多气势汹汹，迪安德尔对小孩子们都很好。

更多流氓来了。哈吉和双胞胎阿诺德、罗纳德一起穿过了大门，脸上闪耀着兴奋。"搞到那只猫了。"阿诺德骄傲地宣布说，激起了R.C.的兴趣。

"没错。弄死了那只一直来搞我们笼子的猫。"罗纳德炫耀道。

"什么猫？"

"一直来搞我们鸟儿的那只猫。"罗纳德说道，"哈吉弄死了它。"

"是吗，你们怎么做的？"R.C.问道。

"逮住了那只猫，把它扔给了沙姆洛克的斗牛犬，给丫撕成碎片了。"哈吉自豪地说道。

"切，这算啥。"R.C.说道，戳破了他们的喜悦。"你们应该看看迪安德尔。"

"是吗?"罗纳德说道,有点受伤。"你应该听听丫是怎么惨叫的。"

"迪安德尔!"R. C. 吼了起来,"迪安德尔,过来。嗨,你给他们讲讲你怎么收拾搞你鸟的猫的。"

迪安德尔放下德娜,慢慢走到了男孩们这边。

"说啊,告诉他们。"R. C. 催促着。

迪安德尔笑了。"有只猫一直在我的笼子附近转悠,想要钻进去。我看到后,就去搞了双厚手套,我叔叔用来收拾螃蟹的那种,真厚的那种,省得你手被刮到。然后我逮住了那个狗娘养的。它想要挠我,但它挠不穿手套。"

迪安德尔已经坐到了一张桌子上。其他男孩,连同R. C.,都因为迪安德尔为自己故事流露出的热情而被他攫住了注意力。

"它还挺野,"迪安德尔说道,"我把它腿弄折了,每条腿都弄折了。然后我把它绑了起来,找了棵树挂了起来……"

他的音量降了下来,引得众人都探了过来。

"……我搞了点打火机油,把丫浸了个透,然后弹了根火柴扔到它身上,把它干死了。"

"哥们儿,你丫就是个疯子。"R. C. 吼道,泰和"硬汉"则赞同地敲打着桌子。

"干!"罗纳德叹道,承认了自己的钦佩。

艾拉已经没在照顾小孩子了。她被迪安德尔的故事震惊到,一时间不知道怎么反应。"迪安德尔,"她最后问道,"你为啥那么干呢?那只猫不过是做了猫会做的事儿。"

"艾拉女士,猫干猫该干的,我干我该干的。"迪安德尔回答说,一副漠不关心的样子。他的回答引起了其他男孩的深深共鸣,他们吼叫着表示赞同。

"你太变态了，哥们儿。"R. C. 兴高采烈地赞道。

"猫杀了我养的鸟。"迪安德尔斩钉截铁地说道，"猫就该死。"

艾拉摇了摇头。几乎从迪安德尔一出生她就认识他了，她一直把他当成一只害了相思病的小狗狗，在费耶特街上形影不离地跟着她家的"臭肥肥"，沉浸在童年时期的第一次心动里。她看着他在街头跑来跑去，随着年岁日长，陷入了越来越多的麻烦中。她知道迪安德尔既聪明又开朗，有很多闪光的瞬间，就好像刚才，在他逗得德娜·斯伯洛欢快大笑的时候。她也知道，要是合他心意的话，他也会折磨和烧死一只猫。

电话铃响了，艾拉退回了办公室里。感谢上帝，是好消息。蒂托已经回到加州的家中了，没走太远，不过是沿着海岸开了一晚上车而已。艾拉从女儿那里得到了这条消息后，挂上电话叹了口气，明显地放松了。

"艾拉女士?"

小史蒂维来到了她办公室的门口。

"怎么啦，史蒂维?"

"我们能把橄榄球拿到外面场地上玩儿吗?"

"你之后能把它带回来的话就行。"

他一溜烟跑开了，艾拉也离开了办公室，把下午剩下的时间都留给了小孩子们。大一点的男孩们很快离开了，去搞那些最好在娱乐中心外面讨论的事儿。R. C. 的声音还回荡在中心里，是从蒙特街上传过来的。

渐渐地，黑暗涌了上来，艾拉看了看钟，已经六点半了，该让自己看管的孩子们回家了。作为最后的程序，她归拢了太思提糕点①和

---

① Tastykakes，花苑食品公司（Flowers Foods）旗下的一款产品。

薯片的袋子，这些都是社区援助中心①"回声屋"（Echo House）和圣马丁教区的慈善厨房送来的零食，等孩子们经过出口回家的时候发给他们。娱乐中心大门窗户上漏出的昏暗灯光洒在了沥青路面上，离开的孩子们成堆走在这片灯光中。

中心被突然降临的安静包围着，艾拉拖出水桶和拖布开始做清洁。她把玩具和游戏放回柜子里，把椅子排整齐，把孩子们玩手指画搞脏的一张桌子表面擦干净。环顾四周，她终于满意了。然后她关掉灯，锁上门，拉下了卷帘门，步入了黑暗中。还有几个小孩在滑滑梯，有些跟着她走到了蒙特街上，此处一直都有的嗡嗡声现在变得清晰具体了。

"有红盖儿的。"

"洞里货。"

"死刑犯。"

艾拉看着其中两个小孩从一群想要卖货给两个开着皮卡的白人的贩子中穿过，去到了费耶特街对面。

她紧了紧自己的外套，穿过蒙特街，又一次走过了街角的人群。

这说不通啊。

芙兰·博伊德今天一早就出了地下室，抽着今天的第一支新港香烟，从自己惯常的位置——门前台阶的顶端——看着蒙特街和费耶特街热闹起来。在蒙特街上，巴斯特和康特里已经拖着疲惫的躯体去到了街角上，泰然地等着"疤脸"（Scar）把货送来。距离芙兰几户人家开外，罗尼·休斯也来到了门口，捣鼓着他那辆屎棕色别克车的引擎，想在这个一月末的早上把车发动。迪罗德的父亲迈克·赫恩斯一言不发地等在罗尼旁边，呼吸在他的头上凝出一小团柔软的雾气。两

---

① outreach center，一种立足社区的慈善组织。

人计划"远征"一家县里的商场，只要可能，罗尼都喜欢尽早，最好在保安人员彻底警觉过来前进去再出来。

"嗨，芙兰。"罗尼喊道。这是发出了邀请。

她轻点了一下头，但什么都没说。在此时的寒冷中，她窄窄的背部靠在一个旧靠垫上，衣着更像是秋天穿的，而不是针对隆冬的。她似乎对寒意毫无知觉，掠过了罗尼，扫视着费耶特街和蒙特街上的行人车辆，搜寻着一桩勾当的第一丝微弱线索，期望这勾当能为今早的第一针海洛因添上一瓶或者两瓶助兴的可卡因。至于同罗尼和迈克光天化日地去大肆偷窃一番，她就放弃了。第一，最近她和迈克处得不好，她都记得当初自己是看上了他哪点。第二，在商场里她总感觉不太对劲，害怕再遭到一起指控，而且保安也总是紧盯着她。于是，她在露珠旅店的门前台阶上安顿了下来，等着好一点儿的选项。她坐着、望着，那硬如磐石、透露着"别来惹我"的外表除了赤裸裸的算计，其他一概欠奉。

外表对丹尼丝·弗朗辛·博伊德（Denise Francine Boyd，即芙兰的全名，芙兰取自她的教名 Francine）至关重要，因为强悍外表一直是她手段技能的核心。不能让任何人觉察到这里有丝毫缝隙，外表就是她的绝大部分了。那种"老娘毫不在意"的目光，那种敢于不顾一切的暗示，给她带来了很高的街头地位。她还和任何吸毒时长快满第二个十年的人一样，被赋予了随机应变、绝处逢生的头脑。娇小的芙兰，拢共九十五磅重，是一个被可卡因搞得骨瘦如柴的鬼影子，却已经撑到三十多快四十岁了。大部分时候她只靠动嘴就能成事儿，绝少出手。她长了一张专为街角而生的脸，眼神强硬的双眼浮在肤色如同番泻叶①茶水的脸上，冰冷的眼光里不含哪怕一丝丝的复杂感情。但

---

① 原文为 Sienna Tea，疑为 Senna Tea，番泻叶，豆科植物狭叶番泻或尖叶番泻的小叶，学名 Folium Sennae，为刺激性泻药。

在这样的表面背后藏着一个饱经摧残但依然有着些许良心的女人，这个能施以关怀的灵魂一次又一次被证明是带来痛苦的负担。芙兰不像姐姐邦琪：这么多年住在一起的经历已经让芙兰确信，邦琪真可以除了吸毒什么都不管。史蒂维也不遑多让。如果你算上酒精的话，那就还有雪莉。

当然，还有斯谷吉，博伊德兄妹中最年长的，在几个街区外他们祖母的房子里过着奢靡的日子。斯谷吉有一份工作、一辆车，还有有线电视和空调，有露珠旅店没有的一切。但芙兰和哥哥之间有隔阂。她没法依靠他，一部分原因是斯谷吉坚称自己如今已经戒毒了，已经四年多没有吸过毒了。

芙兰不相信，还因为斯谷吉装得比她所了解的他更好而厌恨对方。然而，斯谷吉还是过得要远好于露珠旅店这边，因此芙兰就顺理成章地成了费耶特街这所房子里最近似道德楷模的存在了。是她冒险进到厨房给迪罗德和他表兄小史蒂维做三明治，也是她确保孩子们有校服可穿。她还会从地下室的"派对"里抽身，上楼去查看小蕾蕾和她的心跳监测仪。如果要说芙兰的操行里有什么弱点，那应该是她妈妈植在她身上的道德感的残余，这是其他孩子似乎没能继承到的特殊东西。但那都是属于早年间的东西了，是在她父亲被怒气驱使打倒她母亲之前，也是在她母亲从酒瓶里找到安慰并把怒气发泄到芙兰身上之前，更是在博伊德家的孩子们一个接一个从啤酒转到咳嗽糖浆①、从大麻到海洛因、再从海洛因到可卡因之前了。有太多的痛苦，对此刻来说，也有太多东西要去想了。

芙兰继续扫视着街道，终于，她看到蒂雷尔站到了街角上，同巴斯特和康特里搭上了讪。芙兰从门口向他轻挥了挥手。他微微地点了

---

① 咳嗽糖浆或止咳药水中含有的磷酸可待因或罂粟壳成分能引起中枢神经兴奋，并导致成瘾。

点头。

感谢上帝，她想道，蒂雷尔照例来拿货了。"疤脸"很快也会来。身为"疤脸"的副手，蒂（Ty，即蒂雷尔的昵称）会拿着货，负责在街上卖，处理钱和货的事儿。而"疤脸"则坐在排屋的台阶上，看着这一切。康特里，还有巴斯特，要是他们有这个运气的话，会帮"疤脸"的绿盖儿货揽客。但蒂雷尔担着最大的风险，芙兰也清楚蒂雷尔已经开始犯错了，他在偷货供自己吸。

她是上个月从自家房子的门廊上看到的。当时他的身子弯了下来，鼻子埋进了手掌里。他觉察到了她，一下子弹了起来，试着糊弄过去。我眼里进了点东西，他嘟囔道，而她只是笑了笑。

在街头，从需求中总会生出勾当，没过多久芙兰就让蒂雷尔在拿到"疤脸"的货之后，来到自家房后，在他上街卖货之前的几分钟里，和自己搞搞勾当。在地下室的门后，她会摇摇瓶子，从顶上撒一点儿可卡因走。没人比她聪明。

所以现在她就等着，双眼盯着自己小小计谋中的另一半。再过一两分钟，"疤脸"就会从吉尔莫街拐上费耶特街，然后朝着蒙特街走去。身着迷彩服的他，是自家绿盖儿货的移动广告牌。"疤脸"身上没啥亮点，不过是"纽约男孩"的一员而已，独来独往、神秘兮兮的，是这个社区的陌生人，从四五年前露面就开始做买卖了。没人想要挑战"疤脸"，因为归根到底，其实没人关心。他的货不错，这就够了。除此之外，还有传言说所有"纽约男孩"彼此都联系紧密。想搞他们，他们就会把你搞掉，再换到新的街角去。直到去年为止，费耶特街上都没人想要冒任何风险。后来是"裸钻帮"的人开始扩张地盘，宣称巴尔的摩只属于巴尔的摩人。街上留下了三四具尸体——两个"纽约男孩"的、一两个当地人的——"疤脸"因此不得不消失了一段时间。但之后"裸钻帮"的人被联邦调查局端了，事态又平静了下来。"疤脸"很快就回到了自己的地盘上，依然是那个陌生人：

没人知道他的名字、他的家庭，甚至不知道他睡在哪儿。

除了名声和神秘感，"纽约男孩"的"疤脸"、普里莫、"吉钱帮"和所有帮派，都依赖本地人来揽客和卖货。而至少在西巴尔的摩，好帮手很难找到。"疤脸"有着职业性的自律，除了大麻，他从不会嗑嗨。然而蒂雷尔则不够坚定，因此芙兰才找上了他。

十五分钟后，她今天就已经第二次从地下室上来了。收取自己私密联盟带来的利润，感觉确实是太棒了。她回到了门前台阶上，看科林斯开着一辆崭新的淡蓝色巡逻车经过了蒙特街上的揽客仔们。加里·麦卡洛从街角溜过来的时候，脸上容光焕发。

"嗨。"加里招呼道。

"嗨。"芙兰回道。

"史蒂维在楼上？"

芙兰点了点头，加里从她身边走了过去。他们还在一起时，加里总在喋喋不休地瞎扯，唠叨着宗教或者政治，要么就是股市，唠得芙兰头都痛了。如今，他们之间的大部分对话只剩下简单实用的几句。要么手里有点啥，要么想要点啥，或者最糟糕的情况是在他没能拿到东西的时候，才会和她说话。上帝啊，她可受不了听那个男人哭哭唧唧的。

"来点不？"他在进门途中问了她一句。

芙兰摇了摇头，觉得他要是找史蒂维替自己搞东西，那就是啥都没有。加里总是在找别人帮自己去街角，以为一个外表凶悍点儿的人不太可能被坑，但实际上拿到的全是垃圾货。而史蒂维，上帝啊，芙兰的哥哥有可能买回真货，但他在楼上的五斗橱抽屉里放了好几个注射器，每个都是填装好的，里面装的东西不比自来水强多少。每个都填着不同的剂量，从二十毫升一直到六十毫升。加里这样的蠢货只要半秒钟不盯着史蒂维，那他渴望的魔幻感受就永远也别想有了。

果不其然，十分钟后他下到了楼下的台阶上，浪费了十块钱。他的脸因为巨大的悲伤而皱成了一团。

"哥们儿，这玩意儿屎都不如。"他说道。

芙兰摇了摇头。

"你不懂。"加里说道，一副受伤的样子。"我是说，干。"

芙兰嘲弄地哼了一声。"加里，你被打了那么多水进去，手上都要长出叶子和其他玩意儿了。"她说道。

"啥?"

"你被诓了。"

毫无同情。芙兰十分强硬，她可以混在街角。但加里完全是另一种生物。芙兰意识到，他混得越久，也就被欺负得越久。

"这不是你能玩的。"她告诫他。

"啊，好吧。"他苦涩地回道。

"我认真的，你不适合这个。"

"啊，可不。"

她摇了摇头，而加里沿着街区朝上走了，还喃喃自语着。芙兰看着他走远，感到一阵彻底的失落。加里如今已在街头晃荡好几年了，但在某些层面上，她仍然无法接受这个事实。尽管他们之间已经没有爱了，但她依然关心着他。而看着他迷失在一个他完全不适合的世界里，这感觉如同身处地狱。芙兰的一部分想法中依然想要保护加里，但她更清楚地知道没什么所谓的保护。无论如何糟糕，加里也已经身处其中了。

他的堕落带着一种缓慢的必然，但也有某些瞬间，这一切似乎是一蹴而就的，因为加里做事儿从来不会三心二意。芙兰第一次看到他在街角熔化海洛因的时候，真的哭了出来。人们好几周来一直告诉她说他吸上了，说他每天都混在门罗街上，但她从没见过，因此也不相信。加里多年来不曾用过比偶尔一根大麻烟更嗨的东西。在他俩相处的大部分时间里，一直都是他对芙兰吸毒表示不满。相比海洛因或者可卡因，加里更喜欢神秘主义和宇宙学，聊聊那些大于生命的鬼扯玩意儿，同时还打着三份工，往家带了那么多钱回来。当他们在一起的时候，当迪安德尔还小的时候，芙兰花了大量时间在县里各家商场之间流连，想要花掉这些钱。她买了那么多的衣服和鞋子，还有她永远都戴不过来的珠宝。大部分要么连包装都没打开，要么就被她送给了朋友。而迪安德尔则在费耶特街房子的客厅里上蹿下跳，兜里揣着一张一百美元的钞票。他那时还太小，甚至不知道这是什么东西。加里会因为自己有这个能力而给他钱，向所有人表明自己是用之不尽、取之不竭的。

回顾过去，芙兰意识到她从没有真正感恩过他们曾拥有的，她也从来不明白为什么加里会打这么多份工、这么努力。实际上，她从来就没有真正爱过他。她最多不过是爱过加里这个概念而已，爱这个眼距宽宽的工作狂身上的那种原始能量。他停不住地要为他们制订计划。这些计划都已经开始成形了，并几乎就要成真了。

她是在十六年前认识他的，当时他在列克星敦街和富尔顿街交汇处那个药店工作，当柜员赚合法的钱，同时兼职卖点大麻。芙兰做了顺其自然的事儿：卖弄风情，鬼扯一大堆后就把他的小脑瓜搞迷糊了。很快，她的大麻就免费了。

但博伊德家是混街头的。而加里嘛，嗯，是麦卡洛家的人，是瓦因街上那些会上教堂的麦卡洛中的一员。从一开始芙兰就知道他俩的结合是不被祝福的。她看得出他有多脆弱，看得出他对费耶特街上的真实世界几无准备。加里卖大麻是因为想赚点快钱，但他对任何比大麻更强的东西都充满了恐惧。而在他妈妈表达了不赞同后，他就彻底地放弃了贩毒。芙兰挑逗了他一段时间，加里心甘情愿地为她意乱情迷了。但他不像其他人那么强硬。对她来说，他不够男人。

在加里去俄亥俄州上大学前，他们只做了一次爱。芙兰知道自己怀孕了，但还是放他走了，想着这是他应得的，而且加里在她自己的世界里没有用武之地。怀孕五个月的时候，她往扬斯敦①发了封电报，不是想把加里·麦卡洛劝回来，只是想让他知道这件他有权知道的事而已。

让她惊讶的是，这个男孩回到了西巴尔的摩。

芙兰·博伊德的生命中从未感受过这样的忠诚。从来没人能对她说他爱她，说到她都真开始相信了。但她不是加里的真命天女，她现如今已经知道了这点。她从来就不会规规矩矩，不是那种他想要找的幸福家庭主妇。他们刚开始同居的时候，加里就清楚表示希望她能像他母亲一样，而芙兰同样也清楚表明了自己不是萝伯塔女士。她是派对女郎，她还在上学时就一直流连派对了。

帮派分子、混混和瘾君子组成了她的世界。但她还是和加里玩起了过家家。加里这个虔诚的信徒，一个从穆斯林理论到素食主义都来者不拒的男人。他还崇尚科学，仿佛那也是一种宗教。他会翻来覆去地读高中的物理课本，喋喋不休地讨论自己重回俄亥俄州立大学并成为一名工程师的伟大日子。

因为摇篮里躺着迪安德尔，读大学的计划推迟了。然而，加里还是成功造出了一个远超芙兰允许自己想象的未来。药店里那份受工会保护的工作升成了主管职位——年薪五万五千美元——除此之外，加里还在伍德劳（Woodlawn）当夜班保安。芙兰在市中心的电话公司也有一份好工作，而加里靠着股票和共同基金赚的钱还要更多。他买下了费耶特街1717号的房子。他在社区各处买下房产做投资。然后他、布鲁和布鲁的兄弟成立了莱特劳，他们的房产开发和设计公司。加里给芙兰买了一辆奔驰汽车，也给自己买了一辆。他给芙兰和迪安

---

① Youngstown，俄亥俄州东北部城市。

德尔以及所有人买各种各样的东西。

　　一开始芙兰喜欢这一切。她更用力地尝试去爱加里。有一段时间，一切似乎不仅仅是可能，简直就是确定的。但事后回想，芙兰能想起在八〇年或者八一年的某个转折时刻，那是一个她必须得做出决断的时刻。迪安德尔当时三四岁，快到上学的年纪了。他们那时考虑在城市外延的卡顿斯维尔（Catonsville）买一栋房子，像其他年长一点的麦卡洛家族成员买的那种郊区房产。那些麦卡洛凭借新赚来的钱和新的机会逃离了费耶特街。加里也想要那种生活，但芙兰退缩了。她无法想象自己身处加里为她规划的位置上，穿着围裙绕着某个厨房的灶台打转。没有派对，没有冲突，也没有街角，那完全不是她啊。

　　于是，他们留在了费耶特街的那栋房子里，而这个社区也像它侵蚀所有人一样，开始侵蚀他们了。很快，大麻、啤酒和药片就成了每天的全部内容了。她当时二十四岁，在真正找到自己未来的那天，她正和加里在一起——那天他们埋葬了她姐姐达琳。如果她没记错的话，也是在八〇年或者八一年。芙兰当时正在守灵仪式上悲伤得无法自抑，而家里的一个朋友第一次给她拿来了海洛因。

　　"试一下这个。"他告诉她。

　　比芙兰大三岁的达琳，死于费耶特街 1625 号的一场火灾，就死在芙兰如今过夜的房间里。达琳身体百分之八十的面积都被烧伤了。在守灵仪式当天，她把头埋到了那面镜子上，能吸多少就把那堆粉末给吸了多少进去。随后就忘记姐姐去世了。第二天，同一个朋友来找芙兰，又给了她同样的东西。之后一天，他没再来。那天之后，芙兰去找这个朋友了。

　　过了一阵，她变成不得不在床边放着那玩意儿，每天早上第一件事就是来上一点，然后再穿上去市中心工作要穿的衣服。直到某天早上毒品没在手边时，她甚至都没有意识到自己已经成瘾了。她只知道要是没有吸上一点儿，就饥渴得无法去上班了。每天早上要么难受万分，缺勤工作；要么欢喜得对工作毫不在意并同时咒骂自己的主管。芙兰一直在搞砸，直到电话公司把她开除，而工会几乎没有出手来阻止她被解雇。

无法在芙兰身上找到未来，加里也开始在费耶特街上放纵自己了。一开始他为吸毒这事儿和她大吵。但他对她动手后，她搬了出去，告诉自己不会像母亲那样也被家暴。加里四处晃悠找别的女人、新的宗教和其他好几个计划——所有这一切不过是稍微推迟了一点必然的堕落而已。当一事无成的时候，加里做出了选择，清醒自知、从容不迫地选择了在海洛因和可卡因里放纵自己。几份工作、两辆汽车和多处房产都被收走了。到了最后，他和芙兰都堕无可堕了。没在一起，又似乎在一起，他们用同样疲倦的节奏挣扎着。

社区为发生在加里身上的一切责怪她。狗屎，她对自己说。难道他俩没有各自做出选择？难道她对加里施了魔法，而他对自己毫无控制？难道她自己没有数不清的麻烦？

她受不了加里的地方还有那些他为自己举办的同情派对，那些哭诉自己曾拥有一切又是如何遭到了背叛的派对。比如今天，当他嘟嘟囔囔、悲悲戚戚地抱怨着不公而走开的时候，好像有人承诺了会公平对他一样。至少表面上，芙兰不会让任何人看见自己表露出受到了伤害。当有机会在别人身上玩自己那一套把戏时，她也毫无悔意，同时无法因为任何人在自己身上玩了把戏而真去怪他们。加里遍体鳞伤来找她时，可把她气坏了。她都自顾不暇了，要怎么去帮助他呢？

又过了一个小时，期间她注视着蒙特街和费耶特街上的潮起潮落，看着贩子们把货售罄，又补货，然后再售罄。看着突袭的条子们开车逼向了做买卖的地点，把街角的男孩们摁在墙上却又空手而归。每一天，这样的街头阅兵都在这些门廊前上演。每一天，无论刮风下雨还是晴天大雪，芙兰都在外面看着这一切开始和结束。

她几乎什么都不错过。在费耶特街上混了太多年，这给了她一种特别的感觉，一种猎人的本能，让她能看见那些外人无从得见的、在街头发生的事儿。不需要记分牌，在任何时候她都知道谁是在替谁卖货，谁在偷谁的东西，谁就要受伤了，以及谁要来伤人。芙兰能从一个街区外就瞅见冲突和关系，这就是她的绝招，一个磨炼出的礼物，让她得以抢占先机。比如现在，当她沿着费耶特街往下看过去两个街区，看到了一个少年的身影——四个人中的一个——正操着直愣愣的姿态穿过沥青路面。

迪安德尔。也许还有 R. C. 、多里安和博。

要是他敢跟自己说他今天去了学校，那可有他受的，芙兰想道。预期他会径直走到费尔蒙特街上去，所以当他从队伍里脱出来，朝她走来的时候，她吃了一惊。

"你为什么没去上学？"

"上了半天。"

"半天？现在还不到十一点。"

"半天的半天。"他宽慰她说道。

"安德烈，你疯了，"她说道，摇着头，"花了那么多心思才回到弗朗西斯·M.伍兹中学，现在你又在这儿了，在街上晃悠。"

"老师放我走的。"他咬定了。

"拜托。"芙兰回道。

他耸了耸肩。不是每个谎话都要有人信的，有些说出来不过是走个形式而已。

"你有烟吗？"她问道。

"没你的。"

"给我来一根。"她坚持道。

迪安德尔没理她，走去了卖货的地方。看着他走开，芙兰心里是郁郁的。要是他没觉得自己是"世界之王"，那可鬼都不信。他在街角混上一两周，兜里有了点儿钱，就觉得自己算个男人了。更糟糕的是，芙兰想道，他还把巴格西那事儿推给了我。迪安德尔觉得因为那档子破事儿，他就把她给拿住了。可见鬼吧，才不是那么一回事儿呢。当然，他啥也不知道，这该死的小鬼。

三周前，巴格西来到了门口，要见芙兰，管她索要她在柜子里找出的六十五瓶货和两百美元现金。和其他的"纽约男孩"成员一样，巴格西基本上和别人井水不犯河水。但要是出了问题，他会直接来找你。

"布莱克说是你拿了我的东西。"巴格西说道，用了迪安德尔最喜欢的街头名号。这个毒贩声音温柔，情绪平静，这对一个还不满二十岁的人来说很奇怪。芙兰不敢相信自己的儿子把她给供出去了。更糟糕的是，她被巴格西看上去讲理的样子给迷惑了。要是他一上来就很强硬，芙兰会知道怎么处理。但巴格西玩的这出冷静笃定让人害怕，不仅对芙兰来说如此，对她的孩子也是。无论她对迪安德尔有多生气，她也不得不考虑周全。巴格西可能回去会收拾他。

"他就不应该带回家来。"

"那是他和你之间的事儿。我想要回我的东西。"

"瞧着，"她说道，很快让自己也显得讲理了起来，"我可以把枪还给你，但我没拿钱或者货。如果你打算收拾他，我会还你的，但我需要一点时间。"

巴格西考虑了一会儿。"把枪给我。他会还我钱的。他上一笔买卖只欠了我六十块。"

"好的。我会拿到枪，转交给他。"

"可以。"他同意了，依然很放松。

之后事儿就扯平了。芙兰知道迪安德尔相信她已经知道了他的界限。然而，芙兰不过是在争取时间而已。如果儿子再把更多的捣蛋事儿带回家，她可要好好收拾他。同时芙兰也知道是因为自己偷了货而引发了这次危机，但她告诉自己，她最终通过保护迪安德尔不经受供货商的怒火而证明了自己是个母亲。

他一点都不知道，还在这儿像是老爹凯恩①一样趾高气扬地晃悠呢。迪安德尔天性就不谦卑，兜里有点钱的时候更是变本加厉。即使深陷在海洛因成瘾的迷糊中，芙兰也知道自己迫使儿子进入了公开反叛的境地。他在街角混既和地位及金钱有关，也和她吸毒这事儿有关，两者之间不分伯仲。

过去三年来，这孩子都住在一个相当于吸毒点的地方。他现在已经足够成熟来评判她，并根据判断做出反应了。一步一步地，他表达出了自己的结论，并让自己远离了她。他的新宇宙，费尔蒙特街和吉尔莫街，为一个处在彻底叛逆阶段的孩子提供了现成的港湾。曾经一度，她试着扭转局面，试图在每个地方都维系住自己的权威，要求迪安德尔依照自己的要求行事，而不是照着她自己的经历重蹈覆辙。去年，他开始卖货后，她把他赶出了房子，最终却只是看到他在 1717 号里打造了自己的小小俱乐部。上个月她试着制定一些家规，结果不过是在他头上打断了一根扫把棍。迪安德尔轻而易举地从她手里抢过了棍桩子，把她逼到了厨房的墙上，恐吓她，让她意识到了他的力量，然后便大笑着扬长而去了。

在迪安德尔的脑子里，芙兰清楚，有这么一个概念，那就是一满十五岁，他就是个男人了。她的儿子没有打算和她断绝关系，他们还是一家人。但可以保证的是，他不会再容许她把他当成是自己的小孩了。这个变化让芙兰烦躁，也让她痛苦万分。

因为在那些关键的方面，芙兰告诉自己，她一直是迪安德尔和迪罗德的好妈妈。确实，可卡因和海洛因没能给新款高帮运动鞋、周末电影或者世嘉游戏机②剩下多少钱。但是，她的恶习从未侵蚀到对儿子们的爱，她也知道他们都能感受得到。这间背街的卧室算不上什

---

① Big Daddy Kane，著名嘻哈歌手，原名安东尼奥·哈迪（Antonio Hardy），被认为是最重要的嘻哈音乐人之一。
② Sega Genesis games，著名游戏公司。

么，但她的孩子们从来不缺过夜的地方，也从来没有过挨饿的日子，或者上学的时候没有校服可穿。她一次又一次地觉得自己已经向迪安德尔证明了她是他母亲，方式是和他并肩对抗着市政府中的各家机构。她去北大街出席了所有同副校长的会面，参加关于停课的听证会。她也去了每次他被捕后负责羁押他的辖区，出席在市中心法庭举行的青少年犯罪听证会。她陪着他去波恩赛考斯医院①和大学医院，在那里的急症室里处理破皮的膝盖和折断的骨头，应对哮喘发作和厨房里的烧伤。在那些安静时刻里，她更是永远陪着他。那些时候他没了汹汹的气势，恐惧展露无遗。那些时候他需要被拍拍头和安慰。

她不是一以贯之的，她很清楚这点。在相对平静的时刻，芙兰能大方地承认缺点，以冷酷的准确性来描述自己为人父母的失败之处。但下一秒她就会争辩，还带着些许真实性，争辩她的儿子们比起太多在费耶特街上混的人要好得多。那些孩子在街角上成群结队地自生自灭，跌跌撞撞度过了颓丧的破碎童年，摸索乃至自创规则。比如丁丁②，只有十三岁，但已经有了彻底的反社会人格，一天到晚都混在街角，因为毒品债务或是对方不尊重自己冲着成年人开枪，要么仅仅就是为了扣动扳机的微弱快感。再拿丁丁的同伙胖子埃里克（Fat Eric）和拉蒙来说：这些孩子已经疯到敢对经过的警车开玩具枪了，还会敞着拉链冲进韩国人开的外卖店，冲客人们和被羞到的前台姑娘晃自己的鸡巴。还有双胞胎阿诺德和罗纳德，加里女朋友罗妮最大的两个儿子，他们十四岁就辍学去野了。两年后，他俩就在费尔蒙特街一处公寓里开了赌局。这个地方的成人住户被捕后，他俩把它抢来了。双胞胎能随意踢开一扇后窗，按自己心意来去。他们的白天被沿吉尔莫街贩毒的买卖占据，夜晚则花在了为社区其他孩子在公寓里开

---

① Bon Secours，法文，"好帮手"之意，源于十七世纪的法国，是由罗马天主教会修女创立的护理机构，如今旗下管理着多家医疗机构。
② Dink-Dink，俚语中有"阴茎"之意。

"游乐场"上。恶臭的垃圾留在最初被扔下的地方，角落里堆着人类排泄物，厨房的所有设备、椅子和墙上满是弹孔。这一切都还是他们的母亲就在楼下时发生的。罗妮除了自己嗑嗨，对其他都漠不关心。

社区里的丁丁们和胖子埃里克们比迪安德尔及他的同龄人要小上一两岁，但即使在费耶特街的常驻居民中，他们也都被认作狂野的新品种：暴力、缺乏社会教养、毫无责任感、同家人朋友甚至是自我都没有联结。丁丁和他的帮派成了第一波，灾难显然正在升级。更年轻的群体已经在社区中留下自己的印迹了："小老头"（Old Man）和丘博刚九岁、十岁的时候就已经站上街角，替蒙特街上的贩子们跑腿了。

芙兰为迪安德尔和迪罗德付出的要远多于这些。甚至是现在，尽管已经迷失在了毒瘾中，有些事儿她还是不会做的：

她不会为了自己享受，把小孩送到街角上卖货。迪安德尔踏上费尔蒙特街是出于他自己的决定，也违背了她的意愿。她不会扣着迪安德尔的货，或者藏起他的枪，或者教他如何从海洛因里揩油，或者如何把一份货卖出更高的利润。她也不会对他在街角搞的混账事视而不见，任由自己和他狼狈为奸，只为着那些可能到她手里的毒品和美元。她厌恨他已经站上了街角这件事儿。她讨厌听见夜间回荡在费尔蒙特街和吉尔莫街头的枪声，担心救护车的警笛是不是为迪安德尔鸣响，或者当警车呼啸冲过街角的时候是不是要去抓她的儿子。她愤恨他已经抽上了那种粗大的费城雪茄①，从十块钱一袋的大麻起了步，就和她当初一样。当然，她无力阻止任何一桩：身为一个不占理的家长，她已经妥协了。但她也不会像很多人一样，就此表示出鼓励。

她的儿子们也不会去圣马丁教堂的慈善厨房就餐，这样他们的母亲可以把饭钱用来买毒品。迪安德尔不会因为没有一套新衣服和一双

---

① Philly blunts，某种粗大的大麻烟。

新耐克气垫运动鞋而为复活节感到难受；迪罗德不会因为没有生日蛋糕而记住某个生日，或者在圣诞节没收到任何玩具。这些对芙兰来说很重要。这样她可以告诉自己，她在一个四下都破碎失衡的世界里保有了刚好够用的平衡。在这样的低标准下，她是完全正确的：在这个太多人都已经彻底放弃的地方，芙兰·博伊德依然是自己孩子的母亲。

安德烈并不承认这点。如今他已经从她的翅膀下钻了出去，把她的付出当作理所当然的。他还想要更多，他的态度也变得阴郁，并因为更多想要的东西不能马上得到就噘起嘴来。我全靠自己在外打拼，迪安德尔喜欢这样告诉他的朋友们。没人为我做任何事儿。

他不过是不知道而已。芙兰想要像去年夏天一样再把他赶出去，或者至少向他收点房租，如果他不再打算上学的话。她应该做的——也是她想要做的——是狠狠抽他一顿。但那样的日子早已一去不返了。

那就这样吧，她想象自己对他说，你现在是个大男孩了。你是个男人了。你就继续去像那样混呗，等下次科林斯钻出警车来踹你屁股的时候，你得靠你自己了。下一次他们从学校打电话给我说你的又一桩混蛋事儿时，你不会再有我去学校为你撒谎了。下次你去市中心出席青少年犯罪听证会的时候，也看不到我了。你的屁股在法庭长椅上坐到磨平都别想等到你妈我现身了。

芙兰搞得自己充满了愤恨，现在正不停揉搓着那个已经塌陷的沙发靠垫，等不及要在他下次经过自己身处的台阶时，冲他猛扑过去。她受够了。当望向蒙特街并看见迪安德尔从外卖店里出来的时候，她的双眼闪着怒火。看看他，她想道，多洋洋自得啊，好像一切都是围着他转的。去你丫的。

半个街区以外，迪安德尔似乎感受到了她的目光，很快就锁定了视线，并在走向她的过程中，用自己空茫的眼神刺激着她。他慢下了步子，但眼神从未躲闪。当迪安德尔双手深深插在外套口袋里，靠近台阶底部的时候，芙兰站了起来。他几乎没有打乱节奏，只是一只手从口袋里抽了出来，冲她扔了一个小纸袋，她下意识地就接住了。

香烟。她摇了摇头。"你逗我玩呢?"

迪安德尔笑了，继续走向费尔蒙特街。

"去你的，德雷（Dre，同 Andre，都是迪安德尔的小名）。"她吼了起来，"给我回来!"

但迪安德尔没有理她。

干，芙兰对自己说道，闷闷不乐地剥着香烟包装上的塑封。为什么他要那个样子? 总是惹了她又来安抚。总是让她看到自己最糟糕的样子，然后又在最后一刻流露出一点好心来。

就好像去年的圣诞夜，当时钱都花光了，而迪罗德已经把给圣诞老人的玩具单子都写好了。芙兰感觉自己别无选择，只能坐上公交去雷斯特斯敦商场（Reisterstown Mall），然后在商店之间狂奔，进行最后时刻的疯狂偷窃。她本来快要全部搞定了，但忘记把几个东西上的防盗扣给卸下来，结果在离开某家商店的时候触发了警报。商场的一个保安追着她到了停车场，芙兰堪堪赶上了一辆往南的公交。她又怕又喘地朝身后望去，看见其中一人正冲着对讲机说话。几个街区以外，一辆警车让公交靠边停车的时候，芙兰从后门溜了下去，转过街角，接着就彻底迷失在了巴尔的摩西北部。等她回到家的时候，所有商店都已经关门了。

现在想想，她还记得自己带着最糟糕的情绪爬上了通往那间背街卧室的楼梯，恨自己让时间拖到了十一点以后，害怕看到迪罗德的眼神。她不情不愿地走进卧室，却看见迪安德尔在床上看电视，一堆购物袋堆在他面前的地板上。

"可还好?"他招呼道。

东西都在那儿了——迪罗德愿望清单上的所有玩具以及更多的东

西，所有一切都是用费尔蒙特街上赚来的现金买的。芙兰一时间不知所措。

"感觉你也许是遇上了点儿麻烦。"她儿子说道。

"是的。"

当时，迪安德尔没有显出骄傲或者表明优势。他没有羞辱她。非要说有任何情绪的话，他甚至为此感到有点羞愧。她探向了床那头，扯了扯他衬衫的袖子，把他的头揽过来靠着自己的头。没人说话，但很快地抱了抱。一种联结。

干，也正是这个迪安德尔，顽固又自大，还阴沉沉的。但有时候，他也会展露自己，卸下防备，准备付出一切。芙兰为这个回忆笑了起来。她儿子就是个憨憨。

她看着他拐过了吉尔莫街的街角，把牛仔裤拉回到腰上，又恢复了直愣愣的步伐。如果我能熬过去，她想道，如果我能把毒戒了，还有机会能和他重归于好。

她深深沉浸在自己的想法里。她攥着打开的香烟盒子，手上还拿了一支，现在半个街角的人都在看她。干。

"我能来一支吗？"

"啊？"她惊道，慢慢回过了神来。

"一支烟？"

"嗯。"她嘟囔着，递了过去。

"嗨，芙兰……"

又来了一个。

"跟你借一支。"

接着又来了一个。街角像是海绵一样吸干了这包新港香烟。她他妈的就是笨蛋才会手里拿着一整包烟坐在外面。

"哟，芙兰……"

"滚，史蒂维。我已经给出去半包了。"

她哥哥耸了耸肩，感觉被伤到了。

"拿去。"芙兰说道，抽出了最后一支送人的香烟，把剩下的放进了自己的口袋里。史蒂维从她点着的那支上续了火。

"罗尼回来了。"他说。

他是回来了。芙兰看着罗尼·休斯和迈克·赫恩斯开上了费耶特街，并把那辆别克停在了街对面。车门打开后，两个男人慢慢地走了出来，带着笑，像运动员一样在人行道上伸展身体，然后走到后备厢前。成果颇丰啊，芙兰想道。

罗尼打开后备厢，两人从一堆物品中依次抬出了一件件东西：女士裙子和男士运动衫，商店的标签在冬天的风中翻飞着。他们站在那里，站在费耶特街的中心，攥着衣架的弯钩举起了那堆该死的玩意儿，向蒙特和费耶特街上的人群骄傲地展示着今日的收获。

"真他妈不赖啊。"芙兰说道，脸上挂着笑。

迈克冲着她走了过来，手臂伸着，手里攥着一条晚礼服，好像那是一条五磅重的鲈鱼。芙兰看到了梅西百货的标签。那还真是不错，她不得不承认。

"看你能的。"她说道。

迈克咧嘴笑了。能养家的人。

"我们可以把这货卖掉。"她向他保证。

她的思绪已经抢跑出去了：要去哪儿卖、要价多少、砍到多少能接受以及自己提成是多少。在费耶特街上，"派对"永不结束。

二

我们阻止不了这一切。

无论世界上有多少律师、多少枪和多少钱都不行。我们无法凭借罪恶感、道德感或者义愤成事。开多少犯罪峰会，成立多少特别行动小组或者委员会都不行。在费耶特街和门罗街被遗忘的街角那些无法窥见的地方，政策都不行。在和毒品的战争中，把疲于奔命的警察数量再翻一番，或者把监狱的床位翻上三番，都换不来持久的胜利。关键的法令、允许没收财产的法律、没有搜查令的搜查，或是他妈的任何会被扔到来年预防犯罪提案中的东西，都换不来和平。

在费耶特街上，他们也都清楚。

今天和任何一天一样，店铺会在上午开门营业，揽客仔会出现在街角，轻快地吆喝着货物的名字，仿佛这些玩意儿出现在街头是合法合规的。跑腿的则会带着货过来，瘾君子们排队等着被服务，一列憔悴消沉的乞丐顺着小巷子延伸着排开，一直排过整个街区。

街角根植在人类的欲望中，是那种天生的、必然的，也需要立刻被满足的欲望。残酷的真相则在于，全世界所有的执法机构都招惹不起欲望。在费耶特街和门罗街上，在巴尔的摩很多类似的街角上，毒贩和瘾君子都已经赢了，因为他们人多势众。他们早已赢了，因为马里兰州和联邦政府已经囚禁了成千上万的人，遭逮捕的则数量更巨，大概有十万人被判缓刑或者假释——但这还是远远不够。按照人口统计数据来计算，街角上的男男女女可以直接宣布胜利了。仅在巴尔的摩一地，一个人口不到七十万、有着全美最高静脉注射吸毒率的城市，这些人能有五十万，甚至有六十万——马里兰州全境所有监狱床位中的每一张都对应着三个人。毒贩们控制着一百多个露天街角。他们能从南向的地铁线上拿到多少毒品，就卖出多少。而瘾君子们则一天二十四小时、每周七天地追求着那种刺激。

在没有其他财富幸存的社区里，他们已经打造出了一个强有力的经济引擎，他们愿意为其牺牲一切。不会搞错的：这个引擎正在轰鸣。没有下滑的利润率，没有衰退，没有糟糕的财务季报，也没有裁员和自然失业率。在我们城市空虚的核心里，毒品文化已经形成了一个造富的结构，它如此的基础和坚韧，可以合乎逻辑地被称为一个"社会契约"了。

外人很容易把这个噩梦视作供需关系失控的例子，视作未能执行禁令而导致的无法无天。但从费耶特街和门罗街以及其他类似地方的角度看来，这已经成了一种大于成瘾的医学机制，甚至比其中牵涉的美元和经济理论还大的怪物。

搞清楚：他们并不只是在那里贩毒吸毒。确实，那是一切的起点，但三十年的时间已经把街角改造成了某种比市场要致命得多也持久得多的东西。过着街角生活的男男女女正在以惊人的代价重新定义自己，在一个已经宣称他们无足轻重的世界里寻找着意义。在门罗街和费耶特街，在遍布全美城市的毒品市场上，没有任何明显正当理由的生活通过一种自给自足的简单资本主义获得了认可。街角为他们提供了一席之地，每人都有。揽客的、跑腿的、望风的、运货的、打劫的、偷毒品的、执法人员、瘾君子、卖假毒品的、警方的线人——所有人在街角的世界里都不可或缺。每一个人都会被利用、被虐待，最终被永不失手的必定结局吞噬。只有在这个地方，他们能够立足。只有在这个地方，他们知道自己是谁、为什么身处其中、应该做什么。在这里，他们几乎算是要紧的。

如今的费耶特街上，街角世界是仅存的能提供真相和力量、金钱和意义的地方。它赋予生命，也剥夺生命。它评判着所有人的同时也戏弄着他们。在同一个瞬间里，它喂养着所有人却又吞噬着他们。在这片虚无中，街角就是一切。

我们期望它不要比现金和人类的贪婪更复杂。归根结底，它是一个可以相信的理由。我们想要认为那不过是化学反应，全和上瘾的脑子有关。但事实截然不同，那已经成了一种认可，是那些迷失灵魂在安慰着自己，说他们能在一次性注射器的针尖寻获每日的意义。

街角和瘾君子有关。成千上万的瘾君子，他们想要好货，就好像其他人需要呼吸空气一样。上班的人在午休时间来到这里，同已经十年没见过正经工作的街角居民套近乎。白人男孩们从县里的高中过来，暗暗祈祷他们不会被诓走零花钱。旁边还站着吃救济的母亲们，用她们领到的救济款向同一个神祈祷。在门罗街上，有九十一岁的退休老人排在队伍里，等着把钱交给十四岁的贩子。而在山下的蒙特街上，那个衣着整洁的小主妇，穿着自己礼拜日的好衣裳出现——印花裙子、高跟鞋、白色礼帽和面纱。上教堂的信女在福音和街角间穿梭。每隔一天，在蒙特街或者吉尔莫街上，常客们就能瞟见那个从市中心来的疲倦白人女孩，就是那个双手肿胀的女孩，人人都说她是个律师啥的。黑鬼们、白佬们，一旦你来到这个起点，那么到了最后，对种族的执着就没有任何意义了。只要注射器里装着二十毫升的毒品尚没有卖给某人，剩下的就只是需求和欲望的完美等式了。在费耶特街上，瘾君子们等啊等，祈祷能获得和之前一样的"正宗"体验。他们冒险带走一丁点儿的毒品，然后吸食注射，感受着波浪的翻涌和平息。

街角也和毒贩们相关，和运毒贩毒的年轻帮派相关。他们所有人都情愿交出自己从未见过或感受过的道德感，只求换来短短一刻的物质成功。是的，没错，金钱就是原因——不是上下班打卡，不是扫地拖地，也不是等着下个周五的发薪日，而是现金，立马能付给那些双眼空洞、敢供应任何物品的小孩的现金。然而，他们都怀着终会失败的隐藏结局在街角卖货。除了极其罕见的例外，这些钱都不会持久。每次的收益都会在六个月内花光，或者四个月、三个月就没了。他们也不全是为了现金才干这档事儿，反正到手的现金都会被挥霍一空。他们是为了短暂的自我。所有人都被挟裹进了同样的帮派梦中。所有人都被同一个谎言诅咒，骗他们最终能从某些东西里分得一块。在这样的标准下，街角每天都证明着自己。证明它可以摧毁它触及的、无关紧要的一切。但至少，在一个短短的瞬间，那些效力街角的人有了地位和目标。

　　这不仅是一个根植在种族中的生存危机——街角已经慢慢地超出了这个危机——这是个根植在美国锈带未能解决的灾难中的危机，根植在那个关掉了工厂流水线、让劳动力贬值以及削弱了工会工资标准的、缓慢而影响深远的转变中。在街角，某些遍体鳞伤的浪荡之人曾在钢厂炼钢，但斯帕罗斯角①已经不像过去那样招人了。有些人曾在西格特和洛卡斯特角②装卸货轮，但港口已不复当初了。还有些人曾就职于科珀斯③、美标④或者 Armco⑤，但这些工厂如今都已经消失了。所有这一切对在这个后工业化时代里正兴旺发达的人来说毫无意

---

① Sparrows Point，旧译"雀点"，巴尔的摩的工业卫星城市，曾是美国最大的钢铁工业基地之一。
② Seagirt 和 Locust Point 同为巴尔的摩港的码头。
③ Koppers，美国大型化工及建材公司。
④ American Standard，美国卫浴产品品牌。
⑤ 现称为 AK 钢铁控股公司（AK Steel Holdings Corporation），一家美国钢铁公司。

义。对伫立浪尖的我们来说，这个世界正以科技实力为轴，沿着不断拓展的信息轨道旋转。在这样的一个世界里，无人在意街角的男男女女，他们几乎毫无用处，并且这个状态已经持续了十多年。

我们如何跨越这道鸿沟呢？我们怎么同那些已迷失在街角世界的人重建联结呢？作为开始，我们至少需要卸下成见，从全新角度去审视，从内部来审视。我们必须去想加里·麦卡洛在彻底破产之后，在为欲望煎熬之时，在某栋废弃排屋中缓慢翻找废铁时的所想。或者，至少有那么一刻，我们要像"肥仔"科特一样生活，过他在街角和吸毒点之间蹒跚往来的那种生活。或者感受"饿仔"所体会到的感觉，那种他在门罗街的台阶上注视并等待，打起精神摸进小巷，一周之内第三次鼓起勇气，从"纽约男孩"存放的货里顺一点儿走时的感觉。他准备着再一次被揍得鲜血长流，只因偷毒品是他仅知的勾当，而且不管流不流血，"饿仔"每天都要嗨到。

我们需要重新开始，需要承认在某种程度上，历史和种族、经济理论和人类弱点这些势力已经联手，在我们最大的一些城市里，共谋出了一个全新而独有的宇宙。我们的规则和要务在此处毫无意义。我们必须抛弃依旧坚持理性判断的社会和文化上的无用包袱。逆着我们能动用的所有惩罚，这个新世界不仅幸存了下来，还在扩张，吞噬着它途中的一切。坚持认为它应基于某些外部的道德体系来考量，这样做所引发的不过是没有结果的讨论。在西巴尔的摩或者纽约市东部，在费城北边或者芝加哥南城，他们从不听令于人，因此我们最好的观点也都无关紧要。

花点时间，想一想街角，不要把它看作一个社会灾难，而想成是已在我们城市中变得必不可少且非常重要的东西。在自然世界里，有很多生命会因水源而生发。金合欢树林生长的一小块地方就是绿洲，庞大或渺小的生灵都会前来觅食。维持生命的灵丹妙药把它们都吸引了过来——捕食者和猎物，巨大的兽群和孤独的流浪者，象牙长长的老象和新降生到这个山谷的幼崽。相比砖头、水泥、沥青和角钢，对于美国的内城区①来说，街角的重要性也不遑多让。白天连着黑夜，他们来来去去，被可卡因和海洛因诱引着，忽视了危机和风险，如同任何一只急需生命必需给养的动物。不是角马和斑马，这片大草原上的主要兽群是双眼无神的瘾君子们。他们受每个细胞嘶吼着发出的渴求驱使，来到了水边。每个海洛因和可卡因成瘾的人都因藏身在群体中不被认出而自感降低了风险，也都因这个群体数量之巨而倍感安慰。草原上也有猛兽——毒贩们——他们凭借名声及偶尔的残暴统治着这片草地。豺狼们则尾随而来：卖假毒品、偷毒品的人在边缘徘徊，以弱者和粗心大意的人为食。鬣狗——持枪抢劫犯们——则是夜行的边缘角色，他们唯一的同伙就是机会本身。谁是笨拙缓行的大象？也许是警察吧，他们还在远处的时候就已被察觉，还大肆张扬地抵达。他们只能管到自己脚下的地盘。

曾经，这一切全然不同。几代人以前，吸毒还只是嬉皮士的游戏，是地下室和三更半夜的俱乐部里的边缘勾当。当时毒贩数量稀少且遭人厌弃。瘾君子们都很酷，总伴随着比波普的律动②。他们的毒瘾或多或少承担了反叛社会或者自我疏离的功能。能有多少人呢？如果1958年的巴尔的摩拢共有两千个瘾君子的话，那市警察局缉毒小队的三个缉毒警就能管得过来。但进入1960年代，早前的"纯真时代"被席卷了东岸每个城市的海洛因浪潮狠狠拍倒了。

在巴尔的摩，整条宾夕法尼亚大道（Pennsylvania Avenue）的夜间摊位都在售卖要价一美元的胶囊。只需要一个美元的那种古老垃圾货，就足以让一个吸海洛因上瘾的瘾君子满足一整天了。需求已经不限于乐手和鼓手了，已经溢出到背街小巷里，一寸寸地渗进了最糟糕

---

① inner city，常指美国老工业城市的市中心区域，因制造业没落，白人为主的中产阶级搬离而沦为了经济不振、治安混乱的贫民窟。
② bebop，爵士乐的一种，节奏复杂，这里指乐手是主要的毒品消费者。

的住房计划所覆盖街区的若干个街角。城市东边和西边，曾因违禁勾当而隐名埋姓的毒贩们，对一个日益孤立的贫民窟世界来说，却成了励志故事，变成了混杂着占山为王、精兵强将和声名日隆这样形象的真实匪徒。小梅尔文、大露西尔、"匪徒"韦伯斯特、"小孩"亨德森、利迪·琼斯、斯奈德·布朗夏德，这些西巴尔的摩的人名依然能让年长的贩子和瘾君子们竖起耳朵。这些名字建立了帮派，并激励出了下一代的街头毒贩。

一夜之间，其中的金钱就变得非常可观了。瘾君子们像是一支对自己发起进攻的军队，每天都在背街小巷和住房计划所属房屋的楼梯间里享受服务。那些服务提供者在某种程度上可被视为有事业心的人，他们对贩毒网络忠心耿耿，因为这些组织会支付报酬、提供保护、承担保释金，并在他们被关进黑格斯敦或者杰赛普①时照顾他们的家人。这些人在望风方面都是专家，危害极大但并不冲动。总体来说，他们有着一套准则：

不会吸食注射自己售卖的东西。不会卖给儿童或者雇佣儿童，也不会卖给想要第一次尝试皮下注射的天真新手。暴力威胁于他们如同是一袭用于装饰的斗篷，除非真有人必须挨一枪了，否则他们不会开枪。当枪子儿无法避免的时候，总有专业人士愿意出手，比如丹尼斯·怀斯或弗农·科林斯之流。他们操着宾夕法尼亚大道匪徒特有的腔调，靠近目标，瞄准，然后击中正主黑鬼。被复仇纠缠对生意不好；持枪抢劫的混混们，要是他们能活着，总有赏金在买他们的人头；以假货诓瘾君子的骗子们则深藏在阴影中。

较早的这一代人认真又小心。至少在做买卖这个角度上，他们能理解何为责任，因此会对货负责。绝大多数情况下，数量都是精准

---

① Hagerstown 和 Jessup，均为马里兰州地名，距离巴尔的摩不远，此处指两地的监狱。

的，所有现金也都准时换手。他们有预防措施：不会卖给随便一个路过的人。他们知道吸海洛因上瘾的人是什么样子。如果他们不知道你的名字或者认不出你的长相，则会审视你鞋子的皮质、你的衣服和你的体型，还有你手臂上的血管。这一切会被仔细审查是因为，归根结底，对他们来说，卖货给一名警察是彻底的耻辱。他们是社区的常住居民，因而格外谨慎。他们收了你的钱，但十分钟后，当某个跟班递给你那个玻璃纸纸袋的时候，他们人已经在半个街区以外了。如果别无选择，他们也会去坐牢，但会尽自己最他妈大的努力避开铐子。对他们来说，每一项指控都是要竭尽全力避免的。总体说来，要真遭到了指控，他们不会出卖同伙，而会靠律师来缩短刑期。

到了 1970 年代中期，一系列的联邦特别行动已经打掉了大部分知名的毒贩：小梅尔文被关在刘易斯堡（Lewisburg）；利迪被关进了马里昂（Marion）；“匪徒”韦伯斯特很快就会被判上五十年；“小孩”亨德森已经死了；大露西尔也快死了。但他们种下的种子已经超越了他们，长大成熟了。他们的后代成千上万，现在都下到了社区的街角上。不再仅是边缘地区的一点儿令人烦恼的小事儿了，而是公然现身，彻底和社区对着干上了。有组织的贩毒团伙变化着，合并、分裂再生变。然而在某些基本层面上，还是坚持了准则，至少是在可卡因出现之前。

可卡因改变了这个世界。

海洛因的交易还仅限于那些重度成瘾者，但当便宜且海量的可卡因在 1980 年代中期到来后，便冲毁了所有阻碍，让所有人都加入了游戏。两者都是白色粉末，但各有独特的药理学特点：海洛因是强效的镇静剂，去街角几趟，花上二十美元，就够一个瘾君子过一天了；可卡因是直达极限的刺激，瞬间消失，像永远也无法满足的渴求。吸海洛因，哪怕是最饥渴的瘾君子也能知道为它付出的极限在何处；但可卡因要把每一张讨来、借来或者偷来的钞票都交给街角。而且除非一个瘾君子开始冲着快球①去了，吸食可卡因是干净清爽的，不需对注射器感到紧张兮兮的。一根烟管和快克可卡因就成，甚至只是快快地吸一鼻子也能嗨。一开始，人们说这玩意儿甚至不会成瘾，总之和海洛因不一样。他们把它称为"姑娘"或者"简"（Jane）或者"女士"，用女性化的称谓来和毒品之王海洛因的昵称"男孩""约翰"或者"先生"对照。

但可卡因有自己的力量。1980 年代中期，可卡因一侵入巴尔的摩，就泛滥到了业已存在的吸毒人群之外，夺取了新的市场份额，第一次把数量令人震惊的女性带到了街角。也有更多的白人男孩来了，有些就来自山下的山里佬社区，其他则从距离最远的郊区②过来。很多人一来再来——一小时能有四五次——以填饱他们的狂欲，直到钱花光。可卡因瘾君子经由鼻子吸食踏上了这一旅程。到了 1980 年代末期，绝大部分都是用烟管把烧化的可卡因抽吸下去。在纽约，他们叫它"快克"。成块儿货，费耶特街的贩子们这样吆喝。成块儿货备好了。

到了十年之交的时候，还活着的瘾君子渐渐转向快球，为了终极的快感把可卡因和海洛因混一起注射进静脉。海洛因是基底，能让你镇静并感觉舒服。然后可卡因跟上，带来吗啡一直缺乏的那种额外刺激。巴尔的摩跌跌撞撞、踉踉跄跄地走过了长达十年的可卡因泛滥时期。进入 1990 年代中期后，根据政府的估计，它已经是全国注射吸毒比例最高的城市了。成千上万的重度成瘾者中，绝大部分都在同时吸食可卡因和海洛因。甚至连那些害怕针头的人也能找到纯度为百分之六十的吸食类海洛因，然后加上一烟管的快克可卡因。

老派的海洛因瘾君子们为此感到恶心。对他们来说，和后来的灾

---

① speedball，指混合海洛因和可卡因注射，是最危险的吸毒方式。
② 指中产阶级及以上社区。

难相比，只吸食海洛因似乎是一种理性的生活方式。看着吸可卡因和吸快球的人在街角上嗨得神志不清，他们会摇着头嘟囔。即使在他们眼中，那也是低级下流的毒瘾。即使在他们眼中，那也是可鄙的。

只有海洛因时，供应的源头似乎是有限且有组织的，被限制在那些和纽约供货商有着真正关系的人手里。而纽约的那帮人，相应地，则和一小帮进口商发展并维持了关系。可卡因的泛滥也改变了这一点，打造起了一个二十岁批发商给十七岁毒贩供货的自由市场。任何人都可以乘坐美国国铁（Armtrak）的列车或者灰狗客运的大巴去纽约，再带着一包货回来。到了1980年代晚期，巴尔的摩的职业贩毒者已经被有效地边缘化了，可卡因和自由市场让地盘这个概念对城市里的毒品交易来说已经无关紧要了。

一切也并没有止步于此。可卡因还干翻了毒贩的规矩，因为随着有组织贩毒的退让，准则也都不在了。每一个街角上，街头毒贩都可以使用未成年人，一开始是望风和跑腿，然后就在街头卖货了。最开始，是最强悍的小孩来干，是那些出生和成长在最贫困家庭里的犯罪天才来干。烦于应付严苛惩罚的毒贩们欢迎他们加入。为街头的买卖雇佣未成年人很合理：既然任何一个稍微上心的十五岁小孩就可以卖货，还能扛罪，然后顶着未成年法庭的随便什么判决继续卖货，那为什么要冒险自己入狱五年呢？

一开始这是个理性的策略，但十年过后，内在的逻辑已不再成立了——由于监狱长期囚犯过载，在巴尔的摩已经没有成人会因为街头贩毒而入狱了。缓刑和刑期抵押①是当时的主流。但孩子们留在了街角，不再是为了打掩护，而是因为好帮手不好找。

规矩也都坏了：揽客仔、跑腿仔，甚至街头毒贩纷纷违反基本原则，还吸起了自己的货。还不仅是海洛因——这至少还能稳定点——

---

① time served，指将从被捕到正式判刑前的时间计入刑期。

他们吸的是可卡因，或者两者一起。吸可卡因的渐渐染上了海洛因的瘾，吸海洛因的开始吸快球。而在这个狂野"鸡尾酒派对"的某处，货开始不够了，钱也不够了，于是揽客仔和望风的突然就越了权。在费耶特街上，靠谱这个概念已经不存在了，甚至暴力威胁都无法阻止康特里把"疤脸"四分之一的货吸到自己的鼻子里，或者像是"蛋仔"达迪那样谎称自己不得不把属于"吉钱帮"的六十块钱交给某个假想出来的抢劫犯。那毒贩会怎么做呢？

孩子们算不上是行业的领军人物，如果由着他们来，他们会用自己的方法搞砸一切。但他们大部分都没有在吸比大麻更烈的东西，大部分也都愿意为了点零花钱本分地干点儿活。相比重度成瘾者，毒贩们意识到能从未成年人身上榨出一点忠诚来，或者在必要的时候，通过恐吓来获得忠诚。未成年人相应地会把更年幼的孩子带来为自己揽客和跑腿，直到最后，年仅十岁的毒贩出现了。

这一趋势只会越来越快，因为越来越多的年轻母亲走上街角求购可卡因，而不堪重负的单亲家庭也即将爆发式增长。可卡因比海洛因造成的破坏更甚，猛击着数代人以来一直是市区黑人家庭坚实基础的那部分。三十年来，海洛因已在西巴尔的摩的男人中宣示了自己的地位，但1980年代的廉价可卡因则把女人们也揪了出来，把从前无法想象的数量众多的她们带到了街角。曾有一度，就在费耶特街上，一张由单身母亲组成的网络能够保证基本生活。而现在，很多家中所有的，只是赤裸裸的无法无天。对费耶特街这一类地方，曾经有关单亲家庭的讨论似乎还是有意义的，而现在这里游荡着一群幽灵般的小孩，他们实际上可算是双亲尽失。

无人照料也无人规训，这些小孩在街头自生自灭，随时可以开始他们无法避免的偏航，不仅会被快钱吸引，还会被整个游戏本身诱惑。曾经一起逃课打街球，在背街巷子里乱窜的十三岁小孩们如今组成了团伙，假装成匪徒，兜售毒品，躲避警察。在西巴尔的摩，街角成了游戏厅，供应着同袍友情、地位和冒险。毕竟，有什么能够比得上突然就成为"那个男人"的刺激呢？那个男人在街角上有一包自己的货在售。他站在钠气灯下，成年男女上前找到他，开始乞求。这个人想找个揽客的活儿；那个人短了四块钱，求他少收点钱；还有人愿意用自己的身体换三小包货。到了最后，已经不仅仅是希基学校①、"男孩村"（Boys Village）以及州里每所未成年惩戒机构的优秀毕业生代表在街角上了，而是除了"门廊小孩"外的所有人。只剩那些受到了良好管教的少数孩子，他们不被允许离开自家门廊。遍布整个内城区——从拉菲特住宅区②到桑敦（Sandtown）再到樱桃山（Cherry Hill）——兜售毒品成了人生的必经之路。

当儿童成了劳动力，劳动本身也就如同儿戏，伴随第一波海洛因浪潮形成的组织结构化身为历史的注脚。1990 年代，毒品街角不过是简单模仿快餐店模式而建立的，在这样的一个环境里，贩毒需要的才能和精细同端上汉堡差不多。毫不谨慎，没有安全措施，现代的街角不再需要之前几代人的实用知识了。

曾经，一个称职的街头毒贩永远不会被人赃俱获。但他无脑的后代们如今却天天在一边口袋里放着货，另一边口袋里装着钱。稍微聪明点的人会在别处存货——少量的可卡因和海洛因藏在几英尺外的杂草和垃圾堆里——但卖出货后还不到十分钟，他们就已经站在路灯下开始盘点库存了。他们还把收到的十块五块卷成一个精致的卷儿，几乎就是求着打闷棍和持枪的人的注意了。对顾客的详细审视挑剔也已经成了时代的绝响。新的这帮人为全民服务：认识的瘾君子也好，陌生人也罢，邋遢潦倒的和衣着整洁的，白人和黑人，年轻的和年长的，开着破烂皮卡的和崭新宝马的，所有人收到的都是漫不经心同时

---

① Hickey School，同下文的"男孩村"都是巴尔的摩的未成年惩戒机构。
② Lafayette Courts，巴尔的摩规模最大的公房住房项目之一。

也一视同仁的冷漠。

这桩生意的精准和诡秘已经被粗放的零售取代了。六七个成员四散周围的露天市场，像列克星敦市场杂货商那样吼着自己产品的名字。街角上挤满了互相竞争的团伙，每个都咄咄宣称自己的产品货真价实。卖海洛因的，商标就直接印在玻璃纸包装上：杀人蜂、致命武器、终结者、裸钻、九号科技。免费试用装每天早上都被四处散发，为即将抵达的货做口头的宣传。揽客仔总是在大吼限时特价：买一送一，或者买海洛因就送可卡因；要么就是"家庭装"，只需要稍多一点儿钱就能享受到多得多的刺激。在可卡因只卖十块钱一包的地方，一个新团伙卖五美元特价也有利可图。要是某个团伙的货好到比不上，竞争对手就会在他的货里添点士的宁①——这玩意儿有可能搞死一个瘾君子，也有可能放他一命，但无论如何都会让他警觉起来。

毒贩和瘾君子一样，在行事的时候都对自己所属群体的惊人数量怀着一种身处其中就会有的信任。他们信任这个惊人的数量会保护自己不被随机的缉毒行动抓捕。暴力，同样也不再是这个职业的特权，而成了表达冲动和情绪的手段。早前的职业杀手和详细筹划的刺杀已经不过只是街角的传说罢了。如今，开枪前的最后一刻基本上已经降级成了某个自尊受伤的大孩子四处挥舞着一把.38口径手枪往街区里四下射出流弹而已。旁观者意外中弹在有组织贩毒时代是十分罕见的情况，现在成了常态。而至于告密，规矩的这个部分也已经死透入土了。当所有人都在坑别人也被别人坑的时候，当即使是在成员一起长大的团伙中也没有忠诚的时候，任何团队规矩都毫无意义。在这个新秩序中，哪怕是冲着最小的一丁点儿好处，任何人都能够也愿意说出任何话。

赶上警方抓人时，遭逮捕被视为例行的坏运气，大部分情况下仅

---

① strychnine，一种白色结晶状的剧毒生物碱。

意味着在市监狱这一级别小关几晚的微小挫折而已。接着他们会被指派一个州里面的缓刑官，但后者多半都会被无视。更糟糕的是，真实威慑的缺乏已经培养出了新一代的愚蠢。找不到合适的词来形容这种愚蠢，姑且称为"影响深远"吧。几乎没人从被捕的经历中反思。他们一再遭到同样的指控，被使用同样技巧从同样街角搜集到同样证据的同一个警察不断铐走。偶尔，更年轻的那些人会出于骄傲而愚蠢地惹来指控，露出任何一个老人都不会显露的汹汹气势：冲着警察盯回去、吼回去、辱骂回去，直到科林斯或者斗牛犬（Pitbull，某个警察的外号）或者花生头（Peanuthead，某个警察的外号）走出警车，狠狠地挥起警棍，因为被某个十七岁的喽啰称为婊子而狂怒不已。

一旦遭到指控，没有任何策略和辩护，没有任何可供律师们操作的空间，也没人尝试去缩短刑期，因为大部分案件都不用服刑。当真有人要因为四级或者五级罪行被关上一两年时，好吧，这就是游戏规则。就连对监狱的看法也都是心不在焉的冷漠。街角通行的逻辑是，硬核匪徒的姿态才是重要的，因此如果要坐牢了，那就去坐牢。你对它的态度就是当它无关紧要，告诉自己那个关于监狱的古老谎话：你其实只坐两天牢，进去的那天和出来的那天。

可卡因和不断扩张的市场已经改变了街角的面貌，打造了一个新兴都市行业。它不仅有空间容纳职业罪犯和已在社区边缘游荡日久的忠实瘾君子，而且对所有人、任何人敞开。男男女女、父母小孩、笨蛋和机灵鬼，甚至还囊括了那些在贩毒还有组织的时候就没有合适角色的无业游民和边缘人。所有人都被吸进了1990年代的街角世界。费耶特街和门罗街的街角，以及那么多城市的那么多街角，差不多都是一个个鱼龙混杂的地方。

可不就是吗？想想常见毒品街角上的食物链，想想所有救护车出车的现成目标和报警电话里的现成对象吧：

在顶端的当然是毒贩，从有纪律的"纽约男孩"到在一包货里捣鼓出自己耐克鞋和诺帝卡①衣服的十五岁当地人。刻板印象已经不再适用了。时不时的能有一个戴大金链子、穿阿玛尼衬衫的人从装配了定制轮毂的路虎车上下来。但绝大部分时候，真正赚钱的毒贩几乎不会有什么光鲜行头。

没有单向联系，也没有遍布全市的卡特尔来执行纪律和瓜分地盘。查看一下费耶特街和门罗街上毒品批发市场构成，会发现毒品来源是随机且分散的。供货商可能是一个刚从机场海关出来的二十五岁尼日利亚人；或者是一个三十多岁的纽约人，他在布朗克斯区的叔叔是他的上线；也可能是一个西南部的十七岁少年，他恰好和手里有货的小孩是教室里的同桌；甚至可以是城市西边贩海洛因的老贩毒帮派里的五十岁老兵，他刚从刘易斯堡或者马里昂服了二十五年刑期中的十年被放了出来，勾搭上了某个年轻的毒贩头子想最后再试着赚上一笔。

大体上来说，产品一来就是成品。那些还没切分的海洛因堆在桌上，四五个匪徒捣鼓天平，想要降低纯度，好让利润最大化的日子已经一去不返了。那种有技术一边挥着扑克牌分货，一边添加甘露醇②，保证一份货分量刚好的分货伙计也没了。大部分在巴尔的摩街角上出售的毒品在进货时就是预先包装好的，几乎不需要再分装。一个包含一百瓶可卡因的千美元大包③，寄售的话能卖到一千美元，其中六百要返给供货商。卖上几次，然后乘大巴或者火车去纽约，换上地铁去晨边高地④或者大广场⑤，把卖货的钱上缴，再拿回来的也是预先分好的新货和同样数量的瓶子，都已经整齐装好了。不用计算，

---

① Nautica，创立于 1983 年的服饰品牌。
② 白色结晶固体，外观和味道类似蔗糖，在这里是指作为添加剂起到稀释作用。
③ 前文的 G-pack。
④ Morningside Hights，纽约市曼哈顿西北部的一个社区。
⑤ Grand Concourse，纽约市皇后区地名。

无需懂化学，一个有点耐心的六年级小学生和一把钝刀子就可以把这些瓶子装好，一小时之内就送上街角。干上两三次，带个一千多美元坐上火车，你自己就能带回家整整两盎司的货。再把这些货卖出去，甚至算上短斤少两、洒了的和被诓走的，你也能赚到五六千美元。同样的程序，海洛因只是数字的区别而已。但无论哪种，你就已经是个商人了。在大部分街角，如果你能连续两周不搞砸，你就是迈尔·兰斯基①重生了。这一切的最低标准就是：任何可以做加减法，能躲开持枪抢劫混混，并有足够耐心每天在街角站上六小时的人，都可以称自己是毒贩。

为较大街头毒贩服务的一群人，一小部分是为了钱，大部分是为了毒品，但都身处在一个脆弱的等级体系里，这是一个基于信任和可靠度这类严重不足的东西而构建起来的结构。你能跑腿是因为毒贩信任你可以直接经手海洛因和可卡因，能在一天之中把少量的货从存货里带到街角来，还不会屈服于显而易见的诱惑。一个跑腿的要是能一次又一次证明自己不会通过扣减货物分量来欺瞒老板，就可以升职。他也许可以经手一些钱，或者当毒贩不在的时候，管理街头的生意。他还可能直接当上副手。相反，搞砸了的跑腿仔就走在了降级为揽客仔的路上。

揽客仔不太受信任，是负责推销货物和领客上门的。所有揽客仔都是瘾君子，有些人已经是混街角十年二十年的老兵了。他们中只有很罕有的少数——"肥仔"科特算一个——会被信赖而得以经手毒品。揽客仔都是零工，是从人肉市场②挑出的人。毒贩们每天早上才去雇佣当天的帮手，付给他们的大部分报酬都是海洛因和可卡因。揽

---

① Meyer Lansky，波兰犹太人，被称为"黑帮会计师"，他和被称为"幸运小子"（Lucky）的查理·卢西安诺（Charlie Luciano）打造了横跨全美乃至全球的犯罪集团。

② meat market，通常指廉价性交易市场，也指临时出卖劳力的人才市场。

客仔们就像是活的广告牌,为那些正流淌在他们体内的毒品打着能走路能说话的广告。揽客仔勉强守着自己的岗位,就只是站在原地而已:双眼无神,30度倾角的瘾君子站姿①,告诉路人"蜘蛛袋"的货嗨到爆。这样站着就是赚自己的酬劳了。无论雨雪连天还是夜色昏沉,他们都在那里两班倒地揽客,换取一天三四次的快感,要是幸运的话,还能有十块、二十块或者三十块的现金。没有医保,没有业余生活,也没有退休金。和任何有工作的人一样,贩毒街角的揽客仔都是迫切需要工会支持的人。

比揽客仔还低级的是望风仔,他们是街角世界中最后被雇佣也是首先被开除的人。在帝国前线守望护卫的是最年轻也最残缺的人。对小孩们来说,这就是玩闹,是在这场游戏中的首次试手。他们骑着自行车巡游或者坐在信箱上,这可比六年级的社会实践强他妈太多了。几个小时的付出,就能没什么风险地到手二三十块钱。对那些遍体鳞伤的人,对那些不被允许进入存着货街区的最底层海洛因瘾君子,当个望风仔是免费来一发的最后机会。他们也为那些伺机而动的人服务,总在为搞突袭的条子、巡警通风报信,当然打劫者也是服务对象。他们一连几个小时紧守着岗位,望着无尽的车流,留意带标志车辆上的蓝泡泡,或者那种不带标志的雪佛兰汽车,它们后备厢上装的小天线如同泄密的徽章。上帝保佑那些守在富尔顿街和费耶特街这样的单行道上但忘记两头打望的望风仔:大部分巡警都会玩这个花招,开着巡逻车逆行而来。擅离岗位或者打个盹,那这个望风仔就很有可能体验到雇主棒球棍公事公办的教训了。因此一整天,每一天,他们都引颈张望,从东西南北四个方向上,通过大吼、口哨,或者标准的"条子"和"暂停"吼出警报,警告说赫夫哈默或者斗牛犬要来抓人,或者奥德尔这类打劫的正拿着那把4-4手枪狩猎。

---

① 指处于毒品影响下的人无法站直,会呈一定角度向前或者侧边倾斜。

市场的需求端上当然是瘾君子们。他们夜以继日地在这片绿洲周围觅食，从一个团伙逛到另一个，只为寻找完美的快感。他们也必须被一小群专家服务。

吸毒点是空置或者近乎空置的排屋。这里被络绎不绝的人流糟蹋得不成样子，所有值钱的东西已被洗劫一空。自成一派的服务行业把持着这处地方。旅店的主人守在门口，进门就收一两块钱。如果某个瘾君子愿意分享毒品的话，还能便宜点。交过入场费，你可以获得一小块结实的地板，能选一个瓶盖和一品脱左右的自来水。如果你走运的话，还有一盒干燥的火柴或者一支共用的蜡烛。你要带自己的针头来，但要是没有，很可能就会有某人在吸毒点里或者附近用几个美元卖你一套。要么从这里买，要么可以走出一两个街区去那些知名的针头销售处买——通常是某个有经商头脑的糖尿病患者的家——花一美元就能买到。最后，当你装备齐全，一切就绪，但似乎找不到血管的时候，吸毒点"医师"就近在眼前。这是一个鞋子上滴满了蜡的快乐穴居人，一个没日没夜为没有技术、没有耐心或者两者皆无的瘾君子寻找任性血管的巫医。

还不止于此。在城市水源处①，卖家和买家的就业机会还面临着原始资本主义先锋的竞争，这些真正的推销员会试着出售毫无效果的垃圾。任何人都可以在街角上叫卖海洛因和可卡因，但只有特别的种群才敢叫卖垃圾，还冠以好货的大名。烘焙苏打粉或者被称为 B-and-Q 的博尼塔奎宁（bonita-and-quinine）被当做海洛因卖，牛至当做大麻卖，电解液则假装是快克可卡因；曾被有组织的贩毒交易赶离街角，如今这些假毒品贩子已经重回黄金时代。他们站在任何地点，出售任何想卖的东西，冒的风险只是受害者的暴怒，或者在极罕见的情况下，会因为距离过近而引发那些业务或者名声受损的街头毒贩的愤怒。

---

① 对应前文"绿洲"比喻。

也有其他的边缘角色。那些没有耐心做买卖或者提供服务的人，他们所有的不过是孤注一掷，一举挖到母矿的野心。耗费时间观察跑腿仔和揽客仔的存货小偷，会跟着他们找到存货的地点，然后等待理想时机出手。还有持枪抢劫的混混们，这些疯癫的独狼会搜集有关街角的信息，然后凭着肾上腺素，跟着某款产品一直追到它们从存货的房子里出来的那刻，并把一切都赌在毒贩不会报复自己上，赌自己的凶猛无人能敌。西巴尔的摩的某些打劫犯已经挺过了十年甚至更久，但大部分都带着短命鬼特有的空洞眼神。曾经，专事打劫的人至少还可以背靠组织去战斗：他们知道自己针对的是谁，以及那些行为的后果。但今天，当十五岁的小子都有一把上了膛的.38藏在巷子里时，这份工作不比一心求死的愿望好多少。

他们聚在一起——每个人都追寻着各自必然的结局——而统治着街角的不再像是企业的管理模式，也不存在有序的市场经济。相反，是自然世界的原始混乱状态。在水源处，只有强壮的才能幸存，而虚弱的只能死去。自我保护和自我满足决定了任何能够想到的残酷和背叛行为都能发生，也必将发生。社会规范、道德和创造了美国城市的文明价值观在绿洲这里几乎荡然无存。这里是所有人来饮水的地方，无论风险多大。它源自一个想要避开惩罚的犯罪花招，后来长成了社区里的市场，如今城市里的毒品街角已经是社会体系的结构成分了，是生活在这些饱受摧残的社区的每个人都必须经历的。有的人也许会立刻在其中毁掉自己，其他人则会在鱼龙混杂之中迷失。只有极少数坚强的人，才能令人震惊、毫发无伤、毫不堕落地生活在街角。但他们也没得选择，只能生活，因为在费耶特街一类的地方，街角就是社区本身。

但这个地方依然有规则，即使混乱状态也会创造出自己的规则。毒贩们的老规矩现在没用了。新的规则不一样了，也必须不一样，因为任何新的逻辑都不可避免地要允许一个母亲牵着两岁的小孩站在门罗街上为红盖儿货揽客；也必须允许瘾君子从娱乐中心偷走电视机，从街角教堂里偷走圣餐杯或者从自家母亲的卧室里偷走交房租的钱。如果禁止十三岁的小孩手持可卡因，带着残酷的诚实告诉玩伴说为了一瓶这玩意儿，你老妈会愿意走过来吸我的屌，那街角的规则就无法成立。

不要误会：没人喜欢在这些规则下行事，费耶特街也没有尊重这些规则，或者认为它们是公平和值得的、在任何方面是正当的。即使是最底层的扎针狂都会在干肮脏事儿的瞬间意识到羞愧，但也知道羞愧改变不了任何事。没人可以怠慢这些规则，它们并不武断随意，也不仅仅是马后炮或者随手找来的理由。来自街角的新假设和新证据都拥抱了混乱，在这样一个除开海洛因和可卡因对其他一切都漠不关心的环境里，人们写下了这些规则。要想在这个环境中生存，不断寻找或者售卖海洛因和可卡因，同时还要肩负来自环境之外的道德感，那就是找虐和缘木求鱼。忽视这些规则，试着超越它们去生活，就是盲目地走进了怪物的巨口，要冒着毁灭某些类似人类尊严这样超凡又模糊东西的风险。

游戏规则是通向康复无望的"两步走"项目[1]，和在匿名戒毒会上四处散发的小册子上的内容一样。这些规则如同信条一样有效可靠。首先一条就是对无所不包的目标的基本声明，如同从西奈山上下来的十诫[2]中的第一条。

Ⅰ. 获得快感。

获得快感，活下去。信优质海洛因者得永生，要是没法永生，至

---

[1] two-step program to unrecovery，借用了戒毒常见的两步走康复项目（two-step program to recovery）。

[2] 指以色列的先知和首领摩西向以色列民族颁布的律法中首要的十条规定。以十诫为代表的摩西律法是犹太人的生活和信仰准则，也是最初的法律条文，在基督教中也有很重要的地位。据《圣经》记载，上帝在西奈山上单独见摩西，颁布十诫和律法，亲自将十诫用指头写在石板上，由摩西带下山。

少得到它涌入血管、抵达高潮的那一个甜蜜瞬间，并意识到他们有关绿盖儿货的说法是真的：这是他妈的好货。如果货不好，如果他熔了货、注射进去，结果是博尼塔奎宁，或者效果仅够他撑到门口，那第一条规则依然适用。回到街角，再获得快感，然后再来一次。因为下一次，或者再下一次，就会是真家伙了，是能够证明所有信仰的真货。十年、二十年或者三十年的毒瘾都没关系。每个街头的瘾君子都在试图重新体验第一发带来完美感觉的海洛因或者可卡因，那是告诉他这正是生活所需的一发。早上、中午、晚上，瘾君子们都在寻找它。没有人会放弃抵达那里，越近越好，满足永不满足的饥渴。如果奇迹真的实现了，他攫住了完美的浪潮，在某个朽坏的两层废墟的背街卧室里体会到了那种化学顿悟，在即将降临的天国王朝里随着某种天使吟唱般的乐音摇摆、点头和抓挠。他能够跌跌撞撞地靠回到石膏和油漆剥落的墙面上，愚蠢地微笑着，并带着十足的敬意，宣称这货太炸了，那然后呢？用什么来给荣耀定价，当然是又一桩只为了十块钱的勾当和又一次往返街角的旅程。他期望买来的小瓶依然满满，期望无论是谁之前把好货带到了街头，都还没有给这批货余下的部分注水。

如果信念、灵性和神秘主义是任何伟大宗教的特点，那么毒品成瘾对美国底层来说就近乎宗教了。要是它算不上宗教，要是在费耶特街和门罗街上还有一丝统一想法能和毒品的快感本身抗衡，那第一条规则就是无效的。事实并非如此，快感就是一切。它的全能不仅坚定了第一条规则，还规定了第二条：

Ⅱ．永不言弃。

在街角，幸存者行一切必要之事，并与之共存。当微小的恶行就足以让你嗨到，那恶行也就仅止于此了。但渐渐地，他们需要犯罪了。然后犯罪也不够了，绝对的邪恶成了标准。那些玩着游戏但否认这一进程的人们，那些坚持总有些道德限制他们不会突破的人们，永远都会震惊到自己。永不言弃，圣人们高喊道，因为一个忠实信徒会为毒瘾献出绝对的敬意。他转向毒瘾就如同穆斯林转向麦加，其中的变化是渐进但笃定的，同时还被包裹在一层新的、反道德的民间叙事中。

在街角的思想和言语中，不当行为变得不再是犯罪，而成了勾当。毒贩也不再是兜售毒品，而是在为人民服务。买毒品的人不再是成瘾者或者毒虫——这都是更早时代的蔑称了——现在是瘾君子了，一个说出了街角追逐中饥渴和牺牲的名号，而不仅仅是只会依赖。一个持械抢劫、街头射击或者劫持汽车的游戏玩家也不是在犯下联邦重罪，不过只是在搞一桩事儿而已。卖假货给朋友，从堂亲卧室偷走存货，都不再是背叛了，仅仅是得过且过。当然，当你做这些事儿的时候，不过是在玩这个游戏。当这些事儿发生在你身上，就是遇到了某个混球的手段，一个毫无感情和良心的冷酷混蛋对你出了手。称呼从来都不是用在自己身上的，街角的逻辑也不是这样的。做出了混账行为的某人当然不自认为是混球，其中最成功的还被作恶者带着戏谑口吻复述出来，表现出对自己专业水平的骄傲。余下的人群也经常能对某个想出新办法伤害别人的游戏玩家生出怀恨带怨的尊敬，因为持续产出利润的混账手段能轻易地提升地位。在街角的话语里，它会变成一种瘾君子绝招。

最好一出生就待在这个充满了瘾君子绝招的世界里，而不是被迫进入其中，还得肩负着毫无用处的道德负担。那只会让游戏玩家变得脆弱。加里·麦卡洛就是这种情况，他无法轻松地为任何比小偷小摸坏的勾当找到借口。这也是芙兰·博伊德的困境，她已经具备了施展瘾君子绝招所需的武器，却被对自家儿子们残留的责任感缚住了手脚。

最终，街角对那些最硬核的人最有利，对那些既没有时间怜悯也没有打算怜悯的垃圾场恶狗最有利。加里的女朋友罗妮·布瓦斯就是如此。她从不错过自己的机会，哪怕她的小孩正在街头鬼混。琼琼也是，他训练十二岁的小孩在吉尔莫街上替自己兜售毒品。还有邦琪，她能一个月接一个月地把房租变没，知道哥哥斯谷吉总会帮忙付出需要的数目防止她被驱逐。丁丁也是，把假货卖给年纪是自己三倍大的瘾君子，几乎是盼着他们回来找自己，指望能拔出填着9毫米口径子弹的手枪，为自己收割一具尸体。

要么是天生的，要么是后天的，瘾君子绝招所代表的观念一旦拥有了，就是一生的伴侣。一旦进入了游戏，玩家就很难忘记学到的教训，并难以在合法的世界里行事了。瘾君子绝招成了针对所有问题的直接回答，成了对生命长期挣扎的短期回应。在街角外，放宽到合法世界里，这是申请住房时的谎话，应付社区大学期中考试而抄袭的论文，从收银机里偷走的仨瓜俩枣，也是归根结底的回归街角的借口。这是一种新的思维方式，工作、教育机会和戒毒治疗都无力挑战，因为一旦你以瘾君子的眼光来看这个世界，就无法再回到任何别的方式了。在这里混上几年，那你脑子里唯一的声音就变成了街角本身发出的鸣响和声了。

怎么会有别的样子呢？一天之后又是该死的一天，街角不断证明着自己，由此引申，街角上的每个蠢货也都被证明了。揽客仔、跑腿仔和瘾君子，他们总待在你意料之中的地方，是派送这种新逻辑的先知。他们一说，你也就信了。

所以就算你走上费耶特街和门罗街，听说和自己一起玩说唱的哥们儿在吸了某瓶红盖儿货后立马挂了，你口中的节奏都几乎不会漏掉一拍。去他妈的，先知们是这样告诉你的，他不知道怎么吸可卡因，至少不像你这么做。永远无需在意你已经和死者一起搭伙抢劫了十年，永远不用在意你和他曾一百次共用一根针头，也永远别在意他不止一次敲击过你的胸口把你救回来。他现在屎都不是了。不过又是一个再吸不了毒、皮肤肿胀的废物而已。街角说，他不是像你这么"硬汉"的黑鬼，消受不起好东西。你也信了，你甚至还想要红盖儿的货。

街角先知都知道。

你去市中心的法庭上，法官判你五年缓刑，告知你现在处在受监控的保释中。去他妈的，先知说道。如果你去报了到①，然后搞砸了，那他们就能找到你；如果你连报到都不去，他们就没有你的记录。而你，当然，就会像先知说的一样，在没有逃脱的情况下还以为自己逃掉了。一两个月后，你被判刑，他们拖着你丫从市监狱到了市中心法庭上。同一个臭脸法官看着你，说你违反了保释规定，说你要承受整五年的刑期。然后你服完了刑，从黑格斯敦回来，走上同一个街角，看着那个混蛋。哟，可还好？

而先知只是看着你，仿佛你是个傻瓜，看你谈论着自己怎么会因为那摊烂事儿而被关了起来，说你其实应该去报到的。

你一点儿都没听漏。你赞同地点了点头，因为这家伙是他妈的先知啊，他这一套玩意儿绝逼是对的。而当下一个问题出现时，你又去了同一个街角，自找更多同样的罪受。

"我就说啊，我搞不掉这个洞。"你告诉他，卷起袖子给他看手臂上那个十美分硬币大小的洞。先知只是摇了摇头，一个新入教的人乘虚而入，给出了自己的建议。

"这不是洞，哥们儿，"新人说道，"那是个囊肿。你得去搞点药膏。去急诊室，他们一定会给你药膏的。当场把它处理了。"

"去他妈的，"你对他说，"我就说啊，你要去了那儿，就得等上一整天。哥们儿，他们可没时间关照黑鬼。瞧着吧，我把话撂这儿，我才不去呢，哥们儿。我就说啊，黑鬼我有别的事儿要做。"

当然，先知最终还是发话了。

_____

① 指被保释的罪犯需要向自己的保释官报到，接受监控。

"我去，你到底想不想搞好它？"他问道。

"嗯，我不就说嘛……"

"去搞几个鸡蛋，两个就够了，"先知说道，"在锅子里煮到硬。然后你要很小心地剥了壳。你要的是那层薄膜，就是蛋壳下面的，你知道我说的是啥吧，蛋壳下的那层。"

"嗯，知道知道。"

"你把那层剥下来，然后敷在洞上。再找点纱布裹上。信不信由你：只要两周，就像这样了。"

先知向你展示了他左手的手背。"你会留点这样的疤。"

你不太相信。

"去你妈的。就算你丫的手整个掉了我都不他妈在意，"先知说道，"你自己决定吧。"

"不，我是说我没听过这种做法。行吧。我就说这能管用。你可能是对的。"

两周过后，你用了十几个鸡蛋后，把纱布从手臂上撕下来。显然，这个洞现在和二十五美分的硬币一样大了。你回去找那个街角先知的时候，他会告诉你自己对什么鸡蛋可他妈一概不知。用土豆，他告诉你。煮过的土豆才是良药。也就一小会儿的时间，你会摇着头诅咒这个先知。但两小时后，你就已经在超级鲜超市（Spuer Fresh）买土豆了。尽管到了最后，你会说去他妈的，再也没时间去煮什么鬼东西了，你要候在急诊室里了。街角都知道，你治不好手臂上的那个洞，你就是为了嗑嗨去的。

因此你学到了：先知从不说谎，他不会出错。而对于每只迷失的野兽来说，水源是你们所能承受的唯一真相。它拥有了你，利用了你，干翻了你，还搅乱了你的脑子，最后把你的躯体榨干碾尽。但在一天接一天的寂寞日子里，也是它给了你生命。

冲着注射器里的二十毫升，你就虔诚到坚信不疑。

"肥仔"科特静静地躺在脏得油亮的床垫上，风正从被木板封起来的窗户缝隙里挤进来，在席卷昏暗房间之前，几乎没有丝毫减速。在他周围，同伴们的呻吟、咳嗽和诅咒散落在临时将就的被窝里，还混杂着布鲁家老房子各处板子和房梁的嘎吱声。

这是残酷冬季中的一次苦难行军。科特掀开了破布一样的毯子和整个二月的夜里都裹着自己的衣物。这些别人给的或者扔掉的衣服层层叠叠，只为裹出足够的温暖来让那颗衰老心脏继续跳动。科特摸索着自己的拐杖，在床垫的边缘找到了它。他把橡胶杖头杵进了风化腐朽的地板里，慢慢地把重心往前倾去。他用左手攥住拐杖中部，然后在一声长长的咕哝声后，撬起了自己，从被窝里钻了出来。肿胀的双手紧握着拐杖，他对抗着一阵眩晕，肿胀的双脚则在这间临街房间里四处散布的躯体中间挪动。

"嗨，科特。"

"嗨。"

平普背靠一堵光秃秃的墙坐着。

"啥时候了?"

平普在问时间，好像他要去哪儿一样。科特摇了摇头："该出门的时候了。"

科特跌跌撞撞地走过了狭窄的走廊，经过被洗劫一空的厨房里堆得满山满谷的垃圾，冲着后门走去。他压在拐杖上，在破烂的下方门板上挤出一个出口，然后侧身瘸着走进了后巷的清晨阳光中。

"饿仔"已经在那里了，他头上还缠着最近一次因诓骗一个纽约毒贩而得来的绷带。

"他起了吗?"

"饿仔"摇了摇头，一段松开的白色纱布在风中飘扬。还没。科特已经起床出门了，但没货的话你就没法打卡上班。

他沿着巷子走了上去，到了门罗街上，清晨的太阳已经被遮蔽在了街东边排屋的阴影里。他拄着拐走到了费耶特街，过到杂货铺那边，找了一块被太阳晒暖的人行道。那个韩国人正在打扫商店门口的一块儿地，科特嘟囔了一句问候。韩国人点了点头，然后等着，手里拿着扫把，因太过礼貌而没有开口请科特挪开。科特感觉到了这点，也回以善意，走到了街角的另一侧，但还是和太阳待在一起。

他在那里站了差不多一小时，把自己种在了已经认识一辈子的街角上，等着今天的浪潮涨起来，带上他，卷走他。"武装兄弟"（Brothers-in-arms）溜出了巷子，在阳光里眯缝着眼，搜寻今早的第一支新港香烟，并告诉早鸟客人们稍等等，在街区里再转悠个一两圈儿，等生意跑起来。

科特看着"蛋仔"达迪和平普飘到了街角上："蛋仔"，以他吸毒的程度来说，看起来还算不赖了，甚至可以说挺好；平普，因为"虫子"而瘦成了竹竿。布莱恩跟着他们出了巷子，手里端着尿桶，把一晚上的积攒倒进了水沟，然后把那个金属桶放回了布鲁家的后门处。

从另一个方向上，"包子"笑着逛了上来，看起来要比别人都暖和点。"包子"还有一把他妈妈在山下费耶特街上房子的后门钥匙。他是全身心为街角而活的战士，但也同留在身后的世界保留着最后一点联系，会在寒冬最盛的时候睡到他妈妈的地下室去。然而，科特也会向"包子"致以同袍之间的敬意，因为这个人也永远都在街角，甚至和科特一样持久。他今年四十六岁了，是传奇的固定角色。当街角的路灯杆子尚未竖起，原地还是小树苗的时候，他就已经在门罗街和费耶特街上游荡吸毒了。

"你看起来像个青蛙。"他告诉科特。

"嗯，"科特同意，"躺平的话，液体就会流上来，把我脸搞肿。"

"对，你肿得厉害。"

"搞得我眼睛都他妈的凸出来了，"科特哼哼说道，"就像只该死的牛蛙。"

"也许我应该让查琳来亲亲你,""包子"说道,冲着街对面查琳·马克疲倦的身形点了点头,"到时候你就变王子了。"

"干。"科特说道,大笑起来,一阵欢乐的咕哝声漫出了他干燥的喉咙,喷发了出来。"包子"也笑了,很开心能让老朋友的脸上挂上笑容。让人发笑是"包子"最擅长的,真的。他不怎么揽客或者卖货,也不是那种会离开街角去闯空门或者偷窃的人。相反,他是因为人们喜欢自己而得到了大部分的毒品,因为他确实能让他们愿意和自己分享。

"可还行?"

"不是他们晚了,就是我早了。"

现在人够多了——潜在的揽客仔和望风仔——足够开始做买卖了,同时已有几个饥渴难耐的瘾君子毫无生气地候在瓦因街的入口处了。科特的兄弟丹尼斯在街对面的酒水专卖店门口,捡斯卡里奥的烟屁股抽。一个街区之外是史密蒂,正拎着塑料袋捡易拉罐,同时还用他音准完美的男高音哼着歌。

毒贩们一个接一个地都踱出来了——吉、沙姆洛克、德雷德、尼蒂、"小子"——他们打量着劳工群体。他们找到自己的帮手,谈定酬劳,然后放出了今天的头一批货——预付的毒品——好让街角团队活过来、动起来。科特今天给德雷德打工,他会揽揽客,甚至还能卖卖自己存在瓦因街上的货。

但这些都是稍后的事儿了。现在,要回到布鲁家去。所有人像牲口群一样沿着巷子回去了,回到那栋空排屋去。那里的丽塔已经起床,蜡烛烧得正亮,为从胶合板缝隙里透进来的一线线阳光增添了光芒。一条条布料平放在划痕累累的木头桌面上,瓶盖儿、火柴和刚接的水被几十个扭曲的烟头环绕着,外科手术的斗兽场正等着戕害上演。当然,除了丽塔,几乎所有人都已经急不可耐,有人想在队伍中挤到个好点儿的位置。科特带着"包子"一起来了,两人静静地等轮到自己。瘦成竹竿的平普也没有争抢，他躺在墙角的一个脏铺盖卷上，感觉太过虚弱，无法一直站着守住自己在队伍中的位置。

"该谁了？"

"这会儿，到我了。"

但丽塔硬让这群人接受了自己的冷静。她是女医师，是部落巫医，是鸡仔们都会来拜访的老母鸡。在任何一个与此有关的方面，她都是专业的。她从前上过几周护士培训课，也期望自己的客群要规规矩矩的。

"耐心一点儿。"她告诫他们。

那些有耐心并且能自己搞定的就离开队伍去自己解决了。剩下的人则留在这间临街房间里，等在丽塔的桌前：有人是因为操作不好针头；有人是因为血管已经缩到了身体的某个部分里，非得旁人才能找得到；还有人仅仅是因为丽塔就是那么棒。从房间一头到另一头，他们都准备起来了，为医生会诊准备好肉体。这个揉着脖子，让血液加快循环；那个脱下裤子等着屁股上来一针；下一个则把胳膊缚住，拍打着坑坑洼洼的皮肤，搜寻着回家之路。

"你的啥能使？"丽塔问道，像任何一个好医生一样和自己的病人协商着，问他们最近过得可还好，哪里的血管还能用。她在血管和结痂组成的老坟场里四处探寻，如同寻水人①一样摸索。最后，她扎了进去，他们嗨了起来，升入注射器中的浅粉色雾气就是关键证据。

丽塔·哈尔几乎不会搞砸任何一次注射，几乎不会让海洛因和可卡因在皮肤下留下结块的鼓包。没扎到血管而让毒品残留了皮肤下，这是业余人士浪费时间和金钱的标志。她也不会骗人——这才是真让她脱颖而出的事实——因为寻找一个实诚的吸毒点医师和找一个实诚修车工一样让人筋疲力尽。她的行业里挤满了那些无法抗拒自

---

① dowser，指使用占卜杖探寻水源的人。

己去占无助之人便宜的人，但丽塔从不坑任何病人。她不会注水稀释，或者偷换瓶盖儿，或者往对方血管里注射博尼塔奎宁。那种绝望和天真的人去了别的吸毒点，都会被那里人吃干抹净。在这样的地方，一个因想要嗨起来而寻求帮助的新人会得到老人们的大量关注。某个老兵会接过这傻子的注射器，告诉他转过头，好让自己看清楚他脖子上凸起的血管。然后，经由一个快到眼睛都跟不上的熟练动作，他就把这个二货得来不易的毒品放进了自己口袋，换成了一根空的。因此，这个新人只会得到一针冷空气或者一点儿自来水。揉着皮肤上的鼓包，他会开始抱怨。但老兵会淡定地站着，摇着头。感受感受这包，他告诉新人。感觉到了吗？那就是你的货。告诉你别动别动，但你转头了，看呗，你搞砸了这一针。

丽塔不会玩这些花招。她不仅擅长打针，也愿意凭此赚得自己应得的那一份。为什么要骗人呢？因为实诚执业，丽塔得到的海洛因比上帝还多。几乎所有来布鲁家的人都会和她分享自己的毒品，因此相比起社区里的任何一人，丽塔·哈尔都算过着瘾君子的终极幻想——每天三十针，有时候能有四十针——多到她已经到了这样一个状态：再也不知道想要或者急需一针是什么感觉了。这是一种共生关系：病人们带着医生想要的东西来，而医生永远都在。

"医疗"工作也许让丽塔避免了日日在街角上辛苦劳作，但她搜寻血管的能力是一把双刃剑。她已经成了布鲁家不可或缺的服务内容，是这栋被劫掠一空的排屋中唯一管用的工具。她也因远超必需的海洛因和可卡因而遭到了诅咒。

几年前，丽塔是社区中最漂亮的姑娘之一，每个费耶特街上的男人都对她的身体曲线记忆犹新，都还记得她那张对称标致的脸，以及她在对话中增添的魅力和幽默。丽塔那时就已小有名气，但对她来说，打针不只是她的业余爱好。她并不是把正常的世界稍稍往旁边推了一点儿，而是直接把它推翻了。丽塔热爱海洛因，而学会当医师后，就没有什么可以阻止她了。就在几个月里，她的手和脚就像"肥仔"科特一样惨烈地浮肿了起来，皮肤则满是坑洼和结痂。但她还在继续，直到左前臂不过只剩一堆腐烂的生肉而已，臭味大到足以填满吸毒点的每一间房。其中的几个瘾君子——比如科特和"蛋仔"——试着警告她，劝她去波恩赛考斯医院看看，在坏疽之前歇一歇、缓一缓。但受自私驱使的其他人一言不发。一天二十四小时、一周七天，他们都排在她的桌前，有人除了她应得的那份海洛因和可卡因，还提供了走私来的抗生素和街头偏方。

渐渐地，丽塔已经离不开吸毒点了。身体变形、意志全无，她成了囚犯。她一点不傻，哪怕全世界的毒品都干不掉丽塔的风趣和智慧，她无时无刻不在面对自己深不见底的堕落。总而言之，她是感到羞愧了——为那条手臂，为那种气味，为自己状况的不可挽救而羞愧。她受不了急诊室护士或者实习医生或者街角药店柜员的目光，哪怕是瓦因街上玩耍的小孩的目光也受不了。即使对这一切最厌倦的警察也忍不住带着惊讶和厌恶注视她。在极其偶尔突袭吸毒点时，警察也不会把丽塔带走关起来。他们只会用手电筒捅着她进到背街的房间里，因她的臭味诅咒她，把她和灼烧及注射毒品的玩意儿留在一起。

只有布鲁去和她交谈过，并试着拯救她。毕竟这是他的房子，他觉得自己对常客们有点责任。他一次又一次劝丽塔快去医院，而当所有尝试都失败后，他真把她赶到了街上，告诉她除非去治了，否则别想回来。那是两周以前的事儿了。如今布鲁不在了——他遭到指控，被关进伊格街（Eager Street）上的看守所里了——而丽塔回归了，不比之前好上一丁点儿。

他们一个接一个都嗨了起来，旁观者们耐心地等待着，注视着丽塔，注视着注射器的柱塞被推下去，试着衡量出快感。谁的货要好点？谁买到了垃圾？吸毒点里没有时间和企图去闲聊或者进行理论上的争辩，没有能量会被浪费在人际关系、时事或者交流本身上。只要开口，你说的就是海洛因或者可卡因，或者那该死的鲍勃·布朗（负责该区域的缉毒警），或者街角发生的事儿。这里听不到别的内容，除了某个叫加里·麦卡洛的稀有品种，他在嗨了后会打破礼节，嘟囔点禅宗啥的。去他妈的，其他所有人都这么想：闭嘴、打针。

"你有啥？"丽塔在照料"包子"的同时问道。

"黑白货。"科特回道。

"那还行，但'蜘蛛袋'的要好点。"

科特鄙夷地哼了一声。"如今卖的都是狗屎，"他告诉她，"除了天杀的化工产品啥都没有。能有十年没见过优质海洛因了。"

科特每天早上都抱怨同样一套内容。丽塔笑了笑，给"包子"打好了针，然后轮到科特了。正等她要搞定的时候，第二层上面突然翻了天，某人在那儿搞出了大动静。

科特走到楼梯底下听了听。没人说话，只是从背街卧室传来了刮擦声和撞击声。他犹豫了一下，被对布鲁残余的忠诚和去到街角挣生活的需求拉扯着。另一声响亮的金属敲击声为他做出了决定。

"干，"他说道，杵着拐慢慢爬上了伤痕累累的楼梯，然后停在楼梯间喘气，"该死的。"

随着他挣扎着爬上最后几级楼梯，噪音变得越来越响。在第二层上面，他看到了一个瘾君子。他依稀记得是来自霍林斯街和佩森街街角的。这个脏兮兮的混蛋过去几周一直都往布鲁这里来。科特试着想起他的名字，但脑子里空空如也。

"呃……嘿。"

那个瘾君子看了过来，表情冷漠，然后转身继续手里的事儿了。他从一扇后窗上扯下了另一片铝制的护窗，冲着联合钢铁公司磅秤上的几块钱撕扯着布鲁房子上仅存的东西。

"哥们儿，我说，你懂的，我们也不是没跟这儿住啊。"科特提议道。

"这是你的房子?"

"不,但是,你懂吧……"

"那就去你妈的。"瘾君子说道。

"哥们儿,别动它。"

"你想干吗?"

"我就说你别去动它。你知道主人没在家。"

瘾君子听到这句停了下来,先是看看地板上那堆扭曲的金属,然后望回了窗户上剩下的东西。科特把这看作某种停战协议,转身杵着拐回楼下了。毕竟到时候打卡上班了。

科特回到街角找德雷德。他拿起了自己那包货,杵着拐穿过巷子,汇入瓦因街满是垃圾的空地。他穿过瓦因街,走到了一栋空房子后面,很满意没有混球在盯着他看。他把货藏在了一个砖砌车库倾颓的墙角下。能行,他想道。

他走回瓦因街,又去了门罗街,四周都是布鲁家的常客在做买卖,人人都是一台巨大而冷漠的机器中的小齿轮。瘾君子们三三两两地来了,大部分是走着来的,也有一些把轿车或者卡车停到了路边上,还有一个白人姑娘是骑着山地车来的。中午刚过,科特的第二批货就已经卖了一半了。他运气不错。他卖的是黄袋儿货/金星,昨天这款很不错。现在瘾君子们纷纷现身来找更多的同款,但要是今天的货像是科特早上注射的那样,那它不过是刚合格而已。这是常见情况:一款货在上市之初名声不错,但最后总会坏事儿,质量总会陡降。但是,今天黄袋儿货的生意正如日中天。

一个形容枯槁的女人身穿一件破烂的军装夹克,头发胡乱塞在头巾下,从列克星敦街上转了过来,朝科特走来。她双眼发黄,身子朝右边狠狠歪着,双脚趿拉着一双沉重的棕色劳保靴,比她的尺码至少大出了五六码。

"你有啥？"

"黄袋儿的。"

她扬了扬一边的眉毛。

"管用的。"科特告诉她。他从不吹嘘。科特试着让这场游戏里多点真话，特别是面对那些看上去病恹恹的瘾君子时。

"嗯，"她哼道，对这模棱两可的说法不太满意。"谁有那种黑白袋儿的？"

科特让她去费耶特街，看着她挪动自己走过了这一路上打堆的揽客仔和贩子们。她一直走到了费耶特街街尾的巷口。布莱恩就在那儿，靠在砖墙上，守在商店的后面，就好像有人花钱雇他照看整个世界似的。她停下来问了问。布莱恩开始点头。

啊，该死，科特想道，这小姑娘拐错弯儿了。布莱恩和黑白袋的货可没一丁点儿关系，可怜小姑娘还以为自己找对人了。布莱恩卖的是苏打粉或者痱子粉或者任何在玻璃纸袋里看上去又美又白的东西。这家伙自己就被忽悠注射过太多次屁用没有的玩意儿，如今已经搞清楚了。

接下来的几个小时里，科特招揽和兜售着，目睹着阴谋在自己周围上演。同一种阴谋的不同变体总有着一样的结局，总有人得了手而有人气疯了。科特的年纪和智慧足以让他保持一点距离，让自己的事儿和这一切分开。没必要到自己游戏之外去任人摆布。

科特看到麦卡洛家的男孩从费耶特街转过了街角，同夸梅会合了——这是他叔叔，加里最小的弟弟——还有沙姆洛克，夸梅的合伙人。迪安德尔已经替沙姆洛克和夸梅卖了一周的货了，每天早上在费尔蒙特街，下午则上到山上来。科特看着那小子在瓦因街上很快地成交了几笔，货直接从他口袋里被掏了出来。年轻人都不懂行啊，科特想着，冲着这一幕摇着头。

日子继续耗着。科特卖着货，然后去布鲁家扎了中午的那一针，再转头回到街角来干同样的事儿。三点左右，警察来了——不是鲍勃·布朗，而是市中心过来的几个——他们开车上了列克星敦，然后下到了门罗街，之后在瓦因街的街口上嘎吱刹了车。科特礼貌地转向了费耶特街，开始不紧不慢地杵拐走开，给条子们他们应得的尊重，哪怕他们只是来瓦因街上驱赶那些年轻点的混混。在前方十码的地方，科特看见迪安德尔·麦卡洛迅速地迈向了酒水专卖店。就在转过街角前，他伸进口袋，掏出一个塑料袋递给了罗妮·布瓦斯的兄弟蒂龙。后者把塑料袋塞进了腋下，然后跨到了街对面，而迪安德尔进到商店去寻求掩护。科特忍不住笑了起来。

当然，条子们并没有去迪安德尔或者蒂龙附近，而是选了一个在他们进到这个街区时靠近他们的年轻毒贩。他们待在瓦因街上，站在打着火的雪佛兰汽车旁边候着，等街角世界其他的一切溜走，给他们让出一个受人尊敬的空间。几分钟后，迪安德尔从酒水专卖店出来了，在街头往上下望了望，然后拐过了费耶特街的街角。

"蒂龙在哪儿?"他问望风仔。

听到这话的科特半耸了耸肩。这小子是在开玩笑吧。没人能说出蒂龙·布瓦斯具体在哪儿。科特乐了，但无论他人在哪儿，你的可卡因都和他在一块儿，而且"他们"处得可好了。迪安德尔备受伤害、充满苦闷，又等了几分钟，然后踱开了。

孩子，你还是太年轻了，科特想说，他是太容易得手的目标了。不久之前，科特和某些老兵还会出头说上一两句，旧日里的一点儿智慧还可能有用。哪怕在街角上，也曾有过人们不惧怕和对方交谈或者不惧怕倾听别人的日子。科特还记得有一次他们一路追着麦卡洛那臭小子到家，告诉他别和那些不适合他的事儿鬼混。即使是布莱恩这样的骗子，那时候也多少知道一点是非对错。

而在那时候，他们也许会真的听进去，或者即使不听，至少他们会知道这些建议是真心的。就好像几年前的那天，费耶特街瘾君子渣滓中的渣滓，坑蒙拐骗无所不为的乔·兰尼就震惊到了所有人。他开始参加匿名戒毒会了。但即使没吸毒的时候，兰尼也每天都来费耶特街和门罗街，因为，嗯，他没别的地方可去。而科特知道必须要说点什么。

他走过去，告诉对方——以一个士兵对另一个士兵的态度——行了，现在看得出你在这儿没啥想要的，那就别在这儿晃荡了。乔听到了，也知道确实如此。他在科特的话中听出了赦免以及对新生活的祝福。

然而，现如今，对错误的人说出正确的话会让你的屁股被打成筛子。所以布莱恩在诓骗客人，迪安德尔在门罗街上上下下地晃荡，而科特，如同他一贯所能做到的，能窥见尚未开始的未来，但一言不发。

最后，"肥仔"科特成了门罗街和费耶特街的观察者而非玩家，这不仅因为街角已经变了，而且因为科特也变了。他从不就此抱怨。"我喜欢注射海洛因。"他向人们明确表示。但不知为何，科特已经活过了他的寿限。经过了这所有的奔忙、吸过了这所有的毒品，如今，他的身体正在崩溃。

对于一个把整个成年生活都交付给了西巴尔的摩街头的人来说，这是残酷但必然的命运。终其一生，他都带着决绝的放纵在追逐海洛因。除了日日的快感、口腹之欲，以及街角世界标准下的一点同袍情谊，甚至还捎带上一点儿尊严外，他别无所求。至少原则上说，日日的快感还唾手可得，但科特早已经被剥夺了任何口腹之欲，甚至走路都是痛苦的锻炼了。更糟糕的是，街角的日常生活对他来说已经没有哪怕一丝快乐了：曾经在这一套冷酷规则下有幸享有的友谊、人与人的联结以及幽默，也已经被争端、暴力和绝望取代了。遵循规则过活的科特无法舒服地融入这套全新的混乱中，无法找到任何人性的元素让这艰苦的生活勉强过下去。在街角老人眼中，他依然是个权威。但对于年轻一点的混混们，科特不过是众多揽客仔中的一员。如果你想告诉他们全部内情——所有尚有记忆留存的老人都知道的故事——他们会对此大肆嘲笑。科特？"肥仔"科特？门罗街上那个有大力水手一样手臂的黑鬼？

但千真万确，科特曾有过辉煌。

二十五年前，还有邻里、社区这些东西存活在门罗街和费耶特街上的时候，"肥仔"科特就在了，就在社区的边缘玩帮派那一套。他是个有手段的人，兜里有钱，在西区的海洛因交易里也有着大好前程。二十岁出头的时候，他在货真价实的匪徒迪西和蒂迪以及其他几个把海洛因批发生意带到西巴尔的摩来的本地商人手下找到了舒服的活计。科特学会了规则，并遵守了其中的大部分，因此渐渐地，他被委以重任前去 116 号街和第八大道跑腿——"小巴尔的摩"，他们这样称呼此地，因为纽约市的这个部分收容了很多从这个港口城市的黑人社区被驱逐的人。

科特负责这些跑腿的活，有时候乘火车，有时候坐大巴。一到纽约他就去找萨迪·布里斯科，这是一个靠着给城外来的帮派和纽约批发商当捎客来赚房租过日子的巴尔的摩移民。科特会把钱给他，拿上货，确保它安全抵达巴尔的摩的存货点。他跑过很多次这条线，避开新成立的禁毒小队、抢劫团伙还有各色骗子，把上好的纽约海洛因带了回来，余出来的部分则让他嗑得欲仙欲死。那时候，科特有太多的海洛因经手，以至于很长一段时间里他都意识不到自己已经成瘾了。

在曾经社区的街角上，在列克星敦街和富尔顿街的街角上，他是众人艳羡的对象：他有一辆高大威猛的德维尔汽车①，这是辆加里·麦卡洛这样的小鬼们会为了一点儿小费就去洗刷抛光的车；有很多张二十美元组成的大大一卷，精心做过美甲的双手为主人享受到的服务

_____

① De Ville，凯迪拉克旗下的一款车，现已停产。

而随意分发着卷里的钱；取之不尽的毒品当然让他得以参加任何派对。随着时间流逝，其他人变得更贪婪或者更懒惰抑或是更邪恶了。他们纷纷被州里和联邦起诉指控，但科特紧紧把持住了西巴尔的摩买卖的尺度，除了好货和钱之外，从不多要。一方面，他漫长的生涯是运气所致；但另一方面，科特之所以能长久，是因为他从不会对这其中最棒的乐趣之一脱敏，那就是和警方玩猫捉老鼠的游戏，玩逃跑和躲藏。也正因为他避开了监狱，业务从没有过严重的中断，而一段远离针头的假期也许能给他的身体更新细胞、减缓肢体肿胀的机会。这是街角上因毒品导致被捕的讽刺所在：把一个重度成瘾者关起来不会停掉买卖或者断掉毒品。这不会让任何人远离这个游戏或者为他们铺平康复的道路，除非这个瘾君子是真心想要戒毒。警方日复一日的禁毒工作中，真正可感知的好处仅仅是药理学上的：一个以贩养吸的玩家遭到了起诉，无论自己愿不愿意，都能有短短的一段康复期，能有得吃、有得睡，甚至还能有点抗生素，给他那些疲倦衰老的血管以喘息之机。然后，伴随着哨声吹响①，他从号子里绝尘而出，重回老路。

因此，他栽在了毒瘾上。一开始是慢慢的，但没有丝毫停歇。在通往布鲁家的路上，他丢掉了曾经所有重要之物的残骸。那辆凯迪拉克成了社区里的古老传说；标志性的二十美元大卷不过在众人眼里一闪而过；就连吸食的毒品都不再是纯净且强效的纽约货了，而是在街角上能遇到的任何垃圾。他年轻时候的女人萝丝也在费耶特街上混，但只能自顾了。小科特如今是个十几岁的少年，也在同样的街角上贩毒。有段时间，家对"肥仔"科特来说不过是三楼上的一个地方，连接着从背街巷子路灯上私拉电线偷来的电。最后，等那个屎坑一样地方的房租也交不起了，家就变成了布鲁的房子。

时间流逝，科特已经到了即使努力尝试，也无法掌控生活的地

---

① 指狱中开门时的哨声，此处指获释。

步。整天，每一天，他都在售卖毒品或者招徕客人。但不知为何，他在门罗街和费耶特街的无处不在反而让他在众人眼中隐了身。警察当然能看见他，科特已是史诗级的一幕了。但就像丽塔一样，肉体上的损害已能让他避免警方的纠缠，原因不过是街头警察都被他恶心到和吓到了。他们会开到街角上，冲着这个浑身肿胀的揽客仔匆匆打量一眼，然后抓走别人。一开始，当科特还辉煌的时候，事业没被中断是因为他厉害或者运气好，或者两者都有。最终，当科特正慢慢死去的时候，事业没有中断仅仅是因为他的身体已经废了。

就好比现在。几个搞突袭的条子等警车来接自己等得不耐烦，于是走到门罗街上来清理街角。两个便衣警察和一个制服警前后走进了街区，很快就赶上了科特，但迅速地掠过了他，去警告沙姆洛克、夸梅和其他几个更年轻的都他妈从街头滚开。科特站在同样的位置上，毫发无伤，甚至连一个随意的眼神警告都得不到。

大概有二十分钟，在警察和街角男孩们一起等着西区警车的时候，买卖都没开张。后来车到了，要接今天的牺牲品去区拘留所关起来，兽群里剩下的部分都平静地观望着，因为他们数量庞大，所以对此事并不过度担心。

警车终于开上门罗街，转过街角去了费耶特街。科特试图把中断的业务续起来。但在迅速谈成了一笔买卖后，他被一阵怪异的不确定感压倒了。

"啊，该死。"

他蹒跚走上了瓦因街，在那堆无人光顾的残砖破瓦旁往巷子里望去。是第三条巷子？还是第四条？第五条？谁他妈能记住这一堆破事儿啊？

"上帝啊，"科特叹道，在他摸索着走上那条街的时候向上天祈愿，"俺的货呢。上帝啊，请帮俺找到俺的货吧。"

又过了一小时，他才寻回了自己之前藏起来的货，卖掉，然后回到布鲁家去享受下午过半的那一针。科特等在前厅里，等丽塔自己清醒过来。然后他听见自己上方传来了同样的、该死的动静。他走上第二层，双腿都痛着，耐心所剩无几。毫无意外，还是那个混蛋在搞事儿。

"好吧，该死……"

那个瘾君子面无表情地望着他。

"别再搞那堆玩意儿了。"

"去，去你妈的。"

科特好奇自己是不是真在意，告诉自己反正布鲁家老房子里本来就啥也不剩了，仅有的一点也会很快被别的人拆走。自从布鲁被关了起来，科特一直心不在焉地维护着这里。但还不知道布鲁什么时候能回来。

两周以前，就在布鲁告诉丽塔去弄弄干净，并把她赶出房子的一个多小时后，警察突然踢开前门冲进了吸毒点。这自然把所有在场的人给吓得魂飞魄散，激得布鲁自己就从二层后窗上不顾一切地跳了下去。其实，这都算不上是什么突袭。没有搜查令，那些持枪冲进各个房间的警察对那些散落四处的瓶子、针头以及加热器具毫无兴趣。他们找的是一个受伤的同事，似乎是有人拨打了 911，报告有个警察在这个吸毒点里被打了。打电话的人没向警方接线员表明自己的身份，但吸毒点常客们猜想是丽塔·哈尔，她的感情因为被驱逐而受到了伤害，从而以此报复。

当天警察在搜查布鲁房子的时候，资深老兵们——科特和"蛋仔"，还有平普和丹尼斯——都静静地坐着，他们来之不易的快感被毁掉了。布鲁之所以慌不择路是因为他觉得自己罪有应得，因为他操持着一家吸毒点，而警察破门进来了。从楼上跳下去没有伤到他分毫，被一个响应警方要求支援的便衣警探抓住并在后巷里摔打才是问题。确定房子里没有受伤的警察后，突袭队完全忽略了瓶子、针头和所有人——除了布鲁和其他两三个试图逃跑的，他们必须按规受罚。布鲁的处罚是盗窃，也就是说，他偷了自家房子的东西。

这处大宅的领主不在了，于是丽塔回归了，此刻只剩下科特盯着一个单人的"拆迁队"。他本来已经打算放手不管了，但一些东西让对峙持续着。对科特来说，这意味着回到了旧时的规矩上，回到了那个人们彼此还能说上话的从前。去他妈的，他想道，这是布鲁的房子，而布鲁是他的朋友，趁主人在候审的时候搞人家的房子就是不对。他看着这个瘾君子拉扯着护窗，决定再试一次。

"我说……"

但这个瘾君子没有听他的。他走过房间，捡起一根缺口参差的长铝条，狠狠地挥了起来。

第一击就把科特一边的脸撕开了，他能感觉到温热的血从脸颊和脖子上迸出来。第二击，他挡了一下，左手掌上被深深划了条口子。这个瘾君子再次挥起了武器，科特退回了临街的卧室里，估量着受的伤。

揽客仔科特听见敌人走下了楼梯。停了一会儿想想清楚后，他放下了自己的拐杖，拉起布鲁的木椅子，拖到了衣柜旁边，撑着自己进了上面的活板门里。他无比艰难地挣扎着进了阁楼的窄小空间里，不知怎么搞的还穿过了通往屋顶的活板门，没有被卡在房梁之间。他休息了一会儿，让狂乱的脉搏稳定下来，然后推开房顶的盖板，撑着自己上到冰冷的黑色焦油屋顶上。这是个有任务在身的男人，他无视寒冷的冬风吹在自己汗湿的身体上，爬向屋顶的边缘，向下窥往费耶特街的人行道。

看不到那个瘾君子。

科特的目光掠过屋顶，在烟囱旁边看见了一块松动的砖块。他伸手够向砖块，然后回到门廊正上方的位置。又过了几分钟，耶稣保佑，那个瘾君子不仅来到了门廊上，还站在原地。科特从屋顶边缘探身出去，瞄准了目标，然后"开了火"。

砖块啪一声摔到了台阶上。差点就打中了。

干！

但那个瘾君子继续站在那儿，扫视着街道。不知为何，这次偷袭没能引起他的注意。实际上，又过了一两分钟，那个男人走回了布鲁家。

科特困惑了。他妈的怎么会失手呢？但一开始的失利丝毫没有缓解他的愤怒。从屋顶上下去，进到布鲁的房间，科特摸到旧床垫底下去找布鲁放在那里的旧斧子。

他再一次放弃了拐杖，却因为有目标而走得很稳当。科特挪出房间，下了楼梯，在楼梯口停了下来，在这里那个混蛋又激了科特一下：他擦着科特走过了那条窄窄的走廊。科特朝后仰去，再狠狠地砍了下去。但没成，斧子头飞到了天花板上，只有木头斧柄这毫不致命的部分擦过了那个瘾君子的肩头。

"哈？"瘾君子说道，吃了一惊。

科特站在原地，看着那个木头斧柄。那个瘾君子也在思考，看着地板上松脱的斧子头，突然回过神来了。"哥们儿，该死。"

科特一言不发。

"我是说，我是说你是疯了还是他妈怎么了。"

显然是受够了。那个瘾君子嘟囔着朝门口走去，说着科特要做的不过是说一句就行，说得就好像科特不知道怎么办事儿一样，假装这个游戏里还残留着什么规则。他把科特留在了楼梯口上，后者手里还攥着毫无用处、牙签一样的木柄，筋疲力尽，血流满面，好奇为什么有这么多没脑子的人还能他妈的这么幸运。

事后看来，回顾这个国家每条费耶特街上的三十年，就是在凝视一场不间断的灾难编年史。比起各个城市本身的变化，各方力量所导致的那种不可避免的后果越来越严重，也越来越影响深远。

我们连同永不能翻身的城市底层阶级一起，都遭到了绵延不止且越发无望的毒品战争的诅咒。而我们城市核心里第三世界般的境况，连同对"美国梦"的实践，在这个新千年里似乎都抵达了极限。

穷人将永远和我们在一起，《圣经》里的圣人们如此宣称，而这个分裂的国家似乎是在尽一切所能证明这点。随着美国同伟大社会和新共识的废墟渐行渐远，罗纳德·里根这样的民粹主义者早就不无讽刺地宣称我们打了一场针对贫穷的战争，并且是贫穷获胜了。我们中的很多人听到了他说的，并冲着这个似乎没加掩饰的真相会心一笑。几十年过去了，贫民窟对我们来说已是确定且固定的存在了，它们的困境已经远超出了任何项目或政策或好意能触及的范围。

也许这是无法避免的。或者在早期还有几个瞬间，在内城区守住自己永恒存在前的几代人里还有一两个业已失去的机会。也许那时对于南布朗克斯的褐石建筑、北费城的砖头排屋还有另一种可能，对东圣路易斯和西巴尔的摩破碎街道来说还有另一条备选的道路。但认输吧，哪怕只是短短一刻，承认我们已因几十年的失败而疲倦不堪，我们的远见也都被对结果的了解而扭曲了。哪怕只一次，看看威廉·麦卡洛——加的父亲、迪安德尔的爷爷——所见的一切就够了。他在费耶特街上全力生活了二十八年，站立在自家瓦因街房前台阶上，想透了一切。

他的"城堡"是一栋两层楼的砂浆排屋，和1800号段街区上的其他二十栋房子毫无二致。但这一栋其实是与众不同的，它是威廉·麦卡洛和自家新娘在尘世的领地，是他们所有挣扎的总和。房子被安插在列克星敦街和费耶特街之间，小巷一样狭窄的街道仅容一辆汽车通行，但那时候它尚且干净整洁。排屋被安置在巷子南边的小地块上，房子的后院都有着葱茏的夏日花园。

瓦因街尚处在辉煌之中，这里是种族融合社区中的一个安静港湾。实际上，那时白人还是这里的主流居民。工人阶级和中产阶级的白人家庭基本上都住在主街沿路，他们的黑人工人阶级邻居们则都住在他们后面，沿着名为瓦因、费尔蒙特和勒芒的小街巷居住。那还是街角市场基本由犹太人把持的时候，街角的商店们没有安装防弹的有机玻璃，也允许当地家庭赊账。那时候的圣马丁教区是巴尔的摩最大的教区，也是社区中心繁盛的罗马天主教堡垒。那时海港隧道（Harbor Tunnel）和 1–95 高速尚未取代前往门罗街要经历的漫长旅途，也尚未跨过北大街抵达旧全美一号公路。当年行经这条路的整整一代跨州旅行者都会望向车窗外，看着富兰克林广场上新建的砂浆小楼、上了涂料的砖头以及洗刷干净的大理石台阶。他们看到的就是巴尔的摩工人阶级正经日子的核心部分。那是房门不锁、窗户不关的日子，是可在炎热夏季夜晚露宿德鲁伊德山公园（Druid Hill Park）的日子。当时海洛因不过在窃窃私语，暴力问题几乎不会超过偶尔的家暴范畴。翻翻日历，那是 1955 年。

威廉·麦卡洛十四年前来到巴尔的摩，从北卡罗来纳州的索尔兹伯里（Salisbury）逃票乘大巴来的。还是一个小男孩时，威廉·麦卡洛就已在自己出生的种植场、南卡罗来纳州温斯伯勒（Winnsboro）东缘的卡斯卡特（Cathcart）农场上为了点小钱采摘棉花了。他是麦卡洛家族奴隶的玄孙，他们是定居在温斯伯勒东北方河岸上的一个西爱尔兰裔家族，他祖上三辈都是一直交不上地租的佃农。棉花地里的活计很难，当佃农租地来耕更难。威廉·麦卡洛还记得在温斯伯勒最糟糕的大萧条年景里，他父亲挣扎着想从糟糕的作物收成中榨出点钱来，他的妈妈和弟弟则在树林里摸索，搜寻草根坚果或者任何可以缓解饥饿的东西。当父亲弗雷德·麦卡洛成功在南方铁路公司①找到一

---

① Southern Railroad，运营美国南方铁路线路的公司，始于 1894 年，1982 年同诺福克西部铁路公司（Norfolk and Western Railway）合并成了如今的诺福克南方铁路公司。

份工作后，在他大儿子看来，最坏的日子似乎终于过去了。

一家人往北搬到了铁路枢纽索尔兹伯里。在这里，十二岁的威廉·麦卡洛开始擦鞋赚钱，并在主街旅途巴士公司①的长途汽车站厨房打工。一周又一周，他把工资支票拿回镇北端的木架平房家中，和父亲还有弟弟能赚到的钱合在一起。满十四岁的时候，他大着胆子从一周的薪水里抽出了几块钱，给自己买了一身新工作服和一件皮夹克。他父亲带着一根鞭子找上了他。毫无疑问，弗雷德·麦卡洛在气疯了的时候，就会使劲地挥鞭子。这不是他第一次挨打，也显然不会是最后一次，因此威廉·麦卡洛当即就决定要跑了。他向弟弟说了再见，从一扇侧边的窗户里爬出去，跳进了野草丛里。当晚他睡在巴士站的一处厕所里。第二天早上，他说服往北去的司机把自己捎到了巴尔的摩。他有个叔叔在那儿挣钱呢，他也要去挣钱。

他能挑能扛，还有强大的自律能力，当然也极端缺乏正规教育。但他不为自己的局限而羞耻，也不惧怕艰苦劳作。他识数，能算钱，比任何他认识的人都要努力。他相信有这些就够了。

他抵达巴尔的摩市中心长途汽车站的时候口袋里只有一美元四十美分，那个大巴司机怀疑他是否真能挣到钱，告诉他说要是没成，可以在第二天晚上回到车站来，司机那时候会回程，能把他捎回南方去。但到了第二天晚上，威廉·麦卡洛已经在南查尔斯街（South Charles Street）上的一家铸铁厂找到了一份操作砂轮的工作。这家工厂为铁路机车生产轮子，这些工作的沉重负担用不了一周就能让成年人辞职走人，而威廉·麦卡洛为了被雇佣谎称自己已满十八岁。工厂里的人已经学会了去信任来自南北卡罗来纳和弗吉尼亚的黑人新移民。刚从棉花地里出来的新移民们工作都很努力，老板们相信他们要比那些已经习惯了城市生活的有色族裔更努力。威廉·麦卡洛在自己

---

① Trailways，和灰狗客运同为美国长途汽车公司。

身上证明了这一点。他就是他们的约翰·亨利①，把重负又磨又举又拉了整十二年。

当时是 1942 年，十四岁的威廉·麦卡洛已是美国历史上最大规模种族移民潮中小而坚定的一分子了。这次种族移民的规模要比一个世纪以前爱尔兰人逃荒的阵势还要大，比之后挤满了埃利斯岛（Ellis Island）和城堡花园②大厅的东欧和意大利移民潮也大。这个世纪里，黑人离开南方农业地区的大规模迁徙将彻底改变美国东部和中西部城市的面貌。在密西西比河谷（Mississippi Valley），向北的移民潮把成千上万的南方黑人带到了孟菲斯、堪萨斯城、圣路易斯以及终点站芝加哥和底特律。在东边，同样的境况把移民浪潮带到了巴尔的摩和华盛顿、费城和纽约。

这其中并无丝毫意外。机械化进程正在改变着南方的农业经济，并伴随着以农村黑人占绝对主流的佃农和租赁耕地不断被边缘化。到了 1940 年代早期，甚至就连棉花种植——南方作物中最劳动密集型的种类——都随着机械化采摘机的出现而越发完善，并得到大肆推广。曾经南方把社会和经济都建立在黑人劳工的基础上。到了第二次世界大战，同样的这帮劳工已经是可有可无的了。

在北边，美国工业带上烟囱林立的城市则提供了另一种选择。甚至在大萧条的年景里，麦卡洛家乡温斯伯勒黑人社区的报纸上都不可避免地充斥着向北流动的一代人的消息：

"我们遗憾地报道又有一批人朝着巴尔的摩迁徙了……"

"希尔先生，温斯伯勒本地人，在县上住了一辈子的居民，将离

---

① John Henry，民间传说中的非裔美国人，源自非裔美国人的布鲁斯民歌，是一名被解放的奴隶，以工作努力闻名。
② Castle Garden，又名克林顿城堡或者克林顿堡，位于纽约曼哈顿，是美国的第一个移民站，比前文的埃利斯岛还早，意图进入美国的移民均会在此通关或者接受审查。

开本地，投奔费城的亲戚。"

"上个周日，人们为辛格尔特里一家举行了告别野餐。"

"……这位年轻绅士将于下个月和朋友一起离开我们的社区，去华盛顿寻一份前程……"

巴尔的摩从南北卡罗来纳州和弗吉尼亚州滨海地区吸引了农村黑人人口。南方白人——那些对未来稍有概念的人——开始把移民视为利好，是缓解他们自身种族构成的定时炸弹的减压阀。尽管因农业机械化的进程已经越发多余，但黑人已经成了很多农业县的多数族裔，成了对吉姆·克劳①地区来说日益增长的威胁，这里某天会遭他们清算的。如今，经由移民，很多本要进行清算的人即将抵达北方。

威廉·麦卡洛逃去的巴尔的摩是美国最靠北的南部城市。也是在这里，作为一个成年人，他真正了解了白人的生活方式。每天，当他进到铸铁厂对面的那间小吃店，店主那只受过训练的鹦鹉会张开翅膀嘶吼："黑鬼来了，黑鬼来了。"当然，他不能坐到柜台前，但可以买了午饭出去吃，所以不会让这事儿困扰自己。他没法去市中心的酒店或者餐馆，也进不了大部分的商店。除了霍华德街百货商店的地下室之外，他甚至不敢奢望使用试衣间试试衣服。但当然，他也没钱去市中心，所以一点儿都不在意。

在马里兰州最大城市的学校、剧院、球场和泳池，严格的种族隔离一直都是铁律。城市的政客、警察和消防员，市政服务的赞助人们都是纯白种人，就好像严格的住房规定把黑人居住区限定在了市中心东延和西延屈指可数的几个稠密社区一样。在东边，盖街（Gay Street）成了巴尔的摩黑人居民的中央林荫大道；而在西边，则是宾夕法尼亚大道——这里被称为巴尔的摩黑人的"百老汇"，容纳了几

---

① Jim Crow，对黑人的蔑称，源自曾流行于棉花种植园中一首歌曲里的黑人角色名字，这里指以黑人为主的美国南方。

十家唱片店，以及传奇的皇家剧院（Royal Theater）。除了这些核心区域，在富兰克林广场这样地方的排屋社区里，黑人家庭被打发到了背街的巷子居住。这样一来，在白人邻居眼里，他们不过是若隐若现而已。在瓦因街和勒芒街这样的地方，几乎感受不到黑人居民的存在，除了在偶尔的房租派对①或者炸鱼派对上听到他们，要么就是在收音机主播宣布乔·路易斯②又揍扁了一个白人时从背街巷子里传来的欢呼中才能感知到他们。

　　移民大潮北上之前，在富兰克林广场安家的德国裔、爱尔兰裔和立陶宛裔不认为会有任何变化的可能。事实上，直到第二次世界大战，城市西边的变化都不过是渐进的。最初，紧挨着市中心西边的缓坡还是耕地，是某个乡绅农夫在穿上南部联邦制服前去打仗时才失去所有权的（指美国南北战争导致的南方农场主失去土地）。1862 年，安蒂特姆河（Antietam）附近的血战以及第二年的葛底斯堡战役后，北方军把没收的土地用来修建战俘营和战地医院。这个修得东歪西倒的医疗机构吸引了修女和神职人员，很快就拓展成了一小块天主教教区，随着时间流逝，又变成了巨兽一般的哥特式圣马丁教堂。当地人如今还在传说它的石头钟楼是被魔兽敲响的。魔兽实在是太过吓人，因而从不敢下楼，冒险来到街头。

　　南北战争之后，城市向西延伸，联邦风格的红砖排屋里住进了德国裔的无产阶级，还混了点儿爱尔兰人和苏格兰人进去。他们都是战前抵达的移民阶层，从对后来者的鄙夷中获得了些许的满足。定居者们是商店店主或者小商人，还有工厂工人和码头工人，以及神职人员

---

① house-rent party，一种最早诞生在纽约市哈莱姆区黑人群体中的派对。房主会邀请音乐家上门演奏，来参加派对的邻居朋友会凑份子钱供房主交房租用。这种派对成了美国黑人群体逃离日常苦闷的方式之一，对布鲁斯音乐和爵士乐的发展有着重要推动作用。
② Joe Louis，全名 Joseph Louis Barrow，美国著名黑人拳击手，职业生涯主要为 1934 年到 1951 年，被认为是最伟大、最具影响力的拳击手。

和政客们的附庸。城市西边的很多人都在巴尔的摩和俄亥俄铁路公司①巨大的机车车间以及西普拉特街（West Pratt Street）外的机务段工作，其他很多人则在分布于上帕塔普斯科（Upper Patapsco）往东一英里左右的各个码头上工作。诞生自该市的睿智作家 H. L. 门肯就出生在西费耶特街 1704 号排屋里，在联盟广场一带霍林斯街上的家中度过了自己的写作生涯，距离其出生地只不过是往东南边走了几个街区而已。

在移民潮的早期，富兰克林广场一带的工人阶级及中产阶级白人并不太喜欢这些日渐填满城市西边小巷和宾夕法尼亚大道沿线黑人社区的黑人，但也没有太多的公开种族冲突。巴尔的摩形成了一种通过实践得来的——至少从白人视角看来——行之有效的种族隔离。如果越来越多的乡村黑人决定要抖掉靴子上的卡罗来纳红土，住到勒芒街、瓦因街或者山下那些残破排屋贫民窟里去，那几乎不需要管理巴尔的摩的精英们来安排膳宿，甚至都不需经过正式的规划。梅森-迪克森线②还要再往北去上四十英里呢，种族隔离天经地义。

不仅是南方黑人本身，更有第二次世界大战和史诗级的产业调整来摧毁平衡的幻象。和所有工业城市一样，在巴尔的摩，因工厂、钢铁厂和造船厂开始施行两班倒，接着开始三班倒后，涌入的移民劳工以惊人的速率增长着。战争期间，来自乡村的移民也并非仅仅是黑人。从谢南多厄河③西边过来了阿巴拉契亚山区白人，他们厌倦了西部和弗吉尼亚西边那些出产稀少的农场、暗无天日的煤矿，绝望地想要在东部工业带上最近的大城市里寻获一份工厂的工资。他们住进了巷子及小街上那些质量糟糕的楼房里隔出来的出租屋中。

---

① Baltimore & Ohio，美国最老的铁路和最早的铁路客运公司。
② Mason-Dixon line，美国马里兰州与宾夕法尼亚州之间的分界线，为过去蓄奴州的最北边界线。
③ Shenandoah，弗吉尼亚州河流。

比起南方黑人移民有过之而无不及，阿巴拉契亚来的人颠覆了富兰克林广场一带及整个城市西南部居民的认知。老一辈的德国裔和爱尔兰裔居民很快就将新来的这些人称作"匈奴人"或者"西哥特人"[1]。对某些山民来说，室内下水系统是超乎想象的存在，而垃圾转运就是简单地把吃剩的晚饭从厨房窗户里倒出去。当白人工人阶级对黑人邻居的不适感被林荫道和背街小巷子隔开时，贫穷白人并没有因为种族成分而被隔离。一家过惯了苦日子、酗酒成瘾的前矿工家庭搬进某栋楼的三楼并开始大肆折腾后，这个街区就都见识到了。

随着战争带来的持续繁荣，某些更穷一点的西边社区变得日益不稳定了。猪镇，这个环绕着巴尔的摩和俄亥俄铁路公司机务段和铁路终点站的社区，得名于附近的屠宰场，但这个名字在老居民口中渐渐沾染上了冰冷的嘲讽，原因是他们目睹这个社区因涌入了太多的阿巴拉契亚山民而日渐堕落。在北边和东边，原先被限定在宾夕法尼亚大道附近的有色族群也开始扩散，因为日渐增长的黑人数量已经再无法被轻松限制在屈指可数的社区中了。临近战争结束时，大道地势较低的部分——被称为"底部"的地方——被认为是城市西边最糟糕也最拥挤的黑人贫民窟。

威廉·麦卡洛在抵达巴尔的摩几个月后搬到了"底部"。他第一天下了大巴就找到了自家叔叔，和他待了一段时间。但叔叔是个酒鬼，连着几周都逼着侄子给酒钱。由于不想给出部分工资，威廉·麦卡洛选择了搬出去，在萨拉托加街上700号段的社区里租了自己的房间。当时他十五岁。

他一直在工作、存钱。当父亲终于知道他在哪儿，并北上来带他回家的时候，威廉·麦卡洛坚持住了。他不会再回去了。他现在自己做主了，在一个新世界里幸存了下来。铸铁厂的工作繁重无比，萨拉

---

① Huns 和 Visigoth，此处指未开化的野蛮人。

托加街上的那间房里也没有什么可以称之为家的东西。但比起人们在乡下敢于去梦想的全部，更多的东西在巴尔的摩似乎都有可能。

当年满十六岁，还在铸铁厂苦苦劳作的时候，他遇见了一个十三岁的姑娘，一个恬静又虔诚的小东西，名叫萝伯塔。他生命中的第一个也是唯一一个女人，是巴尔的摩本地人，和家人就住在大道旁边，当初是从弗吉尼亚的海滨地区上来的。因为年纪不够，威廉·麦卡洛需要监护人的签字批准才能结婚，于是他的叔叔承担了这一荣誉。某些邻居多管闲事地联系上了他的父亲，要求后者阻止这对年轻人结合，他们得到的是尖刻的回应。

"他是个男人了。如果他能养活自己，我就没法挡着他，没法告诉他要怎么做。"弗雷德·麦卡洛告诉他们。

他们和萝伯塔女士的家人一起住了几年，威廉·麦卡洛把工资拿出来共用，但一直都在搜寻更好的地方。除了妻子和妻子的家人，出于自己的选择，他几乎没什么朋友。他从不喝酒，也不寻欢作乐，成功地和宾夕法尼亚大道上的奢靡生活保持了距离。他不过就是不信任好日子而已。更重要的是，他也不信任任何相信好日子的人。他已经见过了太多的乡下男孩把自己和工资都虚掷在了音乐和酒精里，要么就是迷失在了传奇的"月桂女神"（Selene's）里，那是大道上嫖娼和赌博的圣殿，存续的时间超过了十年。年轻的妻子笃信宗教，而威廉·麦卡洛本人尽管从未沉迷过宗教或者热衷于搜集盘子，但他非常乐意肩负起养家之人的责任。

在铸铁厂工作了十二年后，他在美国标准公司找到了一份收入更高的工作。在这里，他需要在工厂四处搬动铸铁浴缸和马桶，仿佛它们是舞台道具一样轻巧。他是美国标准公司的传奇：从不躲懒，从不取巧。他一次病假都没有请过：明明就可以通过工作把症状干掉，为什么要在床上辗转反侧呢？他依然不识字，但在美国标准公司待了几年后，已经能够找出调整和改进生产过程的方法了。工厂的经理们会请他和一群正在重新设计流水线的效率专家及工程师们一起巡视查看。产量很快就翻倍了，但威廉·麦卡洛没从自己的建议里得到过一分钱。

他在美国标准公司工作了差不多一年后，1955 年，他们搬进了瓦因街上的那栋房子。富兰克林广场附近的绝大部分居民依然是白人工人阶级，即使在瓦因街上，麦卡洛一家也和好几家白人家庭为邻。黑人和白人相处得挺好，威廉·麦卡洛从所有邻居那里都感受到了一种同志情谊，对他来说这种情谊是真心诚意的。他们努力工作，他也一样。而当一家人遇到困难时，整个街区的人都会迅速来帮忙。当时刚在最高法院的决定下开始了种族融合，富兰克林广场一带的学校都还优质又稳定。街道干净，街角整洁。更重要的是，要是某人的小孩调了皮，这孩子大概会被一个关心他的邻居在后脑勺上拍上一下，等回到家后还会遇到第二轮教训。

对威廉·麦卡洛和萝伯塔女士来说，这是他们生命中最好的时光。小家庭照着麦卡洛家一贯的方式扩张着——弗雷德·麦卡洛有十三个小孩，威廉·麦卡洛凭借十五个小孩打破了这个纪录。最早的凯茜出生在 1948 年；四年后是杰，再一年后是小威廉；乔安和朱迪紧随他们到来；1957 年的时候加里出生了，排行第六，是第三个儿子。

麦卡洛家的小孩们毫不意外地都反映了这个社区以及养育了他们的家庭的价值观。所有人都愿意尽全力去奋斗。他们在意工作，而不仅仅是活在当下。凯茜作为现场工程师，为西屋公司满世界跑；杰在市政府有一份搞规划的工作；乔安以项目分析师的身份在伯利恒钢铁公司（Bethlehem Steel）安身立命；朱迪则是电脑程序员。在加里之后出生的儿子丹尼尔参了军，升到了陆军上士，并被派驻海外。

直到 1960 年代早期，瓦因街上的生活基本一如人们所愿。孩子们长大了，过上了自家爸妈想象不到的好日子，社区似乎也安全又稳定。对麦卡洛一家来说，移民的经历似乎和那些比他们先来的人一样，和爱尔兰人、德国人、犹太人及立陶宛人一样。他们都不是富有家庭出身，今后也不会大富大贵。但一切都是平等的，他们拥有所需的一切，他们的孩子以及孩子的孩子会收获这些大量奋斗带来的、刚刚好的成果。

但当然，事情并非完全平等。对于各个城市来说，黑人移民潮将被证明是这个世纪里独一无二的、最重大的社会经济现象，同时也是一个永远不会被系统性对待处理的事件。在巴尔的摩以及 1950 年代的其他地方，城市移民带来了联邦资助的低收入住房计划，但坐落的位置和随后的分配，却仅限于特定族群中。随着绝大部分高层和低层建筑都在黑人居住的核心区纷纷矗立，这个区域也变得日益拥挤、日益压抑。

房地产商人们抓住了机会，修满了一个接一个的街区。在富兰克林广场北边的社区，被吓到的白人们一看到第一个黑人业主就逃离了。到了 1950 年代后期，埃德蒙森村（Edmondson Village）这样的稳定社区能在一年之内从白人社区变成黑人社区。

沿着费耶特街，白人们也在逃离——很多人向西跑到了郊区的欧文顿和卡顿斯维尔（Irvington and Catonsville），其他人则向南跨过了巴尔的摩街。这条街也将在接下来的二十年里成为一道严格区分种族的界线。到了 1960 年代初，威廉·麦卡洛只能看到屈指可数的几家白人了，大部分都是年长的居民。犹太家族还掌管着街角的商店，但再也没有人会住在商店楼上了。他们早上从公园高地（Park Heights）开车过来，看店，然后带着当天的收入开车回去。

几乎是一夜之间，威廉·麦卡洛在富兰克林广场寻获并以之为荣的社区共享感就死掉了，并被永久埋葬在了暴风雪一样席卷各处的房产代售标志之下。他曾是社区里的第一批黑人业主之一，那是移民浪潮的巅峰时期。在他之后梦碎的不仅是试图拥有自家房产的黑人工人阶级，还有穷忙的群体，以及在隔断出租屋里的人们，很多这些排屋已经被早期的阿巴拉契亚山区移民糟蹋得一塌糊涂了。

在门罗街西边，某些白人业主坚持一段时间，才把房产甩卖给了一个个黑人自住买家，价格符合这块遍植树木的街区应有的价格，还搭售了与房产相伴而行的自豪感和稳定感。但从门罗街往下，到山下的富兰克林广场上，渐渐就几乎没有未被专职房东和投机者收入囊中的房产了。等到市政规划官员把 I-170 计划硬塞给西巴尔的摩后，情况越发糟糕了。富兰克林广场北边的排屋被拆毁，迫使越来越穷的难民们涌入最低级的租赁房产中。

到了 1960 年代中期，穷人们已经住到了费耶特街上，而他们的困境也成了社区的困境。最糟糕的是，最初推动了移民潮的工业和制造业经济开始消失。尤其是在后来的移民中，随着工厂关闭、对非熟练工人的需求崩溃，失业成了难以解决的问题。学校也不再是它们曾经的模样了。逃离的白人带走了税金，尽管直到这个十年的末尾，弗雷德里克·道格拉斯、卡弗和默根特勒这些高中依然在提供着不错的公立教育。

在麦卡洛家，大一点的小孩们似乎对绝大部分问题都已经免疫了。社区在改变，但他们都是在自家父母的价值观里长大的，也是在大体上尚且良善的街头长大的。当时街角尚未成为街角，毒品交易也还没有发展到肆无忌惮。但气息已经弥漫在空气里，有些人已经学会了要去哪儿和找谁。

到了 1966 年，里卡多出生了，罗德尼也出生了。凯茜，如今九个孩子里最大的那个，已经搬出房子在上大学了。加里快九岁了，已经展现出被他父亲视作麦卡洛家族特征的那种十足渴望。也是在那年，加里得到了自己的第一份"工作"，在列克星敦街上内森与阿贝·乐穆勒（Nathan and Abe Lemler）的药房、杂货铺和酒水专卖店当伙计。乐穆勒家的人把自己对工作和生意所知的一切都教给了这个孩子。加里努力工作、勤勤恳恳，也受到了乐穆勒一家的信任。他一周能赚二十美元。

对加里来说，乐穆勒一家是好人。要是某人病了没钱付款，他们也会按处方给对方开药并记账。但他们被当地人视作外人和纯粹的商人。每当某个年纪大点的邻居在店里溜达着顺走酒水时，乐穆勒家的人就会让加里去追他们，此时加里就会感觉自己对乐穆勒的忠诚遭到了拉扯。有一次，加里追着"肥仔"科特的兄弟丹尼斯跑，因为他偷了一瓶啤酒。

"黑鬼，"当被加里赶上的时候，丹尼斯问道，"你他妈以为你是个啥？"

这是个他永远都无需回答的问题，1968年小马丁·路德·金遇刺后的暴乱给出了答案。从弗勒蒙大道到西边的埃德蒙森村，乐穆勒家以及几乎所有的犹太人商店都被烧毁了，逐渐都被既不允许赊账也不会雇佣邻里小孩的韩国商人取代了。

暴乱加速了费耶特街的衰落。夜里，安静但持续不断的海洛因交易出现在了富尔顿街和列克星敦街交汇处，也就是乐穆勒商店曾经的那个街角。

在瓦因街1827号里，小威廉——所有人口中的"珠贝"（June Bey）——第一个栽了跟头。他在1970年代初染上了海洛因，整个成年生涯都遭其吞噬。他的母亲和父亲试过等他清醒过来，在他二十多次离开街头去接受戒毒治疗期间都试过重新燃起希望。他去过肯塔基州的戒毒项目，也南下到南卡罗来纳州去和亲戚住过，但都没用。等家中的电器开始消失的时候，威廉·麦卡洛把他赶出了家门。

这是第一次心碎。萝伯塔女士在宗教和其他孩子那里寻求安慰，总在祈祷珠贝还能在新的光明中寻回自己。威廉·麦卡洛做了自己一直在做的事儿：他吞下苦果，转身回到了工作岗位上。

1970年代中期，美国标准公司关闭巴尔的摩工厂，向威廉·麦卡洛支付了工龄二十七年应得的退休金，金额是精确的每个月三十七美元。这个奇怪的金额让他总寻思着要去问问，但因不识字而无法问个明白。曾有一段时间，威廉·麦卡洛为天空之王公司（Sky King）驾驶州际卡车，然后又替某家豪华轿车公司开车，之后，1980 年，他从公共事务委员会那里得了张执照，开始替皇家出租公司（Royal Cab）开出租车。他每周六天、每天两班出车，一早起来赶早高峰，然后回家吃午饭和午睡，再回去干到晚上十点或者十一点。他哪儿都敢去，在各个社区里拉活。在这个和巴尔的摩其他任何一行同样有着致命风险的行业里，他依赖自己的直觉生存。被抢了好几次后，他开始在座位下备了一把手枪。

威廉·麦卡洛一直不怎么说话。天天养育孩子们的萝伯塔女士会把他们生活中的小问题、大灾难时时叨念着。但威廉·麦卡洛是作为道德楷模存在的，是他的孩子们用来对照自己毅力与坚韧的标准。加里更是对此保持了绝对的敬畏，他自己的两班倒甚至三班倒生活就是对父亲的致敬。他从乐穆勒一家那里学到了不少关于生意的东西，那些没学到的部分则从伴随着高中生涯的十几份零工中也都习得了。他在门罗街上的海丰餐馆（Seapride）煮过螃蟹，在巴尔的摩街上的某些商店里当过收银员，偶尔卖点大麻，还依然能挤出时间替爸妈跑各种各样的腿。

他以优秀学生的身份从默根特勒职业学校毕业。"'默职'是教你如何谋生，但不会教你怎么过日子的地方。"加里经常这么说。然后他在俄亥俄州立大学读了半年，直到接到了有孕在身的芙兰·博伊德发来的那封电报。他回到了家，不仅因为这是他认为正确的事，还因为他厌烦了学校。大学里全是夸夸其谈和理论知识，而加里想要去社会上工作、赚钱和折腾。

姐姐乔安告诉他伯利恒钢铁公司有一个赞助计划。多年以来，这家公司一直坚决拒绝在需要熟练技术的岗位上雇佣黑人，但现在他们开始弥补了。加里参加了考试，成绩不错，获得了一份学徒的工作，然后成了斯帕罗斯角（即钢铁厂所在地）第一批黑人技工之一，还渐渐升到了主管一职。他在郊区伍德劳的社会保障部门大楼还找了份当保安的夜班工作。然后他开始在社区里买入便宜的空置排屋，把其中一些翻新成出租屋，并成立了莱特劳公司。他在市政大厅将这间公司注册为少数族裔所属的承包企业。一年中的每一天他都在工作，包括圣诞节、复活节、元旦和自己的生日。有时候一天会工作十六个小时。随着钱开始涌进来，当床垫下藏的钱比他能花的还要多时，他开始汲取金融出版物里的知识，试着依靠自己去解读股票和基金交易的巴别塔。他在嘉信理财公司开立了经纪账户，开始交易，通过一些试水摸清了门道。到了某个时候，他的投资收益就已经超过了每月两千美元。

加里·麦卡洛如同一股旋风，是一个有梦想、有计划的男人。不久之后，他就成了邻里口中的话题。对威廉·麦卡洛来说，这个儿子似乎就是不管费耶特街上有什么问题，都不会把他们家拽沉的正面证据。珠贝已经失败了，但他可以算成例外。街头没有什么东西逼着你吸毒，或者在街角上晃荡，或者成天在家里无所事事地等着救济支票。威廉·麦卡洛和萝伯塔女士证明了另一种生活方式——正确的方式，现在他们的孩子也在证明着这一点。

但最年长的孩子们——凯茜、杰和乔安——并不是这么乐观。他们一次又一次劝说自己的父母搬离瓦因街，去县上买栋房子或者公寓。从 1970 年代开始，从巴尔的摩逃去郊区已经不再是白人的特权了：黑人中产阶级自 1960 年代末就慢慢向西搬迁了，比起那些跟着他们去到弗雷德里克路（Frederick Road）、欧文顿以及耶鲁高地（Yale Heights），或者是从埃德蒙森和自由高地大街（Edmondson and Liberty Heights Avenues）搬去埃德蒙森村（Edmondson Village）和森林公园（Forest Park）的工人阶级穷人要早上一两步。如今巴尔的摩县的西边——伍德摩尔（Woodmoor）、伍德劳、兰德尔斯敦和阿布图斯（Randallstown and Arbutus）的一部分——成了黑人纳税者的家园。留在原地的是那些破碎的家庭，很多人在成长过程中毫无希望。有太多的移民及其后代们抵达城市的时间太晚了，没有抓住有工会保障的薪金，也没能让一代人脱离贫困，并把下一代人带到郊区去。

这其中充满了讽刺：那些在城市生活中活跃的黑人技工家庭及中产阶级家庭曾被限制在原地，种族隔离带来了贫民窟。现如今他们也开始在社区会议、家长教师委员会会议上缺席了。他们不出现在娱乐中心，也不能参加街区派对。到了 1970 年代末，巴尔的摩黑人社区的很多宝藏机构——福利医院（Provident Hospital）、道格拉斯高中，甚至是宾夕法尼亚大道上的壮观林荫道，都或多或少地衰落了。

威廉·麦卡洛和萝伯塔女士当然感知到了这一切，城市里的每个人都感知到了。他们看着自家年长的孩子们搬去了郊区的新家，现在也正是这些孩子求着他们也跟着搬走。但瓦因街房子的按揭已经付了，如果卖掉他们拿不到什么。他们也没有多少积蓄，尽管孩子们愿意支付搬家的费用，但这也不行，威廉·麦卡洛和妻子都受不了这种形式的慈善。而且，这里才是家啊。萝伯塔女士用那间小厨房喂养了一家人，威廉·麦卡洛在过去二十五年里每个工作日早上都走下同样的石头台阶。还有同社区的所有日常联结：萝伯塔·麦卡洛从没有缺席过门罗街圣詹姆斯教堂的活动。这里也还留着和他们一样的人——如果他们留下来，这些好人也会留下来的。他们是艾拉·汤普森、巷子对面的伯莎·蒙哥马利，还有列克星敦街角附近的保罗·布思。

他们留了下来，正如加里经芙兰劝说，没买那栋卡顿斯维尔的房子而留在了费耶特街上。但他们的决定中也有惰性的成分。他们无法看清富兰克林广场已经变得有多糟糕或者还会变得多糟。仅仅过了几年，就可以明显感知到费耶特街的街角已经险象环生了。"纽约男孩"帮来了，然后是装着可卡因的瓶子，最后那些嗑疯了的人和快克可卡因也来了。

在麦卡洛家年轻一点的小孩里，达伦、肖恩和克里斯都和自家长辈一样，是努力工作且严肃认真的人。但街角在1984年左右缠上了朱迪的丈夫，让他脱离了幸福的婚姻，去了门罗街的街角上。街角也缠上了里卡多：朋友把他诱出家门，混帮派，用偷东西、打劫来试手。街角还缠上了夸梅，家中最年幼的儿子，他曾经对所有人、所有事都倍感愤怒，以至于威廉·麦卡洛都试着劝说他，违背了自己的性格去让这个儿子了解男人应该和自己及世界和平相处。但夸梅没法像威廉·麦卡洛那样去看、去感受。曾有一度，达伦在巴尔的摩街的鞋店里给他找了份工作，达伦自己在那家店里已经干到了经理。但夸梅把工作之外的时间都花在了街头，卖货、和沙姆洛克一起抢劫更年轻的贩子。街角也缠上了肯耶塔，家里最小的女儿。她遇到了一个男孩，那人让她生了个孩子，还带着孩子去枪击别人，最终受到州里的审判，坐上了去黑格斯敦的监狱大巴。那个名叫夏奇玛的孩子，每天都在萝伯塔女士的厨房跌跌撞撞，同时她妈妈肯耶塔则试着完成在西南中学的学业。

但惊到所有人的是加里，第三个儿子，这个风一样过日子的人，这个学到了父亲的经验并将其上升到了新高度的单纯梦想家。当1986年加里开始沉迷毒品时，他的父母都惊呆了。加里是以威廉·麦卡洛能理解的方式获得成功的，他孩子里的其他几个也都同样成功，但他们的路是靠教育机会及职业规划铺出来的。所有人都让威廉·麦卡洛感到骄傲，但加里的胜利能和父亲产生共鸣，因为他是用着威廉·麦卡洛的法子赢得这一切的——为多赚几块钱而起早贪黑。

没有道理啊，在威廉·麦卡洛看来，没法解释为什么儿子会陷得那么深。1985年的时候，加里同芙兰彻底分手了。之后四年里，所有的一切——伯利恒钢铁公司的技工工作、第二份工作、各处房产、那辆奔驰车、银行账户、经纪人账户——全没了。加里受过伤，这点威廉·麦卡洛清楚。他被芙兰伤过，也被芙兰之后的女人们伤过。社区里的不少人都占过加里的便宜，从他手里偷过东西。加里总是太容易轻信人，但在威廉·麦卡洛的脑子里，还是想不明白，一个有着加里的诸般梦想和头脑的人，为什么会堕落成瘾君子。

最后，是加里自己让他们意识到事情到底能有多糟糕，是加里教会了他们这个社区的可怕之处。因而在某个夏日，站在前门上，看着毒贩们卖货，萝伯塔女士转向丈夫，非常温柔地说道，也许孩子们是对的，也许他们早应该搬走了。

除此之外再无其他。没有愤怒，没有指责，也没有对警察或者政府抑或是白人的激烈抨击。那不是麦卡洛家的行事之道。要是威廉·麦卡洛想要责怪任何人，他只会责怪街头的男男女女，责怪迷失了自我的儿女们，责怪那些不像他一样去理解人生的人。要是我能决定，他有时候会这么告诉别人，根本不需要监狱和看守所。如果他能负责审判，那伊格街①上的毒气室一直要到街角被扫荡一清后才会关闭。他说得出这样的话，也真是这个意思，他能感到复仇的渴望在自己的血管里灼烧。然后他会出门走向出租车，去开下午的班，同时看着加里从巷子边领样品的队伍里出来，或者看着珠贝在公用电话前抽搐，或者看着迪安德尔，他的孙子——也是个聪明孩子——在瓦因街街口上同其他的揽客仔和望风仔抱团厮混。在这样的时刻，威廉·麦卡洛的心都会碎掉，所有的愤怒都会喷涌而出。

他以一个男人应有的正当方式度过了一生。他遵守了规则，一辈子都在工作，为了糊口而工作，尽管按他现在的年纪，大部分人都已经退休了。他从来没有依靠福利过活，或者寻求过施舍，抑或是抱怨过遭遇的事儿。他娶了个好姑娘，也遵守了誓言。他把十五个孩子带到了这个世界上，爱他们，给他们食物、衣服和一个家，还把他们送

---

① Eager Street，巴尔的摩市看守所所在地。

进学校去学那些自己从没有机会知道的东西。他不像其他男人那样精明，也许，面对自己的金钱和产业时也不够聪明。他从来没有真正搞懂过那些冲击到他的力量，但所有那些力量都不能被称为我们国家存在的前提，不可能是美国作为一片机会之地的恒久传说的一部分，不可能是所有族群和宗教最后也是最好希望的一部分，更不可能是自己诚实并努力工作就会成功这一说法的一部分。

在巴尔的摩这座城市过去的半个世纪里，威廉·麦卡洛一直对自己诚实，并且以任何人所能想到的程度去努力工作。在六十五岁时，他身边有那个与之分享了一生的女人萝伯塔女士。他有很多孩子和孙子孙女，有些让他骄傲，有些则没能做到。他每个月有三十七美元的退休金。每周六天——有时甚至会连续七天——他都在开出租。

在每个夜里，他都会回到瓦因街上的家中。

那条"蛇"找到了在床上蜷成一团的加里·麦卡洛，满是灰尘的床单堆积在他的腿部，扭成一团。他在半梦半醒之间恍惚听着收音机里传来了星期天清晨的布道，音调低沉，是带着金属质感的低语。

"蛇"说出了他的名字，而加里奋尽全力翻过身坐到了塌陷床垫的边缘。他的双脚触到了油毡地板，上面还是湿的，周五晚上的雨把一股洪水经由他父母瓦因街房子背街地窖的楼梯送了进来。因为一阵恶心而曲着身体，他抱住了自己正作痛的头。他盼望着能再睡过去，哪怕那种半睡半醒、永无宁静的海洛因睡眠每晚都来找他，但那条"蛇"吸引了他的注意。

他站了起来，伸手摸索天花板上裸露灯泡的同时也伸展着肢体。他找到了，扭了一下，然后摔回了床垫上，筋疲力尽。在这间窄小的房间里，微弱的灯光把黑暗朝着成堆发霉的衣物后方推了一点点。

这是瓦因街那栋排屋底部的一个肮脏狭小空间，布满了加里一路得来的零碎物件。东一块西一点的东西可能曾有用处，曾经点缀过正经的麦卡洛式计划，但现在都被四散遗弃了，积攒着灰尘：一台破损的黑白电视、一个汽车的后视镜、一串钥匙、教堂传单、一个坏掉的钟、一尊有裂缝缺口的拥抱爱侣陶瓷像。

离床一臂远的地方放着一个破烂的梳妆台，上面是少许的"生活必需品"：瓶盖、火柴、一罐水、注射器。在各色物件之后摆着一个台扇，如今被用作了衣服架子。等到了夏天，它是仅有的能搅动浑浊空气，帮加里捱过哮喘发作的东西。在床垫的头上是一个自制的木凳子，充当着加里的书架。一本翻旧的《圣经》和一本高中物理课本、小学公民教育读本、梭罗的《瓦尔登湖》和埃利·维塞尔的《夜》（Night）摆在那里——这些书是从垃圾堆或者教堂地下室里抢救出来的，之后被加里带着强烈的兴趣一读再读。《圣经》在"诗篇38"处折了页，这首关于羞愧和悔悟的诗夜复一夜在加里的脑中回响。

> 因为，你的箭射入我身，你的手压住我。
> 因你的恼怒，我的肉无一完好；因我的罪过，我的骨头也不安宁。
> 我的罪孽高过我的头，如同重担叫我担当不起。
> 因我的愚昧，我的伤发臭流脓。
> 我疼痛，大大拳曲，终日哀痛。

忏悔需发自内心。加里能背下这些文字，在地下室昏暗的灯光里一遍又一遍地读着它们。在诗篇的边缘，他勾画了一句粗糙的涂鸦，乞求："上帝请拯救我。"

但不是在此刻。不是在这个清晨。

那条"蛇"不会因诗篇或是乞求而平息怒火。加里挠了挠脸颊，然后看向了上方墙上窄窄的架子，上面放着他地下室世界里的另一个宗教用品——真瘾之盒。这个软木制成的容器形状像是一个雪茄盒子，但要小一点，是加里街角生涯中各个试金石的存放处和博物馆，盛放着快乐回忆的宝箱，每当思乡情切时开启。他拿下了盒子，把其中的物件倾倒在床上：盖着或印着不同设计、标志和广告词的玻璃纸袋；尺寸各不相同的塑料瓶子，每一个都有着颜色不同的瓶盖。每一个都是狂欢的纪念品，每一个都是一次成功征伐的战利品，来自一个瘾君子距离圣杯仅有一步之遥的时刻。

这堆东西顶上的小绿瓶子是啥？是他去年从蒙特街和费耶特街的街角上得来的，来自"纽约男孩"帮，来自"疤脸"。那时候"疤脸"还有点儿东西可卖。加上一点儿那种可卡因到海洛因里，上帝啊，你就有了一个美到欢唱出声的快球。而今年秋天得来的"家务事"帮的货，干，那才是好东西。但回忆让他皱起了脸。此时此地，这个盒子什么都无法供应，仅仅是逝去日子的试金石而已。

加里向前倾去，在梳妆台最上面的抽屉里摸索，把抽屉拖向自己，在其中搜寻着昨晚留在那里的一根新港香烟烟头。这是罗妮在十一月的时候教给他的新习惯，所以现在，在每天为了海洛因的奔波中，他还不得不省出一点零钱来买烟抽。绝大部分时候，他都买不起一整包，所以只能从韩国人那里花二十五美分单支单支地买。他点燃烟头，为了尼古丁狠狠地抽吸着，美美地抽上了一两口，然后把过滤嘴摁进潮湿的油毡地板上。他等待着，检查着自己，评估着情况。

不好。一点都不好。

他摸回梳妆台，这次是为了找一个空的玻璃纸袋。他把袋子举到光下，轻轻地弹了弹，又弹了一下，紧紧盯着。不顾所有可见的证据，他拿过了一个底部烧焦的瓶盖，然后轻轻地弹着袋子，拨弄出了几粒残余物质。他拿起一个注射器，往瓶盖里加了几滴水，然后就抽了回去，甚至顾不得点一根火柴在瓶盖底下晃一晃。他找到一条血管推了进去。只要几秒钟，他的期望就落空了。这个瘾君子炼金术士绝望地试图变铅为金，但一无所获，没有快感。

加里摸索着自己的衣服。一条裤子在床上团成了一团，另一条则躺在地板上，就在他的鞋子、法兰绒衬衫和毛衣旁边。有一瞬间，他没有去拿起它们。他双手交握，低下了剃过的头。一个僧侣把沉默的祈祷吟向了一个沉默的神。让这一切过去吧。

但"蛇"已经动了起来。

那是加里最怕的事。那条"蛇"就在那里，滑过他的肠子，生长、积蓄力量，把自己挤过他下腹部的柔软器官，进到他的胃里，然后慢慢地攀上他的食道，随后进入他的咽喉，阻断空气，在一端绞杀着他，还在另一端摧毁他的肠子。对很多瘾君子来说，情况并非如此。对他们来说，戒断就是为时几天的轻微流感，一种和处理其他症状一样去应对的小病。你会吃上点阿司匹林，爬进床里，然后就待在那里，能睡就睡，直到你清醒过来。对他们来说，精神重于物质，比起身体，戒断更和灵魂有关。

但对于加里，这其中没有技巧，整件事都和身体有关。对他来说，戒断这个想法就已经极端费力了，因为那条"蛇"已经拥有了他的每个细胞、每条血管和每个器官。比如上个月，他让妈妈把自己送到南卡罗来纳和弟弟丹待在一起。但在此之前，有意愿、有决心的加里用最后一针让自己振奋了起来，然后爬进了弟弟厢式货车的后座。他努力过了。上帝啊，他们不知道他是如何努力的。但恶心似乎从没有停过，渴望也没有退去。他和那条"蛇"搏斗了几天，然后溜出弟弟的房子去附近找街角。这也是失败的原因：你没法逃离它，街角无处不在。

此刻，被恐惧刺激，他飞速地穿着衣服，拉上一条裤腿，接着又一条裤腿，让自己能够抵御二月的寒冷。但地下室里没有袜子，于是鞋子直接被套在了赤脚上，皮边勒进了他的脚踝。他停了一下，往下看去，几乎冲着这双尖头的双色正装鞋笑了出来。这双酒红色加深棕色的鞋子是他出于好玩，从一家二手商店花了四块钱买来的，因为它们让他想起了过去的好日子。他走上楼梯，然后停住，揉了揉脑袋。帽子呢？没帽子可哪儿都去不了。

干。

他把床上铺的东西都扯开，发现帽子卡在床垫和扭曲变形的护墙板的缝隙里。这顶加州天使队①的幸运棒球帽一直庇护着他。他把帽檐朝后反戴，放松了前额上的松紧带子。朝向后方的天使动了起来，准备好要汇入人群了。

他穿过地下室狭窄的通道，上到了陡峭的楼梯，爬过一大堆雪崩一样堆在楼梯上的衣服。他从排屋第一层的中央冒出来，走进了一间餐桌被推到墙边的餐厅。餐桌上盖满了衣服、报纸和十几样日用品。在麦卡洛家的房子里，厨房早就给了餐厅一击，迫使后者的家具和规矩都退到了远处的墙边，把第一层的后部空间都让给萝伯塔女士做饭，让给了这张全家围坐就餐的、塑料贴面的破烂桌子。

加里在地下室的门口停了一会儿，被从厨房后面窗户里射进的阳光惊了一下。他揉了揉眼睛，试着适应母亲的身影，她正在炉子前忙活，为威廉·麦卡洛做午饭。

"呃，妈，我……啊，我想要……"

他的声音轻柔，消失在了日间电视节目的脱口秀声响里。她摇了摇头。她没有，她告诉他说，而加里知道这是真的。如果她有二十美元，她会不情愿地给他十块，违背自己的意愿，但又不愿见自己儿子受折磨。他点了点头，接受了。她提出给他做点"早饭"：一个鸡蛋培根三明治。

加里摇了摇头。恶心把他逼出了厨房，逼出了前门。他到了瓦因街上，冬天的风割开了他的毛衣，折磨着他裸露的脚踝。在门罗街上，瘾君子们涌向试用品发放队伍的场景如同一次狂乱的投食。免费

---

① California Angels，美国职业棒球大联盟队伍之一。

样品就是当天货物的广告。"蜘蛛袋"也在发样品，这可真是锦上添花，因为袋子上印着黑寡妇蜘蛛的货绝对是好东西。

加里知道自己已经错过了机会，但他还是跑到了街角上，逆着风，准时抵达，目睹"小子"在给出最后一包样品后消失了。加里站在刚刚拿到样品的瘾君子中间，手伸着，他的饥渴展露无遗。他试着恳求。

"嘿，詹妮斯。"

他朝詹妮斯露出自己那副像被踩了一脚的小狗一样的表情，但她没有搭理他。她有自己的需要，他们都有。但加里把拒绝记到了心里。等我有了，他告诉自己，我会分享的。我会和今天不让我爽的混球们分享的。

他独自一人站在巷子口，站在被风吹乱的垃圾中间。他能感到那条"蛇"在滑动，然后下定决心，转头去找罗妮了。她会有他好受的，但也会让他嗨起来。

加里讨厌自己要去寻求罗妮欺凌的样子，讨厌自己为了来上一发而要去忍受她的勾当。她自称是他的女朋友，告诉他说自己爱着他。但真相是，这段关系中没有性，也没有任何人会将其误认为好感的东西。他们俩搞过几次，与其说为了别的，不如说是装装样子。罗妮对加里没有啥真的吸引力，除了她那空手套白狼的手段之外。每一天，加里都为她的混蛋行为、为自己遭受的欺凌而生气和哀叹。每天他都告诉自己，这全是她一厢情愿。他试图结束关系，但她总是跟着他，直到再把他拉回来为止。每天他都告诉自己这是最后一次了，等到罗妮让他嗨完之后，他就要和她彻底了断。

但同维罗妮卡·布瓦斯不存在所谓的了断。她是社区的巫医，是意志、智慧和邪恶的罕见混合体。她和加里不一样，他无法不伴随着奔涌席卷的恐惧去对抗那条"蛇"。罗妮不是这样。她把那种痛苦转换成恶鬼般的愤怒，似乎能够碾碎任何站在她和那一针之间的人。加里几周前见过这一幕。当时罗妮拖着自己九十磅重的身子走到费耶特街上，盯着那些纽约客。

"给我一包，"她对吉的人说道，"上一包屁都不是。"

她就站在费耶特街和门罗街中间，身无分文，瘦得像钢丝一样的惠比特犬对上了巨大、邪恶、蝙蝠一样的吉，威胁说："给我一包，要不然我就打电话给他妈的警察。你知道我敢打的。"

那群人听到了，也震惊了。吉笑了，讲了个笑话，试着在所有的揽客仔和顾客面前把事态平息下去。但他能看见，这个脏兮兮的婊子只为了一瓶货就可以打电话告密，明白自己在小小慈善之举和被判联邦级别谋杀罪之间的选择。

吉屈服了，塞了她一瓶，只为让她走开。而加里从一旁目睹了这一切，再次被罗妮总是在这场游戏里展示出的自杀式逻辑震惊了。罗妮在门罗街正中央羞辱了吉。干。

他现在因这段回忆而暖过来了，想着要去找这姑娘。他经那片空地走下了瓦因街，然后从父母房子背后的小巷走过，从排屋之间的第二个空隙来到了费耶特街上，到了罗妮妹妹的房子前——冷点儿的夜里罗妮都在这儿过夜。他把一只手从毛衣袖口伸出来，在门上敲了两下，又敲了两下。

双胞胎中的一人睡意蒙眬，跌跌撞撞地出了房子前部的房间，把门拉开一条缝，从门厅里悲伤地望着他。

"她没在这儿。"他说，不等加里做出反应就关上了门。他的世界坍缩了，那条"蛇"满怀恶意地扭进了他的肠子。他往门罗街走回去，"蛋仔"达迪和"肥仔"科特以及其他熟脸都已经各就各位，正招呼着早上的客群。这里没戏了。

他朝山下走去。芙兰也许会照应照应他，看在过去的份儿上。或者是迪安德尔。啊，安德烈，他在费尔蒙特街上混得不错啊。但到了露珠旅店，只有邦琪在门廊上，她自己看起来也一点都不好。

"芙兰在睡觉，"她说道，"迪安德尔去学校了。"

学校？迪安德尔？上帝，拜托了，这事儿的概率得有多小啊？加里继续蹒跚地走了下去，朝着吉尔莫街走去。没有任何计划，"蛇"现在在他的喉咙里盘起又伸开。他绕过街区，转向了费耶特街，徒劳无功。他穿过蒙特街上的人群，看着几个已经扎过了针的熟脸的眼睛。到了此刻，他已无法积聚起智慧，也无法忍受那条"蛇"来搞出点勾当了。

"嘿，嘿。"一个声音喊道。

加里抬头看见了一张脸，模模糊糊有点印象。那人正从蒙特街的另一边冲自己微笑。

"你还好？"

加里眯眼看着，试图集中注意力。现在他看清楚了，这是史蒂维房间里的那个家伙。一个已经在露珠旅店进进出出了快一个月的瘾君子，和其他几个人同在史蒂维·博伊德的吸毒点里吸毒。道格，加里记了起来。名字绝对是道格来着。

加里穿过了街道。

"没啥好的。"他告诉道格。

"哥们儿，"道格说道，打量着他，"你看上去真真是糟透了。"

加里点头表示同意。"我感觉很糟。没开张呢。"

"嘻，别，我能给你搞点东西，"道格说道，"我有点东西。"

加里听了进去。道格想要拉拢他。道格，什么都没一起干过、不过是共用一个吸毒点的道格。加里点头同意，满怀着希望，但也等着另一只靴子落地。

"找到个地方。他们真就是求着你拿他们的东西。我是认真的。这家西四十街上的店已经让我爽了一整周了。"道格说道。

加里点了点头。他可以试试。只要那条"蛇"能回到它的洞里去，他任何事儿都可以做。而且道格理解他。他能给加里搞到货：注射器里的二十毫升，不收钱，只要他们共享就行。在加里听来，这就是荆棘燃烧的一刻①，耶和华亲自穿过不会烧坏荆棘的火焰向他喊话。

我愿意，加里想道。我愿意做任何事。

一个半小时后，他从四十路公交上走了下来，地点是西景（Westview）附近。他像只该死的小狗一样跟着道格的脚步在县里游荡。他现在离开了自己的世界，跌跌撞撞地穿过百货公司的一道道大门，同时还试图对抗那条"蛇"，因为道格的二十毫升没啥效果。

"我俩分开进去，"道格在杰西潘尼（J. C. Penney）百货公司门口告诉他，"你跟着我上电梯，去他们卖熨斗的柜台那儿。你望风，我下手。没啥大不了的，哥们儿。"

加里只是点头。啊，望风，望啥风呢。

他们进去后，加里朝四下看了看，试着从顾客中找出保安，但不是太确定自己要找谁。道格已经走在前面了，坚定地朝着蒸汽熨斗走去。加里看着自己的同伙从侧面蹭到了样品前，看着道格掏出了一个旧的杰西潘尼购物袋。一个，然后两个，三、四、五、六。加里站在走道的另一边，焦躁不安，慌乱地四处张望那必定会到来的手铐。但没来，这层楼的每个人都毫无知觉。

他跟着道格出了侧面的出口，来到了停车场，心想他俩是不是都隐了形。一对衣衫褴褛、带着瘾君子眼神的黑人在县上一家百货公司里跌跌撞撞地偷东西，居然完全没被看见。我们就这么走了进去，想拿什么就拿什么。

"是吧?"道格说道，"根本不算事儿。"

一次不错的勾当，加里为此感到骄傲，成功带来的快感把那条爬行动物推回了腹部的深处。在公交车站，道格浸入了他的遐思中，想

---

① 指摩西在荒野中受到来自耶和华的神启，看到了燃烧却没有烧坏的荆棘。

知道他们能在哪儿把东西出手。"我已经在费耶特街上出掉太多熨斗了。"他抱歉地说道。

对此，加里有了自己的计划，比起单单望风，这是对行动大得多的贡献。带着真心的喜悦，他告诉道格这些熨斗应该出到哪儿，谁会花钱买。

"什么？"

加里点点头，邪恶地微笑了起来。

"警察会买我们的熨斗。"道格说道，满是疑惑。

"千真万确。"

这基本就是他俩回到市区后发生的事了。在巴尔的摩街和小树林街（Smallwoods）交汇处找到那处"合适"的街角，加里知道这个酒吧是下班警察们休闲的地方。为了卖掉那些上好的零售商品，加里之前就来过这个酒吧，得知巡警和所有人一样，都喜欢折扣。就那样，三个熨斗被卖掉了，每个十美元，皆大欢喜，没人问问题。道格大感钦佩，等他们走回山上，加里冲着正在修建波恩赛考斯医院新附楼的工人们施展出销售员技巧，又把两个熨斗卖给了戴安全帽的人后，道格的钦佩越发强烈了。

现金。他们回到了蒙特街和费耶特街上，加里的脑袋还为这次勾当的荣光而晕沉沉的，对寒冷视而不见，甚至对那条"蛇"也都毫不在意了。没有罗妮他也搞成了，这就更棒了。现在他正在想罗妮其实算不上什么，想着他可以和她断了。在蒙特街，他们像是挤到吸毒桌边的新人一样，纵身跳进了毒海里。

"谁有黑白货？"加里问道。哟呵，这儿有。

第二天，他们又凑在一起，向着县里去了。他们坐城铁到了同一站，一路上胸有成竹，还有些飘飘然。道格说话的样子像是一台坏掉的录放机，他提议了同样的计划。加里毫不在意，因为去他妈的，他们可是隐身的。同一个地点、同一个柜台——道格向熨斗出手了，而加里站在周围，像个裁判。一、二、三、四，然后道格停住了，可能是在思量没多少熨斗展品剩下了。这一次是加里先出去，穿过了行人步道，转身等着自己的同伙。

但道格没跟上。

加里等着，朝入口走了回去，近得足够瞥见道格被两个保安带走了。他感到自己的胃部卷了起来，思绪开始狂奔。必须想想。必须想想这情况。保安带走了道格，带回了保安室，但没人来抓加里。他溜到了人行道上，从垃圾箱里掏出一张报纸，然后坐在一张长椅上，藏在了运动版后面，没啥真的计划。恐慌偷走了他的快感。

十分钟过去了，加里还在原地。这时候，三个保安突然出现，把他围在了长椅上。

"跟我们走。"

"我不……我不是和……"

加里的抗议软弱无力，他自己也清楚，说谎是自己业务里最糟糕的部分。在保安室，他和道格重聚了，后者愧疚地看了他一眼。他们沉默地坐在那里，同时有纸张在翻动，还有身体在他们周围移动。加里从雾气中看着这一切，被一个声音给迷住了。这个声音听起来公事公办的，还嗡嗡不停。一只手递过来了文件。加里毫无头绪地拿起笔签了字，又等了一会儿，等到县里的警察到了，他坐到一辆警车后座上，踏上了去往威尔肯斯（Wilkens）拘留所的短途旅程。在那里，他坐在公共扣押区，好奇自己何时能见到某个法庭工作人员，同时还在和那条"蛇"讨价还价，试图找到某种方式和体内的动物达成和平。

他如同一幅赤贫的标准像。直到某个有纹身的白人男孩走过来，掀起衬衫，拉开了绕肋骨一圈的绷带，三包海洛因掉到了地上。那个白人男孩因加里脸上的表情而笑了起来。

他捡起其中一个玻璃纸袋，带着感激望了过去。这个白人男孩犹如耶稣显灵，喂养着众人。没有针头，所以加里把它深深地吸入了一边鼻孔，然后往后靠去，去倾听那个白人男孩的笑声，并感觉那条"蛇"正在退去。

几分钟之后，他们让他去打个电话。加里小心翼翼地拿着听筒，惧怕从听筒那头会传来的答案。他给他们带来不应有的痛苦，但他必须出去。

"妈……对，妈，"他说道，"我被关起来了……在县上，妈。他们把我关起来了。"

听到妈妈的声音，他清晰可见地畏缩了起来，似乎看见她瘫在厨房餐桌旁，想象着祈祷词正在她脑海里奔涌。他犹犹豫豫地讲着过程，把自己扮成受害者。萝伯塔女士听着这个加里自己一边讲一边都觉得站不住脚的故事。最后，她打断了他：

"加里，你一开始去那儿是为了啥啊？"

他给不出答案。

"噢，加里。"

她承诺给他弟弟里卡多打电话。弟弟现在已经离开了街角，过得还不错，在一家海鲜餐馆里干活挣钱，还在社会保障部门打另一份工。卡迪（里卡多的昵称）可能会帮忙，但她也没法保证。她告诉加里家里钱紧，说她会等他父亲到家后和他说。加里听着这些，重重地吞着口水。

"妈，求你了。"加里说道。他最后哀求了起来，承诺会改的，会戒掉毒瘾，也许还会找回自己在斯帕罗斯角钢铁厂的那份工作，做他之前做过的事。"妈，我会补偿你的，我保证。"

妈妈联系上了里卡多，凑齐了钱，并找了个担保人。但加里在下午被带出那个大房间的时候得到了坏消息：他不会被县里释放，因为他身上背着巴尔的摩市里的拘捕令。

那是一份以前的袭击罪拘捕令，狱卒解释道。加里试着回想。袭击？谁？他没袭击过任何人。直到见到市里负责抓逃犯的警探之前，他都没有想起来。警探翻动着文件。

"喏，这儿，你打了，啊，维罗妮卡·布瓦斯。"

罗妮的报复。她装出来的委屈和卑微导致的那次袭击指控，原因就是加里没有和她共享一包海洛因。干。

接下来，一辆车把他带到了市中心。这是加里第一次进市看守所，那个坐落在伊格街上，由市看守所和州监狱构成的多层综合体噩梦。他已经无能为力了，他清楚地知道这点。

在收容区，他缓慢地适应着，双眼也在试着调整。他身处一个铁栅栏围起来的区域，其中散落着大概十一二个男人——几个白人流浪汉，但大部分都是黑人——这些人正要被关进去或者放出来。一个警官从一扇玻璃后面拿过了他的档案，采集了他的指纹，然后给他指了个去大房间的大概方向。大房间大约塞了八十个人。窃窃私语、臭气熏天的人群都挤在唯一的一个金属马桶周围。

加里为了空间挣扎着，终于在一堵墙边挤出了一块地方。他靠墙瘫了下来，屏蔽了噪音，双眼盯着一两句从《以赛亚书》中摘出的句子，这是关于罪恶和救赎的狂怒预言。他还来不及理解那点儿内容，狱卒就把他们赶到平台上，再进到 J 区。一小帮屡教不改的老油条和部分新人分享着这个空间。加里分到一个南巴尔的摩抢劫惯犯当狱友。这是个已经坐了多年监狱的老手了，他知道应该保持低调。

很快加里也就知道了。他很快就认识了这里的大鲨鱼们，认识了那种你要离得远远的人，特别是他牢房正对面住的那个疯子。这个走廊对面的邻居敲击着铁栅栏，用眼神干着任何移动的东西，一直都在喃喃自语，告诉这个世界自己有多坏。但是，除了他之外，J 区似乎相当驯服。

第二天早上，囚犯们在早饭前半小时被放到了平台上，让他们有机会活动活动，也许还能打个电话。但今天，那些鲨鱼们占着所有的电话，所以加里直接去了混乱的大厅，沿路还抓住机会瞅了瞅被栅栏分割开的蓝天。早餐是两片厚厚的面包、两包果酱和一个冰冷的白煮蛋。加里把它们凑成了一个三明治，强迫自己吞了下去。然后就是重新经过隧道回牢房。这样再来上两次，就是他的一天了。

他是此地的新人，尚没能装出合适的表情就被关了进来，真干不出此地必需的狠心事儿来。没有利器，没有手段，没有同盟，也没有钱。但他在努力，并发现自己早年间学到的伊斯兰箴言是成功的关键。在第一天的下午，他就加入了聚在其中一间牢房里的祈祷小组，听着祷词，聊该聊的内容，寻求意义。狱中的常客们还算能接受新人。加里挣出了一点点空间，有了喘息之机，还能打上个电话。妈妈承诺他们很快会为这项市一级的指控支付保释金。同时，最重要的是，这个区的一个老人给了他药片，帮他控制住了那条"蛇"。

又过了一天，加里想自己也可以强硬起来，像吉或者德拉克，或者任何一个街角匪徒一样。他要像罗妮一样强硬——她可以在女子监狱待上一个月，还头铁无比。加里正在脑子里向他们炫耀这一切，向他们展示他可以做也必须做的事儿。他一直在想着这些，直到那个白人男孩出现。他实际上还只是个孩子，有点像是郊区来的好孩子，顶着一头纤细的金发。任何一个有良心的人都会在把这个孩子扔进走廊对面和那个疯子关一起的时候，畏缩一下。

那个孩子坐在金属双层床的边缘，望着走廊这边的加里。他试着回以一个安慰的微笑。伴着灯光熄灭，夜晚降临了，噪音平息了。加里闭上眼睛，但夜晚从未把真正的安静带到过伊格街上。尖叫、抽泣、咒骂、笑声贯穿着夜晚。在监狱里，你会在夜晚哭泣，至少在你尚哭得出来的时候。一段时间之后，加里放弃了睡觉，挪起来背靠着墙，盯着黑暗看去，熬着时间。

他注意到走廊对面的牢房里有动静。他感觉看见的是一个金戒指在空中划过的反光，冲向了一具熟睡的身体。他听见一声呜咽，然后是布料撕裂的声音以及白色皮肤的反光。接着是一声非常响亮的声响，对面那只笼中野兽的咒骂盖在尖厉刺耳、不间断的喊叫声上。声音溢出栅栏，在整个平台上回响。有东西从牢房里被扔了出来，加里在黑暗中眯缝着眼睛，直到看出那是一截沾着血迹、碎掉的日光灯灯管。

狱卒们终于赶来，并带走了那个小孩。加里闭上眼睛，向着虚空祈祷，乞求宇宙中的所有力量带自己回家。他再不吸毒，再不搞什么勾当了。

那一整个夜晚和第二天晚上，他都吟唱着那首救赎之歌，为更好的新生活做规划，承诺要洗掉手上的罪孽。接下来的一天晚上，他也念叨着这些。然后，保释金凑够了，他从伊格街的铁丝网之下溜了出来。

出狱第二天他就回到了瓦因街上，深深呼吸着，感觉良好，忽视了揽客仔们的叫卖，因努力要坚持誓言而感到骄傲。我能做到，他告诉自己。我能让一切恢复如初。

父亲的出租车从门罗街上开了下来，开下斜坡，开上人行道，停在了邻居家的房前。威廉·麦卡洛下了车，停住歇了一下。

他看到了自己的儿子，随后把一只大手举到胸口轻轻挥了挥。加里眨了眨眼睛，涌出了泪水。父亲和儿子互相看了一小会儿，但没人更进一步。威廉·麦卡洛打破了注视，沉默地走了过去，虚弱地爬上通向房门的台阶。加里凝望着他，即使身处在深渊的深处，他也依然爱着他。

前门砰地关上了。加里独自站在街头，好奇到底是监狱里的那些药片帮他熬了过来，还是那条"蛇"已经死了，或者它只是在等着。他看着两个女人在一处空车库前买到了毒品，并间接感到了这次交易的愉悦。他还不愿意走上街角，也不愿意就此离开他所在的门廊。

他最先是在门罗街上看到了她，在巷子口上来回游荡。对周围、对天气以及自己的身体都毫不在意——鬼上身的家伙只用双眼就把他给钉牢了，无言地就把他吸引了过去。有那么一瞬间，他想要转身跑掉，进到母亲的厨房里，要一个鸡蛋三明治吃。但他走上了那座小丘，假装自己会和她斗争、冲她尖叫、告诉她自己遭了什么罪。但他的声音实在不够严厉，说出口的话成了悲伤的轻吁，而不是愤怒。

"罗妮，你为啥要那么对我？"

她嘲弄地哼了一声，看向了别处。

"你让我平白无故被关了起来。"

她无视了他，注视着一个揽客仔靠近公用电话旁边的一个顾客。

"你毫无理由地就把我送进了局子。"

"加里，你知道开庭了也不会有啥指控。"

他一言不发。

"你想我吗，亲爱的？我有个欢迎你回家的礼物。"

她的手从运动衫的口袋里掏了出来，拳头蜷曲着。

加里看着那只手，然后望向了罗妮的双眼，毫无挣扎就已经沦陷了。

"小心点，"他说道，"我不想让我妈看见。"

第二天上午，他在地下室，一如既往地听着自己的名字慢慢醒了过来。罗妮躺在床垫边缘上，就在他身边。

"加里……加里……加加加加里。"

他妈妈站在楼梯顶上，朝着黑暗里大喊，恼怒十足。"加里！"

他终于回过了神来，"几点了？"

"加里，我要你去趟商店。"

罗妮嬉笑了起来，他嘘她住嘴。他爬了起来，开始穿衣服，告诉罗妮从地下室的活板门出去。她又笑了起来，然后开始收拾自己。

"待会儿过来，"她在门那里冲他说道，"我在一个车库里找到了点儿东西，我们能拿去过磅卖掉。"

这次是加里笑了。罗妮可他妈一点都不知道什么东西能在"联合钢铁"那里卖掉，什么卖不掉。那不是她的专长，但要是这就是她全部的计划的话，那他就要开始担忧了。上一发快球的快感现在已经在消退了。

加里上了楼梯，进到餐厅的光亮里，看起来又疲倦又迷茫。妈妈盯了他一眼就知道了，但什么都没说，因为已经无话可说了。她走到那个小橱柜前，在一堆有缺口的盘子和碟子之间摸索，直到摸出了藏在其中的十块钱。她把钱递给他，告诉他买五磅土豆和两盒"汉堡助手"① 回来。

他在原地站了一会儿，盯着那张钞票，看着它灼烧自己的手掌。浪子回头的代价。加里好奇他妈妈是不是疯了。她能看出他不舒服。她不会盼着吧，但是……他犹豫了，脑子里某些罕见的、还存有良善天性的区域运转着。此时有事儿正在发生，有些突然看来比所有他没真想过要守住的誓言更重要的事儿正在发生。

他把钱揣进了兜里，感到这事儿，至少是明确超越了此刻沉默的真正机会，去证明慈爱母亲和负责儿子的机会。这是一项使命，是一次英雄的征程。

"马上就买回来。"

他从后门出去，下到了巷子里。但他从哪儿走都无所谓：时近中午，从门罗街到吉尔莫街上，毒贩们都在忙着卖货，他被包围了。他不得不面对一切，涉水穿过去，再毫发无伤地浮出来。

他沿着巷子朝门罗街走去，这是去商店最短的路线。但经过布鲁家房子的时候，他看见平普蜷在坏掉的后门下面，看起来正嗨着。加里湿了湿自己的嘴唇，把天使队的帽子拉了拉，扫过了自己的眉毛。那条"蛇"嘶叫了起来，咒骂着。

---

① Hamburger Helper，通用磨坊的速食通心粉。

他走到门罗街，踏出巷子，进到了蜂窝里。在街上，在瓦因街上，到处都是"蜘蛛袋"的货。而在费耶特街上，"死刑犯"的货和粉盖儿货则是另一群瘾君子垂涎的蜜糖。加里用经验丰富的双眼看着那些钱不够的人在找人共享，看着"肥仔"科特把几个饥渴的灵魂指向了瓦因街，而"蛋仔"达迪则吆喝着粉盖儿货的优点。

　　加里把双眼钉在了地上，挪出了一只脚，然后是另一只，沿着人行道走向了普拉特街和杂货店。他很快就经过了酒水专卖店，穿过费耶特街，然后下到山下。到目前一切正常。

　　"加里。"

　　朱尼在喊他。加里忍不住抬起了头。海洛因和可卡因正四处乱飞：揽客仔在接单，贩子们在交货，其他带着紧要任务的人迅速地闪过。无处不在。他能闻到、能尝到。而朱尼有麦克·泰森的货，那可是他妈的好东西。

　　加里的手，那只掐着汉密尔顿①喉咙的死亡之手，正在活过来，要把它掏出口袋，仿佛完全是出于它的意志在移动。我可以告诉她我被抢了；或者干脆别回家了，和罗妮找个地方混混；待在费耶特街，过上几天她就忘了。

　　他看着朱尼的脸。那只是一张面具，双眼都死了。

　　不。他把那只正在犯罪的手深深塞回了口袋。

　　"没兴趣。"他说道，然后走开了，穿过巴尔的摩街，加速，经过了布鲁的儿子唐塔宁，这是下山抵达市场前这条路线上最后一个贩子。

　　在商店里，他拿上了要买的东西。但，干，价格太贵了。他想着要不要少买点，也许自己留个块儿八毛的，告诉她自己搞错了，或者干脆趁她在楼上睡觉时把袋子放在厨房桌上。自己留下五块钱，再找

————————————
① 指十美元纸币上的汉密尔顿头像。

个也缺几块钱的搭档，这不算什么。能来个十毫升，也许能有二十毫升。这就够了。

他被困在了货架之间，拿着一盒"汉堡助手"，看着包装盒，犹豫着要不要拿第二盒。这玩意对你没啥好处啊，太多化学物质了。他又在原地站了一分钟，直到天平倾斜，于是他抓起两个盒子和土豆，去收银台递出了那张和他的精神一样皱巴巴的纸币。

回家的路不是英雄的旅程。他手里拿着购物袋爬上了门罗街。他拖着自己那孤独的躯体经过了揽客仔们，感觉虚弱不堪。那条"蛇"喷吐着自己的蔑视。

"怎么花了这么久？"妈妈问道。

他嘟囔了半句回答。

"想吃点吗？"她问他。她的声音现在轻柔了下来。

加里看着她，看出她都知道。也许她一直都知道。他想说点啥，把事情说清楚了。但那条"蛇"抓住了此刻。

"不吃了，妈。我得出门了。"

迪安德尔·麦卡洛靠在娱乐中心门外那个超大号的水泥花坛上，举止沉静放松，脸埋在运动衫的帽子里。R. C. 坐在他旁边的台阶上，不断解开又系上新乔丹运动鞋的鞋带，听着迪安德尔讲那个故事，显得越来越不耐烦。博靠着另一个花坛，三心二意地听着，手里一边拨弄着游乐场地面剥落的沥青块，一边盯着一只把头探出巷子尽头那张废弃折叠椅的老鼠。

"你知道是谁干的了？"

"巴尔的摩街上的那帮。"迪安德尔说道。

"我去……"R. C. 说道，"我们应该开个会。"

迪安德尔点头表示同意。

"我们应该给个信儿，"R. C. 补充道，"仔细查查。"

"你看见是谁了吗?"博问道。

迪安德尔耸了耸肩。

"但是吧,布莱克,你是从公租房项目那边过来的,"R.C. 坚持说道, "你人去了他们一直鬼混的山下。这就是为什么他们要针对你。"

迪安德尔点头同意。他喜欢别人叫自己"布莱克"。他自己想出了这个街头名号,认为任何一个真正的匪徒都应该想出属于自己的传奇名号,而不是任由这么重要的事儿随机发生。家人以前叫他"洋葱头",因为在他还小的时候,他的头就是个洋葱的形状。迪安德尔恨死洋葱了。

"我说咱们得狠一点,"R.C. 补充说道,为这个想法兴奋了起来,"去他妈的公租房黑鬼们。他们都那样。"

确实有可能是列克星敦台地的那帮男孩在巴尔的摩街上冲着迪安德尔开了枪,而 C. M. B. 有权集结起来以牙还牙。但迪安德尔脑子里挤着其他的事儿:自从他们开始有一搭没一搭地贩毒后,他们脑子里就都有了别的事儿。帮派成员们散布在好几个街角上,就很难聚齐人。

"肯定是他们,"博说道,这时候才加入讨论,"或者是那帮'拉姆齐和斯特里克'的黑鬼。"

"博,你就是个蠢货,"R.C. 驳道,"他们不会去巴尔的摩街,而且他们一半是白人。"

"所以呢?"博说道,有点受伤。"至少我不像你这么蠢,R.C.,至少我还在上学。"

"我也上学啊,"R.C. 回道,在其他两人笑出声来之前赶着说道,"行吧,我会去上学的,等我妈把我搞进弗朗西斯·M. 伍兹中学就去。"

这就是当下理查德·卡特关于自己学业生涯的理论。如果真可以从西南中学出来，进到弗朗西斯·M.伍兹，那他就时来运转了，也许还能在成年前升入十年级。这是个不错的理论，在被当地小孩们称为"修罗场"的西南中学和弗朗西斯·M.伍兹中学的两种混乱之间，存在着显而易见的区别。但这个区别存在的前提是，一个学生每学期上课的时间得超过了两到三天才行。R.C.总会去某家商场的返校日时尚甩卖会上购物，然后衣着光鲜地出现在开学第一课上。而之后，他就回到街头了。

至于迪安德尔，最近他往来于两个阵营之间。自从上个月萝丝·戴维斯把他写回了花名册后，他去弗朗西斯·M.伍兹上了一半多的课。他同时也一直在费尔蒙特街上兜售蓝盖儿的货，好让兜里能一直有钱。当然，不是全都如他所愿。当他试着把自己的货带上门罗街的时候，被蒂龙·布瓦斯狠狠摆了一道。但钱也够他花的了。

"你怎么看？"迪安德尔问道，转移了话题。

"哈？"博说道。

"就那件事。"

"哦。"博回道，扔出了沥青块，击中了椅子，但没打到老鼠。

迪安德尔要一个答案。但没有得到明确的回答，他压抑了一股几乎难以忍受的、想要往博头上狠狠来一下的冲动。他试着分一小部分自己的货给博去卖，引进一个"分包商"，这样能比自己单打独斗赚得多一点。

"我说你可以拿二十五走。"迪安德尔告诉他。

"二十五美元？"

R.C.在台阶上大笑了起来。"博，该死的！"

"不，是指分成。"迪安德尔说道。

"哦，对。"博回道，一直点着头，直到沉默笼罩了他们。

迪安德尔望着博，等着。博是C.M.B.的忠实成员，但有时候和他说话就像在把自己的头往墙上撞。迪安德尔最近一个在费尔蒙特街上合伙卖蓝盖儿货的搭档是科里，他表姐妮基的男朋友。科里不像很多人一样乱来，但也不像迪安德尔一样在街角上投入那么多时间。所以雇佣博看上去很有道理，假设他能掌握简单的数学的话。

"我能拿多少？"博最后问道。

"干，哥们儿。你蠢得跟屎一样。"R.C.吼了出来。

"至少我没有像你一样总是搞砸。"博苦涩地说道，"你一直都在搞砸。"

现在迪安德尔笑了。完全正确：R.C.总在黑钱，他也没办法连续两天贩毒而不陷入某个困境中。

"去你丫的，婊子。"R.C.嘟囔道。

迪安德尔慢慢地给博解释道：我给你四十瓶货，你卖完后，给我一百五，你留五十。你卖上两次，就能赚一百块。而要卖的蓝盖儿货，迪安德尔向他保证，都是顶尖好货，他能在费尔蒙特街上按五块钱一瓶卖出去。要是博想试着在"拉姆齐和斯特里克"那儿卖，它们一瓶能卖上十块。

"行吧。"博说道。

他们在娱乐中心门外的两级矮台阶上坐了一会儿，很开心在这个二月的日子里还能感受到一点暖意。他们被这场半是军事会议、半是营销会议的对话分了心，几乎没有注意到从费耶特街上有人影飘了过来，温驯地排起了队。在不到一分钟里，十八个男男女女就挤在了栅栏边，就在游乐场的边上，隔着空地站在蒙特街上。他们全部排成一排，全部耐心地等待着。

也是从这里，他们能看见科林斯从巴尔的摩街北上到了文森特街，把他的巡逻车停在费耶特街的十字路口。

"那婊子总在马利克家附近晃悠。"迪安德尔说道。

"呵，那是因为马利克一直在告密。他被抓了那么多次，一次牢都没坐，我向你保证那家伙是在告密。"R.C.说。

他们看到一个高大瘦削的瘾君子走到了费耶特街中间，来到科林斯跟前，他用自制的拖车拉着一台新冰箱。

"科林斯算个屁，"迪安德尔宣布道，"去年夏天，他在吉尔莫街上找我麻烦，说要干我。要是我妈没在那儿，我就已经干他了。"

"科林斯老是找我们的麻烦，好像只有我们在搞这一套似的。"R.C.抱怨道。

"他没有鲍勃·布朗坏。"博说。

"我就是这个意思。他们总是盯着我们，好像我们是匪徒一样。"R.C.说道。

"鲍勃·布朗找过我，甚至不准我坐在自家门前的台阶上。这他妈的可不对。"迪安德尔说道。

三个青年——两男一女——从蒙特街侧边的小巷里出来，走向了那队等候的成年人。其中一个男青年站到了队伍末尾附近，右手放在衣兜里，队伍似乎因为期待而拉直了。另一个男青年陪着那个女孩走到了队伍前面，她开始给每个瘾君子发一个小袋子。

样品。

从洗衣机到小玩意儿，任何产品都需要营销和推广，街头的毒品也不例外。在城市里的每一处露天市场，每天一早都会提供样品，供人们口口相传：谁谁谁的货是真的顶尖好货。因为不太行的样品会自己打败自己，所以这些免费样品几乎不会让人失望。真开始发样品之前，某个团伙会发放样品的流言可能提前几分钟或者几小时就已传开，有时候甚至会提前一天乃至更长时间。免费得到一个袋子或者一个瓶子的可能性足以带来塞满一条背街小巷或者一处空地的蜂拥人群。

"别以为我不知道，'家务事'那帮人又回来卖货了。"看着队伍散去，R.C.说道。

就在发放样品的那个街角，科林斯还坐在巡逻车里，他的视线被街北边的排屋挡住了。随着瘾君子们三三两两地从巷子里出来，这位巡警似乎明白了过来。他急忙把巡逻车开上了费耶特街，拐过蒙特街的街角。太晚了，最后一个人也都全速逃走了。

"科林斯屁都不是。"迪安德尔再次说道，站起身来离开了。R. C. 也站了起来，伸了伸身子，打了个呵欠。

"布莱克，你去跳舞吗?" R. C. 问。

"啥时候?"

"情人节。艾拉女士要办一场袜子舞会①。"

"那是个啥?"

"就是舞会。"

"你要去?"

"当然，" R. C. 骄傲地说道，"我和翠西一起。你带上瑞卡呗?"

泰瑞卡·弗雷蒙自夏天以来一直是迪安德尔的女朋友。她来费耶特街的时间还不长。在去年之前，她一直和父亲住在东巴尔的摩，她那个沉迷吸毒而无暇顾及女儿的妈妈，因一桩涉毒指控而被关进了杰赛普的女子监狱。后来，因为泰瑞卡没法和父亲的新女友相处，她住到了祖母在斯特里克街上的房子里。迪安德尔喜欢泰瑞卡的新鲜感，喜欢背后没有这个社区历史的她，也喜欢她展示出来的独立，喜欢她不会一直和其他姑娘一起晃荡在 C. M. B. 外围。这是因为她还要去东边上学，而且她喜欢和男孩子们玩，这对迪安德尔来说有好有坏——好是因为更容易招呼她，坏则是因为总还有别人等着做同样的事儿。

她很年轻，去年九月才满十三岁。但她也不小了，社区里的每个男孩子都留意到了她身体的曲线以及走路的样子。迪安德尔知道林伍德已经看上她了，还有克里斯和肖恩。在那群人里，迪安德尔很难算

---

① Sock up, 流行于二十世纪中期北美的一种非正式舞会，针对的是青少年，因要求跳舞的人脱掉硬底鞋子避免划伤场地地地板而得名。

得上最好看的追求者。他知道，泰瑞卡一开始觉得他皮肤过于黑了。而自己的脏辫长长并找准了造型前，当时的他也太普通了。但迪安德尔通过假装对她的表妹迪西感兴趣，而最先和她走得近了。当时迪西一直都对迪安德尔有着那种小孩子的迷恋。

"你知道我表妹喜欢你吧。"泰瑞卡告诉他。

"对，"他告诉她，"但我喜欢你。"

之后，他就一直在斯特里克街上四处晃悠，把自己从霍林斯和佩森街、富尔顿街或是费尔蒙特街上贩毒得来的每分钱都花光了。一开始，他给她买新耐克鞋，然后带她去海港公园看电影。等夏天结束时，他们已经看过了在那栋市中心的综合剧院里播放的所有内容，好片儿还看了两到三次。不管剩下了多少钱，都又花到了去克莱尔山或者西区购物上。迪安德尔给泰瑞卡花的钱同花在自己身上的钱一样多。还有比尔餐馆的街机游戏，就是那款叫做"街霸"的游戏。迪安德尔让她学着和自己一起玩，每天夜晚都把十五或者二十块的二十五美分硬币填进街机投币口里。那些日子他就是在扔钱，仅仅是和泰瑞卡待一周就要花掉他两百块。林伍德和肖恩都疯了。为什么，他们问泰瑞卡，你为什么会选那个丑兮兮的黑鬼啊？

当然，她清楚钱是从哪儿来的。一开始，他真把她带到过街角去混时间。她坐在台阶上，而他去服务顾客，之后再回来和她嬉戏。但随着业务更加上道后，他能看出这么做是不对的：把自己的姑娘带上街角是受不到尊重的。

做爱要直到秋末才开始。起初是迪安德尔在露珠旅店那间背街的卧室里搞她，然后用上了他父母在一个街区外的旧房子。他们在那儿做的时候，墙上的海报女郎从上面望着他们。在街上，他和所有人一样说着荤话，告诉自己和所有人，他总会甩了那个婊子的。但他真心喜欢泰瑞卡，所以他试着好好对她。这也是她的第一次。

如今他们在一起了，但迪安德尔还是在担心。泰瑞卡喜欢和他的朋友们鬼混。而当涉及姑娘的时候，他可一个朋友都不信。林伍德还渴求着她，杜威也是。泰则鬼鬼祟祟的，从泰瑞卡搬到这个社区的第一天开始，他就在和她打情骂俏。不，迪安德尔绝对要带她去艾拉的舞会，否则她会不带他就出场，那可不行。

"艾拉说基蒂会来打碟。"R. C. 说道。

"啊，我会去的，"在把注意力转回到博身上前，迪安德尔说，"你来吗？"

"哈？"

"去街上。"

"行吧。"

然后他就走了。一个十五岁的"企业家"走上了他每天去"办公室"的路。博跟在后面，迪安德尔经过了"墩仔"（Stubby），他在科林斯开车离开后，已经回到了费耶特街和文森特街上继续卖粉盖儿的货；又经过了"疤脸"，他在街另一边的一处空屋前卖绿瓶装的货；接着是德拉克，他和"杀人蜂"的人沿着吉尔莫街干活。迪安德尔最后到了费尔蒙特街的街角上，这是一小块儿他收入了自己囊中的市场。费尔蒙特街和吉尔莫街是大蓝盖儿货的主场。

在那里，在他的街角上，迪安德尔继续像是过了今天没明天一样地折腾着，清仓甩卖一样红火的生意让他忙到了深夜。他手上有好货，名声在外。顾客们从门罗街、霍林斯和佩森街过来找他，从下面的巴尔的摩街上来。等博卖光了他的那份货收工时，迪安德尔在街角。当博回家睡觉时，他还在街角。他累了，却还努力工作，直到最后，才在临近午夜时懒了一点下来。在连抽两根填满了来自埃德蒙森街上好大麻的费城雪茄后，越发地懒了下来。等到了十一点左右，他已经不再躲进费尔蒙特街 1500 号段街区那些迷宫一样的小巷里了。大部分的买卖他都公开交易，把货带在身上，就在吉尔莫街上为人们服务。

他太过忙碌，忽视了那辆出现在吉尔莫街另一头、没有任何标志的雪佛兰汽车。也因为太累，他懒得让那个拿着十块钱的姑娘去巷子里取她要的两瓶货。他太过心安理得地认为自己可以永远这样下去，如同开着自动驾驶汽车在卖货，赚来多到甚至连泰瑞卡都不知道要怎么花的钱。

"条子。"

啊，该死。上到吉尔莫街了。两个人从一辆灰色雪佛兰汽车里跳了出来。就在迪安德尔要把两个瓶子递给那姑娘的当口上，他把它们扔进了阴沟，向着侧边的一条巷子里冲去。在身后，他能听到车门关上的响声以及沉重的脚步声。但去他妈的，他清楚费尔蒙特街的各条小巷，也知道自己在往哪儿去。他还是一个凭着一腔肾上腺素和一双一百二十美元高帮运动鞋飞奔的十五岁少年，没多少巡警会坚持追这样一个人，他们被挂满装备的腰带、凯夫拉防弹背心和硬底鞋拖累着。

身后的脚步声淡去了，但出于谨慎，迪安德尔穿到了巴尔的摩街，然后折回来，等了几分钟，才又溜回到了巴尔的摩街。之后，他轻松地闲逛回街角，在那儿站了一会，从吉尔莫街瞅到费尔蒙特街，还看着可说是犯罪现场的地方。没警察，没人群，只有熟脸们正在晃悠着回到街角上。

然后从身后，他听到了轮胎的刮擦声。迪安德尔转过头，他们跳出车扑向了他，霍夫曼和其他某个迪安德尔不认识的巡警。这一次他没有心思跑了。他甚至挤出了一点笑容，想着自己已经翻篇了。

"可还好？"他问霍夫曼。

警察摇着头，一只肉乎乎的手拽住了迪安德尔的上臂，把他猛推到了酒水专卖店窗户的铁栅栏上。痛死了，尤其是他们把他的双手扭到背后铐上铐子的时候。

"你为什么要跑？"另一个警察问道。

"啥?"迪安德尔回道。

霍夫曼又摇了摇头,但迪安德尔毫不在乎。他把他们彻底打败了,引着他们跑进了那些背街小巷的灰尘里。要是愿意,他可以永远藏着。他之所以重回巴尔的摩街,是因为他知道他们没拿到那些可卡因。现在他们已经晚了,他们正把他拖回费尔蒙特街上,而那个街角挤满了瘾君子和毒贩。不可能的。他们没有把柄,而且迪安德尔知道他们永远也抓不到把柄。

一路往那个街区走去,他一直带着笑,为了自己的形象而试图保持一副强硬匪徒的样子。他看见林伍德在人群里,丁丁也在。

霍夫曼还拽着他的手臂,推推攘攘地把他朝着路沿上带。另一个警察走在几步之前,弯着腰。啊,该死。

"你想拿回这些玩意儿吗?"

该死的。就没人——任何人都可以——把那些玩意儿捡走吗?上帝啊,求求你,我可是和社区里的所有瘾君子同处一个街角啊,他们中就没人找机会把两瓶躺在阴沟里的可卡因捡走吗?要是费尔蒙特街和吉尔莫街上的人们会任由蓝盖儿货被四处扔着,那他早已经回家了,怎么可能傻到再回到犯罪现场。

他等着警车。街角——他的街角——带着冷漠注视着这次事故。迪安德尔朝着离自己最近的一张熟脸喊了出来。

"告诉我妈我去西边了。"

这一次没有啥挣扎,但他的确是躲过警察的,这是个经常引发某个西区穿制服的家伙做出特定行为的罪行。也许因为他只有十五岁,也许因为他们开上巴尔的摩街的时候他没有逃第二次,也许因为霍夫曼和搭档在执法上就事论事,无论因为什么原因,迪安德尔毫发无伤地到了局里。

霍夫曼在联系芙兰这事儿上也很好理解,这不意外:未成年惩戒系统对一个警察来说繁复有如肉中刺,目前最好的办法就是找到父母或者监护人来局里，为小孩签字担保。实际上，某些警察确实会把小孩关起来，走程序，然后再开车把被捕的小孩送回家，即使这样也不愿意遭受苦候一名未成年犯罪听证官员的那份罪。更糟糕的是，要是这孩子被判要去 JSA 监禁了，还得开车去希基或者瓦克斯特（Waxter）。因此在这班四点到十二点轮班剩下的时间里，他们一直在给芙兰打电话让她来接走自家儿子，还试着拨打邻居的电话联系她——这位邻居允许露珠旅店的人借用自己的电话。当这一招行不通的时候，迪安德尔给了霍夫曼自己奶奶那栋瓦因街房子的电话。

他等着，也看着和听着警察在尝试解释情况，也许是在和萝伯塔女士说话，后者可能是迷糊了。不，她不知道芙兰在哪儿。芙兰不住这儿。啊，该死。

哪一招都行不通。芙兰独自出门了，因而没法联系上她。到了午夜，换班了，没有别的选择，只能走未成年羁押了。迪安德尔还盼着费尔蒙特街上的某个人已经传话给了他妈，而芙兰正在来西边的路上。但没戏了，他要被送去希基学校了。

等负责羁押的警官以未成年违法把迪安德尔·麦卡洛的手续办妥后，已经是凌晨两点了。她把他收押进了巴尔的摩县的希基学校，援引的理由不仅是当下没有家长可以领人以及以售卖为目的持有可卡因，还有其他两个未决的未成年案子：九月的一起可卡因相关指控和八月的偷车指控。

他还在等着一早去希基的车时，就有消息传来说这所惩戒学校已经人满为患了。新的未成年罪犯要被送到城市南边五十英里外的地方，也就是乔治王子县（Prince George's County）河下游的"男孩村"去。这就麻烦了。迪安德尔对希基有所准备，他已经从好几个 C. M. B. 男孩口中听说过那地方了。但"男孩村"比希基可糟糕太多了，里面关满了喜欢和巴尔的摩男孩们对着干的华盛顿特区黑鬼。

灾难将临的感觉随着他南下而不断加深。当他被载着沿三号公路南下时，城市的琥珀色暖光褪去了。穿过了绵延好几英里的郊区后，农场、树林以及天知道什么东西出现了。高速路的路标指向了迪安德尔只能想象的地方：克罗夫顿（Crofton）、鲍伊（Bowie）、上马尔伯勒（Upper Marlboro）。看着一栋栋板条搭的烟草仓轮廓在月光下翻动，迪安德尔好奇他们他妈的要把他带到哪儿去。三 K 党的地盘，很可能。

在费耶特街上流行的认知是，美国任何一个没有砖块和人行道以及黑人的地方，按照定义，就是那些身披床单①、开着皮卡、戴着绞索的红脖子们的游乐场。对于西巴尔的摩的年轻男女们来说，这是个强大且持久的传说，是街角思维自我构建出的说法：他们不想我们去到那儿。他们不需要我们。离开熟知的街道，你就会从世界的边缘掉下去。

望向厢式货车的窗外，迪安德尔看见了冬季天空里的群星。"男孩村"。干。

不如去到月亮的背面算了。

---

① 指三 K 党的典型装扮。

三

R. C. 在场上走投无路了。他的鼻孔大张着，呼吸带上了愤怒的刮擦声。他挣扎着挤向紧贴路沿的篮下低位，一只手臂紧紧贴着一侧躯干，手肘弯折着。他盯着三分线里的布鲁克斯，后者像是一个迷失在了高草丛中的物体，一边运球，一边因为连续两次被抢断而紧张不堪。

布鲁克斯把球传给了罚球区对面的泰，后者向后传球，再向篮下突进，比那名来自本塔劳①的后卫更快一步。而布鲁克斯当然没有看到这一幕。他也没有看到 R. C. 靠着那只被用作大锤的手肘，已经硬挤到了篮下。只差一个击地传球，R. C. 就可以从篮下来个转身跳投了。

布鲁克斯又运了两次球，然后把这个皮质的圆球举过了肩膀。

R. C. 再忍不了了。"传球，"他吼道，"传进来啊！"

但布鲁克斯从三十英尺外就投篮了。球带着一声残忍的脆响击在了篮板上部。R. C. 气得目眦欲裂，在回自己半场的路上，他跑向布鲁克斯，迅速地推了他一把。

"去你妈，混蛋。"布鲁克斯回道。

"你他妈打独球啊。"R. C. 讥笑说。

"你也一样。"

"哦天哪！你可看不到我投球投得那么屎。"

"R. C.，你他妈球打得垃圾得很。"

情况就是这样了。第一节刚打了三分钟，毫无组织的马丁·路德·金队就被本塔劳十四岁及以下篮球队的 B 队给压制住了。实际上，有一分钟左右的时间，他们还领先了一个球，那是在林伍德犯规之后的奋起一击。

和一小群十几岁的姑娘，还有年纪更小的男孩子们坐在场边——这就是 M. L. K. 队②的啦啦队了——艾拉·汤普森和马泽尔·迈尔斯都欣喜若狂。无论赢输，今天都标志着娱乐中心初次涉足了有组织的体育运动。而且哪怕只有这一次，男孩子们似乎也都齐心协力地在对抗着一支本塔劳的队伍，那可是从西巴尔的摩最有名的体育项目中筛选出的队伍。为本塔劳地区的队伍效力，标志着一个小孩拥有打职业赛的潜力，哪怕进不到市一级队伍，至少也意味着是一个可造之材。简单来说，多年来掌控着本塔劳项目的赫尔曼·琼斯不是吃素的主：你要么按规则来，要么就滚蛋，你在项目里的位置会被其他懂规矩的小孩取代。马丁·路德·金队里约一半的小孩，在某个时刻，都曾溜到山下，面试过赫尔曼·琼斯负责的任何球队。但没人能长久。

因毫无防守而丢了六分后，M. L. K. 队一开始的领先被证明只是幻觉。R. C. 和布鲁克斯还在吵；杜威试着运球冲进满是对方球员的边路，但两次都被抢断了；泰拼到了底线，但把机会浪费在了三百六十度的转身上，球没法投出去。形成鲜明对比的是，本塔劳的队伍打着有组织的进攻，轮流传球，一直逼到了篮下低位。然后一个六英尺六英寸高的神童只用一次懒洋洋但却无法阻挡的转身，就瓦解了 M. L. K. 队的防守。落后十分，泰喊了暂停。

"把布鲁克斯换下去。"R. C. 要求。

---

① Bentalou，巴尔的摩地名。
② 马丁·路德·金队的缩写。

"去你妈的，黑鬼。"布鲁克斯说道。

"我们得支棱起来。"泰说。

"你得传球啊。"R. C. 请求道。

"我要是传出去了，就再也传不回来了。"泰反驳说道。

在球场的另一边，本塔劳队紧紧地围了个圈子，专注地听赫尔曼·琼斯评价他们的表现。他的声音永远都不会升高，一直保持着低沉。

他是个教练，手下的孩子们方方面面都被他教得很好。而 M. L. K. 队则由十六岁的唐泰·本内特带着。他因克伦肖黑帮兄弟头头的身份才名不正言不顺地掌管了球队。泰的职责是确定球队阵容，最终确保了每个从费耶特街来到本塔劳体育馆的人都能上场几分钟。至于当教练或者制定战略，其实没有丝毫意义。M. L. K. 队打的是街头篮球：进攻时是一种一对一的比赛，其中的每个小孩都为自己脑子里幻想出的有如电影高潮情节般的荣光而战；而防守时……这么说吧，艾拉的这帮孩子其实不在乎什么防守。

泰是控球后卫。林伍德是中锋。R. C. 和杜威是前锋。布鲁克斯，这群人里最小的那个，是另一个首发后卫。博、布莱恩、"硬汉"、丁基和兰迪则是替补。至于迪安德尔，他上了伤员名单，正被困在"男孩村"十五岁及以下男孩子居住的一处木屋里。

"我们要怎么做?"杜威问道。

R. C. 显露出了绝望和沮丧。"哥们儿……这他妈的……"

"闭嘴，R. C. ，"林伍德呵斥道，"让泰说话。"

他们全部转向了泰，后者低下了头，盯着体育馆的地板。哨声响起，本塔劳的球员们向着场内走去。

"我去，"泰说，"我不知道。就是干翻他们丫的。"

当他们中场休息再会合时，已经落后了十八分。

"干，""硬汉"叹道，"他们把我们干翻了。"

在场边，艾拉带着一种乐观主义者的超然接受了灾难性的失败。没错，他们输了。但转念一想，小马丁·路德·金娱乐中心一个月前连支球队都还没有呢。现在，在这个二月初，她有了十个本已为街角做好了万全准备的后备军在赫尔曼·琼斯修起来的房子里打表演赛啊。这是个不错的开始，无论比分如何。

当然，她需要一名教练。之前一周里，她曾有过一名教练，那是个正在康复的瘾君子，在费耶特街和门罗街上所有人口中被称为豪斯（House）。而见到他的艾拉，立刻明白了这个街头浑名是多么的正确和完美。豪斯身高六英尺四英寸，两百四十磅的敦实身材上顶着一个大大的微笑和剃得干干净净的脑袋。他的双腿如同树干，双手犹如铲子——当这个男人在西巴尔的摩游荡的时候，几英里以外的卡顿斯维尔郊区居民们都迫不及待地要走到街对面去。豪斯的存在感不同凡响。

在弗朗西斯·M. 伍兹中学，萝丝·戴维斯每周里有三天让艾拉借用学校的体育馆，但前提是她必须保证有成人在场监护娱乐中心的新球队。身为从寒冬中走来的街角斗士，豪斯似乎是不二人选。他告诉艾拉自己并不是什么教练，但他会和男孩子们一起去体育馆，防着他们干出蠢事。

几周以前，在计划进行训练的第一天，豪斯早早就来了，并向艾拉坦白了自己的历史，告诉她自己曾日日夜夜迷失在海洛因和可卡因中，以及最终拯救了他的匿名戒毒会信条。他的心脏因为不断复发的心内膜炎而受损，四肢和躯干则遍布注射和刀割的伤疤。豪斯骄傲的同时也不乏谦逊。他已经两年没有吸毒了，他请艾拉放心。

男孩子们晃悠着走了进来——泰和迪安德尔，R. C. 和"硬汉"，杜威和丁基，还有布鲁克斯和布莱恩——而豪斯点着人头。

"就这些了？"他问道。

"这就是篮球队了。"艾拉开心地说道。

R. C. 从布莱恩手里抓过篮球，做了个夸张的动作。"我人不错，"他向新教练保证，"我还能说啥呢？我技术不赖。"

迪安德尔哼了一声。站在 R. C. 背后，泰伸出手，把球断了过去。

"婊子！" R. C. 吼了起来。

"我技术不赖，"布莱恩模仿道，"你是说你被忽悠了吧。"

R. C. 跳向布莱恩，后者笑着给自己找补，此刻 R. C. 正把他按在一张桌子上。"我是说，不，我是说你不错，R. C.，你不错。别闹了，哥们儿。"

豪斯紧张地笑了起来。艾拉读懂了他的心思，"他们只需要点规矩，"她告诉他，"你要强硬一点。"

他看上去不太确信，但保证过几分钟就下去见他们。"我在蒙特街上见过其中某个人，"他解释道，"得看看我能不能和他讲明白道理。"

在去往体育馆的路上，他停下来看几个队员斗嘴。他们一边互相咒骂和扭打，一边排队准备训练。"你们知道吗，我在你们身上都看到了我自己，"他告诉他们。"你们没必要走我的老路。"

豪斯能看到这话没什么效果，但他忍不住："你们没法在街角上找到自尊。"

沉默。

"有人知道什么是自尊吗？"

更多的沉默。

"没人听见我刚说的吗？"

R. C. 用一个无聊的懒腰作为回应。"自己感觉不错呗。"他用一种含糊不清的语气说道。其他人则站在原地一言不发，看着自己的皮质高帮鞋，不为所动，安静地保持沉默不过是因为他们想要打球。

豪斯走向了蒙特街。博，最后一个来参加首次训练的人，一分钟后跑着跟了上来。"教练呢？"他问道。

"去来一发了。"迪安德尔冷冷地回了一句。

当球队抵达中学门口准备要试试场地的时候，萝丝·戴维斯在大厅里迎接了他们。看着迪安德尔在人群中，她把他单拎了出来。

"这个是我的。"她说道，迅速地拥抱了他一下。

迪安德尔微微一笑，因为受到了关注而感到有点难为情。萝丝带路上了楼梯，进去后走向开关箱，拨动了开关。一个接一个的，顶上的灯开始闪动，直到最后，这个地方的完美展露无遗。玻璃的篮板，结实的篮筐篮网，抛光过的硬地板。体育馆整齐干净，是一处圣地，这群人表现出悠长而衷心的敬意。

"天哪。"被震惊的泰说道。

"这玩意儿就对了。"R. C. 吼道，冲过地板来了一记想象的跳投。豪斯在他们后面走了进来，因为刚用自己匿名戒毒会的那一套说辞去劝诫了蒙特街上的吸毒者们而神清气爽。带着些许迷惑，男孩们居然排起队，开始了单手上篮练习，但很快就散乱了：泰，三百六十度转身后就找不到篮板；R. C. 来了个空中挺腰，却连篮筐都没挨着；等轮到迪安德尔时，单手上篮练习已经因为三分球而被彻底放弃了。

"我们应该打比赛。"R. C. 说道，他对练习感到厌倦了。

接着就是凑队打比赛，充满了互相的羞辱和小小争端，这让上篮练习都显得职业。他们不是一支队伍，他们只是一帮人。在走回娱乐中心时，他们也向豪斯证明了这一点。当时"硬汉"瞅见了一个先前堵过泰的列克星敦台地男孩。但这一次，是台地男孩落了单，还身处距离他应该待的地方的西边四个街区外。

他们散开来。"硬汉"跳过了学校的栅栏，从后面向那个孩子围上去。与此同时，泰、迪安德尔和 R. C. 直接走向了目标。

一开始，那个孩子显然毫不知情。他们距离他还有不到一百英尺的时候，某种东西——某种被街头磨砺出的本能——让他抬起了头。他一跃而起，朝着北边高速路的方向冲去。不知道为什么，穿着添柏岚鞋子这件事儿并没有让他慢下来。这帮人也跑了起来，像狼群一样嚎叫着。在他们跑上斯特里克街的时候，"硬汉"抢占了最佳角度。到了街区的底部，"硬汉"已经堪堪追上了。他手臂伸直，不断缩小距离，但那个男孩没有打乱步子。他看都不带看地冲过了萨拉托加街，"硬汉"则减速来观察交通。

"看见那个黑鬼穿着靴子跑的样儿了吗，" R. C. 惊异地说道，"把你拉远了，'硬汉'。"

"硬汉"为自己辩护：他快追上了。泰也同意。要不是他没有冒险去被车撞死，那小子已经被抓到了。

"你搞我们一个，就是搞我们全部。"迪安德尔说道。这是那个下午以来，他第一次，也是唯一一次给团队打气。"下次，他就没这么走运了。"

一周以后，新教练向艾拉表示了自己的遗憾。她没有被街角夺去他，而是因为一份在大学医院的夜班工作而失去了他。豪斯加入了这里的清洁工团队。全职工作的同时还要坚持参加匿名戒毒会，他已经没法应付平日的训练了，也因为要在医院上夜班而没法出席夜间的比赛。

艾拉理解他：对于某个已经在街角荒废了多年的人来说，工作是一种罕有的东西。她向豪斯表示了最诚挚的祝福，然后继续朝任何一个愿意听自己说话的男性熟人推销这份教练的工作。有一周，她似乎已经劝服吉尔莫街上的罗兰德先生了。这位先生懂篮球，他以前就当过娱乐中心队的教练，多年来也是市级赛事克洛弗代尔（Cloverdale）巡回赛的裁判。更棒的是，他在哈莱姆公园高中有个十五岁的儿子，后者很会跳投。

"你就是他们需要的人。"艾拉向他保证。

他只坚持了一下午，在周二的一次练习后就辞职了。在那场训练里，他那个球风干净的中锋儿子被狠狠地绊倒、肘击，最后被

C. M. B. 一整帮人满球场追着打。当罗兰德先生试图让自己的队员们坐到长椅上给他们上上课时，他得到的回应不过是粗鲁和无礼。

"你屁都不是。"博冲他说道。

所以到了最后，他们还是成了孤儿，成了没有成人监护的负担，成了来自城市西边娱乐中心没受过训练、了不起的一帮小子。这些十五六岁的"匈奴人"带着野蛮的球风，奔袭过都市的草原，如今进到了本塔劳的大教堂里。他们的队服——没装饰的基本款黑衣——也说着同样的故事。不是镶白边的黑衣，不是黑金配色，就是棉质的短裤和背心，上面只有一对两英寸高、用熨斗烫印上去却已经开始剥落的编号。

队服是艾拉的私人捐赠。因为娱乐中心的预算紧张，她拿着自己的钱下到了克莱尔山，为十套背心短裤支付了两百多美元。这对于艾拉来说是一个大数目，但队服能带给"有了一支球队"这个想法一种长久的感觉。队员们围在她娱乐中心的办公室里，领走了自己的中号和加大号队服，然后冲回家找熨斗把小小的编号印到队服的背上。效果立竿见影：他们不仅开始穿队服参加平日的练习，在街头也都穿着，套在运动服和法兰绒衬衫外面，沿着费耶特街，展示着超大的队服。艾拉的队服成了庆典的用具，甚至在毒贩的眼中都是。

"你们啥时候比啊？"年长一点的人会问。

"艾拉给我们搞了一场和本塔劳的比赛。"

"你们要打本塔劳？"

"我们下周五去本塔劳打。"

即使到了现在，队伍在本塔劳的球场上惨败的现在，黑色队服里也还有点坚强和骄傲的东西在。这种东西像是一艘海盗船突现在其他船只的右舷，并把海盗旗升上了自家船的后桅。和平时一样，本塔劳的队员们不会带着球移动。他们传球、打战术，基本把比赛控制在了他们身穿缀白、带定制字母和红蓝镶边队服的球员手中。形成鲜明对比的则是，M. L. K. 队员们惯打的是街头篮球，如今惨遭碾压，而他们队服上空荡荡的黑色在某种程度上比他们的技术更能说明问题。对于本塔劳体育馆的常客们来说，艾拉的队伍是一群未知之人，匿名且隐约致命。中场的时候他们还落后了近二十分。

"我们打得屎一样。"杜威嘟囔道，被比分刺伤了。

"你才屎，""硬汉"说道，纠正了他，"我连一分钟都没打上。"

"你那分钟就够屎了。"R. C. 向他保证。

"拜托了，泰，""硬汉"请求道，"让我上场吧。"

泰想到他们 C. M. B. 的战术里也没什么"硬汉"可以帮着提升的，因此他继续沿用了首发阵容。R. C. 则在提到布鲁克斯的时候翻了白眼。

"把布鲁克斯换下来。"他冷冷说道。布鲁克斯怒视着他。R. C. 把他掀出了队伍，但泰维持住了首发阵容。第三节没任何不同，本塔劳换下了首发队员，却还是保持了二十六分的领先优势。作为防守，R. C. 让他盯防的人只进了一球，同时还盯着篮板；进攻时，他则被防死了，在篮板下毫无用武之地，老是在指望一次进攻机会，但对传球深恶痛绝。最后一节，当布鲁克斯又发起了一次毫不优雅、偏得没边儿的跳投后，R. C. 终于爆发了。泰命令布鲁克斯下场，而后者的反应则是扯掉自己的队服扔到了赛场上。

"你们都他妈来吸我的屌啊。"

同时身为裁判的赫尔曼·琼斯喊了技术犯规。

"布鲁克斯，"R. C. 喊道，"从场上滚开。"

这个年纪小一点的男孩转身和欺负自己的人对峙了起来。他的脸扭出了一个丑陋的呲牙动作，双眼在掉眼泪的边缘。R. C. 把他推向了场边的长凳。

"去你妈的。"布鲁克斯吼道。

两次技术犯规，本塔劳的后卫以两次罚球命中结束了这一节。布鲁克斯离开了体育馆，比赛继续，而队伍真在最后闪现了一丝镇定的火花。林伍德在残局中显得分外稳定，一直在进攻中伺机投篮，从禁区里悄悄地拿下了十八分。泰成功拦下了两次长传，把它们变成了带球上篮。甚至连 R. C. 都坚持了够久，把杜威的一个盲传接住并投出了一个三分球。因为这最后一刻突现的能力，他们仅仅输了十四分。

R. C. 脑子里则记着自己版本的分数，把它们加在一起，仿佛这场非联赛的市级娱乐赛还有什么后续似的。

"我拿了七分，"他算道，一边踱出了体育馆大门，"还有四次助攻和十次篮板。五投三中，还投中了唯一一次罚球。"

对某些人来说，这场比赛无非只是一次晚间的休闲。但对理查德·卡特来说，意义更大。对他来说，篮球就是生命本身。而在属于她的体育馆一角里，艾拉也成功从这次打得很糟糕的篮球比赛中看到了更多东西。

且不管急需一个教练，不管比分，也不管布鲁克斯正在本塔劳体育馆外某处发怒发飙，攥着一个空易拉罐想着能有机会朝 R. C. 头上扔去。总而言之，她把今晚视作一次成功。她的娱乐中心现在对那些大一点的男孩子们能有点办法了。

对小一点的孩子们也一样，她上个月也已经取得了一点点成就，其中值得注意的就是有了有组织的艺术和手工项目，正是由乔治·尔普斯（George Epps，即布鲁）在掌舵。

布鲁的加入是意外之喜，他的精神状态以及艾拉持之以恒的要求同样关键。一月底的时候，布鲁就这么出现在了娱乐中心的门口，显得既难为情又局促不安，脚步有点儿虚浮，但并不是彻底嗑大了。

艾拉感觉到了他的惶恐，迅速把他请进了室内。她把手指画和卡纸、艺术和手工角的一切都搬了出来。布鲁扫视着存货，艾拉则尽自己最大的努力来推销。但她能看出他还是有所保留。

"他们喜欢这个，"她向他保证，"他们热爱艺术。"

"嗯，挺好，挺不错。挺不错，"布鲁回应道，"要不，我们做着看看。"

"你会很棒的，布鲁。"

"我不知道，艾拉。已经，你懂的，有一阵了……嗯，你懂的，那啥……"

但艾拉没听到。布鲁已经跨过了那个坎：他进到娱乐中心了，社区里仅有的、艾拉的话就是最终决定的地方。慢慢地，带着技巧地，她让他回心转意了。

"好吧，艾拉。我们试试，嗯，看看情况。所以，呃，啥时候……啥时候最合适……"

艾拉没有犹豫："要不就今天。"

"今天?"

布鲁骑虎难下。当天下午他就回来了。当艾拉给小孩子们发纸和蜡笔的时候，他紧张地挠着胡子。

"今天，"她告诉小孩子们，"不一样哟，因为今天我们要上一堂有真正艺术家的艺术课。布鲁先生会画画，而且他就住在你们的社区里。"

布鲁挪上前去，怯生生的。

"好了，好了，"他说道，往下看向进行中的蜡笔画，"很棒，很不错。"

他放下自己的包，脱掉迷彩外套，在开口说话前深吸了一口气。"好了，"他又说了一次，坐到了中央的桌子边，坐的是一把小孩子的椅子，"好了，谁知道什么是艺术?"

查黛举起了手。"一幅画。"她说道。

"嗯嗯。一幅画是艺术。"

"一张涂鸦。"乌梅卡说。

"嗯嗯，对，"布鲁说道，"但艺术可以是很多东西，不是吗? 可以是一座雕塑，或者一首歌，或者一首诗，或者就是随便什么东西。

真的，艺术真的可以是你希望的任何东西。"

艾拉从后面的办公室里听到了这一切，很是开心。布鲁刚开始有点尴尬，但每说出一句话就变得更自信了，尽管他依然带着点恍惚，一种源自毒品街角的犹豫。有两次，艾拉不得不站起来让在娱乐中心前部玩的大孩子们安静。但每一次走回到自己的办公室，她都能看到小孩子们的脸，他们被乔治·尔普斯吸引住了。

"那是个啥?"布鲁问道，看着迈克的涂鸦。

"那是浩克，"男孩告诉他，"他在杀人。"

"呵，"布鲁说，"好吧，那也算艺术。"

这就是娱乐中心专业艺术指导的开端了。一周半之后，一切就结束了。当时乔治·尔普斯把丽塔·哈尔赶出了吸毒点，结果却因为盗窃自家房子而遭到了逮捕。

然而，艾拉只把这视作最轻微的挫折。布鲁很快就会回家，她寻思着，然后他作为一名艺术教师的杰出工作绝对会继续的。在此之前，马泽尔·迈尔斯会让每周的课程继续。

在娱乐中心，艾拉已经学会了以打折的标准来衡量进步，在任何一场战斗中搜寻局部的胜利。稳定的志愿者、愿意参与的家长、足够的运营预算，这些都是郊区才有的理想状况，是费耶特街之外那些被妥善呵护的童年才有的原料。对于小马丁·路德·金娱乐中心来说，没有储备，没有周围社区的帮助，那些浪子也收不到任何报酬，比如布鲁和豪斯，他们可能只是从某个街角跟跄离开，进入了艾拉孩子们的生活。而艾拉，清楚这一切的艾拉，已经学会了感激任意一个愿意走进娱乐中心大门的浪子。

在本塔劳那场比赛几天后，艾拉再次为一位邻居的儿子穿上了黑衣，一个在街角多年而最终死于病毒的男子。她在两名被自己接纳为生命一部分的男人陪伴下，离开了巴尔的摩街布朗殡仪馆举行的仪式。第一个男人，艾克·莫特利，会在费耶特街的很多葬礼上哼唱赞美诗，艾拉很熟悉他。上个月，艾克曾为琳达·泰勒歌唱，那是麦卡洛家族在瓦因街隔壁的邻居，在和"虫子"斗争很久后，她最终躺在了布朗殡仪馆里。今天，他是为爱德华·希克斯吟唱，一名四十七岁的受害者。下周，他又会为某个一起长大的街角斗士回来。和艾拉一样，艾克也已经成了葬礼的固定角色，他的赞美诗是西巴尔的摩不断扩张的悲伤中循环的固定成分。

"今天唱的是一首很美的歌。"她在教堂门口告诉他。

"谢谢你，艾拉，"艾克静静说道，从殡仪馆门前台阶上转身离开了，"你照顾好自己。"

"你也是。"

她的第二个同伴是一个身形瘦长、皮肤黝黑、身穿皮外套的年轻男子，他向艾克尴尬地点头告别，然后跟着艾拉从巴尔的摩街走回了门罗街。

"还想我去那个舞会吗?"他问道。

"我们很乐意你去，里基，"她让他放心，"我们需要几个监护人。"

里基·坎宁安是另一个骑在墙头的人，正被社区和街角拉扯着。他姐姐盖尔在门罗街上拉客。他生活在这一切之中，偶尔为之，并因为自己无法停止而深感恶心。一年前，他在列克星敦市场找了一份切肉的好工作，但因为一次街角引发的荒唐起诉而丢了饭碗。对于里基来说，艾拉是新生活的承诺。他看到了她，就带着一种类似少年情爱的感情，从葬礼上跟上了她。

"我会去的，艾拉。绝对的，我会去的。"

他们一起转过街角，望向了门罗街。里基似乎突然就僵住了，因看到一堆警车堵住费耶特街十字路口的景象而紧张不已。

"出事儿了。"他说道。

三个街角都聚上了人，第四个则是空的，被黄色的警戒带包围了起来。

两人从巴尔的摩街走了上来，情形逐渐清晰了：酒水专卖店附近人行道上的血泊；双臂交叉靠着一辆巡逻车的警探们；警方实验室的技术人员正伏在人行道上不停拍照。而人群——从门罗街到吉尔莫街街角社区的全体居民——都在围观大戏。从未成年贩子到濒死的揽客仔，他们混杂一处，仿佛在参加地狱的鸡尾酒派对。

在费耶特街的外卖店门口，里基暂时离开艾拉，和他姐姐及她的男朋友史密蒂碰了碰头。

"布莱恩。"他回来向艾拉通报。

她对不上这个名字。

"高个儿布莱恩，"里基说道，把手举到了自己额头上方几英寸处，"那个老是被枪击的布莱恩。他总在抢人，到处抢……"

艾拉为这个于自己没有丝毫用处的信息悲伤地摇了摇头。"这说不通啊。"她叹道。

"你要知道，这个布莱恩……"

里基停住了，看着艾拉脸上的迷茫表情，然后闭上了嘴，凭直觉感到，也许因为分享街角的秘密而为自己打上了某种不可明说的标记。布莱恩的名字，为什么会被射杀，这些都是某种罪恶的知识，是里基活在一个世界却对另一个世界乔装的证据。

"好吧，"她说，"我想我们周五见吧。"

里基点点头，过街过到一半的时候停了下来。"周五，"他重复道，微笑着，"我会去的。"

如果不是豪斯，那就是布鲁。如果不是布鲁，那就是里基。如果不是里基，接着也许会是 R. C. 的哥哥来，后者那天提了一句也许会带带篮球队。艾拉相信她的这些浪子们，并等着他们。她看着里基溜达走开，然后跨到了费耶特街的另一侧。在那里，某个警探正冲着珠贝·麦卡洛大吼，因为后者毫不知情地穿过了犯罪现场。

艾拉经过了争吵的地方，回到自家公寓里换衣服，然后朝娱乐中心走去，此刻手上的工作是计划在周五晚上举行的情人节袜子舞会。这让艾拉只有三天来把自己形如掩体的娱乐中心变成挂满红白气球和丝带，摆满热狗、潘趣酒和糖果的地方。她寻找的是费耶特街上罕有的化学反应，一种能诱骗十五岁毒贩子和十四岁就即将成为母亲的女孩们接受并享受一小会儿的不太真实的、大家共享的天真魔法。

但当周五晚上七点的钟声响起时，只有几个还不到青春期的小姑娘来了。她们聚在了食品桌周围，而监护人们——艾拉、马泽尔和富兰克林广场邻里协会的乔伊斯·史密斯——盯着大门，思考着是不是两美元的入场费把大孩子们拒之门外了。里基·坎宁安也来当监护人了。他中途离开了一会儿，半小时后再回来时，带着一种泄密者的眼神。艾拉察觉到了这点，但还是温和地欢迎了他。

"哦，里基，"艾拉逗他说，"你今晚还是来了啊。"

里基努力想做出反应。

"我们遇上了一帮难缠的，"她说道，大笑出声，"我们需要多点人啊。不然监护人比小孩都多了。"

里基点点头。他站到了后面的墙边，双臂交叉，看着艾拉盯着门口。

三个大点的姑娘——尼瑟、甘迪和沙内卡——终于来了，并遵守了艾拉对舞会的规定，把鞋子脱在了门口。她们跳了几支认真排练过的舞，因为自己的错误而嬉笑个不停。她们还试了几支新的舞，因每个新动作而哄堂大笑。

快到八点的时候，C. M. B. 一帮人溜了进来。泰、"硬汉"、丁基、多里安和布莱恩——但 R.C. 没来，迪安德尔没来。艾拉已经知道后者在未成年犯罪听证会举行之前，都将在"男孩村"过周末了。他们每个人都不太情愿给入场费，每个人都为要把高帮鞋脱在门口而争辩。迪安德尔的女朋友泰瑞卡一开始是跟着他们来的，但当她听到只能穿袜子的规定后，就冲回家换干净袜子去了。

一开始气氛不热烈，和任何一场未成年人舞会一样的不热烈：男孩们聚在房间一个角落里不安地张望着，女孩们在舞池上和彼此跳舞，为每一声大笑或者吼叫回头张望。基蒂把自己的音响组合放在了远端的角落里。他一直很害羞，冷漠地待在唱机转盘后，看着舞曲顺利播放。也有一两对儿试着进到舞池里，但大部分都结束在了孩子气的笑声里。

考虑到他们的性经验，这真的让人惊异。也许是因为彩色气球和糖果，也许是因为艾拉在场，男孩们退缩了，只敢在舞池前面的墙边坐成一排，互相胡闹。"硬汉"怂恿泰去和尼瑟或者沙内卡跳舞。突然间，他们又是小孩了：紧张、激动，仅仅能应付眼前的情况。不知为何，已经习以为常的性被摒弃了，肮脏的过去被遗忘了。在"硬汉"的公寓里同那个怪姑娘的经历，在麦克亨利街上由眼神迷茫的瘾君子们提供的一次次口交——没有任何一个能和如今展示出的笨拙端庄共存。

但至少泰瑞卡回来了。和舞会上的姑娘们不一样，泰瑞卡对自己颇有自信。她迅速地穿过了无人之地，臀部和胸部都在紧致的牛仔裤和紧绷的毛衣里充满暗示地跳动着。她向前微微示意，然后把背部朝向了泰，在他前面稍稍向前挪了一点儿。然后，她沿着那排人走了下去："硬汉"，多里安，然后是丁基。

"干。""硬汉"说道。

泰紧张地笑了起来，把他的宽檐帽低低地拉到了双眼上。他接受了挑战，在泰瑞卡转身走开的时候，踱到了舞池里。在角落里，丁基摇头微笑着，显然是不好意思。泰瑞卡是迪安德尔的女朋友，而迪安德尔，丁基的表亲，正被关在县上某个地方呢。永葆忠诚，丁基因此退却了。

但泰似乎没有在担心迪安德尔。如果有人关心的话，他可能会被一直关到开春。他盯上了泰瑞卡，用臀部磨蹭着她，罗圈腿操着抽动的、有节奏的动作朝前走着。"硬汉"和布莱恩受到了启发，发出了嘘声，并摸索着走向了舞池边缘。尼瑟和其他姑娘感受到了这一刻，也向着舞池中心飘了过去。整个房间终于搏动起来了。

艾拉站在舞池边缘，看着这一切上演，喜悦和担忧在她体内大战。她的双眼扫视着房间，然后落到了基蒂身上，后者冲她一笑。因为让派对活了起来而很是骄傲，她的儿子不断把唱片放到转盘上，嘲笑着那些舞池里的滑稽举止。有一阵子，艾拉注视着他，高高的身形从均衡器上方盘旋到转盘上方，又俯身到他盛放舞曲的唱片箱子上。他的头随着节奏轻柔地点动着。

对艾拉来说，仅仅看着自家儿子这个样子就已经是祝福了。今晚，在娱乐中心这个掩体里，皱纹纸和气球营造的幻象也对基蒂造成了影响，把他带往超越了费耶特街日常的小心和算计之外。她知道他有多讨厌这个社区，他有多等不及毕业，然后逃离那个每次他离开公寓时都会恭候在门口的恐怖秀。她也知道他有多压抑，自从他们失去了安德烈娅后，他在内心中积郁了多少。现在她看着他，感到了明显的放松。至少今晚，基蒂离开了那间背街的卧室，展示着自己的宝贝，感觉到了一点点自由。

艾拉过于专注地看着自家儿子，结果被乔伊斯·史密斯搞了个措手不及。她悄悄摸到艾拉身后，把她推到了舞池里。

"来吧，"乔伊斯说道，"让我们一起来犯傻吧。"

艾拉用大笑冲掉了自己的尴尬，开始动了起来。

"加油艾拉，加油艾拉，加油艾拉。"

是尼瑟和甘迪喊起了口号，很快就成了整个社区的口号，所有跳舞的人都围在了这两个女人周围，她们在被自己不好意思的大笑征服前，试了几个老式的舞步。

艾拉让马泽尔下到舞池里，招呼里基也来加入他们。但那个年轻人紧靠着墙，脸上挂着一个茫然、不太舒服的表情。

"哦，我的天，"马泽尔大笑道，和艾拉共舞，"该你了。"

直到基蒂换了舞曲，把节奏慢了下来，她们才算得了救。艾拉喘着气，把自己的刘海往额头上推去。她望过去，看到里基·坎宁安已经走了。

"艾拉女士，你跳得很棒。"尼瑟尖声说道。

"艾拉女士挺会跳的。"泰也同意。

艾拉想了一会儿里基，好奇自己是不是能够说点什么或者做点什么让他留下来。后来，她把这件事儿忘掉，又回到了舞池里，展示了一两个老式舞步，跳到泰的旁边，用臀部撞了他一下。女孩子们笑着散开。泰把脸藏进了帽子的帽檐里，以谦虚的姿态溜走了。

"我太太太老了，"她说道，把头发拨向后方，错过了拍子，"对你们的音乐来说我太老了。"

舞池又一次还给了泰和泰瑞卡，两人急迫地恢复了自己的和谐共舞。乔伊斯看着他们在房间里四处摩擦，然后轻轻地摇了摇头。

"那个姑娘，"她最后说道，"她多大了？"

"泰瑞卡……十三岁，"艾拉告诉她，"或者现在快十三岁了。"

乔伊斯翻了翻白眼。"那姑娘才十三岁，可显得太大胆了点。"当基蒂停下来吃热狗、喝潘趣酒的时候，泰瑞卡和泰去了娱乐中心的一个角落。在那里，她坐在了他的腿上，让情况更进了一步，让自己成了类似餐桌中心摆饰一样的东西。C. M. B. 男孩们拿着盘子坐在了她两边的椅子上，其他姑娘则警惕地守在房间的另一边。

丁基和布莱恩很快吃完了东西。因为基蒂还在休息，他们从丁基的冬季外套口袋里掏出了一盒自制的磁带，走向了娱乐中心最常用设备中的那个老旧录音机。布莱恩把磁带放了进去，摁下了播放键，然后因为音乐乱成一团而急匆匆地去找停止键。

"干。"他说道，掏出了磁带。

"你得倒带，然后放在另一边，"丁基说道，"在那边儿就是会被干坏的。"

"丁基。"

"哦，对不起，艾拉女士，"他说道，真心地感到羞愧。"我忘了自己在哪儿。"

他们倒了带，把它放进了另一边的磁带舱里，再一次摁下了播放键。一阵搏动的刺耳音乐充斥了整个娱乐中心。C. M. B. 男孩们呼哨嚎叫了起来。

"这他妈就对了，"泰吼道，"这他妈就对了。"

这次，艾拉甚至都没有试图吼出一声告诫来盖住噪音。这盘磁带满是一首当地歌曲的舞曲混响版本，这首歌在今年冬天充斥着巴尔的摩的所有电台。曲子是整整七分钟的欢快闹腾不和谐电音，歌词则在历数最牛逼的毒品街角和公租房，还伴随着一声声吼唱的单句和声。

"躁起来……樱桃山。"

"掏出你的枪。"C. M. B. 男孩们开心地吼了起来。

"拉斐特①。"

泰把泰瑞卡从腿上抱了下来，跳起来开始舞动。最棒的部分来了。

"蒙特街……和费耶特。"歌手说唱道。

"掏出你的枪！"

男孩们吼着，跺着，在自己的角落里不停击掌。蒙特街和费耶特街，说得好像是个重要地方一样。泰、丁基、"硬汉"、多里安、布莱恩，他们都是发自内心地感动骄傲。他们被磁带深深吸引，以至于都忽视了前门的敲击声。

马泽尔终于从食物桌那里走了过去，开门看见 R. C. 站在台阶上，一只手搭在女朋友的肩上。

"泰在吗?"他问道。

———————

① 即费耶特街的全称。

"哦，你也好啊，R.C.。"

"呃，你好，迈尔斯女士。泰在吗?"

她喊了喊泰，后者踱到了门口，后面跟着"硬汉"和多里安。R.C. 把手臂下放到翠西的腰上，等泰出来的同时紧靠着她。

"可还好。"R.C. 说道。

泰耸了耸肩。"我们跳舞呢。"

"还有谁在?"

"丁基、布莱恩、瑞卡、尼瑟和姑娘们，你知道的……嗯，艾拉女士和基蒂……"

"哥们儿，这听起来不咋地啊。"

"不，"泰说道，"我们可开心了。"

R.C. 看向翠西，她什么态度都没有。

"他们还准备了吃的啥的。"泰补充说。

R.C. 心动了，跟着翠西进到里面。艾拉在门口迎接了他俩，解释说鞋子必须脱下来。不穿鞋子，只能穿袜子。R.C. 才不要这一套呢。他带着女朋友回到了外面，跟着她走下了台阶，恶心地摇着头。泰追着他到了外面。

"哥们儿，"R.C. 说道，"去他妈的不穿鞋规定。我才不会脱掉我的乔丹呢。"

"来吧，R.C.，好玩。"

"不，去他妈的，"他说道，分外坚定，"我知道我们能去哪儿搞上点好的大麻，抽到嗨。"

但至少今晚，艾拉叫回了泰。他转身走回了从娱乐中心窗户里溢出的那方暗橘色灯光里。R.C. 和崔西则溜进了黑暗里。

"R.C. 怎么回事?"泰回来后，艾拉问道。

"他不想脱掉鞋子。"

"因为他脚臭。"布莱恩说道。

"布莱恩，"艾拉说道，"那么说不好。"

"真的，"丁基说道。"R. C. 脚一直就臭。他根本就不穿袜子。"

在基蒂回到转盘前，男孩们又放了一遍那首匪帮主题的混音带。然后派对再一次把大家带回了舞池里，气氛逐渐热烈成了一场斗舞，最后是沙内卡和泰赢得了心形盒子里装的情人节糖果。今晚，他们从街头这样一个悲伤且不寻常的地方偷到了一刻愉快又正常的时光。尽管机会渺茫，但情人节舞会却是纯真的胜利，它没有败给泰瑞卡扭动臀部的表演或者丁基的污言秽语，以及那些关于毒品街角和武器的歌曲。

"晚安，"艾拉向自己当晚负责监护的小孩们道别，他们正穿过两扇门步入黑暗中。"小心点。已经很晚了。"

她看着泰送泰瑞卡走下小巷，走到费耶特街上，好奇这一切会如何结束。泰的一只手环着那姑娘的腰，但泰瑞卡把自己的双手插在外套口袋里，她的肢体语言没有做出任何承诺。

"艾拉女士，"尼瑟说道，在门廊里扣上冬季大衣的扣子，"刚才可太好玩了。"

"我很开心你喜欢。"

"我们能再办一次舞会吗？"

"我们得走着瞧。"

年轻的姑娘跳下了台阶，后面跟着甘迪。后者追上她，并在朋友的耳边悄声说了什么。

"噢，艾拉女士，艾拉女士，"被提醒了的尼瑟说道，"等等。"

艾拉在中心门正要关上的时候停了下来。她向外看去，带着不断消散的耐心等待着。尼瑟是艾拉最喜欢的一个，是个独自摸索着经历青春期的年轻姑娘，被她的母亲罗妮·布瓦斯彻底忽视了，因此一直渴求来自任何人的关注。但是，要是你由着她，这姑娘能一直聊到你死，这么一来艾拉就得在这里待到午夜以后才有空收拾纸盘子、扫掉地板上的心形糖纸了。

"尼瑟，又怎么了？"

两个姑娘压抑着大笑，在深夜中稳住了自己。尼瑟悄声数了个"一二三"来计时。

"谢——谢——你——艾拉女士。"

泰瑞卡·弗雷蒙很早就到了费耶特街，她最好的一条牛仔裤紧紧地裹着腰臀，头发稍作打理，前面卷过，后面则肆意地垂坠在肩膀上。她在一早的货到之前就来到了人行道上，在揽客仔和跑腿仔们聚到蒙特街街角上之前。对当下这个时间来说，她有点太隆重了，打扮一新、光鲜亮丽、精神饱满。她顶着狂风从祖母在斯特里克街上的房子出发，走过了两个冷得出奇的街区，不到九点就来到了露珠旅店的前门，从二月的寒气中溜进了排屋门廊提供的庇护所里，然后爬上梯子去敲二楼公寓的门。她足足在门上敲了两分钟才等来了一点反应。

"谁啊？"

一个男性的声音。也许是史蒂维。

"瑞卡。"

"谁？"

"瑞卡。芙兰女士起了吗？"

"等等。"史蒂维听起来不太高兴。

她在走廊上等了五分钟，看着自己的呼吸在公寓门口凝成团。终于锁被打开了，而迪安德尔的妈妈出现在了她眼前，正是一副双眼发黄、筋疲力尽的嗨后次日一早的状态。

"姑娘，你挺早啊。"芙兰说道，往后退了一步。

"我不想你去的时候不带我。"泰瑞卡解释道。

芙兰勉强笑了一笑。

"去前面等着。"芙兰说，指着公寓的前部，然后拖着脚走回了卧室。计划要求帮手在九点后来，在费耶特街标准时间里，这意味着从十点到中午的任何时间。但泰瑞卡不会冒任何险让自己被落下。七点刚过她就已经起来了，选要穿的衣服，还把头发梳成迪安德尔最喜欢的样式。她今天有话要说，想确保那男孩能听见她说的。

前面房间那台老旧的落地电视从昨夜就开着，屏幕暗淡的黄绿色调暗示显像管快要坏掉了。泰瑞卡盯着一个周日上午布道牧师的咆哮，同时倾听着房子里的响动。但寂静无声。没有任何声响从史蒂维的房间里传来，从三楼的其他房间里也没有传来任何声音。长长的十分钟后，她才听到芙兰房间里响起了另一台电视的声音，而又过了十分钟她才听见有人拖着脚走进了浴室。

在那间背街卧室里，电视里放的是卡通。在前面房间，泰瑞卡正听着牧师讲《哥林多前书》（*Corinthians*），后者以默认所有人都知道他们是谁的态度讲着他们的事。泰瑞卡好奇这些人是谁。她还是小姑娘的时候就开始上那座埃德蒙森街的教堂了，穿着周日的衣服和祖母坐在一起，有时候甚至是和她妈妈一起坐在里面，那时她妈妈还清醒着。她在教堂里听得够多了，足以让她掌握故事的主要内容。她搞清了犹太人、罗马人和使徒们，但谁是哥林多以及他们干了什么，她说不上来。

迪罗德身穿长内衣溜出了芙兰的房间。

"你是要去看我哥哥吗？"

泰瑞卡点点头。

"他被关起来了。"

"孩子，你以为我不知道吗？"

"他在'男孩村'。"

泰瑞卡没理他。她有时候喜欢迪罗德，但有时候他会用小男孩的废话烦到她。迪安德尔总是对她说迪罗德不适合费耶特街，说他属于某个县里的地方。他成不了的，迪安德尔会这么说，他总是做白日梦，聊些有的没的，要是他不赶紧强硬起来的话，街角会把他的小身板吃干抹净的。泰瑞卡寻思这很对。有一半的时间，迪罗德都身处另一个世界中。

"'男孩村'在哪儿啊?"迪罗德问道。

"乔治王子县。"

"那是哪儿?"

"在马里兰。"

"具体哪儿?"

她挥着手掌扇向迪罗德，但他往后一仰躲开了，冲到了电视机后面。他把脸从兔子耳朵一样的电视天线中间伸出来，舌头吊在嘴外面晃动，招惹着泰瑞卡。

"小子你可真蠢。"

"是你太慢了。"

"我能逮住你这个小崽子。"

"逮不住。"

"逮到看我不抽你。"

迪罗德对这项挑战表示嘲笑。再一次，他伸出舌头，这次还伴着一个粗鲁无礼的动作，两根拇指塞进双耳，双手挥动着。泰瑞卡大声地叹了口气，翻了个白眼。如果她逮住了迪罗德，就不得不"折磨"他，而要是这样的话，她就会搞乱自己的头发。在这番算计之下，这个八岁男孩的"性命"因此获得了宽恕。

"小子，别和我胡闹。"

"瑞卡怕怕了……"

"迪罗德，闭嘴。"

芙兰终于从后面房间里出来了，头发紧紧地向后梳着，双眼还在清晨的阳光里挣扎。在倒向沙发的另一头蜷成胎儿的姿态前，她冲着泰瑞卡哼了一声表示招呼。她今早不舒服，而泰瑞卡已经在芙兰周围待得够久了，清楚知道那意味着什么。

"你看上去很累，芙兰女士。"

"嗯。"

"我们快出发了吧?"

"十点吧。"

迪罗德从电视后面出来了。"妈，"他说道，"我能和你去看看安德烈吗?"

泰瑞卡带着沉默的乞求望了过去，但芙兰远比她的反应要快。

"没门。"

"我想……"

"我说不行。"

慢慢地，芙兰把头从破旧的沙发靠垫上抬了起来，扭过脖子看向了窗外。"死刑犯帮"中的一些人已经在蒙特街另一边开工了。

"芙兰女士，"泰瑞卡问，"哥林多人是谁啊?"

芙兰盯了小姑娘一眼。

"因为电视上的牧师在讲他们。"

"谁?"

"哥林多人。"

芙兰摇摇头，然后把自己撑了起来，走回了房间。等回来时，她穿上了棕色的冬季外套。"要是车来了，"她嘱咐泰瑞卡，"就说我几分钟后就回来。"

她离开的时间可不止几分钟，但她们从街头雇来的司机直到十点半才出现。等到了那时，芙兰已经感觉好多了。实际上，路上的前半小时里她一直在轻轻地逗着泰瑞卡。

"你头发看起来不错。"她告诉小姑娘。

"你喜欢这样的吗?"

"你花了多少时间弄这些卷儿啊?"

"一个小时吧。"

"姑娘，你今天啥时候起的啊？"

"七点。"

芙兰摇摇头："瑞卡恋爱了呢。"

泰瑞卡温柔地推了推芙兰的肩膀，害羞地大笑了起来。没恋爱，她向芙兰保证。是喜欢。她喜欢迪安德尔。很喜欢。但没人说过爱不爱的。

"姑娘，"芙兰说道，"世界上没人会七点就起来做头发，除非她很清楚自己是恋爱了。我儿子把你的小脑瓜给搞乱了。"

泰瑞卡为这个真相咯咯笑了起来，但为了面子还在坚持否认。"好看点总没错吧，"她坚持道，"我很多早上都这样搞我的头发啊。"

"七点，"芙兰说，嬉笑着，"嗯嗯嗯，嗯嗯嗯，嗯嗯嗯。"

她们乘车向南穿过了郊区，然后下到三号公路往乔治王子县开去。此处的农田和树林被偶尔出现的住宅小区点缀着。在这辆锈迹斑斑的庞蒂亚克后座上，芙兰越来越躁动不安，她在城市外从来都没法自在。没有黑人，没有勾当，没有街角。有一次，她参加埃利科特城（Ellicott City）的某个住宿制戒毒项目时，亲历了三K党的传言像野火一样席卷了夜间治疗。所有人都被吓得半死。

但对于泰瑞卡来说，去"男孩村"的旅途整个就是一场大冒险，是她记忆里罕有的离开东西巴尔的摩的经历。在泰瑞卡·弗雷蒙心中，存在着一种罕见的乐观，一种对不同事物、各种事实以及各色经验的天真贪婪，这种乐观和贪婪还远没被费耶特街上的现实给污损。

她在学校的成绩很好。如果她能保持，明年就能去上卡弗，也许还能让自己进到某个职业培训项目里。她喜欢学校，或者至少说，她不像其他很多人那么抗拒学校。在课堂上或者街头，她都不会收敛自己的好奇，也不会出于未成年常见的不安全感而去掩饰它。要是她不知道某些事儿——巴尔的摩公立学校有很多东西都没能教给她——就不会假装自己知道。她会去问任何她感觉会知道的人。谁是巴比·鲁斯①？他是黑人还是白人？珍珠港在哪儿？为什么人人总在悼念那地儿？谁官儿更大：马里兰的州长还是巴尔的摩的市长？去佛罗里达州得开多久的车？买一栋大大的房子时，人们是必须马上付全部的钱还是可以先住在里面再分期一点一点地给？

这些询问超出了街角世界迫在眉睫的问题。这些问题是社区里的迪安德尔们和泰们会踌躇着不敢问出的，要么是害怕显得无知，要么是对答案纯粹的冷漠。泰瑞卡也许没什么知识，但原始天真的希望一直让她的思想保持了开放和渴望。

"哟，小子，"迪安德尔看过她最近一张成绩单后已经宣布了，"我姑娘很聪明啊。等她开始赚钱了，我们会住进大房子的。"

迪安德尔也很聪明。街区里的每个人都知道他是街角最聪明的孩子之一。但这一切终将沦落到街角。一次又一次，那孩子亲手促成了一切，毫无羞愧地告诉学校老师们自己不会写作业，说让一个黑鬼睡着的最快方法就是在他手上放一本书。

然而，泰瑞卡依然相信未来要比再卖出一大包毒品要远得多。考虑到生命中的头十三年的遭遇，她哪怕有一丝这样的信仰都应被视作了不起。母亲已经让她失望多年了。她夜夜在外寻求刺激，一点点地滑出了泰瑞卡的生命，直到泰瑞卡和父亲住进了新的房子，和他的新女友以及女友的小孩住到一起。他们也对她不好，让她觉得自己碍着事儿了。几个月后，她逃到了祖母的房子里，就这么站起来就跑了。一个十一岁的孩子坐着公交车就把自己的生活搬到了城市另一头去。她让祖母和姑妈都承诺不会送自己回去，当爸爸来接她的时候，她也和他对抗。你对我不好，她告诉他，你由着他们欺负我，也没有站我这边儿。

---

① Babe Ruth，著名棒球运动员。

姑妈愿意照顾她，祖母也是。很快，泰瑞卡就和比自己小一些的堂妹堂弟们打成了一片。但父母不在身边的日日夜夜是无法逃避的，对一个试着了解人生的小姑娘来说，得不到自家父母的关爱，这是无法弥补的。成绩单送到了家，每学期都合格，而泰瑞卡发现自己只能向着那些无法掩饰对此漠不关心的人去展示。渐渐地，打过分的作文和期末考试成绩甚至不再被草草展示了。成绩单只是泰瑞卡一个人的，被毫无仪式感地扔进了梳妆台抽屉的最深处。

　　在斯特里克街上，是孤单让她走下了门前台阶，走到了街头。和任何一个年轻姑娘一样，她想要被爱。要是没有爱，她至少期望能被关注。邻里的男孩们也感受到了这点。无论对这些未成年的捕食者来说，是何种天生的本能在作祟，他们很快就进入了泰瑞卡世界的空虚之地。

　　泰是第一个追她的 C. M. B. 男孩。实际上，她在认识迪安德尔和林伍德之前就已经知道泰了。去年夏天，她以一种学生妹的方式和泰鬼混了一下：狠狠摸来摸去，但并没有涉及性，因为毕竟她只有十二岁。她也喜欢多里安，还有杜威。但她最喜欢的是和男孩子们一起鬼混，在他们溜达街角并假装是帮派成员的时候同他们共享夏夜。她既是个假小子，也善于调情，会同他们分享刚开始兜售瓶装可卡因这一尴尬尝试的体验，还参加偶尔对对手落单成员的群殴。她开始逃学了，这虽不足以让她留级，但成绩下降了。她每周花上一两天宅在某个 C. M. B. 俱乐部里，勾引挑逗，总之就是让自己成为注意力的焦点。这样的男孩们很有趣，相比之下，邻里的同龄姑娘们就很无聊。那个夏天是她记忆里最棒的时光。但到了秋天，等她成了迪安德尔的女朋友，这一切就都结束了。一开始，他告诉她自己不想让她同任何 C. M. B. 以外的男孩说话。后来，当察觉到泰和杜威的热情后，迪安德尔表明了自己的立场：他不想看到她和男孩们说话，就这样。她喜欢那种感觉，他的嫉妒是奉承的特殊状态，但同时，她怀念在街头的游荡，不仅是和 C. M. B. 的成员们，还有和巴尔的摩街与吉尔莫街上某些更大一点的男孩。迪安德尔是她的固定男友，她对这事儿非常严肃上心，但找点乐子并没有什么错。比如舞会：泰让她感觉很棒，但之后，他们在费耶特街上分开后，她又晃到了巴尔的摩街上，和某个小一点的男孩一起打了电子游戏。

但今天是特别的一天。今天只是现身乡下，她就能向迪安德尔表达点什么。单这件事儿就能让他知道她的心。

"要是他们说探视时间只准家属进去怎么办？"她问芙兰。

"那你就是我女儿。"芙兰说。

泰瑞卡微笑了起来，隐隐为这个说法感到骄傲。

在安全岗亭处，她们被告知必须要提前打电话，好让迪安德尔被带到行政楼里去。她们在来访者停车场的边缘下了黑车，一个职员记录了她们的信息后溜达着走开了，二十分钟后才回来找芙兰，而且是只找芙兰。

"仅限家长，"他告诉芙兰，"兄弟姐妹不行。"

泰瑞卡大受打击。

"他们会把他带到哪儿？"芙兰问道。

"那边那栋楼，"职员解释道，"小货车会把他们从木屋那里带过来，然后放到那扇门里边。你们就到那间房子里。"

芙兰转向泰瑞卡。"你就站在这里，盯着那扇窗户。"

"但我不能……"

"我保证让他看到你。"

芙兰跟着那名职员去了来访者中心。五分钟后，一辆安保小货车绕过了围绕着那栋楼的铁丝网。泰瑞卡在正午的阳光中眯缝着双眼，希望自己是戴着眼镜来的。她同时望着几个年轻男子——他们中只有一个不是黑人——从小货车的后边跳下来，步子沉重地走过了金属门，他们这群人被铐在一起。全部人都身穿未成年人惩戒服务发的橙红色运动套装。除了一个黑人小孩,其他人都还用运动帽衫的帽子盖住了头。那个没有戴帽子的人似乎顶着一头脏辫。她试了试运气。

"安德烈!看这边,安德烈!"

她狂乱地挥舞着双手,但寒风正顺着山丘吹下来,把她的声音又塞回了嘴里。她好奇他到底在不在那群人里,或者他是不是已经进去了。

泰瑞卡看着货车司机给男孩们解开铐子,让他们排成一列进到了金属门里。等他们都进去了,她就被剩在了停车场边缘的寒冬中,等着一个不会出现的时刻。她把脖子缩进了肩膀里,双手深深插进裤兜,看着来访者中心角上那扇窗户中的任何一丝动静。十分钟后,那名司机又出来,那辆空的货车开走了。

载她们来的司机让车空转着,暖气也开着,但泰瑞卡站在了芙兰嘱咐她站的地方。她的牙齿在打颤,双腿在膝盖处微微弯曲,跺着脚掌取暖。二十分钟过后,她感觉自己在那扇角上的窗户里瞅见了一个身影,下边那片窗玻璃里有一边肩膀和一只手,也许还有张脸就在上面。

她挥手,想着那要真是迪安德尔,要是他现在看见了自己,就知道她是支持他的。看到她,他就一定会知道了,她不仅是因为他为她花掉的那些钱——所有的那些电影、衣服、大餐和电子游戏。要是她和费耶特街那一带的大部分姑娘一样,那么在他被关起来、兜里除了一把牙刷什么都没有的现在,她就不会在这里了。

一股风从山上席卷而下,泰瑞卡转过身等它吹过。当再度转身的时候,窗户里的那个身影已经不见了。芙兰十分钟后下到了山下来。

"他看见了你。"她告诉泰瑞卡。

"真的吗?"

"嗯嗯。他看见你挥手了。你看不见他?"

"看不太清。"

她们钻回车里，启程回家。芙兰为泰瑞卡重复了之前的聊天。迪安德尔一点儿都不喜欢"男孩村"。

"他们把他和很多华盛顿的男孩放在一栋木屋里，"她解释道，"他还说看守们一点都不会放水。"

更让人害怕的事实在于，"男孩村"是州 JSA 系统的终极场所了，而迪安德尔正和那些犯下了枪击案和谋杀案的男孩们关在一起。那群人要被关到年满十八岁。他还撑得住，但这里不是希基，那里对西巴尔的摩的孩子来说就像家一样。在"男孩村"，每个人都要被收拾。

"他刚在给我说他看见个男孩，不超过十岁，逼着一个七岁的男孩给自己口交。你敢信吗？十岁，"芙兰哼了一声，半是好奇，半是恶心，"他妈的安德烈想让我领他回家。"她补充说，带着一个被逗乐的表情。一段时间以来这是第一次，她面对自己儿子占了上风。

"他什么时候能出来？"

"快了，等我想想办法，好让他换到个可以打电话的地方。但我应该让他他妈的跟这儿再待一周，让他长长记性。"

一开始电话就是个问题。一周前，在被捕当天，一辆 JSA 的货车把迪安德尔带回到巴尔的摩，去米切尔法院（Mitchell Courthouse）参加首次听证。此处是一潭司法的死水，数以百计的未成年人滞留在木质长椅上，等着自己的案子被挤到几个负责未成年案子的法官面前。迪安德尔在未成年法庭的等候区待了半天，然后在一个法官的法庭后部长椅上又等了剩下的半天。绝大部分情况下，流程都是预审后释放，交由家长看管。但迪安德尔的身上因为还有一起持有可卡因和一起偷车的指控，所以当他的名字终于被喊到后，法官稍微谨慎了一点，同意释放年轻的麦卡洛先生回家就所有指控候审，但前提是他能够被居家监视。

没问题，芙兰告诉公诉人。内心深处，她喜欢这个在迪安德尔脚踝上戴上电子脚镣把他困在房子里的想法，他还会因为担心抽检的来电发现自己溜到了街头而不敢出门。迪安德尔被带回等候区又待了一个半小时，期间芙兰去填写表格，直到程序的最后才被告知她必须要有一部能用的电话。

"这个地址下没有任何电话？"负责未成年案子的职员说道，一只手扶住了自己的额头，"这个监视系统要求要有一部电话。"

"没呢。"

"你能给那个地址装个电话吗？"

"除非你给我钱。"

所以结果变成了回到"男孩村"再待一周，直到芙兰可以安排迪安德尔住到他姑妈在北大街的房子里。出于某些奇怪的理由，那个女人挺喜欢这孩子的。更奇怪的是，迪安德尔每次去到她那栋埃廷街（Etting Street）排屋时，都表现得规规矩矩的。

"他们会准安德烈待在埃廷街吗？"泰瑞卡问。

"我同意就行……"

听到芙兰语气里的不确定，泰瑞卡嘬起了嘴，但她忍住没开口。

"……但我感觉我应该让他留在这儿。我感觉应该告诉他们我已经管不了他了。"

泰瑞卡闷闷不乐地望向窗外。

"他觉得自己是个男人了，"芙兰说道，"他可以就待在现在的地方，等着开庭。"

"可能得好几个月。"泰瑞卡说。

芙兰没理她，继续嘟囔着迪安德尔在街头还有钱没收回来。他给了博四十瓶货，这让博欠了他两百美元。

"他想让我替他把钱拿回来。"芙兰说道。

"从博那儿？"

"嗯嗯。他在里面的时候需要点东西，我可没有钱买那些，"芙兰解释道，"他告诉我去要博欠他的两百块。"

因为迪安德尔没法陪自己度过春天甚至是夏天而倍感受伤，泰瑞卡在剩下的旅途中几乎一言不发。但很快就证明，她其实无需担心。

在芙兰的世界里，随时都要和自家孩子一起对抗市中心的各种机构。迪安德尔常常没法信任，但那些官僚们则是完全不可信任。三天后，文件搞定，迪安德尔当天早上就回到了同一处巴尔的摩法庭上，面对了同一个法官，后者知会他要是不去弗朗西斯·M.伍兹中学上课，那他就违反了审前释放的条款；要是不能在下午三点半之后待在他姑妈家里，也算违反。

"你明白必须做什么吧？"

迪安德尔点点头。

"我没听见。"

"明白，呃……明白，先生。"

芙兰从后面的长椅上冲着迪安德尔嘲讽地一笑，他坐在原地，双手放在膝盖上。没有盛气凌人，没有一意孤行。她忍不住要享受这一刻。当他们离开法庭的时候，快要三点了。她儿子的时间只够去费耶特街上取点衣服，然后他就必须进到埃廷街房子的室内去了。

"我必须去找博。"他告诉芙兰。

"你今天没时间了。"

"他欠我钱。"

芙兰耸了耸肩。如果博欠了他钱，她安慰儿子说，那就是他来决定要不要收债了。当她试着逼博还钱的时候，他只给了她几个美元，坚持说他就只欠这点儿了。

"我要和他谈谈。"迪安德尔说道，带着一点苦涩。

芙兰又耸了耸肩。"那是你俩的事儿。但你最好在违反规定前滚到你姑妈的房子里去。"

迪安德尔在第一个监控电话打到之前赶回了埃廷街，当晚一直待在室内。第二天早上，他准时去了学校，但在第三节课后就逃课溜到了街上。他巡查了拉姆齐和斯特里克街，然后沿着整条麦克亨利街找，之后去了勒芒街小巷里的篮球场。没有博的影子。迪安德尔确信了：这个黑鬼就是在躲他。

第二天早上他起了个大早，挨个搜索从麦克亨利街到高速的每条支路，试着找到损失金钱的蛛丝马迹。当天比大部分时候都暖和，迪安德尔在一群群带着课本走动的孩子里穿行。大一点的孩子们是去西南中学或者弗朗西斯·M.伍兹，小一点的那些则往北去哈莱姆公园中学。

在费耶特街公交站附近，迪安德尔挖到了金矿。他戴上帽衫的帽子，开始沿着一条侧边小巷飞奔起来，冲向了街角上的一群孩子。

R.C.、泰瑞卡、"硬汉"和博都转过来看着那个正冲着他们来的身影，但因为戴着兜帽，迪安德尔几乎要跑到他们跟前了，对方才灵光一闪认出了他。

"是安德烈。""硬汉"终于说道。

"嗨，可还好啊？"迪安德尔招呼道，突然停了下来。立刻，他就冲着博公开发问了。"我的钱呢？"

"我给你妈妈了，"博坚称，"我发誓。"

"我要我的钱，"迪安德尔说道，露出了他最凶悍的眼神。

博四顾寻找帮助。泰瑞卡摇了摇头，她告诉过博要替迪安德尔把钱拿好，避免被芙兰女士用任何手段诓走。现在博有两个选择：公开指责迪安德尔的妈妈从他那儿偷走了钱，或者再一次偿还债务。

"我给了……"

迪安德尔暴跳而起，出了一套组合拳，左手和右手依次熟练地出击。博倒在了人行道上，被打来的拳头惊呆了。愤怒很快消散，迪安德尔忍住没有全力踩踏下去。

博缓缓地站起来，又羞愧又受伤。

"来吧，"迪安德尔向他喊道，把自己的头微微一转，伸出了自己的脸颊，"来一拳啊。"

博古怪地盯着他。他没法快速反应过来，而且他担心这是个陷阱。

"我不想那么做。"博说。

"硬汉"和 R.C. 现在在微笑。泰瑞卡也笑了。这是迪安德尔在示好了，这是他最高的街角礼仪了。

"来啊，"他说道，坚持着，"我把你他妈干到地上了。我觉得对不起你。你打我一拳。"

博耸耸肩，然后扭动身体，打出了一记右勾拳。他拳头重重地落在了迪安德尔的左脸上，让它往后甩了出去。博愣在了动作的惯性中，吓坏了，还在试图搞清楚会发生什么。

迪安德尔甚至都没有费心去摸摸自己的下巴。他大笑起来，过了一会儿，博也紧张地朝他微笑了起来。

"你他妈的。"迪安德尔对他说。

R.C. 和"硬汉"爆发出一阵狂野的大笑。泰瑞卡再次全身心沉浸在了爱河中。

"博，你这个可怜的黑鬼！"R.C. 吼道，弯下了身子。

博憨笑着，希望这次矛盾算是解决了。但迪安德尔又一次冷冷地盯上了他，笑声消失了。

"每次我看到你，"他保证，"你都要挨打，除非我拿回了我的钱。"

博似乎相信了。第二天他在娱乐中心找到迪安德尔，把他喊了出去。在文森特街小巷的边缘，他掏出了三十美元。

"这是我现在全部的钱了。"

迪安德尔收下了钱。

"这周晚些时候我还能有点。"

迪安德尔点点头。在这个世界里，三十块在手好过有两倍的欠款在外。除此之外，迪安德尔还推理，对于博这样的人，每天胖揍一顿的效果也就那样了，他因为是 C. M. B. 成员是有加分的。这就是分包给朋友的问题：当钱或者货被搞乱的时候，你能做出的反应是有限的，除非你真想对同自己厮混的人下重手。对于一个陌生人，做法可能不一样。

不仅如此，如今在迪安德尔·麦卡洛的脑子里，有一个小小的声音在呼吁他谨慎行事。他本不会听劝，但"男孩村"攫住了他的注意力。要是他想要在街头度过十六岁的夏天，那就得悠着点儿。费尔蒙特街上的那起涉毒指控让他共背了三起未决的案子。当然，偷车那起就是瞎扯淡，他们指控他的时候，他甚至都没在那辆车里。同样无法否认的是，第一起的可卡因案子正处在驳回的边缘，因为逮捕他的警官，一个名叫韦纳的白人警察，几个月前被杀了。但迪安德尔觉得自己必须要考虑一下整体形象。一个负责未成年犯罪的法官也许会审视整个备审案件表，判定他是一个正在酝酿的犯罪巨浪，然后狠狠地把他拍死在那桩费尔蒙特街案子下。

基于同样的理由，迪安德尔已经决定了要认真对待审前释放的条件。他每天都去上学，然后在三点半前回到上城他姑妈家的房子里。当然，费尔蒙特街还在那儿等着他呢。他让那个街角大敞着，那里还有利可图。但现在再来一起指控则会报废掉他的夏天。

被从"男孩村"释放后的三周以来，早上点名的时候，迪安德尔都在高中里。没错，他经常翘掉最后一节课去街上遛遛。没错，他只做最少量的课堂作业，完全不做家庭作业。没错，他对教学的参与就是把头靠在桌面上"挺尸"。尽管如此，连续三周出勤且上课对迪安德尔·麦卡洛来说也是很了不起的。萝丝·戴维斯赞叹不已，并告诉了他，再这样坚持几个月，他就能升到十年级。

晚上，他让泰瑞卡一有空就去他姑妈的房子。其他夜晚，他带着泰或者 R. C. 去埃廷街看电影和玩任天堂游戏机。除此之外，他被困在了室内，和比自己小的堂弟妹们待在一起，等着那份未成年犯罪听证会的通知，并好奇自己能不能最多连着两个月假装是一个改过自新的人。他总会回到街头的。

处理了博的事儿后，对迪安德尔来说只有另外一点儿未完成的工作了：他听说了关于泰瑞卡和泰的传言。结果是，泰想要追泰瑞卡。某天放学后一起搭黑车去埃廷街的路上，他向迪安德尔提起了这事儿。

他喜欢泰瑞卡，泰承认，但除非迪安德尔同意，否则他不会行动。"所以，你怎么想的?"他总结道。

迪安德尔耸了耸肩。他可以说不，但那可能不会阻止泰，尤其是当迪安德尔每晚都被困在埃廷街的时候。而且迪安德尔推断，要是他拒绝并被无视了，会显得很软弱。另一方面，这是对泰瑞卡的某种考验，看看这姑娘到底有多忠诚。

"要我说你就放手去追。"迪安德尔说。

泰点点头，他俩握手为定。

"但现在就追，"迪安德尔补充说，"因为夏天的时候我想要回她。那姑娘一直很挺我来着。我是说我有麻烦的时候她也挺我，我想要她回我身边来。"

泰点头同意。这很公平。

"他回来了。""肥仔"科特说道，杵着拐走开了。

"干，"平普说，"我甚至还没来得及感到寂寞呢。"

科特温柔地笑了起来，两个老友迈着步子走向了瓦因街街口。苍老又疲惫的斯卡里奥正等在那里，不断加剧的不适感挂在他脸上。

"你见到他了吗?"他问科特。

但没时间来回答这个问题。就在那一刻，那个男人自己就从列克星敦街开了过来，在方向盘后面做着鬼脸。看到这一幕的斯卡里奥精神垮了下去。

"该死，"他说道，躲到了科特和平普后面，"他们给他配车了。"

在费耶特街和门罗街上，没有比罗伯特·布朗警官更不受欢迎的人了。他结束了休假，又要对罪人们下手了，又要狠狠动用那些银晃晃的手铐了。他从西区监狱的那辆小货车驾驶座上引领着这个下午的闪电战。鲍勃·布朗和他带轮子的拘留所。

"今天周几啊？""包子"问道。

"今天周二。""蛋仔"达迪说。

"斑马日。""包子"态度决绝地说道。

其他人点头同意。斑马日是西巴尔的摩街角对任何有关缉毒执法事件的一揽子解释。如果某事儿里包含了手铐和警棍，并且你还被狠狠地揍了一顿，那它就和斑马日有关。

"他去哪儿？"

"去富尔顿，再绕过去。"

"啊，该死。鲍勃·布朗来了。"

这名巡警在下面的吉尔莫街上逮了个揽客仔，然后开车上到了列克星敦街，逆行绕过了富尔顿街的街角，逼近了"蜘蛛袋"那帮人。他在那儿抓了个望风仔，接着又下到了费耶特街，再开上山去到门罗街。这里，他从杂货店门口抓了个试图逃跑的白人男孩。又下到佩森街，再经列克星敦街到门罗街，在这里他抓了个替"吉钱帮"跑腿的。

"鲍勃·布朗跟这儿攒人头呢。"

"最好回屋里去。"

慢慢地，街角这帮人从门罗街上溜走了，穿过了费耶特街和瓦因街之间的背街小巷，溜过垃圾和烂家具组成的地雷阵，聚到瓦因街1825号的后面。他们没法避开萝伯塔·麦卡洛在厨房后窗上的身影。

尽管大部分人都避免眼神接触，有几个年长的人还是试图表现得与邻为善。

"早啊。""包子"说道，挥挥手。

而萝伯塔女士，不太确信地、简单地回了一个挥手。

吸毒点从布鲁家搬到毗邻麦卡洛家的那栋排屋毫不意外。自从琳达·泰勒染上"虫子"并在一月去世后，1825号的所有权就归她的女儿安妮了。已经因为一次涉毒指控而处于保释期间的安妮，每天所做的不过是早上醒来，寻求快感，一直到晚上倒下睡觉。

不要搞错：当安妮在冬末决定把自家房子向他们开放时，丽塔和她的病人们终于能喘上口气了。毕竟，布鲁的房子里没暖气和自来水，而且自从他被关起来后，瘾君子们已经把残存的所有家具和大部分窗户都洗劫一空了。安妮能够打开厨房烤箱来取暖，几乎整个一层都能感受到暖意。而当丽塔在厨房餐桌上操弄蜡烛和勺子的时候，前面的房间可以作为休息室，熟脸们挨挨挤挤地堆在一条L形组合沙发的残骸上。沙发的形态和猩红色调，让它看起来像是属于华美达酒店大堂的。

对于隔壁的麦卡洛一家来说，1825号的衰颓和堕落代表的不仅是永不止息的毒品交易造成的日常困扰。这样的苦恼因为瓦因街两头兜售毒品的团伙而早已让人习以为常了。对威廉·麦卡洛和萝伯塔女士来说，隔壁是一个吸毒点意味着他们可能会在凌晨三点闻着烟味醒来，同时意识到他们在瓦因街上的房子连同其他好几栋房子都已经燃起来了。麦卡洛一家能够看见来来往往的人，并想象着几十个成瘾者在隔壁那间破旧的木地板厨房里进进出出，丢弃火柴、碰倒蜡烛。如今的任何一个夜里，安妮家的那帮人都可能把半条街的人烧到无家可归。

当然，麦卡洛一家可以打电话报警，萝伯塔女士已经考虑过要这么做了。但话说回来，她见过警察一次又一次搜捕布鲁家，并用板子把那地儿封了起来，但不过是让瘾君子们又一次扯掉胶合板，东山再起而已。要是安妮和她的房客们发现是麦卡洛一家举报了他们呢？或者甚至只是误以为是他们干的呢？要是警察真来了，比起能帮到的忙，可能会带来更多的麻烦。不，什么都做不了，除了透过厨房窗户沉郁地注视，不抱希望地期望安妮能振作起来，让这帮小丑们离开。

今天，在1825号里，熟脸们在烤箱门口取暖，同时等着鲍勃·布朗完成他的配额。"包子"、"肥仔"科特、"蛋仔"达迪、丹尼斯、丽塔、沙登、乔伊斯和查琳·马克，还有路上头的昌西、平普和斯卡里奥——所有人都瘫懒在一层，等布朗先生离开。

"他会回瓦因街的。"斯卡里奥说道，从前面百叶窗的缝隙里窥视着。

安妮朝他走过去，紧张地呢喃，"你应该从窗户那儿走开，"她警告，"他会看见你偷窥的。"

"他看得见个鬼。"斯卡里奥说，盯着那辆车消失在了瓦因街的东头。他走向大门，打开一条缝，刚够看见鲍勃·布朗的监狱小货车往北转上了富尔顿街。回去西区了吧。满载而归去拘留所了。

"去他妈的鲍勃·布朗。"查琳·马克说道。

"他太邪恶了。""包子"同意。

斯卡里奥走到外面，谨慎地徘徊了一分钟，然后开始往门罗街走去。街区上，"蜘蛛袋"的那帮人正试着恢复营业，贩子们似乎对于损失了望风仔这事儿毫不在意。平普和"包子"从后门溜了出去，一会儿之后带着新闻回来了。

"'死刑犯'在发样品。"

瞬息之间，这栋房子就空无一个瘾君子了。除了丽塔，她留在了厨房里，用一支针头戳着自己左臂上的生肉。两分钟后，五六个人回来了，他们跟跄着穿过后门，因为奔跑而上气不接下气。

"你们挺快嘛。"丽塔说道。

"包子"嘲弄地哼了一声。他们甚至还没有穿过富尔顿街，鲍勃·布朗就开上列克星敦街了。还不只是那辆车，布朗先生后面还跟着一辆坐着两人的车。那个女警察杰内雷特，还有新来的白人男孩，留平头的那个。

"他们看见黑鬼就抓。"安妮哀叹。

"斑马日啊。""蛋仔"达迪说道。

这是这些街角上一种饱经风霜的说法，可以追溯到1970年代晚期。当时警察局的某个战术专家觉得可以通过在东西巴尔的摩之间轮换执法，以每周两次的频率荡清街角，从而赢下毒品战争。周一和周三是东边，周二和周四是西边，周五休息，这样警察们可以提前过周末——这就是斑马时间表。在一周的其他日子里，西巴尔的摩的常客们也许会撞见常规的执法人员；但在周二和周四，所有的概率都行不通了，任何事儿都可能发生。突袭的、巡警、开货车来的、便衣——警察局每个有空的人似乎都来突袭街角了。在斑马日，原本会被巡警无视的常规敌视目光会换回西区的囚禁室，不过是一句常规辱骂则经常导致一顿狠狠的捶打。在西巴尔的摩的周二和周四，宪法和权利法案几乎毫无意义。在斑马日，也没有所谓的正当理由，任何警察都可以借着斑马日法则，把手伸进你的口袋。

当然，这一切都是传说。随着时间流逝，街角也已经发展壮大，斑马日曾经的辉煌已经变成了一丝残存的记忆，巴尔的摩警察局已经转向了新的战术和新的口号。如今街角常客们引用斑马日这一巫毒咒语的频率要远高于任何时候的警方了，甚至是十三四岁的人——出生在最早的斑马日之后的人——也都还在引用这个说法来解释这些天里发生的任何事儿。比如今天就是这样，三月的一个周二，鲍勃·布朗开着监狱小货车收割着街角，把闷闷不乐的牛群赶来赶去，仿佛自己是一个得克萨斯的牛仔。

今天一定是斑马日。

从安妮家前门窥出去，"蛋仔"达迪花了几分钟看着瓦因街上面的街口，确认了小货车是从门罗街上转过来的，是从这条窄街柔缓的坡道上开下来的。瓦因街现在空无一人——鲍勃·布朗成功地把人群暂时赶回了室内——但他还在暴走。

"他真是又恶毒（mean）又可怜（miserable），就是个混蛋（motherfucker），"查琳·马克压上了头韵①，"总有一天，有人会搞他的。"

四周都传来了赞同的哼哼声。

"有人会给丫屁股上来上一枪的。""蛋仔"说。

有人，有一天。在费耶特街上，他们已经这么谈论鲍勃·布朗谈了有二十年了，整整二十年，谈着一个似乎永远都不会实现的愿望。在警察局的其他人早已经把费耶特街一带拱手让给毒品交易后，鲍勃·布朗显然还没有认输。在这个由八个街区组成的社区里，每个瘾君子都在盼着他去死，但鲍勃·布朗还坚守在这里。这既悲伤又好笑，但在某个程度上又真的高尚：鲍勃·布朗，迈步走着或者开着那辆车，试图放牧一群鸽子，试图用耙子把池塘舀干，试图在大风天把落叶堆成一堆。

一方面，他们为此厌恨他。厌恨鲍勃·布朗是社区里每个瘾君子的义务。但同时，这些流连街角的灵魂也允许自己对布朗先生及他的行为保有着含怨的敬佩。无论如何，这个男人是有始有终的，在这个越来越难以衡量何为道德的地方，他是一个道德的典范。他也许残忍，但至少他残忍得一以贯之，只在有法可依的时候才会诉诸暴力。当鲍勃·布朗转过街角抵达这里，每个人的概率都是完全一样的。要是他说滚，那你要么滚，要么进监狱。如果他想要搜查你的口袋，你就把双手放到酒水专卖店的外墙上让他搜，因为逃开鲍勃·布朗没有

---

① 指 mean，miserable，motherfucker 三个单词的第一个音押韵。

意义。如果你今天逃跑了，明天也不得不回到同一个街角上来。之后，就好像夜晚会跟着白天降临，清算也会来的。要是鲍勃·布朗一边踢着你的屁股，一边决定称呼你是个屎都不如的垃圾，那你——至少在那一刻——就是个屎都不如的垃圾。在街头，不能和这个男人争论。

即使那些想要鲍勃·布朗死的人也不得不承认，他不是种族主义者。啊，没错，布朗先生又胖又白又恶心，而且每隔一段时间，当他某天确实被惹到暴怒，也许甚至会脱口骂出一句种族主义脏话。但费耶特街的常客们已经和鲍勃·布朗共存多年了，他们都见过他逮住那些从猪镇溜到北边来、冒险穿越巴尔的摩街想要找到一点好货的白人男孩。他那时也会毫不保留地施加惩罚。在他们心中，知道这和种族无关，这比肤色要深刻得多。

鲍勃·布朗讨厌所有人，他们很快都会这么向你保证。不久之后，他们再想想，会意识到甚至像布朗先生这样一个恶毒又可怜的警察也无法积攒起足够的恨来针对所有人。鲍勃·布朗不会叨扰圣马丁街上的女士们，也不打扰萝伯塔女士或者伯莎女士，或者那些早上等在公交站要去上班的人。不，如果他们被逼问，他们也不得不承认鲍勃·布朗并非那么不可理喻。

"他就是盯死了毒品。"加里·麦卡洛说道，从安妮家门前台阶上注视着鲍勃·布朗和他满载的汽车开过街角，转上了列克星敦街。

"那就是了，"托尼·布瓦斯赞同，"他一点儿都不喜欢瘾君子。"

在这些街角上，他们告诉自己这超出了警察的工作职责，告诉自己是因为鲍勃·布朗遇到了什么事儿，或者也许是他家里的某人遇上了事儿。他的第一个老婆染上了毒瘾，被她的毒贩出卖了，有人这么说。不是他老婆啦，别人争辩道，是他妹妹，1970年代的时候吸毒过量了。具体的细节从来都没有搞清楚过，匮乏的事实让这些真实性本就可疑的故事在每一次讲述中都变得更加夸张：鲍勃·布朗是在为逝去的爱人们和被毒品戕害的亲人们哀悼，发誓要让费耶特街上世世代代的瘾君子为某个秘密而痛苦的家族付出代价。在街角上，只有这种最糟糕的情况能解释鲍勃·布朗"圣战"中的永恒愤怒。

其他警察不一样，某些人被骂得更厉害，但终归是不一样。大部分警察甚至不再假装要在永不止息的毒品交易前坚守或者夺回自己的岗位了。他们中最好的一拨人满足于收割街角，以达成街头逮捕的份额，对违法行为的一次小小取样和它的随机性一样，总被证明是毫无意义的执法行动。他们中最坏的一拨人则已经在毒品战争对其精神的围困中迷失了自己，用街角给予他们的同样敌意去回馈街角。费耶特街对他们来说就是一个需要《圣经·旧约》式正义的地方：以眼还眼，轻微的冒犯换来手铐和灌铅警棍，任何稍强一点的招惹则是束缚衣伺候。费耶特街上的新一代警察——斗牛犬和希尔兹，花生头和科林斯——对他们作战的人行道没有感情，对也许应该被用来评判当下的共同过去也没有感觉。无论被如何辱骂，鲍勃·布朗还是扛起了感情和历史的重担。

所以，鲍勃·布朗是每个警官口中和社区联盟所宣称的，对他们街道上的问题的解答。他是彻底的老派"硬汉"警察，带着那种走家串户的执法风格。让警察们离开警车，试试最新的理论，让他们重回社区。让他们去逛逛自己的辖区，就会和民众重建联系，了解社区，防止犯罪。以社区为核心的警察工作已经成了1990年代执法部门的口号。休斯敦、纽约、华盛顿、底特律——人人都在怀念步行巡逻和草根式的警察工作，或者随便他妈的任何让1950年代的街头保持平安的方法。那就像是鲍勃·布朗一样对自己工作知根知底，那就像是他能挨个背出大部分罪犯的名字和事迹一样，那就是像他一样在同一个地方斗争二十年——所有这一切似乎都是那些执法机构里有远见的人正在大力推广的教科书式范本。而鲍勃·布朗已经在街头了。无论他们有何种意志、渴望和知识，他们也已经在巴尔的摩这样的硬核区域里输掉了战斗。这一点不知为何，却不在讨论范围内。

尽管他们已经输了，但在费耶特街上，鲍勃·布朗一直在顽强作战：清空街角，赶走瘾君子，追逐毒贩，每年逮捕数百人。然而他还是只能无助地看着小瓶子和玻璃纸袋里盛放的腐坏之疾从公租房蔓延上坡，再下到西边的高速，将作为他职业生涯起点的工人阶级社区戕害成了一个个露天毒品市场和摇摇欲坠的吸毒点。他亲历了一代代年轻姑娘生下孩子，看着那些孩子有了名字和外号，看他们从裹着尿布到长大。他在那里看着那些孩子开始去街角玩弄注射器，开始了他们无法避免的堕落，从学校操场和球场上流失。和很多年轻一点的警察不同，鲍勃·布朗在很多瘾君子尚未开始追逐快感之前，在很多毒贩还没去街角兜售第一包被脚踩过的皱巴巴的毒品之前，就认识他们了。比起任何一个在富兰克林广场一带工作的警察，他更能够把人名、面孔、家族同灾难的历史联系起来。而如今，伴随着社区陷入混乱，他也目睹了海洛因和可卡因的大潮席卷上山，抵达费耶特街，并继续往南跨过了巴尔的摩街，冲下了猪镇和卡罗尔公园。

在下面，那些山里佬也没有任何区别。那里有全是白人甚至某些种族融合的团伙沿着整条麦克亨利街售卖可卡因，而拉姆齐和斯特里克街则是海洛因的地盘。西巴尔的摩的腐坏是不曾松懈的，是史诗级的。对于抵抗这一切的警察来说，你要么需要如同圣战者一样抱有不切实际的愤怒，要么能足够清醒地让自己从这个无所不在的噩梦里抽离，扛起自己的那份使命，办完一些案子，然后抓紧那笔二十年的退休金。

鲍勃·布朗的悲伤之美在于，他没有显示出丝毫的清醒。他无视任何证据，依然在打着圣战，依然在守护一个社区，而此刻这个社区的威胁已经是社区本身了。对于布朗先生来说，他从西区警局的点名间走向巡逻车的任何一天都面对着同样的问题：当费耶特街上有超过一半，也许是百分之八十的，年纪在十五岁到三十岁之间的人，都在某种程度上涉嫌使用或者售卖海洛因和可卡因时，你怎么才能让警察的工作有意义呢？毫无疑问，富兰克林广场这一代还有正直的公民，还有会拨打911或者685 - DRUG举报贩毒的老年人，还有让鲍勃·布朗进到自己家里以便透过窗帘窥视观察毒贩们在巷子里售毒的妇女。但每出现一个这种还在斗争的灵魂，就会有两到三个其他人又流落到了街角上。

但他坚持着。比如今天，他又开着那辆监狱小货车转过那些街角，从生生不息的群体里揪出几个填满车厢——除了一个人外，其他都是因为轻罪被关起来的，要么被指控不遵守法规，要么是目无法纪，要么是在市政规定的无毒品区域乱扔垃圾（机灵的人们和揽客仔们都戏称这种区域是"毒品免费"① 区）。倒霉的几人中的最后一个是因为手上的一把小瓶子而被抓的。但没关系，这些人会消失一晚上，或者一周，最多一个月。而随着鲍勃·布朗终于疲于了追逐，把车往北开上了富尔顿街，朝着区拘留所开去后，各个街角又都活了过来。

"开张啦。""饿仔"说道，溜出了安妮家。

费耶特街和瓦因街上的团伙小心翼翼地汇成一摊，一只眼盯着生意，一只眼望着远处的各个街角，还在担心看到开车的布朗先生再次过来。回到安妮家，丽塔在一张椅背坏掉的厨房椅子上歇了一会儿，同时安妮从前面的窗户往外窥视着，她总是在担心，认为他们要抓的是自己。她担心她和她的房子，担心他们都在外面——鲍勃·布朗和斗牛犬，还有科林斯和希尔兹——好奇布鲁家出来的熟脸们都去哪儿了，好奇他们接下来得踢开哪扇门才能找到针头的圣殿。

"我已经在保释中了。"她悲哀地说道。

她自怨自艾着。其他人虽然陪着她，但除了注射海洛因、可卡因

---

① drug-free zone 的双关。

和保持温暖，其他什么都不想。他们找到了一个家，并且清楚只要安妮分到属于她的那份儿，他们就可以在这个温暖且有自来水的房间里吸毒睡觉。要是足够幸运，他们可以在安妮家待到三月寒风让位给四月以及真正的春天。按照吸毒点的生活标准，这些从布鲁家流出的常客们确实非常幸运了。

这个情况持续了大概一周多，然后一帮新的纽约客在列克星敦街和富尔顿街的街角上开张了，开始卖某种黑盖儿的可卡因，那可是绝对棒的玩意儿。没过多久，早上领样品的队伍就一直排过了瓦因街尽头的空地。巷子里也都挤满了买卖毒品的人流。安妮家这个避难所突然就成了一切行为的中心，警察似乎也每天都在瓦因街上抓人。毫无疑问，不久之后就会有从麦克亨利街上来的某个白人男孩因为在空地上买黑盖儿货而被警察盯上。这个男孩会在斗牛犬追他的时候犯错狂奔。更糟糕的是，他会昏了头，跑过小巷子来到安妮家的厨房门口。

"别进来，笨蛋。"沙登吼道。

但太晚了。斗牛犬就紧跟在这孩子后面，几秒后就踢开了那扇扭曲的木门，带着增援冲过了走廊。他在前面的房间里抓住了那个白人男孩，把他推到了剥落的石膏墙上，还给了他两拳。手铐掏了出来，白人男孩呻吟着、哀求着，斗牛犬告诉他闭上他妈的嘴巴。

其他警察让每个人都靠墙站好，等着，在这场算是无搜查令的突袭中，房间陷入了古怪的安静。厨房餐桌上摆着丽塔的蜡烛，一塑料盒的脏水，还有几支注射器。散布在房间各处的则是费耶特街熟脸里的谁谁谁。而当剩下的居民被命令从二楼下来后，这就是个名副其实的大型集会了。

"看看这些垃圾。"一个年轻警察说道。

靠着那张猩红色的沙发，安妮闭上了双眼，等着不会流下来的眼泪。她失去了自己的房子，她想道。他们会带着市政施工卡车过来，用板子把门窗封上。她会流落街头和其他人混在一起。她甚至会被指控，而那意味着她的刑期会再多几年，因为她已经从一个高级戒毒项目上跑掉了，违反了最近那次保释的条款。

但是，出乎意料的是，在斗牛犬把那个白人男孩拖出前门后，其他巡警跟着他走了，任由这群瘾君子站在原地，吸毒点也毫发无损。

"他们会回来吗?""饿仔"问道。

在那个白人男孩被拖进警车的过程中，安妮一直透过前面的百叶窗注视着。最后，她耸了耸肩。

"不知道。"

"那就去他妈的。"

警察们撞进一处吸毒点又离开了，派对继续。这真是精彩一刻，是对费耶特街上任何一个还相信有针对毒品的城市战争的人一记当头棒喝。但安妮家没有人知道要如何去看待这一刻，直到一周后再次发生了同样的事儿。导致第二次的原因是"包子"，他整整一个月都在疯狂地奔波和吸食，追着那些黑盖儿货跑，一个接一个地吸到嗨。他们都全力地追逐着这款可卡因——科特、"包子"、丹尼斯、丽塔，整个这帮人——这是某种庆祝冬天结束的仪式。他们熬过了艰苦的月份，现在，空气中飘荡着一种轻松时光的气息，暗示着他们在布鲁家空荡荡的冰冷地板上熬过了那么多个十二度早上后应得的奖赏。但"包子"一天二十四小时、一周七天都在吸食那款强效的可卡因，甚至不会花点时间爬进他妈妈的地下室睡上一两个早上。当他真要眯一会儿的时候，就是在安妮家的沙发上，或者去楼上某个乱糟糟的卧室里。他们都是战士，但"包子"已经成了战士中的战士。

因此等他终于倒下的时候，没人太过在意。他待在前面的房间里，在沙发上蜷成一团，冬天的外套铺在身下，呼吸呼哧地发出响声。他辗转反侧了几个小时，然后开始半梦半醒地呢喃，斥责没有名字也看不见的敌人滚开，让他一个人他妈的待着。然后他的呼吸变得更不稳定了。安妮坐在房间另一个角落的椅子上紧张地看着自己的朋友把嘴大张了一会儿，双眼已经翻到脑子里去。

"'包子'，快醒来。"

"不不不不。"

"'包子'……'包子'有点不对劲。"

他们让某人去麦卡洛家的房子里拨打 911，然后打开前门，花了十分钟等救护车。其间安妮轻抚着"包子"的手，揉着他的头，告诉他救护车在来的路上了。但急救人员无法让他稳定下来，他们没法让这具四十六岁但看起来要老上两倍的身体保持住一个稳定的脉搏。他们给他注射了利多卡因①和类固醇，以及任何他们车上有的东西，但似乎没有什么能把他从深渊里拉回来。两三个警察过来查看急救的时候，又对房子来了次搜查，厌恶地摇着头。闻到了丽塔腐坏双臂的臭味，其中一个年轻的巡警真就命令她去到浴室里，用他的警棍捅着她走过了走廊，仿佛她就是病毒本身。

"他服用了什么?"其中一个急救人员问道。

"哈?"

"他吸食了什么毒品?"

只有沉默。

"我需要知道他吸了什么。如果你们关心这家伙的话，告诉我。"

"可卡因，"安妮说道，"可卡因和海洛因都吸了。"

有一两次，"包子"似乎发出了一声叹息，或者也许只是他那正在空掉的肺部中有一股空气爆发了出来。当救护车开离瓦因街的时候，他的双眼都已经呆滞不动了。

葬礼安排在周六，地点在莫顿殡仪馆。因为是"包子"的葬礼，费耶特街上的很多瘾君子都发声说要参加，即使不去参加仪式过程，也至少要去悼念悼念。

————————————

① Lidocaine，一种局部麻醉剂。

"包子"是这些街角的原住民之一，是罕有群体中的一人。因为坚持得够久，他让吸食毒品看起来像是一份职业了。他享有如此特殊的地位，因此关于他死亡的谣言在费耶特街上来回流传，每一种都想要为这次死亡赋予比它应有意义更多的内容，但终究都是无果的尝试。有人听说他被某个"纽约男孩"打了一枪，因为后者误以为是他偷走了自己的存货。也有人在聊他一直注射的那种瓷器白（China White），这是去年一周内就杀死了十几个人的合成吗啡替代物。还有的人在悄声传说"包子"的朋友们——像是"肥仔"科特和"蛋仔"达迪这样的一辈子的伙伴们——在无法把他救回来的时候慌了，直接就把尸体抛在了安妮家房子后面的小巷子里。最后，唯一包含了些许真相的传言是永远都伴随着死在针头之下的人的那个：当费耶特街上的瘾君子们听说"包子"是死于一剂可卡因后，他们所有人，很自然地，都想知道是谁在售卖那款货。"包子"已经走了，他们分析着，那当然很遗憾。但那并不意味着我们剩下的人不知道如何去应对杀死他的那款优质可卡因。来吧，那该死的东西。

　　在安妮家，在最熟悉"包子"的人之中，有种真心诚意的哀悼，这和致任何守法良民的哀悼别无二致。"包子"属于那个早一点的时代，当时街角生活有自己的规则，那时候任何一个稍有自尊的瘾君子都有必须要考虑的标准。"包子"已经在费耶特街和门罗街一带混了二十年，在任何人的记忆里，他都没有背叛过朋友，或者诉诸过暴力，或者除自己之外故意伤害过任何人。所以"蛋仔"达迪承诺自己会出席葬礼，还有加里·麦卡洛和安妮。她在听到医院传回的消息，说"包子"没能撑过去，说他其实是死在了她的沙发上后，哭了一整夜。还有"肥仔"科特，他当然想去布朗殡仪馆守夜，尽管自从那辆救护车开走后，他一直没法让自己哪怕只是谈起自己的朋友。关于"包子"，他们都告诉自己，他们一定会花一天离开自己的这一套，去致以应有的敬意。

但在葬礼当天的清晨五点，厚重干燥的雪花降临在整个巴尔的摩。到了八点，地上已经积起了一英尺厚的新雪。暴风雪没有透出一丝要停下来的迹象。在这一天，这场意外的降雪——当年唯一的一场大暴风雪——改变了费耶特街和巴尔的摩所有街道的街角，盖住了垃圾和被遗弃的家具，把惯常的破旧排屋、街角商店和空地景象变得统一而崭新。这天早上，领样品的队伍没能排起来，毒品来晚了。甚至连警车都没有上路，要等着市政的铲车先开始工作。

安妮家里的常客们想着既然仪式取消了，或者哪怕没有取消，他们也推断自己绝无可能在这样的天气里走到高速路以北的十个街区外去。更真实的是，他们看着窗外，想的是有暴风雪让警车慢到如同爬行，是可以借此赚钱的一天。

因此，街角把自己的死者抛给了一所空荡荡的殡仪馆，"包子"科比特身穿礼拜日的条纹西装，在他的母亲和一只手就数得过来的亲戚面前躺着。牧师宣称自己是一个正在康复的成瘾者，没有提供廉价的说教陈词。他直白地剖析了这场悲剧，苦涩地回忆着被荒掷的年华和浪费的生命。倾听他悼词的家庭早已熟悉了这个故事，而那个没在听的家庭——"包子"真正与之共度了人生的那群奇怪且涉及范围颇大的人——正从瓦因街的大雪里跋涉而过，搞着生意。只有乔·兰尼安静地坐在后排，在最后一刻来说再见。乔已经同"肥仔"科特、"包子"以及其他人在街角上共度了很多年，最后终于振作起来离开了。他满怀哀悼走到了"包子"的母亲跟前。

"他曾是个很好的朋友。"他告诉她说。

两天后，春天再回大地，街道被盖在了黯淡的灰色烂泥之下，而安妮家依然还是吸毒点。随着救护车离开后，警察还没有再回来过。对某些常客来说，他们终于开始意识到这和是哪栋房子没关系，警方其实毫不在意。在街角上，"蛋仔"达迪在替金星帮揽客，"饿仔"也是。"肥仔"科特在街对面的杂货店门口，他的双眼发黄，身体弯向温暖的轻风。他站在那儿，一动不动，脸上挂着一副仿佛望向一千码以外的空茫目光，一只胖手攥着一份殡仪馆的小册子。这是乔·兰尼给他的纪念品，封面上写着"深切悼念罗伯特·E.科比特"。照片是一张标准高中毕业照："包子"，大约是在1965年，身穿一件深色的运动装，打一条窄窄的领带，深棕色的双眼悲伤地凝视着。

科特把小册子放进口袋。但过了一会儿，他又把它掏了出来，看着那张照片。这一次，轮到"包子"了。他之前是个坏小子，后来也曾让自己振作过，还鼓起勇气去过那些匿名戒毒会谈论上"虫子"的事儿。他是第一个像那样谈论这事儿的人。还有乔·兰尼，如今过上了新生活，所以科特只有在他开着那辆小车路过，去大学上课的时候才会见到他。还有豪斯和桑尼·迈斯，他们俩都还不错，说着那套匿名戒毒者的"十二步康复法"的玩意儿。很快就会轮到丹尼斯了，他自家兄弟正一点点死去。随着那种病毒侵入膏肓，他依然还在这些街角上蹒跚前行。而这个胖子，比以前更寂寞了。

"嗨，科特，"罗宾问道，"那是谁？"

科特又看了看那张老照片。

"'包子'。"

"干。哪个'包子'？"

"就是那天那个。"

他还攥着葬礼小册子，还透过那双患有黄疸病的眼睛盯着那张古老的肖像。而此刻正是鲍勃·布朗本人转过了街角。布朗先生正在狩猎。

因为分了心，这一次科特要比平时慢。他堪堪把自己的拐杖杵到地上，刚迈出了一步，巡警就已经赶上他了。鲍勃·布朗直盯盯地看着科特，然后看向了他肿胀手中的那份小册子。他不发一言地走过这个衰老的揽客仔，而把注意力集中到了游荡在公用电话旁边的那群少年。

"街角是我的，"他对他们说，"滚开。"

科特擦了擦眼睛，装好了小册子。他慢慢地迈开了步子，但并没有目的。少年们已经走到了门罗街上，把长年都在费耶特街上的两名老兵独自留在了街角上。

"嘿。"鲍勃·布朗哼了一声。

然后他再一次走过了"肥仔"科特。

这种纸袋不是为毒品存在的。相比那种把它视作警方实用主义优秀例子的说法，纸袋灾难的成因其实要更复杂。

这种纸袋的起源模糊不清，但到了1960年代早期，这个了不起的发明已经是美国所有大型城市贫民窟外交手段的必需品了。出于善意，从那时候开始，几乎每个州和城市议会都颁布了法令，禁止在公共场合饮用酒精饮料。这些看似善意的法令，被宣称是在试图防止醉鬼和混混们聚集在街头、公园和人行道，是禁止对人类堕落行为进行不得体展示的现成武器。而这些法令中的目标在美国小镇里，或者草坪修剪整齐的郊区得以实现，其实并无意义。当然，这也包括任何大型城市的核心区域。而在这里，在最贫穷社区的街角上，人们依然会围着20/20①、雷鸟牌②或者米基牌麦芽酒③过日子，不管有没有禁止公开饮酒的法律。街角远在成为露天毒品市场之前，就已经是聚会场所和俱乐部了。那些在此处消磨时间的人是负担不起酒吧里酒水价格的，但他们无论如何都情愿选择街角的氛围，而不愿在家独自喝闷酒，尤其当家不过是一个位于某栋无电梯公寓楼三楼的地方，其中还

---

① 全称是 MD 20/20，Mad Dog 20/20，一种美国常见的廉价酒精饮料，通常是风味强化的葡萄酒或者水果酒，加入了糖、人工香精和人工色素，酒精度在13%—20%之间。
② T-Bird，也是一款常见的廉价风味强化酒。
③ Mickey's，一款麦芽酒。

有三个不停尖叫的小孩和一个你甚至没喝酒时都讨厌你的女人。不，人们总是选择街角。

对被派驻到这些贫民窟辖区的警察来说，禁止公开饮酒的法律导致了一个两难的问题：你可以试着执行法律，但这样一来你将永远没有时间去做任何别的工作；或者你可以视而不见，这样一来你就让自己暴露在了那些觉得要是警察忽视了一桩违法行为，那他多半会对其他好几桩罪行都毫不关心的人的各式鄙夷中。

随着第一个酒鬼把第一瓶接骨木果酒塞进了第一个纸袋，这是个多么天才的静谧时刻啊，这个结果就无需讨论了。纸袋允许混混们保留了自己的东西，就好像它允许那个疲倦的警察保有少量尊重一样。时间流逝，纸袋被上升成了标志：喝酒的时候不套个袋子就是对巡警的侮辱，有被捕的风险，就好像违反了心照不宣的协议一样。而正是这个协议让警察得以忽视袋子，还能让任何享用袋中之物的人感到谦卑。在某个方面，纸袋为警方和街角人群带来了某种联结。实际上，仅凭偶尔一瓶酒的代价，混混们经常可以被信赖，提供某些更重要事情的信息。而且，这个袋子让政府得以优先分配资源，忽视都市生活中无法避免的小恶，而去专注核心问题。这曾是任何一个配得上自己那份退休金的警察都明白的真理——如果你管理的是一座阿曼门诺派（Amish）的小镇，那里最糟糕的罪行不过是在人行道上随地吐痰，那你大可以执行那条法律。但要是你管理的是巴尔的摩或者类似的城市，最糟糕的罪行则是谋杀、强奸、持械抢劫和暴力伤害，那就别浪费自己的时间、人力和金钱去把那些满口酒气的醉鬼塞进警车了。

但在针对毒品的战争中，没有东西是类似纸袋的存在。毒品街角上也不会有任何平衡。在毒品亚文化和那些对其执法的人之间没有任何和解的可能，在对罪行和恶习的审视中也没有所谓的两害相较。没有纸袋一样的东西，那么敌意以及归根结底的暴力就是警察和执法对象之间仅有的可能了。因为等到战争全面爆发时，此间就没有外交手段或者分寸的意义了。必须承认，把纸袋作为解决方式不会降低毒瘾的力量，或者窃取其中任何利润，或者把每个导致生命丧失的灾难仅归罪到成瘾药物身上。在任何意义上，它都不是针对毒品泛滥的解药。但这样一个想法里依然有着无价的教训，在疲倦警方的情感里也是有价值的，能把巡警连同他们的猎物都救离他们最糟糕的行为。毫无疑问，某种针对毒品的战争在政治上是不可避免的，就好像阻挠人类欲望的战争的失败是不可避免一样。但我们也许已经拯救自己免于毒品战争带来的精神代价，让一个底层阶级彻底背离自己的政府。我们避免了同一个无情经济引擎交媾以及最终由此生出了一种无法无天的哲学，其中包含了仇恨和绝望能生产一切丑陋和愤怒。避免这一切的前提是我们拥抱了纸袋代表的共识。

随着吸毒成瘾的人数增加，我们能看出街角酒鬼和瘾君子之间没有联系。前一类被认为是无害的、自我毁灭型的，而后一类则被认为是誓要消灭的敌人。那些追逐海洛因的人是真正危险的，这一观点无需质疑。全国第一波毒品泛滥推升了1960年代末和1970年代初的犯罪数据。但这一说法的另一面——很多追逐海洛因快感的人比起街角酒鬼们，对社会的威胁更大——既没有被考虑过，也没有被讨论过。即使今天，随着可卡因加入了进来，街角很大程度上成了一群疲倦玩家的归处。他们局限在毒品文化的范围内，挣扎追寻他们的机会。揽客仔、帮人注射毒品的"专家"、医生、贩子、偷存货的、从未抢过市民只针对毒贩的抢劫犯、收废铁的、从商店里顺几块钱或者闯进车里的小偷、仅仅有政府福利救济金可花的瘾君子，要是把他们都清出来，剩下来的捕食者和有着反社会人格的角色①，在任意一个毒品街角上，也许只占总人数的百分之五。

比起去针对那些真正的危险，比起专注在谋杀、枪击、持械抢劫

---

① 指犯下重罪的罪犯。

和入室盗窃上，我们反而纵容把全部愤怒发泄到毒品之上。比起接受吸毒是个人选择，比起为街角日益增加的成瘾人数寻找纸袋式的解决方式，我们试图施行大规模的抓捕。在企图从法律或者道德上分清街角受害者加害者的悲惨失败中，我们遗失的是任何改变毒品文化本身的机会，再无法去改善追逐毒品之人的行为，无法从街角的思想里剔除最糟糕的暴力行为，也再不能把那些曾经也许愿意听听有关社区、治疗和救赎想法的人拉回来。

但是，我们相信了某些灾难性的假设，允许自己持有一种天真的真诚。即使到了现在，我们依然认为战斗可以被限制在海洛因和可卡因上，限制在一群各自为战的违法者身上。老派说法"毒品贩子"（drug pusher）由此浮现了出来，但冲突早已酝酿成了针对底层阶级本身的战争。我们把信任寄托在了道德的高地上，认为对毒品说"不"就可以了啊。

我们否定了他们，殊不知应该做的是对费耶特街上的他们表示赞同。我们是在一个社会和经济的真空中发起了针对毒品的战争，直到无望和愤怒已让我们城市里那群被损害的人要去和人类欲望及金钱利益作战。而面对这些，从未有人开发出任何一种有效的武器系统。

在毒品入侵三十年后，巴尔的摩这类城市中的反毒战争已经成了最荒谬的噩梦，成了一场除了让希望毒品交易被打击和摧毁的公众息怒外，别无他用，只有统计学意义的文字游戏。但打击之举全面溃败，当然，代价则是花费了真能完成这了不起壮举而需要耗费的一切。在马里兰州，这样的认知失调翻译过来就是，一个能勉强容纳两万多张床位的州监狱系统，需要面对的是违反巴尔的摩和二十三个其他县刑法典任意法条而被判入狱的囚犯。仅在巴尔的摩一地，每年就有一万五千到两万起涉毒逮捕。而在整个马里兰州的司法系统里，每年有超过三万五千人因为销售或者持有毒品而被指控。

你说应该多修点监狱？多修多少呢？五座？十座？请注意，在把人们关起来这件事儿上马里兰州可一点没偷懒。在入狱比例上，这个州位列全国第十。只需把现有的监狱空间翻倍就能让州政府破产，而即使这样还是没有足够的空间来安置巴尔的摩预估的五万名海洛因和可卡因吸食者，更不用说马里兰州其他地方的罪犯。这无疑会让那些恰巧被判了谋杀、强奸或者持械抢劫的重案犯无处可去。除此之外，修建一座监狱不过只是序曲，接下来不可避免的是要为监狱雇佣工作人员，供囚犯们穿衣吃饭，坚持安保标准，运营一个符合美国最高法院要求、必须对标监狱外健康护理的社区标准的医疗项目，从而造成财政枯竭。不久之后，你为关押一个人支付的钱就会多过把他送进哈佛大学的开销了。

建更多的监狱是一个冲动的答案，是太多二流政治家和脱口秀主持人脱口而出的反应。这就是布什政府早在 1989 年就告诉州政府的方法，也是联邦政府自己在不断升级的毒品战争中所做的。以身作则，美国监狱管理局（U. S. Bureau of Prisons）已经在十年里将监狱容量翻了一番，努力想要赶上以创纪录速率增加的联邦囚犯人数。这是所有犯罪法案汇编中纳入的强制性判决和限制保释决定的逻辑后果。

然而即使有超过十万人处于联邦监禁中，联邦囚犯数量也仅占监禁总数的十分之一。州监狱和州预算负责剩下的。在毒品战争以及执法系统的各个方面，联邦法庭处理的都仅仅是冰山一角——重犯要犯、大案重案以及那些刚好发生在联邦司法辖区的罪行。此处的摩擦在于：美国政府很乐意继续修建监狱，一直修建到下个千年，因为他们不需要真金白银来做这事儿。和其他处于联邦预算中的东西一样，修建和运营监狱仅需要增加联邦赤字即可。与此同时，州政府肩负了超过百分之九十的监禁工作，而显然，他们必须花出去真金白银并平衡预算。

那西巴尔的摩这样的地方都发生了什么呢？所有那些被塞进了警

车的人有何下场呢？警察执法耗费的所有人力、时间，所有用来支付法庭出庭津贴和加班费的美元，法庭工作人员、审前调查员、公共律师和公诉人的工作都有什么作用呢？

没太大用。在典型的一年里，巴尔的摩警察局和相关联邦机构监禁的人数占城市人口的比例高过除了亚特兰大的其他任何大型城市。巴尔的摩因涉毒而被捕的人数比例几乎是洛杉矶或者费城的三倍，比底特律和纽约的两倍还多。警方一年的工作通常会造成总计一万八千或者一万九千起因贩毒或者持有毒品的逮捕。

然而同样典型的还有，那些涉毒的被告中，只有不到一千人会被判处监禁在州监狱。这部分人里，只有不到一半的人会被判监禁超过一年。这座城市剩下的涉毒案件的结果是被告获得保释或者案件遭到驳回。简而言之，对那些被捕的人中的绝大部分，监禁的威胁基本被限制为在监狱里待上一两晚，直到保释听证，或者在极少数情况下，在被判支付保释金而被告无力支付后，导致后者遭到一两个月的审前监禁。

再无别的可能了，因为无论有多少监狱可用，都已被每年成千上万的暴力犯罪及其他联邦罪行的判决占用了。州一级的法官们多年以来早已知悉了这一切。律师们也都清楚。警方也知道。而这条曲线一直延伸到了街角本身：早在 1991 年，提交巴尔的摩巡回法庭的联邦案件中，有百分之六十一是涉毒犯罪，这其中百分之五十五的被告都至少身负一项前科，百分之三十七的有两项前科，百分之二十四的人有三项。

在沃巴什大街（Wabash Avenue）的区法庭上，城市里一半警方辖区里的被逮捕对象都会挤到此处的法官前，荒谬的场景每天都在上演。一个又一个的早晨，街角的男男女女们漫灌进来，排满了四号法庭的长椅。这是西区法官加里·巴斯的法庭，这个耐心而又陷入了围困的人要负责在这一切的荒谬中找出秩序。

一个接一个，街头级别的毒品案件被呈上——贩毒、密谋贩毒、因蓄意贩毒而持有毒品、持有样品——从案件清单里溜出来，接受马里兰州唯一能负担的惩罚。

　　"……缓刑一年，处于监视下。"

　　"……缓刑期延长一年，需接受由保释及缓刑部门执行的随机尿检……"

　　"六个月缓刑，无需监视，前提是接受戒毒治疗。"

　　"……如果你继续参加戒毒项目，案件将被归到暂不执行的卷宗里……"

　　对于因能记住脸孔而已成传奇的巴斯法官来说，这里是屡教不改的罪犯的地狱。偶尔会有某个被控犯下比涉毒更严重罪行的被告，后者因不想冒险被巡回法庭审判，而最终因非法入侵或者持有一把手枪而被判一年或三年。时不时地，会有某个过于傲慢或者低能的毒贩身负着大量前科和未决案子登上他的法庭。对这个毒贩来说，这可能是去黑格斯敦缓上几年的机会，其实也就意味着八个月后可以保释。

　　在联邦法庭上，情况大不相同。当然，这是因为联邦政府伴着它那不受财政限制的自由，已经把这场战争打得越发声势浩大了。新的强制判决指导意见能给初犯的涉毒罪犯判上五年或者十年，还会取消所有的保释可能，确保服满绝大部分刑期。和州法庭形成对比的还有，联邦系统只会处理屈指可数的指控：要么是那些涉及了大规模贩毒的毒贩，要么是小喽啰运气太差，作为大毒贩组织中的边缘角色被抓了。法庭之间的区别造成了禁毒执法中的系统性矛盾。瘾君子和小毒贩有时候会身负三到四个州一级指控，然后又陷入了一个抵达联邦层面的案子。突然，那个身穿黑袍的人就发疯了，判个十五年还不允许保释。能说什么呢？是谁把规则给改了呢？

　　但联邦的审判是这场战争中偶发的愤怒开火。地方层面才是终局之战发生的地方：如今已经有一百万美国人在坐牢了，但还是不足以关停那些街角。我们应不应该再关上一百万人？三百万？成本将会高得离谱。那之后是不是要对贩毒处以死刑？按照州法律，要处决一个人的法务成本甚至要高过把他关上几十年。

同时，在费耶特街上，防止犯罪的真正手段的缺失已经带来了一种心理上的平衡。随着可卡因泛滥导致成瘾人数剧增，成千上万的人涌上了街角，而贩毒行为也变得更明目张胆。同警方还有一点猫捉老鼠的成分在：没人愿意进监狱，哪怕被关一晚的小惩也不愿意；也没有人愿意成为那几个不走运的人，被某个乖戾的法官判上三年刑期。但说到地盘的话，战争已经结束了。对比数字，毒品交易已经证明了自己是所向无敌的。

在禁毒执法的权威人士中，聪明一点的人已经嗅到了从费耶特街这类地方飘来的失败气息，他们已经学会了使用让人们降低期望的其他表达方式。不，我们没在隧道尽头看到任何光明。不，我们不相信你可以一路靠着逮捕来解决问题。司法体系和缉毒局里的事业狂，这个国家最大的警察局里的首长们，大部分人都已经学会了去拥抱这个观点。主流认知是让禁毒执法仅仅作为一个方面，戒毒治疗和教育要在某种全面战略中跻身同等地位。最聪明的那些人让它听起来像是真有这么一个计划，忽视了他们所有的执法行为是在把成瘾者们赶向其实尚不存在的、由政府资助的所谓治疗项目中。我们坦诚地说：永远不会有足够数量的项目。而对于教育，我们所拥有的不过是媒体上已经饱和的夸夸其谈。所有那些"这只是你的大脑依赖毒品"的说法已经传递到位了，并且已经说服了那些愿意接受这种说法的人。内城部分也已经听到了这曲福音，并且忽视了它。

但还是要承认禁毒斗士们的功绩：他们已经学会纳入足够多看似合理的内容来为申请预算正名，并抓来更多的人。你能因此责怪他们吗？有哪个指挥官会在不可辩驳的结果降临前承认战争失败呢？缉毒局，海关，酒精、烟草、火器和爆炸物管理局（ATF），跨区联合行动队，当地缉毒小队——所有人都在战时的饲料槽里狼吞虎咽，他们的行动资金不仅来自预算中的项目，还来自罚没资产分来的部分。他们隶属于这场溃败。他们是一个不断增长的行业。

但谁能争论说这是一场道德的战争呢？如果你放弃了，他们向我们保证，情况会更糟糕。一方面，他们是对的：在那些贫穷受到了遏制的地方，放弃会让情况变得更坏，因为那里的人口结构阻止了贫民窟阶层的壮大。终止毒品战争，对匹兹堡、堪萨斯城或者西雅图来说会更糟糕。在拿骚县（Nassau County）、迪尔伯恩（Dearborn）和奥兰治县（Orange County）都会更糟。在任何一个威慑尚且管用的地方，在任何一个盖子还被压下关紧的地方，停止战争都会导致更大的破坏。

但在西巴尔的摩和东圣路易斯、华盛顿高地和洛杉矶中心的南部——在美国毒品文化的每一条前线上——停战不会带来任何不同。有没有战争，两万名海洛因成瘾者和三万名可卡因瘾君子都会在明天走到巴尔的摩的街角上。除了那二十个或者四十个被扔进囚车的人，没有任何一个人会错过自己的那一发。和事实相反，毒品战争就和它那毫无必要的残忍一样毫无用处。要求政府占领贫民窟的强硬政策很大程度上和那些企图占领贝尔法斯特或索韦托①或加沙地区的政策毫无二致。

没错，压制为主的政策从来都不是目标。但更伟大的想法只会更快地在战场上损失掉士兵。对他们来说，想要对一种用非法经济支撑的文化进行执法是完全徒劳的。假装保护那些几乎无法和席卷了自身的街角区分开的社区也是完全徒劳的。按照国家的禁毒标准，费耶特街上一半的居民都会被判为违法分子。巡逻车驶过时，他们会对其施

---

① 南非豪登省约翰内斯堡郊区的一个卫星城，南临城市的采矿区，在种族隔离时期逐渐形成南非最大的黑人聚集区。区内基础设施简陋，住房拥挤，贫困问题严重，是南非政府的一个难题。

加一视同仁的鄙视眼神，让二十三岁的巡警和二十六岁的突袭警察感受到什么叫做不共戴天。对于那些在这个社区尚值得保护时还不认识它的年轻警察来说，对于那些认为瘾君子就仅仅是瘾君子的警察来说，这里不存在和谐，他们和街道以及居住其上的居民也没有联结。他们没有为任何人服务。他们只对警用电台负责，只是要完成每日的逮捕，每天抓上一两个人好提高那份出庭津贴。他们学会在街角上以眼还眼，学会了玩世不恭、残酷，有时候还学会了腐败。他们学会了去恨。

巴尔的摩的那些日子已经逝去，那些警察不会因为任何抓捕都获得出庭津贴的日子已经逝去。那时候他们接受的是更高标准的评价，是他们如何控制住了自己的辖区。那时候的一个片警会搜集信息，试图解决那些应该被解决的真正犯罪。那时候的警探也都还会耐心去追踪街头抢劫和袭击。如今，西区最坏的那帮警察已经沦为残忍的雇佣兵，通过折断指头和打断鼻梁折磨着街角的累犯们。除了一小时接一小时地在沃巴什大街的法庭上榨取落袋为安的出庭津贴，他们不会为别的原因大肆逮捕。面对这新一代巡警中的相当一部分，揽客仔和毒贩都清楚他们是腐败堕落的，他们会例行扣留从被捕人口袋里掏出来的部分东西。不管输赢，对他们来说，毒品战争只是意味着领钱而已。

也有事关种族的讽刺在其中。到了 1970 年代末、1980 年代初，一个白人占绝大多数的警察局已经有了足够事关种族的良知，开始警惕最为残酷的暴行。但在今天的费耶特街角上，正是新一代的年轻黑人警察用暴虐成性证明着暴行本身。西巴尔的摩的一名白人巡警至少会把种族形象纳入考量，承认自己是在一个黑人为主的城市里收拾黑人居民。而他的黑人同事们可不这么想。对他们来说，关于暴行的投诉是可以不屑一顾的，不仅因为受害者是一个寄身在街角的瘾君子，还因为这其中的种族元素已经被中和掉了。毫不意外，在费耶特街沿线最受人惧怕、最受人鄙视的某些西区警官——希尔兹、斗牛犬、花生头和科林斯——都是黑人。他们似乎证明了这场毒品战争能有多么撕裂，对人造成了何种疏远，以及相比种族意识，阶层意识是如何推动这座城市的街头警察走向对街角上男男女女们绝对的蔑视之中。

就用大卫·希尔兹高贵的职业生涯来举例吧。这位黑人警官在仅两年多的时间里就积累了四起残酷执法的投诉，却还能一直留在街头。几个月过后，希尔兹收割了他的第一具尸体——门罗街上一个二十一岁的小贩。他追着后者冲进一条小巷并开了枪，致命的子弹从受害者的背后射入。尽管警方对这次枪击的审查表明希尔兹没有过错，但费耶特街上没有任何一个人相信那把地上的刀子是真属于那个小贩的。那个年轻人不会死于任何别的理由，除了他想从西区最残酷、最愤怒的战士跟前逃开之外。最终，内部调查支持了其中一项残酷执法投诉，希尔兹摊上了民事诉讼，内容是对一名费耶特街居民暴力执法。警察局把他调去从事文书工作。希尔兹也许是巴尔的摩警察局中的极端例子，但很多管理着费耶特街的警察——黑人和白人——都常常超出必要地流露出蔑视。

比如"斗牛犬"梅瑟。他有一天站在巴尔的摩街的中间，一只手圈着布莱克·罗纳德的脖子，绞着这个疲倦、双眼发黄的揽客仔，要求他交出毒品。但在这次罕见情况下，布莱克·罗纳德真的没有任何毒品。依然不满足的"斗牛犬"掏出了罗纳德的钱包，任由其中的东西——身份证件、通讯录、彩票——像是彩纸屑一样撒了一街，然后开车扬长而去，只留下这个男人带着绝对的耻辱在街头捡拾自己的东西。

也许是科林斯。某天下午他走出警车，摘掉了枪带交给一个同事，说要把十五岁的迪安德尔·麦卡洛胖揍一顿，因为这个男孩的眼神惹到了自己。

"你这是要打一个孩子啊，"芙兰·博伊德冲他吼了起来，把他羞得退回了警车里，"你都是个成年人了啊。"

或者是一个不知道名字的南区巡警，就是艾拉·汤普森在巴尔的摩街上看到的那个。他抓住一个闲逛的十六岁孩子，拽向巴尔的摩街和吉尔莫街街口，让这个男孩双手铐着站在警车旁，然后冲后者脸上来了一拳。"那男孩对他说了点啥，"艾拉回忆道，"他就那么把他打倒在地了。"

观察新一代的年轻警察，就能明白他们没有一丝悲悯，他们不认为街角上的男男女女是悲惨而可怜的。在某些基本层面上，街角上的人们和小孩一样无助。像巴尔的摩以及很多很多城市一样，这场伟大的圣战已经被贬损成了一场肮脏的战争，是由那些已经疲倦到毫无希望的年轻巡警和便衣警察主导的。

这场战争还在蹒跚前行，不仅因为警方和公诉人都已陷入其中，还因为整个政治体系都受到了公众期待的支配。在巴尔的摩，市长和市议会议员们以及机构首领们在每场社区论坛都会听见，在横跨城市的每场社区联盟会议上都会听见：

"我再也没法走着去市场了。"

"他们一天二十四小时都在街角上。"

"我是困在自己房子里的囚犯。"

甚至在那么多居民的家庭都受毒品影响的费耶特街沿线，也有发声的少数群体，有着长期饱受折磨却依然怀念曾经崭新排屋的老人们。他们是出席富兰克林广场社区会议的疲倦少数。他们会去到候选人的论坛上。他们还依然愿意相信政府，认为如果后者真关心的话，就能够终结他们的噩梦。而且，他们手持选票。

警察局长、市议员，甚至是市长，会对这群人说些什么呢？真相？说这一切已无法阻止，说这一切甚至超出了最好的政府的能力？一个民选的官员敢站出来宣称所有的街头扫荡，对那些街角"鸽子"的驱逐，成千上万的抓捕，在费耶特街这样的地方其实一无所获吗？

他敢不敢冒险承认，仅仅是为了公共形象和对我们集体良心的宽慰，才把数不清的资源浪费在了一个永远无法奏效的政策上？

地区的警察局长们，还有缉毒队长和便衣警察们，巴尔的摩警察局中的每一级依然还在捍卫通行的逻辑，把那些饱受折磨而出席社区论坛要求行动的人作为证据。这些人已经无路可走了，他们会这么告诉你。他们需要帮助。我们别无选择，只能去追逐瘾君子，哪怕只是给本分的居民一丝安心。所以如同连轴转一般，政府荡清街角，把人们送上沃巴什大街的法庭。但在巴尔的摩，街头层面的缉毒抓捕不仅不是解决之道，而且其实是问题的一部分。

街头的缉毒抓捕阻塞了法庭，消耗了时间、人力和金钱。政府无能，无法惩罚这成千上万已将禁毒法规羞辱得一丝不挂，并摧毁了执法信誉的违法者。原因不止如此，还复杂得多。在巴尔的摩这类城市里，毒品战争已经变得如此站不住脚和不切实际，以至于正慢慢损害着警察工作本身。

愚蠢的罪犯导致愚蠢的警察。这是一条派出所的信条，是辖区智慧中极有价值的一点，而巴尔的摩警察局却在投身一场街头层面的毒品战争时忽视了它。因为在费耶特街以及其他一百个类似的街角上，对于巡警和便衣警察来说，没有东西能像是街头缉毒抓捕这么轻松、这么有保障以及有利可图。出于最小的理由，甚或毫无理由，任何警察都可以冲进一处马戏团帐篷①，铐走揽客仔或者跑腿仔，搜出一两瓶毒品，然后就保证能赚到那一笔出席沃巴什庭审的加班费了。在巴尔的摩，警察甚至都不需要搜出毒品。他可以仅仅因为一个嫌疑人在禁毒区闲逛而起诉对方，这种诡异但符合宪法的情况已经让超过三分之一的内城区域失去了（对警察的）合理束缚。在巴尔的摩，要是一个人站在费耶特街 1800 号段区域——甚至他只是住在费耶特街的

①　比喻街角。

1800 号段区域——他就是当街抓捕的对象了。

　　结果就是，巴尔的摩内城区的警察工作被贬损成了瓮中捉鳖的行为，一整代的年轻警察没能学会调查或者掌握程序。既然有反闲逛的法律允许你把手伸进任何人的口袋里，那么为什么要费心去掌握错综复杂的合理依据呢？既然可以走到任意街角，让他们面朝酒水专卖店排成一排，搜查到自己满意为止，那么为什么要熟练掌握隐蔽监控的技巧呢？既然在实施街头层面的抓捕时，信息并不是如此必要，那么为什么要去学着如何利用线人或者如何不被线人利用呢？既然你可以在街头就赚到出庭津贴，甚至无需担心是不是真要一脚踢开藏着嫌疑人的那扇门，那么为什么要学会写一份合理的搜查令呢？

　　在整个巴尔的摩的区警局点名间里，在缉毒小队的办公室里，在密密麻麻停在 7‑11 便利店停车场上的巡逻车里，坐着警佐和中尉们——来自过去好时候的老兵们——他们会抱怨那些下属写不出一份条理清楚的警方报告，抱怨那些不明白要如何调查简单投诉的同事，抱怨不能在不作伪证的前提下上区法庭作证的警察。

　　毫无意外的是，随着 1980 年代末期可卡因的泛滥，街头层面的缉毒抓捕也开始增加，所有其他事关高质量警察工作的指标——以及一座城市的宜居程度——都在巴尔的摩下降了。警察局开始动用越来越多的人赶着成瘾者和揽客仔们走进沃巴什大街以及东区的法庭，因此能用于侦查枪击案、强奸案或者盗窃案的资源就更少了。

　　在警察局近代史上的首次，联邦重罪的比例跌到了全国平均水平之下。在为期六年的时间里——1988 年到 1993 年——枪击案的结案率从百分之六十跌到了百分之四十七，持械抢劫案件的破案率也有史以来第一次跌破了百分之二十。涉及强奸的逮捕率下跌了百分之十，盗窃案的破案率则跌了三分之一。在联邦重罪里，巴尔的摩仅有谋杀案的逮捕比例保持了稳定，但也仅仅是因为这样的罪行会受到高度关注，从而阻止了局里官员们像是掏空其他调查小队一样把凶杀组也掏空。在一个曾经拥有大量称职调查人员的机构，总部大楼早已人去楼空。新一代的警察都在街头，追逐扫荡着街角，试图用毫无意义、虚张声势的执法逻辑来平息社区论坛和社区联盟的怒火。

同样是在这些年里，针对毒品的战争没能夺回任何一个毒品街角，而城市的犯罪率相比任何时期都飙升了超过百分之三十七。1990年，这座城市开始每年要受到超三百起谋杀的重创，这是巴尔的摩自从1970年代早期以来就从未见过的数字了。当时还可以归罪给婴儿潮带来的人口结构更替，以及没有一套综合应对创伤的系统（指越南战争造成的创伤）。巴尔的摩成了全美排名第四的暴力城市，而城市里对可卡因和海洛因的滥用——通过急诊室数据来衡量的话——则是全美国最糟糕的。到了1996年，城市犯罪的总增长率逼近了百分之四十五。

随着时间流逝，住在街角附近的人再也不会被愚弄了。在费耶特街上，那些关注问题的人已经亲历了足够久的毒品战争和毒品文化，学会了分辨罪行和恶习。他们看到的是那个本月已经枪击了三个人的小孩还在街头，或者那帮一直闯进地区商店和教堂的人又在犯事了——这周他们就闯进了巴尔的摩街上的使徒教堂（Apostolic Church）。他们看到的是打劫团伙在富尔顿街和门罗街上有恃无恐地行动，已经没人再愿意费劲去报告持械抢劫了，因为他们清楚不会有后续调查。他们自己本周目睹的警方行动，即西区警局的日班就是，也仅仅就是，在蒙特街和费耶特街抓那几个常见的嫌疑人而已。

芙兰·博伊德把自己的瘦腿伸直放在了哥哥那辆老旧庞蒂亚克的仪表板上，赤裸的双脚在脚踝处交叉，刚好搁在了方向盘上面。她躺进了副驾驶座，用颤抖的假声跟着斯特普尔斯[1]一起哼唱着背景音乐。

---

[1]　the Staples，美国著名福音、灵魂乐及R&B组合。

"……我要带你去那儿……"

但芙兰已经到了。她已经去过又离开了。

"……我要带你去那儿……"

她把斯谷吉车里的收音机调到了华盛顿的 WPGC 电台，这就是如今你想要在电台里找点老派的 R&B 来听时需要跨越的距离了。要是迪安德尔也在这里，他会尝试一切办法来换台的。找点匪帮说唱，或者至少也要听听 Boyz II Men 的歌。对他来说，斯特普尔斯这帮歌手就是某种乡村剧院里的表演，但对于芙兰来说，这曲子在她自己迅速发酵的怀旧之情中早已经变得炙热无比了。

斯谷吉从费耶特街 1625 号出来了。

"干，芙兰，"他说道，看着她平躺着抽动。"今天的肯定够炸啊。"

"没错。"她确认道，双眼闭着。

斯特普尔斯的声音淡去了，电台主播急促地说了一会儿什么，然后海军准将合唱团（Commodores）突然唱响，填满了空间。"她心如磐石……噢噢噢。"

芙兰在座位上随着节奏扭动了起来。

"这就对了。"她笑道。

斯谷吉摇摇头，勉强挤出了一个虚弱的微笑。他是家里的好人，博伊德一家里唯一一个可以号称不碰毒品并且有稳定收入的人。他在米德尔里弗（Middle River）的马丁·玛丽埃塔（Martin Marietta）公司上班，开着这辆破旧的浅绿残骸在一个个社区的修车厂之间流窜，试着在发动机坏掉前让里程表能多跑几英里就多跑几英里。

在斯谷吉看来，这就是他日常的世界。芙兰对哥哥有着自己的怀疑，好奇要是他没有吸毒的话，怎么也老是身无分文。斯谷吉在上班前总会下到费耶特街，总会在露珠旅店里进进出出，总想要从这谁那谁跟前借个十块钱。每次哥哥开始重复那套七年没复吸的说辞，叨叨着说已经把街角的日子和各种毒品都抛在身后多年的时候，芙兰就忍不住表示怀疑。她想要相信这不是真的，这不过是粉饰正常的某种荒谬文字游戏。芙兰讨厌哥哥话语里暗示的指责，暗示自己要比她好，或者比史蒂维、邦琪以及雪莉好。他总能惹她生气，惹得她侧目以视，并语出嘲讽——恰到好处的对抗让斯谷吉知道她并不相信。

收音机里，海军准将合唱团让位给了里克·詹姆斯。

斯谷吉靠着汽车前挡，开始用一只手的手指在金属上轻轻刮擦。

"你要走了吗?"芙兰问。

"还不急。"

"好吧。"她说道。

"你跟这儿开小舞会呢?"

"可不，老天啊。"

芙兰今天身居山巅，独处于宇宙中，从绝高处俯视着费耶特街，发现它还可以忍受。

她每天都会吸嗨，但尤其喜欢今天这样的日子。春天将至的第一批暖和日子，她也不需要去哪儿，而收音机被调到了正确的频道。那些不会吸嗨的人——她也不认识太多——他们他妈的在这样的日子里能做些啥啊? 他们一定都无聊死了。你怎么可以走到户外，迎接今天一样的日子，却又不想拼上一把，把心中的那些感觉给提升到巅峰呢? 她讨厌费耶特街，也时不时感觉讨厌自己。但要是她没法通过来一发把那些该死的感觉扔到一边，那她就没救了。

"斯谷——吉——"她说道，尾音扬了上去，"你记得那栋快乐屋吗?"即使双眼闭着，她都能看见他在微笑。

"记得。"他说道。

"那地方正在跳呢。"

没错。布鲁斯街上的快乐屋是她学会当一名派对女郎的地方。大麻、药片和致幻剂。博伊德家所有小孩都在一场共同的化学奇旅中感到兴奋无比。所有人的工资一拿回家，就把大部分钱都扔进派对基金里。在布鲁斯街上，斯谷吉疯了一样地贩卖大麻，直到某些帮派成员破门而入，洗劫了整个地方，把每个人的魂都吓没了。从中学开始，芙兰就在追逐各种毒品，而快乐屋，露珠旅店的前身，带着她从咳嗽糖浆找到了大麻，从酒精去到了致幻剂。然后海洛因来了，在她姐姐的悼念仪式上带着及时的完美一刻来了。而在海洛因之后——上帝啊——吸食了几年海洛因后，她迷上了快球，失去了她曾拥有的一切，和博伊德家其他人一起，开始在露珠旅店醒来。

但有一段时间，快乐屋确实就是快乐本身。她唤起了另一段记忆：他们全部人去市中心看 P-Funk，或者去看"战争"①。总之就是其中一个放克乐队。当时斯谷吉吸致幻剂吸疯了，在走廊上摇晃，跌跌撞撞地走到阳台栏杆前翻了过去，最后一秒被陌生人给拉了回来。

"你记得那场你差点掉下阳台的演唱会吗？就在市民中心那场？"

"战争乐队。"斯谷吉说道，记起来了。

芙兰现在微笑了起来。"你当时疯掉了。"

"现在对我来说是模糊一片。我不能去回想过去那些年。"他说到过去时的评价语气让她觉得一切都被毁掉了。斯谷吉说着这一切，好像它们已经一去不返了。

她把收音机的音量调高了一点，试图重温自己的快感。她沮丧地想着，无论今天的海洛因有多好，此刻都会处在这样的不好状态下。一次又一次，她都挣扎着要停留在山巅，去寻找那些完美的景致并抓紧它们，因为对于芙兰·博伊德来说，快感最棒的部分总是在于它能够把她带离自己的生活，让她不去想所有那些她其实不愿意去考虑的事儿。

比如家庭。第一个就是斯谷吉，说着他的工作和他的房子那一堆事儿，却总待在费耶特街上。或者邦琪，在用来交房租的钱上手脚不

---

① War，和前文的 P-Funk 一样，同为放克乐队。

干不净。或者史蒂维，过度沉迷针头，他的双手都脓肿到无法愈合，就差坏疽了。还有小史蒂维，他九岁的儿子，就坐在他脚边，看着这一切，对街角的了解已经到了可以告诉父亲领样品的人开始排队了的程度。或者是雪莉，几乎无法照顾自己的雪莉，更别说她那还是婴儿的女儿了——很久以来，蕾蕾都用一个瓦楞纸箱子当摇篮。还有芙兰自己，她正和他们一起生活在这同一个噩梦里啊。

真正最槽糕的部分在于，她曾经逃脱过，和加里过着好日子。当时带回家的钱多得让家族里其他人都嫉妒得发了疯。她感受到了这一点。她知道他们希望她堕落，知道他们想要看到她孩子拥有的东西越来越少，看到她回归成露珠旅店中的普通分母。他们是一家人，在某些层面上，她愿意仅因为这个事实就去爱他们。但对芙兰来说，她的兄弟姐妹也是她自己境况的恶意证人。他们的脸孔浮现在每一次极好的快感边缘，而要是她意识到了这一点，或者只是想想这一点，那快感就没了。

她想起母亲的时候情况也一样，后者两年前离开了这个世界，但一直未同芙兰和解。她对来自父亲的毒打也没有过解释，不知道为什么她妈妈不愿意去保护自己或者自己的小孩。最重要的是，完全没有任何理由去解释芙兰的小孩和芙兰母亲之间的距离。似乎她就是把迪安德尔和迪罗德当成"脏娃娃"① 单挑了出来，对他们表现出了怪异的冷漠，这让芙兰既受伤又困惑。还有她的父亲也是。在他们都还年幼的时候，父亲不过就是一股沉默且残忍的力量。现在还可以在巴尔的摩街的街角上找到他，看到他和那些老人们厮混，迷失在酒瘾迷雾中。这一切又奇怪，又让人压抑，那是一种被家人们环绕，但在任何方面却又孤身一人的感觉。

---

① tar baby，原意为柏油娃娃，如今是一句被认为带有种族歧视含义的俗语，最早出现在 1881 年作家乔·钱德勒·哈里斯的作品《雷摩大叔》中，是一个用柏油制作用来诱捕书中兔子班杰明的工具。

芙兰依旧坐在斯谷吉车里，开始骂自己为啥要去想这些，然后骂电台主持人话太多不放音乐。一开始，她是在快感中丧失了一切。而现在，该死的，她发现越来越难以保持快感了。露珠旅店、费耶特街的街角、整个社区，所有这一切于她都幻化成了雷区。稍稍偏离安全路线，你就会被一段记忆炸得四分五裂。比如加里，此刻正在上面的街区里，看起来他妈的糟透了，在针头之下变得越发消瘦。或者迪罗德的父亲迈克，在蒙特街上和那些熟脸们厮混，看起来更糟糕。甚至是她如今住的那间屋子——她姐姐死于同一间屋子发生的火灾。在这个闹鬼的盒子里，芙兰没有一分钟不在想着达琳死在了医院的烧伤科里。对于芙兰来说，整条费耶特街都住满了鬼魂，有的是真死了，其他人还苟延残喘着。情况已经坏到了她再也没法认真思考任何事儿还不会引发自己的怒火或者抑郁崩溃的程度，但她依然没法停止思考。甚至今天都停不了，即使"裸钻帮"的货好到炸。

　　芙兰睁开双眼，看着斯谷吉同史蒂维溜过了街角。去嗨上一把，也许吧。但斯谷吉会发誓那只是为了卡伦，他一生的挚爱，一个和他们任何人一样毫无希望的毒瘾姑娘。芙兰放弃了听WPGC，把旋钮一直扭到了一个嘻哈电台。电台里某个疯子在说唱，说姑娘们穿着黛西·杜克①式样的服装，这是一首为了即将来临的温暖天气而准备的舞曲。她听着和自己隔了一辈的人的说唱，嘟囔了一句脏话，继续转动旋钮。

　　詹姆斯·布朗。她靠回到了座位上。

　　"哈，"她拙劣地模仿着这个娱乐圈里最努力的男人，"哈。上帝啊。"

　　"不错啊，芙兰。"

---

① Daisy Duke，电视剧《正义前锋》（*The Dukes of Hazzard*）中的角色，在剧中的服装暴露性感。

她睁开眼看见迪安德尔正靠在驾驶座的窗户上，被自己母亲的表演逗乐了。芙兰很开心见到他。

"哈，"芙兰又唱道，"你知道，这差不多就是詹姆斯·布朗的全部歌词了。他唱的全是这样的垃圾——跪下来，见上帝——他还把这些当成真的歌给写出来了。"

迪安德尔微微一笑。"但那个黑鬼挺能跳的。"

"对，但他他妈的什么都没说。"

迪安德尔点头同意，大笑起来，显然很开心能撞见妈妈心情不错的时候。

"哟，妈。"

"嗯。"

"你明天陪我出庭。"

比起问题，这更像是一个宣言，因此惹恼了芙兰。

"去。"

"明天。"

"嗯嗯。"

"八点半。"

她闭上眼睛。现在是迪安德尔在打扰她的快感了。

"我可不想迟到。"

"该死的，安德烈。我说了我要去。"她现在是在用吼的了。

迪安德尔在车窗外站直身子，受到了伤害。芙兰望过去想要再吼两句，但当看见一张白纸的时候停了下来。那张纸在她儿子手里折了一折。

"那是你的庭审通知？"

迪安德尔摇了摇头。

她伸手要接过来，他带着一股漠不关心的态度把它扔到了驾驶座上。她展开看见是一张富兰克林广场就业资料库的表格，已认真填好了，用大大粗粗的字母写着迪安德尔的名字和地址。在工作经验下方，迪安德尔宣称自己是小马丁·路德·金娱乐中心的志愿者。趁她读的时候，他绕到了副驾驶座的窗外。

"艾拉说她要试着给我找份工作。"

芙兰点点头，感到惊讶和一点点羞愧。自从上个月从"男孩村"回家后，迪安德尔一直和街角保持着距离。他去上学。他和新的娱乐中心球队一起练习篮球。之后，他每晚都待在姑妈家埃廷街的房子里，等着审前官员的居家监控电话。她知道他离开了街角。证据就是复活节就快到了，而他口袋里还没钱。迪安德尔一直在说需要一套复活节穿的新衣服，也许是斐乐或者耐克的运动衫。现在又说要给自己找份工作。从二月进入三月，迪安德尔保持了最佳表现，她不得不承认这一点。

"哪个法庭？"她问道，愤怒几乎消失了。

"卡尔弗特街（Calvert Street）上那个大的。早上八点半我们就要到……"

"我没聋。"

迪安德尔晃悠着走开了，但他已经造成了破坏。芙兰彻底从巅峰上下来了，甚至收音机里马文·盖伊提供的一点性感疗愈都无法再把她带回去。她走出车子，在斯谷吉回来开走这辆庞蒂亚克前回到了人群里。

当晚，她在地下室里一直狂欢到午夜之后，但没能重回到快感巅峰。第二天早上，迪安德尔不得不把她从公寓前面房间的沙发上给扒下来，然后全程护着她，直到他们进了市中心法院的大门。他们的进度在过金属探测门的队伍里耽搁了。

"德雷，"她问他，"你带牙刷了吗？"

街角的智慧会告诉哪怕是最年幼的小孩也要带着一把牙刷上法庭，因为你有可能回不了家。而在希基或者"男孩村"里，比公用牙刷要好的东西都不是唾手可得的。迪安德尔摇摇头，假装不在意。然而，芙兰可以看出无论表面装得多强硬，他的胃都在翻滚。这是他第一次面对一个未成年法庭法官。

"你也许需要一把。"

"到时候再说吧。"

"哟，你现在发达了，"芙兰说道，坏笑着，"你是条汉子。"

"我敢坐牢。"

芙兰那副大如门把手的耳环让金属探测门愤怒地叫了起来。迪安德尔毫无影响地钻了过去，等着她，显得不太舒服。而此时他妈妈把自己的饰物放进了警员递来的柳条筐里，再一次走了过来。这次他们会合了。

"我们要见的是桑普森法官。"她加入他的时候，迪安德尔说道。

他们找到了这名法官的法庭，但一个富态的书记员在门开的时候几乎都没有抬眼看，就告诉迪安德尔去法庭的另一头，在那张待审案件表上找到自己的名字。他照做了，然后沿着走廊又一路走了回来。

"我的名字写在桑普森法官那栏。"

那女人点点头。

"我要做什么？"

"回去等着叫你的名字。"

"干，"芙兰说道，看着未成年法庭这一层楼上一大清早就挤满的人群，"瞧瞧你都给我找了什么事儿。"

他们找到一张长椅坐了下来。迪安德尔哼哼着，把脸埋到了胸前。芙兰拉开运动衫前面的拉链，把头靠在儿子的肩头，试着在来来去去的人流中睡一会儿。她的小憩被负责未成年犯罪的律师们的喊声给打断了。

"瓦格斯塔夫……安东尼·瓦格斯塔夫。"

"伊曼纽·巴恩斯。伊曼纽·巴恩斯来了吗？"

"卡特，杰尔姆……我在找杰尔姆·卡特的母亲。"

"最后一次……安东尼·瓦格斯塔夫。"

芙兰打着呵欠，伸了伸手脚，大睁着双眼好一会儿才把这一切都看清。在未成年法庭的等候室里摆着十几张长椅，都挤满了等候的人。人们还溢出到了走廊上的十几张长椅上。这个阴沉的群体沿着长长走廊的两个方向延伸着。母亲们和儿子们，除了屈指可数的几对，都是黑人，都耗费了他们的早上等待着政府的时间安排。人人都疲倦且无精打采，已耗尽了他们在这种情形下能动用起来的仅有能量。这些拥挤的长椅上已经没了羞愧，也没有因为做出的选择或者未曾选择的道路而感到后悔。对于这些家庭来说，花在未成年法庭长椅上的时间，就如同一定会花在阿什伯顿（Ashburton）社会服务办事处那些变形塑料椅子上的时间一样，或者和那些候在北大街学校教务处外等候室里的时间一样，要么就如同花在大学医院诊所那些有着镀铬椅子腿的椅子上的时间一样，无法避免。

儿子们眼神空茫地望着，有的同那些中学后就再没见过的同学打闹，甚至还会冲着某些敌对团伙的成员狠狠盯上一两眼。母亲们脸上焊着那种爱等多久等多久的表情，除了必然的结果，她们对整个流程一无所知。今天政府拥有对他们生命的一日租约，但他们能感觉到等这一切都尘埃落定，明天也还是一样。逮捕和传唤，未成年犯罪听证官员和律师，保释官和法官——这是对成年人犯罪和惩罚的优秀摹本。芙兰听着自己旁边椅子上的那名母亲，一个不比自己大多少的母亲正在抱怨不受教的女儿，说后者会在自己管教她的时候还手。"我吓坏了，"那个女人承认道，她的女儿现在正在大厅那头，听不到这边，"我被现如今的孩子吓坏了。"

"那些年轻人啥都不在乎。"另一个人赞同道。

"他们可以把我孩子带走，我一点都不在意，"那个女人说道，"我怎么也管不了她。"

等通知说法官们现在要去吃午饭和休息时，人们已经在这些长椅上坐了三个小时了。芙兰走到室外，买回了新港香烟和烤土豆片。此刻距离迪安德尔听到自己的名字还有一小时。

"你是母亲吗?"一名审前工作人员问芙兰。

"嗯。"芙兰说道。

"跟我来。"

他们被带进了一间办公室，在这里迪安德尔就指控接受了简单的询问。偷车，蓄意持毒，以及第二次蓄意持有可卡因。

"我没在那辆车里。"他嘟囔道。

那名审前工作人员简单做了笔记，问到了涉毒的指控。迪安德尔耸耸肩，然后嘟囔说是警察在街上找到了瓶子，把它们算到了自己头上。

"为什么会是你呢?"

迪安德尔耸耸肩。

"这起指控的警察被枪击了。"芙兰插嘴说道。那名审前工作人员好奇地看着她，直到芙兰解释说负责逮捕的警官在约一个月以前的一次枪击中被杀了。

"指控也就死了。"迪安德尔自信地说道。

那名审前工作人员又问了几个问题，然后让他们回长椅上等着。二十分钟后，他们被叫到了桑普森法官的法庭上。与其把这里称为法庭，不如说是给法庭缩了水的模仿品一个慷慨的称呼。母亲和儿子被指示坐到一对位于侧面的长椅上去，他们在这里看着其他两个未成年人接受审判。两名公诉人都是女性，白人，显得很职业；公共辩护律师要年长一点，也是白人。

这名律师邋邋遢遢的，眼镜低低地挂在鼻子上，白头发往后纠缠着，翘起了可笑的一缕。未成年犯罪法官是个黑人男性，中年，衣着讲究，外表傲慢。这四人组，外加一名法庭书记员，花了十分钟谈论着案件编号，并在紧靠着稍高法官席的两张桌子上那些散乱卷宗里前后翻找。

他们终于找到了一份卷宗，开始查看手中的案子：一个十三岁大的男孩被抓住持有一百包毒品。说被抓不太准确。这孩子是被自己妈妈举报的，后者此时正坐在长椅上，就在芙兰旁边。

听着对这起指控的陈诉，迪安德尔翻起了白眼。

"干。"芙兰悄悄叹道。

"一百包，"迪安德尔轻轻说道，"他被关定了。"

然而，法官判这个男孩接受他母亲的监管，判他处在无限期的监视缓刑下。这个案子几分钟内就解决了，甚至没有一丁点儿的道德讨论或者抗议。迪安德尔觉得不可思议。

"这黑鬼一定在告密，"他告诉芙兰，"那么多海洛因，他只被判了缓刑，不会吧。"

下一个孩子被召唤出庭。这一次是由另一个公共辩护律师负责辩护，安德烈和芙兰都向前倾去，随着公诉人开始朗读一份指控陈诉，他们真心地感到了好奇。这一次是可卡因，但迪安德尔没有机会看到结果如何。

"麦卡洛先生。"

迪安德尔抬头看见那个邋邋遢遢的律师打手势指向了走廊。老人在走廊里停了下来，然后，像是才想起来一样，也给芙兰打了个手势。

"你也来，当妈的。你也应该听听这个。"

没给迪安德尔·麦卡洛一丝抗辩的机会，三项独立的指控已经协商出了一份协议，两起涉毒违法——迪安德尔肯定是有罪的——将不予起诉。偷车指控会保留，但作为初犯，他会被判一年缓刑，带着一些不甚清晰且不合情理的要求：对那位汽车被偷走并受到了损害的女性进行某些赔偿。

"你没意见吧?"

迪安德尔望向芙兰,几乎无法克制微笑。

"母亲呢?"

芙兰点点头。但过了一会儿,她对这个协议的条款有了点别的想法。她好奇这个协议能不能让他服管教,或者缓刑会不会不受监管。她想要说点啥,也许和律师私下聊聊,不让迪安德尔听到自己要说的。但律师已经回到法庭上了,芙兰什么也没说。一两分钟后,书记员喊出了她儿子的名字,后面跟着一串未成年犯罪案件的编号。公诉人认同了对两起涉毒案件的不予起诉,然后读了关于偷车案子的一段简短陈诉。陈诉里说迪安德尔是在那辆被偷的车里被捕的,但实际上,他要过了几天才被关了起来。

迪安德尔望向芙兰,然后看着自己的律师,迷惑了。

"我……"

公共辩护律师倾身过来。

"我没在那辆车里。"

现在轮到那名律师迷惑了。未成年犯罪法官也似乎感到了这个年轻人的不安。他就认罪协议仔细询问了迪安德尔。你是不是因为有罪而认罪?在迪安德尔努力搞清状况的同时,这股法庭上的事实流转似乎失控了一小会儿。

"嗯。"

"因为认罪……"

迪安德尔在车里。他知道车是偷来的。但关于事实的陈诉是错误的,迪安德尔为自己因一个谎言被抓而略有不爽。第一起可卡因指控?罪有应得,但因为负责警察被杀而被撤诉了。第二起在费尔蒙特街上的指控?也是有罪,但这一起指控没有任何辩论就已经被撤诉了。然后才是这起偷车的指控,案件的证据被夸大,而罪行则是预先商定的协议。

"你是在放弃自己的权利……"

随着法官低沉单调地说着"基于认罪协议放弃了权利"的一席话，迪安德尔看着他妈妈。这是他第一次和司法系统打交道，而他被教导的则是全靠运气，别的就没有了。

"是的。"安德烈插嘴说道。

"是什么?"法官问道。

"是的，我认罪。"

随着这个小小的障碍不复存在，比赛终于能结束了。桑普森法官判了他一年受监视的缓刑，然后从眼镜上方投来了目光，说了几句正义的恐吓。

"……我不想再在这儿看到你，否则你得应付全部这些指控。"

迪安德尔点头。

"你明白了吗?"

一声虚弱的嘟囔。

"那是什么?"

"是的，大人。"

"这才对嘛。"

从侧面的长椅上，芙兰突然站了起来，半举着手吸引法官的注意。

"请讲，女士。"

"这个缓刑……你能让必须去上学成为他缓刑的一部分吗?"

迪安德尔向母亲投去了一个无望的眼神。芙兰自己似乎也不太确定要怎么继续。费耶特街上的家长法则是你要和自家小孩一起对抗任何干预，这至少是芙兰一直都知道的标准。但就在一小会儿以前，她遇到了那个举报了自家小孩和一百包毒品的妈妈呀。

"他不去上学吗?"法官问道。

"他最近在上，因为有缓刑啥的，他更容易对付……"

"你是说你在管他这事儿上有困难？家里有什么问题吗？"

迪安德尔阴郁地看着他妈妈。芙兰被问住了。她希望他拿下这个协议，她不希望他回到"男孩村"去。但她同时也想要占点先手。而此刻，当法官乐意听她想法的时候，她想不出任何一个方法能得到自己想要的，同时还不让另外的部分面临风险。

"没，"她说道，"没问题。"

"我没法强迫他去上学，"法官说道，"但他知道他应该要做什么。"

芙兰坐了回去，等着书记员完成文书工作。那就是受监视的缓刑了，这意味着每周见一次负责未成年犯罪的保释官，还伴着偶尔的家访。离开的时候，迪安德尔是那么开心能回到费耶特街，他甚至都忘记了妈妈的背叛。

"这都不算事儿。"他告诉她。

"你也就现在这么说说，"她回呛道，"但在那个法官面前，你就是个吓坏了的小屁孩。"

"我就是啊，"迪安德尔承认道，大笑起来，"他让我很紧张。我再也不会回到他的法庭上了。"

接下来的几周里，迪安德尔似乎坚持住了这个想法。他的保释官现在不再统计他出勤的天数了，所以他的出勤率变得稍有一点断断续续。但他避开了街角。芙兰之所以知道，是因为他一直在哀嚎他那套该死的复活节新衣。没有现金，他严重地依赖着芙兰，而在某个奇怪的方面，这给了她一点点的自豪。

曾经的迪安德尔回来了，她告诉自己。我的孩子，我的儿子。她总可以去商场里给他偷来些复活节新衣服。她也明白，如果想和迪安德尔把一切理顺，自己需要做的更多。如果可以戒毒，她就能一直陪着他，尽管这个想法本身就已经很让人畏惧了。芙兰至今已有十五年没有戒断及清醒过了。她也身无分文，除了堆在露珠旅店地下室里的一堆旧家具和每月支票日的那一百八十美元。她有一张医疗援助卡，但不包含戒毒的费用，所以这意味着要等很久才能轮上政府付款的戒毒所床位。她在市里和两个县上有几起盗窃起诉，任何一起都足以让她去坐牢。她还有那间二楼上的卧室，那里面得到或者积攒的任何东西都会轻易落入他人手里。这一切在迪安德尔从法庭上回家的两天后就已经清楚了。当时芙兰犯糊涂从韩国人开的杂货店买回了超过一天分量的金枪鱼、面包和蛋黄酱。她用其中一半给迪安德尔和迪罗德做了三明治，然后把剩下的放进冰箱留给明天。但费耶特街上没有明天。到了早上，一丝残渣都不剩了。

她告诉自己，这不是日子的过法，甚至连海洛因都不足以模糊掉她生活业已变成这种日常的耻辱了。一天又一天，她告诉自己要改变。但之后，每每想到这件事所要求的一切，她就又立刻劝说自己回到了街角。

四月的第一天，她一如往常地来到了门外台阶上，看着支票日这天蒙特街和费耶特街的人流。一会儿以后，麦克·埃勒比逡巡而来。这就是那个街角上的常驻匪徒小麦克，兜售可卡因，必要的时候还会开枪射击。小麦克，那一次就是他从背后给乔·兰尼来了一枪。要不是他子弹打光了，就已经干掉乔了。他不到一年前才枪击了另一名打劫的男孩，按照芙兰的印象，他还应该因为这起指控被关着。

"嗨，芙兰。"

"你可好？"

"我要出海。"

芙兰盯着他，好像他刚宣布自己是个宇航员。麦克目前处在有监管的缓刑中，还从上次枪击案里被判了十年延期执行的刑期。他哪儿都去不了。

"你要去哪儿？"

"我要去一艘船上。一拿到我的Z卡就去。"

"什么？"

"我的Z卡和体检报告。我能从海岸护卫队那里拿到这些，然后就可以走了。里基和虫子帮我进了工会。"

R.C.的继兄们，如今少在街角上的他们是当地海员工会的成员。而麦克故事的第一部分，当他在讲的时候，芙兰听来像是真的。他解释说，尽管自己有犯罪记录，但里基和虫子贿赂了有门路的人，把他给加到工会里去了。对于麦克来说，这是他最后的机会了。要是继续待在费耶特街上，他绝对会继续兜售毒品，也绝对会枪击下一个试图抢劫自己的瘾君子。麦克因为太过多疑，总忍不住开枪。他也可能会遭到涉毒指控。无论哪种情况，他都会回到巡回法庭的约翰逊法官面前，被判去服那整整十年的刑期。

但对于故事的其余部分，芙兰心存疑虑。

"你在缓刑期间还能上船?"

"我会和法官聊聊。"

芙兰点点头，一点都不信。不可能，她想。这里没人能成功逃离。

"所以你要去当个水手?"

麦克露出了一个大大的微笑。

"你之前上过船吗?"

"没。但他们会教我。"

"嗯。"

当天晚些时候，她身处露珠旅店的地下室里，脸悬在一面镜子上的几条排成线的毒品上。但这次不是邦琪陪着她，而是加里，他出于旧日时光的缘分而带了几瓶可卡因过来。

"你知道麦克吗?"她冷不丁问道。

加里点了点头。

"他要出海了。"

"谁?"

"小麦克。麦克·埃勒比。他要航海去了。"

她嘲弄地说着,不愿意相信。但加里在揉搓自己的脸颊,像是对待任何事儿一样,听风就是雨地相信了。这是她恨加里的另一个原因——从《古兰经》到《华尔街日报》,他把所有一切都当做无可辩驳的福音。

"他说他要加入工会。"

"我以为他在牢里呢。"加里说道。

"他枪击那个孩子被判的是缓刑。"

"干。"

一阵沉默席卷了他们,甚至连加里都第一次无法理解了。他环顾露珠旅店地下室,看着他们梦想之屋最后的遗迹:那套玻璃的餐厅器具,某个小边桌,两个梳妆台,一床旧垫子和弹簧床垫,甚至还有几个破旧的立体声音箱。芙兰盯着加里,他在默默地计算着每件物品在巴尔的摩街二手商店里的收购价格,但她知道这不过是一个理论上的练习而已。他没法从她这儿偷东西。

"你还留着我们的东西。"

"也没剩下多少了。"她说,眼光随着他望向了房间的前部。加里一言不发。

"我们有过好日子,不是吗?"她笑道,"我们以前是个团队。"

加里看着她。随着芙兰开始抓挠结痂,他的双眼蓄起了泪水。

"这说不通啊,"她说道,"他们那么开心看着我们失败的样子。我全家都他妈的感到开心。"

加里点点头,接着聊了起来。甚至在开始堕落之前,在还保有大部分钱的时候,加里告诉她自己已经厌倦了被人们利用,厌倦了他们愤恨自己的成功,哪怕他很乐意和他们分享。如果我失败了,他当时就告诉过她,他们就会喜欢我了。如果我失败了,我也就和他们一样了。

"我猜这就是他们想要的。"加里说道，听起来和芙兰的语气一模一样。这是他们两人自怨自艾的派对。芙兰通常受不了这个，但这正是她现在想要听到的。

"好像我做什么并不重要，"她苦涩地说道，"当他们需要点啥的时候，就来找我。是我把一家子拢在一起的，但斯谷吉得到了房子、钱，所有一切。这说不通啊。就好像所有人都开心我们倒下了。"

"那就是我一直说的啊。"

"关键是，我知道我们可以再爬起来。你知道我们必须要的。因为，我就说看看我俩吧，看看我俩和这堆垃圾在哪儿。"

"我要停了。"加里说道，大受鼓舞。

"还有迪安德尔，他现在真的是在努力。"

加里显得很意外，但芙兰点头让他信服。"他离开街角了，还在找工作。加里，我跟你讲，他甚至还在上学。"

"干。"

"你儿子长大了。"

"我知道。"

"如果他在努力，那我们也要努力。"

加里突然情绪高昂了起来。他就是那个堕落天使，撞见了新的宗教。芙兰看着他站起来，在地下室的地板上踱步，戳着他那个早已死去的梦想残存下来的家具，说着他们要怎么一起戒毒。要是加里能找到一份什么工作的话，也许还可以找个自己的地方。

"成一家人。"加里说道。

一场充满希望的对话，加里已经许下了全新的誓言。芙兰完全不想要这些。但是，看到加里这么兴奋起来，对她也是一点促进。

"你等着瞧，"加里说，"我会好起来的。"

"你需要找个（戒毒）项目。"芙兰告诉他。

"我能自己搞定。"他让她放心。

她耸耸肩。对她来说，要么有项目，要么就等于零。"我可能会去巴尔的摩戒毒中心，"她说，"他们有个三十天的项目。看我能不能进到那个项目里。"

然后，因为可卡因就在那儿，她吸了最后那一线。

春

四

加里·麦卡洛身穿迷彩装备和伞兵靴在那条背街小巷里穿行，"突击队员"又一次在执行任务了。他比自己惯常的厮混伙伴快了一两步，推着那辆带轮拖车，在这条费耶特街分支处的巷子里步子沉重地走着，每一步都会在他脚下的人行道上敲出一声塑料的破裂声。

"啊呀。"托尼·布瓦斯说道。

加里轻轻地笑了。

"像是个该死的坟墓。"托尼嘟囔道。

加里哼了一声表示赞同。这条名叫艾迪森街（Addison Street）的巷子在圣诞节后被市政好好清理过，但现在，四月初，它又已经满是垃圾、废品和臭气了。跟任何一条贫民窟后街一样，这里又沦为了垃圾场，外加似乎覆盖了一切的一层闪闪发光的空瓶子和一次性针头。艾迪森坐落在两个主要毒品市场的中间，你每走几步，都能听到好几个陨落的"士兵"（被遗弃在此处的瓶子和针头）在脚底嘎吱作响。

"干。"加里说道，审视着地面。

托尼从巷子口蹚了出去，来到巴尔的摩街上，但加里还迷失在那波玻璃纸的浪潮里。他弯下身子，双手撑在膝盖上，然后伸手够向了一个孤零零的瓶子。这瓶黑盖儿货的底部还沉积着一点点白色的东西。

"哟呵。"

他把拖车靠在墙上,然后拿起那个瓶子对着太阳。里面还有半发的量,真是及时雨。他把这好东西放进口袋,抓过拖车,慢跑到了街头和托尼会合。两人向着富尔顿街走去。

"三层?"加里问道。

"不,二层。"

"嗯嗯。"

"音响、电视、冰箱,都是好东西。"

罗妮已经安排好了。自从他们开始在富尔顿街上同波普斯一起吸毒,她就一直在观察标记街对面的那栋无电梯公寓楼。那是个有工作的人的家,或者大概就是某个貌似有工作的人的家。罗妮已经知道住户每天早上都会离开公寓,空房以待。至于这栋三层排屋的其他部分,她猜测大概率都是空的。

罗妮很擅长发现大奖,而当需要计划勾当的时候,她甚至还能好上加好。今天,面对这套富尔顿街上的公寓,因有了自己的女友,加里除了一次酣畅淋漓的行动外,不做他想,尤其是还有托尼·布瓦斯和自己并肩作战。有托尼在,加里就知道可以预期什么:他尽可以在各个方面都依靠托尼,而这样的依靠是其他同自己搭档搞勾当的人无法给他的。从街角绕过来走上富尔顿街,加里居然开始在搭档身旁昂首阔步地走起来了。他心想今天,至少,那条"蛇"对自己是无能为力了。嗨,尽可以忘掉那栋无电梯公寓。他们感觉可太好了,他们干脆去市中心搞掉美联储好了。

在距离那栋房子还有一个街区的地方,他们溜下了富尔顿街,去了一溜几乎都是空置的三层排屋背后的一条小巷。加里把拖车扔到了爬满蝗虫的灌木丛里。从这里开始,要进入突击队状态了。兜帽拉上来盖住脑袋,他们的伞兵靴在垃圾和废墟中轻巧穿行着。他们溜出那条巷子,对话降低成了一阵低语。

"哪栋房子？"

"第三栋，不是第四栋，走。"

他们如同回家一样溜了进去。直接攀上楼梯，在公寓门口稍稍停留，倾听这座建筑里的任何地方是否还有活物。空无一人。完美的安静。托尼后退一步，抬起靴子，膝盖抵到了胸口。

能抬多高抬多高，加里告诉他，冲着门锁去。

托尼哼了一声，然后像头野驴一样踢了过去，他的靴子在那扇上过漆的门上留下了一个完美的灰尘鞋印。

第二下就踢坏了铰链。第三下踢倒了门。他们进到了另一个男人的客厅里。加里在公寓里逡巡，盘点东西。

这是一场完美的行动，从方方面面来看都是。他们把那个小电视、带闹钟的收音机和一些厨房小电器都塞进了几个大包，把它们拖出公寓门，拖到了楼下。然后加里回到后巷里取拖车。又过了约一分钟，他们已经清空了冰箱。他们把它抬起来，抬出厨房，把冰箱推向公寓门口。刚把这个庞然大物的一半推出门槛，加里注意到一名三楼的住户正在楼梯间里冲着自己坏笑。他心跳到了嗓子眼，回望向那个男人，然后望向托尼，后者还在公寓里面。

"嗨。"加里朝那个住户说道，他的嗓音足够友善。

那个男人摇了摇头。

加里等着托尼把头探出门框，几秒钟后，他们三人还站在原地，时间一分一秒过去，三人愚蠢地互相张望着。再一次，加里试图要打破沉默。

"嗨，好吧……我就说……"

"你们算我一个，"那人插口说道，"我就什么都不说。"

几乎连讨价还价都没有，他们就以一份毒品的代价重启了业务。加里和托尼因为这个小曲折一路笑到了巴尔的摩街上，推着内里塞着大包的冰箱走，拉着赃物穿过了中午的人流，经过了几张在蒙特街和巴尔的摩街街角杂货店门口厮混的同僚的笑脸。

　　一辆警车在巴尔的摩街上经过他们，转上了吉尔莫街，但这两人几乎没有丝毫紧张。时间已经教会了他们，一旦在街上，他们就隐身了。那个冰箱，那辆拖车，两个瘾君子拉着它们去换现金——对于一个既没有意愿也没有心情调查财产盗窃案的警察局来说，这一切都被视而不见了。此刻也一样，毒品战争已经颠覆了优先级。为什么要拦下两个瘾君子，询问几个关于冰箱的问题呢？为什么要花时间要求看看收据呢？为什么要费心去听他们瞎扯是在搬自己祖母的冰箱去叔叔家，哪怕其中还填满了小件的东西？为什么要浪费时间打电话回西区警察局问文书，看是不是有人报告了该区有一桩盗窃案呢？为什么要忍受任何类似警察本职工作的事儿，与此同时你明明可以仅靠开到一个街角搜查揽客仔的衣兜，就能以此表明自己的立场啊？

　　一开始，加里为自己可以拖着个头巨大的、偷来的电器从社区一头走到另一头而不会直接被扔到牢里倍感惊讶，但一次次地，他已经学会了理解费耶特街上巡警们的优先级。大部分警察都是冲着毒品去的，他们靠街角上的逮捕过活，而对于加里和托尼来说，去瓦因街上搞勾当的风险总是要高于闯进某人的家中。如今重要的事在于不要看起来鬼鬼祟祟或者紧张兮兮，只需要继续推着这座白色的大山在街上走就行，假装这和任何人都没有关系。

　　在巴尔的摩街上，他们换回了六十五美元。

　　走回山上的途中，加里穿过文森特街，希望遇见某个正在卖"死刑犯"货的揽客仔。作为一条连接蒙街和吉尔莫街的小巷子，就在巴尔的摩街北边的文森特街上坐落着一排破烂不堪的空置砂浆排屋，如今偶尔被用作临时吸毒点，间或会有某个街角帮派在此卖货。昨天"死刑犯帮"在这儿，在街区的两端都安置了望风仔，并在其中一个朽坏的地下室里存放着当日货物。但今天他们不见踪影。

　　"都是心态。"加里说。

"什么?"

"我是说,你懂的,我们偷的是他的邻居嘛。"

托尼笑了起来。

"不,真的。你想想就明白了,这其中的心态真是太妙了。"

"你是身在局中。"托尼不为所动地说道。

"对,但当你的邻居被偷时……"

加里不愿意就这么算了,还有些事关道德底线的想法在,有人被那栋富尔顿街房子的三层邻居背叛了的想法还在。没错,他们是在偷东西,但没偷自己的邻居。加里无法想象自己会为了一发毒品的代价而下贱到背叛隔壁邻居。

"……我就说那么做不对。"

"嗯。"托尼回道。

"我是说他不应该因为做了那种脏事儿还可以嗨。他不应该从中获利。"

"确实不应该。"

"而且你知道,他甚至不会知道我们是谁。"

加里轻声地啧啧叹道,摇着头,嘟囔着抱怨某些人可鄙的心态,抱怨着这世界普遍缺乏正义。从费耶特街边的巷子里出来,他看见空地上有一堆新的废品,满是灰尘的床垫半盖着什么东西。

"等等。"他说道,转向了新的方向。

托尼在空地边上等着,不耐烦地想要找到罗妮,然后往血管里来点东西。但加里正在垃圾堆里翻找,把几块绿色的废铝片和一块沉重的条纹合金钢板拉了出来。

"加里,走啦。"

"别,看呀,托尼……"

他一直招呼到搭档加入了自己。加里指着某种台锯或者带锯的残留物,早就破得无法再修了,但在"联合钢铁"的磅秤上能卖个一两块钱。

"加里，我们今天够了。"

"明天，"加里说道，"你总得想着明天。我们可以卖掉这些。"

"哥们儿，晚点再说吧。"

但加里现在念叨着蚂蚁和蟋蟀的故事，念叨说聪明的松鼠为冬天储存橡果。他四下里找一个可以存东西的洞，最后选定了其中一栋废弃的房子。

"瞧着吧，"加里说，"那值二十块呢，不费吹灰之力。"

这是个托尼反驳不了的说法，但在他帮着加里把这块金属残渣搬进小巷子时，龇牙咧嘴地表示了自己的不耐烦。

他们重新开始了胜利游行，在罗妮姐姐家房子前部的沙发上找到了罗妮。这栋房子就在艾拉·汤普森家往上几栋的地方。罗妮找到了好几袋"蜘蛛袋"的货和一些粉盖儿，然后他们愉快地转场去了费耶特街 1717 号，去了加里空荡荡的梦中宫殿的二楼。在那里，他们拿出注射器，打开瓶盖，开始埋头处理眼前的业务了。

当晚，加里没有回家。第二天上午，咂摸着嘴里发酸的味道，他真心满是感激地把手伸进运动衫口袋，找到了那半份海洛因，就是他从那片玻璃纸袋的坟场上救回来的那点儿。半小时后，在威尔金斯大街上，他也充满了感激，此时他正带着那台商用台锯的残块等在磅秤前。

"你找到了啥?"一个没有牙齿的酒鬼问道，这个熟脸正拿着几截雨水槽排在队伍里。

"锯子。"加里说。

"啥?"

加里举起了那个钢的台锯。

"重吗?"老酒鬼问道。

"随便就能卖个二十美元。"

酒鬼哼了一声表示赞同。他的雨水槽是铝的，脏兮兮的铝。他期望的价格是五美元。加里前后打量着队伍，看到当天早上的赢家是那个通常细细搜刮西区那块地方的瘾君子，就在凯瑟琳街那边。那男人很胖，开心地推着满满一购物车的铜质下水管道。他很可能可以卖个四十美元。

看吧，那些蚂蚁们。孤零零的时候，它们无足轻重，即便不是彻底的喜剧，也随时会被任意嘲弄。但十几个、几百个在一起时，即使是最小的虫子也能移走高山。联合钢铁金属公司支付现金，在围绕它的社区的财富——铜管、铝制屋顶防水板、铸铁浴缸、钢制锅炉外壳——被搬空熔化殆尽的时候不会问问题。

当加里开始靠勾当过活时，只有一小拨快乐的人清楚这门金属生意。这是一小群驾驶着购物车穿梭在市区垃圾场里的先驱，他们打探并顺走一点没人看守的东西，换上几个美元来帮自己熬过一天又一天。如今，他们结成了军团，在一场绝望的战斗中彼此践踏，只为最早抵达、最多收获。白天，他们闯进住家，或者在空置的房产里搜刮。夜晚，他们吞噬着任何能找到的施工场地，从尚未完工的排屋翻新现场偷取下水管道和设备，然后一周之后再回来重操旧业——盗窃太过频繁，以至于市区的大部分承包商不得不在本该使用标准铜管的地方用塑料管子将就替代。蚂蚁们涌上了列克星敦街，推走了自己那份遗留在康复治疗项目现场的建筑材料。蚂蚁们还去了波恩赛考斯医院，那里正试图翻新旧楼，并增加一栋新的附楼。一天晚上，有人真把其中一辆迷你推土机给变没了。另一天夜里，有人则偷走了两个移动厕所。下到列克星敦台地，那里的高层建筑早已被搜刮走了数百套铝合金窗户——每一套都是城市住房机构花费数百美元买来的，每一套在"联合钢铁"的磅秤上报价三十或者四十美元。在上城的哈莱姆公园，那些善良的浸会信徒们某天一早醒来，发现上帝的圣殿里正在落雨。为什么不呢？屋顶防水板是高质量的铜，这批赃物大概为某只虫子换来了七十五美元。下到联合广场，有人在偷铸铁的下水道井盖。在西区的停车场上，另一个天才成功地放倒了一根独立式路灯，带着价值八十美元的铝走掉了。

加里体内的企业家忍不住好奇这些金属都去了哪儿。他知道这些金属的价值。铜和干净的铝、不锈钢和铬。他知道自己和其他瘾君子从公司的磅秤上所得的不过是九牛一毛，甚至更少。联合钢铁金属公司是一家巴尔的摩的企业，它从大战以来就一直坐落在威尔金斯大街上，当时的配额制和军备需要让废旧金属成了一种真正的商品。但现在早已不是战时了，那些守着磅秤的男男女女们也不是后方的爱国者，不需再为海外的男孩子们种植胜利花园①、清空自家的地下室和车库。那些过磅称重的人一定知道这些雨棚、管道、汽车防撞杠的来源。他们当然知道，这就是为什么他们会支付现金且不问任何问题。但加里经常试图想象那些在金字塔尖的人们。他从没见过联合钢铁金属公司的所有者们，也不知道他们的名字。但有一次他听说他们中的一人住在北巴尔的摩的一栋巨大豪宅里，位置要一直往北去，在县界附近。在等着过磅的时候，加里试着召唤出那个金属大王的样子，试着幻想出他宫殿的景象。加里灵魂深处埋藏着的生意头脑一定在嘲笑这一切：我们所有人都在为这个大王工作，所有的这些破坏都是为了这个金属大王能过上好日子。无论他是谁，不管他在哪儿，大王都勇猛过人、值得敬佩。

加里排到磅秤前的时候都还在幻想那些豪宅。就在他身前，那些雨水槽给那个老酒鬼换回了两块钱。这个牙齿掉光的废物轻声咒骂着，蹒跚走开了。加里像个推销员一样冲着那个负责收货的白人男孩笑了起来，然后举起了那个烂兮兮的台锯，开始吹嘘这东西的重量。

---

① victory garden，指一战和二战期间，各国政府号召居民在自家花园中种植蔬果作为战时配额的补充，同时也能鼓舞士气。

"不锈钢。"他骄傲地说道。

结果只有三十磅。台锯换回了十一美元二十五美分。还不赖。对于今天的第一次冒险来说，完全不算糟糕。

加里开始走回"联合钢铁"的车道上，因自己在这条伟大市区食物链上的位置而感觉良好，并为自己那不断增长、从埋在腐朽床垫下面找出尚可出售金属的能力而感到骄傲。他熟悉这个业务，比罗妮还棒，甚至比托尼都棒。

他还没走到公司的铁丝网大门，就被工程师的样子打消了骄傲。后者今天的"火车"由四辆购物车组成，每辆之间由塑料绳子和破布连着。工程师鼓足了劲，推着这辆满载的货运列车走下了车道。他的刹车工，一个年轻一点的学徒，跟在车尾上，守着尾部的购物车，防着盗猎者们。

加里停下来观看，他的敬仰和更基本的妒忌感作战。下水道栅格、旧电池、铜管、雨水槽、子午线轮胎里的那层钢丝网——工程师这是挖到母矿了啊。随着他走向磅秤，他身后的购物车哐啷作响。他就是赶着两百头顶尖肉牛骄傲踏进阿比林[①]的奇泽姆[②]。或者也许是身处自己西班牙大帆船船舵后的科尔特斯[③]，正带着那些印加珍宝从新世界返航。在那列"火车"经过自己开向磅秤时，加里摘下兜帽，挤出了一个大大的微笑。

"嗨，摩，"加里喊道，"你把这座城都掏空了啊。"

他那十一美元现在似乎没那么了不起了。但是，加里还是成功按

---

① Abilene，堪萨斯州地名。
② Chisholm，全名杰西·奇泽姆（Jesse Chisholm），切诺基族商人，其父为苏格兰裔，其母为切诺基人。奇泽姆和朋友"黑海狸"（Black Beaver）在美国内战后共同开创了奇泽姆小道，用于将得克萨斯州的牲畜赶到堪萨斯州的铁路起点上，卖到东部获取更高利润。
③ Hernán Cortés，是殖民时代活跃在中南美洲的西班牙殖民者，以摧毁阿兹特克古文明并在墨西哥建立西班牙殖民地而闻名。

下了自己的炉忌。工程师已经出没好几年了，从一辆购物车升级到了两辆，然后是三辆，现在终于满额了。这人绝对有五十多岁了，加里推测他至少已经从业十年了，甚至还更久。所以工程师也许就是金属业务的大师，但他也是花费多年才习得了这其中所需的才能。再过十年，加里一定也可以拉着自己的不锈钢特快开进这里的停车场。加里把兜帽戴回去，又笑了起来，然后溜达着穿过了威尔金斯大街，为刚才那个类似荣光的想法而感到暖意充溢。

　　一年前，当他刚开始和托尼·布瓦斯搞勾当的时候，费耶特街上没有一个瘾君子没听说过那些被传在圣马丁学校空楼地下室里静待的宝藏。那栋红砖大楼就坐落在富尔顿街和费耶特街的西南角上。那些有幸瞟到过其中的中央供暖管道的人，带着通常要留给"希望之星"和"印度之星"① 这样巨钻的语气谈论着前者。纯铜，七英尺高，也许周长能有二十四英寸，对任何够镇定、有勇气去把它拖上磅秤的人来说，这根管子意味着至少一百五十美元。有一些人已经试过了。他们闯入了那栋教学楼，挣扎着用粗糙的工具把奖品从管箍里扯下来。但这根管子坚如磐石地连在那台旧锅炉上，而且即使你把它扯了下来，还需要想办法把它弄出地下室。所以想想那十几个瘾君子脸上的表情吧。当时布瓦斯和麦卡洛这个忍者团伙穿过威尔金斯大街，行军一样走来，圣马丁的大管子带着那犹如巨型生殖器一样的壮丽歇在他们的肩头。也不要计较负责磅秤的骗子没给他们应得的价钱，只给了少得可怜的八十美元。真理其实就浮在队伍中每个人脸上那邪恶的嫉妒中。走上富尔顿街的时候，加里让自己完全沉浸在那一刻里，告诉自己，甚至是工程师——要是他在那里的话——也会被迫祝福他们这次成功的远征的。

　　当然，这些不过是加里·麦卡洛这名毒品成瘾者的沉思而已。对

---

① Hope Diamond 和 Star of Inida，均为著名的巨型钻石。

他来说，那次勾当的荣光是毋庸置疑的。他像这样艰苦谋生已经日久。四处搜刮金属和小设备，一天天地追逐着微不足道的小钱，他像这样已经过了好几年了。但时不时的，海洛因的迷雾会散去，而加里会发现自己被一种非常基督徒的罪恶感给吞噬了。

就好比他对那个圣马丁的锅炉所做的。加里知道那意味着什么，是对那个虽然空着但无论如何还是值钱的建筑造成了好几千美元甚至是上万美元的破坏。实际上，那所旧学校被列在了一处已经筹划多年的社区工作技能培训中心的选址短名单上。或者雪上加霜的是，加里和托尼的这些盗窃行为是在把那些要从一个发薪日撑到下一个发薪日的人们所积攒的少量财富洗劫一空，其中一些人的日子过得和加里最惨时候一样窘迫绝望。没错，这是肉体的欲望，这是成瘾的症状。但那条"蛇"的召唤并不总是足够响亮，能盖过这其中的过错。在这样的时刻，他就会发誓重新遵守所有的道德标准。他会承诺参加某些有意义的事儿，甚至是——这也是加里的每日愿望——承诺去戒毒，去戒断，去重获曾经他所拥有的、有意义的生活。但这些时刻都会过去，那些充满渴求的细胞会开始嘶吼，然后一桩新勾当的刺激又会卷土重来。

这样的刺激基本上都是人为的，这是需求的结果。这已经渐渐清晰了，甚至对加里来说也是如此。突击队的着装、计划、他和托尼冒险时的鬼鬼祟祟，有多少是真的必要呢？比如昨天，富尔顿街上的那起盗窃，所有的计划和所有的花招还是让他们被困在了走廊里，盯着一个坏笑的邻居看。所有那些避免被抓的努力，之后等他们真被抓到了，也就毫无意义了。经历了所有的那些神神秘秘，半小时后他们还是推着一台冰箱走在巴尔的摩街的光天化日之下了。所有对金属的搜寻、积攒和搜刮——大部分都是直接偷来的——然后呢，去到磅秤上，不算是销赃，而是作为合法交易被收购了。有时候加里不得不承认那些勾当其实算不上勾当，西巴尔的摩的犯罪已经不知为何不再是犯罪了。

这个世界已经不在意费耶特街上的对与错了。这个想法对加里来说既新鲜又不安，而他刚刚开始对抗毒瘾的那种十足刺激。在吸了四年毒之后，他依然能够在每日奔波中、在瘾君子这份全职工作中，攒出一点不合时宜的骄傲。他知道人们——正直的人们——不会这么想，他也是直到自己亲历一切之后才得以窥见。但他比起大部分人都清楚什么是下苦力。曾经身为一个工作狂而有着一场前世，他是一个有按揭、有车贷、有退休计划、每天早上都起床的纳税人。他知道什么是工作。而以此为标准，他敢说当一个海洛因瘾君子是世界上最困难的工作。

每天你都从一无所有开始，每天你都要想出让自己幸存的方法。而一天接着该死的一天，你要咽下痛苦和自怨自艾，去到街头，去获取不可或缺的东西。除了一个瘾君子，还有谁敢在身无分文、在世界上没有任何朋友，并真的需要想出办法在第二天早上赚到当天的第一个十块钱的时候安然入睡呢？这是一天二十四小时、每周七天的工作：总在坑蒙拐骗，总在寻找机会，总在试着比其他上百个瘾君子要抢先一步，但所有人都奔跑在同一条赛道上。还不仅仅是犯罪或者勾当。你不得不抓住机会，任何机会，无论机会在哪儿，目光紧盯着地面，捡起也许能换来一美元的任何东西。可以是送到磅秤上的一块废金属，或者是典当铺会收的二手家具，或者是某个逃避警察的小贩掉落的一小瓶可卡因。当时间紧迫、勾当不易的时候，你不得不想出能换来几个诚实美元的一两种临时工。你不得不狠心去逼迫朋友和家人，时不时要来几个美元，把随之而来的羞愧视作这笔借款的利息。每天都有这样的时刻，你需要施展个人魅力，需要美国传统里某种敢赌咒发誓"老天在上"的推销员技巧。

就好比那天从磅秤那里回来后，加里和托尼又一次穿上了突击队装备，在社区里逡巡，寻找一栋新的空房子，期望能找到点铜管或者窗框。但这桩金属生意，曾经在加里看来取之不尽用之不竭的现金源，正随着越来越多的瘾君子把这个社区搜刮一空而变得难上加难了。

他们一直远行到了普拉特街，最终还是空手而归。而现在，加里在上午的暖意中哼唱着福音歌曲，他们游荡到了富尔顿街上。托尼想要冒险尝试另一起光天化日下的入室盗窃。

"……在费尔蒙特街上，就是整修那些公寓的地方……"

"那些是斯蒂芬广场（Stephen's Square）的公寓。"

"就是整修好的，有新厨房和其他东西的那些。可以趁着施工队吃午饭的时候溜进去。"

加里点点头，但他被巴尔的摩街上的某些东西分了心。托尼追随搭档的视线看到了一个瓦楞纸箱，它的盖子打开着，在那条西向道路上把内里袒露了出来。加里慢跑向前，去宣示主权，街头的法则就好比大洋上的法则一样。

"面包卷。"托尼说道，他跟了上来。

"是贝果，"加里睿智地补充道，"新鲜出炉的贝果，熏鲑鱼馅儿和奶油芝士馅儿的，对犹太人来说，这可是传统食物①。"

"像是从卡车上掉下来的。"托尼总结道。

加里快速地点了点数。十四打，每一打都封在保鲜膜里，只除了顶上的一打被撕开了包装，少了两三个。

"是鸟叨走了。"托尼说。

是海鸥，显而易见。一群觅食的鸟儿正在上方飞旋着，等着轮到自己。但海鸥们输了，加里和托尼现在入局烘焙业务了。

"刚出炉的贝果，"加里吼道，"一块钱一打。上好的贝果啊。每天一贝果，医生远离我。"

他卖了一打给一个路过的司机。另一打卖给了一个从蒙特街上杂

---

① soul food，又叫南部食物，是美国南部黑人传统食物的称谓。

货店出来的人。十五分钟后，他们成功赚到了三美元。

"开局不错。"托尼满怀希望地说道。

他们转身走回了蒙特街和费耶特街，早上的一发只差七美元了，希望还能找到一桩好勾当的线索。街区走一半，加里看到儿子熟悉的身影朝自己慢慢走来，手上攥着一个新的篮筐，篮网也已经装上了。

"嗨。"加里说道。

"可好？"

"你懂的，还不就那样。"

迪安德尔双眼一直盯着人行道。加里也一样。托尼犹豫着要不要加入对话，然后他往街上走去了，去和一个"死刑犯帮"的揽客仔聊货去了。

"你妈在哪儿？"加里问。

迪安德尔耸耸肩。"就这附近吧。"

加里低头看向那个橘红色的篮筐。

"那是什么？"

"娱乐中心的东西。艾拉搞了个新的篮筐，但没人能搞清楚怎么装到篮板上，因为没法拧上去。"

加里若有所思地点点头。"你们也许需要清洗剂。"

迪安德尔把头扭向了另一边。

"金属清洗剂，"加里说道，食指蜷向了拇指，"你懂吧，要让螺栓紧一点。"

迪安德尔点了点头，并不是真明白了。父亲说让他看看篮筐，儿子同意了，然后走进了韩国人开的外卖店，而加里则开始了科学检验。

"他找到的这些螺栓可不行，"他自言自语道，"你需要能找到的最长的螺栓。"

当迪安德尔从店里出来，嚼着一袋芝士泡芙的时候，他父亲已走上了通往娱乐中心的沥青路。就在街区上头，托尼渐渐放弃了希望，独自汇入了街头的人群中。加里花了十分钟检查那块破烂金属篮板上的洞。

"我们需要一点五金件。"

迪安德尔点了点头，被"我们"惊到了。

艾拉摸出了几个美元，他们走到了普拉斯基街和麦克亨利街街角的一家五金店。迪安德尔拿着篮筐，方便他们去测量螺栓。

"你的姑娘怎么样了？"离开商店的时候，加里冒险问道。

"瑞卡？"迪安德尔问道，"瑞卡不是我的姑娘。"加里看向他，有点意外。他看见他们俩昨天下午从露珠旅店里出来。"我是说，她是我的姑娘之一。我这么说吧，现在是春天了。"

加里摇头大笑起来。

"确实是啊，"迪安德尔说，"所有姑娘过了个冬天都变得又胖又美的，你懂的。我觉得她们自己还不知道呢，但我要和她们每个人都好好鬼混。"

啊，青春。加里高声叹了口气，很开心能同儿子产生任何形式的联结。在跟着加里走回富尔顿街，并聊着自己所有征服计划时，迪安德尔也允许自己感受到了一点点开心，说着能让父亲知道自己已经长大的话题。

回到娱乐中心的游乐场上，R.C.和"硬汉"耐心地等着迪安德尔和他父亲从艾拉那儿拿来扳手，然后开始干活。篮筐终于装好了，因为用了清洗剂而装得结结实实的，但丑丑地前倾着。没办法解决篮板的倾斜，R.C.用一次自娱乐中心大门起跑的强行切入，外加右手两次拉杆式投篮假动作最后换回左手的动作，给球场举行了落成仪式。

"R.C.能把那招用到死。"迪安德尔说。

"但管用啊。"R.C.反驳道。

站在禁区顶端附近，加里示意要球，"硬汉"传了过去，意外地礼貌。加里把球紧紧抓住，然后在自己前方的沥青地面上运了一下，又让球弹回了自己手中。迪安德尔从篮下要看不看地望着，显出了一点轻微的尴尬。

"你也打球啊，麦卡洛先生？"

"对，"加里说，"以前打。"

"他才不会打呢。"迪安德尔说道。

加里微微一笑，扭身投球，球擦过篮筐前沿，差点就是个三不沾。他儿子抓住弹起来的球，嘲弄地啧啧了几声。

"再来。"加里说道。

迪安德尔把球扔向了他。加里运了两次球，扭身，从十五英尺外把球稳稳地投了进去。中了，哥们儿。R.C.和"硬汉"呼哨喊叫了起来，为加里献上了他应得的敬意。

"他是有点东西，"迪安德尔带着突然出现的骄傲说道，"但还是比不上我。"

"哦，呵，"加里大笑道，"老天啊。"

迪安德尔把超大码牛仔裤拉回到臀部上，然后在禁区前冲着父亲摆出了架势。加里沉下一边肩膀，用身体护住球，动作怪异地朝着底线运球走去。他在一双已穿烂的正装鞋里挣扎着往前，无法在迪安德尔疯子一样的防守里控好球。带着显而易见的沮丧，他投出了一个平衡尽失的勾手球，毫无威胁地掠过了篮筐后部。

"老派的打法可过不了我，"迪安德尔骄傲地说道，"传球。"

R.C.把球传给迪安德尔，后者已经迫不及待要给自己父亲上一课了。但加里注视着沥青场地的那头，看着通向蒙特街的那块空地。这次不是托尼，而是那个憔悴枯瘦的身影吸引了他的注意。罗妮正挥着手，示意他现在就过来。迪安德尔沦为了背景。

"我一会儿就回来。"加里说，戴上了兜帽。

他在外卖店门口赶上了罗妮。

"查琳被赶出来了，"她告诉他，"她的破玩意儿现在都堆在街上。"

"嗯。"加里嘟囔道。

"最值钱的是那张沙发，"罗妮说，"靠垫不搭，但木头部分像是新的。当然，你得把它搞到下面的巴尔的摩街上。"

这没问题。加里四下寻找托尼，但他的搭档早走了，动身去另一场冒险了。他走上费耶特街，再走向门罗街，在那里找到正瘫在那张沙发上的斯卡里奥，坐姿如同在说费耶特街就是自家夏日小屋的休闲室，一支新港香烟在他的手指间燃烧着。那张沙发有一半在车道上。

斯卡里奥看着罗妮走过来，把香烟举到了嘴里。他把头向后靠去，烟雾喷向了空中。此刻慢车道上的车流正挣扎着要绕过他。

"我给了他两支香烟让他替我守着。"罗妮解释道。

斯卡里奥在脚踝处把双脚交叉起来，向上拉伸着双臂。"只有在贫民窟，"他干瘪瘪地说道，"只有在美国，在贫民窟，生活可以这么舒服。"

一辆联邦快递的卡车直愣愣地在他身后鸣笛，但这位老瘾君子保持了戏剧化的淡然。加里不得不为这场表演露出了笑容。

"看看，"斯卡里奥说道，充满哲思而伤感地叹道，"这……这就是他们恨我们的原因……"

加里大笑出声，而罗妮则一脸坏笑。伴着在他身后堵了起来的汽车，斯卡里奥最后给那支新港香烟来了豪放的一吸。加里能看到那些司机备受折磨的脸孔，他们正在挤过这个意料外的障碍。白人的脸，黑人的脸，每个人都带着那种上班族的不耐烦，所有人都想要开车冲进这幅荒谬的画面，但没人有足够的胆量来付诸行动。

"该死的黑鬼瘫懒在街上，"斯卡里奥说着，慢慢地站了起来，"是啊，上帝啊，所以他们恨我们啊。"

在巴尔的摩街上，这张沙发换回了二十五美元。加里和罗妮转场去了富尔顿街，去了波普斯的吸毒点。在那栋无电梯公寓楼的三层，波普斯那个声音刺耳的古老针垫，冲着注射器里的二十毫升，欢迎着所有的访客。加里原则上不太愿意去安妮家吸毒，因为那就在他父母房子隔壁。

"你感觉来了吗？"他们离开的时候加里问道。

"嗯。"罗妮点头说道。

"我的屎都不如。"他告诉她。

也许今天"蜘蛛袋"的货很水，也许是罗妮水了他。当她在操作的时候，他试着要集中注意力，他没看到她做了任何手脚。但波普斯一直在聊天，而罗妮太他妈快了。

"哥们儿，"加里沮丧地说道，"我没啥感觉。"

他离开罗妮，回到了山上，希望从他妈妈那里借点钱，搞来点能让自己再出门并和托尼重新会合的东西。他在圣詹姆斯教堂的地下室里找到了她。妈妈正和其他女士在厨房里忙活，为教堂一个出游活动拌土豆沙拉。

"妈……"

但她在他能把话说出口之前就摇上了头。也许等卡迪在海鲜餐馆领到了工资，她告诉他，她到时也许能够分点给他。

加里点了点头，在身体深处某个地方，那条"蛇"发出了一声低低的嘶响。他溜出了厨房，进了隔壁的会议室，然后朝教堂的侧门走去，冲着一名年长的教堂辅祭礼貌地点了点头，后者当时正在和别人说话，并从自己后面裤兜里掏出了一份文件。加里看着两张钞票——一张五块和一张一块的——跟着文件滑了出来，静静地飘到了油毡地板上。辅祭毫无察觉。

加里没有犹豫。

"呵，"他说道，俯下身去，"你钱掉了。"

"哦……我……上帝啊，"老人说道，"我……多谢，朋友，谢谢你。"

加里出了教堂门,来到门罗街上,好奇托尼藏到了哪儿。

在这个四月的下午,赞美诗听来优美圆润,不同的声部从祭坛上飞升起来,在巴尔的摩街这栋古老石头圣殿里回荡。先是一人独唱,接着是另一个声音,赞美诗突然调子一转,他们的声音变成了完美的布鲁斯,那些平缓的三度音和七度音规避了欧洲作曲家那略微冰冷的结构。唱诗班指挥本人拿着麦克风,试图唱上最后的那个渐强音。她的声音颤抖着,她的身体因其中饱含的戏剧性而备受折磨。在三段狂野的副歌之后,她彻底崩溃了,双眼定定地凝视着,一只手紧紧攥着钢琴的一角,同时离她最近的歌手们帮着她慢慢坐到了座位上。她的即时奖励是满满一整个教堂的欢呼,一阵狂热的跺脚、鼓掌、挥手。唱诗班指挥崩溃的每一个细节都是一场精确的舞台表演艺术,总能成功把教团激到沸腾。其他的歌手也感知着这一刻,在副歌处高唱得越发响亮,把歌声传了出去。

"……我主耶稣的神迹……"

艾拉·汤普森一跃而起。

"……让我感觉……"

双手举过了头顶。

"……如此……如此美妙……"

在第十二排长椅上,艾拉咧嘴微笑着,鼓动着双手,她的声音同整个教团一起,合上了最后一段副歌。这是她的教堂,她的唱诗班,她的春季音乐会,每个优雅的音符都演绎得完美。

她怀着一丝不情愿离开了教堂,和同行的教徒们在台阶上交谈,再慢慢地踱进了巴尔的摩街上的阳光。教堂长椅上只有少量男性来听今天的音乐会。女性,大部分都比艾拉要老,构成了来听取这福音的人群的大部分。艾拉知道,大部分的人都是从郊区的飞地开车进城的，她们来自伍德劳和伍德摩尔，还有卡顿斯维尔，黑人中产阶级已经在这些地方站稳了脚跟。忠诚依然吸引着市中心的居民们来到教堂里，但每个人都在猜测这还能持续多久，甚至连巴尔的摩黑人核心机构的领导人们都不得不担心，周日上午，通勤者们①在虔诚信徒里占比越来越多了。

然而，对艾拉来说，教堂依然是她的应许之地。她将其视作自己世界里的确定性之一，一个容她肢体舒展、情绪释放的庇护之地。她的生活就这样在教堂、公寓和娱乐中心的轮换之间过去了。它们都是艾拉·汤普森的安全屋，是精神得以重振、核心价值能够加强的据点。在这些地方之间的空间里，几乎没有东西可以激起这个女人的希望。她没有走过四个街区来到教堂，她是开着那辆老车来的。这并不是出于安全考虑，而是因为开车至少可以让她免遭来自门罗街和费耶特街的悲伤。

因此，此刻，在离开教堂音乐会的时候，她走下小丘去找自己停在小树林街上的那辆卡特拉斯牌汽车。车就紧挨着路沿停着，有个为霍林斯街上某个帮派揽客的人扬了扬眉毛，发出了惯常的邀请。她距离费耶特街已有几个街区，门罗街这边的帮派们尚没有把她标记为非目标客户。艾拉没有理会他，转过了目光。

揽客仔一动不动，等着，而艾拉则在老车门边上摸索钥匙开门。

"可还好？"

她轻轻地摇了摇头。她可是穿着上教堂的衣服啊，看在上帝的分上。但这个揽客仔面无表情，很是耐心。她关上车门，发动引擎，打灯，然后开走了，向东转上了巴尔的摩街，开回了人们认识她的街道。

每一分每一秒，这座城市都正在变成一台生产微小侮辱和轻微失

---

① 指从郊区开车来参加礼拜的信徒。

败的机器，足以让最坚强的灵魂也崩溃。此时此刻，是那个小树林街上的揽客仔偷走了一丁点儿她从教堂得来的力量。第二天，则是看到R.C.和"硬汉"在富尔顿街上击打某个比他们小的男孩。艾拉还是在自己的车里，刚从普拉特街的市场上回来，一开上富尔顿街就瞥见"硬汉"从身后抓着那个小一点的男孩，扣住了他的双臂，把他牢牢地稳住，留给R.C.攻击。

"R.C.！"艾拉喊道，摇下了副驾驶的车窗。

"是的，女士。"R.C.回道，在冲着对方腹部来了一拳后抬起头来。

"R.C.，你放开他！"

R.C.咧嘴一笑，双手举起来做了个投降的姿势。他走向艾拉的车，"硬汉"紧随其后。那个重获自由的男孩侧身沿着人行道走开了。他一开始慢慢地，然后变成了全速的大步奔跑。

"R.C.，你为什么要打那孩子？"

"他是我表弟。"他向她保证道，身子倾进了副驾驶的车窗里。

"但为什么……"

"我们闹着玩儿呢，艾拉女士。"

艾拉皱了皱眉，暗自寻思为什么这个所谓的表弟没有继续留在这儿玩。而在他这边儿，R.C.现在开始操心新的事儿了。过了一会儿，艾拉也有了新的事儿。

把车停到蒙特街后，她再次和娱乐中心的安全措施纠缠了起来。打开大门，打开灯光，直接走到后面的办公室。她打开门上的第三把锁，走了进去，推开一堆盒子，转动另一把钥匙关掉了夜间警报。她把包放在桌子上，脱下外套，之后，随着空荡荡的娱乐中心所有的静谧都降临在身上，她打开了电视。

是一部肥皂剧。具体哪一部无所谓。

她冲着噪音带来的慰藉而听着电视，她需要其他人类的声音来填满空缺。只有电视开着，艾拉才能工作。

她从清理两堆食品盒子的杂事开始，补充着办公室柜子里的存货。洛娜·杜恩牌（Lorna Doone）的饼干放在中间架子上，和那些迷你肉桂卷放在一起；椒盐卷饼放在底下，和复印纸一起；而那些小袋装的烤肉味薯片塞在任何剩余的空间里。艾拉把全部东西从食品盒子里拿出来，用新一波的小贿赂挤满了架子，再把空盒子扔到了外面的走廊上。每个能一整天不给娱乐中心、彼此或者他们自己造成任何破坏的小孩，都会因为他们的克制而获得奖励。他们挤在前台前，双臂前伸着。当他们抓过奖励跑走时，"谢谢你艾拉女士"的喊声一波波回响着。

放好了零食，她把注意力转向堆在桌上的文件。一个手写备忘录提醒她要搜集篮球队成员们的出生证明，如果她的队伍想要参加夏季联赛的话。还有成立一支童子军的计划，以及在晚上开设有氧课程好把社区里的一些女性吸引来中心的计划。她还需要和富兰克林广场委员会的成员们聊聊列克星敦街上的康复中心项目，看有没有机会——任何机会——让她这里大一点的孩子们能在项目上找到一份暑期工。

在艾拉·汤普森的脑子里，一切都是相互关联的。不仅仅是娱乐中心的计划和未来，而是社区里的一切都相互关联。她是一个坚定的参与者，她的名字从不会从每周二晚例会上四处传递的签到簿上消失。当然，这一切都始于富兰克林广场委员会的例会。社区联合会支付她一万六千美元的年薪，并监管着她的中心。但参与延续到了教堂的会议，"为和平工作"（Jobs for Peace）的筹备会，社区的SHARE 联谊会，波恩赛考斯临终关怀项目，以及西区警察局的市民警察学院。艾拉不懂政治话术，也不会用技巧和战略来规划自己的参与。这些机构内部的政治，这些群体里的动态和人际关系，所有这一切对她来说都几无意义。她参加委员会会议，认真听讲，并同意任何代表社区利益的内容。要是有任何人寻求她的帮助，她都会同意，毫不在意自己实际上也已经在好几个其他社区项目中当志愿者了。在她对横跨多个项目的参与承诺中，没有优先级或者方法论，不过是有这么一个想法：事态紧急，要是她加入并足够努力地奉献、服务，费耶特街就一定会变得更好。

逆着所有的证据，她依然强迫自己坚信那个业已不复存在的社区理想。那个理想在她还是个小姑娘的时候就已经破灭了。艾拉并不蠢，她对街角足够熟悉。但以它们应得的衡量标准来衡量其中的成功几率，是一个她无法忍受的判断。

"臭肥肥"就是例子。

五年前，当凶案组警探带着他们最温柔的表情站到她门口的时候，在某个方面，艾拉已经做好了接收这则消息的准备。她已经看了电视。她知道那些警车和电视台摄像机在巴尔的摩街后面的巷子里干啥。整个社区都知道。

但在更广泛的方面，她完全没有任何准备，就好比没有母亲会为失去一个孩子而做好准备一样。"臭肥肥"只有十二岁，艾拉为她付出的担心不比对任何一个即将进入青春期的女儿要少。但到了1988年十一月，费耶特街上的生活已经变成了一场痛苦的挣扎。当时蒙特街还很安静，但富尔顿街和列克星敦街都已经变成露天毒品市场了。门罗街也一样。但对艾拉来说，毒品交易和街角以及随之而来的混乱看上去是一个可以解决的问题，是社区、警方和城市官员足以应付的事儿。没什么东西看起来能这么罪恶，罪恶到它可以把触角伸到那些心甘情愿待在街角的人之外。外面没什么东西看起来会这么致命，致命到它可以侵入艾拉的家，并带走她的一个孩子。

她错了。警察上门四天后，她埋葬了"臭肥肥"。几周后，她去了传讯现场，然后是庭审。那之后又过了几个月，她回去参加量刑判决。再然后呢，再也无可说无可做了，艾拉把自己献给了哀悼，直到发现自己无法在安静的房间里独处。一个朋友、一台收音机、一台电视——任何东西都可以。有关女儿安德烈娅的记忆让安静变得致命，这让她需要能听见某部肥皂剧，哪怕不看，或者有一台收音机调到舞曲电台。"臭肥肥"，永远留在了十二岁的"臭肥肥"，要求艾拉近乎疯狂地参与到新的团体和使命中去，就好像是"臭肥肥"在三年前把艾拉带到了这栋小楼里来一样。如今坐在自己的桌后，四下打量着这美妙、让人放松的办公室杂物堆，艾拉能在所有细节里窥见自己女儿的样子以及理想，就在所有她成功积攒、获得或者完成的一切里。对她来说，这处安全屋比其他几处加起来都重要。

当艾拉开始在这里工作的时候，只有几个小孩真会定期来。中心的主任，城市公园及康乐部（parks and recreation department）的一位全职老兵，曾试图让它运营起来。但当时的娱乐中心不过是个空壳子。社区参与是不存在的。实际上，当三年前艾拉出现在这个掩体的门口时，主任还吃了一惊。

"我是艾拉·汤普森。"她说道。她甚至还不清楚这是不是她想要的，但她感觉自己需要做点什么。

"有什么能帮您的吗？"

"我想当志愿者。"

"不好意思，"主任说道，"你说什么？"

又过了一年多，主任升迁去了更好的职位。又过了一年，富兰克林广场委员会才意识到他们赚到了艾拉，这个原产自社区的临时工。她不是职业官僚，她也没有城市公园及康乐部的终生职位，或者任何同运营一家康乐机构依稀相关的经验。单是这些就已经让委员会中的一些人犹豫了。但最后，艾拉对中心及孩子们不设限的爱无法被忽视。就在圣诞节前，弗兰克·朗、乔伊斯·史密斯和其他的委员会官员最终决定要通过官方承认她了。而如今，她被正式批准为中心主任已是下一场委员会会议的一项议程，就列在新业务的下方。所以中心是她的了，而艾拉一如往常，看着裂开的水泥地面和发黄的油毡，就忍不住会看见那些本会把其他任何人劝退的机会。

尽管除了建筑本身，几乎没有任何东西来吸引小孩或者让他们一来再来，她还是看到了潜力。天花板漏水，锅炉效果不明显，购买篮球、威浮球球拍①、手指画颜料和出游的经费总是有限。娱乐中心不在市预算的盘子里。实际上，市政府在十年前联邦资金用尽后就已经关闭了中心。如今的资金来自富兰克林广场委员会，后者依赖着单单一笔三万八千美元的市政一揽子拨款来满足所有的需求。至于员工，艾拉——除了临时工马泽尔·迈尔斯——基本上是独自一人。很少有家长会过来看看自家孩子在这个灰色的掩体里干啥，几乎没人愿意花时间当志愿者。而艾拉，无法对任何可能性说不的她，每当一张新面孔走进大门的时候，都会感到随之而来的压力。

但现在，她清空关于大事儿的思绪，开始了打扫中心的例行工作。伴着肥皂剧在背景里吵闹，她首先处理了空的食品盒子，把它们展开后塞进了那个大大的塑料垃圾桶里。她一边工作，脑子里一边过着待办杂活的清单：洗手间该清理了；在外面游乐场上，滑梯下面那个碎掉的瓶子要捡起来；玩具和游戏应该放到桌上去；装游戏的盒子坏掉了，玩具零件松脱，在柜子里四处散落着，这个任务需要花费越来越长的时间了。

搞定了食品盒子后，艾拉走回办公室，看了看时钟，在脑海里规划了接下来的几个小时。要是她加紧，就还有时间冲回费耶特街，去发几张宣传本月稍晚时候的社区会议的传单。她承诺了乔伊斯自己会把那些传单发出去，但迄今她仅仅发完了1800号段街区自己住的这一侧。

因为分了神，艾拉没有听见敲门声，直到有人直接把自己砸在了金属门上。

---

① Wiffle ball，一种棒球的变体，主要针对室内以及空间受限的室外。

"来啦。"她吼道。

她把门开了一条缝,看见了迪安德尔。男孩缩在黑色的帽衫里,双手插袋,脸上挂着一个冷冰冰的表情。

"我事儿很多,"她告诉他,"你为什么没上学?"

他耸耸肩,她为那个惯用的理由做好了准备。只上半天,甚至是四分之一天。或者周二和周四放假。费耶特街上的孩子们已经在自己脑子里创造出了灵活上学的时间表,仿佛每隔一周去上个四小时的九年级很合理似的。

"你为什么没去上学?"她又问了一次。

他抬头看着她,一副未成年人那种理直气壮的样子,然后轻轻地摇了摇头。"没法去。"

"为什么?"

"我的衣服都还是湿的。"

对任何社区里任何一个别的孩子,这都是个荒唐的理由,但艾拉寻思对于迪安德尔·麦卡洛来说,这很可能是真的。他已经连续好几周穿着同样的牛仔裤和法兰绒衬衫了。要是他晚上洗衣服太晚,第二天早上就得穿着内衣看电视,等上学要穿的衣服干。

"我能进来吗?"

艾拉让到一边,男孩跟着她进到了空气干燥的娱乐中心里。他蹒到卧推凳那里,而她开始替小孩子们布置游戏桌。几分钟后,她被金属门上更多的敲门声打断了。

"艾拉女士……"

艾拉被喊声一惊,望向了盖着铁丝网的窗外。R. C. 正左右扭动着脑袋,试着看清娱乐中心里的每个角落,迪安德尔从卧推凳上站起来,走到了R. C. 的视线里,并得意地微笑着。

"艾拉女士。"

艾拉·汤普森经过迪安德尔,把门打开。"R. C.,"她告诉他,

"你知道中心还没开门吧。"

"他在里面啊，艾拉女士，"R.C.吼了起来，"迪安德尔在里面。"

"安静，R.C.，"艾拉说，"你怎么没去上学？"

"我去了，"R.C.坚称，"我提前走了，因为今天只上半天。"

迪安德尔大笑起来。"对，R.C.，能蒙混过关。"

就连艾拉都笑了。她不太情愿地同意放他进来，即使在最微小的地方偏爱迪安德尔一丁点儿也会给R.C.留下永恒的伤疤。"但你必须规规矩矩的，"她告诫他，"我是认真的，我今天事儿很多。"

"我表现一直很好啊。"R.C.说。

艾拉盯了他一眼，R.C.立马开始找补了："好的，我试试呗。我会试试，但也有人从来都不听劝啊。"

"你说谁呢？"迪安德尔问道。

"你啊，黑鬼。"

"去你的，贱货。"

艾拉迅速让他们闭嘴，并因他们的污言秽语而斥责了两人，得到了嘟嘟囔囔的道歉。她让他们玩连四点的游戏，拿着水桶和拖把去了女洗手间。她在那里干了差不多一小时，清洁地板和设施，一只耳朵还听着迪安德尔玩出了四局三胜，而R.C.大声宣布他就是个骗子。两人很快就觉得无聊了，开始在中心里四处走动，拿着娱乐中心的篮球又运又传的，吹嘘着艾拉的新球队。

"艾拉女士，夏季联赛我们会有新队服吗？"

"再说吧。"艾拉说。

"应该是黑色的。"

"像你屁股一样黑。"迪安德尔说。

"像你脸一样黑，贱货。"

"你就是个婊子，R.C.。"

"拜托了，黑鬼。"

斗嘴一直在继续，直到两个男孩都饿到必须要出去吃饭了。等他们走了，艾拉才有机会感受一下安静，只有电视的嗡嗡声还响着。已经过了三点。她没时间去发社区会议的传单了。她用最后的几分钟独处时间给社区援助中心"回声屋"的默特尔·萨默斯打了个电话。在这个社区的官僚体系里，默特尔有两个头衔，回声屋的管理员，同时也在富兰克林广场委员会就职。艾拉问了问可不可能翻新一下中心的游乐场，传言有一笔市政府的钱可以用来重新铺设沥青地面和更换设备。默特尔也听说了同一个传言，这成功地提升了艾拉的乐观期盼。

"我要不要打电话给乔伊斯或者弗兰克?"艾拉问道。

别，她被告知，就是等着。城市公园及康乐部的人会来评估游乐场。

"好的。太棒了。"

等艾拉挂了电话，孩子们开始陆续来了。很快，十二个名字就被填写到了签到簿上。他们大部分是一二三年级的小孩，还有几个要小得多，跟在自家学龄的哥哥姐姐身后。他们全部都遵守着娱乐中心的程序，在前台寄存外套，挣扎着把它们挂上衣架，开开心心地毫无抱怨。第二拨孩子，中学生们，挤在了桌子前面。他们遵照了同样的要求，但更具进攻性。两个月来，他们目睹了那些更大一点的男孩子们沉浸在新篮球队带来的荣光里，他们也听说艾拉考虑让球队参加夏季联赛。因此他们也有了自己的计划。

"我们是不是也会有支球队啊，艾拉女士?"小史蒂维问道。

"我还不知道呢。我们得看看大点的男孩们表现如何。"

"那我们就打不了了。"戴莫说道，摇着头走向了一张桌子。

"我们屁都没有。"小史蒂维苦涩地说道。

艾拉没有理他，带着更小的孩子们进行非洲面具制作的剪剪贴贴。没过几分钟，她就不得不罚"小老头"的站，因为他往一个更小的孩子脸上糊胶水。又过了几分钟，她威胁对小史蒂维和麦克进行同样的惩罚，因为他们在男洗手间里推搡。

每日的例行工作要求艾拉能进入各种小孩所需的状态，从天真的一年级小孩到 C. M. B. 那帮几乎成年的孩子。对于每个年龄段的孩子来说，娱乐中心都是一种避难所，而其中的挑战在于要如何在这单一间屋子的三小时内，对每个年龄段都施与足够的关注。

任何年龄的小孩都得确实劣迹斑斑，才会让自己被娱乐中心彻底驱逐。这一点的证据能在艾拉办公室对面的金属储物柜上找到。那里仔细地画着一只穿警察制服的微笑泰迪熊，自从一年多以前被创作出来后，还没有被污损。这幅艺术品上骄傲地签着名字：丁丁。且不论十三岁的丁丁如今已在巴尔的摩街和吉尔莫街上撒野了；也不论就在一周前，当泰瑞卡·弗雷蒙坐在斯特里克街房子的门前台阶上时，疯子丁丁带着那支 9 毫米口径子弹的手枪走到这个街区，要求所有人都进到屋子里去；更不论等到街道空无一人后，丁丁冲着一名成年人的腿开了一枪，原因是一起和毒品有关的债务，然后他平静地走开了，留受害者在原地等救护车。要是今天丁丁在娱乐中心门口露了面，艾拉也会欢迎他，带这个男孩去艺术和手工区，并在金属储物柜组成的画廊上为他腾出另一块地方。

艾拉永远不会彻底承认任何失败。每一天，她的娱乐中心不仅填满了那些尚未察觉到街角存在的小孩，还有那些已经身处其中的孩子。这会带来相当大的混乱。

戴莫、T. J.、丘博以及迪安德尔的弟弟和表弟，迪罗德和小史蒂维，这些孩子是费耶特街的未来，而他们已经被比自己年长的人教导过了。"整出褶子来"是当地的一种说法，指的就是大点的孩子让小不点儿们强硬起来的过程，用数以千计的微小侮辱和野蛮让他们为费耶特街上的现实而坚强起来。

西巴尔的摩的童年里充斥着习以为常的残酷和冲突。但沿着费耶特街，这些微小的瞬间会变得日益严峻，即使因为对自我有着牢固认知，并由此产生出了宽宏大量的精神，也无法缓冲掉这些瞬间。兄弟姐妹之间残酷无情地互相辱骂；死党之间总在为鸡毛蒜皮的事儿争吵；情侣毫不在意地背叛彼此；最后所有的罪恶和共谋都会被埋葬在愤怒和暴虐的粗厉言语中。

在娱乐中心里面，艾拉目睹着日常生活中的微小战争，看着被那些年长以及更大个的孩子好好揉捏出了"褶子"的年轻孩子们眼中冰冷的眼神。他们被教会善良是脆弱，同情是需要被抑制的东西。这是某种职业训练，来自街角、关于街角的课程。

在这里，那些遭遇了没干净衣服、没替换内衣的童年的人，不过只是嘲笑的对象。那些在认知方面有着巨大缺口的人也一样。"那个顶上有个大加号的楼，"阿诺德说道，指着圣马丁教堂，"是我们吃饭的地方。"他们都是永不停息的轻蔑的攻击目标。在这里，那些肤色太深和太浅、太胖和太丑的，还有怪异的小孩，都永不被允许忘记自己的缺陷。只需要问问那个去年参加了娱乐中心过夜派对的圆脸胖小孩就知道。他在凌晨四点被自己血肉烧焦的味道和丁丁跟埃里克的嚎叫惊醒，后者因为一板火柴能带来的愉悦而开心地大笑着。在这里，小学里的大欺小已经形成了制度，成了一项运动。试试冲任何超过六岁的孩子喊出"见者有份"吧，趁着那孩子刚巧在斯特里克街和门罗街上吃着或者喝着什么的时候，就等着看他跑掉吧。"见者有份"是一个已在费耶特街上延续了几代的游戏。这个游戏唯一的规则就是，一听到"见者有份"这个词，任何小孩就都有了正当理由从别人手里抢走薯片、冰棍或者巨无霸汉堡，并不受惩罚地吃掉。这个词的魔力让这个行为成了正确而合法的。

今天轮到了丘博，他把一个空酒瓶扔到了两个在游乐场上玩的女孩的头上。明天是小史蒂维叫着"见者有份"，抢走了戴莫的果汁，并在娱乐中心的地板上洒了一地。昨天则是乌梅卡和 T. J. 公然开战，而马泽尔·迈尔斯当时正试图勇敢地带着十几个小孩穿越一场原本是手指画的末世灾难。

"T. J. 把颜料涂到我脸上了。"乌梅卡抱怨道。

"你撒谎。"T. J. 反驳。

"你手上有绿颜料，我脸上是绿的。"

"所以呢?"

马泽尔盯着他俩直到他们都安静了下来，然后在走向洗手间水池的过程中，刚好错过了 T. J. 把绿色的大拇指印盖到乌梅卡额头上的这一幕。

"贱货。"乌梅卡自然地大吼了起来。她举起一只手去擦颜料，但 T. J. 已经站了起来，张开的手掌狠狠地抽到了她脸上，打得乌梅卡双眼含泪，嘴角挂血。两人面对面站着：乌梅卡露出了自己最凶狠的怒容，双手愤怒地攥成拳头，不愿意哭出声或者退缩，但也不愿意冒险对这个壮一点的男孩动手；T. J. 带着轻笑站在对面，等着她出手，直到他厌烦了这个游戏后，才慢慢走开了。

"发生了什么事儿?"回来的马泽尔问道。

而刚被教过规矩的乌梅卡什么都没说。

没错，这种事儿也会发生在其他地方。时不时地，孩子们就是残忍而暴力的，这种情况不仅存在于费耶特街。但在这里，几乎毫无抵消的办法，几乎毫无成年人的监护，没有父母的关注，街头对慈善、谦卑以及同情也毫无奖赏。等到了小学，富兰克林广场一带的孩子都已经被揉搓得满是褶子了。他们太过于残破，以至于除了同塑造他们的那群人一起厮混之外别无他法。到了那时，数不清的潜力早已经消失殆尽了。

艾拉一天只能看管他们三个小时。在工作日的三到六点，她能奖善惩恶，试着想出某种办法去对抗那持续不断、步步紧逼、要把孩子们变成受害者和施害者的过程。逆着所有即时呈现的反面证据，她对这三个小时怀有信仰。

今天，除了"小老头"和他的胶水，以及丘博和那个酒瓶子的丑陋小事儿，总体上是不错的一天，并以发给每个小孩洛娜·杜恩牌饼干和酥炸猪皮作为结束，而艾拉则筋疲力尽地瘫在了自己的桌前。她面前大部分是垃圾邮件、广告的信封还没有分类，只有卡尔多①或者伍尔沃斯②的儿童玩具和游戏广告才会吸引她的注意。她时不时裁下来一两个玩具的广告，把它们塞进桌子最上面的抽屉，等着富兰克林广场的预算多到足以补充中心的玩具柜时，赶着某个优惠日好去买回来。

今天的广告快要被扔进塑料垃圾桶时，她在一张新闻纸打印的购物广告下瞅见一个灰白色的信封伸了出来：

艾拉·汤普森女士

小马丁·路德·金娱乐中心

文森特街 100 号

巴尔的摩，马里兰

不是准确的地址，但相当接近了。部分墨水已经模糊了，艾拉没法看清楚回信地址，但根据经验她知道这个信封的来处。这绝对是一封监狱来信，但回信地址里清楚的部分仅仅是几位数字的囚犯编号和伊格街某个地址的一部分。她不认识有谁在那儿，尽管她的思绪立刻飞到了乔治·尔普斯身上。但布鲁如今在家里，这个周六艾拉刚在门罗街上见到了他，还告诉他想要他回来上艺术课。不，不是布鲁。

她再看了看信封上自己的名字，带着一丝犹豫，最后还是打开了它，半信半疑地告诉自己这是写给别人的。一个名字——里克·坎宁安——规整地印在顶上。里基。她好奇他失约了情人节舞会后发生了什么，尤其是当时他要来娱乐中心帮忙的承诺看起来又直接又真诚。

---

① Caldor，折扣商品连锁店。
② Woolworth，主要销售廉价商品的百货公司。

笔迹整洁而紧凑，信件从道歉开始。

"艾拉，我知道你有多指望我来篮球队帮忙……"

页面过半，这封信的内容一转。

"能来到中心和你待在一起对我来说意义重大。你让我再次感觉被需要了。你不知道不能见你让我多受伤……"

艾拉停了下来。里基只来过中心几次，这怎么可能对他这么重要呢？为什么他要写信给她？

"……每一天，我都在想你……"

艾拉继续往下读，让她意外的是，这封信变得辞藻华丽且浪漫了起来。她已经有一阵子远离这样的爱意了，面对追求者们的时候也都小心谨慎，不愿意用自己在生活中成功保有的正常冒一丁点儿的险。根据她的经历，可以期待的是，在费耶特街上，那种坚强一点的女性，那些幸存者们，会渐渐意识到自己世界里的大部分男性都不是很擅长让日子过得轻松。但是，她还是因里基·坎宁安从监狱某一角对她生出了小学生一样的爱恋这事儿倍感困惑。

信来来回回地絮叨着，滔滔不绝地表达着对艾拉的爱和敬意，以及她所代表的一切。然后，在最后一页上，以请求她在审判当天出席而告终。罪行本身荒谬到不值得一提：在一家来德爱药店①里，里基被抓住正在偷一瓶维生素。药店保安是他以前的一个女同学，他觉得这没什么大不了的。但如今，为了价值约八美元的铁、钙和维生素C，他已经在伊格街上的看守所里被关了快一个月了。

"我知道那是错的，"他写道，"错误又愚蠢。"

艾拉叠好那封信，走回到桌子前，也想要搞清楚这件事儿怎么又增加了她本已经为数不少的负担。她在社区里遇到了一个年轻男人，希望他能给娱乐中心帮一把手。而过了几个月，是他开始希望了，想

---

① Rite-Aid，美国连锁药店。

从她这儿得到点帮助。艾拉灵魂里那疲倦的部分告诉她把信塞回信封里，把它埋在某个地方。但灵魂的其他部分面对这样一个冷漠的动作，又过于的诚挚和具有基督徒的精神了。

三周后，她坐到了沃巴什大街区法院某间法庭后面的一张长椅上。她似乎是那间法庭里唯一的纳税人，是长椅上这些犹如藤壶附着其上、长期都在的常客中仅有的真正的公民。保释判定。认罪协议。又一起认罪协议。这桩案子延期了，那桩案子驳回了，下一桩则被上交到了巡回法庭交由陪审团判决。法警和律师，警察和被告——所有人都跳着某种粗野的芭蕾，所有人都带着老手那种冷冰冰的笃定踏着舞步。

她坐在那里，有一搭没一搭地听着法官和律师之间的一幕幕，带着模糊却真实的悔意看着待审案件轮番上演。都是小事儿：毒品、盗窃、违反了保释规定、更多的毒品。然后，终于，里基从侧门进到了法庭里，戴着手铐，一个年迈的狱卒在后面押着他。有那么一小会儿，被告的注意力被法官和律师们吸引了，被朗读出来的案件编号和传来传去的马尼拉纸卷宗吸引了。然后，仿佛是感觉到了她的存在，他转身扫视长椅区。艾拉轻轻挥了挥手。

他看到了，然后绽放出了一个巨大的笑容，用戴着手铐的手冲她挥了起来。案子、同学、维生素，被一名年轻的公诉人朗读出来并记录在案。公共律师开始列举一份已经协商一致的认罪协议中的条款。

但里基对这一切几乎毫不在意。他一直在扭头和艾拉对视，他的扭动扰乱了这一过程。

"谢谢。"他以舞台表演般的动作默默说道。

艾拉点点头，感觉尴尬。

她坐在这条长椅上，是因为有人需要帮助，仅此而已。但显然没办法对里基说任何东西，他在被带出侧门前，仅仅能够用嘴形示意更多的"谢谢你"。艾拉回到车里，开回了家。里基回到监狱的囚车里，回到市中心去服完三十天的刑期。

　　然而，她还是很高兴。里基在努力，等他回家后还会继续努力。她告诉自己，这就是那封信的全部意义。她在这件事里的小小角色给了自己希望，再一次让她笃信，这世界上每个人的行为，最终都很重要。

　　当天下午，在去娱乐中心之前，她端着一杯茶坐在自家门前的台阶上，尽情地享受着这美好的春日。而坐在台阶上的大部分时间也如她所愿，绝对的美好：阳光洒在人行道上，学生们慢慢地逛回了街区，在半天的课程后，从斯图尔特·希尔小学（Steuart Hill Elementary）走了回来。

　　这对艾拉来说也是一个小小的胜利。去年夏天，"家务事"帮和"裸钻帮"超额的成员们来到了费耶特街，带着揽客仔和望风仔驻扎在了富尔顿街的各个街角上。艾拉和屈指可数的其他几个邻居耗费了数周试着把他们赶回山下。她频繁地报警，让西区的警官们和费耶特街上的贩子们破天荒地达成了完全的一致：这个姓汤普森的女人就他妈是个大麻烦。

　　现在，当那些小瓶子远在距此半个街区的地方换手，艾拉望着驶过富尔顿街车流上镀铬条的反光，听见了冰淇淋车音箱里传来的广告歌从小丘顶上一路飘了过来。

　　"嗨，艾拉女士。"

　　"嗨，戴恩。"

　　"中心今天开吗？"

　　"三点整。"

　　如同巴尔的摩居民一直以来注视着自己的社区，在一栋栋排屋的门前台阶上享受生活一样，她也注视着自己的社区。而今天，至少要比过去的样子更让人欣慰舒适，一切都刚刚好，让她无法允许自己回到室内，为前去娱乐中心做好准备。啜饮着茶，她看着一个年轻的白人姑娘，长着雀斑，体型健壮，骑着自己的十挡变速山地车在1700

号段的街区上来来往往。这姑娘似乎是在漫无目标地骑车，不带任何目的地巡游在这个社区里，不过是出门好好晒晒太阳而已。

几分钟之后，基蒂从弗朗西斯·M.伍兹中学回来了，然后立马又出门去找普雷斯顿和其他的伙伴。接着艾拉的外孙女蒂安娜从公寓里窜了出来，让她帮忙修一个坏掉的玩具。等到艾拉再次抬头，"死刑犯"帮的揽客仔和跑腿仔正追着那个白人姑娘上到了费耶特街，在她费力切换山地车的挡位时，步步逼近了她。

他们在富尔顿街追上了她，刚好就在街角跟前。他们拉扯着车把，把她推倒在了地上。年轻一点的两个人踢打拉拽着她，直到她翻过身子，他们得以从她运动衫下攥住一个玻璃纸三明治袋子的边缘。那姑娘鲜血淋漓，大声哭喊着，但因为她试着护住那个袋子，击打一直在持续。

艾拉从自家门前台阶上看着这一切，怀着一种完全无能为力的感觉。揽客仔们最后终于抢过了袋子和装满的瓶子，带着这批被短暂偷走的存货回到了它应该去的地方。一个年轻的跑腿仔拿走了那辆山地车，宣称这是惩罚性的赔偿。对费耶特街上的团伙们来说，生意慢慢恢复了正常，但那个白人姑娘坐在路沿上，一边哭一边处理伤口。

艾拉打电话报了警。等了很久以后，一辆巡逻车停到了富尔顿街的街边，两名警官接走了那个白人姑娘。艾拉从头到尾地追了这部迷你剧，然后把这一集连同其他好几百集一起塞到了自己脑海的深处。随着巡逻车离开，她也起身了，走回公寓里给外孙女加热了一份奶酪通心粉当午饭。妈妈冬妮拉在工作日里上班时，蒂安娜和艾拉待在一起。每天上午，这个四岁的小孩是艾拉的欢乐源泉和良伴。但时不时的，她又被提醒说费耶特街不适合任何小孩。

"他们在外面干吗？"蒂安娜问。

"谁？"

"警察和那个女士。"

"没什么。"艾拉告诉她。

但你到底能忽视多少呢？距离那个白人姑娘因为偷存货而被殴打仅过了三天，小马丁·路德·金娱乐中心自己就遭了贼。突然间，危险就不仅仅局限在街头的街角玩家之间了，而是现身在艾拉生活和呼吸的安全屋里。根据她的判断，小偷们熟悉这栋水泥预制板建筑，他们从娱乐中心的后墙及列克星敦街上一栋空屋所夹的背街巷子里溜进了中心。一进到那儿，他们就从外面敲掉了一张很早以前就被钉上、还涂了砂浆的胶合板，板子遮盖的则是一扇窄小且位于高处的窗户。接着他们钻过了老旧的砖墙，跳进小小的图书区，偷走了电视和录音机。

艾拉是在第二天上午亲自发现这一地狼藉的，就在拉起了卷帘门准备开始新的一天时。报警也没有什么明确的结果，不过是出了一份警方报告而已。这一次，响应报警的警官刚好是赫夫哈默。艾拉在门口迎进了他，给他描述了情况，然后主动贡献了自己的桌子，让他书写案件报告。在写累了之后，赫夫哈默停下来观察满当当的中心办公室。

"那张名单，"某一刻他说道，盯着那张娱乐中心篮球队的联络簿，"是什么？"

"那是我们的球队，"艾拉带着些许骄傲地说道，"那是为大一点的男孩们成立的篮球队。"

"迪安德尔·麦卡洛，"读着名单的警官说道，"我知道他。"

艾拉悲伤地望了过去。赫夫哈默继续看着，也许还带着一丁点儿对艾拉的愧疚。"我，啊，几个月前把他关起来了，"赫夫哈默说道，试图摆出一副随意一聊的语气，"因为在费尔蒙特街上贩毒而抓了他。"

艾拉一言不发。

"迪安德尔是个机灵孩子。"赫夫哈默补充道。

艾拉礼貌地点点头。

"我说真的，"赫夫哈默说道，写完了报告，"他是个非常机灵的孩子。"

"对，"艾拉说，"他很机灵。"

"好吧，"赫夫哈默补充道，他收起文件，"我希望你有机会把他调教出来。"

当天晚些时候，默特尔·萨默斯派了个工人过来把临巷子墙上的洞给用板子封了起来，但电视和录音机的损失就不那么容易处理了。娱乐中心的保险免赔额很高，也没有应急备用的钱来弥补损失，所以周五电影之夜——播放从四十号公路上那家百视达①租来的片子——就只能突然结束了。大一点的男孩们不太开心，开始聊说要抓住罪魁祸首并施加惩罚。街角上传闻丁丁、埃里克和拉蒙也许和这次盗窃有点关系，他们被撞见在巴尔的摩街上试图卖出一台电视机。

"那破事儿可不对。"泰宣称道。

但最后，什么也没发生。男孩们发泄了一通义愤，就继续找新的事儿干去了，放弃了以 C. M. B. 成员的身份去扮演侦探同丁丁以及其他人对峙的想法。警察也没有回电。巴尔的摩街上的典当铺不会问任何问题。关于自家娱乐中心被盗这件事儿，整个社区沉默不语。

"肥仔"科特和"饿仔"从富尔顿街跟跄走上了瓦因街，两人都对珠贝·麦卡洛点头致意。

"可好？可好？"珠贝喊道。

"饿仔"微微一笑。科特看向珠贝，寻思着同样的问题。珠贝站在一大堆恶臭的垃圾中，其间还有破碎的砖块和散架的家具。他带着

---

① Blockbuster，美国著名影视剧连锁租赁品牌，后因互联网及流媒体冲击，在 2009 年破产。

一副搞清这堆垃圾的内容很重要的态度在分着类。在珠贝身前，在麦卡洛家对面一个敞开的车库前，还有更多的垃圾，看起来就好像在地球冷却之前，垃圾就已经在瓦因街的这个车库位置累积起来了。

"哥们儿，"科特说道，"你他妈找啥呢？"

珠贝笑了起来。

"你把存货又搞丢了？"

珠贝摇摇头。"做清洁。"他说。

揽客仔科特就此想了一会儿，很正确地推断出，清扫瓦因街的一个空置车库不会有一分钱的利润，然后就溜达去了布鲁家，一路还摇着头。"饿仔"跟着他溜进了破损的后门。珠贝看着他们离开，能觉察到他们身上有货，准备要来上一发了。他感觉自己的嘴唇变干了。

"老人河流哟，"珠贝唱道，努力扮演出对应的陈旧形象①。他费力地走进满是垃圾的车库，拉出了一个破旧烤箱的破旧部件，并把它们都扔到了门前的那一堆上。他摘掉了自己的毛线帽，擦了擦头，朝着瓦因街逛了几步，告诉自己这份活已经干完一多半了。他开始走向远处的那个街角，好奇是不是科特和"饿仔"知道点儿他不清楚的事儿，是不是在富尔顿街上有领取样品的队伍。

"珠贝！"

他妈妈的声音。珠贝猛然转过身去，冲着妈妈龇牙咧嘴，一只肿胀的手举起来比了个抚慰的姿势。他试着把微笑传回到窗子后面，双眼看着萝伯塔·麦卡洛那张烦躁的脸。

"威廉，"她说道，推开防风门，用大名称呼了儿子，"你要去哪儿？"

"不去哪儿。"

"你知道你还差得远吧。"

---

① 指珠贝所唱的歌是美国黑奴的老歌，其中描述的是很久以前的黑奴生活。

"对，"珠贝说道，"但我会的。会搞完的。死了都要做完。"

他负责的不仅是麦卡洛家房子背后的一小块人行道，还有瓦因街北侧的那些车库。他今天是在干他妈妈分派的活：挪走垃圾堆，垃圾装袋，扫掉空置车库角落里的狗屎和老鼠屎。为珠贝感叹吧，这是一个他妈妈眼里突然回头的浪子。现在是春天了，而在费耶特街上，这意味着春季大扫除。

在四月末的好天气里，不仅仅是珠贝，整个社区都陷入了来自某个更早时代的习惯的回声之中。在彼时彼地，每个季度的焕然一新依然还是可能之事。现在，阳光晒暖了砂浆和沥青，费耶特街上的男男女女们——甚至包括某些毒瘾已深的——都感受到了那温柔的影响。长达数天，人人参与的清理街头垃圾和清扫街区行动也许已经是一代人以前的事儿了，但这一丝丝的记忆还停留在季节性的温暖微风中。

街角附近，布鲁来到了自家破烂房子的门前台阶上，清理着对他还有意义的那些仅存的物品。带着近乎恭敬的小心，他打开了自己的挎包和绘画工具盒子，开始分类整理画笔、铅笔和速写本，清点着存货，为即将到达的季节做好准备。

坐牢的一段时间让他的头脑足以清醒到听见自己体内的声音在高喊要停止这一切胡闹了。而布鲁能遵从这个声音的呼喊，至少能遵从一小段时间。一个月前，他出狱回到了自家兄弟位于林荫道另一侧的家，那里有一部能用的电话，因此审前部门能让他处在居家监视之中。但他的兄弟耐心有限，很快，因为再没有别的地方可供监视居住，布鲁回到了市看守所。差不多一周以前，当看守所终于把他放出来时，他们忘记把居家监视的手环从他手腕上拆下来。现在，他回到了熟人群体中，还戴着国家提供的"珠宝"，仿佛它可以假装是某种街角时尚一样。

对于布鲁来说，这算是一切归零了，但他天性中善良的那一半利用了今天上午来清点绘画工具，并劝说自己去找点画商标的活儿干，甚至可以在普拉特街上某个空置门面前面开个自己的店。改变就附身在微风中，而布鲁，尽管还是一如往常的那个自己，还是想要清洁一栋房子。

"嗨。""蛋仔"达迪说道，同斯卡里奥一起晃了过来。

"嗯嗯。"布鲁回道，替换着挎包里的东西。

"你要去哪儿?"

"下去普拉特街。"布鲁说道，充满了决心。

"不，你去不了。我们病了。"

布鲁微微一笑。当惯常的嫌疑人们开始拆安妮家的房子后，她竭尽全力让吸毒点再次转移了。因此，布鲁从法庭回到了一栋过度拥挤的房子里。但是，今天丽塔没在。她从洞里出来了，去为自己的手臂找点抗生素。

"行吧，"他告诉两人，"进去吧，我就来。"

他拿起挎包，跟了进去，几分钟后又回到了台阶上，再次开始准备对普拉特街上商店们进行推销。"嗨，我能说啥呢?"他并没有针对具体的谁说道，"我是个医生啊。"

布鲁再次穿过了费耶特街，这次是"肥仔"科特和"饿仔"冲他走了过来，科特手上拿着一瓶葡萄酒。一小时前，三个白人男孩停下了一辆福特福睿斯（Escort），搭上了科特，给了他八美元想找点刺激。这够科特买一份"蜘蛛袋"的货。所以布鲁走回房子，给他们来了一针，这之后他才重新出了门，下到了山下的商业区。新生意要用到的挎包沉沉地勒着肩膀，他边走边寻思着万事开头难。

费耶特街再往下一个街区的地方，也进行着一场季节性大扫除，这得多亏了富兰克林广场社区的市政领导们。在蒙特街的街角附近，一个名叫吉恩的老瘾君子据称拥有那栋最糟烂的吸毒点。也是他的不幸，吸毒点坐落在费耶特街 1702 号，正对着街对面的"回声屋"社区中心。出于这样一个地理位置带来的优势，吉恩即将要受到季节性的清理，但他还不知道。街对面，就在"回声屋"门前，乔伊斯·史密斯和默特尔·萨默斯正和一名来自法律援助组织的年轻律师站在一起，寻思着 1702 号这座废墟里有的东西，并好奇有没有可能宣称这个地方是不安全的。

作为富兰克林广场委员会的官员，乔伊斯和默特尔是费耶特街社区仅存的基石。因此当春季扫除开始的时候，她们比普通居民要更加投入。比如，默特尔到现在已经关注吉恩那破破烂烂的吸毒点好几个月了，她和人们讨论着处理这个公共问题的程序，这是市政法规里相对较新的一个部分，即允许市政府接管已成为连续犯罪之源的房产。要是乔伊斯和默特尔能让西区警局的指挥官们搜查费耶特街 1702 号，他们一定会搜到毒品。要是他们这么做了，那市政府可能就可以接管这栋排屋，为它找到更好的用处。默特尔考虑的是建一个针对男性的庇护所。

在吉恩家附近的街角，艾拉在这个周五下午关上了娱乐中心，开始挪动每一件家具，然后擦洗抛光墙壁和地板，直到它们都显示出一种更完美的光泽来。

她请到了马泽尔和尼瑟来帮忙，请尼瑟的代价是一顿麦当劳的午餐。

"托莎也能来吃午饭吗？"尼瑟问。

"托莎在和我们干活吗？"艾拉问。

"没。她在她妈妈家。"

艾拉盯了尼瑟一眼。

"艾拉女士，我就问问。"

列克星敦街以北，市区更新项目现在正在全力推进，就是另一个非营利的开发商用政府的钱来改造几十栋空置的排屋而已。这再一次证明，当没有社会问题能被解决的同时，却总有足够的钱来给一处贫民窟镀金。费耶特街上几乎没人能负担得起那些改造翻新后的排屋。

那些有钱到能申请按揭贷款的人则是从社区以外来的。自然地，当他们中的很多人看一眼街角的混乱后，就会决定去别处买房子安家。但时值春季，那群承包商们正忙着做重生的梦呢，一如这个社区里的所有人一样。

沿着列克星敦街再往远处走去，萝丝·戴维斯和弗朗西斯·M. 伍兹中学余下的教职员工们也在做自己的家务活：给出勤簿掸掸灰，看看又有哪几十个被他们记录缺勤的人实际上已经不再是学生了。警告信就要涌出去了。迪安德尔会从数学和科学老师那里收到几封。R. C. 将会达成完全打击①，在他的全部四门核心课程上都得到"你即将挂科"的通知，且每个老师都无法给他的作业评分，因为，好吧，他们其实不太知道谁是理查德·卡特，以及他人在哪儿，或者他啥时候可能会真出现在课堂上。

在费耶特街的另一侧，芙兰·博伊德在血液中感受到了足够的春意，让她能花上一天来打扮，并穿上自己的一套旧商务套装，做好准备去参加那场她下定决心不会错过的祖母的葬礼。她梳了头发，现在看起来像是从另一个完全不同的世界来访的生物。露珠旅店里的所有常客都注意到了，有几个甚至还鼓起勇气说了点好听的话。斯谷吉开车过来接上她去参加教堂仪式，把博伊德家剩下的人留在后面去反思他们各自的懒惰。

"我从不参加葬礼。"邦琪宣布。

"但芙兰看起来不错。"雪莉说道。

尽管到了下午晚些时候，博伊德一家已经又狠狠吸上了，但在露珠旅店里还有其他的春日痕迹。迪安德尔带着一只狗回来了，那是他用了几个美元从一窝小狗里买回来的小小斗牛犬。他把这只小动物系

---

① hit for the cycle，棒球术语，指一个击球手在一场比赛中不分顺序击出了一垒安打、二垒安打、三垒安打和全垒打，是极为罕见的情况。

在了房背后小巷的铁丝网栅栏上，开始满怀爱意地喂它，然后给它洗澡，再喂它。一个男孩和他的小狗待在温暖的下午中。

"它爱我。"迪安德尔说道。

"它不认识你。"他的邻居马利克向他保证。

"它认识的，"迪安德尔说，"他认识我，因为我喂了它。"

当天晚些时候，从露珠旅店看去，斯基普在蒙特街领取样品的队伍里脱颖而出。他隆重地穿着一件灰色粗花呢运动外套，带褶的便裤，鞋子光可照人，刚修剪过指甲的手里攥着一个皱巴巴的皮质公文包，一张日报夹在手臂下。一直住在富尔顿街上一栋空房子里的斯基普，现在看上去仿佛刚从市中心美盛集团①的大楼里出来。

"可还好?"史蒂维问道，大感惊异。

"面试。"斯基普随口说道。

"啊?"

"傻瓜才在这么暖和的天气里上街鬼混呢。"斯基普解释道。在冬天那几个月里，他几乎冻死在了富尔顿街上。"是时候把那些荒唐事抛到身后，做点新的事儿了。"

史蒂维对这个说法大感好奇。斯基普和加里·麦卡洛一样，是这里最稀少的品种，是有思想的瘾君子。他的上一份全职工作是给都市联盟②的一名副主席当执行助理。那是一份相当不错的工作，直到某天下午他老板吃完午饭回来，发现他在自己桌前因注射了二十毫升的海洛因而昏昏欲睡。但这是新起点的季节，而且比起所有人，斯基普都更懂业务，也更会说话。他需要一份新的简历。当他们上楼去吸毒的时候，他是这么告诉史蒂维的。但简历可以等等，先试试样品，再说简历。

---

① Legg Mason，全球最大的资产管理公司之一。
② Urban League，民权组织，致力于为非裔美国人争取经济和社会正义，反对种族歧视。

当然，一两周后，迪安德尔的狗就会被从拴它的栅栏上偷走。就好像斯基普会挂着那个"我无家可归，帮帮我"的纸板回到西区购物中心一样，布鲁也会把画笔和铅笔都扔到一边，继续疯狂吸毒。瓦因街上的车库很快又会被扔上一堆垃圾，正如萝丝·戴维斯会以自己惯常的慈善心态把一半被开除的学生又迎回来，也好像艾拉还会盯着娱乐中心的地板，寻思自己上一次把那处磨痕和手指画颜料擦洗掉是什么时候一样。而在吉恩那里，警察们最终在社区委员会的要求下破门而入，搜查了几十个吸毒点中的这一个，但出于某种不合常理、宇宙奇观般的异常情况，空手而归。没有一支针头。没有一个海洛因袋子。没有一个可卡因瓶子。警察们耸耸肩，不再去管，然后开始新的业务。但费耶特街上的瘾君子们，带着敬畏和好奇，会给房子的所有者再度施洗，称他为"清白吉恩"，西巴尔的摩拥有着唯一一个没有毒品的吸毒点的男人。

所有的这一切都留给未来吧。现在，伴着四月正好，重生和修复的季节主题在费耶特街被一个接一个的醒悟不断点亮，每一个都比前一个更加荒谬和无用。而所有这些的选项之上，是警察局针对门罗街到蒙特街上所有街角的春季大扫除，一次比起其他任何尝试都不会有更持久效果的努力。但至少现在，费耶特街的团伙们每天都被警察局能派出来的每一辆巡逻车、每一个突袭警察和每一支突击小队追赶和驱逐着。

这也是应默特尔·萨默斯和乔伊斯·史密斯的要求，她们最近一两个月已经养成拜访西区警察局并表达自己不满的习惯了。作为社区机构的主席，乔伊斯预约了同西区副警督的会面。但当后者无法露面，而仅是派出了他负责社区关系的警佐后，她又预约了一次，然后再预约了一次。最终，面对这种任何政府官员都要赞赏的坚持，西区警察局的指挥官彻底承认了这些费耶特街的女士是会哭的孩子。她们得到的"奶"，则是独一无二的鲍勃·布朗，其他身穿制服的警官，西区的缉毒小队，甚至还从市中心的暴力犯罪专案组获得了一些人力。

就在珠贝清理车库、艾拉擦洗娱乐中心地板时，巴尔的摩警察局也在费耶特街和蒙特街上干着类似的工作，把涉毒的人流往下赶到吉尔莫街或者往上赶去门罗街。至少为默特尔带来了这样的一种可能：让她从"回声屋"门口走到圣马丁教堂的途中，不会被兜售一两瓶可卡因。在那么多次的警方扫荡后，所有相关的人都明白那些团伙会在一两个街区外再起炉灶，就好像所有人都明白警方的扫荡终究会结束，而毒贩们会回到惯常的地盘一样。

然而，此刻正是春天，西区警察局的指挥官们通过给费耶特街和门罗街增加两个额外的步行巡逻警，把毒品交易赶离瓦因街，赶得它们在富尔顿街一带街区里团团转，作为庆祝季节的仪式。鲍勃·布朗、杰内雷特还有其他几人把这个地区的另一端也抓了起来，扫荡着蒙特街的各个街角，随意进行着抓捕。那些团伙们离开了这条街，在巴尔的摩街和吉尔莫街一带的街区周围逡巡，地盘的变化迫使互相竞争的产品靠近了彼此，也改变了销售的模式。多年以来，在巴尔的摩的毒品市场上，地盘一直是个已经死去的概念。任何有好货的人都可以开张做生意，雇佣当地的瘾君子当揽客仔，和其他好几个团伙共享同一块地盘。但受到警察的逼迫后，分散的社区毒品市场很快就被压缩了，因此越来越多的玩家——揽客仔、小贩、抢劫犯、骗子——都挤进了更小的空间里厮混。街角的电流开始交汇了：毒贩们比之前更加喜怒无常，瘾君子们则更加绝望和紧张了。

暴力开始增加。

在富尔顿街上，一个替"蜘蛛袋"团伙工作的揽客仔因一起事关产品的争论而在屁股上挨了一枪。几天之后，一个抢劫犯在巴尔的摩街上伤了一个年纪大一点的毒贩。在费耶特街和蒙特街，艾迪·布兰德这个街角的常客和一个竞争的小贩陷入了争论，头上挨了一刀。一个"纽约男孩"帮成员在一包货里搞手段，在门罗街正中央被数根棒球棍胖揍了一顿。在列克星敦街和富尔顿街那边，"饿仔"试图对一处存货耍自己惯常的手段，但刚跑出半个街区就被德雷德和他的团伙抓了。他们把他揍得实在太惨，以至于去三个街区外的波恩赛考斯医院都需要动用到救护车。

第二天下午，加里·麦卡洛在门罗街的杂货店外见到了他。他的整张脸都被撕烂擦伤了，头包裹在绷带下面。

"感觉如何?"加里问他。

"还活着。""饿仔"让他放心。

在下面的蒙特街，西区警察局的警察们对斯科菲尔德家的房子发出了搜查令，用密谋贩毒的指控把巴斯特和其他几个未成年人都关了起来。在另一头的门罗街，某个便衣警察带着市中心来的暴力犯罪专案组成员拿着另一份搜查令突袭了费尔蒙特街街角的房子，抓了六七个人。一周后，某个制服警察突然冲进了露珠旅店，冲过第一层，一无所获地上到了第二层，错过了小罗伊放在地下室里的存货。

警方整整两周都在大力执法，造成了各种各样的混乱和疑神疑鬼。某天下午，"肥仔"科特在布鲁家的二楼，听到了前门的敲击声以及从楼下传来的一声惊恐的吼声。他马上就知道是怎么一回事儿了：是搞突袭的条子们，一次搜捕。

"他们进来了吗?"房子后部一个声音喊道。对科特来说，这听上去更像是声明，而不是问题。他听到了另一声巨大的噪音和后巷里的一声喊叫。很可能是布鲁、"饿仔"、丽塔和其他人正在从后面溜走。只剩"肥仔"科特孤身一人面对警察并接受指控了。该死。

他从一张椅背坏掉的椅子上撑起身来。也许是因为此刻正在他脑子奔涌的可卡因，也许是被追赶带来的古老刺激感推动，但无论是哪一种，科特像是感受到一剂毒品一样感受到了肾上腺素。他忘记了自己四肢肿胀且疤痕遍布，忘了自己已经四十有六，并且看起来还要再老上二十岁。他忘记了外面只有人行道，忘记了从二楼窗户上掉下去足有十二英尺。他忘记了为此冒风险全然不值得，这不过只是一个吸毒点，指控不会严重地持有毒品或者其他小罪，或者也许只是被判妨害公众利益。在短暂却不可挽回的一刻里，"肥仔"科特忘记了一切，被送回了二十年以前，回到了那个他的技能尚且完备的时刻，当时他能做成任何必须做的事儿。他吓坏了。

他走向窗户，把拐杖扔了出去，然后攀上窗台，跳了下去，右边脚踝着地。他听见了一声难受的轻响。

"该死。干。"

痛得要死，下面传来的疼痛轰鸣着盖过了海洛因的快感，把可卡因的快感也打得落花流水。不管刚做了什么，科特已经毁掉了自己的嗨。

"科特，哥们儿，你伤着了吗？"

"饿仔"和斯卡里奥已经来到了后院，来看看损失并表示慰问。

"啊，天哪，"科特哀嚎道，"我的脚。干。"

救护车载着他去了波恩赛考斯医院，X光机讲出了故事的结局：脚踝骨折。

"你干了啥？"一个实习医生问他。

"从窗子跳了出去。"

"为什么？"

去他妈，我怎么知道，科特想道。在那阵混乱之后，警察甚至都没有进门。只有一个警察在街角上，从后面押着某人靠在酒水专卖店的墙上。是那款优质的可卡因让他们都疑神疑鬼的。

"你为什么要从窗户跳出去？"实习医生问道。

科特挤出了一个微笑。"我心里害怕了。"

他们止住了疼痛，把骨头复了位，然后给他打上了石膏。医院给了他一对木头拐杖，非常清楚这钱是波恩赛考斯医院再也拿不回来的了。科特如今已在安全网之外过了很多年了。没有福利救济金，没有医疗补助计划（Medicaid），没有社会安全生活补助金（SSI），没有州里的残障补助。

"这东西我要戴多久？"科特看着石膏绷带问道，"我是说，我得啥时候回来。"

两个月，至少，他被告知。那个实习医生警告他要一直把脚踝抬起来，白天的时候要尽可能地脚不沾地。"你必须给它一个痊愈的机会。"

科特哼了一声，算是一个模棱两可的确认，然后拿起了拐杖，一瘸一拐地慢慢走出了急症室，沿着费耶特街走了下去，走向门罗街。脚不沾地？两个月？柯蒂斯·戴维斯生活里的日程是归谁管啊？有哪个揽客仔可以脚不沾地地赚到钱啊？

第二天晚上，他就回到了自己的街角上，左右招呼着客人，像是某个不睡觉的交通引导员一样把他们揽进来。

"哟，科特。"

"嗨。"

"腿怎么了？"

"脚踝折了。"

"哦，天啊。"

"嗯，还行吧，我能应付。"

现在科特比起从前更像是一具残躯了。他几乎没法移动，行动缩减成了仅从公用电话到路沿的让人精疲力尽的小小挣扎。穿过门罗街去到一个白人男孩的车窗边，都变成了一次强行军。绕过街角去取藏在瓦因街上存货的路程长如一本俄罗斯小说。

街角对科特毫无慈悲。当然，也没有人会向街角乞求慈悲。吸毒点常客们的同情也有限："肥仔"科特已是他们生活中的固定角色了，一个有血有肉的标志，像是"包子"一样，被以同样特别的方式爱着。但除了帮他攀上进到针头圣殿的台阶，或者帮他省下走去存货点的几步路之外，他们没有太多可以为他做的。无论受没受伤，经验法则对于街角的人和军队指挥官来说都一样：要么跟上行动，要么就被抛下。而"肥仔"科特是一名战士。

但是，一个街头偶像缓慢且稳定的崩溃还是惨不忍睹。对于任何一个靠费耶特街各个街角过活的人来说，科特是罕有的几个固定角色之一，一颗能让上千名瘾君子判定自己在生活中位置的北极星。他是应该永远待在那里的。见鬼，按照街角的标准，他已经做到了。但一开始他是靠着那支手杖，现在则是双拐了。看到他身处酒水专卖店外面，双肩佝偻着，发黄的双眼凸着来回张望，嘴巴因为永久的肉体疼痛而扭曲变形。看着他崩溃成了这个样子，人们禁不住为他感到尴尬，甚至是悲伤。

在费耶特街和门罗街上，当任何一个健将正在老去，当他技术尽失，当他肉体崩坏却还逆着所有的不可能试图坚持过最后一个自取其辱的季节时，都会迎来令人尴尬的认可。

"科特。"

"嗨，姑娘。"

"你看起来很累。"

"是很累啊，亲爱的。"

"腿怎么样了？"

"疼着呢。"

在那灾难一跳的两周后，一天晚上，科特在门罗街看着一场街头枪击的事后现场。没什么特别的，不过是某些牙买加人和某个偷了一点他们的货跑掉的男孩之间的小交火而已。男孩现在在大学医院里，流了血但还算稳定。牙买加人跑了，融进了城市温暖的黑暗中。只留下了几个弹壳，以及在瓦因街和列克星敦街之间一个公用电话亭附近的一点血迹。惯常的人群依然围在附近，在黄色的警戒带后面议论纷纷。他们的脸被巡逻车蓝色的警灯渲染出了怪异的机械感。两个市中心来的警探在研究犯罪现场，在歇息时抽着烟，等着犯罪实验室的技术人员拍完照片。

"天哪。"一个西区的制服警说道。

"啥?"

"看那个混蛋的手。"

"哪儿?"

"杵着拐的那家伙。看看他的手。"

那些穿制服的警察笑了起来。警探们踱过街去，想要看得更清楚。

"嘿，朋友……对，就你……过来。"

"肥仔"科特紧张了起来。

"嗨，拍一张这个漂亮混蛋的照片，"那个制服警说道，向着实验室技术人员示意，"我发誓这家伙就像是大力水手。"

科特慢慢地转身，他的脸因为疼痛和愤怒而扭成一团。

"可他妈不是吗，"一个警探说道，"这就是大力水手啊。"

现在所有警察都在大笑了，评论着科特的手和脚。他们从没见过这样的东西。其中一个人真的要求科特这个医学上的奇迹冲着相机笑一笑。

"嗨，大力水手先生，你一定是个狂吃菠菜的混蛋吧，"一个警佐笑道，"如果那些不是我见过最肥的手指头那可就真见鬼了。"

实验室技术人员从巡逻车另一边溜了过来，用照相机瞄准了目标。

"说'茄子'。"他说道。

在"肥仔"科特试着一瘸一拐离开舞台的时候，闪光灯攫住了他。他的嘴嘟囔着脏话，双眼低垂而呆滞。

迪安德尔在"巴尔的摩"外卖店的柜台前看到了她，而她在这个四月末的下午看上去是那么特别、那么美丽。他不得不和团伙中其他人分开，然后动用他最好的搭讪台词，就是那句似乎总能管用的话。

"我能替你买这个吗？"

那姑娘看向迪安德尔，抓住了他深棕色双眼中的调皮，即使那神情已被从前额垂下来的脏辫遮去了一半。他迅速流露出一个微笑，一半是因为害臊一半是出于勇敢。

"你说啥？"

他指了指她的三明治，已经包好了，正放在外卖柜台上。"能让我为那个出钱吗？"

她笑了起来。迪安德尔抽出他的钱卷儿。

"来吧。"她说道。

外卖店里的其他男孩正忍着笑，等着这个姑娘在收了迪安德尔的钱后再给他来上一课。他抽出一张五元纸币，把它滑进了防弹玻璃下的旋转窗口里。她拿起自己的午饭，他则收拢了找零。他们一起离开了，其他人的坏笑戛然而止。

她名叫特蕾西，今年十九岁，比迪安德尔大太多了，以至于他在离开外卖店的时候，就遭遇了自信的突然崩塌。他偷偷地怀疑，一个这么好看的姑娘，一个用成熟曲线撑满了衣服，并在男孩子周围仪态这么好的人没有理由和还不到十六岁的自己玩。在这个姑娘这里，他是高攀了。

但是，现在是春天啊。你不会失去那些你从没得到过的东西，他告诉自己，你要是不试试，根本就没法赢。

几天之后，这一切就不仅仅是性了，而成了一场大戏。

"我就说这和瑞卡不一样，"迪安德尔告诉他妈妈，"瑞卡就是个小姑娘。她太年轻了，也太轻浮了。特蕾西是个百分百女人。"

芙兰翻了一个白眼。

"我是认真的，"迪安德尔说，"她是个成年女人。"

"那你算个男人咯。"芙兰面无表情地说道。

"够男人了。"

"拜托了。"

迪安德尔像只小狗一样跟着这个比自己年长的姑娘，去她在普拉特街的公寓，在她同意的时候和她厮混，而在她不同意的时候试着想出还能同她做点什么。他把钱都花在了她身上——拢共也没多少，因为他还在缓刑中，并且离开了街角。

对于费耶特街上的男孩子们来说，出钱出力一直是他们的经验法则。相应地，女孩们则通过美元来衡量真心和承诺。哟，哟，有开房的钱，这是去年夏天西巴尔的摩电台混音舞曲中的一曲战歌。现在，迪安德尔穿着此时最流行的 T 恤，宣称"受不了拜金婊子"，女性时尚对这句话的回呛则是"受不了穷鬼男人"。在费耶特街上，小孩们带着色眯眯的愤世嫉俗互相打闹，甚至对那些最小的男孩们来说，追求性也不过是另一种追求物质的尝试而已。

但在特蕾西这里不一样。自从他们初次见面以来，迪安德尔的新女友没有显出一丝的唯利是图。她似乎没有根据他在衣服上、夜店里、买大麻或者看电影上花了多少钱来评价他。她就要从高中毕业了，要去寇平州立学院（Coppin State College）深造，所以距离街角很远，也不为迪安德尔的匪徒风格所打动。他的世界里没有她想要的东西，没有能让她据此施以相应爱意的金钱标准：在他们遇见后的那个周末，她甚至专门去给他买了花。

这一切都让迪安德尔又眩晕又迷惑。特蕾西是他宇宙中的外星人，实际上，仅仅过了一周多，他就不知道要拿她怎么办了。自从十一岁的时候，在一个表姐那里失去了自己的处男之身后，迪安德尔已经把性看作最多不过是一种各取所需的交易。最糟糕的看法则是：性是纯粹的卖淫。

但在特蕾西这里，性变得太过你情我愿了，丝毫没有一个来自费耶特街男孩所能明白的那种挣扎。对于迪安德尔来说，追求和性本身一样是冒险的一部分。但在这个案例里，是这个姑娘在决定着节奏。更让他迷惑的是事前事后的那种沉默，那个他同这个比自己知道太多的年长姑娘无话可说的事实。她准备要去寇平州立学院了，还在打工为自己住的公寓赚房租。而他学习的是如何分装可卡因和判断它的纯度，并且还住在一处吸毒点中的一间背街卧室里。结果就是，特蕾西让他迅速地瞥见了一眼街角之外的世界，一个他完全无法产生联结的世界，迪安德尔倍感紧张。去过她的住处几次后，他没有再打电话，她也没有回电。当距离他们不再通话过了约一周后，两人在巴尔的摩街上遇见了对方，他们几乎头也没点就擦身而过了。

当他妈妈在他们遇见之后的某天再提起这段新的罗曼史时，迪安德尔哼了一声就敷衍了过去。

"我以为你爱上她了。"芙兰说。

"哼，那事儿完了，"他解释道，"一旦你追到一个姑娘了，就没啥意思了。"

芙兰斜眼盯了他一眼。

"我的意思是不像是我以为的那回事儿，"他继续说道，"你知道我们没啥可聊的。她要上大学了。"

"所以呢?"

"所以，我不会去啊，"迪安德尔说，"再说了，我想做的是其他的事儿。R. C. 女朋友的表姐一直试着勾搭我，妈，我发誓，我都不知道她怎么会那么正。"

"那瑞卡怎么办?"芙兰问道。

"什么怎么办?"

"德雷，那姑娘爱上你了。"

"妈，我没法和瑞卡聊天。她太小了。"

芙兰摇摇头，似乎被恶心到了。日复一日，瑞卡像是米粒一样黏着她儿子。她在麦克亨利街上见过他俩在一起，和 C. M. B. 那帮人厮混。泰瑞卡的双臂环着迪安德尔的脖子，要么就坐在他的腿上。两人一起逃课，在街头流连——这对迪安德尔来说是个几无后果的行为，但对于泰瑞卡则是巨大的变化。更别提这对小情侣花在露珠旅店芙兰那拥挤房间里的时间了。每一次他儿子都从里面把门锁上，还把电视声音开得大大的。而现在，迪安德尔坐在这里，无动于衷地宣称泰瑞卡不是自己女朋友，说着夏天就要来了，他必须要找别人了。

"那告诉人家姑娘啊。"芙兰说道。

"说什么?"

"说你对她厌烦了，让她离开你。"

迪安德尔摇摇头。

"没爱做可不行。"迪安德尔吹嘘道。

芙兰狠狠地盯着他。

"怎么了吗?"迪安德尔嬉笑问道。

"那他妈太混蛋了，"芙兰说，"那姑娘以为你爱她，而你只想要做爱。"

迪安德尔不屑一顾地耸耸肩，抱怨说自己又不是唯一一个出轨的人，说他听说泰瑞卡在自己被关起来的时候还和泰以及其他男孩出去过。

"每个人都认为泰瑞卡那么无辜。"他嘟囔道。

他一方面相信这个观点，另一方面又不信。泰当然是个鬼鬼祟祟的家伙，并且在迪安德尔那么随意地给出了许可后，他就把自己所有的一切都花到了泰瑞卡身上。那姑娘不停发誓说自己和泰只是朋友，说他们只是喜欢一起玩。而在泰这边，他没这么说过。迪安德尔没有证据，但他不喜欢他们在一起的样子和行为。他的怀疑循环往复：不信自己，也不信泰瑞卡，这让他倾向于进一步为自己那不着边际的爱意找补。但真相是，迪安德尔的不忠和泰瑞卡或者任何人都几乎没有关系，不过是荷尔蒙作祟而已，是那种身处糖果店的小孩的心态，从每个方面来看都是青春期而已。

迪安德尔在夏天就满十六岁了。如果他计划得逞，那将没有一个姑娘能被允许独占他。他的目标是在那炎热的几个月里，一只手搂着泰瑞卡，另一只手搂着尽自己所能找到的其他姑娘。他笃定泰瑞卡，以她对自己的忠诚，不会注意到，或者最坏的情况下，会注意到但会放任不管。

但泰瑞卡没有让这一切如此轻松。进入四月，随着迪安德尔不再受到居家监视，不再被法庭流放到埃廷街上，她就已经从自己的女性朋友们那里听到了有关特蕾西的传言。迪安德尔很快意识到了泰瑞卡、德娜以及 R. C. 的女朋友崔西之间的八卦网。连同费耶特街和麦克亨利街上的其他六七个人，她们绝对能让贝尔大西洋通讯公司（Bell Atlantic）的业务屹立不倒。

而且泰瑞卡也不是一个只会坐在家里嘟着嘴生气的人。她会不打招呼就冲到巴尔的摩街上找 C. M. B. 这帮人，说自己是因为这啊那的原因出门，但实际上她是想要找到自己的男人，并和他对质。

所以这个夏天注定会很复杂，迪安德尔现在已经能预见到那一切了。无论他为自己那游离不定的关注感到了何种愧疚，他也用雪崩一样多的小小批评掩盖了这种愧疚：泰瑞卡不再为他展示自己最好的一面了。她不打理自己的头发，她穿的衣服也不对。昨天她还趿拉着鞋走在费耶特街上，像是个洗衣日里的老家庭主妇。而且她老说着那些愚蠢的鬼话，那些和迪安德尔屁事无关的小屁孩儿东西。最重要的是，到了四月底，迪安德尔能看出泰瑞卡长胖了，而且不只是长了几磅而已。迪安德尔最后不得不问那姑娘是怎么回事儿，但泰瑞卡对这个问题爱答不理的。

"你怀孕了吗?"迪安德尔问她。

"没。"她告诉他。

"因为要是你有了，我知道那不是我的。"

他这么说是为了看看她会不会争论，试图让她承认自己和泰或者杜威或者其他某人好过。但泰瑞卡不过是盯着他，然后冷冷地告诉他自己没有怀孕，而且要是她真怀了，除了他也不会有其他的孩子爹。

五月初的某天早上，他们躺在芙兰的房间里。迪安德尔把一只手放在她的胃部，感受着圆滚滚的线条。

"瑞卡，你确定你没有怀孕？"

"我就是需要节节食而已。"

他没有问她的生理期，问她的月经迟了多久或者有没有感到任何不舒服和其他的征兆。基于所有的人生经验，迪安德尔的性教育在涉及女性那一半的时候是欠缺的。他不知道生理期和怀孕之间的关系，也不是特别清楚女性性反应的细节。他知道自己喜欢什么，并在一定程度上，知道要怎么得到自己喜欢的。如果上帝藏在细节里的话，那迪安德尔对涉及性领域的观点绝对就是不可知论的。泰瑞卡说姑妈为自己预约了诊所检查，轻巧地结束了这个短暂的讨论。迪安德尔信了她的话，感觉可以自由去追逐他能找到的任何形式的新业务了。

归根结底，在两个孩子的心里对意外怀孕都没有特别的恐惧，基本原因就是一个婴儿是不会不受欢迎的。芙兰给了自己儿子好几次避孕套，并在卧室梳妆台里还放了额外的。但迪安德尔不喜欢穿着"小雨衣"做爱，并且也不是特别相信会有任何后果。社区里一半的人都染上了"虫子"，而迪安德尔却只会把这种疾病和针头联系起来，毕竟几乎所有染病并去世的人都是长期的注射吸毒者。而至于造人，这作为男子气概的最终证据，几乎是受到欢迎的。迪安德尔和团伙里其他人都有一种听天由命的观念，觉得自己很快会死或者去坐牢。怀着这种观念，生一个孩子，特别是一个男孩子，能保证这段短暂的存在留有一些有形的证据。

所以迪安德尔把避孕套留在了梳妆台里，泰瑞卡也没有做点什么来避孕。有一个自己的婴儿的想法，去照顾一个毫无条件爱着自己并依赖自己的生命的想法，就已经足够有吸引力了。而她只有十三岁，除了一个孩子的爱，她别无他物可以提供给一个新生命，但这些都因为生育显然会带来的自我实现而被抛在了一边。

迪安德尔也知道泰瑞卡是这么想的。他能感觉到她有多缠人，她是多想要相信要是自己怀了孕，他就会和她在一起，那个孩子会把他们绑得更紧，让他的眼睛从别的姑娘身上挪开。要是那是她所相信的，那就让她信去吧，他会走一步看一步来处理这些期待的。但现在，他下定决心要和泰瑞卡以及其他姑娘都玩个够。

整个四月，泰瑞卡都在从自己的女性朋友那里获知事关迪安德尔的坏消息。整整一个月，她的反应就是找到那男孩，一次又一次冲他发泄怒火和敌意，全力展示她感受了何种程度的背叛。但对于迪安德尔，这只不过是让他确定了这姑娘已经认定了自己，无论何时他和别人鬼混完了回家，她都会在那儿等着。

泰瑞卡知道抓牢迪安德尔会很难。要是她对自己诚实一点，她就不得不承认和任何一个男性都几乎没有可能维持一段长期关系。按她在这个世界里得到的经验，除了一两次例外，没有一个小孩是由父母抚养长大的。但她如同任何姑娘第一次爱一个男孩那样爱着迪安德尔，也正是因为这个原因，她的感觉足以引发几乎是荒谬的乐观。一个婴儿会让他浪子回头，她告诉自己，也许还会让他去找份工作，带点正当的钱回来。他们能够租个公寓，住在一起。迪安德尔回去上班，而泰瑞卡则去上学。也许不是马上就行，但也快了。

这些当然都是她内心的想法。在外表上，泰瑞卡继续对任何发问的人否定着怀孕的可能。至于那个诊所检查，泰瑞卡定期更改着时间，从这周改到下周，解释说姑妈没法请假，或者诊所关了，要么就是检查当天她得待在学校里。

"瑞卡什么时候去诊所啊？"芙兰有一次问道。

"妈，"迪安德尔回她，"我不知道那姑娘脑子里想着啥。她疯疯癫癫的。"

同时，随着天气渐暖，迪安德尔几乎每个晚上都流连在普拉特街和麦克亨利街下面那块儿。他在追求崔西的表亲，还有一个他在普拉斯基街某个家庭派对上遇见的姑娘。之后，当有时间的时候，他会回到费耶特街上和泰瑞卡过。

她从翠西和邻居姑娘那儿听到了一些消息，但每每对质的时候，迪安德尔只会大发脾气，否认一切。

她一度试着通过和迪安德尔团伙里的其他男孩调情来反击。大部分时候都是和泰，也让杜威知道他可以冲着自己打呼哨。某一次，艾拉的篮球队穿城去参加一次旗屋①巡回赛，泰瑞卡使了心思，让自己不和迪安德尔共乘艾拉的旧车，而是坐在马泽尔·迈尔斯的车后座，就坐在杜威的腿上。等他们到了东边的时候，她已经把头靠上了他肩膀，双手绕上了他的脖子。

杜威和泰她都喜欢，但除此之外，她想要自己所做的事儿能伤到迪安德尔，让他想想什么是种瓜得瓜。但甚至就连这么做都没有达到本应该有的效果。在她和杜威的车上调情后没多久，迪安德尔就告诉克伦肖黑帮兄弟的其他成员，无论他在追多少个姑娘，泰瑞卡一直也永远都是他的，他们严禁染指，否则就会面临一场鲜血淋漓的痛打。泰毫不在意地耸耸肩，接着去追社区里的其他姑娘了，大部分原因在于他更愿意维护同迪安德尔的友谊。而至于杜威，虽然显然对泰瑞卡动了心，但还是被吓到了，这让泰瑞卡很不开心。

"我不明白这算个啥，"在调情几无效果之后，她忧郁地告诉崔西，"男孩子们害怕迪安德尔。没一个人有种。"

但事实就是事实。只有丁基——迪安德尔的表弟以及最亲近的伙

---

① Flag House，美国运动设备供应商，体育项目组织方。

伴——像迪安德尔一样穷追猛打。但等到了夏天，丁基最多也只会在几天晚上送泰瑞卡回家。他逐渐劝说自己退了出去，告诉她说和自己表哥的女朋友鬼混是不对的。

去年夏天是她生命中最好的时光。去年夏天，所有男孩都想要她，为她争斗。现在她只想要回到迪安德尔对她痴心万分的最初几周里。当时他会带她去不同地方，和她聊天，说一些让她感觉自己很特别的话。现在，哪怕他们在一起的时候，他都一次又一次证明自己无力承担成熟的爱。他能提供给她的全部仅仅是人在那儿，他那随意的情欲，以及偶尔且随意的残忍。

有一次，在未成年法庭法官结束迪安德尔居家监视前，泰瑞卡同迪安德尔还有 R.C. 一起搭黑车去埃廷街。迪安德尔想她留下过夜，第二天早上上学前再回家。泰瑞卡本是愿意的，但等到坐的车经过吉尔莫街的高速路停在穆博利街上的时候，R.C. 看见了一个年长一点的女孩紧紧裹在一件吊带衫和一条短裤里，正扭着她那轮廓精致的身子走在人行道上。

"啊，有了，"R.C. 吼道，从前排副驾的窗户里探出身去，"太他妈正了，姑娘！"

迪安德尔也丝毫不带犹豫地吼叫了起来。

"嗨，姑娘，你去哪儿啊？嗨……你穿这么漂亮是去哪儿啊。你我都清楚我想要个你的电话。"

"天哪。"等车开动了，R.C. 呻吟道。

"她让我喊出声了，'啊啊啊啊啊啊啊'。"迪安德尔叹道。

"去你们丫的，"泰瑞卡苦涩地说道，她把自己挪向后排远端的同时，眼里挂着泪水，"你们都是垃圾。"

迪安德尔笑了起来。

"你让我恶心。"她嚎啕道，狠狠地打着他的肩膀。

"要是一个姑娘那么正，我可忍不住。"

"你什么也不用说啊。"

"你什么也不用听嘛。"

"你给我滚，安德烈。"

等他们到了埃廷街后，迪安德尔从车后座下去，用手扶着打开的车门等了一小会儿。

"你来吗?"他嘟囔道。

"滚，迪安德尔。"泰瑞卡嘶哑地骂道，手臂交叉，目眦欲裂。

"随你便。"他说道，关上了车门。

她知道自己再也不能逼他给钱，或者买衣服、看电影了，就像他们刚开始约会时那样。她知道迪安德尔现在离开街角了。她想要让他看到自己不像别的姑娘那么贪婪，看到她能在钱花完后依然对他忠诚。除了迪安德尔的关注，她不提任何要求。

但迪安德尔的眼神继续四处打望着。

"我问过迪安德尔为什么不干脆和你分手，"德娜有一次告诉她，当时迪安德尔搞上了麦克亨利街上一个叫姗奈的姑娘，"他只是说你还小，他不想伤害你的感情。"

"我感情早被伤了，"泰瑞卡说，"迪安德尔除了自己，谁的感情都不在乎。"

至少她没听到他炫耀的说辞，宣称她不过是个方便的性玩具而已。她也没有听说那个德娜和翠西都不认识的姑娘的传言，也不知道C. M. B.的男孩们时不时地凑上几块钱去嫖艾迪森街上一个对可卡因已高度成瘾的妓女。五块钱口交一次，或者一瓶可卡因就免费上。而任何一个对病毒宇宙有着哪怕一丝认知的男人，甚至都不敢用自己死敌的鸡巴去艾迪森街上犯险。

"你不会通过口交得艾滋，"迪安德尔在这么一次经历后向他的同伴们保证，"即使你会得，但也没人喜欢吸橡胶啊。"

"你怎么知道，婊子?"

"去你丫的，R. C.。"

最坏的内容成功避开了泰瑞卡。但到了五月，她已经知道得够多了。哪怕她不知道所有细节，也没法验证所有的传闻，十三岁的她也已经知道，知道自己独自一人，一如往常。

而且，她也知道自己怀孕了。

两个月来，她一直在对迪安德尔撒谎。三月的时候，她就没来月经。四月，也没来。而那个诊所检查的预约，那个在她和迪安德尔聊天中不停被推迟的检查，已经去过了。医生们给她和她姑妈所说的一切，泰瑞卡早已经知道了。

但除了自家姑妈，她对谁也不会说出真相，显然也不会告诉迪安德尔，后者已经证明了自己是如此不可信任。她担心他会逼着她去大学医院堕胎，或者会告诉那些会强迫她堕胎的人。她也担心要是自己的父亲发现后会说什么。她甚至担心芙兰女士，认为迪安德尔的妈妈可能试图抢走小孩。无论如何，泰瑞卡想要这个孩子。

五月底有一次，她差点就告诉迪安德尔了。

"我可能怀孕了。"一天晚上他们在露珠旅店背街房间里看电视的时候，她承认说。

"嗯。"迪安德尔说。

"但我觉得我没有怀。"

迪安德尔就这么信了她的话，告诉他妈妈泰瑞卡这么说不过是想让他负起责任来。然后，也就是装装样子，他宣称要是真怀孕了，他会卖上一批货，去到某个街角上，为堕胎赚点钱，因为他不打算被泰瑞卡或者任何姑娘给拴住。

芙兰受不了他这态度。没错，她毫不掩饰地试图让迪安德尔远离街角的脏事儿。但实际上，没有太多自己就处在费耶特街那唾手可得的诱惑中的母亲找出了防止这些事儿的办法。但芙兰至少想要教育自己儿子显得更体贴一点，比他在对待泰瑞卡·弗雷蒙时显示出的要更体贴一点。听到儿子像个混蛋一样说话，她一开始试图唤起迪安德尔的良心，催促他要么对泰瑞卡忠诚，要么就放她走。当这一招行不通后，她自己出马去和泰瑞卡交上了朋友，去为这个孤独地抚育着自己的小孩扮演母亲的角色。

泰瑞卡立马就有了回应，承认了她对迪安德尔的爱和忠诚，抱怨自己的忠诚得到的回报是不断拉开的距离和持续不断的伤人侮辱。芙兰满怀同情地听着，然后告诉这姑娘，追着迪安德尔只会让他更肆无忌惮。

"你没法靠一个小孩把他拴住。"芙兰警告道。

"我知道。"泰瑞卡眼泪汪汪地说道，但芙兰能看清她其实并不知道，能看清她相信自己有能力把一个十五岁的街角男孩给拗成一个丈夫和父亲。

"我是说安德烈只会做他想做的。"

"我懂。"

"瑞卡，"芙兰最后说道，"你怀孕了吗？"

泰瑞卡摇摇头，还试图对抗，还在担心有人想要插到她和她孩子之间。"没有。"她最后说道。

"你上次来月经是啥时候？"

"呃，上个月……不，二月。"

芙兰悲伤地摇摇头，但一句话没说，只是问了问这姑娘打不打算去诊所看看。

"我姑妈要带我去，"泰瑞卡撒谎道，"我下周三的时候有个预约。"

"好吧，"芙兰轻声说道，"你那时候就知道了。"

一切和福利救济金支票无关。从来都没有关系。

一切和纵欲无关，也无涉个人道德，或者是为人父母的失败，或者是因为缺乏计划生育。一切都是这场灾难之中固有的。但在西巴尔的摩这样的地方，小孩们生小孩的势头之盛，远超出了意外和概率、境况和误解所能给出的解释。这也超出了未成年人性冲动这一理由，尽管在这样一个仅是性本身就足以让人们无所不为的国家里让人难以相信这点。

在巴尔的摩，在这个有着全美最高青少年怀孕比例的城市，此事的泛滥，究其根源，事关人类的希望，或者更准确一点，是因为希望的缺乏。在费耶特街上，婴儿们出生仅仅是因为他们能被生出来，因为这个地方的生命无法也不会以未来时态去生活。考虑到这个事实，没有理由要去等待。婴儿们抚慰着那些小妈妈和小爸爸们，为他们正名，以他们生命中其他任何东西都不具备的方式去轻抚他们的心。政府、学校、社工以及在每一部主角是城市黑人家庭的情景喜剧中插入的公共服务通知，都嘶喊着同样的正义警示：等等，别犯下这个错误，不要因为太早要孩子而荒掷了生命中所有机会。但费耶特街上的孩子们环顾四周，好奇那样的机会能在何处寻到。这确实是陈词滥调的说教了，没人受骗。

从此处的孩子们稍有知觉开始，他们就被要求放弃所有希望，要求除了街头的野心外概不能再有其他。他们学会用只为每天生存的方式去思考、感觉和呼吸。这些孩子不是完全没人关爱或者完全无人照顾，甚至大部分在最糟糕的排屋陋室里长大的人都能全须全尾、身上有衣、体格健康地进入青春期。为人父也许是个已经遗失的概念，但在基本层面上，大部分的母亲哪怕是深陷在吸毒点或者毒品窝里，也都还能养育孩子。此处有爱，但它让自己仅仅能偶尔被感知到，就像是对街角这一个更大游戏的一点点补救。

真正的为人父母是不仅限于爱或者关注的，也不是一系列能习得的技巧。它是一切的总和，伴随不断地练习。在费耶特街上，街角的男男女女们知道要做些什么。而偶尔，当有毒品在手的时候，他们真的会去做。但这个游戏本身是永不止息的。当毒品姗姗来迟时，就无暇去表达爱了。

始终如一成了一种奢侈，所以费耶特街和蒙特街的常客能像任何一名父亲一样对儿子施以厚爱，但每当要在排队领样品和带着受伤的小孩去波恩赛考斯医院急诊室中做出选择时——好吧，其实没有选择。他儿子的双手都因从自行车上跌下来骨折了，但爸爸没打算搞清医疗情况的紧急所在。他自己整个就是一个他妈的紧急医疗情况啊。所以场景就是，一个成年男性从他儿子身边退开，转向了一个揽客仔，喃喃念叨着某个应急做法，说什么来点某种药膏应该就能搞定。

日复一日，那些把家人们拢成一团的小小承诺都磨损松散了：没人做饭；周末出游也从没找到过合适的周末；九月时校服没有准时出现。最后，那些父母和孩子总应该享有的安静时刻，那些围坐在早餐桌前抑或在床边以及在排屋门外台阶上共享的信任和爱意，都沦为了街角的受害者。假以时日，费耶特街上的孩子们就会清楚，他们的长相、他们的笑容，甚至他们绝对的爱，都永远不足以为他们带来所需的东西。那些沉沦男女们对孩子的暗示视而不见。

因此期待也就变化了，同样变化的还有技巧。这些孩子意识到自己要想吃饱，最好是不断抱怨或者哼哼唧唧：妈，我饿了。我能吃点那啥吗？能不能？妈？假以时日，乞求变成了对峙和要求：我给你说，我不去上学是因为我再也不会穿这些破布了。妈，你说过你要带我去西区买东西的。那你啥时候像你说的那样带我去啊？

他们生命中最重要的关系让他们不断失望，辜负着他们，把他们塑造成了比原本应有的样子更差的人。这是几乎完全来自童年的教训：哪怕是最亲密的关系本质上也是斗争和交换的组合。爱是某种嘴里会说说的东西，但罕有展示。

但对于街角世界来说，这个教训绝对是有意义的。费耶特街排屋里的孩子们学着这样的态度长大了：人从彼此那里交换自己所需的一切。等进入青春期，他们会明白没人能用以下方式幸存下来，无论是带着长远的期待进入一段关系，还是把自己全盘交付，或者是为了那段关系去赌上任何有价值的东西。他们看着自己的母亲在一连串不断失败、半是敌意的关系中一路摸爬滚打。每一段关系都走上了那可预见的轨迹，每一段关系都是被真实的需求和欲望驱动，但也都基于如此微薄的感情基础。与其说这是人和人之间的承诺，不如说是一次事先计划好的逐步废弃。他们看见自己的父亲——如果他们真能看到自己的父亲的话——在边缘游荡，像是浪子一样在家庭里来来去去，无力养家、无心承担。更有可能的是，这些男人走在另一条路上，被新的女朋友、新的家庭住址和新的野心缠上，所有这一切又都如同之前的一样转瞬即逝。

带着这样的底色，孩子们冲上了街头，手里攥着小学的书包——男孩和男孩一起，女孩和女孩一块——彼此打压，他们的游戏变得越发粗野，磨砺出了这个社区所必需的技巧。他们的身高、体型、个性中的怪癖，和所有地方的小孩们一样，这些东西为他们带来了最初的地位以及在小圈子里的名声。但在费耶特街上，地位只会在和街角有关时才会存在：这一个打架最狠，那一个嗓门最大；这一个诡计多端鬼鬼祟祟，那一个混不吝且无所不为。他们各自得到了游戏的第一张入场券，而在一两次惨烈失败之后，甚至最弱的人也得以找到一个位置，因为这就是街角永恒的真相——它为所有人存在，虚位以待。

等到年少情热时，他们在这场游戏中的地位便是唯一关键的东西了。而在街角上行得通的东西在姑娘们那儿也行得通。性会被进贡给最强悍、最勇敢和最疯狂的人——主要还是给那个当时身怀一卷齐整现金的未成年毒贩。

对街角男孩和街角女孩来说，金钱成了一曲求偶之舞的核心，就和任何一个中产阶级的头脑能想出来的仪式感一样。一开始，是少年们彼此打趣，然后十四五岁的男孩子用风趣和话语打趣比自己小一两岁的女孩。打趣变得充满了挑逗，然后挑逗最终会带来第一次小小的交易。

"给你买瓶汽水？"

要是她愿意，就不会止步于一瓶橙汁。在维多利亚时代的理想中，那些等同爱、忠诚和承诺的求爱习俗是必须要支付的代价，但这些习俗在费耶特街上并不存在。相反，每一次拥抱、每一把揉捏、每一次幽会都是经由一次物质交换获得并推动的。对于女孩们来说，这个过程和卖淫毫无联系。相反，这同认可有关，能够显示出自己的价值并且用可量化的东西来证明。一个来自费耶特街和富尔顿街一带的姑娘是不是真心喜欢一个在巴尔的摩街和吉尔莫街上厮混的男孩，毫不重要。这样一次追求的地理环境要求两人都要扮演好自己的角色，就是男孩要花上点票子给女孩买电影票、芝士棒、耐克鞋和珠宝，就好像这要求那个女孩回以自己的爱意一样，一报还一报。来自任何一方的些微欠缺都会造成巨大的不敬，所以在整个团伙的眼里，这个男孩会被轻易抨击成一个不入流的下三滥，而这姑娘，要是她容忍了这些，还献出了自己，那就会被轻易地打上荡妇的标签。

因此，这些套路把费耶特街上的孩子们凑在了一起。他们在一起的时候都背负了这样的负担，他们带着这样的共识：他们之间的一切都是不可能持久的。他们在一起的时候，对这段关系会持续的预期几乎为零。确实，就好像任何十四五岁小孩之间的性关系都不会持续一样，他们所见的任何关系都没能持续。他们找到彼此，性交，然后分开，最后摧毁了这种私人联系，离开。任何超出了这一套的东西会带来真实的个人风险，献出自己和这次交换的最初条款毫无关系，献出自己只有在对明天怀有希望的情况下才说得过去。向对方展露真实的自我就是赤裸裸地展示软弱和对伤害的无能为力，而在费耶特街上这么做就是违反了街角的规则。

对他们的父母来说——或者，更准确地说，对他们父母的父母来说——婚内生子和核心家庭①至少还是你可以奋力追求的目标。形成鲜明对比的是，这一代人和上一代人中的大部分已经懒得装了。无论有什么样的罪恶感缠绕着他们的父辈和祖父辈，年轻的这些人已经不再受它的纠缠了。在费耶特街上，孩子们轻松地抛弃了这一整个设定。

被剥夺了任何稍有深度的意义，这一代人剩下的也就只有基本的东西了：性和婴儿。且因为性和婴儿，相比起忠诚和承诺，已是任何关系的已知终点，那成熟就变得几乎毫不重要了。如果获得认可仅仅需要有性，那些坐在大学医院和约翰·霍普金斯医院妇产科塑料椅子上的即将成为妈妈的人，就可以只有十六岁，或者十四岁，或者十二岁。

"意外"根本就不是形容这一切的词。

这些婴儿中的大部分都是母亲们想要的，父亲也不遑多让地想要他们。对一个预期自己到了二十岁就会死掉或者入狱的十六岁毒贩来说，还有什么比婴儿更好的遗产呢？对一个渴求着来自另一个人类毫无条件的爱意的未成年女孩来说，还有什么是对自我更好的认可呢？对于外人来说，这些婴儿是要计入社会成本的错误，是妇产科里的预兆，预示着又有一代人注定会陷入贫穷的漩涡。但对于被街角虚无主义养大的孩子们来说，这样的一个结果不是所有恐惧之和。他们所知道的是贫穷和失败，是他们接受自己日复一日也就这样了，并更进一步，也接受了自己后代会重蹈覆辙。对于那些未成年爸爸们来说，这就是生活。那些靠福利救济金生活的二十二岁妈妈们也这样看。她们赤脚站在排屋门前台阶上，被蹒跚学步的婴儿环绕着。而除了六岁的年龄差，一个十六岁靠福利救济金和一个二十二岁靠福利救济金生活的母亲能有什么大不了的差别吗？

___

① nuclear family，指由父母和子女组成的稳定的小家庭。

政府会给点钱，这当然是有用的。但真相是，政府付给费耶特街上母亲们的，只是每月二百三十四美元而已。也许每多一个孩子会再多四十美元，外加来自 WIC 项目的食品券和免费的配方奶粉。这能让购物袋里放进嘉宝牌奶粉和帮宝适牌纸尿裤，但还远不够去解释为什么会有这么多的婴儿。在这个层面上，想要借由孩子占便宜的保守派冲动论断似乎无法成立：不是福利救济金支票日的诱惑促使那些孩子去生孩子的，有些多于几百美元的东西才是关键。这些东西触及了这个现象的核心。无论有没有那张支票，这些孩子都会出生。

而我们，身为外人，旁观者清并无意义。我们有没有目睹那些生命陷于贫困也不重要，因为在这些孩子的内心，他们的生活早已经沦陷了。我们清楚那些年轻的父亲会放弃家庭、会离家而去也没什么意义，因为在某些层面上，那些女孩她们自己也清楚。她们从一开始就知道这段关系在情感上是注定有限的，她们因此迅速地收割了力所能及的地位、满足以及小孩，然后任由那些男孩去浪荡。在费耶特街上，这一切从来都和情侣关系无关，和男朋友无关，同婚姻也无甚牵连，也跟永远幸福生活在一起没有关系。

在这里，一个小孩就足以回答一切了。

再强调一次，我们知道在自己世界里能行得通的东西，因此我们讨论着福利制度改革，为中产阶级社会筹划着中产阶级的解决方案。但就像他们面对毒品和毒品交易本身一样，街角上的男男女女们已经在他们的处境下把我们的道德准则判为毫无用处。而他们是对的。就好像费耶特街上的每一个瘾君子都知道自己在针头之下的位置一样，每个未成年人也都在大学医院的妇产科或者西奈医院的产房里找到了些许意义。在那里，一个女孩能在某种程度上成为女人，至少对于一个依赖她的灵魂来说，她是宇宙的中心。那个父亲，那个消极且听天由命的男孩，给了这个婴儿他的姓氏，并判定他那注定毁灭的自我少了一点彻底的死亡。如果这对他们来说都算不上什么——仅仅是用了避孕套或者及时堕了胎或者能够节制欲望、有点廉耻——那么这里也许还有点社会层面的方法，能带来一点成功的可能。这些孩子已经总结出了，制造生命——任何形式的生命——是在这个合理的野心都难以获得的世界里，一种合理合法的成功。这是他们能做的。

想要对费耶特街上的生命要求更多，期望从男朋友或者妻子或者父母那里得到更多，甚至是对某人自己的孩子施以更多的信任，都是在小得可怜的概率里挣扎，都是无视了之前以及如今正活在你周围的活生生的例子。雪上加霜的是，想要更多是超出了自我认知的奢求，对人行道上游荡的所有人都一样，是对有什么东西能成为可能的奢求。做出比做梦更多的任何事儿，都是张开双臂迎接一场毁灭性的情感失败。

在费耶特街上，和沉重现实的搏斗——根据任何意义上的常识——都不被认为是展现了力量。相反，这是对脆弱的公开展示。关怀、期待和希望，这些东西只会带来痛苦和鄙视。有的人是在一发接一发的毒品里肩负起了这样的沉重，把痛苦装在了注射器里，把它从一只有思想的情感野兽变成了某种仅限于肉体的东西。对于瘾君子们来说，毒品就是精神的安全网，是和希望、野心以及爱相伴的每日意志。而对那些更年轻的人来说，对那些尚未依赖上针头和烟管的人来说，希望是可以因为当时当下能得手的残羹冷炙而随时牺牲的。女孩、称号、大麻、新乔丹鞋、团伙制服、一点点零花钱。费耶特街上，仅在罕有的少数人身上——那些上教堂的和做好事儿的，还有有房子的以及熬到了戒断的成瘾者——为未来而活的苦差事才会继续。要么是智者，要么是傻瓜，才会封闭自己，才会学着避开那些不一样的想法，断了对其他可能的信仰，从他们力所能及的地方获取愉悦。

除去那些屈指可数的稀有人物，费耶特街的孩子们将自己的性冲动倾进了一种毫无掩饰的生活样本中。男孩们把自己的野心限制在不被抓住、不被打劫或者不被枪杀地混过今天中。他们希望能待得够久，能看到儿子或女儿出生。也许能凑钱买来一个摇篮或者一把儿童餐椅，或者连这也做不到的话，那一周买一袋纸尿裤也行。女孩们则把生活分解成了单独的、渺茫的希望，期望即将当爸爸的人会去诊所，甚至也许会在分娩的时候出现在医院，之后再逗留一段时间。也许他会支付一个摇篮或者一辆婴儿车的钱。而当无法避免的事儿发生后，当他去到某个新的姑娘身边后，最多能期望的就是某种模模糊糊的同盟，同这个他创造的生命有着某种微小的联结。

如果一切顺利，他会偶尔出现，带着自己的儿子去看场电影，或者去卡罗尔公园过一个下午。他会在边缘徘徊，偶尔凑出个五块十块的，就好像在他没钱的时候，她时不时也会这么做一样。他们能做的就这些了，因为他们来自费耶特街，他们会觉得自己算是走运了，清楚在某些层面上，他们没有资格要求更多了。

这些未成年情侣的结局似乎显而易见，但当这些参与者面对自己角色的时候，依然有一些令人惊异的东西。一方面他们知道这段关系本身没有未来，但费耶特街上的男孩和女孩们依然会抓住一切机会去追求一些更大的东西，假装承担了那些终将被抛弃的理想和责任。和任何一个已经怀孕四个月的十五岁姑娘闲聊，你大概都会听到她说这个孩子不会改变什么，听到她打算做一个优秀且充满爱的母亲，以及她是如何计划读完高中，也许还要去上大学的。和十六岁的孩子爹闲聊，你很可能听到他说自己是时候该长大了，要去某处找一份正经工作，供养自己的孩子。另一方面，这些男孩和女孩都知道这些打算有多么虚无。他们痛苦地意识到对自己和他们的孩子来说，这其中的可能性是多么小，但某些更深层次的东西——也许是外部标准的一点蛛丝马迹——依然要求他们去假装。

在最不稳固的情侣之间，根本没有过家家的时间。但在任何一段长过了一两个月的关系中，能看见婚姻制度的所有必要阶段以所能想象到的最快速度火速进行。迷恋、亲密，一段时间里对彼此保有承诺，以及随之而来的幻灭和抽离。这在西巴尔的摩之外的地方，是很多月、很多年甚至是一辈子的事儿。但是，在费耶特街上，所有的关系都屈服于持续不断的压力，一切都被期待会迅速失败和破灭。结果就是，男孩和女孩们以令人惊异的匆忙学会了结合和繁衍、背叛和分开。他们从关系之中压榨着能得手的一切认可和冲突。但当小孩出生后，这随即被证明是一场不公平的交换。

一个街角男孩会流连家庭一小会儿，为庆祝而给自己的朋友们散上几支大麻烟，宣称自己的后代安然无恙。然后他就会回到街角上。

但女孩呢？她会居家躺在床上，孩子躺在她身边。她会接到一个女性朋友打来的电话，后者告诉她说他不到半小时前在哪里，接着就和路上遇到的一个新的女孩走了。她会假装淡定，说他想做什么都行，说他俩已经分开好几周了。等她挂掉电话，回到床上，就会感受到痛苦了。

她告诉自己，下一次，自己不会这么软弱和愚蠢了。下一次，就不能只是去海港公园看几场电影和去蒙道敏（Mondawmin）买一次东西的事儿了。也不能只是几包纸尿裤和一辆一两周后就丢了一个轮子的杂牌婴儿车的事儿了。下一次，她会把自己的感情剥离出来，像他玩弄自己一样玩弄他。这是个无法让她远离一丁点儿那个大哭婴儿、这间房间、这栋排屋以及这个社区的小小安慰想法而已。她躺在自己从小就睡的破旧床垫上，爱着自己的小孩，同时也半真半假地希望着这一切从没发生过，或者也许，是同另一个男孩发生的。

对这些女孩来说——从不涉及男孩子们——当小孩出生后，生活确实改变了。她们学会了一些东西，长大了一点。她们大部分会回到街角，把婴儿留给祖父母们和曾祖父母们养大。但有些人会明白这和一个新生儿那不求回报的爱无关，而是一个母亲付出了那些不求回报的日日夜夜，日复一日。

对这些女孩来说，这是觉醒的一刻：那个男孩已经走了，而小孩在这里。最后，伴随着童年的终结，世界上所有的痛苦和担忧直视着她的双眼，对一个十五岁或者十六岁的妈妈来说，现在可能可以直接看清楚这一切的本质了，不带任何幻想和假装。此刻也许正是乞求其他结果、其他选择的完美时刻了。

但，不，这一切正在费耶特街上发生着。

那个年轻的母亲躺在床上，她的孩子睡在她身边，她熟知的这个世界禁止她拥有希望和恐惧，她的未来被限制成了下一包一次性纸尿裤要从哪儿来这类问题中。

对她来说，这就是最好的情况了。

五

　　芙兰·博伊德待在屋外自己惯常待着的门廊上，双手托着脸颊。她的脸很粗糙，身体因为又在地下室待了一夜而疲软懒散。现在还是一大早，距离样品发放还早，而芙兰很惊讶地看到麦克·埃勒比走了过去。

　　"嗨，这谁啊。"她喊了出来。

　　麦克抬头一看，微笑了起来，变了方向穿过蒙特街，对直斜穿走了过来。

　　"嗨，芙兰。"

　　"嗨个屁。你怎么这么早就出来了？"

　　麦克走上露珠旅店的门廊，又笑了起来。"不过是吃点早饭嘛。今天得去市中心。"

　　"市中心？去干吗？"

　　"因为我的案子去见法官。"

　　芙兰点点头。上法庭是她认识的绝大部分人会在上午前起床的原因。"你今天要出庭？为啥？"

　　麦克摇摇头，坐到了她身边。"预约和约翰逊法官聊聊我的保释。你知道的，改一下保释条款，好让我可以出去。"

　　芙兰记起来了，小麦克认为自己可以出海航行。

　　"你还要出海？"她半笑不笑地问道。

但麦克没有察觉到她的预期，他带着绝对的自信点了点头，告诉她里基·桑福德很快就会安排他上那艘船。已经递交了申请加入工会的资料，也做过了体检，也把杜西，他的女朋友，都搞定了。

"上周拿到了我的Z卡。"

"啥？"

麦克藏不住自己的骄傲。他站了起来，伸手拿向了牛仔裤的后裤袋，拿出了一张覆膜的海岸警卫队卡。芙兰接了过来，沉默了一会儿。

"我只需要法官同意我可以不受监视了。"

芙兰递回了卡片，比上一刻更感惊讶了。然而，她还是无法想象对一个几乎杀掉了某人的街角战士会执行无监管的缓刑。

"你觉得他会放你走吗？"

"必须啊。"麦克说道，又坐了下来，朝上望向了布鲁斯街。在那里，第一批瘾君子正在各个街角上安顿下来。"我得离开这儿。"

"我也是。"芙兰说，揉着眼睛。

"我认真的，"麦克说，"我不能待在这儿。除了坐牢或者更糟糕的情况，对我来说这儿啥都没有。"

芙兰哼了一声，表示同意。

"杜西说她要停了，不再嗨了。但她这么说可能是因为她不想我走。"

"他们会留你在船上待多久？"

"四个月，"他说，从凳子上站了起来，"五个月，有时候更长。我不在乎有多久，只要我能离开这儿就行。"

芙兰听着他说话，觉着这有一点荒谬，仿佛离开不过是你受够了费耶特街后就能决定下来的事儿一样。她认识麦克·埃勒比很多年了，看着他在街角上干活，认为他同这个游戏里的其他人没什么不同。而现在，悄悄地，这个男人表现得自己好像真找到了出口一样。

事情没这么简单，芙兰太过清楚这个世界，因而看得出麦克想要的太多了。他因枪击一名打劫犯而被判缓刑已经很幸运了，但肯尼斯·约翰逊法官以给每一个被告都预留着十到十五年的刑期而闻名，就等着他们不可避免地违反缓刑规定，再把每一年的刑期都拍到那人头上。在此之上请求不受监管的缓刑就是太过了。

　　除此之外，麦克和她自己一样，他喜欢可卡因和街角以及这群人。他并没有做过多少正确的事儿，能让他值得拥有任何改过自新的机会。但要是他能这么说，那她也许也有资格说同样的话。不这样的话，她就不得不让自己的另一面来下结论，居高临下地指责小麦克·埃勒比不过是在胡说八道，假装有个什么计划，认为自己比其他人要好，认为自己可以做成某个其他人从没做过的行动。但去他妈的，她告诉自己，要是麦克说他在行动了，那就给他点空间吧。

　　"好吧，祝你好运，"芙兰说道，"你会怎么给法官说呢?"

　　麦克耸耸肩。"告诉他我找了份工作，你懂的。告诉他放我走。"

　　芙兰抬头看向街头。街角正在恢复生机。

　　"嗯，"麦克微笑着说道，"行吧，我会知会你的。"

　　他站起身，走去了吉尔莫街，留芙兰在原地，意外地感到乐观。是时候了，她告诉自己，是时候试着去相信了。很久以前就已经是时候了。要是我不把自己他妈的从这儿拽走，那也没有人会替我来做。要是我等着所有人都停止胡混，那就要在这些台阶上一直坐下去了。她全家都迷失在了这堆屎里。几乎所有的朋友、邻居们，还有加里。只有麦克似乎是在努力做出某种行动。麦克和迪安德尔。

　　不管是因为被自己遭到的那个未成年缓刑给吓到了，还是因为他真心厌倦了街角，迪安德尔正为夏天做着准备，仿佛也有自己的计划。在法庭听证之前，他去找艾拉要一份工作，请她帮忙找一份。艾拉承担不起在娱乐中心雇佣他的成本，但她有个姐妹在市里各处都开着养老院。那个姐妹雇了个男人来做维修，而那人想找个帮手。听起来不错，迪安德尔要了电话，联系上了那个人，现在已开始一周工作一天或者两天了，酬劳则是一张四十美元的支票。他找舅舅斯谷吉把支票换成现金。但这份工作不是很稳定，更糟糕的是，那张支票他舅舅没能兑付出来，因此艾拉不得不联系她的那个姐妹，好让迪安德尔能拿到钱。

通常来说，这已经是一个足够把迪安德尔送回街角的挫折了。但让芙兰惊讶的是，他继续找着工作，问加里的弟弟里卡多在海丰餐馆有没有活干。这家在普拉特街和门罗街街角上的海鲜餐馆多年来给三四个麦卡洛家的男人提供过工作，卡迪已经在那儿给切萨皮克①湾青口贝分类分了好几年了。卡迪为自家侄儿奔走了一下，一周后迪安德尔就被雇佣了，刚好吃螃蟹的季节正要开始。

芙兰看着他连续三天出门上班，带着一身替换的运动衫和处理螃蟹的厚手套，在他新得到的有工作的男人这一身份下，显得很是坚韧。一周以前庆祝了十六岁生日后，他终于懂事了，她告诉自己。还不仅是找一份正经工作这事儿让芙兰印象深刻。距离学年结束只有一个月了，迪安德尔还在坚持去弗朗西斯·M. 伍兹中学上一两堂课，试着劝服萝丝·戴维斯不要让他从九年级降级，甚至还能给他一点社会实践的学分，要是他能够保住那份海丰餐馆的工作的话。

一周以前，芙兰抱着试一试的心情去到普拉特街上看个究竟。这个骄傲的母亲，希望去瞅一眼自家儿子最新的身份，也许还想看看能不能蹭上半打螃蟹吃吃。

但她被看到的东西吓到了。走到外卖柜台的时候，芙兰的双眼对上了自家疲倦儿子的双眼，后者在煮蟹锅冒出的蒸汽中被熏得浑身是汗，还因为这些蒸汽而恶心欲吐，基本上就是随时要当场死在这些硬壳爬行动物中间了。

---

① Chesapeake，弗吉尼亚州城市。

"德雷,"她呼道,"过来。"

迪安德尔没理她,推着一口空锅穿过了蒸汽,朝着分类间走去。但芙兰一直喊他,直到他最后终于到了柜台前,让她可以打量着他,看看到底有多糟糕。

"你他妈什么毛病啊,孩子?"她说道,"你看起来糟糕透了。"

迪安德尔耸耸肩,"得干活啊。"

"你疯了吧。你别把自己搞病了。"

"这就是工作。"

一个女的从收银机那里喊他,说自己需要更多的两元餐。迪安德尔转身去了,跌跌撞撞地去了分类架那儿。他的脸和双手都肿着,呼吸是长长的喘息。而身上的汗——对即便在一百度蒸锅里面工作的人来说都是相当糟糕的汗量——对这个已经被味道搞恶心的男孩来说,更是雪上加霜。

他过敏了。芙兰在他拿到这份工作的时候并没有想太多,以为只要他不吃任何海鲜,就没什么问题。但仅仅是呼吸着螃蟹的味道都会让他崩溃。海丰餐馆不是迪安德尔应该待的地方。芙兰当晚就告诉了他,尽管他第二天还是回去了,不愿意就此放弃。

只有当海丰餐馆的经理命令他清理煮螃蟹的锅时,他才最终退缩了。当你用水管冲洗这些锅的时候,会发出一股浓浓的碘味,你吸进去的是最糟糕的烟雾。迪安德尔告诉玛丽女士自己对海鲜过敏,告诉她自己哪怕只是吞下了一小口螃蟹也会肿起来,说自己在这个味道里几乎无法呼吸。玛丽因此告诉他去把地板扫了,迪安德尔看着地板上的水、香料还有螃蟹的残渣,把这个要求当成了某种惩罚,当成了抱怨煮锅后没事找事的工作。为什么是他呢?为什么不让其他某个员工干呢?

他拿着这些问题问了玛丽女士。第二天,他没有被安排上工。再下一天也没有。到了周末,他从叔叔卡迪那里得知,自己失去这份工作了。

但是他依然没有放弃，告诉芙兰他在东边的麦当劳能有点活儿干，就是北大街和哈福德路街角的那个。那里的经理说他需要带上出生证明和社保卡。他在下周一前就得拿到。

迪安德尔在努力。小麦克在努力。而芙兰还在门外的台阶上，搜寻着惯常的东西。她今天会嗨起来，明天也会。还有第三天，哪怕她会因为周围的人在坚持改变而忍不住感到羞愧。他们在毁掉她的快感。

因此两天后，芙兰·博伊德在上午的时候出了露珠旅店，在巴斯特街上搞了一桩勾当，过了瘾，然后感觉好到可以走去波普尔顿街（Poppleton Street），站在一处帆布的遮阳棚下，注视老教学楼翻新过的外立面。从远处看，巴尔的摩戒毒中心就像是一栋小公寓楼，但双层玻璃门是政府制式的，那个小小的大厅带着那张不太安稳地放置在两段楼梯之间狭窄平台上的孤零零金属桌子，驱散了任何一丝的热情好客。这是为人们的生活准备的一个中途站，除此之外别无其他了。

"我找安托瓦妮特。"

"你有预约吗？"坐在桌子后的年轻男性问道。

"我需要和她说话。"芙兰说道。

安托瓦妮特对芙兰来说不仅是个名字，她是一个朋友的朋友，如今是中心负责收人的员工之一。那个男人拿起电话，摁了几个数字，等了一小会儿后，对着听筒温柔地说了起来，并侧向一边好遮挡自己的对话。过了一会儿，他转过来，手里拿着听筒，一边眉毛扬了起来。

"姓名。"

"芙兰。"

"芙兰啥？"

"博伊德。丹尼丝·弗朗辛·博伊德。"

他挂上电话，指了指大厅里唯一一个座位，那是一张靠在对面墙上的长椅。

"她现在有客人，"年轻男子告诉芙兰，"她说她会下来，但你得等等。"

现在只剩等待了。要过五分钟才等到安托瓦妮特从楼梯上下来，她看向那个男前台。又要过了一小会儿，等那个男人为她指出芙兰后，芙兰才有一两分钟用几句话说说自己的故事。然后安托瓦妮特要花上几分钟来解释这里的程序、等候名单以及国家资助床位的稀缺。

"……通常六个星期或者八个星期才有一张国家资助的床位空出来……"

芙兰带着些许的焦躁听着这一切。她像是个慈善对象一样被玩弄着，要是她有除国家救助之外的任何医疗保险，BRC（即巴尔的摩戒毒中心）大概今天就会收进她。保险公司会为二十八天的住院戒毒支付高达一万美元的费用。而国家资助的床位，几乎不花钱，但也异常稀少。

但是，这就是芙兰·博伊德的计划，和每个瘾君子的任何计划一样，直截了当。我要做 A 和 B，然后得到某人的允许去做 C，因此我就够格参加 D 了。要是在任何阶段没能成功，整个计划就崩溃了，这个瘾君子就会退回到最近的街角上。如果法官不同意结束麦克的缓刑，他就上不了船，他就会再回去枪击别人。要是迪安德尔不能被那家麦当劳雇佣，他就会回到其他团伙成员身边，在费尔蒙特街上贩毒。要是芙兰进不去 BRC，她就会留在露珠旅店的门前台阶上。对这些最开始的、小小的步骤，存在着公认的无助——一门心思依赖于某人的好心。不去想还有别的戒毒项目，还有别的工作以及其他的选择。一开始，对任何瘾君子来说，打出第一通电话或者走上几个街区去问第一个问题，就已经远超必要了。要是这没能产生任何鼓励性的反馈，就更有理由投降了。如果反馈中包含了某些模糊的机会、改变的一丁点细微前景，那也不错。六到八个星期的等待期意味着六到八个星期毫无愧疚地嗑嗨，并告诉自己你只是在等着床位空出来而已。

对芙兰来说，最基本的要求是每个周二都要给 BRC 打电话，每个周二都要打，问她在等候名单上的状态，以及让员工们知道她对这个项目依然是认真的。

"我给你打电话？"她问安托瓦妮特。

"不用，给前台留言就行。我会收到的。"

芙兰带着一些编造出来的希望离开了。这些希望能帮她熬过剩下的春天和接踵而至的夏天。她能用这些希望安慰自己以及任何人，说她在努力了，说她有个计划。迪安德尔听说了她前去戒毒机构的尝试，鼓励了她，向母亲保证要是她不得不离开，自己会照顾迪罗德。斯谷吉也说要帮忙，芙兰开始把他们的鼓励听进了心里。这成了一个计划，她也能做到。凑点钱出来，她可以提前付邦琪一个月的房租，还能剩一点给迪安德尔过日子。现如今甚至可能去到罗斯蒙特街上，把她大儿子的名字登记回她的社会福利救济金支票的领收人名单了。自从去年夏天她把他赶出房子后，迪安德尔就没在名单上了。而迷失在了毒瘾导致的惰性中的芙兰，还得去处理把迪安德尔放回她自己档案卷宗的文书工作。更直接的是，她得去为迪安德尔搞到那份出生证明，看看他能不能得到那份麦当劳工作。然后就是进机构，戒干净毒，也许还能攒够钱，找个自己的地方，从该死的露珠旅店搬出去。那是她必须要做的，因为她要是和其他人一起留在费耶特街上，就没法离开毒品。这，她告诉自己，能行的。

第一个周二她给 BRC 打了电话。

两天后，她去了一趟西北边的人口统计局办公室（Bureau of Vital Statistics Office），在那儿她苦等着官僚体系给出一份迪安德尔出生证明的复印件。第二天她把它交给儿子的时候感觉很好。她把事儿办成了，向儿子及自己显示了她能养家。

但周末来了，费耶特街上的周末总是不好过。芙兰周一醒来的时候感觉像是要死了一样，她的双眼还因前一天晚上而充血刺痛。她找了条湿毛巾，又回床上躺到了十点。但是，等终于起来后，她拾掇了一下，去了罗斯蒙特街，打理已经几乎一年没有管过的事儿了。自从她把迪安德尔赶出家门，每个月的支票上就少了六十美元，是时候把一切都要回来了。

六个小时后，芙兰·博伊德拖着自己爬上了费耶特街 1625 号的台阶，累得快死了。她度过了真正满是挣扎的一天：冒险离开街角，并去执行了那个计划，还把吸毒放在了次要位置。

"嗨，芙兰。"看着她拖着脚步进到起居室时，史蒂维说道。

芙兰朝她兄弟轻轻哼了一声，然后倒到了沙发上那个塌陷的靠垫上。她蹭掉自己的跑步鞋，把双脚跷到了沙发的扶手上。

"你去哪儿了？"

"老天，"芙兰说，"你知道我不明白什么吗？"

"嗯？"史蒂维说。

"别人过了我刚过的这么一天还不去嗑嗨。我发誓我完全不明白啊。别人真的能经历了这他妈的一切还不去嗑嗨。"

史蒂维笑了起来。

"我去罗斯蒙特处理支票的事儿，"她解释道，翻身趴着，用脸颊感受着破烂织物上的线头，"我在那些该死的塑料椅子上等了几个小时。"

史蒂维轻轻地啧了两声。

"等了四个小时，只为那个女人能告诉我他们什么也做不了，因为我的社工今天休息。说她会给我打电话一类的废话。我说你们看看啊，安德烈是我的小孩，他现在回来和我住了，已经住了好几个月了……"

她把头埋进了靠垫里，对自己的故事都感到疲倦了。

"可不，"她的兄弟拖着嗓子说道，"你知道我也得去罗斯蒙特街，去问小史蒂维的支票吧。"

"你要带上我的刀吗?"

史蒂维笑了起来。这是费耶特街这一带的标准笑话:铺垫的时候都说你要去罗斯蒙特街,梗总会落在某人提供一把刀上。无论这个笑话里能有什么样的幽默,基础都是对疯子阿诺德的嘲笑。后者在前年夏天离开了费耶特街,往北走了半英里,走到罗斯蒙特街上的市社会服务办公室,为自己的食品券进行了短暂的争论,然后将一把八英寸的厨刀捅进了一名二十九岁的社工体内。在费耶特街上,这起谋杀验证着基本的忠诚。阿诺德·贝茨是个妥妥的精神病,住在他妈妈房子的后院里,推着手推车在社区里乱晃,想要找到足够的易拉罐来换可卡因和苯环己哌啶①。但当事关食品券或者 AFDC 的时候,又或者是在应对城市福利官僚机构普遍的漠不关心时,费耶特街上的人们已经受够了罗斯蒙特,因而不会认为任何一个试图申请支票的可怜混蛋是罪有应得的。芙兰听说疯子阿诺德的社工让他来回跑,要求越来越多的文件来辅助他的食品券申请,直到某天,阿诺德给了她所需要的所有证据。说实话,这事儿既让人震惊又让人悲伤。被杀的 DSS 雇员根本就算不上罗斯蒙特办公室里最坏的社工,但概括地说,这次刺杀让很多西巴尔的摩领福利救济金的人都和疯子阿诺德·贝茨,这个和大部分人都无法产生联结的人,共情了。阿诺德就是每一个罗斯蒙特的客户脑子深处那个活生生的例子:比起搞定那些文件,你能更快地搞死你的社工,就是这么一个丑陋的事实。

"邦琪在哪儿?"芙兰问道,慢慢地坐了起来。

"楼下。"

芙兰拖着自己下了沙发,然后摸到楼下去来上一发。至少在她脑子里,这是她应得的。她一直在努力。不是每天,也不是随时随刻,

---

① 一种麻醉药和致幻剂。

但足以让她的兄弟姐妹们对她另眼相看了。唯一的问题是，她累了，比她之前任何时候都要累。

她去到地下室，在那里她发现邦琪已经彻底嗨了。芙兰分到了自己的那一份，一会儿后出现在了门前台阶上，抱着那个破旧的印花靠垫。在这个垫子上，她已经看过了时间长到数也数不清的街头巡游。她把垫子扔在最高一级台阶上，然后坐了下来。

"嗨，芙兰。"

"嗨，你好啊。"

一切如常继续，揽客仔们兜售着他们的产品，买家们蹭上去。当偶尔有巡逻警车缓缓驶过的时候，会有"暂停"的嚎呼。第二天早上，芙兰忘记了给 BRC 打电话，但她周四做到了，晚了两天。下一周，她根本就没有打电话。

计划暂停了，街角世界完全重新夺回了她的注意力。直到接下来的那个周末，当她走在去凯文商店的路上时，遇到了那个透露出小麦克真的走成了的人。

"你说啥?"

"他走了。"

"走了?"

"他去某个地方登船了。"

这个消息让芙兰愣住了。麦克走了。

他劝服了法官放他走，然后打包好行李，走进了新的生活。站在凯文商店里，等着找零从防弹玻璃那头回到她手里，芙兰几乎能感到这个宇宙脱轨了。

当天下午，芙兰四处打听，听说麦克坐了架飞机去纽约，又坐了架飞机去了欧洲某处，然后从波兰上了一艘船。她大感惊异，所有那一切不只是说说而已。麦克的计划还真就是个计划。事实是，芙兰想，小麦克还真做成了。他一步一步地走了下去，就像最终结果是确定的一样。对于芙兰来说，这看上去如此完美而简单：一个直截了当且有效的计划，从一个世界像子弹一样射向了另一个。

"麦克当水手，"芙兰最后说道，"干。"

但费耶特街上没有任何东西是直截了当或者真实的。从未传到芙兰耳朵里的真相是，麦克·埃勒比的计划一直——哪怕到了最后一步——都是命悬一线，足够脆弱，能在数百个环节中的任意一个上失败。在离开的前一天晚上，麦克下到了富尔顿街和瓦因街的街角，和自己的几个朋友厮混。当时某个毒贩开车靠近，指责所有人闲站着吹牛，浪费了做生意的时间。

那个毒贩走出他破破烂烂的林肯车，走过了街，朝着揽客仔和望风仔吼说他们都是婊子，说他们应该在替自己顾生意来着。

"我知道你不是在说我。"麦克说道。

突然间，以前那个麦克回来了，那个永远不会让自己被怠慢的人，那个不会站在街角还放任被侮辱的人。毒贩走回到汽车的后备厢前，打开后备厢，掏出一支用来表态度的枪。枪管锯短了，缠着胶布，丑陋不堪，大概是.30口径的。

"我就说你们这些婊子。"

婊子就婊子吧，没人说一句话，直到那个毒贩把枪放了回去，狠狠盖上了后备厢，然后走进了酒水专卖店。那些男孩们看向了麦克。

"没带我的枪。"他讪讪地告诉他们。

但安东尼掀起自己的衬衫，露出了一支.38口径的。然而，麦克没有让步。六个月来，他一直在写信、提交文件，还做了体检，因此明天他才能离开这个国家去找一些新的东西。他因为上一次枪击已经攒了十年刑期了，现在放弃也许意味着要去服所有的十年刑期，甚至还会更长。他试图对他的朋友们说点什么。

"我帮你射他的屁股。"安东尼同情地提议道。

麦克就在点头的边缘。

"他屁都不是，"安东尼催促道，"他不能那么对人说话。"

那个毒贩走回了自己的车，转身说自己会再回来，想要在这个街角上看到自己应该看到的。麦克也咽下了这口气，整整二十分钟都在咽这口气，这差不多就是让他心中的天秤开始倾斜的时间了。

"我就回来。"他告诉其他人。

他回到家里，拿上了那支大枪，一支4-4的枪。他走回了瓦因街的巷子口，带着致命的急切等着那个毒贩回来。但那个男人没有回来。第二天下午，麦克·埃勒比坐在了飞机一个靠窗的座位上，俯视着大西洋。

这就是真正的故事。这就是计划——空泛、不稳定，到了最后，简直就是个命运的扭转。但从凯文商店回来后，芙兰只能看见迪士尼的版本，那个声称只要你想就能成功的版本。只需要一步一步迈出去，就可以等着好事儿发生了。

"你有二十五美分吗?"她问史蒂维。

"没。"

"肯尼，借我二十五美分。"

他给了她一枚十美分硬币，罗尼·休斯贡献了一枚五分的。

"邦琪，"她说道，"我还差十美分。得打个电话。"

"传球①给我。"

R.C.奋力起跳去盖"硬汉"的帽，然后抢篮板。他转身向左，再斜插转回了篮下，从杜威身前来了个不看篮筐的反手上篮。杜威狠狠地防着他，但这个球进了。

"三十五。"R.C.说道。

"你只得了三十分。"迪安德尔反驳道。

---

① 此处用的是指代篮球的俚语，rock，原意为石头。

R.C. 跑向罚球线，拿过了球，把头转向一侧，脸上挂着一副恶心的表情。

"你之前得了二十五分，刚进的那个算上是三十。"迪安德尔坚持道。

R.C. 摇摇头，咬着下嘴唇，运了两次球，然后投出了一个完美的罚球。"有了，婊子，四十。"

"你才是婊子。"

"传球给我。"

迪安德尔把球扔给了他，狠狠地。

"四十五，"从罚球线上又投进了一个后，他说道，"或者四十，无所谓。"

这才是 R.C. 能发迹的地方，是他能和自己以及自己的地位轻松相处的地方。他是这块场地上技术最好的，他自己也清楚。泰速度很快，但对球没什么想法。迪安德尔不会运球，布鲁克斯太小了，而"硬汉"，他最好去打橄榄球。在这块场地上，在这几个小时所谓的训练里，是由 R.C. 来设立标准。更重要的是，他花在场上的时间有了意义，让他能有理由超越其他所有可疑的人生时刻，只需保持在这样的状态里。在这里，要么赢，要么输。

他从罚球线上又投进了一个球。"现在多少分了？你倒是说啊。"

"去你丫的。"迪安德尔说道。

又进了一个。"五十。"

五十是他们正在玩的游戏的名字，他们此刻正等着人齐了打全场。现在他们有六个人了——R.C.、迪安德尔、"硬汉"、泰、杜威和布鲁克斯——然后不速之客们从体育馆的门里溜了进来。

佩森街的麦克、卡车、双胞胎①。这些是山顶（Hilltop）的男孩

———————

① 指其中一人，下同。

们，那是门罗街和费耶特街一带往西边去的一个社区，小山的山脊从马丁·路德·金林荫道以及市中心蜿蜒地向上延伸。山顶标志着城市那业已崩坏的四分之一部分的前线，此处的出租排屋仅比那些山下的房子要稍能住人一点。这个社区里没有可靠的毒品街角。山顶的瘾君子们不得不穿越门罗街，或者向南下到巴尔的摩街才能获得全套服务。暴力也仍被局限在山下的大部分地区，就在门罗街和蒙特街之间。过了山顶，一道缓坡下滑到沃里克大街（Warwick Avenue），沿街遍布绿地、开放式的门廊和保养良好的排屋。这是个大部分都是业主的社区——黑人工人阶级，中间夹杂着一些中产阶级家庭——在浪潮汹涌的海面上，这座小岛还在坚守。在这几个街区里，还有一小块一小块新修剪出的绿草茵茵的草坪，花园则是新近种植的，欣欣向荣。在山的这一边，居民们紧紧地抱在一起，很清楚他们面对着长期的挑战。他们，一言概之，就是山顶地区十年前的样子，以及费耶特街二十年前的样子。

某种天生的敌意横亘于 C. M. B. 男孩和山顶这帮人之间，费耶特街这方认为自己因生活在灾难的中心而要高对方一等。他们没有住在某个街角附近，他们就住在街角之上。他们不会听到山下传来的深夜枪声的回响，他们能直接看见枪口的焰火。说得更确切点，他们清楚自己没有住在一个注定要下地狱的社区里。不，他们生在一个早已经抵达了地狱的地方。今年的年度之歌唱的就是他们的家。蒙特街和费耶特街：掏出你的枪。

但公平地说，山顶已经堕落了足够久，以至于它无法真被归类为另一个世界。当山顶的孩子们走进体育馆的时候，他们气势是有的。麦克当然知道这里是怎么一回事儿，卡车也知道。就在去年夏天，R. C. 就同麦克和他的兄弟搅在了一起。当时 C. M. B. 挪到霍林斯街和佩森街那个绝对属于山顶的街角去卖一包货的时候，同他们起了冲突。

而现在，一个温暖五月的下午，麦克、卡车和双胞胎穿过了门罗街。他们脱掉运动衫，穿上新的高帮球鞋，靠着弗朗西斯·M.伍兹中学体育馆的观众长椅拉伸，所有人都带着一种混不吝的态度。干，他们的脸说道，我们要么打球，要么干架。选吧，你们这些狗日的。

"大卡车，"泰带着敌意说道，盯着下到场地里来的三人中块头最大的那个。卡车是个恰如其分的名字。

"嗨。"卡车回道。

其他人跟上了泰。五十分游戏继续，卡车和双胞胎加了进来，最后麦克也挤到篮下混入了众人，等着抢篮板。双方似乎言归于好了，至少在R.C.冲到三秒区头上为止，他在那里锁定了自己的胜利。

"还能说啥呢，"他微微一耸肩，说道，"我球技牛啊。"

几秒后，他抢下了一个篮板，却被麦克从他身后出手，干净利落地把球断走了。R.C.转头看去，麦克转向球场角落，来了一个长距离边线跳投，只擦到了篮网。

迪安德尔出于礼貌把球传了回去，但R.C.把球拦截了。他把球运向了相反的方向，任由麦克在角落里干等着。

"传球。"麦克说道。

"去你丫的。"R.C.回道。

然后就开始了——不管去年夏天在街角上发生了什么，此刻的这场架都和当时有关，但更多的则是这支娱乐中心球队中的地位之争。直到今天，R.C.在场上的地位都是毋庸置疑的，但麦克是个很棒的得分后卫，而卡车和双胞胎比任何人都要高出六英寸。对于R.C.来说，他们的存在意味着某种挑战。结果算不上是肢体冲突，而是一支由威胁和回呛组成的交响曲，一场太陈旧和琐碎而无需公开对战的互诉委屈而已，但也足以用粗俗的侮辱填满整个体育馆了。荡妇、婊子、天杀狗日的。常见的唇枪舌战最后变成了麦克和R.C.狠狠抵着彼此肩膀。R.C.露出了最凶狠的样子，双眼凸出，鼻孔大张，双拳紧握；比他矮了半英尺、轻了大概三十磅的麦克也是寸步不让，带着冰冷的蔑视回盯着。

R. C. 从麦克的肩膀旁挪开，然后把这个山顶男孩往后一推。这把卡车招到了 R. C. 的面前。卡车双拳握在体侧，R. C. 往后退了半步，但等泰和迪安德尔赶来站在他身边后就停止了撤退。迪安德尔插到卡车和 R. C. 中间，泰把 R. C. 拉开了。

"有种下山来啊，狗日的。" R. C. 越过泰的肩膀喊道。

"婊子，"麦克说，"我才不怕你们这帮天杀的。"

"等我像上次一样干你之后你就会怕了。"

麦克的眼睛大张开了，"你干了我？"

R. C. 会意地点点头，"绝对是啊。"

"你干了我？"

"你听到了啊。"

"哥们儿，是我把你这个弱鸡在街上干翻了啊。"

但现在很明显是不会有啥结果了，这两人也不太准备直接上手。卡车、迪安德尔和泰，还有其他人都溜回了篮下，等着抢篮板，非常确定这个下午很可能还能保证有一场不错的球赛，干一场好架倒不在考虑之中了。

带着外部世界的逻辑来听闻这一切，这些威胁和回呛听起来像是一场战争的前奏。但在费耶特街上，这不过是日常而已。这对他们来说是天生的知识：两个男孩难免争吵，互骂脏话，摆出姿态，说自己要带支 TEC - 9 半自动手枪来找回场子，而其他所有人都围观上一两分钟，试着搞清楚是不是值得花时间等一场表演。言语威胁和试探无处不在，但一百次里有九十九次，仅以互骂脏话告终，也许还有一个要带着枪或带着自家哥哥，抑或是随便哪些被卷进来的街角团伙来找回场子的承诺，但都不会遵守。第一百次的时候，有人会用最坏的方法找回场子，但这就是街角的规则。而当最坏的事儿最终发生后，当然，凶案组的警探会站到尸体身边，和他的搭档为这个受害者的愚蠢说些废话，说枪手是如何赌咒发誓要带着一把枪回来，而受害者什么都没做，就傻等着对方。但警察们不会明白：在他们的世界里，带枪的威胁可能是一件天大的事儿，某件会让肾上腺素狂飙的事儿。而在西巴尔的摩，对暴力的暗示不过是任何时长超过四分钟的争执的标准结果而已。人们活着——偶尔，也会死去——就时时都在试图从日常级别的街角争吵中分辨出真正的威胁。

"别逼我带着 MAC‐10 回到山下来。"麦克顺着说道。

"哥们儿，吃屎哦，"R.C. 回道，"去拿你的枪啊，狗日的，该拿啥拿啥，别逼逼。"

"干你丫的。"

"吃屎吧。"

就这样继续着。R.C. 从长椅那里抛出了最后几句侮辱，在那儿换上了新耐克鞋。麦克甚至在远处的篮板下抢着篮板的时候，还不忘说着谋杀一类的话。

丁基到了，人数凑成了十个。

"打起来。"泰说道。

"选人吧。"迪安德尔说。

"泰和杜威。你选。"

C.M.B. 和山顶这帮人混着组队的两支队伍打起了全场。他们疯子一样地跑动，空中接力长传，摘樱桃①，以及完全不像是有防守的打法。新人们以时不时的华丽表现展示出自己：麦克一次又一次地突破防守，在最后一秒钟投篮得分；双胞胎控制住了自己这方的篮下防守；卡车则横冲直撞，用足了自己的体型。球赛的整体水平依然马马虎虎，但时不时场上会发生点啥，向他们展示，当被当做一个整体

————————————

① 指一名队员不与队友一起回撤，守在对方的篮下，伺机捡漏得分。

时，他们可以是一支好一点的队伍。

另外有一些东西也变得让人明显难受了。C. M. B. 的边缘球员们——"硬汉"、布鲁克斯、丁基，甚至是迪安德尔——随着山顶男孩们上场，已经不再那么重要了。迪安德尔还能投投球，但有了麦克和泰负责得分，他糟糕的运球就成了负担。布鲁克斯没法突破或者接住任何人传来的球。丁基有过自己的辉煌时刻，他总是不带球跑动、拼抢篮板、从高一点的球员手下偷篮板球，但他没法坚持到底，他的投篮急躁又怪异。"硬汉"则心不在焉的。

另一方面，竞争让 R. C. 更上一层楼。麦克能以 R. C. 的方式去洞察球场。最近三次比赛都并肩作战的他们两人，撑过了全场比赛。麦克负责组织防守，R. C. 因他的篮板球、防守和不带球跑动而得到了应有的奖励。

一次，在成功从卡车手里抢下了一个进攻的篮板球后，R. C. 在这个比自己高大的男孩身下转身，两次运球，然后把球传给了麦克，后者来了个卡位上篮。两个进球之后，麦克再朝着篮下突进，牵制住了卡车和迪安德尔，把球回传给了三秒区里的 R. C. 。R. C. 运着球，又把球盲传回给麦克，后者此刻正在篮下。麦克晃过了剩下的防守球员，把球传回给了正在突围的 R. C. ，让他投出了一个优雅的挑篮①。

在跑回后场防守的途中，R. C. 不发一言地伸出手，去和那个刚刚还要回家拿自己 MAC - 10 枪的男孩击掌庆祝。

"传得好。"麦克说道。

和 R. C. 一样，泰和杜威也能跟上山顶男孩们的球技，但独独R. C. 是作为一个球员在成长，把自己完全地融进了队伍中。他奋不顾身，阻挡、组织拆挡、纵身救球，有时候还会在其他人做出同样行为时恭喜对方。练习结束后，R. C. 在离开球场时带着一种罕有的幽

① finger roll，指手指前伸；用手指的力量投球。

默、放松的状态，甚至还有点热情爽朗。

他和其他人一起走回费耶特街，因泰讲的笑话而大笑，他那喇叭一样的大嗓门被调低成了一种聊天的语气。对 R. C. 来说，篮球是他生命中唯一确定的事。当练习顺利的时候，他就能容忍自己；而每当练习不顺，他就谁都受不了。

相比团伙中的任何人，理查德·卡特背负着一种甚至在费耶特街上都罕见的宿命论。在他的每个行为中，都显示出了一种不安全感，一种彻底不愿意相信他那十五岁的生命也许有着些许价值的可能。哪怕仅有一刻，也不愿意相信存在一个他并不是注定会失败的、被操纵的游戏。

他从会说话开始就一直很吵，作为家里五个孩子里最小的一个，真的就是嘶喊着想被注意到。在 R. C. 出生前，他的妈妈从新泽西州的瓦恩兰（Vineland）逃到了巴尔的摩，这是为了结束那段同 R. C. 哥哥们的父亲之间暴力关系的最后一搏。然后她住进了富尔顿街上一所位于三楼的公寓里。这栋建筑属于大主教管辖区资助的住房计划，按照社区的标准来说，卡特家的公寓算是装备齐全。但 R. C. 的母亲因要在一家皮姆利科（Pimlico）干洗店努力工作，并且定期上教堂，白天的时候并不经常在家。结果，凯丽·卡特相比起 R. C. 父亲来说，对这个最小的孩子几无影响和教养。他的父亲是母亲来巴尔的摩后不久认识并结婚的。

小理查德活着是为了被老理查德看见，他等着一天中的那些时刻，那些他能用新的东西让父亲转头看自己的时刻。他每天早上都会坐在客厅沙发上，等着父亲进门来。早些时候，R. C. 的父亲还是个靠得住的人，常穿一件带镶边的长长皮衣，趾高气扬地四处游走，在费耶特街沿线都给人留下了深刻的印象。迪安德尔还记得自己认为朋友的父亲是他见过最酷的男人，一个比街角上任何人都更有风度的玩家。很长时间里，R. C. 的父亲的确是超越了半数街角毒贩的角色。

他人脉颇广，能吃下大批的货，和本地毒品交易里真正的玩家们，那些牙买加人、多米尼加人和纽约人做生意。

这个家庭被完美地割裂开了：母亲，在赖斯特斯敦路（Reisterstown Road）上因浆洗和蒸熨而忙死忙活；父亲，试图把一个帮派成员的勾当换成真金白银；R. C. 的两个哥哥，里基和虫子，接过了父亲的衣钵和他的业务，去到了街角上，不断在枪战中受伤。一切还不止于此：R. C. 的姐姐达琳一直是家里的美人，但她现在住在蒙特街的一个吸毒点里，追逐着她哥哥们售卖的东西。

第三个兄弟大卫更是堕落得没边了。他让自己迷失在了海洛因里，渐渐地毁掉了身体和脑子。四年前，在一个温暖的十月夜晚，一对西区警局的警察在富兰克林街正中抓住了他，就在那家麦当劳附近。当时这个二十六岁的人正在车流里游荡，前言不搭后语地嘟囔着。曾经一度，大卫跳到了一辆警车的引擎盖上。旁观者们后来告诉卡特家的人，就是这个行为导致了那一场痛殴。被抓捕他的警察打了一顿后，他被扔到了警车后座上，接着被活着送进了西区的拘留所，关进了一间禁闭室。几小时后，狱卒意识到他们遇上了麻烦，并把他紧急送往了波恩赛考斯医院的急诊室。他在那里时昏时醒。尽管后来被送进了好一点的大学医院重症监护室，但他还是在几天后断了气。

验尸报告恰到好处的语焉不详让警察局免于牵连。报告声称毒品造成的破坏不亚于那顿在富兰克林街上的痛殴，官员们判定这是一起自然死亡。官方没有任何一人联系卡特家并做出解释。而当凯丽·卡特去市中心找负责人要说法时，她被在办公室之间推来让去，直到一个副局长轻描淡写地告诉她，她儿子是死于毒品。但在社区里，大卫·桑福德之死成了当地的传说。无论何时只要事情涉及了执法官员，此事就会被引为标杆。在费耶特街上，所有人——从老人到帮派成员再到小孩子们——都认为警方是在遇到了一个神志不清的成瘾者后带着彻底的有恃无恐，把后者殴打致死的。

在所有的兄弟姐妹中，大卫是同当年十一岁的小理查德最亲近的人。在凯丽·卡特看来，大卫之死似乎把 R. C. 带进了更高一级的暴躁状态，让他吼得更大声了。他在试图获得承认时叫嚷得更久了。尽管从很多方面来说，他都是她最聪明的孩子，上学却历来都是 R. C. 的麻烦。他从很小的时候开始，就在自己的教育上放弃了所有的主观能动性。她曾经通过十几种不同的方法联系过市里的教育官员，想要找到开启自己这个愤怒小孩思想的钥匙，但似乎没有人能够触及 R. C. 那根深蒂固的不安全感的根源。他只有在球场上和街头才算活着，在这里他同时作为自吹自擂者和斗士而活着，用吵闹且下流的声音不断提醒着这个世界他所具有的才华和价值。他是团伙里最好的运动员之一，也能在一场斗殴中所向披靡。尤其是当他还小时，他那壮实的、运动员一般的体型能压制住社区里的所有小孩，除了迪安德尔之外。但迪安德尔总能足够敏感地不要把话说大，而 R. C. 总也没法控制住自己那受伤的自大。他惧怕沉默，但他所有的那些抗议和豪言到最后都几乎一事无成，就好像所有的自我表扬都从他灵魂底部的大洞里奔涌流走了。

当他父亲——家庭灾难背后的元老——开始疯狂吸毒后，情况越发地泥沙俱下。过去两年来，老理查德像是一具空壳一样在生活里飘荡，定制西服和长皮衣的风采都让位给了此地常见的、因毒瘾导致的泯然众人。此时他几无时间留给最小的儿子了。他已经把帮派成员那一套玩到头了，像是一个瘾君子那样搞砸交易和货物。然后，就在去年圣诞节前，他惹恼了一些牙买加人，一切都完了。人们在西巴尔的摩的利津公园（Leakin Park）找到了他的尸体。他遭到了残忍的钝物重击，运动衫被拉到头上，阻止了他的反击。他的头和肢体因为殴打而又青又紫。这桩谋杀案一直没有被破获。实际上，案子都没有被认真调查过。因为可能要背负一桩未能破获的涉毒谋杀的责任，警探们劝说验尸官把验尸结果列为悬而未决，并无故假定了受害者是自己晃荡进了树林，把运动衫拉起盖住了自己的头，并把自己打倒在地。同大卫·桑福德的案子一样，死者身体里有海洛因这一事实就足够作为解释了。

那是五个月之前的事了。现在的 R. C. 正在自由落体，他甚至不屑于再维持任何假装了。上个学期在西南中学被控逃学后，他向一个未成年犯罪听证官员保证，如果能被批准转到弗朗西斯·M. 伍兹中学，他就不会错过任何一节课。学期结束还有一个月的时候，他已经累积了一个近乎完美的出勤记录——除了春季学期的最初两天，没人在学校见过他。招工面试的时候他没有出现，他自己也不想要工作。他妈妈一直在把他父亲社保抚恤金的一部分给他，让他得以放纵，消费水平超出了自己的同龄人。对于 C. M. B. 团伙中最穷的人来说，耐克和锐步、添柏岚以及汤米·希尔费格是基本生活哲学中的必备元素。对泰或者迪安德尔来说，最糟糕的侮辱就是身上有任何东西——你的外套、高帮运动鞋、女朋友和头发——被认为是没牌子的货。但 R. C. 已经更近了一步。在他卧室里，有接近三十五双名牌运动鞋，有些几乎没有穿过，其他的还放在鞋刚买来时的盒子里。但是这些从商场买来的东西，依然无助地从他体内的大洞里漏走了。

到最后，只是程度的问题了：所有人——迪安德尔、泰、"硬汉"、布鲁克斯、丁基——都在慢慢地滑向街角世界，但大部分人同时又都紧抓着童年的最后几片叶子，在脑子里依然努力要把学校、家庭和希望的碎片拼凑出模糊且不太可能发生的未来。而 R. C. 已经再也无法表现出对街角的抗拒了。他没有抗拒街角，他似乎是故意去那儿的。

对 R. C. 来说，篮球是他生命中唯一尚未崩溃的东西，也可以相信它会保持稳定。在球场上，他颇具天赋。虽然个子太矮而无法控制全场，但他拥有其他人所没有的球技。他动作有力，能纵观全场。这是一项体力的运动，同时——也是最重要的——他本能地明白一支篮球队在持球或者没有持球的时候要干什么。和那么多不明白这些的人一起打球，对他是巨大无比的挫败。然而，娱乐中心队对他来说还是珍贵万分。

这里的矛盾让 R. C. 在弗朗西斯·M. 伍兹中学体育馆里的努力显得非同寻常：生活的其他部分无法挽回地流落到街角上，他去到了一个只有最以自我为中心以及有着短暂激情的人才会被满足的地方。但 R. C. 依然每周花上三天把自己奉献给了篮球这项团体运动。他抢篮板得不到奖励，传球的时候也不期望球能再被传回来，只投那些进球几率高的球。山顶男孩们当然注意到了，但其他人——迪安德尔、泰和剩下的几个——他们上场不过就是玩玩而已。

在 R. C. 看来，团伙中的其他人是在亵渎自己的神。在每个城市小孩脑子里都有的惯常幻想之外，R. C. 知道自己的运动员生涯会终于游乐场级别的篮球。他永远不会代表某支校队出战，因为他没法找到一所学校。但是，他无法放弃自己是一名球员这个想法，也无法像是在生活中其他所有节点那样，在球场上放纵自己。这就是这项运动能在一天中的几小时里所带来的力量和神秘之处，它能让理查德·卡特这样的人融入社会。他不仅可以学会团队协作、无私和纪律，还能把努力带回街头。这些东西仅存在球场的边线之内。R. C. 永远不会坚持学业或者训练计划或者饮食计划。对他来说，只有踏上这块硬木铺就的场地后的行为才有意义。而当其他人频繁表现出这一切毫无意义时，R. C. 会被激到暴怒。

接下来一周的下午训练中，他都到得很早，并带着绝对的沉迷投入到了组队对战中。是 R. C. 去抢篮板，是 R. C. 在要求暂停，也是 R. C. 扑进了观众席去救球。

山顶男孩们同他配合无间，但他自己那帮人则跟不上了。面对布鲁克斯和博、迪安德尔和"硬汉"，R. C. 耐心越发减少而怒气不断增加。很快，除了新来的人，他把所有人都疏远了。

周二的时候，他为杜威一直运球而冲他发难。周三，因为迪安德尔不愿放手以及布莱恩总被轻易断球而抱怨不停。到了周四，目标再一次变成了顽劣的布鲁克斯，后者的回应则只是捏紧拳头，把怒气冲冲的脸直接顶到了 R. C. 的下巴上，叫嚣这个比自己高大的男孩动手，然后威胁要回家取自己的枪，和 R. C. 之前宣称过的如出一辙。

"哥们儿，放过布鲁克斯吧。"疲于争端的泰劝道。

"他太独了，" R. C. 坚持说道，"他总想要打独球。"

他没错：布鲁克斯舍不得传球。但同样没错的是，每天残忍对待自己的队员对团队精神于事无补。随着布鲁克斯在周四训练的最后一小时里离席，R. C. 把比赛打顺畅了，男孩们很快就组织起了最高速度的快速进攻。他们最后来了个漂亮的空中挺腰跳传，然后球从泰盲传给了 R. C.，后者绕过了双胞胎，在篮下来个反手上篮。

"我们下次能干翻本塔劳队了。"博自信地说道。

但任何一丝的团队精神都没能在当天下午走回费耶特街的途中幸存下来。当时的谈话全是关于上一周发生的事儿。那时候博、R. C.、泰和其他几个人往东南方走了几个街区，去克莱尔山路口看看电子游戏。博同拉姆齐和斯特里克帮的某一个白人男孩说了几句话，后者问他愿不愿意去外面说。

博以为这就是个一对一聊聊的邀请。但当从购物中心的门出去后，他意识到拉姆齐和斯特里克帮的所有人——白人男孩、黑人男孩，甚至还有几个成人——都跟着自己。C. M. B. 一帮人在人数上严重落了下风，除了快速地乱打几拳然后发疯一样跑过巴尔的摩街之外，别无选择。现在，回想起这事儿，博想要找回场子。

"我就当没听见吧，"布莱恩说道，"下面有几个白人男孩打起架来像是黑鬼一样。"

"干哟，"泰说，"他们人多。我们要带着所有人回去。"

"迪安德尔当时不在。"丁基说道。

"迪安德尔随时准备干架，"博带着敬仰说，"当时我们在克莱尔山那儿跟警察干起来那次，他是唯一一个留下来的。"

这是真事。去年夏天，C. M. B. 就同拉姆齐和斯特里克的人在购物中心缠上了。当警察出现后，他们站了白人男孩这边，开始追C. M. B. 的人。迪安德尔冲着一个南区的警察就去了，当时后者正想要把R. C. 铐起来。

"安德烈真他妈疯。"泰赞同道。

"你他妈说啥呢，"R. C. 苦涩地问道，"那次我也留下来干了架的。我就在那儿。"

博摇了摇头。"只有我和安德烈。"

"还有我。"他们正穿过费耶特街走上吉尔莫街，R. C. 说道。

"你没在。"

"行吧。"R. C. 说道。他突然转过身来，曲起右手臂，冲着博的下巴就来了一记冷拳。博瘫向了一辆停在路边的车的保险杠上。

球队的其他成员哄然大笑了起来。

加里·麦卡洛点着头，显得心慌意乱，他望向了沃巴什大街这间法庭的外面，试图找到一点更好的真相，或者某种更好讲述真相的方式。从第三排长椅的中间，他母亲用双手遮住了自己紧皱的眉头，为自家儿子命悬一线的场景感到惊恐不已。加里看到了她的眼神，试图微笑，然后就迷失在了自己的思绪里。

"就，就……法官，求求了，这简直是疯了。"

巴斯法官感觉到了这种慌乱，试图让被告放松下来。"慢慢来，麦卡洛先生，我听着呢。我只是需要你大声点。"

"好的。"

"说吧。"

"行吧。"

从哪儿开始呢？能说什么呢？还有什么没说过吗？现在有太多东

西要担心了，同罗妮干的所有傻事儿如今要出庭受审了。加里已经因为这堆胡闹背上一个指控了，他还因为它蹲了伊格街上的大牢房。而现在，在本应为自己发声，并把一切都解决的时候，他成了一个语无伦次的废物。当这该死的事儿被裹在层层谎言之中的时候，要想再从嘴里掏出上帝的诚实真相真是让人痛不欲生。

"我们吵了起来……"加里说。

挺真的。

"……关于钱。"

谎言。

"罗妮，我是说，维罗妮卡吼了起来。"

又是真的。

"因此我让她离开……"

还是真的。

"……但她一直骂我，告诉我没拿到这，啊，这，嗯，这钱，她就不会走。"

又是谎言。

"麦卡洛先生，你必须大点声。"

"嗯……"

"你必须大声说，我才能听见你。"

加里温驯地点点头。"她就是不肯走，"他告诉巴斯法官，"所以我最后轻轻推了推她，朝着门口推，就这样。我没有打她，我不过是推着她把她推出了房子。"

真相，或者足够接近真相了。

"然后她冲我扔了一块砖。"

真的。

"一块砖?"巴斯法官问道。

"还有一把刀。"加里补充说。

谎言。加里·麦卡洛的一记全垒打。

"她冲你扔了一把刀？"

"当时我站在走廊里。"

"什么样的刀？"

"厨房用的。刀片大大的那种。"

法官不肯放过这个细节。他抬头望向了装着吸音板的天花板，为法庭中其他所有人脑海里的想法发言。

"她从哪儿拿到的那把刀？"

加里耸耸肩，好奇这能有什么关系。他正大量地出着汗，他是那套上教堂穿的灰色条纹西装中的囚犯。

"我是说，"法官说道，"她是随身带着那把刀，还是从某处拿到了那把刀？她不会刚好在街上捡到了一把刀，对吧？"

加里又耸了耸肩，然后挠了挠耳朵，思考着。看着他，哪怕只是瞥见了他脸上的一丝真诚，你也会认为那一刻真有一把刀子。谁能说得清呢？这就是加里·麦卡洛，一个对于大部分事儿都过于诚实的男人，因此偶尔的谎言总会有其生命力。今天，在一个明媚的五月早上，距离事实隔了八个月，他真心地相信罗妮冲他扔了一把刀。要是她真有把刀，她绝对会扔过来的。

巴斯法官扬起了一边眉毛，然后瞟向了州检察官助理的方向，后者任由法官继续。"你知道那把刀是哪儿来的吗？"法官问加里。

"从罗妮手里。她扔过来了。"

法庭长椅上挤成一堆的人群爆发出了笑声，甚至法官巴斯也憋不住笑了。

"但你不知道她是从哪儿拿的。"

"嗯嗯。"

"好吧，继续。"

继续，麦卡洛先生，尽你所能讲好这个故事。但别涉及一瓶瓶海洛因的部分，还有你因不愿意和罗妮分享其中一瓶，她才开始大肆作妖，用各种脏话辱骂你的部分。尽一切可能，提起那块砖头——甚至那把菜刀——但别说事后你冲出房子和她对峙的部分。当时你抓住她的脖子，然后把她推倒在了人行道上。琐碎地讲这个故事，就好像这是一组打散了的拼图。用你以为他们想要听到的方式去讲述。

"我没打她。"加里说。

现如今在法庭上表演的这桩案子，就其本身来说，真是了不起。现在它无法被保留待审，或者被撤诉，又或者被轻判为某个不受监管的缓刑案子，这些不过是证明了它不是目前政治层面上的紧迫之事。要是加里和罗妮今天都来出庭，那他们一定可以把这事儿解决：罗妮会拒绝作证，检察官则会耸耸肩，把卷宗扔进一大堆区法庭撤诉案子里。

但不是这样。今天出庭的不是常见的西区检察官，而是从市中心某处过来的州检察官助理。而这个案子不能如所有人所愿那样被撤诉，因为它的性质是一起家庭暴力诉讼。在政府的眼中，罗妮·布瓦斯已不再是一个头脑敏捷、大搞勾当、偷换针头的费耶特街奇女子了。良知要足够昭显，因此此刻，根据一条州检察官办公室也刚知道的政策，所有的家暴案件都要彻底追查，哪怕某名妻子或者女友已经试图要撤回她最初的证言了。至少在今天，罗妮·布瓦斯将会代表所有被侮辱、被殴打的女性。

这是州检察官办公室的高尚之举，在那些受虐妇女太过害怕或者受到了威胁而不敢针对殴打自己的人作证的案子里，这是个有价值的策略。但是，在目前这桩案子里，这条新的政策成了一次意料之外的狂欢的源头。

罗妮从来没有任何企图要追究这桩案子，她只想让加里清楚那些他的东西——可卡因、海洛因或者两者一起——也都是她的。但现在她将不得不出庭作证或者冒险被控妨碍司法公正。要是她在证人席上讲了真话，告诉他们这是一起因一发毒品而引发的推推攘攘，好嘛，那将意味着报假案，或者就她原本的控诉作了伪证。当加里拒绝了内容为入狱六个月外加出狱后的伴侣虐待咨询认罪协议后，开庭审理就是仅有的选项了。

"为什么布瓦斯女士会针对你提起诉讼，要是你没有打她的话？"检察官问道，接着法官的问题问了起来。

"我不知道。"加里说道，看上去真心地受伤了。

"但你说是她编出了这一切？"

"对。"

"她为什么要这么做呢？"

加里的嘴张了张，然后闭上了。他想要开口。他不得不阻止自己开口：你以为呢，蠢货？她想要我的毒品。她想要我的毒品而我拒绝了，所以她报了警。要是加里告诉他们这点，要是他在西区法庭上任由这事儿从自己唇间溜了出去，一切就都说得过去了。然后无论是法官还是检察官都不屑于在被告承认服用毒品外，再对他提起任何诉讼，至少在巴尔的摩是这样的。但加里看不到这点，他要保守住自己的秘密。

罗妮也是。就在加里站上证人席为自己辩护之前，罗妮给出了自己那怀有积怨的证词。在被检察官质询的时候，她没有提到那一发毒品，反而假装争论是因为加里把注意力投到某个别的姑娘身上。和加里后来的慌乱形成鲜明对比的是，他的姑娘出神入化地完成了任务。从证人席上下来的时候，她的双眼在被告席上的加里和往后三排座位上的他母亲之间逡巡，在没有直接为自己原本的起诉造成矛盾的前提下，她完胜了这个案子。不，她没有扔砖头。不，也没有菜刀。是的，加里推了她，而且之后，在人行道上，他还扇了她。但没错，是的，她确实也推攘了他。实际上，可能是她先推的他，现在她回想到。

"互相攻击。"巴斯法官说道，看着木然认栽的州检察官一方。一旦罗妮下了证人席，现在剩下的就只需要加里做出某种否认了。而现在，为自己辩护时，他做到了。

"法官大人。我没有打她。我发誓。"

无罪。西区检察官赞同地点点头，然后把卷宗扔进了那堆撤诉案子里。市中心来的家暴专家看上去垂头丧气的。

在法庭外的走廊里，对胜利的庆祝短暂且不堪。加里挽着母亲的手臂走出了法庭。罗妮，紧跟着他，陪自己的母亲，后者显然不想错过自家女儿在法庭上的大日子。

"好了，"萝伯塔·麦卡洛冒险开了头，"至少算是完事儿了。"

"完了，妥了。"莎拉女士赞同道。

"但我认为我们的孩子们不应该在一起，"萝伯塔女士说，同时烦躁地看着罗妮，"他们就是不适合彼此。他们不会给对方带来任何好处。"

罗妮的母亲发火了。"你他妈什么意思？"

她双手撑在臀部，带着鄙夷低头盯着这个比自己矮点儿的女人。加里在母亲身后，惊恐地望着罗妮。罗妮则在微笑。

"我就是说……"

"他们是成年的孩子，"莎拉女士喊道，为整栋楼的人表演，"你不能告诉他们怎么做，你这头老母牛。"

萝伯塔·麦卡洛小小的身型似乎在这波语言侮辱中蜷缩了起来，她的目光沉到了地面。她颤抖着，一只手抚上了胸口。加里牵起了另一只手，试图把她领向楼梯。

"你他妈以为你是谁啊？"罗妮的母亲喊道，"告诉我女儿能做什么不能做什么。滚一边干自己吧，老母牛。"

从楼梯的顶端，加里帮着自家备受震惊的母亲扶住了把手，然后回过头，看见罗妮和她母亲紧随其后。莎拉女士一直在念叨着辱骂，罗妮在她身后，笑得那么邪恶，让加里意识到这也是代价的一部分。罗妮早就知道了他母亲会为他来现场，设法把她自己的母亲也带到了这场闹剧中来。

"你以为你高高在上，无所不能，"莎拉女士嘶喊着，"你儿子不比我女儿好。"

这些话语在楼梯间里回荡。没有回头，萝伯塔女士重回了自己熟知的那种优雅状态。"我会为你祈祷，"她告诉自己的对手，"这是我能做的全部了。"

"才不需要你天杀的祈祷呢，婊子。"

他们分头离开了法庭。加里安抚着自己的母亲，承诺再也不同罗妮和她的家庭扯上关系。罗妮带着布瓦斯一族的母系领袖朝着费耶特街走去，两人回顾着这场走廊交战的所有细节。

这一出闹剧足以让加里整晚以及第二天都远离了罗妮。他在街头四处游荡，并告诉自己没什么东西——没有任何勾当、毒品或者生意——能让他妈妈再次承受这一切了。没错，比起自己的生活正在给母亲带来悲伤的这个想法，再没有什么东西能让加里更讨厌自己了。

除此之外，加里如今有了自己的勾当，而且这个勾当把罗妮完全屏蔽在外。新的勾当只和加里有关。是他先看见的——畅想了它的繁荣前景后——还动用了足够的人力和资源来实施这个计划。罗妮知道得越少越好，尤其是这桩新的勾当能让毒品源源不断，只要巴尔的摩的街头还有汽车就成。

他惊异自己之前怎么没有想到过，真的。但有一说一，铜管和铝制雨水槽曾经一直供应充足。只有在一支瘾君子大军把整个社区的排屋都洗劫一空后，才有足够的刺激让加里坐下来，带着他曾经用来选择股票和共同基金的耐心和清醒开始思考。最后灵感来了。当时他坐在费耶特街的一处台阶上看着车流经过，这个物理等式狠狠地扇到了他脸上。任何盯着他的人真有可能看见他头顶亮起的灯泡。

汽车＝金属。

金属＝钱。

汽车＝钱。

在其他地方，那些伟大的思想也许会屈尊去解释一下夸克和类星体的性质，或者试着让量子力学去结合统一场论。但在西巴尔的摩，加里·麦卡洛已经发现了可移动的金属，并以此在海洛因瘾君子宇宙已知的边界上砸出了一个大洞。

他是从同威尔及威尔那辆正在锈坏的蓝色皮卡搭上关系后开始的。威尔是从麦克亨利街那一带过来的一个瘾君子，同加里的远见和野心都没法比，但无论如何他掌握了核心的工具，主要就是他的卡车和一根拖车杆。然后，随着威尔加入，加里在社区里找了几个人试手，靠一个要精选对象的服务项目来收取费用。

"只需要几百美元，"他承诺，"我就能让你的车消失。"

没错，任何一个十四岁的孩子都可以剥出汽车打火线，然后开车走人，但之后呢？不可避免的就是，这该死的玩意儿汽油耗光、变速箱被搞坏，瘫在了城市的另一头，被警察拖到普拉斯基高速路那边的停车场去。你会收到通知，同时保险公司不会支付你的损失，让你自行承担免赔额以内的开支，还有拖车和停车的费用。这里面哪有什么胜利可言呢？

不，加里提供的是全套服务。他不会偷走你的车并扔在某个可以被寻获的地方。他也不会让你害怕在市政府的扣押停车场里看到一堆对你的处罚。只需要几百美元——也许更多，要是你不太会砍价的话——加里会让任何带轮子的东西永远消失，一定会消失。社区里虽有很多人很开心地拥有着自己的汽车，但至少也有十几个人不太想要汽车了。

从凯瑟琳街到吉尔莫街，从普拉特街到高速路，轿车、卡车和货车——大部分都是坏掉的残废——开始消失了，如同是洗衣店烘干机里消失的袜子。警方出具了报告，在系统里搜寻车牌，并加到了新失窃案子清单里。但一切都是徒劳，因为在威尔金斯大街上，在磅秤上，一辆蓝色福特皮卡里的两个角色正把车开进联合钢铁金属公司的车道，在车后还拖着另一辆车。除了他们能从车主那里收到的费用，废铁场还会付给他们现金：大部分车只值四十到五十美元；七十或者再多一点换一辆货车。而联合钢铁公司所要求的车主证明不过是一张签了名的条子，上书"是的，我的名字叫加里·麦卡洛，两周内第四次了，我很乐意让我所有的汽车之一——比如，我那辆85年的通用'弯刀'轿车——被开进压缩机，被轧成一坨金属砖"。

简单，有利可图，并且相对来说毫无风险，这桩勾当有着一种基本的美感，以及偶尔，当钱不够的时候，威尔会劝说加里，可以随机选择一辆汽车让它消失，即使这辆车并没有寻求他们的服务。后来，一想到学校老师和工厂工人们早上出门后只能傻盯着空荡荡的沥青路面，这些放肆行为就会让加里感到真心后悔。但假设每个人都很开心地投了保，并且免赔额设定很低，在加里那因针头而发烧的脑子里，这一切最后都会解决的。而且很显然，可移动金属的供应似乎是源源不断的。除非人类学会了将自己从内燃机的枷锁下解放出来，否则加里都能让那条"蛇"蛰伏不出。

家暴审判过后的一两周里，加里和威尔以及威尔其他同伙中的某个家伙不断吞噬着西边的汽车储备，美元因此滚滚而入。一次又一次，那辆蓝色的皮卡爬上了威尔金斯大街的车道，后面拖着一辆汽车的残骸或者是一辆不怎么残破的汽车。团队把被捕获的猎物解开，和收废铁的工人讨价还价，然后分享所得，甚至四下散发。然后那辆皮卡又回到车道上，叮当作响地开过西巴尔的摩的街道，搜寻着下一次成功的快感。不止一次，那辆皮卡开上费耶特街和蒙特街的街角，威尔和伙伴们在驾驶座上同揽客仔们讨价还价。而加里这名军师和主使者通常从货厢里看着，靠在驾驶座顶上的样子就像是潜水艇的舰长站在瞭望塔顶上。他那骄傲的面容周围，环绕着威尔的各式工具以及倒着靠在皮卡货厢后挡板上的几把扫帚。这些也是意料之外但绝对荣光的东西：扫帚们高高地翘在后挡板上，相当于一艘潜水艇凯旋的一处港口。扫帚们翘起，意味着一次干净利落的扫除，所有的鱼雷都发射了出去，所有的目标也都遭到了摧毁。在西巴尔的摩的这个春天，这差不多意味着同样的内容。

但是，对于加里来说，这条光荣之路在五月的一个温暖下午走到了尽头。当时他看着威尔和团伙里其他人拖着一辆旧雪佛兰厢式货车穿过了巴尔的摩街。加里挥了挥手。威尔似乎从驾驶室里看见了他，但那辆蓝色的皮卡继续驶开了。

第二天，当加里去到威尔女朋友的房子里看是怎么回事儿时，他的担忧被证实了。军师负责运筹帷幄，但威尔有辆卡车。

"他们把我踢出局了。他们从我眼皮底下偷走了我的勾当，"加里冲着任何愿意听自己说的人咆哮，"这些人一点道德感都没有了。"

那周剩下的时间里，他抑制着打电话报警，把这事儿连同那辆蓝色皮卡车牌号一起告诉警察的冲动，但要是在街头尚不能信任威尔的忠诚，那他被铐上手铐后大概更是一文不值。威尔可能会坦白，每个人，连同他自己在内，都有可能受到指控。

被夺走了迄今最棒的勾当之后，加里慢慢地滑落回了惯常的状态，和托尼及罗妮混在一起，找点便宜的金属，然后当罗妮在门罗街上替"纽约男孩"的人兜售毒品的时候在一旁晃悠。其实她顺走的和她卖掉的一样多。又一次，加里成了求人的那个。

在他女朋友终于被那些纽约人开除的几天后，加里在一栋排屋的地下室里找到了一对旧锅炉，并把它们拉上地面，拉出门，再拖去了威尔金斯大街。这一桩勾当价值二十三美元，罗妮能再凑个三块。这够每人一样各来一发了。几分钟内，他们两人就买到了快球，并朝着波普斯那里走去。过去两个月里，加里都在这里吸毒。

哪怕对加里来说，波普斯这里的针头派对也是穷途末路的选择。这栋南富尔顿街上的房子里，最底层的那种瘾君子跌跌撞撞地攀上位于三层上的公寓，在破损的家具和腐烂的床垫之中打滚。靠近费耶特街一点的各个吸毒点，外表看来都要专业一点。而波普斯这里从来不会打扫房子，或者把谁赶出去。他其实并不特别在意自己地盘上的两间小房间里发生着什么。

　　跟着罗妮朝楼上走去，加里发现那所公寓的门虚掩着。他出于礼貌敲了一下，然后穿过了门厅。那个老头躺在沙发上，一支分离式自毁注射器像是铅笔一样卡在耳朵后面。

　　"嗨，波普斯。"

　　"嗨，来啦，"波普斯嘟囔道，嘴里已经没了牙齿，"你带了啥来？"

　　加里温和地微笑起来，掏出了一袋海洛因和一瓶可卡因。房间的另一边是一个加里不知道名字的精瘦黑皮肤姑娘，但他之前见过她。那个红头发的白人女孩薇拉占着洗手间旁边的凳子。另一个白人姑娘在角落里的一张床垫上睡着了，她的双臂揽着某个年轻黑人小孩赤裸的躯干。这些床垫是为婊子们准备的，这几个人早上就到波普斯这里来，然后一整天地卖淫，为了注射器里的二十毫升或者三十毫升出卖自己的身体，众目睽睽之下，在房间中间同人纠缠厮磨。海洛因不会让姑娘们这么做，要价仅仅两美元的妓女需要由可卡因来创造。结果就是大部分西巴尔的摩的专业站街女都被逼退出了这一行。既然每个麦克亨利街和费耶特街之间对可卡因上瘾的婊子都愿意为了半发毒品出卖身子，谁会愿意支付二十美元呢？

　　加里挪了挪一张塑料贴面的桌子，从那个黑皮肤姑娘那里借来了一个瓶盖。罗妮靠着墙，看着加里加热瓶盖和可卡因瓶子，并和从其他人那里要来的水混合在一起，然后先吸入了自己的那支注射器。罗妮随后得到了自己的那份，接着是波普斯，后者从耳后拔下了注射器递了过来，加里用剩在瓶盖里的东西给老头装了一点。

加里顿了顿，手里还拿着瓶盖，就伸进了自己的口袋，掏出来第二个瓶盖和一些新火柴。罗妮皮笑肉不笑地看着这次换手，她盯着加里把那个瓶盖放在了桌上。

黑皮肤姑娘递过自己的注射器，她的付出只换回了白水。波普斯因为充当主人得了一丁点儿，但对于其他人可没有便车可搭。薇拉被涮了，杰罗姆也是，他是最后一刻才从走廊里进来的一个流浪汉，一边点着头一边四处抓挠，已因为某些好东西吸嗨了。

波普斯和黑人姑娘开始为自己注射，但薇拉带着鼻音狂怒抱怨，说要某人帮她找一条血管。她在前臂上戳了自己几次，但无精打采地，不抱希望能找到一条血管。

"你能帮我打吗？"她问杰罗姆，"你得帮我打。"

但杰罗姆只顾点头，靠着墙，睡上了几分钟，然后直直弹起来，在空气中挥舞着装着白水的注射器，仿佛在指挥某一部邪恶的交响乐。

"没多少。"那个黑人姑娘失望地说道。

"嗨，加里，"薇拉说，"你能借我五块钱吗？有个家伙再过一小时应该会给我送二十块的货过来，但要是你现在借给我五块钱……"

"瘾君子！"杰罗姆吼道，醒了过来。

"……等他来了，我给你一半。你有五块钱吗？"

加里用真东西给自己注射了进去。罗妮也是。床垫上那个妓女哼了哼，咳了咳，又继续睡觉了。薇拉终于在注射器里见了点血，但推得太快，针头滑出了血管。波普斯把注射器放回了耳朵后面。

"瘾君子！"杰罗姆又吼了起来，挥舞着自己的注射器。

罗妮掏出了自己那份快球，重复了见者有份的过程。但这一次，甚至连波普斯都被涮了。

"不咋的。"杰罗姆说。

"够你撑到有感觉了。"加里说。

杰罗姆朝他眨眨眼，还飘浮在自己早上的快感里。

"你已经有感觉了。"重新评估了情况后的加里补充道。

"东区的货，"杰罗姆骄傲地解释道，"东区的海洛因是最棒的。我是个东区男孩。"

加里把可卡因瓶子放进口袋，里面除了他留给稍后享用的些许残留，已经空无一物了。还在试着给自己注射的薇拉，再次恳求起某人来，任何人都行，现在出五块钱，换回永远不会到来的二十美元的可卡因。

"他说了他会回来的。"

加里把军装夹克的拉链拉上，转向罗妮，给了她一个表示确认的点头，就好像在说，我也能糊弄人，我能涮过他们大部分人。罗妮带着一个暧昧的坏笑转向了门口，加里跟着她下到南富尔顿街上。

在街头，大滴大滴的雨水开始狠狠地抽打他们。一开始慢慢地，接着逐渐变快，直到加里投降，躲进了一处门廊。罗妮跟着，他们两人沉浸在快感中，等着倾盆大雨消停。

"我有点事儿……"

"哈？"

"我有点事儿记不起来了。"加里说。

"你不过是嗨了。"

"不，就是……"

加里盯着富尔顿街，他的瞳孔放大了，试着动用自己所有的力量来记起某些事儿。雨小了，他们继续走。等走到瓦因街的时候，他想起来了。

"天哪，今天周几了？"

罗妮耸了耸肩。

"周二，"加里说，回答了自己的问题。他用两只手数着，一开始数到了十，然后又数了一次，数到了十一。

"十一天了，我还没事儿。"

"什么没事儿？"

"我在县里的案子。我收到通知，得在出庭前十天去同公共律师聊聊。"

"你得去哪儿？"

"陶森（Towson）。"

罗妮摇摇头，宣布加里完蛋了。当涉及庭审案子和入狱服刑时，巴尔的摩县就是另一个星球，对于城市里的黑人来说尤其如此。没有律师来协助他的盗窃案子，加里只能奢求虎口逃生了。

"你今天最好就去。"

他们搭了个黑车，坐完了一整条约克路，到了县里。罗妮坐在车里等，加里进到了法院里。在一堆疑惑和几个拐错的弯之后，他找到了公共律师的办公室。外边厅里的白人秘书看起来笃定又职业。在向她展示自己的法庭通知时，加里能感受到她对自己的厌恶。

"你来得太晚了。"

"十天。"他说道，指着那份通知。

"十个工作日。"

"啥？"

"周末不算。"

加里愣住了。"我怎么办？"

那女人耸了耸肩，但加里没有离开。渐渐地，他的存在软化了她。她告诉他找位置坐下，等某个调查员来询问。他等了四十五分钟后，才告诉一个员工自己什么都没从商店里偷走，说他的同伙干了所有的盗窃，保安们把正在商场读报纸的自己铐了起来。

"我能做点啥？"

"告诉法官你来过这里，和我们聊过了，然后要求延期。"

"我能让案子延期吗?"

"也许能,也许不能。"

加里离开了,雨再次大了起来。当他回到黑车上罗妮身边的时候,已经湿透了。回城里的一路上,加里都因为想着一个全是愤怒白人的县加上自己没有律师而心不在焉。县里的法官可不会手下留情,他清楚这点。

黑车开上瓦因街,停在了麦卡洛家的房子前。加里脱下了自己湿透的风衣,进到屋里管他妈妈借十块钱——这钱是她之前说了下午她能有的。他在里面待了六七分钟,刚好够罗妮展示出为什么她是为街角而生的,为什么对于加里·麦卡洛而言,无论他怎么努力,永远也无法赶得上罗妮。

转头望去,她捡起了那件湿风衣,把一只手伸进了口袋,然后是另一边口袋,最后找到了那个瓶盖。她拿出自己的火柴和注射器,把已经结晶的残留物加热成一团潮湿的泥,吸了起来,把它送回了老家。

她把瓶盖放了回去,刚好赶上加里走下台阶,抓起自己的外套,并付了车钱。

"你现在去哪儿?"她问。

"去帮我妈妈办点事儿。"

"好吧,行。"她说道,跨出了车子。

加里已经在往回走了,台阶上了一半,这时候罗妮补了一枪。"加里,"她说,赶上了他,"能给我瓶盖里剩下的东西吗?"

加里出于本能地伸进了外套口袋。让他放松的是,他摸到了那玩意儿。他摇了摇头:"我存着后面吸呢。这是从我那份里分出来的。"

"你不想分享吗?"罗妮问,她的脸绝对是一副真正受害者的模样。加里转过身去,看向瓦因街,试图想点东西来说。

"我为你做了那么多,你还这么自私,"她苦涩地说道,"就好像我那么爱你，为你担心，而你又心狠又残忍。"

"罗妮，干……"

"你太自私了。但对我啥都不算事儿，因为不管你心有多狠，我都爱着你。我爱你，不管你对我有多糟。"罗妮补充道。她在操控一切，累积着情感的资本，只为了纯粹的快乐去剐下另一磅肉。

"那是我的，"加里最后说道，尽自己所能表现得坚定而愤怒，"我留着后面吸的，它是我的。"

"好吧，加里，行吧，"她说，叹了口气，然后转向了门罗街，"你又赢了。"

他的手举了起来，举到了空中。

唐娜·汤普森没法立刻搞清状况。搞不清那个麦卡洛家的男孩从教室一头茫然盯着自己的这副情形，他一只手还举着，手掌张开，满怀耐心。

她开口征了个志愿者，寻思自己能抓来一个真的高中生来做点课外演讲练习。现在，虽然并不是因为自己的失误，但她得到了迪安德尔。

短短一小会儿时间里，她盯着那只举着的手，然后看向了教室里的其他地方，又盯回了那只手。迪安德尔回看着她，不带丝毫暴力暗示，但是，她依然保持了谨慎，怀疑这个不太可能发生的教室互动行为是某个计谋。她寻思迪安德尔是要找个机会耍宝或者搞破坏，要么就是想问一个完全不着调的问题。或者，在最好的情况下，会用最平板的声调去回应她真心呼吁的额外奉献，只是问问自己能不能去上个厕所或者削削铅笔。

她给自己的疑惑提供了足够久的等待时间，希望还有别的手会举起来。但此刻，这段空白的沉默正在回击她自己，此刻的迪安德尔正孤独等待着。她深深地呼吸了一次，然后做了一名巴尔的摩教师每天都不得不做的事儿。她对这个孩子进行了合理的质疑。

"迪安德尔。"

"我要做。"

众人纷纷转头，但安静依旧。没人清楚发生了什么，而唐娜·汤普森努力压抑着自己已开始在预期最糟情况的那部分。

"你之前朗读过这份演讲吗？"

"我听过。"

"你知道这是今天集会上要读的吧？"

迪安德尔点点头。他是认真的。天哪，他是认真的。她用马丁·路德·金最好的一次演讲的复印件武装了他，而他居然吸收了，他的头因为沉默的专注而低垂着。其他小孩期待地盯着迪安德尔，等着那必将发生的混乱，想着这里面肯定有个什么玩笑。但他没有理他们，句子在他嘴唇间沉默地流动着，看起来既陌生又熟悉。

唐娜·汤普森忍不住好奇是何种荒谬的连锁反应让他们走到了这一步。迪安德尔从九月份开始就在自己班级上吊车尾，他唯一的成就是出勤的日子几乎和缺课的日子一样多。

他人很聪明。她清楚这点。他所有的老师也都知道这点。他们在教师休息室和前面那个办公室里抱怨过他。难以捉摸的麦卡洛先生在他们的班级上飘进飘出，从来不会进入学习的节奏，从来不会完成任何他开始做的事儿，或者做出任何真的承诺。但他们能偶尔瞥见能力和智慧，能瞥见那个拒绝和他们产生任何联系的思想。

一月的时候，他甚至真拿了本笔记本来。他身穿蓝色牛仔裤，拿着一个塑料文件袋和几支二号铅笔。有一段时间，他用这个本子来抄问题和死记硬背的答案——这座城市的老师们惯常发下去的那种油印资料上的内容。

"非洲的四种资源：黄金、白银、钻石、石油。"

"定义以下概念：关税、口译、统计。"

"谁是克里斯珀斯·阿特克斯?"

"C. J. 沃克夫人发明了电热梳。她开发了一整个系列的美容工具。她是第一个黑人百万富翁。"

但这个笔记本早就不见了,被忘在了弗朗西斯·M. 伍兹中学体育馆的长椅上,没有被这个年轻人想念和哀悼,对他来说,油印资料和写在黑板上的问题毫无意义。非洲是别地某处。克里斯珀斯·阿特克斯已经死了。他不认识任何一个人是靠着兜售电热梳来谋生的。

在学业上,迪安德尔剩下的不过是象征性地穿过学校大门,凭着课堂行为的一点微小改进,不再被学校保安频繁地扔出去。对他来说,多年以来,学校不过就是社交场合而已,一件在日日相似的生活中一定会发生的事儿。他的朋友们都上学,姑娘们也上。你去上学是因为学校他妈的就在那儿,而别的地方也没啥事儿。对某些小孩来说,比如 R. C.,有电视和篮球就够了。如果要在学校和电视之间选,R. C. 会等他妈妈上班后回到房子里,迷失在 X 战警和特种兵(G. I. Joe)或者蜘蛛侠的动画天堂里,一直看到肥皂剧开始,到他该去吃点炸鸡的时候。但对迪安德尔来说,那还不够。

萝丝·戴维斯让他回学校,是因为他承诺要去上课。她,相应地,也就承诺只要他能显露出一点儿兴趣,或者哪怕只是安静坐着,撑过这一切,他就有资格凭借自动升级①在年底的时候升到十年级。萝丝在她那本蓝色合约笔记本里忠实地记录了这个协议,迪安德尔伴着她真切和赞许的微笑在上面签了名。

自然,自动升级是所有涉及此事的人的最后选择了。其他所有途径都失败了:尽管涵盖了多元文化以及亲手实践,并兼以孩子为中心的策略,这套课程依然没能同迪安德尔的世界建立任何联系。他对充满关怀的老师所显出的兴趣和做出的表扬都充满了怀疑,知道他们的

---

① Social promotion,指学生按年龄自然升级。

价值观永远无法让自己在费耶特街上立足。经由一份高中文凭带来的前景抓牢某种更好的生活，或者能走上另外任何一条道路的承诺，对他来说毫无意义。这些劝说已经缩减成了最后的、唯一的计谋，其中涉及了毫不掩饰的贿赂。

所有这一切让迪安德尔·麦卡洛表现出的，这唯一一次参与显得更反常了。在对一份稳定收入的追求以及对学业的毫不在意之间，这个春天他没有足够的出勤率，甚至少到远不足以让他能自动升级到十年级。至于真正的努力，他的标准早在一月里就定下了。当时他向每个老师宣布，他们都要搞清楚一件事，他可不会做家庭作业。除此之外，他脑子里早已经决定了：要是萝丝·戴维斯不因为他活在这个星球上而把他升上十年级，他九月就不会再回来了。但出于一些他自己都不明白的原因，迪安德尔自愿通过背诵一个伟人的雄篇，并当着全校大会演讲出来，来给自己在学业上的游荡添点光彩。

那天下午，跟着英语老师走进学校体育馆时，甚至在他自己看来，迪安德尔·麦卡洛也算是抓住了一长串不可能之事的尾巴。他问自己，我是在干吗啊？

首先，这天早上他不得不早起，翻出几件干净衣服，然后开始朝东走。不是朝南，不是朝着拉姆齐街的游乐场去，或者去打一天的街头篮球；不是往北去到埃德蒙森街和蒙特街的街角买点上好的 E. A. B. 大麻；也不是往西去到 R. C. 家的公寓。不，是朝东走，去学校。

他不得不避开吉尔莫街，避开撞见某个贩毒同伙的可能。他不得不避开泰瑞卡姑妈的房子，免得自己忍不住劝那姑娘别上开往卡弗高中的校车，而是一整天和自己在街上厮混。他不得不走到卡尔洪街（Calhoun）就左转，而不是右转上巴尔的摩街去那个在汽修厂门口卖大麻的男人那里。他左转走向了学校大门。他不得不打开那些门，试着别惹怒学校的保安队长古尔德，后者正在学校大厅里问候他。

"很开心见到你，孩子。"

"嗯。"

然后他不得不避开萝丝·戴维斯，她记录了他那么多次缺勤，很可能会把他拎进办公室再开一个会。他不得不穿过走廊，经过卫生间，走过楼梯间，所有这些都提供着陪伴、打扰和冒险的可能性。他必须活过第一节课，詹姆斯先生全程为电子和中子喋喋不休，同时还有几个麦克亨利街的男孩在后排耍宝，靠着墙掷骰子玩，这可不是一桩易事。他还不得不避开其他十几个逃课的机会——到时候会有一百多个学生被放进公共走廊里——才能进到英语课堂上。

从此时起，某种神圣的干预就显得不可或缺了。那个同意发表演讲的孩子一定是缺席了，所以汤普森女士，满是绝望地，不得不在最后一分钟请求班里剩下的人。而她的班级，团结在漠不关心之中，会让她干耗在原地，等待着，直到救赎从最不可能的途径降临。所以最后，他不得不举起自己的手。

在体育馆里，当被介绍后，迪安德尔能感到不可置信的嗡嗡声。

他咳了一声，露出了一个短暂且偷偷摸摸的微笑。然后他开始了。

"我有一个梦想……"

他迎向了教职员工们好奇的眼光，并制止了长椅上自己几个同伙的笑声。

"朋友们，今天我对你们说……虽有困难挫折，我仍然有一个梦想……"

他表现很棒，棒到那些习惯性在麦卡洛先生的成绩单上画圈写上五号评价——"妨碍教学"——的老师们现在站在体育馆边缘，面面相觑。他们双眉扬起，一两张更宽容的脸上还浮现了一丝笑容。萝丝·戴维斯会意地点着头，好像这个结果是早就注定的。

在大会之后，唐娜·汤普森由衷地骄傲，告诉迪安德尔他表现出色，鼓励他更进一步，代表学校出席全国的演讲比赛。他有两周的时间去背诵和练习，汤普森女士当他的教练。而迪安德尔因被此刻的兴高采烈攫住，居然同意了。

在那个潮湿多云的五月下午，他带着一个有关真正成就的故事走回到费耶特街，但几乎没人和他分享。布莱恩和 R. C. 在娱乐中心，在树荫下的攀爬架旁边厮混，但给他们其中任何一人讲学校里的故事都是不可能的。艾拉在室内，尽管可以给她说，可当迪安德尔把头探进门的时候，她正忙着照顾小孩子们。

他转头走开，穿过了费耶特街，朝家里走去。舅舅史蒂维正在去街角的途中，身子在一个无风的天气里呈二十五度角倾斜着，这是瘾君子的姿势。今天的货一定他妈的很炸，迪安德尔想道。

他两步并作一步上了楼梯，大声地跳到了二楼公寓的走廊里。

"妈。"

邦琪出了厨房，是从角落里溜出来的，被这个声音洪亮的入场搞得紧张兮兮的。迪安德尔听起来太像是一场缉毒搜查了。

"我妈人呢？"

"她在楼下。"

他跳下楼梯，在门廊里停了停，一只手放在地下室的门把手上，好奇自己能期待些什么。在他身下，能听见电视的噪音：芙兰、邦琪和其他人把电视拖到了这栋房子的底部，好让它在他们嗑嗨的时候陪着自己。在卧室里，在客厅里，在史蒂维的洞穴里，在地下室里，只要在露珠旅店里，电视就一直开着。因此这栋房子里的生活不是用普通的小时和分钟来衡量的，而最好是用背景声里正放着的那个节目来标记。要是昨天"家务事"帮是在《我的孩子们》（*All My Children*）播放时发的样品，那你他妈的最好明天也在这部肥皂剧播放的时候滚到蒙特街上去。要是你在当地新闻的中途听到了枪响，那么"纽约男孩"帮的那人是在十一点之后中的枪；如果你换到了福克斯的某个台，这么一来，说明他躺倒在人行道上的时间还要早一个小时。

迪安德尔打开门，电视噪音变大了一点。"妈。"他从上方喊道，提前提醒了她一下。

"啥事儿？"

"就你自己吗？"

"嗯。"

"只有你在？"

"对。"

他慢慢走下了木板楼梯，给了她额外几秒钟的尊重。当走到楼梯底部的时候，芙兰正坐在后门里射进来的一小块阳光里，镜子上几乎是干净的，没有毒品剩下。

"什么事儿？"

"没啥。"

"你弟呢？在娱乐中心？"

迪安德尔耸耸肩，然后转过身去，尴尬地挪动着。他打着小圈儿走着，盯着地上，又看回了他妈妈，接着走向了地下室的另一端。

"怎么了？"

他又耸了耸肩。

"德雷，"她问道，声音升了起来，"你为啥下来？"

他进退两难。"你有烟吗？"

她摇摇头。迪安德尔没有反应。

"怎么了吗？"

迪安德尔点点头，满是尴尬，好像他要说的是最坏的消息似的。他的声音低成了一个几不可闻的呢喃。

"我做了个演讲。"

"你说啥？"

"在学校。"

"一个演讲。"芙兰说道。

迪安德尔点点头，微笑起来。

"你做了个演讲？你为啥不告诉我呢？"

"应该演讲的小子没出现，又没人愿意出头，所以我就上了。"

芙兰现在笑了起来。

"我在体育馆里做的，当着整个学校。汤普森女士说她想让我去市中心讲一次。他们有个全国的比赛。"

"你说了啥？"

"我说行。"

"啊？"

"我说我会去。"

"不，我是说你在演讲里说了啥？"

迪安德尔努力保持着自己的酷，显得漫不经心的。他从裤兜里掏出一张叠在一起的纸，递给了他妈妈。芙兰读了起来。

"这是马丁·路德·金的，"她说，认出了这些文字。迪安德尔哼了一声表示赞同。

"安德烈，你给我整晕了。"

他好奇地看着她。

"我是说我为你骄傲。"

他又哼了一声，感到尴尬。

"你啥时候去市中心？"

"过两周。"

"行，我想要去看。"

"我也不知道。他们说我得穿西装。"

"你爸有一套西装。问问你爸。"

迪安德尔走了过去，开始扯储物篮上的网。有一小会儿，他一言不发。

芙兰轻轻地戳了戳他。"你会去的，对吧？"

"也许吧。"

"行，你告诉我时间，我好过去。"

"嗯。"他说道。

"安德烈，我认真的，我想去。"

他耸了耸肩，而她坚持着。他带着一个会让她知道的不情愿承诺离开了地下室。他没带上那份打印的演讲稿就离开了。

两周后，在这个学年最后一段日子里的某天，他起晚了。洗漱，抓上萝丝·戴维斯借给他的西服，然后在卧室梳妆台和十几件外套跟裤子的口袋里摸索，只找到所需讲稿的三分之一。衣服穿了一半，他走到公寓门口，朝楼下的芙兰吼着，她此刻在门前台阶上。

"妈，"他喊道，像是宣战一样。"我的演讲稿呢？"

芙兰从门前台阶上吼了回来，告诉他看看梳妆台顶上。

"那里的我有了，"迪安德尔吼道，把他妈妈喊上了楼梯，"剩下的去哪儿了？"

"剩下的什么？"

"还有几页。"

"那就是你给我看的全部东西。"

"行，好吧。"

芙兰爆发了，冲他说自己拿他学校的纸张没屁用，没必要为它们去哪儿了撒谎。"为什么你还需要啊？"她从门前台阶上吼道。

迪安德尔嘟囔了一句脏话。

"啥？"

"练习。"他说着，又在梳妆台里翻找了几分钟。他把西服搭到肩上，打开了卧室门，走向前方的楼梯，在那儿等他妈妈离开门前台阶，下到地下室里。当她下去后，他从楼梯上悄悄地溜了下去。沿着费耶特街一路走，他一直在告诉自己，说他没法演讲了，说他搞丢了剩下的几页，说哪怕他有那几页，哪怕他练习过了，哪怕这套土得掉渣的西服真的合身，他也不会告诉他妈妈。她只会像她一直在做的那样试着把他撕碎，抱怨说他没有练习，或者练习得不够。她就是那样打击我的，他告诉自己，说着自己打算做的事儿，以及要是她自己没有搞得一团糟的话，他会过着什么样的日子。

他带着糟糕的情绪踱向了高中，全身心都为自己愤愤不平，还确信今年他基本算是完蛋了，只差告诉萝丝·戴维斯自己没法穿这身难看的西服，说自己妈妈把演讲稿扔掉了。要么这么说，或者直接告诉她，滚，我他妈有别的事儿要做。

在学校门前的台阶上，他遇到了兰迪，C. M. B. 的跟班，后者说正要去男孩俱乐部练练举重，或者去市中心逛逛。

"等等，"迪安德尔向他保证，"我马上就出来。"

但一旦进到里面，引力场就变化了。他在前部的走廊里就遭遇了萝丝·戴维斯，她透过办公室门缝瞥见了他，然后在他想出任何话之前跟着他到了走廊里。

"迪安德尔!"

"嗯。"

"你去哪儿?"她问道，用一只手扶着他肩膀，温柔地引导着他。"汤普森女士在楼上等着呢。"

"我觉得这个不合身。"他说道，抓着衣架的挂钩把西服举了起来，希望她能把西服收回去。

"你试了吧，对不对?"

迪安德尔摇摇头。

"行吧，上楼去见汤普森女士，"她说道，把他引向了楼梯间，"我相信一切都没问题。"

胃紧成一团的他爬上了楼梯，试着就自己的困境嘟囔出几句气话，告诉自己哪怕他要去演讲，他现在这样看起来也行。去他妈的，他想道，才不需要穿什么白人的西服呢。

"我们必须抓紧了，"唐娜·汤普森告诉他，"你迟到了。"

他是被困住的野兽。"哥们儿，看看这丑东西，"他说，"我才不会穿着它出去呢。"

"迪安德尔，你就试试呗。"

他盯着她，低头看向了自己的外套。

"换上。"

他开始解衬衫的扣子，英语老师接收到了对她的暗示，走向了门口。迪安德尔趁机开起了玩笑。

"真男人。"他宣布说，敲击着赤裸的胸膛。

唐娜·汤普森没有理他。

五分钟后，他出来看见英语老师和萝丝·戴维斯在走廊里等着他。衬衫、马甲、外套、皮带和皮鞋，一切都合身，尽管衬衫的领子有一点紧。他把那条领带——条纹花色，低调，非常有共和党人的风格——拿在手里，无法打出任何一种结。

"很合身嘛。"唐娜·汤普森说。

"詹姆斯先生，"萝丝·戴维斯招呼一名在走廊那一头的老师，"你能过来帮这个帅气小伙系领带吗?"

迪安德尔笑了起来。带着大大的微笑，詹姆斯先生把领带系出了一个完美的温莎结，同时迪安德尔找到了更多可抱怨的地方："你要勒死我啊。我不明白人们为什么要穿成这样。"

"但你看起来很帅，迪安德尔。"萝丝·戴维斯说。

"嗯嗯。"唐娜·汤普森附和道。

两个女人开始带路走向楼梯间。这事儿似乎已经没有回头的余地了，尽管迪安德尔还在寻找一个退出的借口。

"我没带演讲稿，"他告诉她们，"我妈搞丢了。"

英语老师回到自己教室去取了一份新的。几分钟后，他们出到了校门外。至少兰迪没在等他，迪安德尔松了口气，他为自己同意以这样的形象示人而感到羞愧。汤普森夫人开车向东，穿过了市区，朝着北大街另一头的一所中学开去。当迪安德尔钻出汽车的时候，领带已经松垮了，衬衫的下摆也搭在外面。他尽自己所能地进行了反抗。

老师停下来帮他整理。

"我看起来丑死了。"迪安德尔坚持道。

在那所中学的前门，两个年长的女人刚好出门撞见了这一幕不太真实的景象：这个梳着脏辫、镶着金牙的学者，他那街头的气质和这套上班族的制服格格不入，但他正在穿门进来。

"小伙，看起来很帅啊。"

"对，相当帅。"

突然间，他脸上浮现出了一个巨大的微笑。他抛开所有的街角式淡定，跨步迈进了前厅里。在签到台后坐着的女人们也添上了自己的赞扬。尤其是在搞清楚了迪安德尔是这场激烈演讲比赛的参赛者后，赞扬更多了。实际上，还有几个男孩也发出了赞叹。

这样的关注自有其效果。在签到后，迪安德尔把自己的肩膀挺出了一个卡耐基风格的姿态，蹚进了礼堂里，仿佛他的入场就已经是胜利本身了。但是唐娜·汤普森替他感到了害怕和不安。

"那个本该演讲的小伙没来，迪安德尔才挺身而出的，"她向签到员解释，为自己的职责表示了最深切的担忧，"他练习得不充分……"

她的声音低了下去，其他的女人都同情地点着头。

在礼堂里，迪安德尔被引往舞台。他一眨眼就在那儿了，距离他那一组开始只有一分钟了。他被安排坐到了后台三张椅子里的中间那张，一边还有一个姑娘。评委们坐在前排面对着舞台。唐娜·汤普森悄悄地溜进了最后一排。她放下皮包，交叉起双腿，低下了头，一只手盖在双眼上，看上去像是在做一次长长的祈祷。

迪安德尔对一切一无所知。他此刻只知道自己这身打扮是为了大放异彩的，他们把自己扔到了两个甜美的女学生中间，两人都还又紧张又迫切。女孩们正在为比赛紧张流汗呢，她们的对手则在评价她们的美腿。

西南中学的那个白人姑娘第一个被叫到。她开口背出了《窈窕淑女》（*My Fair Lady*）里伊莉莎·杜利特尔那段愤恨的独白。你给我等着，恩利·伊金斯[①]，她用毫无瑕疵的伦敦腔承诺道，她的脸上满是受伤的自尊。

她以一个正直的华丽动作结束了演讲，冲着评委们尊重地点了点头，然后回到了自己的座位上。迪安德尔带着一种模糊的兴趣注视着，而这种兴趣在那个高一点的黑人女生站起来开始她的演讲时变得更大了。

"……我为他的勇敢骄傲，为他在被杀前还救了别人的命而骄傲。但我忍不住去想，威利是在错误的地方作战身故的……"

选自威廉·布兰奇戏剧《威利的勋章》（*A Medal for Willie*）的这段独白被那个黑人姑娘演绎得庄重严肃。她化身成了一名中年母亲，动用了每一滴的尊严去否定那些胆敢滥用她儿子名声的人。这个女孩的声音圆润且浑厚，带着一名母亲的痛苦席卷了整个礼堂。

"所以你可以拿着这个勋章回到华盛顿，告诉他们我不想要。拿回去。别在你自己的衬衫上。把它颁给那些让这个弥天大谎继续的人……"

她坐了下来，接着评委们喊到了弗朗西斯·M.伍兹中学的迪安德尔·麦卡洛。没有露出慌乱，没有不自量力的感觉，也没有觉得自己刚刚目睹了两个非常纯熟的演讲——每一个都是背出来的，每一个都充满了真正舞台表演的华丽。他站了起来，几乎是随意地走向了讲台，然后伸进西服口袋掏出三张纸，慢慢地展开并铺在自己的前面。

---

① 实为亨利·希金斯（Henry Higgins），电影里奥黛丽·赫本扮演的伊莉莎出身低微，因此发音低俗。

"朋友们，今天我对你们说……"

他的声音坚定，带着一丝必不可少的南方浸会教徒的口音。他没有结巴或者磕绊，但他也不敢把眼睛从稿子上移开，害怕找不到该读的段落。

"……有一天，在佐治亚的红山上，昔日奴隶的儿子和昔日奴隶主的儿子……"

他朗读着，读得很好，无论缺少了多少戏剧性的强调都是合理的，是金那个杰出梦想所不需要的。对坐在后面的唐娜·汤普森来说，这些戏剧性的强调也都不是必须的。不，迪安德尔今天不会从任何一名评委那里得到高分，但他不会为此感到羞愧。不管出于何种原因，他举起了他的手，并且今天他出现了，穿着西服，熬过了这一切，因此至少此时此刻，他已经从街角的阴影里走了出来。在礼堂的后部，唐娜·汤普森被这个小小的胜利情绪所感染，能看见她明显地放松了下来，张开了双眼，带着纯粹的感激表情望向了天花板。

"今天，我有一个梦想……"

迪安德尔开始感觉到结局临近了，开始意识到再过几段话，从这里逃开就已是板上钉钉了。戏剧化的华丽表演变得更少了。词句匆忙地滚过，也许是故意的，迪安德尔在最后插入了自己第一人称的即兴发挥。

"……终于自由了，终于自由了，感谢全能的上帝，我终于自由了。"

确实自由了。迪安德尔从演讲台上缓缓走开，没有向评委们示意。他把讲稿留在了身后，一路走到了礼堂座位间的过道上。唐娜·汤普森在那里拥抱了他。

他已经到过了山巅，要等到他游过了外面大厅里那海一样的恭喜和祝贺，从学校的建筑里出来，这个美梦才再次醒了过来。在外面的停车场上，迪安德尔从脖子上扯下领带，从身上剥掉西服和正装衬衫。他不脱鞋就把西裤脱了下来，只剩下了长度到膝盖的短裤和一件背心。

他把正装卷成一团，扔进了车子后备厢。他很快就重回了自己的角色，用对自己之前两个选手的细致评价逗乐了唐娜·汤普森："我天，她们俩都不错，我也说不清。我随便和谁在一起都行，两个一起更好。"

这几乎让她都相信他完全不在乎了，相信这趟旅程对他毫无意义。但当他们钻进车里后，他用一种完全不同的声音阻止了她这么想。

"你知道吗，"他轻声说道，"要是我愿意，明年能赢。"

你想要制定出一套标准，以此告诉他们你是在意的，你是有所期待的。关于这点，在新一学年的第一天，你就得让他们知道，知道这间教室里发生的一切真的重要。

花名册上有三十五个名字，但只有二十六张面孔——黑色的、棕色的，偶有一两个白色的——带着一点试探性的兴趣回看着你。一个班三十五人是这座城市教育系统的标准，这是巴尔的摩能承担的上限。所以对于老师们来说，那些从来不来、偶尔缺席的学生，几乎算是祝福了。二十六个人，其中有二十五个人真的醒着，并在新一年的第一天上保持了专注。你能接受这一局面。

你也许想给他们讲讲规矩，或者简单说说自己。和他们聊聊怎么教或者怎么学。或者要是他们愿意学的话，都能学到什么。你也许可以从一个故事开始，说点带着正确劝诫的内容。

"很久很久以前……"

讲故事一直都有效，哪怕已经是高中了。你立竿见影地攫住了他们的注意力。

"……我们说的是很久很久以前，我们说的是些小虫子。你们懂的，就那种平平无奇的虫子社区……"

一些紧张的笑声。此刻你正在逗弄他们呢，他们已经有一点点放下戒备了。

"……你们都懂的，大部分虫子都勤勤恳恳的。不是说它们一心只知道工作，但工作第一。工作第一，然后才是玩乐。所以在这个社区里，我们说的是蚂蚁们和蚂蚱们，尤其是其中一只蚂蚱……"

第二排的矮个子小孩喊了起来："我知道这个故事。我喜欢这个故事。"

你已经起步了。你现在是在教书育人了。

"……这只蚂蚱来到蚂蚁们的家，想要邀请他们去参加派对。但他们一心工作。不是因为他们粗鲁而让他讨了个没趣。实际上，有只蚂蚁告诉他，等他们干完活了，就去找他……"

你抓住他们的注意力了。他们相信了。

"……所以等冬天到来的时候，我们的这个朋友被搞了个措手不及。一开始，其他所有虫子都愿意帮他，但这是一个漫长的冬天，存货开始不够了……"

"他们完蛋了。"后排一个男孩说道。

"……因此，有一天，当这只蚂蚱不在的时候，那只睿智的老甲虫召开了一次社区会议。会上决定他们再也无法继续照顾这只蚂蚱了。所以当我们的朋友再出现，开始耍他那一套时，他被告知到此为止，再也不会有人帮他了。"

道理正在此处等着他们呢。你把这一套一直玩弄到了最后，带着你那只懒惰的蚂蚱挨家挨户拜访了整个虫虫村，最后把他拖进了荒凉残酷冬季那厚厚的雪地里。

"最后，"你说道，享受着这一刻，"你们知道在隆冬之际，一只饥饿的蚂蚱会遇上什么，对吧？"

一只手举了起来，你点了点头。

"他去到社会福利大楼，领了他的食品券。"

你看向那个发言的机灵鬼，但从最后一排中间向你回望的人是一个衣着整洁、彬彬有礼的姑娘，她甚至都不是在试着耍幽默。她带着绝对的真诚回答了问题，而她的答案，从所有方面，都被整个班级接受并听懂了。

你已经跨过这道鸿沟了。你是一名市区的老师了。

这样一来，你开始意识到，不仅是伊索的寓言故事不会在巴尔的摩上演，而且对于费耶特街上的孩子们来说，教育这个想法本身——至少是教室里的正规教育——都没有意义。对那些声称这个国家城市里的教育系统都资金不足或师资不足或管理不善的人来说，至少在巴尔的摩，这些都是公平的指责，每一个都是对的，但这其中有一个结果截然相反的真相：学校救不了我们。

关于教育税源和班级大小的争论，关于教学效果和课外活动的争论只有在特定部分的小孩想学、能学，且能设定真正的目标并依照社会文化的外部标准来调整他们的生活时，才有意义。对这些孩子来说，关键之处是有正常的家庭以及他们在家庭里所处的位置。对于他们，这是在尚未走进这间教室的时候，就已经保证有了一点儿类似胜利的东西。

没错，一所好一点的学校也许可以多培养出几个有思想的人，能在一个鼓励教学技巧并保证统一规则的环境里，拯救更多的边缘学生。能变得更好总是不错的。但同样没错的还有，在巴尔的摩这类城市里，如今的情况已经远不是学校校长和教育专家进行微调就能行的了。搬起整个菲利普·埃克塞特学院①放到西巴尔的摩，用迪安德尔·麦卡洛们、理查德·卡特们以及四百个他们的同伙们填满这个常春藤覆盖的校园，再看看每投入一个美元的教育资源能收到多么少的成果吧。

也因为我们的法律和合法威慑，我们的教育理论在街角那个吞噬

---

① Phillips Exeter Academy，位于美国新罕布什尔州的全美顶级学校。

一切的宇宙中已经一文不值了。我们想要毒品消失，是因为它们是不合法的，或者更简单来说，它们对人们有害。但在这样一个所有其他东西——工作、金钱、希望和意义——都已经消失的文化里，毒品是不会消失的。带着同样的天真，我们想要孩子们去学习，因为学习有价值，并且是正确的选择，以及归根结底，是他们自己未来的最好希望。这曾是我们的出路，曾是我们父母的出路，是我们的祖辈们努力打拼以保证能流传的遗产。是公立学校把大量移民从辛苦维生的贫民窟①里给抬了出来，送进了在美国传说中享有光荣地位的精致郊区。

但费耶特街容不下这种传说。那些逃离了西巴尔的摩核心区的人是在不同的时间通过不同的方式成功的，是因为有受工会保障的工厂工作或者似乎能用得上他们的民族国家（nation-state）的政府工作。但如今这些工厂已经关闭了，而政府也已经没有再雇人了，现在的工作全是在线上操作电脑的那种。对于一份那样的工作，一张巴尔的摩市的高中文凭以及大学入学考试的七百五十分（属于分数最低的百分之五）毫无用处。在费耶特街上，他们知道有多少这座城市学校系统生产出的成品此刻正站在自己身边，站在肯德基的收银机背后，或者等在罗斯蒙特街社会服务办公室的接待处。再或者，一段时间后，他们就会身处瓦因街的空地上，耐心地等着"纽约男孩"帮的人分发当天早上的样品了。

太过容易把这一切视作愤世嫉俗了，但实际上，它是必然的。对于必然抵达的结果，是那些已迷失街角的人的认知，或者是那些即将抵达那里的人的认知。结果已经看在三年级学生的眼中了，他们已经把教育所代表的世界同自己分割开，已经把教室推到了他们生活的

---

① 原文为 pushcart ghetto，手推车贫民窟，指贫民窟的居民常推着手推车售卖货物，辛苦维生。

边缘。

等进了中学，他们就会滔滔不绝地说着时态是将来时的幻想，带着那种向未成年法庭法官或者保释官忏悔时唱歌一样的抑扬顿挫。会待在学校。会接受教育。当个医生。当个律师。当个儿童神经外科医生。即便不是那个职业，也能当个美容师。但靠近看看，你就能看到一个只有最糟糕读写能力、最基本算术能力的小孩。代数、生物、作文，这其中任何一个对于街角有何意义呢，对于他们生活中唯一一运行着的经济引擎有何意义呢，对于这样一个他们中大部分人终将湮没其中的地方有何意义呢？

甚至连课外活动提供的适应社会功能，那些绝望的教育者们所设计的技巧，想让孩子们能干得了最基本工作的技巧，在费耶特街上都没有实际用处。工作面试技巧、协作学习、掌控情绪、人际规则，这样的东西只会让你在费耶特街和门罗街上受到伤害。街角的规则要求的不是社交技巧，而是毫不犹豫的残酷。

在当下的年纪，这些孩子还没有意识到自己是极度无助的，不知道美国的其他部分——它的梦想、传说和标准——早已经远离了西巴尔的摩。他们完全不能体会到这个国家对自己的重塑，好让自己成为一个远离且独立于自己城市的核心部分的存在。这个国家甚至已经不再假装能用得上这一整个底层阶级了，而这个阶级曾经可能为它提供了劳动力，填满了它的农村地区，挤满了它的血汗工厂。这些孩子不知道全部的真相，但等到了中学，曾经让他们能在两个世界里穿梭的东西开始崩溃了。到了中学，那些更聪明的人已经开始自问，开始彼此询问，知道四条非洲河流的名字到底能不能帮他们在一场街角持枪打劫发生前的一分钟就看出端倪。知道毕达哥拉斯定理会不会让他们从一个八号球①里分出十份毒品。教室里教的所有内容变得古怪刺

---

① eight ball，俚语，指八分之一盎司的毒品。

耳，通识和街角规则之间的矛盾一直都在，且无法解释。

　　而且万一，上帝保佑，你是一个对除了街头生意之外的东西有着真诚且天真兴趣的孩子，你也会被击垮的。为了一本数学课本，有多少十二岁的孩子会愿意忍受必然的排挤呢？赶上交火冲突，他们俯身躲避，假装麻木，从旁看着那些有街头智慧的孩子们一次又一次地制造混乱却几乎不会承受一丁点儿的后果。渐渐地，哪怕是最胆怯的人也会意识到，所有的那些规则背后，其实并没有太多的惩罚。

　　老师们也学会了。他们能辨识出那些上心的、还走在正道上的孩子，但也明白他们必须先要活下去。不停地管同一个孩子要正确答案，渐渐地，他就会封闭起来。点出考试里的高分，那个不幸的优秀学生就会在集体面前更脆弱。和其他所有地方一样，这里也有同伴压力。而在巴尔的摩市区，压力还结合了因为数量而造成的重量。在哈莱姆公园高中的教室里，或者在伦巴第乃至任何一所内城的中学，不仅仅是一两个愣头青拒绝相信教育。在这里，在这些最困难的学校里，这样的疏远能吞噬一个班里一半甚至更多的学生。

　　最晚到八年级，选择就已经决定了。除了本身就不出现在课堂上外，孩子们以各种形式离开了教室。创造力枯竭了，剩下的班级活动是如此的不连贯和冷淡，几乎可以被完全忽视了。到了中学毕业时，巴尔的摩学校系统里的一个孩子来学校不过只是为了点社交经验。他是来打闹和玩耍的，她则是冲着闺蜜和午饭来的。

　　这是一个不敢说出问题核心的学校系统，而核心就是如今该系统里的孩子们来自另一个世界。同一名巴尔的摩教师一起走进一个九年级的班级去看看未来吧：

　　未来是安东尼的样子，一个遭现实如此摧残的小孩。他在这样一班毫无未来的孩子里都是如此，他位于最底层。对他来说，家里没人对他显出哪怕一丝丝的认可和兴趣。他很容易被看见，那身肮脏的衬衫和牛仔裤是他仅有的一套衣服。每当有人不得不坐到安东尼旁边的时候，总会发生争吵。

坐在离门最近位置上的玛丽，此刻正是"十三梦三十"① 的时候。如今她的身体日益丰满，已经吸引了一个二十四岁毒贩的注意。她可受不了笔记本啥的，而是把课堂时间花在了小镜子、珠宝和指甲油上，还替其他姑娘精心打扮。大部分时候，她的男朋友在两点半就坐到了学校外，开着一辆闪闪发亮的本田讴歌汽车，等着接上自己的姑娘。第二年，她就会作为一名转学生进入到系统里一所为年轻母亲开设的特殊学校。

尼尔，一头行动缓慢的大熊，有一双上过战场的人才有的那种死气沉沉的眼睛。在枪战中受过两次伤的他坐在教室的后方，很满意能一整年都一言不发、一事不做。但他统治着学校的走廊，身后跟着一群被他吸引来的准帮派成员：一是因为他自己的行为，二是因为他哥哥所属的贩毒团伙那令人印象深刻的名声。

米歇尔，一个坐在中间的小个子、精瘦的十四岁姑娘。她的脸上满是伤疤和抓痕，这是她在这个世界里为一席之地而竭尽全力的证据。她过去两个月里都住在男朋友母亲的房子里。她自己的妈妈正被关在女子监狱里。

那个了不起的麦克，一股大肆破坏的旋风，他没法在指定座位上坐上一秒钟。他在教室里四处冲撞，手里的硬币叮当作响，对所有人兜售着午餐券、糖果和漫画书。他逃避管理，直到被逼停之前都会保持行动。他和母亲住在一起。他的父亲要在受监视的情况下才能来探望，卷宗里手写的记录暗示着家暴行为的存在。

达雷尔，他是从一个无家可归者庇护所过来上学的。克莱德，一

---

① 13 Going on 30，电影名。影片中十三岁的女主角因在学校受到霸凌而祈祷能快到三十岁，祈祷成真后经历了一系列趣事。

个有智力障碍的特殊学生，他需要被特殊关照，却只能沉沦在这个班级里。面对任何冲突都报以野蛮回击的唐妮娅，她会在年底的时候因为携带了一把弹簧刀而被开除。还有 C.J.，他会在年中的时候消失，再也不会回来，有新闻报道说他在一场事关毒品的争论中射杀了一名年长一点的男孩，从而作为未成年罪犯被判关进"男孩村"，要关到年满十八岁。

还给老师们剩下了什么呢？还有什么教师培训、什么教学计划、什么教学艺术能足以抵抗现实呢？在巴尔的摩，如同任何一个陷入困境的城市，管理者和官僚们已经连续数十年把失败包裹在了最新的教育理念、项目和术语中，就好像方法和技术的改革真管用一样。回归基础、非传统学校、私有化、磁校①、全面发展（均为教育理念或者项目）——所有这一切都被当作口号加在了无意义的尝试上，仿佛换上一组更适合航行的折叠躺椅后，泰坦尼克号就能抵达纽约湾一样。

忽视这些夸夸其谈和口号标语吧。无论一个市区的学校系统多少次地重塑自己，留给哈莱姆公园中学、伦巴第中学或者汉密尔顿中学的老师们的选择都是——毫无选择。

他们在创造力和智慧几乎被主动剔除的教室里工作。这些教室里寂静无声，满是死记硬背的训练和复制粘贴的信息。这座城市学校系统里的很多老师还有意愿去对抗惰性，用才华拼回到那些封闭了自己的孩子的大脑里，拼回到那些在自己身上找不到弥合自身生活和学习之间鸿沟的孩子大脑里。有时候，哪怕面对着几不可见的几率，这些老师还真能成功。

但对于更多的人来说，已经同针对自己的各方势力达成了另一种和平。在太多的市区学校教室里，他们随时准备着装模作样，假装那些不过是从委员会拷贝来的油印资料和作业包含着某种教育经验。同

---

① Magnet School，即像磁石一样有吸引力的一类公立学校，通常质量好、费用低。

样地，人们也愿意假装少数熬到了巴尔的摩某所高中开学的人已经确实获得了高中教育的同等学力。这些人就是已经放弃了一个连自己设立的标准都无法达到的系统的老师和管理者们。

伴随着毒品战争，拯救巴尔的摩学校系统的挣扎一直被限制在需要各种增量的话语中：有多一点钱，有一个顽固程度小一点的教师工会，有反馈多一点的管理者，这些孩子就会被拯救。但真相在于，当数目的巨大阻止了任何人去准确评估和奖励真正的成就或者去真心应对破坏性的行为，抑或是付出合理的努力搞清楚为什么每天都有那么多张课桌空着的时候，上述这些东西都没有用处。在巴尔的摩，三个社工和四个个案管理员要负责跟踪两千个持续旷课的学生。这些孩子旷课的时间从一个月起到长达一整年。面对着这陌生的新一代街角小孩，太多老师都不会为了一个比起郊区同行的工资要少几千美元的系统去奉献自己，也不会为这个用撕坏、无封皮的课本、老旧的幻灯片武装自己的系统去奉献自己。而且这个系统还把他们置于了一个如此混乱的教室环境之中，平均每年有不少于一百五十名老师和三十名校警遭到袭击。那些能离开的，都离开了——要么去了县里学校系统提供的安全港湾，或者彻底换了职业。那些被多年惰性困住的，被限定工资困住的，或者被他们自身的不称职而困住的人才会留下来。这些老师似乎永远都不会在自己的使命中、在学生身上或者在如今被主管者的下属们当作救赎来兜售的任何口号及项目中，再次寻获信仰了。他们中的一些人曾是好老师，其他人则从来不知教书育人为何物。但现在他们所有人都只为求生，但凡一间教室的纪律能被维持住，他们就准备也愿意理解一个年轻的大脑。这是一种反常的公平：到了中学，学生们假装在学，他们的老师也就假装在教。

随后便是每个学年的年末，这种欺骗累积成了一种至少在巴尔的摩被众人所知的流程，称为"自动升级"。当其他所有的手段都失败了，当孩子和学校的关系已经破裂，是时候动用这最后的绝望手段了。

　　自动升级，根据年纪或者行为升级，而不是学业上的成就，这是很多老师甚至某些学校管理者所厌恶的东西。他们将其视作对旧时标准的背离，那时候的标准还坚持每个学年应该基于技能的进步来评价，而如果一个小孩的那些技能尚未牢牢地掌握到位，升学就不是他的最优解。但所有这些都要基于一个功能正常的社会才行得通，在这样的社会里，偶尔会有怀着最迫切进步渴望的小孩出于某种原因未能完成任务。这也要基于失败率是合理的且能应对的，这些失败需要发生在更多受到了良好照顾和良好教育的学生之中。但在世纪末的巴尔的摩，数量不断膨胀的失联学生已经逼出了教育结构中的一整套全新逻辑，其中既没有时间也没有资源去应对失联的学生。

　　对个别小孩来说，自动升级是一次贬值，是对这个系统本已经脆弱的标准的降低。但是，总体看来，这似乎为那些不断留级的后进生，为那些挤在每间八年级教室后面的十六岁大块头们提供了一种解决方式。没有自动升级，这些大孩子会被留级并欺负小一点的孩子，或者把他们搞破坏的传统传下去，或者和老师公开竞争对班级的控制权，再或者，最好情况下，他们就阴郁而苦闷地坐着，不再愿意也不再能够学那些他们一年前就应该学会的东西。

　　这成了"霍布森的选择"[①]：研究指出落后的学生会更早辍学，但在没有习得基本技能的前提下让他们通过又算不上是成功的保证。更糟的是，自动升级给边缘学生们传递了一个信息，他们跟那些也许只需要一个好老师努力，只要被引导就会继续努力的学生没什么不同。要是他们保持专注，完成作业，他们就会在九月的时候进入九年级。但是每个人都会上九年级啊。

　　此处没法做出正确决定，对于任何一个真心在意为什么"强尼没

---

① Hobson's Choice，指没有选择的选择。

法阅读"的人来说，什么事后解释都是于事无补的。最后，暮春的一天里，就该你和其他老师们坐在员工室里，同副校长过学生名单了。不会有书面记录，什么都不会被记下来，但房间里的每个人都知道什么能做、什么不能做。百分之三的人可以不及格，如果你想要坚持一下的话，也许能到百分之六或者八。但这个系统承受不起百分之二十五、百分之四十或者百分之六十的不及格率。所以你和同事们坐在那里，花名册摊在你面前。于是你开始了，总是按照字母顺序。

"阿博特。"

"他还行……及格。"

"亚当斯·莫尼克。"

"今年年底有点进步。"

"呃，我课上不行。"

"你可以挂她，但我必须让她过。"

"我也是。"

"亚当斯·罗伯特。"

"天哪，再来一年我都能收养他了。"

"嘻，"某人开玩笑说，"事不过三嘛。"

"不可能。我受够了他把课本扔去窗外了。"

"赫伯特·托马斯还把他的课本点了呢，我们还是让他过了。"

"求求了，我应付不来罗伯特。"

"行吧，过。"

你在那儿坐了两个半小时，不假思索地做着判断，与此同时也体会着这一切的荒谬。你想起来三月时出过的一场关于希腊神话的测试，这是一个他们不约而同都会喜欢的单元。这是一个前一天你进行了彻底复习的测试，把每个问题的答案都给了他们，还设计了游戏，让他们自由组队来研究复习资料。你学生中百分之八十五的人没能及格，最高分是八十六分。见鬼，只要读明白试卷说明，你甚至就给了十分的奖励分数啊。

"请把你的姓名和班级名写在试卷的顶部，"你在这张油印试卷上写道，"然后在左侧边栏里写上题目的编号，从一到二十五。在回答完问题后，在试卷背后画一个笑脸可得十分的奖励分数。"

从二十二个学生中，你收到了六个微笑的涂鸦。

现在，你们都坐在这里，做着一系列的决定，假装你送上十年级的学生和那些留在后面的学生之间有着区别。那些旷课的就简单了——要是他们没在过你班上，现在他们也就不会在了——但除此之外的几乎所有人都是一个开放式的问题。

在核心课程上不及格？仅这一项就可以让超过一半的八年级学生留级。成果或者没有成果，不足以作为评价标准。你要考虑班级的缺勤情况、不守纪律的行为以及上不上心，那些真正值得升级的学生的数量还是低得吓人。但第二年，又会来另一拨八年级学生。要是去年三分之一的学生还堆在教室后面，他们就没法上课。

"克雷格。"

"他继父让他学起来了。"

"过。"

这么一通操作到最后就是学校系统在玩弄数字了，和警察局必须做的一样，是一个官僚机构还在为一个完全失控的问题找某个合理的解释。就好像巴尔的摩的警察局局长会抓住机会宣布一千八百起街头级别的涉毒逮捕是一种胜利一样，学校校长也会在卷宗中挑拣出任何类似希望和成功的东西。阅读和数学的分数提升了几个百分点，但绝口不提巴尔的摩落后了州里其他地方百分之六十。高中毕业率高达百分之九十几，绝口不提到了十二年级的时候，百分之七十的学生已经流失了。

但这些孩子们和任何地方的孩子一样，都有着灵巧的思绪。你能从他们对语言的轻松掌握中听到，在他们对成人话题的急切模仿里听到。一旦有一点信息触及了一条神经，以某个他们能理解并视为同自己世界有关的挑战触及了他们，你就能在这些罕见的场景中目睹他们天生的智慧。一旦遂他们意，这些孩子就能以微妙的准确性去解开一个道德的难题。他们能以最精心组织的理由去应对教室里的不公正情况，或者为那些最错综复杂的工程及历史难题提供解决方式。

要问米歇尔埃或者英格兰是国家还是大陆，那她毫无兴趣和头绪。但问问她法老的建筑师们是如何进到已经完工的坟墓的通道里，或者古人是如何把石块竖成了巨石阵，则无一例外地，她能给你一个还行的假设。而米歇尔的表现会轻易地引发一次热烈的课堂讨论，之前对这一过程早已经死心的孩子们突然就投入到了激烈的讨论中。只是别要求他们写任何东西，或者指望这个现象能保持超过十五分钟，或者在几天后随堂测验中体现出来。看到这些学生活过来，感觉到深埋在他们体内的渴望，就能明白人类对于学习的基本冲动能有多大，同时也能明白某些童年的天性是如何被残忍地限制在了屈指可数的几堂适合街角的基础课上。

渐渐地，距离十六岁生日不远的某个时候，这些孩子中的大部分不再进行这样的思考了。在九年级的某个时候，自动升级也停了，需要完成一些有着确切要求的作业了。但这个时候，他们已经几乎到了年纪了，已经马上就不再是学校系统的麻烦了。当切割来临之时，几乎毫无规划，它就这么发生了。一天，一个孩子本该早上出门去西南中学或者弗朗西斯·M.伍兹中学上学，却到了卡罗尔公园附近的法庭上，或者去到了某个姑娘的家中，或者溜到了他那帮伙伴鬼混的某个街角上。他第二天没有回学校去。周五也没有回去。几个月的游离之后，他被从花名册里除名了，这段学术生涯几乎不发一言就迎来了终结。

对于费耶特街上的孩子们来说，这个结果是毋庸置疑的。一个接一个，男孩们和他们的女朋友们跟着彼此去到了蒙特街、费尔蒙特街或者门罗街，直到整个 C. M. B. 抵达了他们一直盼望的人生阶段。他们毫发无损地抵达了街角，准备为已起步的业务大干一场，准备好应对更大规模的失败了。所有的那些启智计划①，所有那些小学里关于民权、毒品以及暴力的讲座，所有那些弹性学习②和职业教育，以及非洲中心主义的自尊自信教育，到了最后都无一幸存。这其中甚至没有一个能被他们当做随身携带的行李，带上他们前去工厂车间的旅途。

迪安德尔在假装上学，但他的努力比起团伙里的其他人几乎算是货真价实了。比如，多里安和布鲁克斯两年前就已经脱离了学校系统，七年级的时候就从哈莱姆公园中学流失了。他们离开得如此之早，让那些负责管理逃学的人真能行动起来，并在他们满十六岁之前把他们关起来。这意味着在教养院里住上一段时间，但学校的出勤率几无改进。丁基，迪安德尔的表亲，有同样的想法，但等了稍微久一点才开始行动。那些负责管理逃学学生的人从来没有对丁基下过手。

这个春天，布莱恩逃离了八年级，从中学里出来，去莱蒙街（Lemmon）上为自己叔叔贩毒，然后因为携带了太多瓶毒品而被关了起来，让学业成了最不是问题的问题。R. C. 尽自己所能地玩弄着这个系统，错过了西南中学几乎所有的九年级课程，然后转到了弗朗西斯·M. 伍兹中学，同第二批老师和官员们重复同一套行为。

然后是泰，这群人的领导，也是他们之中唯一一个展露出了一丝学习潜力的人。泰从来没有被留过级，在卡弗高中以平均 C＋的成绩上完了十年级，还是田径队成员。他通过了代数课，有可能有奖学金。他告诉自己和任何愿意听他讲话的人，说学校对自己不是问题。而且泰能这么说还不会被反驳，他是 C. M. B. 的联合创始人，在街角

---

① Head Starts，指面向贫困人群的学前教育项目，旨在减少教育不平等。
② alternative curricula，指为不能达到普通教学标准的学生设计的学习计划。

的地位很高，任何在学业上的成就都不太可能被批评。假以时日，泰会一路读到高中最后一年。实际上，他会一路读到十二年级的第二学期，直到突然放弃，然后去到麦克亨利街和吉尔莫街的街角上全职贩毒。

到那个时候，这个缓慢折磨就会结束了。学校系统试过了，并统计了自己的损失，然后合上了卷宗，放弃了任何可能的"索赔"。

街角会拥有他们所有人。

夏

六

　　"上帝啊，"对手走进体育馆的时候，迪安德尔拖着嗓子叹道，"是老一辈啊。"

　　基蒂一边替普雷斯顿把住门，一边笑了起来。沙姆洛克和杰米已经在里面了，正在长椅上系鞋带。

　　"你说谁老呢?"沙姆洛克坏笑着问道。

　　"天哪，上帝，"迪安德尔接着叹道，"他们以为自己还能打得动呢。"

　　"你从来都不会打。"普雷斯顿回呛他。

　　坐在第二排长椅上的艾拉·汤普森笑了。"别啊，普雷斯顿，"她说道，假装受到了冒犯，"我不想听到你这么说我的队员们。"

　　普雷斯顿看到了艾拉，嘟囔了一句道歉。

　　"如果这是你的队伍，艾拉女士，那我会尊敬他们的，"普雷斯顿说，"要不然，我不得不说，他们看上去可不咋地。"

　　艾拉又笑了起来。

　　普雷斯顿、沙姆洛克、杰米和迪安德尔的叔叔夸梅——在六月里，只此一天，艾拉让这些大一点的男孩离开了街角，进到了体育馆里。这是些十八、十九和二十岁的大男孩，是费耶特街上刚好比C. M. B.男孩们大一点儿的一帮人，也是她小儿子最好的朋友们。

　　基蒂似乎很开心能离开自己的房间，和老朋友们一起同母亲的娱乐中心队比上一场。艾拉看着他走进体育馆，当下就感到了轻松。过去的一切就在眼前，彼时体育馆就是圣殿。除了情人节的那场舞会，在这个下午，基蒂又能偷来一点自由了。

长椅上挤满了来自娱乐中心的年幼孩子们，还有社区里的姑娘们，甚至来了一些年纪更大的街角毒贩。比赛本身看上去很是随便，但艾拉从早春开始就一直在努力组织了。艾拉和基蒂花了好几周的时间才把沙姆洛克从他日常兜售毒品、打家劫舍的王国里拉出来，同时也从富尔顿街上带来了夸梅、普雷斯顿和杰米——她每天都能在那儿看到他们，在酒水专卖店外面喝着四十盎司一瓶的啤酒，站在揽客仔和跑腿仔之间，背后商店的墙上是那幅主题为四十盎司装啤酒的涂鸦。今天，他们所有人都会重温一点点童年，向艾拉女士和她那支十六岁及以下级别的球队展示展示他们还残存的球技。

正式来讲，这场比赛算是马丁·路德·金娱乐中心队输给本塔劳队的后续，之前那场比赛算是费耶特街新生代一次自命不凡的挑战。他们的前辈曾统领着社区篮球场，但如今，除了基蒂这个显而易见的意外，老一代人已经在全职为街角服务了。但是艾拉已经与这群人相识一辈子了。她看到的不是他们现在的样子，而是他们希望被看到的样子。当她找他们打比赛的时候——问了两到三次，直到最后他们意识到她不是在没话找话——他们放下装着毒品的包裹和大麻烟以及四十盎司一瓶的圣伊德斯牌啤酒，沿着费耶特街走了五个街区过来，脱得只剩下短裤。

"你们不会都觉得自己很行吧？"沙姆洛克问道。

"生下来就很行。"迪安德尔回道。

艾拉又笑了起来。这就好像是一个十岁的小孩假装自己富可敌国，然后用金链子、传呼机、手表以及大卷大卷的现金和一堆零钱把自己打扮了起来。艾拉看到了这些，但没有在意。她也不担心基蒂似乎在普雷斯顿、沙姆洛克以及旧时团伙的其他人之中感到了彻底的放松。不然呢？直到普雷斯顿和其他人去到街角之前，这就是他的那伙人啊。要不是艾拉，基蒂也会同他们搅和在一起。她清楚这点。他清楚这点。他的朋友们也都清楚。

泰是娱乐中心队的队长，正在选首发阵容——"卡车"、双胞胎，还有山顶那帮人里的麦克，R. C. 和他自己代表了 C. M. B.——并决定采用 2－3 阵型。沙姆洛克提议让年轻一队先发球，但泰反对。这是我们的主场，他宣布。你们发球。

"老头们，"当普雷斯顿拿起球的时候，迪安德尔从长椅上叫道，"老头们就要累倒了。"

大男孩们球打得不错，四处传球，通过往前传球来伺机突破防守。他们的打法少了点自大，更多地保持着作为一支队伍前来比赛的安全距离。他们让基蒂来了个转身跳投，球从篮筐里弹了出来。

卡车迅速去抢篮板球，然后外传给了 R. C.，后者把球一个长传给了泰，泰来了个挑篮投球，就连沙姆洛克都不得不露出了赞许的微笑。迪安德尔和 R. C. 立刻宣布了胜利，向老一辈人叫嚣他们的时代已经过去了。

普雷斯顿在底线那里没接到球，但沙姆洛克绕到防守背后来了个托球上篮。比分打平了。

"没劲儿，"迪安德尔喊道，"没劲儿的得分。"

R. C. 从角落里进了个长距离跳投，然后泰断了一次传球，转手传给了双胞胎。突然间，6 比 2 了，这就是娱乐中心队所能保持的全部优势了。沙姆洛克让比赛的节奏慢了下来，拿稳球，从容而冷静地引领着进攻。场上来回了两次，比分追平了。然后来到了 10 比 6，老一辈领先。接着是 14 比 8、20 比 10，此刻泰开始替换队员，让迪安德尔、"硬汉"和丁基上了场——比分差距大幅拉成了 32 比 14。这个差距已经足以表明，费耶特街守护者的更替时间表可能不得不后移了。

R.C. 在二十分钟的来回奔跑后下了场，把头埋进双手，试着缓过气来。他看着情况越来越糟糕，明显地更加生气了。当迪安德尔把球运到自己腿上而导致失误后，R.C. 一度气到踢了木头长椅一脚。

他把自己换了上去，狂野地轰击着篮板，试图强迫这场比赛走向另一种结局。他越过别人去抢篮板，扑出去救传丢的球，但都于事无补。老一辈以近三十分的优势赢下了比赛。

赛后，R.C. 和球队其他成员一起待在学校门前的台阶上，苦涩地自言自语。基蒂穿过门走了出来，路过 R.C.，走进了阳光明媚的下午。

"打得不错。"泰说道，拍了拍基蒂的手臂。

"嗯，"迪安德尔附和，"你们有点儿东西。"

基蒂笑了起来，但慢慢地走过他们，下到了人行道上。普雷斯顿和沙姆洛克正靠在一辆停着的车上，普雷斯顿试着在指尖上转一只旧篮球。

"我能说啥呢，"沙姆洛克告诉娱乐中心队，"你们小家伙说大话。我们必须教教你们。"

普雷斯顿大笑起来，和他击掌，然后补充道："我们真不错。孩子们试着上位，但还没准备好。"

"可不是嘛。"迪安德尔说道，微笑起来。

R.C. 受不了这一幕。他从台阶上站了起来，带着明显的厌恶走回了学校大厅。其他人则向老一辈们送上了他们应有的尊敬。

沙姆洛克和普雷斯顿在人行道上待了一会儿，跟基蒂轻声交谈着。对于基蒂来说，这是一个罕有的重聚机会，可谓来之不易。沙姆洛克如今稳定地贩着毒，而当仅靠贩毒付不起账单的时候，他会抢劫其他毒贩和存毒的地点，举着枪夺走别人的毒品和钱。明年，他就会陷入审前拘留中，原因是被控在南吉尔莫街上枪击一名男性并致其死亡。在没有兜售并吸食自己的产品到嗨的时候，夸梅也已经同沙姆洛克并肩打过几次劫了。而普雷斯顿和杰米在一起，兜售杰米从自家在布朗克斯的亲戚那里直接搞来的一批货。这让基蒂身处一种奇怪的折磨之中。他喜欢自己的伙伴们，他想要和他们保持亲密。但现在，厮混再无法只是一种轻松随意的行为了。

"我们要往这边去了，"普雷斯顿指着费耶特街，"去商店那边儿。"

"不了，"基蒂回道，"得和我妈走。"

于是，他们击了击掌，然后走了，剩下基蒂站在高中外，站在自己造成的孤独里。他等着艾拉，她动作很慢，因为周围有一群娱乐中心的小孩子。她走到了学校门口，一会儿喊着这个跟上，一会儿又喊那个别去按门铃——但都是好心的斥责，而不是严厉的规训。基蒂禁不住笑了起来：他就是被这个女人养大的，但就连他也无法想象她的这些耐心从何而来。艾拉下台阶的时候朝他笑着，今天的一切很令人开心。

"我的男孩们说想要再比一场。"她告诉儿子。

基蒂笑了起来。

"他们真想要。你去告诉普雷斯顿，以后再回来。"

"好。"

他缀在她身边，跟着她一步步走回了山顶，缩短自己的步幅来配合她的速度。那些好孩子四处乱转，高声尖叫，像是充了电的粒子一样在他们周围跑动。

"你给蒂托打过电话吗？"她问道。

"我今晚就打。"

"今晚。"她说道，敲定了。

"对。"

艾拉对小儿子的最新计划有些游移不定。基蒂的想法是这个月从弗朗西斯·M. 伍兹中学毕业后，利用夏天打工赚点零花钱，然后去加州同哥哥蒂托待在一起。蒂托已经退伍，在一家电话公司找到了工作。不过，艾拉知道小儿子讨厌费耶特街，倒不是因为害怕了，是觉得如果自己继续待在这里，到底还有什么意义。他的房间和他的音乐，他在霍华德街上一家录音录像店打的零工——艾拉知道这一切对他是不够的。好几年来，早在"臭肥肥"去世以来，基蒂就一直在磨她说要离开，搬到某个不至于如此丑陋的社区去，让自己不至于无从选择。

她考虑过搬家，甚至好几次关注了报纸上的广告，但一天只有那么多时间。除此之外，她在费耶特街 1806 号里养大了一家人。比起其他更好的社区，她深觉自己和这个社区的联系无比紧密。离开自己的公寓、自己的街道，去社区外面的娱乐中心工作，这在艾拉看来是不对的。

基蒂很快就可以拥有他的自由了。蒂托完全赞同自家弟弟去长滩，当地的招工启事里满是工作机会。在那里，基蒂可以工作，甚至抽空选修一些社区大学的课程。艾拉为小儿子感到无与伦比的自豪，特别是在基蒂经历了费耶特街最糟糕的一面之后。他找到了忍耐的方法。

五月底的时候，艾拉见证了这一点。当时她正走去弗朗西斯·M. 伍兹中学的体育馆参加儿子的毕业仪式。基蒂和其他四十六个人身着黑金两色的班服，每个人都在讲台前转身去接受荣誉表彰以及优秀学生表彰，还有进步最大奖，后面则跟着木工、烹饪、育儿和视频制作等方面的表彰名单，这些都是弗朗西斯·M. 伍兹课程中的职业教育内容。到了最后，每个少年都至少会有一份荣誉证明和毕业证放在一起。对艾拉以及其他观众来说，这其中不仅有一种骄傲的感觉，更有目睹孩子挺到今日的宽心。为了顺利拥有高中毕业典礼，当天在弗朗西斯·M. 伍兹中学体育馆里的这四十七个人比巴尔的摩公立学校系统里的大部分人走过的旅途都更为漫长。然而对大部分毕业生来说，他们的正式教育也终于此日。高中基础课程以及参加过的职业培训项目或许能为他们寻得一份餐馆的工作，或者是在市中心酒店的学徒工作。

此时此刻，艾拉又一次比大部分人燃起了更多的希望。基蒂一直对弗朗西斯·M.伍兹中学的视频制作课程痴迷无比，要是他能够找到点媒体相关的课程并坚持下去，也许真能做出点什么来。实际上，这就是他目前加州计划的一部分：他要去西部享受生活，也许找份工作挣点零花钱，去看看另一种的世界。大学也在那里等着他，要是他愿意的话。

艾拉会非常想他。她有时候担心加州会不会太远了，要是出了事儿她没法在他身边。但此刻看着他缀在自己身边，她意识到这一年来他长大了多少。他似乎总是高高立在她上方，现在他的脸已经是个年轻男人的脸了，他的双眼里闪耀着崭新而笃定的目标。甚至他的姿态都不一样了，他走路的方式，他站立、坐下的样子。基蒂一直都很安静——现在，他安静地掌控着一切。

"所以你是怎么想的呢？"她问他。

"想什么？"

"我的球队。"

基蒂大笑起来，摇了摇头。

"那么糟吗？"艾拉问道。

"他们还行，"基蒂宽厚地说道，"他们有点儿东西。"

他们在吉尔莫街上停了停。艾拉朝下看向巴尔的摩街的街角，看到林伍德在公用电话旁边，同B&G那帮人正交易着。她看着他从一个步行过来的人手里接过十块钱，然后把这个顾客指向了费尔蒙特街，朝着存货的地方走去。同样是这个林伍德，他和基蒂一起上了弗朗西斯·M.伍兹中学，也同她的球队一起打了第一场对阵本塔劳的比赛。

她看着林伍德，没有说一句话。

基蒂也瞥见了这次交易。"你待会儿就回家吗？"他问母亲。

艾拉叹了口气。她在娱乐中心还有一长串的待办事项。夏令营下周就要开始了。"我会回家吃晚饭,"她告诉他,"要是你到时饿了,先弄点什么吃着。"

他们分开了,她看着他走上了费耶特街,双手垂着,双臂在身侧晃荡。好几次他举手跟别人打招呼,但没有停下来聊天。他一跨过布鲁斯街,艾拉就转过身,走上吉尔莫街朝着娱乐中心去了。当她抵达时,一些年幼的孩子已经等不及了。

"艾拉女士?"

"什么事儿啊,史蒂维?"

"你会打开娱乐中心的门吗?"

她摇摇头,让小史蒂维、迪罗德和其他几个小子都陷入了愤慨。他们等过了大孩子们的篮球赛。他们等着她慢悠悠地从高中溜达上来。现在,等了那么久,他们什么都没等到。

"史蒂维,娱乐中心已经关门了。"

"娱乐中心已经关过了。"迪罗德噘嘴说道。

"我们在准备夏令营。你们都知道啊。我们每年都关,好为夏令营做准备。"

"什么时候是夏令营?"

"下周一。"她说。

"哦。"

在娱乐中心里面,宁静犹如黄金般珍贵。小史蒂维·博伊德很快想出了另一招,开始敲起了门,但艾拉完全忽视了他,直到外面的声音淡去。她只剩社区夏令营的筹备工作了,今年的夏令营承诺要比之前任何一次都更大规模、更丰富。这个夏日计划不仅包括了娱乐中心,还有"回声屋"以及圣马丁教堂。三个地点都会安排活动,孩子们则会沿着费耶特街从一个地方被领到另一个地方。他们会用到圣马丁的地下室,那里也充当着当地的慈善厨房。他们期望能利用教堂的礼堂来给夏令营日程增添一些教育元素。他们还会用到弗朗西斯·

M.伍兹中学的地下游泳池，这意味着要同萝丝·戴维斯以及卡尔霍恩男孩俱乐部协调。俱乐部自己也有个夏令营，二者需要共用泳池。还会有几次出游，去当地公园和野餐地点的一日游。还有辅导员培训，针对从市暑期工项目上雇来的青少年们，他们会先在"回声屋"接受问询。每日零食也会新补充一批库存，还有为手工课提供的新工具，以及为外面沥青游乐场找来的一小套二手运动设备。对艾拉来说，夏令营是最忙乱的时间，她身边一整天都围满了孩子，而不是只有放学后的三个小时。

所有的计划和准备都需要时间，艾拉从中得不到任何乐趣，她更喜欢和孩子们待在一起。但是，她告诉自己，她需要把这一切过一遍——夏令营成员们每日沿着费耶特街的通勤需要特别注意。进入圣马丁教堂的门开在布鲁斯街上，"回声屋"则在蒙特街十字路口附近，娱乐中心在它的下方，孩子们转场的路线涉及步行经过整条费耶特街和蒙特街上的毒品市场。每一天都预示着可能担上新的民事责任，而艾拉知道必须要为应付街角做一些基础工作。她决定明天再去处理。

她把注意力转向夏令营的报名表，复查了每个营员的五美元捐款，看谁还没给。但她还没看到第一页的一半，娱乐中心的门上就传来了一声敲击声。这响声太大，不可能是小史蒂维他们弄出来的。艾拉走向前去，透过侧边装着铁丝网的窗户看见了一张熟悉的脸。

"艾拉女士。艾——拉——女士。"

R.C.把脸紧贴在窗户上，他的双手拢在太阳穴边上，用来遮光。

"艾拉女士。"

"R.C.，你知道我已经关门了，"她说道，把门拉开了一条缝。不仅是R.C.，门口还站着一整帮人。泰、"硬汉"、丁基——篮球队那帮人，上门来求她了。

"艾拉女士，"R.C.说道，"我们能进某个夏季联赛吗?"

"我在和萨默斯女士聊这事儿呢。我在和她说让你们去参加克洛弗代尔联赛。"

泰欢快地跳下了台阶，双臂伸在空中，跳来跳去地和丁基跟"硬汉"击掌。克洛弗代尔是全市最好的夏季篮球联赛之一，七八月中有连着六个星期的比赛，球队会从四面八方汇集到德鲁伊德山公园附近的露天球场上。

"我们要大干一场，"泰吼道，"帅啊！"

艾拉让他们不要这么着急庆祝，解释说自己已经和默特尔（即萨默斯）讨论了一段时间这种可能性，因为每支参加克洛弗代尔联赛的球队需要五十美元的报名费，还有一大堆的奖券需要卖光才能有钱去买联赛的队服。

"我不会做出任何承诺。"她坚持说道。

但 R. C. 已经冲过了那块沥青地，朝着生锈的户外篮板上想象出的篮筐做出了一个假装有球的转身跳投。看到男孩们的反应，艾拉回到办公室，给待办事项清单上又添了一项。等明天应付过费耶特街和蒙特街上的人之后，她需要抽时间去趟"回声屋"，从默特尔那里敲定五十美元的报名费。

第二天早上，她起床的时候，女儿唐妮过来放下四岁的蒂安娜后去上班了。艾拉给外孙女做了一叠煎饼，然后在公寓里忙到了快中午。看着钟，她告诉自己今天的活儿是只想做一次的活儿。十点三十太早了，十一点也远不合适。到了十一点半，她准备好去"回声屋"了。等她和默特尔·萨默斯聊完，蒙特街的各个街角就已经活过来了。中午，也是她把夏令营成员带去圣马丁吃午饭的时间。

十二点过一刻，身穿一件 T 恤和一条牛仔裤的艾拉·汤普森站在了蒙特街来来往往的人流中。他们今天交易着红盖儿货、粉盖儿货，还有洞里货。她要寻找纷闹买卖中的一个空当去表明自己的态度。她安静地站着，面无表情，看着一个接一个的揽客仔。她的存在本身已经很吸引注意了。不一会儿，时机就到了。尽管瘾君子们的行动——走路的、开车的，偶尔还有卡车——并没有停下来。这已是她能得到的最好机会了。

她走上人行道，举起了右手。

"我说，"艾拉开始了，调整着自己的声音，"为小孩们举行的夏令营周一早上开始，下周一……"

巴斯特和史蒂维·博伊德、布莱克·唐尼和艾迪·布兰德都停下了他们的聊天，转身听了起来。他们的兴趣传导给了其他人。很快街角上几乎所有人都在认真地听这个娱乐中心女士说话了，那些太沉迷业务而顾不上听她说完的至少不敢公开对抗她。

"……我是说，营员们和辅导员们从周一开始要经过这儿。每天早上一次，然后差不多这个时候还有一次。他们要走去教堂吃午饭，然后吃完午饭回来去游泳池。"

她声音稳稳的，没有情绪。艾拉没有天真到要去说点什么类似请求或者布道的东西。相反，她散布了简单的信息，相信这些男男女女还是她社区的一分子，相信他们会记住她不得不说的话并做该做的事儿。

"……所以当他们经过的时候，要是你们能让他们保持成一队通过，我会非常感激。要是你们能压低声音，他们就能听清辅导员的话了。"

有些人还真的就点了点头。

"从周一开始，"她用一个微笑提醒他们，"谢谢。"

艾拉像来时一样随意地离开了街角。对她来说，也许除了那些小瓶子本身，没有绝对的邪恶。当然，那些瓶子没有闯进娱乐中心偷走电视；也不是那些瓶子追打着那个白人姑娘，然后抢了她的自行车。世界上所有的海洛因和可卡因都不能因发生在"臭肥肥"身上的事儿而被怪罪。这些罪是人犯下的，尽管艾拉攀住的是相反的观点。对她来说，她能讲出来最过分的话就是蒙特街上的男男女女们正在荒废自己的人生，而且因为这种荒废，他们没有好好地服务自己的社区。但艾拉不会这么过分，仅凭信仰，她就赋予了他们可能有也可能没有的一面。她相信要是自己一心帮助他们的孩子，要是自己始终保持直接且诚实，并愿意在最基本层面上表明态度，他们一定会给她想要的。

接下来的那个周一，她的判断似乎很是正确。当时辅导员们领着一队营员走过蒙特街和费耶特街，第一天去参加夏令营。那一刻，至少街角和社区的每日冲突有了一个暂时的停战协议。

"暂停，"一个望风仔喊道，看着那些六岁大的孩子们离开圣马丁教堂，走下途经"回声屋"的人行道，走上前往弗朗西斯·M. 伍兹中学游泳池的路。揽客仔们的招徕声淡去了，贩子们沿着蒙特街走开了一两步。

从任何方面来说，这都不算一次完全的让步——街角世界已经堕落得太深，无法在第一天就一切复原。当孩子们手牵手走过蒙特街时，巴斯特还站在公用电话那里，和一个替自己跑腿的人争论。一个街区外，阿尔弗雷德还在兜售自己的存货，不愿意放一个白人小伙绕过自己去和别人做生意。

但艾拉·汤普森没有受到不敬。不管是出于她应有的权利还是出于别人的良知，她的孩子们也被照顾到了。哪怕充满了绝望，街角还是攒出了这点东西。到了第二个周一，随着夏令营进入高潮，她可以看着孩子们涌出教堂大门，然后走下人行道，知道在街角等着他们的最差也不过是一次尴尬的业务暂停而已。时不时地，她听见有人试图让一切保持秩序：

"缓一分钟。"

"哥们儿，让小孩儿们过去。"

"矮个儿们来了。"

这让艾拉意识到某些东西，也许是错误的东西。她冒险走下街角，得到了她应得的。在走开的时候，她相信这些人是可以被说通的，相信他们和其他任何人一样，都想要同样的东西，甚至相信他们在某些基本层面上掌控着自己的人生。如果这些都是真的——她也希望它们是真的——那她所做的一切就有意义。如果它们不是真的，那费耶特街上就没她什么事儿了。她选择相信。

一周多之后，一个炎热的七月下午，就在带着营员们从教堂下来之前，她先由圣马丁教堂往上走了一个街区去自家公寓，取一个蒂安娜嚷了一天想要的玩具。匆忙走上自家门前的台阶，她还向史密蒂和盖尔挥了挥手，两人就坐在艾拉家往上的那栋空排屋门前的台阶上。那栋残破的三层建筑是史密蒂、盖尔和盖尔孩子的家——这是一个在街角上筑巢的核心家庭——而艾拉已经习惯看到他们待在门前台阶上等着救赎或者一股来自海湾的凉风，但无论是哪个都不太可能到来。这一天，他们看起来很糟糕，盖尔把头埋在手里，婴孩躺在她的膝头；史密蒂眼神空茫地望着街道，双眼带着湿哒哒的黄色。两人都朝她随意地点了点头，但艾拉选择更进一步的联结。

"你好，史密蒂。"

"你好，艾拉女士。"

"盖尔，今天可好？宝宝怎么样？"

"今天不咋地，"她告诉艾拉，"我兄弟昨天被杀了，我才知道。"

"你兄弟？"

"里基。你认识里基。"

里基·坎宁安。那个想要在娱乐中心当志愿者的年轻人。他来过情人节的舞会，然后爱上了艾拉，再之后消失了，接着从市看守所里写来了邮件，请艾拉·汤普森出席他的庭审。盗窃。维生素药片儿。那个来德爱药店保安。这一整个悲伤故事瞬间浮现了。

"他被杀了？盖尔，我很抱歉。"

"他被枪杀了，"她告诉艾拉，"在工地那儿。我家里正在找钱安葬他。"

"为什么？为什么？这说不通啊。"

"身份搞错了。"盖尔解释道。其实算不上真的解释。

"你还不知道葬礼的信息吧?"

"不知道。"盖尔说。

"行，请一定告诉我。我知道他是个好人。"

艾拉留他们坐在门前台阶上，承诺会在社区里四处问问，为葬礼开支找点捐款。到后来她才得知了更多的细节。里基为自己偷窃维生素服完了三十天的刑期，带着要远离毒品的想法离开了看守所，也许想要用自己的余生去行好事。他甚至往娱乐中心打了次电话想找艾拉说自己已经熬过来了，说再次谢谢她为自己来了法庭，并向她保证自己还愿意来娱乐中心当志愿者。

但几个晚上之前，里基去了墨菲之家附近的高架桥那边。正穿过桥时，他就被人看见，并被误认成他的哥哥了。据说他哥在工地上搞过几起抢劫。当时没有争辩，没有和谈，只有两发从背后射入的子弹，简单直接。

但要说这里面能有什么教训，艾拉也学不会。

错误时间出现在错误地点的里基·坎宁安意外逝世，这不会像是任何一个身处西巴尔的摩前线上的人所领悟到的信息那样，给她带来什么启示。她不会把发生在里基身上的事同自己与灾难的距离有多近联系起来，同自己家庭在此处的生存联系起来。她不会想到自己的日常如今已要求她步入地狱正中，并依赖街头毒贩和吸毒成瘾者的配合这么一个冰冷的事实了。

那她在这地方奋斗个啥呢？为了未来？她已经养大了一群人，看着他们从滑滑梯玩到了四方游戏①，从娱乐中心的舞会到了篮球赛

---

① Foursquare，一种常见的小学游戏：一个正方形被分为四个小正方形，四个参与者各守一个，以把球弹进彼此方块且不被触到为目的。

场。她已经干了足够长的时间，长到看见那些十五六岁的孩子们——泰和布鲁克斯、丁基和迪安德尔，还有 R. C. 和布莱恩——去了街角，背叛了娱乐中心之于她的所有意义。

但是，哪怕这样的结局无法避免，她还是爱着他们。她能看到他们，看到值得赞美的品质。对她来说，迪安德尔、R. C. 和泰都不是毒贩：他们是她的孩子、她的球队成员，他们的生活还处在平衡中，他们的可能性还在前方等着。史密蒂和盖尔也不是深陷困境的成瘾者：他们是邻居。里基·坎宁安也没有偷偷摸摸地溜过高架桥去他夜复一夜兜售毒品的地方：他只是一个陷入了他人罪恶之中的旁观者。

同史密蒂和盖尔聊过半小时后，她回到了街上，把那个"长途跋涉"的玩具交给了蒂安娜，继续领着营员们手牵手走过蒙特街的"战场"，也许正从这个再一次迎接了她的安静礼节中得到了满足。这是个微不足道的时刻，但已是艾拉·汤普森能得到的全部了。她把三个、四个或者五个这样的时刻系在一起，然后称之为"希望"。

那个下午，她待在弗朗西斯·M.伍兹中学地下室泳池边的木头长椅上，从孩子们在浅水区的尖叫和泼水场景中汲取力量。她一整个下午就这样待着，"浸泡"在属于自己的那份湿哒哒的混乱中。几个胆大的小孩试图摸到池边把她泼湿，她大笑着跑到铺着瓷砖的地板上去。大一点的孩子打完了在楼上体育馆里的比赛，筋疲力尽、浑身大汗地下了楼，她把自己慈爱的一面转向他们。

"艾拉女士，"泰问道，"我们今天可以游泳吗？我们很热。"

"游泳池只开放给夏令营，唐泰。"

"但我们热得没办法了。"

这足以让艾拉再抓住一个微不足道的时刻了。她去找泳池管理员和救生员，动用人情。两分钟后，整个篮球队就冲出了更衣室，大部分人用运动短裤代替了泳裤。跳进泳池的深水区时，他们每个人脸上都带着一副得救的表情。她看着她的男孩们在池子里狗刨，攀住池沿——他们中的大部分都只会最天然的泳姿。泰把丁基摁进水里，丁基朝布鲁克斯泼水，布鲁克斯威胁说要回家取枪来射任何一个胆敢把自己的头摁进水里的人。

"泳池怎么样啊，唐泰？"艾拉从长椅上问道。

杜威在泰能回答前就把他从池沿上扒走了。他的笑容变成惊慌，消失在了一阵波浪之下。艾拉看着这一幕大笑了起来。

"艾拉女士，"当泰又一次攀住池沿的时候说道，"艾拉女士，你真棒。"

这个早上，迪安德尔很早就离开了露珠旅店。空气依然凉爽，但夏季的炎热已经蓄势待发了。他已经朝着吉尔莫街走了一半，妈妈把头探出了门廊，朝他背影喊道。

"安——德烈——"

他一脸不耐烦。

"德雷。过来。"

带着满心的烦躁，他慢吞吞挪了回去。芙兰在快到巷子口的地方迎到了他。

"给我来点糖。"

街道空无一人，谢天谢地。只有那个韩国人在蒙特街上的商店外面扫着地。

"来啊，安德烈。我可能回不了家了。"

他终于挤出了个微笑，用双臂绕住了芙兰瘦弱的肩膀。这个拥抱是真心的，而当她亲吻他的脸颊时，他几乎没有反对。

"害羞了？"她问道。

"妈，"他尴尬地笑道，"我们在他妈的街上呢。"

时不时地，费耶特街上的生活和其他任何地方的生活别无二致：这里也会有一个大男孩不愿意被人看见自己被妈妈的双臂环绕。

"祝你好运。"他对她说。

"你也是。"

他们今天有不同的任务：迪安德尔往东去哈福德街和北大街街角的麦当劳，他坚信那儿有份工作在等着自己；妈妈要去沃巴什大街处理去年三起盗窃案中的第一起。她在市区有一桩案子，在卡顿斯维尔有一起，还有一起在安妮·阿伦德尔县（Anne Arundel County）某台电脑里晃悠着。最后那一起还没有出庭日期，芙兰认为不会有出庭日期了，相信哈伦戴尔（Harundale）商场的保安们对能禁止她进入商场就已经心满意足了。

在费耶特街上朝东走着，迪安德尔脑子里过着各种可能性。母亲很害怕出庭，他清楚这一点。她吸毒和偷盗了这么久，还一次都没被判过刑，因此哪怕要在女子监狱过一个晚上的想法都能吓坏她。但可能会出现这样的结果。要是芙兰今天就被关起来，他可就是一家之主了。他不得不照顾迪罗德。他不得不在月初一号的时候领取妈妈的福利救济金支票。他得靠自己了。

这个想法让他紧张，同时也令他兴奋。首先，他会收拾干净他们的卧室。然后，他会让迪罗德规规矩矩的。在芙兰回家前，他肯定已经拿到了麦当劳的工作，参加了驾照考试，还买了一辆车，并和自己的伙伴们彻夜在街头游荡。他妈的每个晚上他都要带姑娘回卧室，抽费城雪茄，一直抽到双眼就像黄油里的红樱桃。对，就这样。

另一方面，他意识到，要是妈妈进了监狱，她就会错过戒毒的机会。她的编号就快在 BRC 的名单上被轮到了，但到时她会被关在伊格街上的某处，或者被困在露珠旅店里，脚踝上戴着那种监控环。仅此一点就可以毁掉迪安德尔的幻想。妈妈在努力了，或者至少想着要努力了。尽管不太相信，迪安德尔一直容忍自己持有这样的幻想。

"妈，"他有一次对她说，"你看起来好点了。"

"什么意思？"

"你就是看起来好点了。你做得很好。"

他能看见。她正在慢慢改变，在合适的日子里挤出时间来给戒毒中心打电话，好像有计划一样地聊着未来。迪安德尔爱自己的妈妈，他永远不会否认这点。但他是在露珠旅店里长大的，对其中混蛋行径的熟悉让他对她的方式彻底厌恶了。迪安德尔只会给妈妈自己能够承受的希望，同时一直让自己为不可避免的失望做好准备。除了少数几个慷慨的时刻，他都保持着安全距离。他知道自己必须离开西费耶特街 1625 号，并且最近他一直在告诉自己要是芙兰不很快做出改变，他就会去寻找自己的出路了。

虽然很奇怪，但他更少怪罪自己的父亲。他对芙兰的责怪一部分是基于对她的熟悉，是芙兰那日复一日的吸毒行径。另外一部分来自他知道是母亲先堕落的。他已经听过邻居们的谈论，说是芙兰毁掉了加里的意志，是她把一个好男人给毁了。迪安德尔相信自己的父亲是受害者，相信他曾经可以，并且依然可以，成为解决问题的那个人。

一周前，在一个妈妈刚从地下室里钻出来的安静时刻里，他冒险建议，向芙兰保证要是她能完成戒毒，她就能和加里复合，一切就会一如过去。芙兰盯了他一分钟，似乎是想扇他一耳光。

"德雷，"她慢慢说道，"你他妈疯了吧。"

"妈，我们就又是一家人了。"

"安德烈，你爸爸是和我一样的瘾君子。"

他大步冲出了卧室，但在此之前，他释放了全部的情绪。他忍不住了，他感觉自己有必要为父亲辩护。

"你总是拖他下水，"他冲她吼道，"要不是你拖累了他，他现在早成功了。"

听到这里，芙兰已经打都不想打他了。她坐了下来，怒气在翻涌。如果他以为加里是解决问题的办法，她告诉他，那他可以去和加里住。住到萝伯塔女士在瓦因街上那处房子的地下室里，去看着加里追着针头跑，去了解了解他爸爸能好出多少。

"这里的每个人都是自作自受，"她告诉迪安德尔，声音低沉而坚硬，"你父亲不需要我帮忙就能嗑嗨。他自己过得挺不错的。"

"你把他拉下了水。"

"闭嘴，安德烈。"

他闭上了嘴，闭了一会儿。但几天后，希望再度溜进了他们对话的缝隙里。他看见芙兰再次穿过街道去邻居家给 BRC 打电话。回来后，她问迪安德尔能不能照顾迪罗德，要是她去戒毒会，他能不能帮忙。

"行啊，你知道的。"他告诉她。

"斯谷吉会帮忙的。"她提议。

"我能行。"

他表现出这不是什么大事的样子：要是她做到了必须要做的事，那他一定也可以做到。当她提到那份麦当劳的工作能让他多赚点钱来照顾自己和弟弟时，迪安德尔也立刻就同意去试试。她已经搞定了他的出生证明和社会保障卡，如今，他清楚该他来搞定这份工作了。

于是便有了今天的这场长途跋涉。他要走过费耶特街，穿过市中心，经过旧镇（Old Town）去哈福德街和北大街的街角，东边的这家麦当劳还在雇佣夏季临工。迪安德尔一周前已经打过电话，和一名女经理说上了话。她说周一过来，和她聊聊，然后填一份申请表。

迪安德尔不介意兜售快餐这件事儿。实际上，他就是被麦当劳的二号欢乐餐养大的。而且他寻思麦当劳肯定要比海丰餐馆轻松点。当玛丽女士不再在海鲜餐馆给他排班的时候，他几乎充满了感激——光是那里的味道就足以把他的肺部给堵住了。不，麦当劳的活够他过上几个月了。这远比不上他能在街角上赚到的钱，但在这里没人会把你关起来，把你洗劫一空，或者因为你在兜售汉堡而用枪把你打死。至少不会总是这样。

至于距离，他不得不记住公交线路，搞清楚哪里可以换乘到市中心。他没法靠汉堡和薯条赚到每天搭黑车的钱。近得多的地方也有麦当劳的门店——富兰克林街、华盛顿林荫大道——但它们不会再雇佣夏季临工了。所以要么就是东巴尔的摩，要么就啥也没有。

　　然而今天，他不在意这段步行。他用这段时间来想事情，并且舒舒服服地走过了列克星敦台地（之前迪安德尔同此地的帮派有过冲突），一路走到了市中心，赶在夏季的热潮开始从沥青地面蒸腾起来之前。他又花了四十分钟走到百老汇大街和北大街的街口，此时吃午饭的人流达到了高峰。

　　"你是在排队吗？"

　　"不，"迪安德尔说道，站到一边。

　　他在那儿站了几分钟，看着柜台周围的忙碌场景，看着那些身穿制服的青少年，看着他们在收银机前工作、催促单子。隔了长长的一段时间后，他慢慢地走上前去。

　　"我能为您点餐吗？"

　　"我是来找经理的。"

　　"她现在不在。"收银机后面的女孩说道。

　　迪安德尔的声音高了起来："她告诉我周一过来填申请表、领制服的。"

　　那姑娘竖起一根指头，转身走了，绕过了她身后那个放满汉堡的不锈钢柜台。一分钟后，她带着一个年长一点、肤色很深的男性出现了。

　　"我能帮你吗，小伙子？"

　　"我今天应该是来填申请表的。开始在这儿上班。我上周打过电话……"

　　"经理现在不在，但我可以收你的申请表，之后你还得回来面试。"

　　迪安德尔在助理经理的声音里听出了一丝痕迹。别以为我不知道你是基佬，他告诉自己。那个男人带着申请表回来，奇怪地打量了这个男孩一通。这是同雇佣流程相关的审视，但迪安德尔理解错了。

"看啥？你看啥呢？"

那男人笑了。"你也许需要把头发剪剪。"

"不，"迪安德尔说道，"办不到。"

那男人耸耸肩，告诉他经理会做决定的。他领着迪安德尔来到一张桌子前，给了他一支笔和一份申请表。

"面试时你需要提供出生证明和社会保障卡。"

"有了。"迪安德尔不太自信地说道。

那男人最后瞟了他一眼，而迪安德尔盯了回去。总有这样的事儿——不仅是白人，还有那些生活水平在费耶特街之上任何位置的黑人。因为他的脏辫和金牙，他松垮的牛仔裤和写着"别装逼"① 的 T 恤，迪安德尔毫不费力地就显出了自己的街头身份。他像任何一个自己认识的小孩那样穿衣、打扮和走路，这一套在街角上行得通，但在其他地方不行。其他人也许会向权威低头，守协议、讲规矩，总体来说，那些人同主流文化形成了基本的同盟关系，但迪安德尔·麦卡洛可不知道这种同盟。这个世界可不能冲自己提出什么合理要求，因为这世界十六年来可屁都没有为他做过。他活在费耶特街上。

"我不会剪掉我的脏辫。"他一边告诉那个收银员，一边把填好的申请表递了过去。

她耸了耸肩。他点了一大杯可乐，然后走了。

同一个下午，在市区的另一头，他刚回到露珠旅店就得知妈妈把参加戒毒项目的可能告知了检察官，成功在沃巴什大街收获了一次延后宣判。芙兰坐在二层的电视机前，似看非看地盯着黑白卡通图像从屏幕上掠过。

———————————

① Don't fake the funk on a nasty dunk，俚语。

"你得到那份工作了吗?"

"经理不在。她说了让我去,但她都不在那儿。但,你知道,我填了申请表。"

"你啥时候能听到回信?"

"明天打过去问。他们说我必须把脏辫剪了。"

"你是该把那些孩子气的东西剪了。"

"我看起来挺好,"他坚持道,一只手扭着一根脏辫,"根本就不关它的事儿。我才不会为任何人改变我本来的样子呢。有黑鬼觉得他比我好,就因为他的样子和说话的方式。他们都这副德行。他们有点东西就忘了本。哥们儿,去你妈的。我不是那么需要这份工作。"

"你需要的。"芙兰说。

"还不需要让某个卖屁股的基佬经理那样盯着我,显得他有多好似的。我知道他那娘娘腔的屁股和我的一样黑。"

这样的说法通常能和芙兰产生共鸣:她也生活在费耶特街上,所以在数不清的情况下,她既听过也说过什么是所谓的真正黑人。几年前,加里的姐姐提出让迪安德尔和她住在一起,住到郊区去,上那儿的学校,远离街角,迪安德尔当时紧紧抓住了这个机会。一开始他很愿意把费耶特街抛在身后,但几周之后他又从伍德劳回来了,抱怨说那些人和自己一样黑,却看不起他,只因为他们有点小钱,说着什么"你可以把一个黑鬼带离贫民窟,却无法让贫民窟摆脱全是黑鬼的宿命"一类的话。不,他告诉任何愿意听他说话的人,去他妈的,去他们丫的。

"你知道我在说什么吧,妈?"

她说她知道。但又一次,她补充说,她曾经在电话公司工作过,那些白人妇女总会因为些蠢事儿而大笑不止,笑那些根本不好笑的东西。而她也只能跟着笑,表现得那好像是世界上最好笑的事,因为那些白人女人管着那地方。之后她们就会走开,而黑人员工们则会翻起白眼、摇着头，为真好笑的事儿笑起来。

"德雷，我是说你得多少顺着一点。"

"不。你要是不喜欢我本来的样子，那我就走。"

芙兰再次试着说服：告诉他没有一份工作不会让你做一些不想做的事。她告诉他长大就是要应付这些，就是要熬过去——要不是因为芙兰辱骂一名领导而丢了电话公司的工作，这段话本来是很不错的一课。但是，她竭尽全力提醒他说他需要一份工作，提醒他已经失学了，而且泰瑞卡——无论她如何坚称自己没有怀孕——已经向芙兰承认自己错过两次诊所的预约了。泰瑞卡每天都在变胖。

"你就是在找一个回街角的借口。"她对他说。

迪安德尔摇摇头。"不，我现在不想了。"

"我说了我会打电话。"他说道，声音高了起来。

但他第二天没有拿起电话。第三天他打了，但经理没在。后一天，他忘记了。距离他一开始就应该打电话给城市那头的麦当劳又过了三天，迪安德尔终于联系上了那名经理，后者告诉他说还是必须去面试。没错，她有个职位空着。是的，她知道他来过还填了申请表。但在得到这份工作之前，她需要和他聊聊。她让迪安德尔周一过去。

但到了周一，他病得像条老狗一样，因为莫名胃痛而卧床不起。迪安德尔在那天下午打了电话过，给某个姑娘留了一条信息，说他要是感觉好点了，第二天就会去。

周二，他起得很晚，还晕沉沉的，但还是穿上了衣服，借到足够的钱打黑车。他在午后到了市区另一头，到了那家麦当劳，像之前一样走向了同一个姑娘，又一次要求见经理。这一次，她在。她来到柜台前，给了迪安德尔跟之前那个助理经理差不多的眼神。

"你昨天就应该来的。"

"我生病了。我打了电话，给某个人说了的。"

那个经理皱了皱眉。"那啥，我今天处理不了申请。十五分钟后我就得去别的地方了。你得明天再来一趟。一点整。"

迪安德尔点点头,从柜台前走开了,动作无精打采的。"你……嗯……你觉得明天我能拿到制服开始工作吗?"他终于问道。

终于,那个经理似乎从这个还是大孩子的男人身上感到了恐惧,而非疯狂。她突然心软了下来,试着让他放松:"首先我们必须面试,然后我们再来聊你啥时候开始。明白吗?"

迪安德尔点点头。

"还有,年轻人,"她说道,微微一笑,"我们得聊聊那个发型。"

迪安德尔也勉强地点了点头。

第二天,他穿过市区的时候被耽误了,两点三十都过了才到餐馆,尽管一个半小时的迟到按照街角标准来说,基本算是准时了。迪安德尔明白自己已经在考验那个经理的耐心了。但是,他无法让自己找个借口——哪怕不是借口——道个歉。他犹犹豫豫地走向柜台,身穿松垮的短裤和背心,耐克鞋鞋带没有系上,就好像是在说这一切无关紧要,这个世界要么接受他、要么就别管他。

但他的内心在不停翻腾。在内心,他知道自己今天要接受评判了。再过一小会儿,那个经理就会俯视他、打量他,并作出判决看他是不是有资格翻烤汉堡、给薯条撒盐。无论迪安德尔·麦卡洛能动用多少来自街角的傲慢,他内心的恐惧也剧烈如同任何一名少年。再过一小会儿,他就要被迫回答问题了。他要表明自己的需求,向外部世界的某人讨要一个机会。

他像是一个已经被判有罪的人一样等待着,朝下看着自己在闪着银光的柜台上那扭曲的倒影,等着收银机前的那个姑娘服务完一名客人。他目光越过了她,开始数厨房里的人头,奇怪地因为那个经理没在其中而庆幸。

"有什么能帮您吗?"

"经理在吗?"他的声音几近呢喃。

收银员朝外指向就餐区，那个女人正坐在一张桌子前，文件铺排在她面前。一个年轻姑娘坐在对面，双手放在膝头，脚踝交叉。姑娘在说话，经理点着头。

迪安德尔朝那个女人迈了几步，对上了她的双眼。她从那个年轻姑娘身上转开目光去看了看表。

"你迟到了。"她说。

迪安德尔点点头。

"好吧，你得等我这儿结束了。"

他退了回去，发现自己靠上了放调味品的柜台。他一边深呼吸，一边扫视着店内生意的起起伏伏，也用眼角瞄着那个经理。那个姑娘说了什么，经理微笑了起来。迪安德尔踱开了几步，直到几分钟后，人流减少了，几乎只剩他一人站在柜台前。他感觉又愚蠢又暴露。他一直压抑的恐惧爆发了。

"我能为您点单吗?"一个雇员问道。

这次是一个大块头的男孩，操作的是中间的那台收银机。

"行，"迪安德尔回道，朝前跨了一步，"双倍芝士。小份薯条。中杯可乐。"

"这儿吃还是带走?"

"带走。"

食物滑过柜台过来，他确实带上就走了。

"我们走。"托尼说。

"好的。"加里同意了。

"傻大个"（Lump）只是点点头。

所有的伟大旅程都始于简单的愿景，始于对未知始终不渝的信仰。宝藏和光荣不仅要靠着心之悸动，圣战还需要王国里的优秀骑士。头顶低低地戴着加州天使队棒球帽，手里还攥着装着金属工具的挎包，加里·麦卡洛踏上了前往"耶路撒冷"的征途。他和两名同伙要去洗劫贝克街上的废旧金属堆场。

这意味着要远远超出费耶特街瘾君子的地盘，向北一直走过高速路，跨过埃德蒙森大街和拉法耶街，拓展他们勾当的边界。这意味着要在罗斯蒙特街上整活，这是西区拥有着稳定住家户的最大区域，还是一个边界四周都没有活跃毒品街角的地区。那里的居民大都是拥有房产的业主，更有可能辨识出来来去去的陌生人，或者仅凭猜测就报警。接到报警后，警察也很可能会出动。

对加里、托尼和"傻大个"来说，拖着两辆空购物车慢慢地走下列克星敦街，这个想法本身就充满了风险。但西边的山底区域——离"联合钢铁"最近的区域，以及其他区域的废旧金属堆场——到了此时，铜和铝已经被挑拣一空了，太多拾破烂的人在这里"长期工作"，早已把高速路以南的废旧金属业务给搞得无利可图。想要更多值钱的东西，很多人正在拆毁空置房屋中的暖气片和铸铁水槽，试图凭它们巨大的重量换来四五个美元。但高速路以北和埃德蒙森大街还是"处女地"，托尼·布瓦斯的兄弟告诉他有个没人看守、似乎完全被弃置的废旧金属堆场，那是废铝废铜以及铸铁组成的"萨特磨坊"①，就靠着贝克街立交桥附近的铁路路基。托尼已经去过一次，带着价值三十美元的无瑕铝墙板溜了出来。要是他们能再次找到那地方，搜刮一番，回到南边，绝对可以带着无数好货抵达麦克菲尔街上的磅秤，或者下到"联合钢铁"那儿，甚至就连工程师本人，连同他那连成一串的推车，都无法否认他们的荣光。而且要是他们做成了一次，就可以一而再、再而三地重复。

三人组转上沃里克大街，等着过到富兰克林街的红绿灯时，加里的脑子里满是这样的场景。他们迅速地过了街——加里和"傻大个"

---

① Sutter's Mill，引起 1849 年淘金热的地方，位于美国加州。

一人拖着一辆车，前方的托尼像是个印第安侦察兵——继续往北朝着本塔劳走去。过了埃德蒙森大街，他们就离开了最衰败的街区，汇入一处有着彩色窗户、挡雨棚和塑料门廊家具的社区。他们吱吱呀呀地走过了公交站台，大方地朝那些带着购物袋等去市中心的公交车的老年妇女们点了点头。

在温彻斯特街附近，加里停下推车，摘下帽子，擦了擦前额。他在大喘气，哮喘在六月末的高温中勒紧了他的呼吸。他靠着推车的把手，看向装饰着好几栋本塔劳街排屋的花园景观。

"那不错啊。"他没有特别说给谁听。

"哈？""傻大个"问道。

加里指向一处开满玫瑰的架子。"真美。他们把玫瑰架得很美。"

"傻大个"什么都没说，而是朝前看向了一个街区外的托尼，他已经在街角处停了下来。加里从推车旁走开，靠近去看看。

"走吧，""傻大个"说，"我们快到了。"

加里心不在焉地点点头，还在为玫瑰着迷。终于，他转过身，擦掉脸上的汗水，把天使队的帽子戴回了头上。

"好的，老板。"

他们奋力爬上余下的山坡，经过卡弗高中，在贝克街口转弯。重力帮上忙了，推车轻快地滑下坡道。一个老女人从自家门廊上看着他们经过。加里点点头并微微一笑，努力让购物车组成的车队看起来像是一桩正当生意。

托尼指向一片灌木和垃圾，就在铁路立交桥下面的人行道旁。"推车停这儿。"他说道。

他们把推车深深地推进树丛里，然后沿着土路爬到铁路路基顶上。从那儿，还得有几百码或者更长的距离，才能下到联合铁路的铁轨上，然后再走四十英尺穿过灌木、藤蔓和荆棘。他们在九十华氏度的高温中推车穿过了一片丛林，虫子跳满了他们全身。加里低头看向自己的手，发现一只壁虱正沿着拇指和食指之间的柔嫩皮肤爬行。

"干!"他说道，把虫子弹开了。

"太他妈混蛋了。""傻大个"说道。

"你总得付点入场费。"托尼安慰他们道。

"我们要扛着所有东西再回来?"加里问道。他感到有什么东西落在了自己的后颈上，不由自主地抖了一下。"我们是来真的啊。"

"我们是战士。"托尼安慰他。

"我们是维京人。"加里说，笑了起来。

他们到了堆场栅栏的背面，找到了上次托尼搞勾当时留下的洞。他们一个接一个地爬了过去，钻进一个收割废旧金属的天堂。一堆又一堆的旧电池、铝墙板、铝镶边以及金属外门——而且没有任何人看守这一切，甚至连一只本应该有的垃圾场野狗都没有。加里像是逛卢浮宫的艺术品收藏家一样绕着废旧金属堆走着，欣赏一下这个，觊觎一下那个。

"嗬，好一座大块儿的糖果山啊。"他说道。

"我告诉过你，我可没说谎啊。"托尼骄傲地说道。

上帝啊。要是他们能够把这个堆场整个抬起，然后全盘送去"联合钢铁"或者麦克菲尔街的磅秤上去，可就暴富了。比暴富还富有，他们会死于比任何一个瘾君子所需都多得多的海洛因和可卡因。

"先去拿那些电池。"托尼说道。

麦克菲尔街上的乔治会为每块旧汽车电池支付一美元，所以他们每人拖了三个电池从堆场出去，很快就够换来一发毒品了。在第一次搬运后，他们决定分工：托尼和加里把东西搬出堆场，然后沿铁路路基推到立交桥那里。搬得差不多后，他们就把电池推下土坡，推到等在下方路边的"傻大个"那里。"傻大个"负责装车。

这是桩可怕的活计，正午的日头从上而下照射下来，热量从铁路路基的蓝灰色石头和枕木上涂刷的杂酚油上蒸腾上来。加里和托尼来回跋涉，每次搬两块电池。铁路路基的石子在他们脚下滑动，他们的脚踝也跟着扭来扭去。在堆场里，有一种被人发现的模糊恐惧；而在树丛里，则是虫子的风暴——叮人的小虫、蚊子以及在他们眼里和耳里嗡嗡叫的天知道什么虫子，都被汗水给吸引了过来。但立交桥上渐成规模的电池堆让人欣慰。二十，然后是二十六，接着到了三十二块，后面还跟着一些长长的铝镶边。

"这一趟够了。"托尼说。

伴着嘶嘶作响的呼吸声，加里表示同意，尽管他还有点想回去继续搬，趁着收获不错的时候多拿点。

"走着。"

他们开始把汽车电池一块块地推下土坡，好让"傻大个"有时间将它们在每辆推车上堆放稳妥。但饥渴和高温让人越来越不耐烦，在推了十几个电池之后，托尼给了电池堆一脚，一次性把四五个电池给踢下坡去。

"天哪。""傻大个"说道。

一个电池的一角着地，向左边弹开，跳过了立交桥边缘，重重地落在下方的人行道上。在上方，加里和托尼听到随之而来的尖叫声皱起了眉头。

"哦，不。"加里说道。

一切陷入了安静，除了"傻大个"试着从嘴里嘟囔出的像是道歉的话。托尼朝后退去，但加里朝坡下走了挺长一段，能看见一个衣着讲究的女人带着两个小孩。

"这有人过路！"那个女人狂怒地说道。

根据现场状况，那个跑偏的电池堪堪避开了某人的头，落到了地上。加里看着"傻大个"，后者眼神空茫地望了回来。加里赶在这个女人跑去打电话报警前把一切处理好了：他把帽子从头上摘下，壮起胆子走完了剩下的土坡。

"女士，我很抱歉。我真的非常非常抱歉。它就从我们手里溜走了，我们不知道……"

"再不小心点，"她说道，依然陷在惊恐中，"你会砸死人的。"

"说得对。说得对。我们会小心的。"

她摇摇头，满是恶心，然后抓住两个孩子的手，拉着他们走到了街对面。

"天哪，"加里说道，"你应该提醒一声他们走过来了。"

"悄悄走上来的，""傻大个"说道，耸耸肩，"没看见。"

因为害怕警察很快会来，他们全速推下了剩下的电池。"傻大个"把大部分电池放在了一架推车上，剩下的则和废铝在一起，填满了另一辆推车。

"我们走。"托尼说，跟着加里走下了土坡。

但"傻大个"等得太久，腿上感到有些异样。加里也觉得脖子上有点啥。

"托尼，看看这儿。"

加里低头让托尼查看。托尼扯下了一只壁虱，然后又扯下了一只。他望向"傻大个"，后者把裤腿给卷了起来。

"你惹上它们了？"

"是它们缠上我们了呢。"

突然间，这次勾当暂停了。三人开始脱下衬衫鞋袜。加里在腿后面找到了一只壁虱，扯了下来，在手指间碾碎。"害虫，"他说道，"吸血过活。"

又过了几分钟，他们穿好衣服，准备回家。第一辆推车太重了，贝克街似乎变成了珠穆朗玛峰。三人协力才把那辆车给推上了矮丘，上到了本塔劳。"傻大个"等在那儿，加里和托尼回去推第二辆车。

没过多久，他们又组成了一列列车，朝南开去。加里和托尼挣扎着不让那辆最重的推车蹭上停着的汽车和其他障碍。很快他们就开始穿越拉斐特街，然后是埃德蒙森大街，再从麦当劳那儿穿过了富兰克林街。

"渴了。""傻大个"说道。

"我们一起去酒吧。"托尼告诉他。

但在沃里克大街上，在街道开始下坡和转向的地方，他们失去了对最重那辆车的控制，无助地看着它倾斜着撞到一辆停在汽修店外面的奔驰车的保险杠上。金属撞击金属的声音像是一声雷鸣，两块电池从顶上滑了下来，掉到街上。

"干!"加里说道，往四下里看去。

"钣金工人的活更多了。"托尼说。

他们把自己抵在推车的前面，将它推离奔驰，推回到原先的路线上。"要把车推在路中间，摩，"加里说，肩负起了河运船船长的角色，"越稳越好。"

他们继续出发，沃里克大街和巴尔的摩街街角酒吧里四十盎司一瓶的冰啤酒激励着他们前进。每个人都搜刮出身上的零钱，加里进到酒吧里，剩下两人看着推车。几分钟后，他们就坐到了路沿上，推车放在身旁。此刻，一辆警车开下了巴尔的摩街。

"他要停了。"

"该死。"这辆警车在他们跟前慢了下来。加里站了起来。里面是三人都不认识的一个白人巡警。

"纸袋里是啥?"那个警察问道。

"啤酒。"加里说道。没必要说谎，这个纸袋子不言自明。

"倒掉。"

托尼看向"傻大个"，后者望着那堆偷来的金属。他们距离麦克菲尔街的磅秤只有两个街区了。

"倒掉。"那个警察说道，声音变大了。

加里顺从地点点头，朝着"傻大个"伸手去够那个纸袋子。甚至不等他把袋子翻转过来，警车就开走了，让他得以救回一点啤酒。

"干!"加里说道。

他们继续前进,走完了旅程的最后一段,赶在一卡车的铸铁暖气片抵达前来到了乔治的院子里。

"我们先来的。"加里骄傲地说道。

他们用电池和其他东西换来了四十二块六毛五,从付款窗口拿到钱,然后走上山顶回到了门罗街。揽客仔们看着那一把绿色的纸币,用传统的方式让他们感到了"宾至如归":一份海洛因配一份可卡因。

一份"快球"之后,三人组准备散伙了。托尼在想他们要不要把空推车扔到小巷子里去,还是留着明天再用。

"明天?""傻大个"问道。

托尼点点头。

"对,明天我们可以再去那地儿。"加里说。

"我看行。""傻大个"说。

"明天周几?"

"不是周四吗?"

加里的脸阴了。他明天要去县里出庭。明天是他去年冬天杰西潘尼百货商店盗窃案子的出庭日。

"我明天不行。我得出庭。"

托尼点点头。"东西不会跑。"他告诉加里。

没什么能比庭审日把一个混混从业务中抽出来更糟糕的事儿了。加里这个同郊区司法体系守护者们定了时间的约会开始影响到他的行动了。当晚他小心地熨烫了上教堂穿的西服,心想随着明天到来,自己就会置身完全不同于市区的郊区世界(Leave It To Beaverland)① 的

---

① Leave It To Beaverland,这是改编自作者另一本非虚构作品《凶年》的电视剧《火线》中的台词,出自一名同样从市区前去郊区受审的毒贩之口,意指巴尔的摩市区和郊区是完全不同的两个世界。而 Leave it to Beaverland 这种说法又源自 1957 年的情景喜剧 Leave it to Beaver。

慈悲之下了。

　　这就是加里的看法。西部县上各个法庭的新法官里，好几个本身就是黑人，但加里忍不住去想城市边界的另一边是电视里艾迪·哈斯克尔、沃利和海狸①本人的游乐场。所有在任何一处市区法庭里都有点用的绝望和愚蠢，只会让你在卡顿斯维尔或者奥因斯维尔以及陶森看起来不过就是个黑鬼而已。那就是加里在公共律师办公室里所感受到的。当前台朝他冷笑，告诉他需要十个工作日时，以及他们耸耸肩建议他试着申请延期时他都能感受到。这也是当年早些时候他在那家商场的保安办公室里感受到的：所有的假警察围在他四周，嘲笑他的故事，强迫他签了他们的表格。还有，他在那桩绝妙的贝克街勾当之后的早上也感受到了。此时的他西装革履，搭了一辆黑车出市区要去卡顿斯维尔区的法庭，那是一栋紧贴着马里兰大学分校的棕色扁平大块现代建筑。

　　从远处望去，加里显得挺正经的，穿上他的条纹西服和黑色乐福鞋，甚至显得有点学究气。但靠近了看——比如，隔着法官席到被告席的距离——就露馅儿了：一只手背上粉兮兮的脓肿，发黄的眼睛，被匆忙又不甚在意的剃须刀片留下来的胡茬。

　　"我需要一名律师。"加里向二号法庭的女检察官请求。

　　"和公共律师聊聊。她在那边。"

　　"我需要一名律师。"他告诉那位公共律师，后者坐在后面的一张长椅上，手里攥着两打卷宗。

　　"你叫什么名字？"

　　"加里·卡斯特罗·麦卡洛。"

　　她翻了翻卷宗。"我这儿没有麦卡洛。"

---

① 　The Beaver，同前文的两人都是电视剧 Leave it to Beaver 里的角色，原名西奥多·克立弗（Theodore Cleaver），角色生活的郊区代表了上世纪中期美国理想的郊区生活。

"我去过你的办公室，他们说让我请求延期。他们说要是我申请了……"

"那你就应该要求延期，"她告诉他，"但要是没有卷宗，我什么都没法为你做。"

加里冲她露出了一个迷路小狗的眼神，哪怕是在县里，公共律师也无力抵抗这场景。她同意帮他去法官那里申请延期。半小时后，加里把同一副小狗表情展露给一名身穿黑袍的黑人男性，尽他所能地表现出一副知法守法的温良模样。

不，那个公共律师解释道，麦卡洛先生没有在庭审前十个工作日进行咨询。不，她没被授权来代表他。但他相信自己在这起涉案金额不到三百美元的盗窃案中是无辜的，希望在新的庭审日期之前找到一名公共律师之后再来接受审判。

"我同意延期，"法官说道，头几乎都没有抬起来。加里听到这里，已经开始感激地点头了。"他要么今天受审，要么将面临陪审团的审判，明天去陶森受审，怎么样？麦卡洛先生。"

那名公共律师转向加里，她的双眉都扬了起来。加里被要求现场做出决定，尽管对他来说想清楚这里面的关节太过强人所难了。法官再次解释：他可以承认有罪，或者声称无辜，并现在受审。要么，如果他想要延期，就得受到陪审团的审判，在他的案子上陶森巡回法庭受审之前，刚好有一天的时间。

"有律师陪着？"加里问道，考虑着第三个选择。

"麦卡洛先生，你此前有足够的时间去公共律师的办公室寻求帮助。我不会因为你在本该做的事上晚了，就同意延期的。"

加里的嘴张开了，但没说出任何合适的话。他想要在这里澄清真相，解释说他是个瘾君子，说他一开始能成功把自己从费耶特街上抽离足够长的时间去公共律师的办公室就已经近乎奇迹了。他想要法官知道他以为十天就是十天，包括了周末。他想要说自己不过是在望风，说他当时吓坏并离开了，说他并没有真的偷什么东西。

"你想要今天受审，还是明天试试另一位法官？"那个公共律师问道，"明天的法官可能会延期，好让你找个律师。我说不清。"

"明天。"加里说。

但明天更糟糕。在陶森巡回法庭上，加里的案子落到了一名白人法官手里，他是典型的县法官，戴着角质框眼镜，梳着光可鉴人的发型，还有个双下巴。在庭审前，当加里试图延期的时候，巡回法庭的检察官就已经充满了轻视，他闻到了加里呼吸中的酒味并抱怨他喝醉了出庭。加里再一次想要坦诚一点真相，告诉这个男人他没有喝醉，说他不过是灌了一瓶米基牌麦芽酒好让那条"蛇"走开，让他能在没吸毒的情况下熬过这个早上。但加里什么都没说，而那个检察官把沉默当成了最后一枪："我不会同意延期。这将教会你别来县里偷东西。"

干。在这儿，他们叫这事儿是偷东西。在这儿，小勾当再次成了犯罪。加里蹒跚走开，去等自己的案子被叫到。他目睹一起涉毒案件里的被告被判了十八个月。

"加里·卡斯特罗·麦卡洛。"

他接受了当庭审判，希望要是自己不浪费时间去填满陪审员席位①，法官会高兴点。百货商店的保安们出庭作了证，而加里独自坐在被告席上，足够清醒地抓到了他们话语中的一点自相矛盾。他们称加里是望风的，但他自我筛选过的记忆安慰自己说他是在盗窃开始前就离开了。他们称加里是自愿签署那份表格的，但实际上他们威胁了他，说要是他不签，他们会用天知道什么罪名来起诉他。他们把被告签署的声明带来了，但那个主导签署的保安没有出庭作证。他们说录下了他盗窃的过程，但没有把录像带拿到法庭上来。

---

① 指筛选陪审员。

哪怕是个半罐子水的庭审律师都可以轻易地把这桩案子给破解了。但是，为自己辩护的加里在交叉质询中几无寸进，他站上证人席后也只是嘟囔出了一段似是而非、事关自己无辜的抗议。

"当保安们发现你的时候，你人在百货商店里？"法官问道，"你在那儿做什么？"

"看报纸。"加里说道。

"但你为什么会在那儿呢？"

加里耸耸肩。"我就是在读报嘛。"

罪名成立。一年监督缓刑。

完全不算糟糕，看看周遭情况就知道了。任何一个贫民窟混混都会满足地默默走开，乘上回约克路的公交车，一直坐到车外的绿意变成了钢筋水泥。但离开法庭的时候，加里居然有了足够的勇气问检察官有关上诉的事儿。那个男人听到这话，真的停了下来给这个被判有罪的人一通仔细打量。

"上诉？"

"我想要上诉。"

市里来的人里没有任何一个会费心上诉一起被判缓刑的案子。任何一个幸运到没有戴着银色手镯离开法庭的人通常都对这一切心满意足。但加里觉得受到了冒犯：他没从那家百货商店里拿走任何东西。

"和公共律师聊去。"

他又多花了一小时回到公共律师的办公室，填写了必需的书面文件，告诉自己有个律师就可以从每周的州缓刑官会面中解脱出来了。等他完成这些手续后，那条"蛇"已经醒来并开始蠕动了，他必须回家了。

一个半小时之后，在费耶特街上，他几乎无法自持，到处寻找托尼。但他清楚，即使找到了搭档，以自己目前的状态，也没法长途跋涉去贝克街。他得先来上一发，而这意味着要去找罗妮。

他已经成功避开那个"女巫"好几周了。废旧金属业务一直都是他能够不牵扯维罗妮卡·布瓦斯就做成的事儿。只要他能找到一点好东西——特别是铜和铝——就不需要靠近她的罗网。但是现在，他需要她。

　　"罗妮在哪儿？"他问平普。在加里离开他母亲厨房的时候，平普正从安妮家的后门出来。

　　"罗妮·布瓦斯？她在街角那儿。"

　　"哈？"

　　"你去哪儿了啊，大佬？罗妮在替'吉钱帮'干活。"

　　加里不敢相信自己的运气。他跑上了瓦因街，看向通往费耶特街的人行道。没错了，他的姑娘正站在酒水专卖店外，为一个白人瘾君子提供服务。

　　那条"蛇"今天可咬不到人了。

　　"嗨。"加里招呼道，靠了上去。

　　"嗨个屁。"

　　人人都在猜她是怎么揽到这活的。加里想的是"吉钱帮"这周一定很难找到帮手，才会让罗妮替他们拿着毒品。她总是算错账，卖多少就会搞丢多少。现在，就好像是蜘蛛面对苍蝇，她欢迎着他。没错，她会用一两瓶货来迎他，那是给加里的入场费。加里在接下来的勾当里都会是不错的同伙。独自一人的时候，罗妮能黑下一点儿货来，让"吉钱帮"的部分利润消失；而要和某个信任的人合作，她就能替换瓶子，用博尼塔奎宁来充数，造成无法言说的迷惑。有加里供她驱使，她能搞出几十桩勾当来。

　　他们说定了。或者至少当加里一个小时后从他妈妈的地下室里回来的时候是这么想的，但他看见一辆警车开上了费耶特街和门罗街的街角，车后门冲着往来的车流开着。罗妮被铐住了。警察把她塞进车里的时候，她还露出了一脸坏笑。加里的救赎在去往女子看守所的路上了。

"怎么回事儿?"他问一直关注着进展的"肥仔"科特。

"她像只老母鸡一样护着货,"科特解释道,"那玩意儿不用保暖啊。她以为自己是在孵蛋还是啥的啊。"

毫无疑问,西区警局的条子们开车逼上,在她屁股下面搜出来了二十瓶毒品。她想从杂货店门口台阶上站起来走掉,把袋子留在原地,但当时已经太晚了。这给加里的教训及时又明显:坚持做你知道的事。盗窃不是他的勾当,现在他因此在服缓刑了。贩毒也不是罗妮的勾当,现在她要被起诉了。铝、铜、轻型钢——这些才是他的衣食父母,而贝克街就在那儿等着他。

加里穿过那块空地,去了瓦因街的背街巷子,他哥哥正在下午的日头里挥汗如雨,替纽约那帮人贩毒。珠贝累了,期望能把货换给别人,自己去地下室里待上几分钟。这也是个正确的决定,因为刚刚入夜,查琳·马克就会带着珠贝的存货跑掉,从而招致来自德雷德那帮人的一顿毒打。第二天早上接着又是一顿:当时珠贝从"蜘蛛袋"那帮人那里得了一发早上的样品,他被搞得太嗨没法干活。罗妮、珠贝、查琳·马克和"饿仔"也都想要再次对一个"纽约男孩"的存货下手——所有人都在搞勾当,所有人都搞砸了。这都让加里同情起毒贩来了。

罗妮被关了起来,加里寻思要不去贝克街,要不就没得搞了。第二天上午的前半段,他三心二意地找着托尼,与此同时思量着一个正在脑子里成形的全新计划中的难点。此处为难的地方是这个新计划不需要托尼出力,只需要威尔的旧皮卡。加里在几处托尼常去的地方都没寻到他,同时又感受到了那条"蛇",于是做出了决定。他沿着巴尔的摩街朝猪镇走去,到了威尔白人女朋友住的那栋位于小巷子里的排屋。

没错,自被从自己想出的偷车勾当里赶出去后,他一直在生威尔的气，但现在要不选他，要不就谁都没得选。威尔有一辆皮卡，没车的话贝克街实在是太远了。

"我知道地方，而你有车。"他告诉威尔。

带着这句话，他们出发了。加里和身穿蓝色旧背心的威尔女朋友挤在副驾上，威尔的兄弟则坐在车厢里。加里再一次成了受欢迎的乘客，因掌握了一桩勾当而再次拥有了军师的地位。"这里转，"加里说道，此刻皮卡靠近了贝克街，"然后停在那边。"

这桩勾当正如加里所说的那样：费劲，没错，但不比把铝、铜等从排屋墙上扒下来更费劲，而且显然不会像从某人房前把车偷走那么有风险。半个小时内，他们就在皮卡车厢里攒起了价值二百美元的各种金属。而且这一次，加里是有备而来：长袖、手套和一件带帽子的运动衫。没染上壁虱。

威尔给皮卡挂上三挡慢慢开着，直到这只蓝色的野兽来到小丘前。

"哟呵。"加里叹道。

"我们要发财了。"威尔高兴地说道。

这辆旧卡车装得太满，发出了喘息声，勉强支撑着攀向本塔劳。威尔降了挡，有那么一秒钟，卡车几乎要往后滑去了，但最后幸好动力足够让他们攀到丘顶并越了过去。他们在丘顶停了一会儿，查看交通情况。转过街的速度是如此之慢，一辆黑得闪亮、车窗贴膜且加装了卤素大灯的四驱越野车一脚油门就超过了他们，然后急停下来阻断了本塔劳街。那辆车里下来了一名白人男性。这是一个脸膛深红的大块头白人男性。一个拿着一根棕色大球棒的大块头白人男性。

"哦。"加里说道。

"我要在这儿杀了你们，就现在，"拿球棒的人吼道，"他妈的滚下来！"

他们从威尔的卡车里跌跌撞撞爬了出来，苦苦乞求着，竭尽全力解释这无法解释的一切。

"什么事儿，老板?"威尔说道，双手举起以示投降。

"跪下，"那个白人吼道，"现在。"

他们三人跪在沥青地面上，乞求上帝的原谅。加里从副驾那边的门出来，开始侧身走，希望能走到人行道上，再溜下本塔劳街，就好像自己只是某个旁观者一样。

"滚他妈过来!"

"我……我只是搭他们的车，我是……"

那个白人男子举起了球棒，朝着加里走了一步。加里只得同团伙的其他成员一起屈了膝盖，每个人都在哀求、都在祈祷。车流绕着他们流动。他们在西巴尔的摩的街上，距离暴力死亡只剩下一小会儿了，没人——一个人都没有——会奋起自卫。不用在意三个黑人男性和一个白人姑娘在街上被一名脸膛通红的白人山里佬劫为人质，不用在意此处是巴尔的摩黑人社区的核心区域，也不用在意他们屈膝跪在乔治·华盛顿·卡弗职业高中投下的阴影里。不用在意黑人专家卡弗先生用一粒花生发明出一万种东西服务了这个充满"感恩"的国家。不用在意此时是四对一，或许还有二十几个黑人市民正透过排屋门廊和车窗玻璃审视着深南州（指蓄奴的美国南方）的历史再现。对那个手持球棒的白人男子来说，这一切似乎都无关紧要。他在南向的本塔劳街道上宾至如归，高喊嘶吼着，竭力地证明他因自己被盗的财产拥有了棒打罪犯的权利。

"求求了。"威尔哀求道，手掌朝上示弱。

那个姑娘在哭泣。

"我们会放回去的。"加里说。

"你们他妈的最好放回去。"

"是的，先生。"

"我现在就要杀了你们。"

"是的，先生，求求了。"

开车到堆场的短短距离仿佛一次长达一千英里的跋涉。加里和其他人把所有的金属拖回到栅栏里面，万分急切地想要回忆起每样东西原本的位置。最后，那个山里佬又一次让他们都跪下，冲他们发誓说要是胆敢再来偷他的金属，他们就会吃不了兜着走。

"是的，先生。您说得对，先生。"

回家的路上，威尔的兄弟坐回了副驾，加里独自一人坐在皮卡空荡荡的车厢里。驶下本塔劳街的时候，炎热的夏风掠过他。加里的心还在狂跳，胃部搅成一团。他有可能死在那里——他真可能像只狗一样死在街头，没人会说点什么或者做点什么来阻止。喘上气之后，加里为刚才的慈悲感到了一丝感激。他感激那个吓人的白巨人，出于上帝的甜美慈悲，决定饶了他们所有人。

在温彻斯特街附近，他再次看到了那朵闪耀如同红宝石的玫瑰。但这一次它没能带来一丝喜悦。

干，他对自己说，我需要找份工作了。

在费耶特街上，动作本身就在讲故事。

比如，"肥仔"科特能从一个人走路的动作里判断他是嗨了还是病了，或者他运动衫的兜里是不是揣着一支半自动手枪。已经在街角游戏里度过了一生的柯蒂斯·戴维斯能准确地洞察一切，所以没人能够在不被这个老揽客仔判断出真实目的的前提下活动。

当看见斯卡里奥迈着他那慢悠悠、歪扭扭的步子跨过门罗街时，科特知道他没有明确目标，知道他会待在自己的街角上直到这个工作日结束。一个匆匆扫他一眼的警察也许真会被那个朝前走的假动作给骗到，但一小时后再回来，斯卡里奥还会在你起先看到他的地方一动不动。

或者看看"蛋仔"达迪：一个使命在身的男人，他那瘦骨嶙峋的身板从街角的人流中以一种皮条客式的轻快步子溜了出来。这幅景象告诉科特，"蛋仔"正请了假要去吃他的药。或者是昌西：从瓦因街下来领早上的样品，一副半是跛步半是小跑的样子。科特一看就知道昌西得知消息的时间太晚，知道他只愿付出刚刚好的气力，能让自己疲倦的躯体站到队伍的末尾就行。

"臭仔"（Stink）突然从街对面蹿了过来，跟着就慢慢地溜进了排屋之间的空隙。看到类似这样的动作，你不会想到是警察来了——当身上不干净的时候，只有新手才会从警察面前跑开，而臭仔可不是新手。"肥仔"科特猜测是那个奥代尔或者其他某个打劫犯接下来就要来到街角了。

还有"饿仔"跑动的步子，那丝滑的动作：只见他从瓦因街的车库里一冲而出，然后绕着排屋前部转一圈直到富尔顿街上。这个速度足够快，能保证一次性顺利逃脱，但又不会快到吸引街上人们的注意。科特看到这幅沿街溜走的景象，就知道"饿仔"已经抢到了别人的毒品。

最后，还有四十米冲刺，快进快出，一头冲出，为了荣誉或者安全抑或是复仇，那种不在乎被谁看见的冲刺。瞟见某个男人带着那样的狂热奔跑，你就知道他会冲破任何栅栏，或者撞进任何一扇门，只为第一个抵达目的地。

所以当科特看到蒙特街上一个名叫韦恩的熟脸，穿过街角冲上了富尔顿街，脖子因为恐惧而扭曲着，他就明白了并向着蒙特街上望去。没错，一个纽约的毒贩正在跑过街角，用前脚掌飞奔着，切过了费耶特街。毒贩正在拉近距离，他手里拿着一根铝制球棒，好像是场接力赛一样。这场比赛很快就获得了整条街道的关注，从蒙特街到门罗街上的揽客仔和贩子们都暂时被分了心，个个停下来看这场街头痛殴。

"他们谈崩了。""肥仔"科特冷冷说道。

富尔顿街上，韦恩在从街道冲上人行道的时候，磕绊了一下，然后一步跨上他排屋的门前台阶，把动作调整了过来。他抓住门把手，然后把自己甩进了屋内，再将门关上，刚好赶在那个纽约人转过街角穿过富尔顿街跑来之前。

"去你妈的！"

那个纽约人把球棒朝着木门上狠敲了一两次，怒吼着要求韦恩开门，接受应得的毒打。

"你他妈滚出来，婊子！"

韦恩没有动静，保持静默。

那个毒贩冲着房门最后一次挥舞球棒，然后从房子前转身离开，刚好赶在西区警局的罗伯特·布朗警官开着警车迫近前溜走了。布朗先生原本在下方的巴尔的摩街上，离这里一个街区。他瞟到那个纽约人在全速奔跑，也辨识出了这个世界里的动作。尽管他只看到了这个狂奔的毒贩，但立刻就知道在转过街角的某处，在那个纽约人前面，是另外一个男人正在为自己的生命狂奔。

在把韦恩赶进自己的洞穴后，那个毒贩回头穿过富尔顿街，那根球棒像是英国人的雨伞一样扛在他肩头。鲍勃·布朗把车停到路边，从车里下来，带着小学操场管理员的那种冷漠，拿过了那个武器。在这场无声的交锋中，那个纽约毒贩连步子节奏都没有打乱就放弃了球棒。

"布朗先生给自己搞了一根新棍子。""肥仔"科特说道，一边把自己因打了石膏而沉重不堪的腿抬上了布鲁家的台阶。

"出了什么事儿？"布鲁问道。

科特哼了一声："一堆傻事儿。"

布鲁手上有事做，正在为柏莱尔路（Belair Road）上一家外卖店用红色、蓝色和黑色颜料涂绘着午市特惠的招牌。这是过去几个月里，他的才能唯一能找到的正经工作。他四月从市监狱带着各种各样的承诺和计划回到了家，甚至花了几天试图让部分承诺和计划成形。但巴尔的摩街没剩下什么工作给他。在这里，他曾经从所有的当地杂货店及商店接活来画店招，现如今大部分的窗板都是便宜的大宗商品。同时因为那么多的街角商店是由韩国人在经营，他甚至没法开始建立私人联系。

他剩下的就是继续经营这座针头的圣殿了，这是他从法庭那边回来后唯一剩下的东西了。科特的努力白费了，瘾君子们已经把任何值得卖的东西都搬出了这栋房子。现在，布鲁收每人两美元的进门和注射费，而他能提供的只有四面墙壁、一罐子水和丽塔·哈尔了。

同时，布鲁又开始了重度吸毒。作为新年的一个目标，他曾经缓了一下，但等到二月，他们把他给关起来前，他当时又在逐渐吸毒了。他从监狱回家的时候已经清醒了，在医院里把毒瘾给戒断了。但这也没能持续。现在布鲁和往常一样，也许还更加相信他永远也不会找到足够的力量去对抗自己的饥渴。

更糟糕的是，艾拉一直催促他去教艺术课程。布鲁不忍心拒绝她，不忍心解释他如今太过绝望已无法假扮正经了。他在能够担心任何别的事儿之前，不得不先应付自己。艾拉相信他，对此他充满了感激。但艾拉和她的艺术课程得等等了。

相反，回家以来，布鲁最具创意的艺术作品就是在他挎包里的谱曲簿上添了一两页的诗句。布鲁的诗歌沉重且残酷，是他和毒瘾之间持续进行的一场争论。在一周以前，吸毒点的一个宁静深夜中，他向内心凝视了很久，把更多的痛苦转化成了文字：

> 疯狂正鲜活、茁壮，吞噬着所有新来的人，
> 脆弱的思想被压倒、被制服，
> 被扔进了一所监狱，
> 那里装着看不见的铁窗……

他字字都出自真心。等到了第二天早上，他在久久地思考人生之后，去城市里走了一圈，看看有没有在任何东西上涂层漆或是画点什么的需求。他最多也就能为柏莱尔路和北大街上的外卖店画一点这样的店招了。

"看起来不错。"看着绘画过程的科特说道。

"嗯，是啊，"布鲁说道，"这是我能做的嘛。"

平普从另一个街角下来了，摇着头，双唇弯成了一种奇怪透顶的微笑。在吸毒点的常客里，平普依然还留着些许专属的旧日传奇。他曾经是最厉害的老派小偷之一，手速快到能够去市中心的一家珠宝店带着一整盘戒指出来。他也能假扮角色：给平普穿上一套量身制作的西服，一卷就面上有一张一百美元的密歇根寿司卷①，他就能上路去把沿着海岸上下的珠宝商们都给诓个遍。但是如今，老手段已经没用武之地了。平普潦倒不堪，瘦到几乎没人形了，本领也都堕落成了普通的街角手段。

"这破事儿太疯了，太疯了，"他开始说道，"你们听说蒙特街上发生了啥事儿吗?"

"哈?"科特接道。

"一个布鲁斯街上的阿亚伯②去下面做生意，把他的马车停在了路边上，你懂的，在马头上套了个袋子啥的……"

科特来了兴趣。他曾经也在一辆推车上像阿亚伯一样卖过东西。

"……他在那儿做着交易嘛，然后那匹马把尿全撒在了货上。"

科特和布鲁都大笑起来。

---

① Michigan roll，原意为一种寿司，俚语里指一卷只有表面一张是大面额美金的钞票，常用来行骗。

② A-rabber，巴尔的摩的一个特殊社群，主要是非裔美国人，特征是驾驶着马车售卖各种货物，据说该称谓源自英国的阿拉伯裔商人，在巴尔的摩可以用来指代所有的街头贩子。

"卖红盖儿货那帮人就在路沿那里存着货呢。那马把尿撒在上面后，他们把那个可怜人压在街角上一顿好打，就好像他和那事儿有关似的。等他们打完了，不收拾那匹马才见鬼了呢。"

"肥仔"科特向他投去了一个不可置信的表情。

"为什么要打马?"平普问道，"马又不知道。"

布鲁摇起了头。

"夏天，"科特说，"人们就会做各种各样的蠢事儿。"

人们确实如此。夏天把街角这锅汤给炖开了，城里的医疗机构因此赚够了他们的工资。七月中旬，就在连续十天九十华氏度高温后，糟糕的算术和消失的美元引发了一场激烈争吵，被盗的存货和骗人的毒品被一把厨刀的弯曲刀刃给定了调。夏天让街角成了街角——毒品市场的常客们为瞬息而至的暴力哀叹，然后又沉浸在对下一起暴力的骄傲自夸中。

"蒙特街和费耶特街，"看着救护车冲向一桩双方都开了枪的斗殴现场，"蛋仔"说道，"只有货真价实的黑鬼才敢来。"

去年六月，费耶特街一带发生了四起谋杀以及好几起枪击。一半的死者都是街道居民，另一半则是纽约人，死伤是因大广场街①和弗拉特布什（Flatbush）的移民们奋力要在城市的这一区站稳脚跟导致的。费耶特街当得起它的名声。从门罗街下到吉尔莫街，日日夜夜都充斥着枪声，直到"纽约男孩"帮有了他们的市场份额，而其他人也都习惯了他们的产品。

今年，大部分时候是东巴尔的摩在燃烧。每个夏夜似乎都有一两具尸体躺倒在城市另一边的某处。那边，东区的制服警察们在一个接一个的报警电话之间奔忙，用粉笔给这具尸体勾线，再把那具尸体抬走。他们的指挥官也都心神不宁。他们的职业生涯突然就因为盖伊街

---

① Grand Concourse，纽约皇后区地名，此处泛指纽约来的毒贩。

或者东麦迪逊街抑或是阿什兰大街上从未见过的血淋淋景象而面临危机。巴尔的摩市政府还在假装一切尽在掌握，但真相是城市的管理者已经彻底失去了对整个东边的控制。

为什么是那一片呢？为什么不是呢？暴力以自己的节奏奔走和波动，所以去年大屠杀发生的地点——尽管依然是一个二十四小时营业的毒品市场——如今不过是偶有一起袭击案件而已。在断断续续的警方压力之下，或者是出于团伙之间的竞争，也可能是某种流动的需要，街角自己就换了位置，然后又会换回来。一夜间，瘾君子和毒贩们都感受到了不同。他们游荡着走下费耶特街，要么去巴尔的摩街，要么就是走上列克星敦街。平衡被重塑了或者打破了。有时候，天气里最微小的变化就能让人行道血流成河：有时是一颗乱飞的子弹击入血肉，有时是弹簧刀刺进动脉。但这里并没有什么科学道理：把一个规规矩矩的街角放在显微镜下看，你也会看到海洛因和可卡因，看到瘾君子和毒贩，还有打劫和行骗，以及揽客仔和望风仔。把一个混乱的街角放在显微镜下看，你会看见差不多的内容。

今年到现在为止，费耶特街上的那些毒打、刀刺和枪击尚未累积到超过正常的水平。这已足够让救护车和急救员们不失业了，但没有什么东西致命到能让常客们惊异。但现在，在仲夏的恶臭日子里，伴随着从黑色沥青地面上蒸腾出的热浪，费耶特街一带正在渐渐恢复它的"名声"。

一个打劫的在光天化日之下被射杀在了瓦因街的巷子口上。一包缺斤少两的毒品让蒙特街上的毒贩头侧被划了一刀，揽客仔则逃之夭夭了。一个白人男孩被抢了，还被隔着巴尔的摩街枪击了。在萨拉托加街上，警方接到报警来到一栋排屋，发现两名遭枪击身亡的女性尸体。这栋房子已经被洗劫一空，街角传言说有一大包未经分装的可卡因被拿走了。

之后，就在一切消停前，杀戮的手又伸了出来，触及了"饿仔"。

社区里这位最敬业的缺斤少两艺术家和存货小偷突然就走到了尽头，但其实没人感到意外。"饿仔"的日子本就是偷生，这也让他的最后一起勾当显得如此悲剧和荒谬。年轻的毒贩"笑面"（Smiley）已经在费耶特街和门罗街上混了一段时间了。他就在街尾一带溜达，同杜威、博及其他年轻男孩们竞争，沿着麦克亨利街下面一带卖可卡因。但随着七月的热浪袭来，他往上走了，和一个"纽约男孩"的成员合伙，兜售效果特别弱的海洛因。他站在外卖店旁边，在帮手尤其难找的一天里，扫视着街头的熟脸。

然后，"饿仔"接过了他的货来卖。

当然是卖，而不是自己留着。但这两者的区别在"饿仔"这里模糊了，他一定震惊于费耶特街上还有人天真到会把一整套都托给他。不用顺手偷一点，不用去盗窃存货，不用黑下几瓶并徒劳地希望短缺不会被注意到，只是点点头表示达成协议，他就把整个世界都拿到了手里。

当"饿仔"把这批货拿进布鲁家的时候，"笑面"离开了。在那里，在丽塔的帮助之下，这批货以所有违禁品消失的方式开始消失了——一直到注射了这么多免费的海洛因后，"饿仔"也没有太嗨。他才意识到这批货不咋的。

带着失望，他判断自己最好真的多少卖点，尽可能拿到点利润。但在门罗街上，"笑面"的这批垃圾货卖不动。消息已经传开了，说"饿仔"卖的可不像他宣称的那样。而当"笑面"回来时，那个纽约人就跟在他身后，可不愿意听什么理由。这两人狠狠地冲着"饿仔"来了——不是来一下，也不是两下，而是要来上一整套，给"饿仔"上一整堂"要是我明天拿不到钱你就死定了"的课。听到这个消息时，"饿仔"不过是皱了皱眉，因为他总是在偷货，总是在偷吸，也总是在等着这无法避免的结局。他很熟悉毒打，他和毒打共生。这就是交易的固定价格。在"饿仔"的脑子里，这算完成了交易，解决了所有的债务。

所以当"笑面"发泄和威胁完走开后，"饿仔"并没有太往心里去。第二天下午，他依然站在原地，靠着外卖店的金属栅栏，然后那个毒贩带着一把弹簧刀回来给他上最后一课了。

刀子一进一出。"饿仔"带着一丝意外的恍惚表情迎上了刀刃。然后他走了一步，接着又是半步，双腿朝着波恩赛考斯医院急诊室的大概方向迈去，那里值日班的医疗团队随时准备着他常用的推车。再然后他倒了下去。

街角上的每个人都目睹了这一幕，看着"笑面"昂首阔步地走开，而"饿仔"试着让自己从路沿上站起来。他抓住了一棵小树，试图握紧，但滑了下去，躺着不动了。人群散开。救护车来了。黄色的犯罪现场带子拉了起来。

当天在吸毒点里，没人说太多话。当"饿仔"成为话题的时候，还有什么可说呢？任何人能说的最多不过是几句对那个带刀年轻混子的斥责。那个黑鬼到底在想些什么？你给"饿仔"一包货，还不如直接扔进下水道里。你还要用刀子和他清算，这超出了所有的共识。"饿仔"偷了你的货，或者短了数量，你可以痛打他：这是公平的，不是针对你一个人的。"饿仔"谁的东西都拿，"饿仔"经手的东西都会短缺。在一个挤满人的街角为了一百美元或者一百五十美元的损失把他捅死，就相当于冲着一匹阿亚伯的马来了一记王八拳，就因为这畜生撒了一泡尿。

"肥仔"科特刚好在街的另一头，错过了这场凶杀。平普目睹了全程。还有斯卡里奥、布鲁，以及罗宾·纳夫顿，一个住在费耶特街另一侧的可卡因瘾君子。尽管花了警方好一阵搜集信息——在这片丛林里，即使有一整个街角的目击证人也不太够得上解决一桩案子——不可避免的，吸毒点的前门上传来了一阵敲门声，这声音表明这个世界突然间就开始关心布鲁家排屋里的人了。

"警察。凶杀调查。"

"肥仔"科特的弟弟丹尼斯开了门，看了一眼两个穿制服的白人，然后退回到走廊里。

"布鲁在哪儿?"一个警探问道。

丹尼斯嘟囔了点儿啥，空气从他脖子上的洞里嘶嘶而出。距离上一次急诊室之旅已经过了一年多，那个气管上的切口还留在那儿。

"布鲁在哪儿呢?"

警探们逼问道，沿着走廊走了进去，深入到这个地穴里。在前面房间里，"肥仔"科特坐在一张木头椅子上，肿胀的手拿着一把弯曲的螺丝刀，这是他用来挠石膏里面的。他像是被困在陷阱里的野兽一样疯狂扭转着螺丝刀。

"石膏里都汗湿了。"他告诉他们。

他的腿被重重地包裹着，到现在已经痛了好几周了。更糟糕的是，夏天的炎热让这个固定石膏难以被忍受。科特寻思要给自己治疗治疗。

"你是布鲁?"

科特耸耸肩。"不认识这人。"

警探们向后去了厨房，一个矮个子瘾君子下了楼梯，转进走廊，朝着门口走去。

"嘿，"一个警探说道，"你，就是你，你是布鲁吗?"

"不，"布鲁在离开前说道，"他走了。"

对于资深警探来说，通常的程序是把距离最近和关系最近的人拢在一起，以死者的名义来一通以家庭和友谊、忠诚和基本体面为角度的标准讲话。但在布鲁家的底层闲逛了几分钟后，警方意识到这里没人会说出点什么来。他们选择了另一个角度。

"要是我们找不到布鲁，每个人都会被关起来。"

这就成了。丹尼斯走过走廊，到前门去喊布鲁回家。布鲁终于走了回来后，受到了两个非常不耐烦的警方调查人员的问候。

"为什么你说你不是布鲁？"红头发那个问道。

布鲁露出了一副假装无辜的微笑。"哥们儿，"他告诉他们，"你们懂的。"

他们的确懂。他们把他放到了雪佛兰科沃兹后座上，载着他去了市中心，在那里他们确定了"饿仔"和"笑面"还有那包消失的毒品的故事。他们把罗宾从街对面抓了过来，他也给出了差不多的说法。第三个目击证人也确定了情况。巡逻车几天后冲上了瓦因街，在"笑面"睡觉的那栋排屋前停了下来。

谋杀和接下来的逮捕在街角上几乎没人在意，只是偶尔被提起，用的还是最模糊的语言。在吸毒点，"饿仔"没有被视作一个迷失的灵魂而受到哀悼，就好像对他的怀念也不过是出于他不再出现了而已。"包子"倒下死去的时候，剩下的人不得不承认了自己注定的结局。已经感染了"虫子"的丹尼斯能想象自己在安妮家的沙发上倒下，然后被救护车拉走的样子。而平普，因为同样一种病毒瘦成了竹竿，他知道家人会付款让他躺进布朗殡仪馆，然后埋在宰恩山（Mt. Zion）上，没有墓碑。布莱恩熬过了冬天的那颗子弹，但如今不得不从大学诊所领取要服用的齐多夫定[1]，并应对夜间的盗汗和恶心——他已经瞥见了自己的生命会有多短。"饿仔"已经走了。没人为这个事实嘟囔出一两句哀悼："饿仔"的缺席困扰着他们。再一次，有证据表明，他们中间没有一个混蛋可以活着离开这里。

夏天慢慢地收割着属于它的生命。没多久，布莱恩就消失了，冲着"吉钱帮"的一点儿货和现金打劫"蛋仔"达迪后跑路了。没错，这是个绝望的举动，但在干了一轮活儿之后，"吉钱帮"没有及时付钱给他，布莱恩想不出来还能做点什么。然后平普倒下了，咳嗽不

---

[1] AZT，治疗艾滋病的药物。

停，喘不上气，患上了肺炎。然后，终于，轮到"肥仔"科特了。

他一直拼到了无法再拼为止，直到那个炎热七月里的一天，他倒在了多年前就已经拥有了他性命的十字路口人行道上。他已经把那块被汗浸透的石膏从腿上取下来好几周了——时间长得足以证明医生们是对的，证明要是他不坚持足不沾地，那他的脚踝就不会恢复。没有了石膏，科特很快就开始拖着一条扭在一旁的腿单脚跳动，金属拐杖带着他去需要去的地方。他的脸上刻着持续的疼痛。

"得去看看，"他对每一个询问状况的人都说道，"得找个医生看看。"

但他从没去过。哪怕已经痛了好几周，也不是脚踝把他带回了波恩赛考斯医院，而是因为他瘫倒在了门罗街和费耶特街的街角上，自言自语、神志不清、双眼盖满了黄疸。

"科特……科特……"

"他没知觉了。"

"打一下 911。"

七月最后一天，科特被紧急送进了波恩赛考斯医院的急诊室，等体征稳定下来又被送到了第二层，住进一间双人病房。当醒来的时候，他被上了外循环，病得像是一条老狗，那变形的躯干裹在一件病号服里。不久之后，年轻的实习医生们挤到了他的病床前，在他们巡房的途中暂停下来，看看这具躯体所遭受的巨大破坏。

"把我当成了怪物。"他们离开后科特说道。

护士们对他好一点，但就连她们也用关于他病史的问题来不停测试着他的耐心，就好像波恩赛考斯医院还不知道他初春摔断了脚踝后所有的病况一样。

"我不说。"科特告诉一个询问自己的护士。

"为什么不说呢？这能帮到医生们。"

"因为我记不清上次给你说了啥，我不想被抓住撒谎，"科特解释道，"继续问我同样该死的问题，我也没法想起答案。"

就连护士都笑了起来。

他在那儿住了两周，也就过了头一两天，就戒断了。对科特来说，那条"蛇"从来都不是问题。他喜欢注射海洛因，那是他的生活。要是没有了海洛因，他会有一点点不舒服，但忍过去就能笑着过日子了。仅仅两天，他看上去糟透了，然后慢慢的，另外一个人从他体内浮现了出来，一个门罗街和费耶特街的街角从未见过的人。

"今天午饭吃什么，亲爱的?"

护士们都是他的"亲爱的"。其他病人则都是好人。夏雨打在医院玻璃上的声音让他想起了美好的时候，甚至医院的食物都是可以忍受的。

"更想吃点儿毕特曼家的猪肉，"他告诉探望的人们，"猪肉三明治、薯条、蔬菜和一瓶可乐。"

毒瘾没了，但伴随毒瘾的胃口还在。某天"臭仔"带着街角的消息来看科特。科特让他从街对面买来了几罐苏打水。萝丝和小科特带着药店买的糖果来看他，在这个下午，科特破碎的家庭再一次聚在了他的床前。他们吃着甜点，看着日间电视节目。他最渴望的是能走到劳伦街和门罗街街角的那个冷饮摊上，搜出几枚硬币，过一个货真价实的夏天。

"给我来点儿菠萝味的，"他说，"没啥比得过菠萝味儿了。"

长年累月处于化学品导致的麻木之中，身体和思想突然获得的自由令科特兴奋不已，对于任何去他身边的人亦是如此。他的记忆清晰又牢固，早已忘记的故事从他口中再度涌出，撑过了住院的日子。他聊起了北上纽约运毒的旅途和在那座城市里的冒险，讲着小梅尔文、利迪、小邦克和其他二十几个现在早已去世的年轻时同伴的故事。

"死了，没了。我所有的朋友都死了，没了，"他回忆道，"我活过了大部分人。不久前刚刚在这一摊荒唐事里失去了'包子'。他是个好朋友。"

科特当然很伤心，因为想要忘掉悲伤，太多的生命已经被荒废了。但是现在他有着一种超越了悲伤的东西，一种在病床围栏之中开出了花的东西。此刻，街角远离了他，生活中所有正常的需求和渴望都冲回了他身上。他想要隔壁床的小孩子过来，那个正从枪击中恢复的孩子，想让他感觉舒服和慰藉。他想要主管的护士稍微多喜欢自己一点。他还想要一瓶苏打水。他想要比那个作为甜点的恶心绿色果冻更美味一点的东西。一周之内，他的渴望就长成了长期的希望。他想要一套公寓。他想要为萝丝和未成年的儿子做点啥，他们已经只靠自己过了太久了。他想要找人给自己的双腿照张相，然后印到 T 恤上，去所有学校发放，让孩子们看到针头导致的后果。他想要在支票日收到一点政府发的钱——够付房租和买食品杂货就好。而有几个清早，他身体的某个部分焕发了生机，当时他就想要跟那个值晚班的粗大腿护士发生点什么，就是那个长相不错，态度好到能容忍调情的护士。

"肥仔"科特离开了街角，他因此活了过来。

当然，从生理上说，他正在崩溃：肝炎、黄疸，他的肝脏命悬一线，数年不断的滥用药物导致转氨酶指标爆表。四肢的水肿如今似乎已经积重难返了：哪怕科特明天就停止吸毒，他的双手双脚也会保持肿胀。脚踝已经无法挽回地变形了。把它接起来也许能有点益处，但没什么能让它复原了。那些治好的脓肿留下了永远的伤疤，尚未愈合的部分则预示着必将发生的脓毒症。

"你要是继续吸毒，"社工告诉他说，"几个月里就会死。你的肝脏就快要放弃了。"

科特面对这个说法，只能微微一笑。"我的肝脏有权利放弃。我知道。你不需要告诉我。"

"我是认真的，柯蒂斯。你会死的。"

"我听到了。我知道。"

她的名字叫凯茜。她把自己的名字和电话号码留在了科特的病案上，告诉他说她会提供帮助，说要是他想要试试不一样的生活，她会同他制订计划。"但是，"她补充说，"我做这行已经很久了，有很多经验。我知道要是你不想改变自己的话，那就只是在浪费我的时间。而我不会让你浪费我的时间，你明白吗?"

科特点点头。

"在这儿，"凯茜说道，"我就是人们口中的那个悍妇。"

"你就是那个悍妇啊?"科特说道，现在他大笑了起来，"那我最好自己小心点。"

"要是你浪费了我的时间，你最好小心一点，"她说，"你说你想要改变，但我没法替你改变。"

"我知道，"科特说，"全在于我自己。"

"没错。"

"我得自己想要改变。"

"对。"

房间安静了下来。这个社工等着下一个符合逻辑的确认，但它没有出现。"柯蒂斯，"她终于开口说，"你想要改变吗?"

"我需要休息一会儿。"他勉强说道。

这就是他走出的最远距离了。但是，凯茜还是提议他行动起来。要是他能承诺每天参加在图尔克之家（Tuerk House）举行的集体治疗，她就能把他加到那里二十八天戒毒项目的等候名单上。她还会帮他填好州社会救济服务、医疗救助以及通过社会保障发放的联邦残疾补助金的申请表。

"我需要的是一个自己的地方。"科特说。

"嗯，那是我们可以努力的事儿。但你必须向我证明你是认真的。你去不去那些会议，去图尔克之家呢?"

"去。我累了。我对累都感到累了。"

他在一周后出了院，被送回到街头，带着肝脏残存的功能和跟之前一样糟糕的脚踝。如今，他待在埃拉蒙特街上的一个姐妹家里，用她排屋的地址作为自己的地址，去罗斯蒙特街和社会保障部门在弗雷德里克大街上的分支机构填写所有的申请表。遇到的案例专员都不太抱希望：马里兰州正在缩减对成年男性的公共资助。而至于联邦残疾补助金，早就铁定了——任何一个申请人都会在首次尝试的时候被拒绝，除非他是彻底瞎了或者全身瘫痪。

因此科特留在了埃拉蒙特街上，等着一张也许永远不会到来的支票。他每天早上很晚才起来，挣扎着把运动裤套上肿胀的双腿，然后奋力把双脚塞进一双尺寸大出三码的跑步鞋。大部分时候，科特都能赶上图尔克之家中午的会议。这处戒毒机构位于罗斯蒙特街社会保障部门的街对面，在这里他同其他二十几个受伤的灵魂同处一屋，大部分人的姓名和样子他都已从自己在街角上度过的一生中认识了。他们对参加图尔克之家会议的每个人收两美元。花两美元讲出自己的真实故事，也听别人的故事，理由是在那么多年搜刮毒资之后，只有一个不搞勾当的瘾君子才不会连两美元都没有。不这样的话，要是一个瘾君子对做出改变并不上心，那他才不要参加什么会议呢。但要是你付了那份钱，并参加了足够多的会议，社工就会打个电话，那你就不在等候名单上了。接着是四周的项目——对某些人来说，这足以让他们自称是戒断了。

每次会议，"肥仔"科特都会学到更多的新词汇。在图尔克之家的后排坐了三周之后，他找到勇气站起来，并被听见了。

"我叫科特，"他告诉他们，"我是个吸毒成瘾者。"

"这他妈都在闹腾啥呢？"

芙兰·博伊德站在台阶上，加入了其他邻居的行列，看着费耶特街上聚集着一堆警车，蓝色的警灯闪耀着。

"乌龟，啥事儿啊?"

小史蒂维带着急切的渴望看向了自己的姑妈，以一个八岁小孩能显示出的最随意的语调讲述着自己知道的情况。

"艾迪先生用枪打了个人。"

芙兰望回了街头，然后转向了自己的侄子，小孩带着彻底的冷静回看着她。小史蒂维还不如告诉她要下雨了呢。

"回屋去。"她冲他吼道。

"好的。"小史蒂维说道，被她的粗暴伤到了。

费耶特街上的一天又开始了，即使精神没在这里，但芙兰·博伊德的身体还在。她还在搜刮着这个区域，还在迎接这里该有的破事。但在心里，芙兰已经小小地迈出了几步，走上了那条通往别处的长路。伴随着夏日里常见的混乱在自家门口上演，她发现越来越难保持把这一切视作低级喜剧或者狗血闹剧的心态了。她所能积攒的是恶心，变本加厉，甚至连她身处地下室享受的时候都无法摆脱这种持久的情绪。她努力想要对生活保有些许控制。

当然，她依然身处在那片迷雾中。直到 BRC 的人打来了电话，芙兰才能和自己的世界谈判。但最近，每当芙兰谈起街角，更像是在谈论一件自己鄙视而非精通的事儿。她业务精熟，比大部分人都好，但炎热的月份带来了一种让人发疯的空虚感。这甚至让最厉害也最投入的玩家们都无法轻松，让任何想要改变的人都会更认真一点去思考该如何改变。今天让人分心的事就是一次枪击。前一天，是警方的突袭。明天还会有点别的什么。现在，因为开始认真规划逃离，芙兰在生活中看到的意义较以前更为稀少。日复一日，她坐在门前台阶上，看着这场大马戏，依然对自己能切入的角度保持着警醒。但现在她却带着一种对其中的恐怖越发清醒的认知。

一周以前，她目睹蒙特街上一个名叫克莱德的常客从冬天被判处的刑期里释放了出来，回到他惯常的街角，刚好又赶上被抓住身上带了几瓶毒品，然后就被扔进那辆西区警局的囚车，又送回拘留中心去了。

"他不过是来'短期拜访'一下，"芙兰面无表情地说道，"如今又回'老家'了。"

在那之后，她看见 R. C. 的姐姐达琳拿着一根球棒在蒙特街上追另一个姑娘，却只感到了破碎的怀旧之情："你知道我以前当过她还有里基和'虫子'的保姆吧。那时候她是个小甜心。现在都疯了。"

最近一次，芙兰在门口台阶上同"搜毒人"（Stashfinder）待在一起。他是西区警局的搜毒好手之一，刚冲到费耶特街就从空地上找出了几瓶粉盖儿的货，然后栽给了她哥哥史蒂维。

"你这是干吗呢？警官。那不是我的，"史蒂维·博伊德在被铐走的时候申辩道，"我发誓，它们不是我的。"

那确实不是他的。实际上，史蒂维今天是在为海洛因揽客，而不是可卡因。当被警察抓住的时候，他正穿戴好黑色运动衫和绿色棒球帽准备出门。阿尔弗雷德，邦琪的对象，是那个卖粉盖儿货的人，同样也戴着绿色帽子，穿着一件黑色帽衫，但他已经进到露珠旅店里休息了。这对搜毒人来说是一次罕见的失手——他叫蒂莫西·迪瓦恩——这名老兵已经在西区警局的底层职位上工作好几年了。

迪瓦恩凭借老派的执法方式从当地居民那里赢来了"搜毒人"这个称号。搜毒人不会将合理依据弃之不顾，简单直接地冲上一个街角去搜查每个人的口袋。他会溜出警车四处打探。他会在一栋空排屋里花上数小时打量一个街角，或者从房顶上观察，铺一张警车后备厢里随时备好的毯子。他会等一会儿，让所有的碎片都汇集一处。一百次里有九十九次，当真的走到一个街角的时候，他会直接走向存放货品的地方，将它们拿起来，回到对应的小贩那里。要是看见钱从揽客仔手里换到毒贩手里，他也会跟着，这样才能让供货商老实认罪。

哥哥因其他人的毒品而被误捕这种事，尤其还是被搜毒人抓的，通常会让芙兰——或者蒙特街和费耶特街上的任何一个人——变得狂怒不已。警察撒谎以及他们总是撒谎这件事儿，是会一再发生的。当情况遭到极大夸张，说明其中必有相当部分是真实的。在西区法庭待上一天就足以看见大量伪证，让任何一名律师都会在请任何身穿警察制服的人宣誓作证之前思量再三。巴尔的摩很多街角上的街头警方工作已经演变成把所有人都抓起来，找到毒品，然后随机决定谁来背这个指控了。这会激怒街角的老兵们，他们坚称此处曾经有过规则。当然，在更大范围里，他们都有罪在身，但这一点从来都不重要。揽客仔和瘾君子们不需要什么全面的审判，他们只不过希望警察能按规矩出牌。但芙兰如今已经丧失了暴怒的心情，因此在小罗伊——史蒂维的供货商——凑了钱把她哥哥保释出来后，她不过是耸耸肩，把这一堆糟心事都划到了坏运气里。

"他们因为阿尔弗雷德的破事把史蒂维抓了，"芙兰告诉人们，"但你们知道史蒂维也没有什么可抱怨的。他们也许会在五分钟后再回来，因为一些别的什么事儿把他又他妈的给关起来。"

这就是那句古老的谚语了：每天打孩子一顿，就算你不知道为什么打，但孩子自己知道。从街角的心理看，这是绝对的真理。搞清楚吧，芙兰：警察撒谎，街角永远不会有错。

她正在从这里游离开，那些周围的人开始偶尔注意到这一点。就在小史蒂维目睹艾迪先生朝一个不走运的对手开了一枪后的当天，加里带着一份双盾牌的样品来到了露珠旅店门前台阶上，想要在吓人的哮喘发作时来上一发。莫名其妙的是，芙兰用一段反毒品演讲"突袭"了他：

"……你站在这儿，气都喘不上来了，还想着那玩意儿能让你好过点。加里，你是在用那玩意儿自杀啊。"

芙兰·博伊德就像是南希·里根。

"干!"加里嘶嘶说道。

"我是认真的。加里。你会死在这玩意儿上的。"

加里东摸西摸了一会儿，想换个话题。"那，"他一边说道，一边在自己的口袋里掏着，"你是说你不想去地下室了？"

"我去，"芙兰说道，跟着他进了室内，"又不是我在咳嗽。"

她依然需要每天吸嗨，但现在，她的脑子里已经在反抗了。如今，芙兰会在目睹一场毒打的时候寻思：为什么他们会因为一个人短了货而打他呢？他肯定会短掉他们的货啊。他们清楚他是个瘾君子。他们知道把毒品给他会发生什么。芙兰还会在听到一起枪击之后自问为什么贩毒非要和枪扯上关系。这个世界的所有东西都在没有收银员的情况下被出售，而顾客死于买来的东西。为什么蒙特街和费耶特街上的人们不把自己的烂事儿都给搞清爽呢？

到了这个月的月底，邦琪不得不四处归拢自己的救济金。无论她的兄弟姐妹付给她多少房租，也依然凑不齐这套已享受条款第八条补助的公寓那三十美元租金。芙兰也表示很惊讶。她的姐姐那么窘迫了吗？她是怎么花掉每一分钱的？她怎么可以全部花掉，甚至连露珠旅店那可以忽略不计的房租都凑不出来？

"我的意思是，她一定知道月底就要来了吧。她现在说连三十美元都拿不出来？"芙兰几乎哀嚎出声了，"我们继续留在这条街上的话他妈的就什么都剩不下了……我得从这里离开。"

这是那个已发生变化的芙兰在说话。这是个一直在给戒毒机构打电话，新近受过洗礼的灵魂，是那个如今相信自己不能再堕落的人。邦琪还没有改变：她是一个情况不错的瘾君子，她的工作就是搞到毒品。是芙兰自己正在忘记首要规则。

接下来的一周，芙兰成功让 BRC 的安托瓦妮特接了电话。因为这通努力，她得知自己的名字已经靠近等候名单的顶端了。

"我确信我们也许能在下周给你安排一张床位。"

听到这句话的时候芙兰简直不敢相信。

"下周？"

"下周。"

她开心地挂上了电话。只有一周了。

现在她有很多要处理的事。首先，她必须凑出足够的钱，好让迪安德尔和迪罗德能坚持到这个月底。然后，她要把自己的独立卡①给迪安德尔，并教他如何用这张卡在 ATM 上提现。在马里兰州，社会福利部门发放补助已经换用了类似 ATM 银行卡一样的卡，而不是每月邮寄支票了，接受救济的人也因此避免了支票兑换点的高抽成，从而杜绝了猖獗的支票盗窃。虽然这套新机制的名称中充满了讽刺，但独立卡还是被设计出来并带领着西巴尔的摩的经济进入了新千年。

她自己也需要一点东西。洗澡的用品以及一双新网球鞋、拖鞋和一些干净衣服，还有其他杂七杂八的。她要在那里戒掉毒瘾，重新开始。她也许会身穿破衣服进到戒毒机构，但她计划要焕然一新地出来。这要是在以前，她肯定会去县里的商场来一趟盗窃之旅，但芙兰已经发誓告别自己所谓的"大折扣购物狂欢"好几个月了——不仅是因为她即将来临的多个庭审日，还因为害怕下一次被捕将意味着坐牢，毁掉她进到戒毒机构的机会。她最后一次盗窃冒险已经是在复活节的时候了。当时她在那些百货商店里"工作"了很长时间，好让迪安德尔在假日兜风走到内港时能穿上一套新运动服。

现在她不得不在一台台收银机前老实付款，像个傻瓜一样。这意味着她需要更多的钱，不得不向自己能够接触到的每个人伸手。突然间，芙兰最擅长的瘾君子技能变成了宣称自己是一个即将戒断的人。接下来的一整周里，她尽全力扮演着自己的新角色，向自家哥哥斯谷吉讨钱，并要他承诺在她戒毒期间照看自己的孩子。而斯谷吉怎么可能说不，尤其是在他坚称自己已经戒毒多年之后。他的妹妹终于迈出

---

① Independence Card，专门用于发放福利救济金的银行卡。

了这一步，斯谷吉不得不解囊相助。

她也逼着加里承诺给他儿子一点钱。迪罗德的父亲迈克也接到了电话。然后是卡伦，斯谷吉的爱人和芙兰曾经美好时光里的闺蜜，也同意要是需要的话，可以照顾迪罗德。芙兰为自己新找到的目标压榨着所有人的同情。这是借的钱，她告诉任何一个愿意出几块钱的人：等她再度站稳脚跟，就会还钱。甚至哪怕没几个人愿意相信她，芙兰也听到了自己的慈悲诉求，自己都开始相信了。

一天，她真去找了邦琪，请求能跳过下个月的房租，但邦琪寸步不让。她似乎因为芙兰心思的变化而有点沮丧。实际上，芙兰的家人们——也许要除开斯谷吉——都对她的整个努力毫无热情。史蒂维和雪莉还能说出点陈词滥调，但芙兰能从他们疲倦的双眼里看到别的东西。他们不希望她离开。要是她离开了，那对他们来说，就是一次审判。

而至于邦琪，她连一秒钟都不相信。

"你以为你下周就能进去了？"她问芙兰。

"周二，"芙兰回道，"BRC 每个周二收治。"

"行吧，那我们都能歇一歇了。"

歇一歇。这个短语正是那个意思——行动暂停一下，在日常的苦难里稍作喘息。邦琪不需要彻底停止吸食海洛因和可卡因，她只是需要歇一歇。所有人都一样：瘾君子们不需要永远放弃针头，他们只需要停一会儿来好好表现。芙兰多年前就接受过治疗，所以根据经验她清楚这个短语是什么意思以及不包含什么意思。她记得同他们一起出城到了奥克维尤①，走全套流程，讲自己的故事，听别人的故事。她还能回忆起有多少人去戒过毒，而只有屈指可数的改变还残留至今，因为其中真正的目的是休个短假，让身体在下一次放纵前重获一点力

————————
① Oakview，指戒毒机构所在地。

量。她自己已经想到了这一点。

但是，这一次会不一样。她三十六岁了。她有过乐子了。终于，她准备好了。这已经到底了，她能感觉到。

周六，加里来到费耶特街，来到露珠旅店同芙兰分享早上这一发。他听到这个大新闻，立马就产生了怀疑——特别是他发现芙兰突然想要新生的愿望中涉及金钱。没错，他会尽量给迪安德尔一点帮助，他随意地说道。不，他现在没有能借给芙兰的十美元。之后，他上到楼上，看到芙兰在往一个绿色垃圾袋里打包自己的东西，这才回过了神来。

"你是真要去了。"加里轻轻说道。

"必须去了，"她告诉他，"你也应该去。"

"我会去的，"他坚称，"等着瞧吧。我会真的撑过去的。等着瞧吧。"

她听到他的话，轻蔑地摇了摇头。瘾君子们总说要撑过去。感觉不好的一天里，他们会这么说上他妈的二十次，通常是自言自语。没找到一根血管，你要戒了。注射了小苏打，你不吸了。被抢了，或者因为吸毒过量昏了过去，要么就是你的钱被骗走了——这些都是宣称你已经受够了的理由，都是你已经准备好把自己的名字放上某处等候名单的理由。只是事情从来不会如意，街角永远都不会给任何人足够理由。理由是由内而来的，或者完全不会到来。

"加里，你吹牛吹得没边儿了。"

他生气了，但芙兰这几天里完全不想关心在意。她也不想只给加里·麦卡洛上一课就放他走。

"你现在有工作了，对吗?"

"在海丰餐馆。卡迪给我安排了一些工时。"

她只是看着他。太晚了，加里意识到了陷阱。没错，在贝克街垃圾场的挫折后，他在海丰餐馆找到了一份稳定工作。也没错，海丰餐馆已经连续几周每小时付给他六美元了，每周轮六个班。但这些都是加里毒瘾的专属基金，而不是给芙兰购买救赎用的。

"给我十块钱。"她说。

加里开始摇头，退了回去，告诉她说他还不知道什么时候能收到工资呢，天知道身上的钱需要维持到啥时候。

"别啊，加里，试着做点啥啊。我不在的时候还得顾着安德烈啊。"

加里一只手抚在额头上，试图想出那些就是不肯冒出来的话。

"加里，为了你的儿子。"

"我会去找安德烈，帮他的。"

"加里，别啊。"

"我会的。"

"加里。"

他望向她，又生气又无奈。她拿捏住了他，而他也清楚，她总能拿捏住他。

"芙兰，"他说道，冲着那一发共享的毒品点了点头，"我刚请了你，你现在还要更多。我再没有了。"

"那给我五块钱。"

加里接受了这个条件。五块钱是他带着一小片良心从露珠旅店离开的代价。但他离开时感觉被骗了，无法想出话来祝她好运，或者一切顺利，抑或是大获成功。他下楼梯下到一半，芙兰让他转了回去。

"你要去哪儿？"

"你什么意思？"加里问道。

"我要离开很长一段时间，"她说，"我不能有个拥抱吗？"

她可以有，她总能得到拥抱。他们在楼梯顶端抱在一起，加里止不住脸上的微笑。

"为什么你要把我搞得这么乱七八糟？"他问她。

芙兰笑了起来。最后，她放开了他，承诺自己会留意男宿舍，看有没有他的一张床位。要是没有，她也会把他加到等候清单上。

"你会照顾安德烈的，对吧?"

加里说自己会的。

"那就好。"

至少有几分钟时间，剩下她独自一人了。把钱铺在破旧的床单上，芙兰计算着必需品。这一堆是买吃的的钱，那一堆要用来买点乳液和毛巾，这堆是要给邦琪的。

她还剩了六十块。派对时间。

为什么会有人对此感到意外呢? 要是她一开始就没有问题，也就不需要戒毒。所以她至少能做的——也是每个人期望她做的——是尽可能以最适当的方式离开费耶特街。对于这座城市的大部分戒毒机构来说，收治前举行"吸毒派对"是不可能的，因为缺少医务人员，他们不愿意接受正在吸毒的人，然后再让他们戒断。在图尔克之家或者弗朗西斯·斯考特·基（Francis Scott Key），在进去之前，你必须先让自己清醒过来。但 BRC 有一个医疗小组，还有一个随时待命的医生，他们会应付任何想要被接收进来的瘾君子。

八月的第一个周二来了，那六十美元已经只是记忆了。而芙兰正在外面台阶上，她充血的双眼在清晨的阳光里眯缝着。她的关节正痛，头像是着了火一样。她坐在那儿，把一张湿的洗碗布盖在眼睛上，比起身边的那个绿色塑料袋，她也没显出更多的生命活力。她在等黑车来，寻思自己已经找过乐子了，感觉还如此糟糕，甚至清早的那一鼻子毒品也没法让她舒服过来。她糟透了。简单来说，这正是适合接受戒毒治疗的美好一天呢。

"妈。"

"啥事儿?"

迪安德尔穿着运动短裤，拖着脚下来了。他揉着眼睛，朝晨光中瞥去。

"你啥时候出发？"

"过几分钟。你弟弟起了吗？"

"他还在睡。"

他挨着她坐到台阶上，看着街道的喧嚣。没什么可说的——迪安德尔不是这种人——但芙兰知道他陪着自己呢，知道即使过了这么久，他还是愿意相信。

"你备齐需要的东西了吗？"他问道，指了指那个袋子。

"嗯，大部分吧。你会来看我吗？"

"我会的。"

她把一只手环到了他的肩膀上。他允许那只手停在了那里。

"那，你要照顾好迪罗德。如果需要的话，你可以带他去卡伦那里。你会回麦当劳上班吧？"

迪安德尔耸耸肩。"呵，让它见鬼去吧。我也许会找个时间回去，干一顿那个基佬经理。"

芙兰露出了厌恶的表情，迪安德尔留意到了。他告诉她自己会继续尝试找工作，说他计划走到克莱尔山和西边，看看有没有商店在招人。

史蒂维从楼梯上下来，给了她一个拥抱。雪莉也是。随后，芙兰听到自己的小儿子起来了。她走回楼上去抱了抱迪罗德。

"你要过来看我，好吗？"

"好。"

迪罗德对此一无所知，感谢上帝。他妈妈会离开一阵去参加某个项目，而他会和迪安德尔或者舅舅待在一起。卡伦则是备选计划。

"你可别跑丢了啊。你就待在这儿，或者萨拉托加。你听懂了吗？"

迪罗德噘噘嘴，点了点头。

她回到楼下，黑车已经到了。她和布莱克·唐尼、阿尔弗雷德以及罗尼·休斯进行了最后的告别，然后坐车离开了。在蒙特街上，甚至是德拉克都朝她挥手致意，对他最持久的顾客之一做了一个祝她好运的手势。车转上了巴尔的摩街，芙兰看见父亲在超市对面的凳子上坐着，手里拿着纸袋①。她挥了挥手，但他没看见。在吉尔莫街，她看见邦琪在街角上。她没有挥手。

"我走了。"她说道，与其说是说给任何人听，不如说是说给自己听，就好像她需要这份笃定一样。

在 BRC，她朝前台点点头，告诉他自己的名字，然后瘫进了她上次来访时等安托瓦妮特的同一张椅子。她把袋子放在膝头，咬起了指甲，安静地等着。

"你有预约吗?"前台男人问道。

"我是来入住的。我的床位轮到了。"

那个男人点点头，然后呼叫了安托瓦妮特。芙兰伸到袋子里去取那块湿布，又用它来敷眼睛了。那个前台看着她，然后很快就转过了目光，但芙兰发现了。她知道自己看上去糟透了。还不是因为这个周末的派对。她在街角混了太久，早已经瘦到皮包骨头了。她的体重降到了只有九十五磅，脸色憔悴不堪、满是皱纹，脸庞凹陷了进去。她的头发紧紧扎在脑后，突出了那些皱纹。

五分钟过去了。芙兰伸回塑料袋里掏出了一把珍珠母手柄的铅笔刀。她开始剔起了指甲。

"她来了吗?"她问道。

"我给她的办公室留言了。"

又过了五分钟，安托瓦妮特终于出现在了数段楼梯的顶上。芙兰站了起来。

"我有什么能帮你的吗?"安托瓦妮特一边问道，一边走了下来。

"呃，芙兰，我是说，丹尼丝·博伊德。我今天入住。"

---

① 指装酒的纸袋。

安托瓦妮特看上去很困惑。"今天入住？"

"对。"

"谁给你说的？"

"你上周说的。你说周二过来。不记得了吗。我上周和你说过。"

"呃……我不知道，芙兰。我觉得不是。你是在名单的顶上了，但我们今天没有预计接收任何人。"

"你说过……"芙兰结巴了，搜寻着用词，在大厅里来回踱步。"你说过……"

"芙兰，出了差错。"

"你他妈是错了。"芙兰喊道。她愤怒地挥舞着一只手，用那把小小的铅笔刀刺击着空气。"你他妈确实犯了错。你上周告诉我的。"

安托瓦妮特看见小刀的闪光，退向了前台的桌子。

"芙兰，我是说一定是有什么误会。"

"怎么……我告诉了……我他妈才不相信呢，"芙兰苦涩地说道，"我跟所有人都说我来这儿了。"

"芙兰，我很抱歉。"

她站在大厅中央，那突然的怒火被一股同样突然的泪水给盖过了。安托瓦妮特朝着那把铅笔刀最后投去一道紧张的目光，然后跨过去走到了长椅中间，把这个比自己娇小的女人揽进了怀里。芙兰崩溃了，在安托瓦妮特的肩膀上痛哭了起来。

"我要怎么对他们说啊？"她哭道。

"芙兰，你在名单顶上了，"安托瓦妮特安慰她，"我们下周一定会有一张床位的。"

"我等不到了。"

"你可以的。"

"不能。我不能回去。"

"你必须回去。芙兰，你下周就能进来了。肯定。"

慢慢地，一点一点地，随着这位戒毒指导再次向她保证，她控制住了自己。接着做出了安排，也交换了电话号码。这些小细节让一切确定了起来。

"那我们下周二见。"安托瓦妮特告诉她。

"嗯，下周见。"

芙兰捡起自己的绿色袋子，看向那扇双层玻璃门。她还没有离开的勇气，但转身的时候，安托瓦妮特已经上到楼梯上冲她挥手做最后的告别了。芙兰回到大厅椅子上，把袋子扔在了脚边。她擤着鼻子，擦拭着双眼。

"要是你带着一把大一点的刀来，"前台那个男人说道，"也许就住进来了。"

芙兰惊讶地望向他，他冲她笑了起来，指了指还攥在她右手里的那把小刀。芙兰往下看去，她的嘴巴张开了。她看向之前安托瓦妮特所在的空地。那个男人大笑了起来。

芙兰也笑了，一开始轻轻的，然后笑声大了起来。

"我大概把那姑娘给吓死了。"她最后说道，摇了摇头。

"对，没错。"那个男人赞同道。

"行吧，"芙兰说，"她现在习惯了。"

二十分钟后，当她走上露珠旅店的门前台阶时，蒙特街和费耶特街的街角上已是人潮涌动、生意兴隆。邦琪没在，谢天谢地，但迪安德尔在外卖店外的公用电话旁边看到了她。他什么也没说，但她能从他脸上看出来。

她在楼梯上经过了史蒂维。

"嗨，芙兰。"

"有人在你房间里吗？"

"没。"史蒂维回道。他觉察到发生了什么，但足够机灵地忍住没说。

芙兰板着一张脸溜进了那套公寓。她扔下袋子，以防万一地在她哥哥的房门上敲了几下。房间笼罩在史蒂维那台坏电视的橙色光线里。等瘫倒在床上后，她能听见走廊里的小史蒂维朝楼下的迪罗德吼着，要他上楼来帮自己搞一个自行车车胎。前面房间里的电视正把声音开着放《我爱露西》（*I Love Lucy*）。外面，是日常的嘈杂声，间或被一个上白班的揽客仔的高声喊叫打断，他在为红盖儿和白盖儿的货招揽生意。

她像是从来没哭过一样地大哭起来。

七

"正嗨。"迪安德尔说道，叹了口气。

泰笑了起来。这是他们的内部笑话。

"啥？"R. C. 问道。

"正嗨。"迪安德尔说道，这时候泰把大麻烟传给了丁基。

"哥们儿，你他妈说啥呢？"R. C. 问道。

丁基快速地抽了一口，把这根快吸没的烟卷传回给了迪安德尔。后者深深地呼吸，把烟雾屏住，然后吐出了一股又长又细的烟。

"我正在嗨。"迪安德尔大笑着说道。

"这是我们现在对好大麻的称呼，"泰解释道，"就是，昨晚迪安德尔抽大了，我对他说的，就是，抽那玩意儿抽嗨了吗？"

"嗬。"R. C. 说道，基本没听懂。

"而且，"泰继续道，"他整个就抽大了看着我，说'正嗨'。"

丁基和迪安德尔都笑了。

"正嗨。"R. C. 说道，试了一下。

"对，就是，"迪安德尔说道，他的双眼血红，"得去埃德蒙森大街再搞点'正嗨'了。"

对 C. M. B. 这帮人来说，这就是夏天——在八到十个街区大小的一块地方，重复一系列没啥意义的事儿。R. C. 周末去新泽西州看望了妈妈那边的亲戚；泰、"硬汉"和其他几个人跟着教堂组织的一趟出游去了国王领地游乐园①；另一次，艾拉带着一半的邻居去县上的火药瀑布（Gunpowder Falls）玩轮胎漂流和野餐。但除了那些偶尔的出游，其他一切都还是静滞的。生活不在此处，希望已经变成幻想。在其他地方，学期结束了，夏天的这几个月里充满各种可能性。在其他地方，孩子们在夏令营、夏季短工、大学预备课程和驾驶课之间作选择，周末则会去海边，还可以参加欧洲七国两周游。但那个夏天的麦克亨利街上，街角的孩子们被放进了新世界里。他们无所事事，毫无创造，毫无成就，身体和精神都不会去超过一阵短时愉悦所需的另一片地方。

又一根烟卷被点燃了，男孩们又笑了起来，然后安静下来，看着地势较低一带的夜晚交通。今晚他们打算在吉尔莫街和麦克亨利街的街角上放松、抽嗨、什么都不做。这个新兴的街角是由泰和丁基盘活的。杜威在下面的南文森特街上兜售可卡因。博和自己兄弟混在拉姆齐街和斯特里克街的街角上。C. M. B. 剩下的人则沉浸在一阵悠闲中，等着夏日夜晚的冒险来找自己。

"我希望他们打劫的会回来，"丁基说道，换了个话题，"我们躲好点，要是他们今晚经过这儿，我们能把他们给干翻了。"

昨晚夜深时，一个两人的打劫组合在拉姆齐街上露了一手，把R. C.、"硬汉"和丁基给抢了，他们当时正在穿过游乐场。对方挥着一把自动小手枪，从 R. C. 和丁基身上各抢了一两块钱。倒霉的"硬汉"慢慢把手伸进裤兜，试着想起哪边裤兜里揣着那张卷成一团的二十美元钞票，又是哪边放着那张可以交出来的一美元。自从去年被抢之后，他就一直这么带钱。当时他试图绕过一个打劫的，结果被一枪打在了左腿上。"硬汉"假装在左边摸着，实则在掏右边，一边交出那张一美元的，同时把另一张攥在手里，并扔到自己身后的地上。

---

① King's Dominion amusement park，弗吉尼亚州的一个游乐园。

"我们的大麻钱没了。"R.C. 看着那两个持枪打劫的人跑开时说道。

"也不是全部。""硬汉"满是希望地说道，转身捡起了那张皱成一团的钞票。他慢慢展开那团绿色的纸球，面值露出来的时候突然就咒骂了起来。

"我把二十的给那两个混蛋了。"他吼道。

除开这个偶然的意外，麦克亨利街已在克伦肖黑帮兄弟的最后一个夏天里成了他们的游乐场。等到了明年的这个时候，C. M. B. 就会四散在风中了：所有人要么满了十六岁，要么已经十七岁或者十八岁了，他们会在不同街角上兜售着不同货源的毒品，试图盖过包括彼此在内的所有人。但如今此刻，他们还只是在街角戏耍：这儿搞一批货，那儿来一堆，每个人都有钱吃芝士牛排和抽大麻，都能买汤米牌和耐克牌的衣物鞋子，还有电影票和录影带。甚至在今天这样的夜晚，当没人在挣钱的时候，麦克亨利街还是可以一起放松的地方。

首先，地势低的这一带不像费耶特街那么热。下面这里属于南区，这里的警察还不认识他们的长相。下面这里，没人能同鲍勃·布朗、斗牛犬或者盾牌媲美。至少现在还没有。而且 C. M. B. 也已经不再同这里的任何一个帮派有冲突了，所以迪安德尔和泰可以自由自在地追求南巴尔的摩的姑娘们，就好像 R. C. 和丁基能冒险下到拉姆齐街和斯特里克街户外球场玩上一两场一样。球赛的质量不咋的——那些白人男孩可跳不起来——但比起勒芒街上的临时篮筐来说，这是个好一点的户外球场，好到足以耗上一个晚上了。

这个夏天，这些下到麦克亨利街的男孩们就是，嗯，就只是男孩。他们所想所做的事儿都还像是孩子们会做的。他们在这场游戏里经常失败，但总在学习，并且一直没有把自己全部而专一的注意力投给街角。他们都在抽大麻，但他们中没几个人愿意尝试任何更刺激的东西。只有现在看起来精疲力尽且粗野的博，被传说吸上了可卡因，但他否认了这种说法。至于贩毒，与其说是出于经济上的考量，不如说是为了探一探险。他们大部分时候都睡到日上三竿，然后漫步到下面来。要是没什么事，就开店做几小时的生意——也许只是下午的这一班，此刻南区的警察们都不在街头——只付出能换来足够零花钱的时间和精力。

夏日的炎热持续着，多里安第一个被抓了。他被释放回家，然后又被关了起来。"硬汉"因为从某个团伙藏毒的空房子里出来，也遭到了指控。R. C. 因为一场街角斗殴背上了袭击的指控。在麦克亨利街上也可以搞好生意，就像迪安德尔去年冬天在费尔蒙特街上那样。麦克亨利街还是一片处女地。一个毒贩可以一整天都在这里卖货，卖出一个八号球的量，再又出一个八号球，再用这些钱批来一盎司的毒品。从此刻起，他就算起步跑起来了。坚持得足够久，他就可能在一周之内往兜里揣进两千美元——辛苦工作换来的真金白银。但对 C. M. B. 这帮人来说，他们最好也不过就是在偶尔的一段时间里赚上几百块。当然，也有某些夜晚，没人赚到什么钱。要么是数短了钱，要么是被偷了货，或者有没偿还的欠款和被打了劫，利润几乎就蒸发干净了。

这里被抢了二十美元，那里丢了四十——这个夏天的代价还算是小的，所以手枪不会频繁被掏出来。大部分时候，C. M. B. 的男孩们还是不愿意冒险背上一桩可能把他们送上成人法庭的指控。就这么说吧，不会有比故意持枪更严重的指控。大部分夜晚，他们都会把枪支放在家里，只有当冲突失控后，才会冲回山上，扑向床垫下或者抽屉里掏枪。

对 R. C. 来说，现在上学这件事儿彻底没戏了。他十五岁——比迪安德尔还小一岁——也没有可能去快餐店找一份暑期工，他们只招十六岁及以上的。几周前，他本可以同凯文、阿诺德和"硬汉"一起去市政中心（Civic Center），当时市政府安排了一天的时间来接受由联邦资助的暑期工申请。他说得好像他要去似的，但最后，那天早上他睡过了头，然后把当天剩下的时间都泡在了动画片上。每个月，他兜里有一点从父亲抚恤金里得来的钱，偶尔的贩毒还能再挣点。除此之外，他没啥需求。或者这么说吧，他除了篮球之外都没啥需求。或者，也许，这样再过几年，等他满了十八岁，就年长到哥哥们可以对他做曾对麦克·埃勒比所做的事儿了。R.C.需要熬时间，继续玩这个街角游戏，然后领到自己的Z卡和海员工会会员身份。目前，比起在市政中心一条又一条的队伍里排上一整天，填写各种表格、回答各种问题，却只换来一顶安全帽去扫大街，这是好一点的计划。没错，凯文在巴尔的摩和俄亥俄铁路博物馆得到了一份工作。阿诺德也是。但"硬汉"也经历了这一整套"赶快提交、再等通知"，却屁都没有捞到。R.C.忍不住对此大肆嘲笑了一番。

至于迪安德尔，在上次前往东巴尔的摩那家麦当劳之后，他已经基本上放弃了找个暑期工的想法。每到支票日，他就从妈妈那儿要个几块钱。然后，等那些钱用完了，他会从丁基或者泰或者博那儿榨几块钱出来——遇上谁当时有钱就找谁。这够他买三明治和大麻，以及偶尔来上一瓶四十盎司的啤酒，也足够让"派对"继续了，但远不足以让他摆脱仅够糊口的日子。每当真搜刮出了一点货，他都非常依赖别人帮自己兜售。有时候这招能行，有时候不行。

整个独立日假期，团伙里的其他人在吉尔莫街和麦克亨利街上公开兜售可卡因和海洛因时，迪安德尔就在边上晃悠，和他的朋友们厮混，把自己的钱凑出来合伙买上一两大包，但安静地拒绝去照看某个街角或把生意做了。他分析要是自己站在一旁，别人拿着那些小瓶子，他就不会再遭一起指控。尽管这个理论有缺陷，但比往常显得谨慎了许多。但是因为远距离工作，他很快就发现自己要应对各种各样的盗窃和不靠谱的行为。多里安、布鲁克斯、R.C.、"硬汉"——所有人都因为撒了货或者数错数而欠他钱。在街头，几乎没他妈可能容许一个小贩在分包了自己的工作后还能赚到钱。一旦那些小瓶子离了他的手，就几乎控制不了了。等到了仲夏，他已经听过所有用来解释短钱的理由。

"黑鬼偷了我的货。"

"警察经过，我把货扔地上了，后来就没了。"

"你没给我二十份，你给的是十五份。"

"我妈妈在我房间里找到了那些货。她嗑疯了都。"

这些就是他的朋友们，他是和他们一起长大的。但除了丁基，他忠实的表亲，还有泰，C. M. B. 这帮人像任何一群吸毒成瘾的揽客仔一样擅长哄骗偷窃以及搞错数字。多里安和 R. C. 这些人欠他的钱也都没有去追讨。

到了七月底，他稍微好了一点儿，把自己和表亲丁基的钱凑一起，同夸梅和沙姆洛克分了一包货，后者愿意先把货赊给他们。这次交易顺利到让他兜里揣着几百美元进入了八月，他的表亲被证明是这群人里最靠得住的成员。

肤色较浅、长着雀斑，并且有礼貌到令人不安的丁基是萝伯塔·麦卡洛表亲的儿子，于是他成了迪安德尔的某种亲戚。基于这种微弱的关系，多年来他们已经发展出了一种强大的家人之情。丁基有脑子。他喜欢干仗，比团伙中其他成员都要喜欢，甚至比迪安德尔都喜欢干仗。他不会骗人，也不会跑路。其他每一个 C. M. B. 男孩的友情都或早或晚地让迪安德尔失望过，丁基自然而然成了他最亲近的伙伴。

夏日继续，大部分时候变成了丁基在街上卖迪安德尔偶尔搞来的货。自从在费尔蒙特街上遭到了自己上次的那桩指控，迪安德尔基本上坚持住了自己的低调计划，担心再一次被捕会导致这个夏天剩下的时间都要去未成年人拘留所度过。丁基明白这一点，他也明白要是泰瑞卡真怀孕了，迪安德尔就会想要待在家里。要是这是真的，迪安德尔可坚决不会让自己被关起来：万一他的孩子就要出生了，那被关起来可起不到什么作用。

然而，出乎意料的是，迪安德尔到了七月依然不确定泰瑞卡的情况——实际上，除了他自己模模糊糊的怀疑，没什么是明确的。泰瑞卡因迪安德尔追求别的姑娘而生着气，已经连着两个月都躲着他了。等他们真撞见了彼此，她明确表现出自己不会同他说话。迪安德尔努力试过，但真不能怪她。他已经表现出要追求街上的一切东西，确保自己十六岁的夏天就同他承诺给自己的那个派对一样分毫不差。他还在追求翠西的表亲，同时还有另外一个在佩森街附近某个家庭派对上遇到的姑娘。夏天早些时候，他试过在闲暇的夜里去找泰瑞卡，但当时她已经听闻了他的那么多次折腾，于是不再像之前一样愿意做那件肮脏事儿了。相反，泰瑞卡选择把自己大部分的时间花在卡弗的同学身上或者同翠西还有德娜这样的女性朋友们一起过，而这两人这个夏天都在同 R. C. 纠缠。迪安德尔听说她曾经再次试着勾引某个其他的 C. M. B. 男孩，但哪怕远远待着，他也能够把那事儿给摁灭了。除非迪安德尔彻底放弃她，否则没人能和泰瑞卡纠缠。对此充满了信心的他对自己说，如今他要四处开枝散叶，等到天冷的时候再去修复关系。他会和泰瑞卡一起"冬眠"，但现在，他想要的只是疯奔乱跑。

只是他从很多人那儿听到说泰瑞卡看起来长胖了，说她也许正怀着宝宝。六月底，有一次他在勒芒街的小巷子里堵住了她，想要把事儿说开，但泰瑞卡激烈地否认了怀孕。穿着宽大的 T 恤和短裤，她在迪安德尔看来是胖了点，但远不及他从别人那里听说的程度。

"我只需要节节食。"她告诉他。

而迪安德尔因为忙着和姗奈以及其他几个小姑娘鬼混，于是让这事儿就这么过去了，接着回到他的麦克亨利街上去胡闹。除此之外，泰瑞卡的姑妈也已经搬离斯特里克街，一家人搬去了高速路以北里格斯大街（Riggs Avenue）上的一栋两层排屋里。因此这事儿就像是所有前女友一样离开了他的视野和脑海。一直要到七月底之前，他都没有再想起泰瑞卡来，后来还是翠西在富尔顿街追上了他，透露了一点信息。

"瑞卡怀着你的娃呢。"

"你怎么知道？"迪安德尔问她。

"她告诉我的，"翠西说道，"她在考虑堕胎。你需要找到她聊聊。"

迪安德尔搭了辆黑车去里格斯大街，但从泰瑞卡的表亲那里得知她同德娜待在山下。而等到迪安德尔终于在普拉特街上找到这两个姑娘的时候，泰瑞卡显得完全没兴趣讨论这件事儿。

"姑娘，我们得聊聊。"

"聊啥？"

"翠西说你怀孕了。"

泰瑞卡皱了皱眉头，德娜溜开了。泰瑞卡告诉他，翠西就他妈不应该说，说她告诉那姑娘只是因为翠西认为自己可能怀上了R.C.的娃，她们两人在商量着要一起去大学医院。

"你为什么不告诉我？"迪安德尔问道。

"为什么要说呢？"泰瑞卡说，"你他妈不是不想和我有关系吗？我凭啥告诉你？"

迪安德尔重新组织了语言，试着另一种说法："我都不知道是我的。"

当时他们站在普拉特街和蒙特街的街角，泰瑞卡爆发了，开始大声怒斥他，告诉迪安德尔不管她有什么样的传言，所有的其他男孩都只是传言，他一直都是那唯一的一个。

"别对我撒谎，"她说，"你知道这是你的孩子。"

迪安德尔放弃了自己之前的说法，不情愿地承认了自己是孩子的父亲。过了一会儿，两人坐在一处仓库的门前台阶上，就在麦克亨利街的街角附近，试图尽可能地规划一下未来。

泰瑞卡又害怕又孤单。几个月以来，除了自己姑妈，她谁也没告诉。因为生迪安德尔的气，又对其他所有人都不信任，她从四月开始就守着这个秘密，当时她已经有两个月没来月经了，姑妈带着她去诊所确认了怀孕。如今，按照迪安德尔的推断，她已经有孕四到五个月了，却还在聊堕胎的事儿。

但是，她竭尽全力地带着绝对的冷漠进行这场对话。他可以做他想做的一切，她告诉他。他屁事儿都不需要做，要是翠西没有插一手，他甚至都不会知道这事儿。

"你要堕胎吗？"

"也许吧。"

迪安德尔听到了泰瑞卡声音里的伤，为此感到愧疚。他回忆起妈妈一次次地说让他要么和这姑娘在一起，要么就离开她，如果不是真想要她，把人家吊在那儿可不公平。

慢慢地，带着他所能表现出的最大真诚，他说出了好几个月之前就应该对她说的话。他想要这个孩子，当然。但他再也没法继续撒谎说还想要泰瑞卡了。至少现在不想要了，在麦克亨利街上发生着这么多事的当下不想要。

"瑞卡，我是说你可以做你认为正确的事儿，但我要告诉你的就是即使生下这个孩子也不会留住我。我不会仅仅因为你有了我的孩子就和你在一起。"

"我知道。"

但迪安德尔听着她说话，感觉出直到此刻，她都还不知道何去何从。直到此刻，她还怀有希望。

"所以你打算怎么做？"

"我不知道。"

"翠西说你要去医院,看看是不是要堕胎。"

"我可能去,但我没钱。"

迪安德尔看着泰瑞卡,好奇这是不是她在玩游戏,但又不愿意用这个想法来指责她。

"多少?"

"两百。"

迪安德尔点点头。

"你没有吗?"

迪安德尔摇了摇头,站了起来,看向了一旁。"我得管我妈要。"他最后说道。

"你不是一直在卖货吗?"泰瑞卡问道,表示怀疑。

"我没有卖货了。"

"那你在那下面干什么?"

"只是和哥们儿待在一起。"

泰瑞卡说自己很快就需要钱,说她今天就去大学医院挂号。迪安德尔表示知道了,而泰瑞卡别的什么都没说,就朝着德娜的房子去了。

迪安德尔走在回麦克亨利街和吉尔莫街的路上寻思,要是他没有凑出钱,那是不是就意味着泰瑞卡会生下他的孩子?要是真给了她两百块,他怎么知道这两百块是不是用来堕胎了呢?他甚至都不知道堕胎要不要花上两百块?

但是,他已经拿定了主意。至少这是他欠泰瑞卡的:他会候着芙兰,等她有个好心情的时候,管她要钱。要是芙兰凑出了钱,对迪安德尔就再好不过了。要是她没钱,那迪安德尔总能从街角上搞点钱出来。无论哪种方式,他都会担起责任,做正确的事。要是泰瑞卡想要这个孩子,可以。要是她不想要,也可以。但无论哪个决定,都是她自己的决定。

迪安德尔到了吉尔莫街，接过了一支大麻烟，然后带着明显的骄傲宣布，说他可能会当爸爸了。此时泰瑞卡也到了德娜家。她也拿定了主意：她不会从迪安德尔·麦卡洛这儿指望任何东西。他不想要她，如今，终于，她对这一点也没有幻想了。就她所知，他甚至都不想要这个孩子。

那好吧，她想道，至少我骗了他两百美元。

对泰瑞卡来说，她第一次真正的浪漫冒险所剩下的不过是从孩子的父亲那里拿到点钱的可能。她不打算堕胎。在她心中，一直都知道自己会留着这个孩子。几晚之前，她真觉得自己感到了有东西在体内动弹，而这一点比其他所有事情更让她能真正下定决心。不，她和翠西同去大学医院只是为了看看这个 R.C. 的姑娘会做什么，去看看要是改变了主意需要怎么做。有一件事她已经清楚了：大学医院不会对未成年妈妈堕胎收取任何费用，至少不会有需要预缴的费用，以便阻止你堕胎。不管迪安德尔怎么想她，泰瑞卡都可以告诉自己说她再也不是一年前的那个年轻姑娘了。她在不断学习，并且已经想好了要给迪安德尔上上课。

回到吉尔莫街上，夏日的天光终于散去，人流开始涌动了。迪安德尔和自家哥们儿站在外卖店外面，沉浸在夜色里，也沉浸在一个年轻男人的种子找到买家后所带来的莫名骄傲中。

"要是我当爸爸了，就把自己的生活给他妈地拾掇一下。"

在西巴尔的摩，这是一个陈词滥调的说法了。迪安德尔说这些不过是为了听听它们被说出来是什么样子而已。

R.C. 马上就附和了他。"翠西很快也要搞清楚了。要是她怀孕了，我需要像个男人一样去应付。"

"那是当然。"迪安德尔说道。

R.C. 也是一样，他同那个即将成为妈妈的人已经没什么关系了。但凡翠西不是在亲吻着他的时候，她都会因为任何形式的冒犯而试图给他一刀。就在上周，R. C. 不得不给一只手的指缝之间缝上几针——这个伤口是因为 R. C. 对德娜的兴趣不断增加，她是翠西和泰瑞卡两人的朋友。其他人都说翠西不过是懒得再吼或者再扇打了。无论是哪个原因，闹到要去大学医院急诊室可不是家庭温暖的征兆。但没关系，有个孩子也挺适合 R. C. 的。

此时此刻，对这些即将成为父亲的人来说，是要抓紧这个夏天仅剩的快乐了。泰和 R. C. 要在麦克亨利街上贩毒，再花掉利润。迪安德尔则要试着找别人替自己贩毒，然后在没有利润可花的时候抱怨。但是，还有姑娘、大麻和不走运的冒险——每一周每一天的每个夜晚都有，只要天气尚暖。

迪安德尔所能想到的范围里，唯一一个真的麻烦，也一直都在的麻烦就是，他妈妈。几周以来，他一直都是凌晨三点或者四点回家，呼吸里带着大麻烟和酒精的味道溜上露珠旅店的楼梯，尽他所能地不发出一点噪音。但芙兰是他所知的最不需要睡觉的女人。到了早上，她就会冲他大吼，威胁他，说要是他不早点回家她就把门给锁了。更糟糕的是，她居然威胁说要给他的保释官欧文斯女士打电话，要求她的儿子接受尿检。

"她会找到所有大麻，你就得居家监视。"一周前她这么告诉他。

这个威胁让迪安德尔愤怒不已。在他脑中，自己的妈妈要去动用权威机构，这违逆了所有的道德准则。一个母亲应该是出庭支持自己的孩子，她不应该给警察或者检察官以及法官和保释官提供帮助和方便。

"你要告我的密？"他问道。

"如果你午夜前还没回到这儿，我就会。"

"我是大人了。我想来就来，想走就走。"

"爱走不走。但你要是没在午夜前回到这儿来，你就试试看吧，看不把你关在门外。"

"到时候我有办法。"

"你以为你长大了，"芙兰告诉他，"但你没有。"

当天晚上，大概是凌晨三点，他摸上了楼梯，却发现公寓门从里面锁了起来。一开始他轻轻地敲，然后声音大了，后来把史蒂维舅舅和他妈妈都敲醒了。如果只有史蒂维一个人可能就服软了，但芙兰没有退步。迪安德尔不得不走到萨拉托加街，在斯谷吉家借宿。

第二天下午，他和妈妈再次吵了起来。迪安德尔坚称芙兰没资格告诉他该做什么，芙兰则明确表示要是他还想住在费耶特街 1625 号，她就有资格这么做。

"没人想住在这儿，"迪安德尔告诉她，"我们他妈的住在一个毒窝里。"

"那你就别住在这里了。你啥时候走都行，但只要你住在这里，就得在午夜前回来。回来的时候嘴里也不能有那些玩意儿的味道。"

"拜托了……"

"安德烈，要是我再在你身上闻到那些玩意儿，我就给欧文斯女士打电话，让她给你尿检。"

他暴怒地夺门而出。但那天晚上，十一点五十八分，他准时出现在了公寓门口，沉默但趾高气扬地走过妈妈身边，然后瘫到电视前。他不确定芙兰会不会真打电话报告自己违规，这正是问题所在：他不确定。

这个午夜宵禁令迪安德尔烦透了，他有了新的理由期望妈妈不断努力得到那张戒毒的床位。要是有了 BRC 的床位，芙兰会有二十八天的时间远离毒品，迪安德尔也有二十八天的时间远离芙兰。但在那之前，迪安德尔剩下的只有太阳下山到午夜前的宝贵几小时了。此刻麦克亨利街这片垃圾场就是 C. M. B. 的游乐场。一天晚上，他们混在富尔顿街的公用电话旁边，试着让几个姑娘把他们带上楼，到一栋排屋的卧室里去。第二天晚上，他们在吉尔莫街杂货店的外面，贩毒所得足以让他们全部下到海港公园看一场周六晚上的血腥恐怖电影。而每当似乎没啥发生的时候，当他们不过是瘫懒地在勒芒街小巷里抽大麻、说废话时，冒险的机会就时不时地出现。就好像那次搞打劫的那帮人中有一个"下班"回来，撞见了一整个 C. M. B.。

"你们知道几点了吗？"他问道。这是起个话头。

泰摇了摇头。"我不知道几点了。但我知道你是谁。你是上周抢了我的那个混蛋。"

R. C. 率先出了头，用一个葡萄味苏打水的瓶子砸在了那家伙的后脑上，场面从这一刻就变得混乱了。泰、丁基、迪安德尔、博和 R. C.，所有人都动了手，直到他们的受害者蹒跚走进了卡尔霍街的街灯下，狼狈不堪、鲜血淋漓。

"我们把丫干翻了。"第二天篮球训练的时候，R. C. 宣布道。这是这个夏天的高光时刻之一，团伙中的所有人都在接下来的好几周里不断讲述这次正义的毒打。他们会向听众保证，这是黑鬼最后一次胆敢幻想打劫任何一个 C. M. B. 成员了。

一个月后，夏天将尽，殴打又发生了一次。当时博从斯图尔特·希尔小学后面的一个水泥台阶上纵身跳下，指认一个经过学校操场的瘦削身影是另一个打劫的。

"黑鬼抢了我兄弟和我。"博怒目说道。

"那边那个男孩？"泰问道。

"那个绑着头巾的黑鬼。就他。"

那个男人永远都不会搞清楚是什么打到了他。没有交谈，也没空解释。这次是丁基第一个出了手，狠狠一记右勾拳打在了对方的下巴上，男人倒向了人行道。其他人开始狠踢他。博在那人头上敲碎了一个小酒瓶，敲出了血。迪安德尔在猎物挣扎着站起来跑掉前来了一两下。男人直到跌跌撞撞地跑到拉姆齐街上才甩掉了折磨自己的这帮人。直到事后他们又凑在一起时，博才表示出了些微的疑虑。

"他看起来像他，不管啦。"博说道，一边耸着肩。

"你说啥？"丁基问道。

"我是说可能是同一个人……"

丁基看向迪安德尔，翻了个白眼。

"博你个混蛋。"R.C.摇着头说道。

"二元餐，加里，"保罗从柜台那里喊道，"我们需要二元餐。"

"半分钟，摩。"加里喊了回去，透过条状塑料门帘冲着经理喊了回去，他的声音穿过了分拣室的冷空气。

"我们二元餐做得如何了？"他问弟弟。卡迪正俯身在分类桶上，像机器一样地分拣螃蟹，一个容量一蒲式耳箱子里的公蟹被按照尺寸分着类。

"我们赶得上，"卡迪头也不抬地说道，"那些母蟹在那边，但其他二元餐要用的在我后面。"

"好的，老板，"加里说道，"我来。"

他向后冲到了这间冷藏室的远端角落，一次抬起了两个蒲式耳箱子，把它们抬到了水槽边。螃蟹在低温中行动迟缓，但还是有几只把钳子伸出了板条缝隙，钳住了加里的运动衫。

"哦不，摩，这不行。"加里说道，在水槽边缘平衡着箱子。他扇打着那些钳子，让它们缩回到便宜的松木板条后面。

他把顶上那箱放在地板上，撬开了另一箱的盖子，开始了分拣——活的扔进冰水里，死的进了他脚边的一个空箱子里。

"需要二元餐。"保罗又在吼了。

"在做了，老板。"

他以极快的速度分完了一箱，然后是第二箱，再拉动水槽里的铁链，把里面的金属盘子拽到了槽边。他用一只手臂把那些盖着冰块的冻螃蟹铲到一旁，放进了一个带轮子的蒸蟹锅里。

"撒料。"加里喊道。

鲍比在螃蟹上撒了一层香料。加里再次挥起了手臂，又把几十只螃蟹倒进了锅里。

"撒它们，摩。"

鲍比又撒了一层。

"好了，老板。我们动起来了。我们时间刚巧。客人们都等着呢。"

他拉着锅穿过了橘色的塑料条状门帘，进到蒸锅间稠密的热气中。在这里的柜台区，蒸蟹锅在八月的酷热中沸腾着，穿着两层运动服在这里可得不了好。

"二元餐。"他骄傲地喊道，把一根蒸汽管子接到了锅后面。他冲向控制面板，给四号蒸汽管子扭了十四分钟，然后拍下了那个绿色按钮。在他身后，那口锅塞塞窣窣地活了起来。

从收银机这里望去，保罗给出了一个肯定的点头。加里转向在柜台另外一边等待的客人们。"几分钟就好，朋友们。"

他转身走进了那团云一样的蒸汽，感觉到喉头瘙痒。加里和他儿子一样对海鲜过敏，但为了薪水，他还能应付。实际上，为了这样的一笔现金收入，加里·麦卡洛愿意忍受任何事情。仅在几周的时间里，他就把自己从一个小偷小摸的盗贼变成了西南巴尔的摩工作最努力的螃蟹分拣工。

"你现在感觉如何啊，老板？"他问保罗。

保罗，海丰餐馆大老板的女婿，看了看前面的桶，宣布自己满意了。"我们现在可以了。一会儿也许还需要更多的母蟹。"

"没问题，老板。没问题的。"

加里退回到后面的房间里，抓过一箱母蟹，把它们分类扔进冰水。他现在赶在前面了，至少在下午的高峰之前是如此。他向四周看去，想找自己的新港香烟，然后看到香烟放在后墙那里的一个调料箱子上。

"我得抽根烟。"他告诉弟弟。

卡迪头都没有从面前的桶上抬起来，就点了点。加里又绕回了蒸汽云，绕过前台，靠在海丰餐馆前的公用电话上。他剥开烟盒上的锡箔纸，弹了一根出来。

他现在是个有工作的人了，一个完整的男人，再也不用透过防弹玻璃滑给那个韩国人二十五美分，只为买一根烟来抽了。加里现在有了新的工作，每天结束时都会收到支付的现金，每周能干整整六天。

他点燃香烟，伸展了一下，看着门罗街上的山里佬们经过。香烟似乎真的有助缓解他的哮喘，尽管他也知道这说不太通，但还是一直抽到了过滤嘴。一份工作，一整包香烟，也许还会给厨房里的姑娘们几美元换点薯条当午餐。加里现在过着奢侈的日子呢。

自从卡迪把他介绍到了海丰餐馆就一直如此，卡迪向保罗、罗恩和玛丽女士都保证说自家哥哥是个不惜力的人。这并非谎言，加里也向所有人证明着这一点。除了卡迪，也许还有另外的一个分拣老手矮子鲍比，他就是他们雇过的最好的员工。没有抱怨，不会争论——他眼里有活，手上跟着也就做了。他一早就来清洗锅，也会待到很晚来应付生意大好的额外工作量，只要老板们愿意原谅偶尔的二十分钟缺勤——加里有时不得不去处理一下自己的"医疗问题"——那他们就只会收获满意了。

加里也同样高兴。有了工作，他完全走上了另一条路。他不用担心下一发毒品从何而来，也无需再被迫去搞勾当了。当然，和所有东西一样，海丰餐馆也有它的缺点。哪怕戴着厚厚的橡胶手套，螃蟹刀也能用它半英寸的刀刃在手上割出一道恶心的口子，或者当蒸汽管子松掉的时候会有被严重烫伤的风险，还有就是可能被一只抗拒进到冰水里的公蟹给狠夹一下子。但对加里来说，这些风险比起一桩勾当搞砸后造成的痛苦，都不值一提；比起恳求毒贩便宜点卖给自己一瓶货的屈辱也不算什么；更比最糟糕的情况好得多：那些充斥着恐惧的夜晚，要是运气不佳，西区的巡逻车就会在你不该出现的地方逮住你。

海丰餐馆把所有这一切挡在了外面。这份工作意味着有足够的钱来购买毒品、香烟，每月还能有点钱剩下来回报妈妈，买点杂货、付燃气费电费啥的。每天早上醒来时还能有一两瓶毒品剩下，所以那条"蛇"也无话可说。托尼、威尔和"傻大个"也都不怎么重要了，更好的是，那个女巫也完全不重要了。

在罗妮被保释出女囚拘留所，从那些西区突袭警察上个月指控她犯下的涉毒罪名里回到家的当天，加里就证明了这一点。她做了街角期望她做的几乎所有事儿，像玩弄任何人一样玩弄着警方，承诺会为他们指控"吉钱帮"、德雷德以及任何一个他们提到过的毒贩，只要他们忽视对她的指控就好。当然，她一丁点儿没打算要做，认为同警方的任何协议都是值得违背的协议。此外，她问起加里在哪儿，听说了有关海丰餐馆的事儿。

那是怎么样的一刻啊：当时罗妮走到柜台前，想要把他拖出来，拖到某个乱七八糟的勾当上去，把他从前那个小丑一样耍。加里让她等在那里，然后走回了分拣室，继续干自己的活，让她知道他如今有了终极的勾当——开始朝九晚五地上班了。罗妮发起了脾气，大骂大喊，然后哭诉自己是如何一直爱着他，说自己如何为他牺牲，在他堕落的时候又是怎么陪着他。她闹出了这么大的场面，加里不得不把她拖到了海丰餐馆的外面让她离开，并当面告诉她说情况不同了，说自己现在赚的是实诚钱。

自然，工作生涯一开始并非全然完美。海丰餐馆是周四付他工资，一周一次，和其他所有地方的员工一样。那可不行，加里是有需求的。支票必须每天都有，不仅因为那条"蛇"在等着他，还因为在任何时刻手里要是有几百美元的话一定会招来杀身之祸。起初，加里让妈妈每周四在自己上班前到海丰餐馆来，她可以为他管着大部分的钱。但过了几周，保罗明白了此间的情况。甚至不用开口，加里就让自己的需求得到了保罗理解。接着，罗恩和玛丽以及保罗家里其他人都算明白了情况。加里会努力工作的——一整天，每一天——而等他的班次结束时，就会直接从收银机里收到奖励。他每小时赚六美元，这同之前能赚到的钱相比相当寒酸了——伯利恒钢铁公司每小时十六美元，当保安每小时也有近十美元——但此刻的生活简单太多了。所有东西都回归了本色：有些事儿是可能的，而有些则不可能了。

他是在贝克街上的那次濒死体验后得出的这个结论，也是那件事儿逼着他在数年之后首次回到了就业市场。垃圾堆场的灾难过去一两天后，加里试着勾搭上正在改造列克星敦大街排屋的承包团队。他去了工地现场，找到了工头，开始解释他曾经有过自己的住房改造公司，说他有设计的经验，对他们的业务略知一二。但那人上下打量了他一眼就走开了。在一再坚持后，那人塞给他一个有张潦草签到表的笔记板。

"写下你的名字，要是有事儿的话……"

有的事儿永远不会发生。奇怪的是，社区里唯一一个曾经得到同这个翻新计划有关工作的居民是加里的同袍伙伴托尼·布瓦斯，他刚巧浪荡到列克星敦大街上，赶上了那个承包商需要多招一个工人来做某个简单工作。托尼工作了一两天，然后因为一起夜间盗窃案被关押了起来，也就结束了自己的建筑工生涯。加里听到这个故事后，感到一丝苦涩：那是个他真心想要的临工，那份工他是有着真正经验的。但最后，卡迪和海丰餐馆为他在风暴中提供了庇护，加里也因此心怀感激。

抽完了烟，他看着收银机前的队伍因为下午通勤的人过来买一打螃蟹、一堆其他啥的而变长了。他再次伸展了一下，看向门罗街，然后走到公用电话那里，某人在这里留下了一份下午报纸的几个版面。

他翻阅着，找任何值得一看的内容，留下了运动和商业版块。金莺队①输了，他们都输出惯性了，加里已经不再关注这一季。财经版块，他读到了当地新闻简报，双眼在文字中扫视，头脑吸收着事实和数据。是保罗的声音把他拉了回去。

"加里。"

"来了，摩。"

这一次要的不仅是母蟹了，还要十四、十六和二十四元的——大一点的尺寸，这是按照每一打的价格来分类的。加里叠起商业版，塞进裤子后面的兜里，回到了工作中。他一直在撬开箱子，铲冰块，把爬来爬去的切萨皮克蓝蟹变成明亮滚烫的橘红色。半小时后，他就满足了需求，保罗进到后面房间来告诉他这个情况。

"嗨，老板，"加里一边说道，一边把报纸从兜里拽了出来，"你还记得我给你说过的那家公司吗?"

"啥时候?"

"就那天。我说的那家公司……"加里指着一条印在背面版面里的简讯。保罗抓住报纸的边缘，开始读了起来，为加里自以为能证明的任何事儿随意地点着头。

"你看看那个。五十二周以来的高位。"

"嗬。"保罗说。

"我跟你说啊，P. H. H.，他们是亨特谷（Hunt Valley）的一家租赁公司。他们（的股价）要超四十了，他们甚至会拆分股票。你等着瞧吧。"

"加里，我可没有投资股票的那种闲钱。"

"别担心，摩，"加里说道，"我知道一只港股的低价股票，它就要一路上涨了。只要一点儿钱，我们就能抄底，看它一路涨上去。"

---

① The Orioles，巴尔的摩的棒球队。

保罗摇摇头，大笑了起来。加里耸耸肩，把报纸放回了兜里，催促他再考虑考虑，向他保证说只要一点风险投资，就能为他们两人都赚来大钱。

保罗还没准备让厨房里的帮手来管理自己的投资组合，但加里能聊聊这些事儿就很开心。这是有工作的人的另一个优势，也许是最大的优势。离开街角后，加里现在有了一些这样的时刻，他的思绪能自由地奔袭到街角所限定的边界之外。随着生活被每日固定的内容稳定下来，加里天性中更好的部分再一次投入了各种想法的海洋。金融趋势、社会问题、宗教、历史以及科学开始再次让他产生兴趣，慢慢地收复了他思想中这些想法曾经欣欣向荣的部分。在结束了自己的班次走到丘顶回家时，他的脊背又挺直了一点，步履也轻快了少许。

这个夏天，加里是一个有工作的人，他也打算以自己仅有的方式保住这个身份。他会给玛丽女士、罗恩和保罗展示一下什么叫做努力工作。两周后的劳动节到来时，他就会树起一座表彰分拣螃蟹功绩的纪念碑，这会让他们好奇在加里·卡斯特罗·麦卡洛来到分拣室之前，他们是如何操持这桩生意的。

让他更愉快的是下班回家时，没有什么喧闹或者致命的东西在等着他。加里现在已经离开街头了，在蒙特街或者门罗街上停留时，只是为了花掉当天的大部分收入，买到所需的小瓶子带回自己父母房子的地下室里去。他不是为了鬼混，也不是要去吹牛，或者沿着这一带的吸毒点去找点勾当做。他从一开始就从来没想要过或者需要过那类混账玩意儿，那团化学物质带来的迷雾才是他真正渴求的。

在地下室里，那台落地扇竭尽全力地搅动着恶臭空气，加里享受着自己的时间：找准一根血管，之后就等着浪潮席卷自己，在独处之中找到绝对的满足。他把那台老旧收音机调到 AM 调频上，让自己沉浸在谈话节目的嘈杂中，在声音飘浮而过的时候，抓取这个国家情绪中的碎片。他是各种概念和辩论的消费者，躺在那张同样疲倦的床垫之上，听着那些事关意识形态的争辩。接着，在凌晨时分，他会慢慢地平静下来，脑袋足够清晰地去享用自己的书柜，同梭罗或者圣徒路加抑或是穆罕默德共度一两个小时。之前加里从市中心某个地方得到了一本卡伦·阿姆斯特朗所著的《上帝的历史》（*History of God*）精装本，自此就沉浸在这个标题之下，甚至决心要挑战这方穹顶之下的全部复杂内容。因此，在大部分夏季夜晚的凌晨时分，至少有一个巴尔的摩的瘾君子能待在床上，伴着一只裸露的台灯灯泡，探索着一神教的根源。

在阅读之后，会有另外的思考和领悟，然后还有另外一个小时左右的时间由电台的静电声诱他入睡。这就是加里·麦卡洛的生活——无助、无害、紧凑，以及或多或少的正常。

作为一个有工作的吸毒成瘾者，作为一个愿意尽自己所能赚取几个小钱并有机会在地下陋室的夜里陷入无意识的男人来说，这是正常的生活。他每周六天擦洗锅具，拖拽箱子，烹煮螃蟹，按照上帝的意愿在第七天休息。某些周日，他会和母亲去街对面的圣詹姆斯教堂，但大部分时候他得在周末工作。加里的"安息日"大概率是个周一或者周二，他会早早地吸食所需的毒品，然后四处闲逛，放任自己溜达到费耶特街以外一点的地方。

他曾去了一次海港，只是走走沿海的走廊，看看游客们。在另一个七月末的下午，他重游了弗农山庄①，记住了沿着查尔斯街的商店。这条街在他多年的迷糊中，几被忘记了。纪念碑附近是一家健康食品商店，甚至比他记忆里的还要好。他买了角豆荚和生姜制作的零食在回家路上吃，很开心能把自己的零花钱花在惯常以外的东西上。

还有一次，他走进了一家放映午后场的影院，赶上了那部所有人都在谈论的《辛德勒的名单》。这部电影震撼到了他，在他的心上撕

---

① Mount Vernon，乔治·华盛顿的故居和坟墓所在地。

了一条口子。他离开影院的时候话都说不出来，对那个噩梦感同身受。但之后的几周里，他片刻不停地谈论着辛德勒、纳粹和集中营，讲他们对那些人都做了什么，对那些愿意听他说话的人讲，说犹太人没有惹任何人，但他们对那些犹太人做了什么。

"无论你去哪儿，"他一度说道，"黑鬼永远是黑鬼。"

有了这双新的眼睛，加里四下环顾着自己社区里的浪费、屠杀和愚蠢，很快就开始思考平行的故事线了。在另外的时间和地点，这些遭殃的人在令人恐惧的效率之下，数以百万计地被射杀、被点燃、被焚烧。在西巴尔的摩，一个保障公民自由的国度里，取而代之的则是对数以千计的人慢性摧毁。加里不得不承认，两者不一样，但又是一样的。

在费耶特街上，生活已经变成了一个慢慢带走黑人男孩和女孩、黑人男性和女性的过程，同时让他们都屈服，让他们变得更渺小。这一切在没有集中营和铁丝网的情况下发生，在没有运牲口的车或者焚尸炉抑或独裁意志的情况下发生。但无论如何都在发生，安静地，一个小时接着一个小时被浪费掉。

加里不仅将其整体视作种族灭绝，还确信这一次，会有人已经准备好，并且能够为其辩解了。他们会疲倦的，他这么想。他们会疲于暴力、疲于毒品、疲于我们的。

他又读了维塞尔的《夜》，听着收音机里的声音——拉什·林博[1]、戈登·里迪[2]和当地的某些人。他早上醒来的时候有了一种迫在眉睫、无法改变的毁灭感。在街上，加里会评论费耶特街的人类毁灭，并把它以某种模糊的方式同大屠杀联系起来。其他的瘾君子对他所说的一窍不通。闭嘴、打针，他们这样告诉他。

---

[1] Rush Limbaugh，著名保守派政治评论员、电台主播。
[2] G. Gordon Liddy，美国律师、联邦调查局探员、脱口秀主持人及演员，最著名的身份是"水门"事件的主谋之一。

但加里认为自己发现了些什么。"黑鬼不是生来就是黑鬼的，"他在一个夏日清晨说道，当时他刚在地下室里注射了毒品，"他们是被制造出来的。"

而他也知道这个等式的另一半：他们讨厌我们。

"他们当然讨厌我们。"

他不带苦涩地说道，有一种源自内心的自知，同时望向外面。他记起上个冬天的某一天，当时他走——只是走路——在联合广场附近，一个雅皮士样子的业主追着他走过了整个街区，威胁说要报警。加里生气了，整整三分钟都在生气，直到他停下来细细打量了自己，并判定那个男人是对的。要是我有任何值得被偷的东西，也会把衣衫褴褛的自己追到街区外的。

他知道自己在人们眼中不过只比一个卡通角色真实一点而已，是一个典型的贫民窟样本，如同任何身着黑白条纹囚服、瘦骨嶙峋的集中营囚犯一样。对那个业主来说，对其他像他一样的人来说，对夜间电台里的愤怒声音来说，他生命中所有发生在此刻之前的经历都无关紧要。对他们来说，他没有历史，没有起源，没有多于此刻此地的东西。对他们来说，他就是一个瘾君子，仅此而已。

他也知道这听起来是什么感觉，以及白人们不想听到这样的抱怨。对于那些深夜电台的家伙们，他不过又是一个抱怨不休的特殊利益申请人，一个在罗斯福新政业已陈旧的当下，靠着福利救济金赡养的遗迹，随时准备着也乐于去责怪世界上所有的不平等，而不是审视自己。

"他们认为我们不知道对自己做了什么，"加里悲伤地说，"他们认为我们看不到。"

他承认个人的罪孽，他知道自己做了什么。但如果那就是全部了，为什么这个世界对待他的方式会和他把一切都做对的时候一模一样呢：那时候他有工作、股票以及共同基金。那时候，他所有的钱和地位对那些售货员和保安都无关紧要，他们还是会在商店里跟着他走。他开着自己那辆奔驰的时候，世界也没什么不一样——车是用伯利恒钢铁公司发的工资和科技股的分红买来的——他经历了几十次警察截停询问和证照查验。当他打扮精神，带着约会对象去海港一带的餐馆时，钱也没有用。他最难受、最屈辱的记忆，发生在一个凉爽的夏日夜晚。当时他带着一个姑娘去了海港城（Harborplace）的城市之光（City Lights）餐馆，询问是否可能把他们安排在户外阳台上就坐。不，抱歉，之后他们被安排在了一张厨房边上的桌子，与此同时阳台上的桌子则空了两个小时。当然，这是一次小小的羞辱——没有什么东西能一下子就把人打倒，除非那个人来自费耶特街，此处的每一刻都会告诉你，你是谁以及你注定会成为谁。

在费耶特街上，他们显然需要黑鬼，因为任何更好的人都没法也不会献身街角。曾经，加里足够强大也足够有钱到可以离开这个地方，但是他犹豫了。身为一个希伯来人，他却听从了法老，留了下来。如今，他再次成了奴隶，和其他人一样。身处费耶特街，还能高于这种地位，那就会是一种指控，这是在侮辱所有那些正在把自己的灵魂片片剥落的人。

整个夏天，在海丰餐馆，加里目睹螃蟹塞在箱子里很久，打开箱盖的时候大部分螃蟹就都躺在那儿，等着进蒸锅。更糟糕的是，那些试图逃脱的还会被那些想要留下的用钳子给拉回去。

"一桶之蟹，"加里会说，化用的是杜波依斯著名的比喻，结合自己的体验，"当一个人开始爬出来的时候，其他人会把他拉回去。"

对加里来说，所有人，黑人和白人，似乎都为他漫长的堕落而心怀感激。每个人的脸上都对此表露无遗，他甚至在那些看着他长大的人脸上、在那些他养大的孩子脸上以及他爱过的女人脸上都能看见。包括海丰餐馆的玛丽女士——她知道他以前做过什么工作，但当看他的时候，他能感到她在看见他是一个人之前，先看到了针头的印迹。

晚上独自待在地下室时，加里会试着充满正义地就此辩论，在海洛因导致的自怜及妄想疯狂漩涡里，把自己的堕落同所有关于种族灭绝的想象编织在一起。

"他们会来杀我们的，"他曾在一次海洛因带来的迷乱中喃喃道，然后倒在了破旧的床垫上，"他们会来的，你甚至无法指责他们的到来。"

但在日间的明亮中，在加里看来，经过了一夏天的诚实工作，这个世界没有权利来如此审判自己。毕竟，他除了自己，谁也没有伤害。他什么也没偷，也没有操弄谁，没有搞瘾君子的勾当，除了同揽客仔们惯常的几句斗嘴。无论加里对自己做了什么，都是在那个地下室的潮湿和静谧里完成的。在美国毒品战争中，他既是毒品成瘾者，也是美国公民。

如果说他在海丰餐馆的雇主们夏初的时候尚没有相信他只是一个吸毒的混蛋，那在七月四日的时候他就让他们相信了。这对巴尔的摩海丰餐馆来说，是最不同寻常的一天。四日的时候，每个头脑正常的马里兰人都会吃蒸螃蟹来庆祝。加里早上七点就到餐馆开始擦洗蒸锅。之后很快，客人们就排满了街区等着买蓝蟹。有些人会来两三次，每次买走半箱螃蟹。

他直到午夜过后才离开。在不停手地分拣了十七个小时的螃蟹后，加里筋疲力尽地走回了丘顶，双眼因为调料而充血，双手和双腿则被大个蓝蟹的钳子给刮擦得伤痕累累。当天在海丰餐馆，有五百箱——六万个硬壳螃蟹——被分拣，并在冰水里镇住，然后蒸熟卖掉。这是南门罗街上一次毫不停歇、从早到晚的螃蟹盛宴。等到了那个七月四日的晚上，他的口袋里塞满了现金。除了来一发毒品后就睡觉，加里已经太过疲倦，做不了任何事儿了。他不需要收音机或者书柜。他坐回床上，立马就陷入了最深的睡眠之中，还夹杂着逼真的螃蟹梦。他时不时醒过来的时候会发现自己的手似乎还在箱子里疯狂搅动，分出死蟹和活蟹、公蟹和母蟹。

四日之后，甚至厨房里工作的白人男孩们都不得不给他应有的认可了：加里就是管箱子的约翰·亨利①。除了当天下午的那次短暂休息——当时他不得不走上丘顶，让自己感觉舒服点——没人能那么迅速且欢欣地把螃蟹从卡车上卸下来，倒进锅里，然后送出柜台了。加里是有自己的问题，那些白人男孩也承认这点，但等晚餐高峰来临时，他就是那个毫不惜力的混蛋。

他们整个夏天都在呼唤他。

"二元餐，加里。"

"来了来了，摩。"

"你有任何软壳的吗？"

"有你要的，老板。"

一天接一天，一箱接一箱，他做这份工，吸他的毒品。海丰餐馆没有任何人，无论黑白，会因为这其中的任何一点感到不适。

劳动节的到来标志着夏天结束了，加里重回巅峰。在海丰餐馆，这是螃蟹季里的最后一场战斗，运海鲜的卡车从特拉华、东海岸以及卡罗来纳海岸开上了门罗街。对加里来说，这是向老板们展示的最后机会。他要证明，当螃蟹季过去，工时被缩减的时候，他是那个他们需要留下的人。

"一百五十箱，"罗恩喊道，从装卸处进到分拣室，"我们把它们搞进来。"

加里就在那儿，第一个来到卡车后面，一次扛着两箱，里面愤怒的母蟹从板条的空隙里伸出钳子来，想要给他造成麻烦。

"啊，"一只螃蟹在他皮带上面找到了一块没有防护的皮肤，他喊

---

① 美国民谣中的黑人英雄。

了起来，"我被夹了。"

一个战斗伤疤，弟弟卡迪轻轻笑了起来。

"把衬衫都给我夹穿了。"加里说道。

"婊子们都这样，"卡迪说道，指着那箱母蟹，"你得时刻留意它们。"

加里也笑了起来，不顾喉咙里的过敏瘙痒，也不管腰上的刺痛。他不断回到卡车那里——十五、二十次——直到双臂再也抬不动了。然后他再次走了过去。

"多少了？"等到箱子都被扛进去并码好后，罗恩问道。

矮子鲍比沿着一排排箱子数道。

"四十七、四十八……四十九，"鲍比抬起头，皱了皱眉，"短了一箱。"

"不，老板，"加里在水槽的边缘说道，"最后一箱在这儿。"

他已经分拣了三分之一箱了，把活螃蟹扔进冰水中让它们停止挣扎，把死了的扔进地板上的一个垃圾箱里。在完成了这一箱里的十打或十二打后，又是一箱，再是一箱。

"……哦，快乐的日子，"加里一边冰镇着螃蟹一边唱着福音歌曲，"……哦，快乐、快乐的日子。"

外面，队伍排出大门，排到了人行道上。厨房里的帮工们飞快地服务着柜台前的人群。

"我们航向正确，对吗？"加里吼道。

他摘下自己那顶加州天使队棒球帽，擦了擦前额，又把帽子戴回头上。他拉动水槽里的上升链条，三箱盖满冰块的二元餐螃蟹从水里升了出来。他用一只手抓住水槽旁边带轮子的方形不锈钢蒸蟹锅，另一只手把那堆螃蟹扫进了锅里。

"撒料！撒料！"他吼道。年轻雇员里的吉米在底部的这一层螃蟹上撒了一轮调料。

加里又扫起了自己的胳膊，推着另外三四打螃蟹走向它们的末日。"撒料。"

这是干这活的快速方法，也是当客人都排到了街角时必须采用的方法。其他时候，你可以一次抓一只螃蟹，然后把它们小心地叠放在锅里，确保每一只螃蟹都被撒上同样多的调料。但现在，赶上节日，就只能从简了。

"我们是在微波它们，"加里宣称，"我们对它们用的微波工艺。"

他又扫动自己的手臂，一个蟹壳的尖扎进他的手里，尖儿直接扎透了厚厚的橡胶手套。

"嗷！干!"

他扯下那个尖，把手套取下来检查伤口。他另一只手里抓着那只袭击了自己的螃蟹。他盯着它看，好像在期待对方给出什么说法似的。在这样的时候，螃蟹分拣工会把袭击者扔向墙壁。一摊螃蟹，摩，还要把残骸留在原地，好像是对其他螃蟹的警告。但这不是加里会做的。

"嘿，嘿，"他说道，把那只螃蟹温柔地放进了锅里，"螃蟹有自己要干的活儿啊。我也有我的。"

手臂又扫了几次，他就把水槽清空了。

"撒料！撒料!"

保罗从蒸蟹室传来了一个双份的订单，要的是三十二元餐，也就是最大的切萨皮克蓝蟹。怪物似的螃蟹在卡迪左边最远角落的分类桶里爬着、彼此打斗着。对那些舍得花钱的人来说，吃螃蟹没什么比吃三十二元餐更棒的了。

"把大家伙们给我，老板，"加里说道，绕过了卡迪去拿那个桶，"外面有些人是要来真的啊。"

这些怪物进了冰镇水槽，链条被拉了下去，那些被冻住的螃蟹又出现了。吉米开始从自己那边往锅里扫，把那些三十二元一打的蟹赶进锅里。

"不，哦，不，"加里喊道，阻止了他。

他把那些螃蟹整齐地排成一排排，让它们为最完美的烹饪之旅做好准备。

"加里，我们没时间了。"

"我们有的。我们要为三十二元蟹留出时间。"加里告诉他，同时把一层层螃蟹排好并撒料。"这些不仅仅是螃蟹，摩。它们是甲壳纲动物。你得尊重它们。"

吉米甚至都没法争辩。那些坏家伙在锅底看起来真是漂亮，加里则努力地干着这活，赶时间、做漂亮。

"……哦，快乐的日子。"

"肥仔"科特靠坐在那张塑料椅子上，等着他们递来支票的这个环节。他糟透了。任何见到了他双臂和双腿的人都可以看出这一点。他妈的任何一个合法政府除了给他一张支票，还能做什么呢？

"戴维斯先生，"社会保障局的社工问道，"你的情况性质是什么？"

"你说啥？"

"你出了什么问题而导致无法工作？"

"我肿了。"

"抱歉？"

"我的腿和手都肿了，走都走不动。"

"但病症是什么呢？"

这让柯蒂斯·戴维斯想了一会儿。他往前倾去，四顾了一下这处位于弗雷德里克大街上的社会保障局分局办公室。他的思绪陷入了挣扎，双唇试图抓住自己从医院白大褂那里听来的那些长单词中的几个。

"象皮病。"

那个社工从他的键盘上抬起了头。"象皮病？"

是时候出王牌了。科特把双手都伸到了右膝下，把腿给拉直了，然后慢慢地抬了起来。他把脚踝从桌角侧边给绕了过去，然后松了手。从膝盖到脚，肢体肿得如此严重，科特宽大的牛仔裤都绷到了撕裂边缘。那只跑步鞋比他通常穿的大了三码，甚至连这都没法系上鞋带。

"呃……"

那个男人说不出话来。但科特还没完。此时是九月，很快他就会身处又一个巴尔的摩冬天的彻骨寒冷中，在某栋空屋里鏖战了。对科特来说，未来就系于此刻，他寻思这一定是他的机会了：要是他把裤子拉起来，展示哪怕几英寸坑坑洼洼、形同鳄鱼皮的肢体，这个搞文件的人就一定能明白了。这不过是找到对应官员、对应办事点的事儿。你领一个编号，然后就等着。你填写正确的表格，给他们所需的一切信息。你做了这些事儿后，还有这条腿当王牌。你把它放上去，然后就有钱拿了。

对科特来说，这一切构成了一个严密的计划。

"呃，先生……"

但科特正忙着当"导游"："我的脚踝也坏了，从窗户上摔了下来……看看这里……"

"戴维斯先生，不必展示了。"

科特还在同裤脚搏斗，想要展示更多。此时那个男人轻轻地摸着他的鞋子，坚持让他把那条腿放回地板上。

"我不需要检查残障的情况，"那个男人解释道，"会有医生基于你申请的问题来评估的。"

"嗯嗯。"

科特继续回答了几个问题，键盘哒哒响着。工作经验？工人。什么时候？很久以前。当下收入？没有。当下财产？没有。你是在哪儿接受针对残障的治疗呢？

"医院。"科特说。

"哪些医院？"

"所有。"

五分钟后，表格填完了，档案准备好了，科特接过了递来的副本。柯蒂斯·伊泽尔·戴维斯，四十五岁，正式申请美国政府认定其为残障人士及无工作能力人士。

"你被驳回了，"那位男性社工说道，礼貌地微笑着。科特摇摇头。他想要再展示一下那条腿。

"戴维斯先生，除了那些在法律上是盲人或者四肢瘫痪的人，每个人都会在首次申请的时候被驳回。那现在，你愿意为这个决定申述吗？"

科特点点头。

"好的，"那个人说道，在屏幕上移动着光标，"我现在就标记你的申述申请。你会在九十天内收到邮件通知。"

找错桌子了，科特想道。他慢慢站起来，剩下的文件被攥在他一只肥大的手里。要是这是那张对的桌子，他告诉自己，他就已经拿到支票了，或者至少有了一个支票很快就会送到的承诺。但现在，他又给自己搞了个申请，加入了过去几周里的其他两三个申请当中。手上的这些文件——他已经向社会保障局申请了附加保障收入——可以让他继续申请州一级的医疗补助。要是他走运的话高一级补助可能会在三个月内生效，他最近同时还填了申领食品券的表格，但那个申请现在卡住了，罗斯蒙特街上的那些社工说只要他还在波恩赛考斯医院住着，就无法通过批准。他的饮食需求，他们解释道，现在由医院负责。但他已经出院一个多月了，罗斯蒙特街那儿没人费心通知他要再次提交文件。

然后还有首期援助贷款计划（Downpayment Assistance Loan Program，DALP）——州里为残障人士提供的贷款项目——通过该项目，科特被允许每个月"借"一百五十七美元以支付自己的生活开销，包括租房。那个申请也在罗斯蒙特街那儿的办公室之间来回飘着，等着某人能站出来宣布科特是残疾人。DALP 项目是去年开始的，当时马里兰州把成年男性从医疗援助项目中剔除了，立法机构设立了一个新的项目，但前提是有这么一个条款：所有发放的款项都是贷款，需要在三年内偿还。罗斯蒙特街上或者其他任何地方都没人相信有人会还钱，但称其为贷款而不是福利，能让州立法者们在如此多的对福利制度进行改革的讨论中自我感觉良好。

　　无论如何，科特都已经出院了，得靠自己了，得亲自去搞他妈的社会福利申请了。因为没有收到支票，他和其他人一样等着：拿一个号码，坐在罗斯蒙特分局等候区的塑料椅子上，要么就是去社会保障局在弗雷德里克大街的分局办公室里。他在社工面前恳求着，回答他们的问题，签写他们的表格，等着某个负责的人带他去对应的桌子前，让那个负责的政府员工为他腿的状况惊异不已，然后给他钱。

　　在此之前，他什么都没有，甚至连参加图尔克之家会议的两美元都没有。他一直在参加，不是每天都去，但频繁到足够留在他们那份入住治疗的等候名单上。大部分时候，他都在埃拉蒙特街的住宅区，在自家姐妹的客厅里看着综艺节目和肥皂剧，等待邮递员。每一天邮差都会送来永远不会被支付的账单——仅是上次住院就要八千美元——但其中一直没有那封所有社会服务部门信函都会用的、印着凸印样式字体的信封。

　　他的姐妹安吉也有自己的问题，但她愿意收留他一段时间。可是，除非科特很快能得到支票，否则他就得重回街头。他已经去门罗街和费耶特街一两次了，主要是为了赚点现金好洗衣服，或者买个汉堡或菠萝味冰糕啥的。"臭仔"和平普、"蛋仔"达迪和布鲁都赞扬他能保持住清醒，这让他感觉很棒。但他的健康状况并不比之前有所改观，甚至更糟糕了。每走一步，他的脚踝都会给他带来钻心剜骨的痛。

在波恩赛考斯医院把他赶回街头几天后，他就去到了约翰·霍普金斯医院的急诊室，想把脚踝给治治。但那个分诊护士对他很冷淡，在等了六个小时后，除了一个三周后的预约，他一无所获。

又过了三天，他去了大学医院，希望能得到好一点的待遇。急诊室里的白大褂给他做了个 X 光，然后把他交到了骨科。

现在，距他在社会服务办公室展示那条腿的一天后，那个骨科的医生看着同样一副惨状，判定了科特已经知道的结果：那个脚踝已经习惯了这样不正常的扭曲，也就是说，除了接上骨头，没什么别的可做了。

"而且我们很可能无法在这么肿胀的情况下给那条腿做手术，"那个住院医生解释说，"血管的受损程度不允许我们做这个手术。"

所以他们把他送去了心血管科。大批马里兰大学员工聚在一起，对此情此景倍感惊异。

"你吸毒多久了？"一人问道。

"够久了。"

"你已经造成了不小的破坏啊。"

"我知道，"科特打断道，"不需要医生给我说，但要是你愿意的话，继续说吧。"

"我只是……我从没见过这么糟糕的淋巴水肿。"

"象皮病。"科特向他保证。

"不是象皮病，"这个心血管科住院医生说道，"是淋巴水肿，血管的肿胀，很确定是无法复原的。"

然后，那个住院医生解释道，要是能持续使用那台血管收缩机器也许能够降低肿胀程度。科特每天不得不坐上几个小时，同时双腿要被抬起来，每条腿都被一个收缩板紧紧裹着。这位住院医生写了一份处方。

科特一瘸一拐地走到市中心的一家医疗设备公司，前台的女人想知道他是不是打算同时压缩两条腿。

"啥意思？"

"你想要同时在两条腿上都上板子吗？那样的话花的时间少点。"

"但那个更贵吧。"科特猜道。

"恐怕是的。"

"一条腿。"

"一个月的租金是八十美元，或者你可以花五百美元买个机器。"前台告诉他。

"五百，"科特倒抽了一口气，"我可没见过五百美元同时在一起的样子。"

"你有医疗援助吗？"

"我正在申请呢。"

"如果你有医疗援助卡，我们也许可以想点办法。"

如果，到时候。日子就这么一天天地过去了，但除了更多要求证明申请医疗援助正当性的文件，埃拉蒙特街上的那个地址什么都没有收到。凯茜女士，那个被分配给科特的社工，想要一份由科特姐妹签字的租房表格，以及波恩赛考斯医院和大学医院的更多医疗档案。没有关于食品券的消息。没有关于 DALP 的消息。

等待折磨着科特，消耗着他的决心，步步可见地把他拖回了街角。他在医院的时候戒掉了毒瘾，并在之后保持了几周。他去戒毒会议，聊那些十二步康复的话题，把自己的故事讲给别人，又听他们把同样的故事说给他。他尽可能地做了那个婊子社工要求的事儿，怀着模糊的信仰，觉得有了一点政府给的钱，他就可以找一间自己的房间，还能有点儿吃的和其他杂物，然后再试着攒出比他能在门罗街和费耶特街上所搜刮到的更多一点的尊严。但政府的钱近期不会到来，他的姐妹也希望他能够承担部分房租，在其他任何计划都没有的情况下，科特只有一件自己足够了解的事儿。

"可还好？"

"大白。今天是大白袋儿。"

"它们够炸吗？"

"它们肯定可以让你嗨。"

他试了一段时间只揽客不吸毒，要求用现金而不是毒品支付自己的酬劳，好让钱落袋与安。他也没怎么自己经手毒品：他动作太慢，已经无法自己存货来卖了。同时他现在也足够清醒，不会在口袋里随身带着一两份毒品了。由于他的身体状况，他已经可以免于被逮捕了。现在作为一个从交易本身抽离了一两步的销售人员，他更安全了。"我没事儿的，"他解释道，"只要那些黑鬼不会搞混，警察不犯错就行。"

有一段时间，他在门罗街和费耶特街上时断时续地揽客，在旧日生活和依靠政府资助的新生活之间走钢丝。但街角要的不是临时工，不久之后，科特就几乎每天都在这一带了。他错过了很多次图尔克之家会议。到了九月底，他从等候名单里被剔除了。又过了一两周，他不再每晚都回到埃拉蒙特街上的家了。最后，他彻底崩了，黄疸又回到了眼里，他的日日夜夜又变成了连同街角的其他重度成瘾者一起在布鲁家和安妮家之间的来来往往，在蜡烛边上等着丽塔的操作。

"饿仔"已经死了快两个月了。平普现在更虚弱了，皮包骨头。科特的弟弟丹尼斯也一样，蹒跚挣扎着，拒绝向"虫子"认输。而丽塔的双臂已经腐坏到了抗生素都无法起效的地步，发出的恶臭几乎要把布鲁的吸毒点给清空了。

至于这座针头圣殿的所有者，他已经又一次栽了，在夏天最盛的时候，消失在了一辆警车的后座，背上了新的指控，并证明了街角的信仰：诚实永远都不是最好的策略。

"你叫什么？"一个西区的街头巡警问他。

按照街角的标准，这个是不可思议的问题：仿佛仅靠这个问题，你就可以在门罗街和费耶特街附近走近某人，然后获得他正确的姓和名似的。但这个在门罗街上步行巡逻的警察刚巧是一个资深的文员，是在那些要把所有家猫都赶到街头的临时多部门严打中，被轮换上街头的一个。那个巡警愿意费劲问这个问题本就够荒谬了，而布鲁——之前已经向一对凶案组警探就同样问题撒过谎的人——居然真回答了这个问题，这更是超出了众人的理解。

"我叫啥？"

"对。"

"乔治·尔普斯。"

于是这个巡警打开对讲机，要求调查乔治·尔普斯。当关于逮捕令的调查结果返回来的时候，很难说这两人中的谁更惊讶一点。乔治·尔普斯，的确，是一个被通缉的人。违反了早前盗窃房子一案的保释条款——似乎是假释和缓刑部门想要知道自己的那个居家监视脚环遇到了什么事儿——且不说调查对象正戴着呢。

"啊，哥们儿。你是在开玩笑吧。"

那个警察看上去近乎悲伤，"你为什么要给我你的真名啊？"

"我以为没关系，"布鲁耸耸肩，"最近真没干什么。"

警察被招来了，布鲁今年第二次被拘走了，把他童年住所剩下的部分留给了瘾君子们。这个地方如今没有任何东西可以偷和卖了，只有用过的针头、瓶盖、蜡油，以及剩下住户的肮脏被子。而当他在夏末从市拘留所回来时，这些东西也早不见了。

他再一次从伊格街上戒毒归来了，就像从之前一次拘留中被放回来时一样清醒。他再一次回到了那个除了同样的失败和痛苦再无他物的地方。他感觉到了彻底的疲倦。在那种疲倦之中，他用不同的眼光看到母亲的排屋几乎不剩一物，那个地址也已经同他几乎没有什么关系了。

当时，布鲁就判定自己再也不能这样过日子了。一个朋友之前告诉他在南巴尔的摩某个改造过的消防站里设有一个无家可归者庇护所，一个可以允许人在里面最多住上六个月的居留项目。那个时间长到足够找到工作，存下点儿钱，以及做个计划了——前提是你不会重回街角，不会在任何一次随机尿检中违规。你必须戒断毒品才能进入那个南巴尔的摩的消防站，而布鲁知道要是他在门罗街和费耶特街上多待一秒，都会失去所有清醒的机会。所以，从拘留所里回来的几天之内，他就打包了自己的颜料、画笔以及记录诗作的日记本，打了一辆黑车沿着巴尔的摩街往下，朝南穿过了凯里街上的铁路立交桥。他的消失如同从监狱里回家一样突然。没有上路前的针头派对，也没有临行前最后来一次的勾当。他几乎对谁都没说，除了一声随意的"有缘再见"，对那些看着他钻进黑车里的熟人们啥也没多说。与其说是一次真正的离开，不如说是投降。他当晚没有回来。第二天晚上也没有回来。之后的每个夜晚都没有回来。

过了大概一两周，布鲁就只是那些还留在门罗街和费耶特街上的人们迷糊头脑中的一缕记忆了。在他家的残骸中，那个迷失军团仅剩的士兵们时不时地应付着一切。坏小子、"包子"、"饿仔"和布鲁以及其他所有的伤亡人员都已成为回忆了。对于那些窝在这栋残破排屋里的人来说，已经没时间去回忆不在此处的人了。九月的第一股微风呼啸着穿过胶合板的缝隙，让他们被天气变化的威胁攫住了注意力。如今夜里凉了下来，有时候几乎是冷了。无论能持续多久，这正是睡觉的好天气。但随着秋天到来，冬天也就接踵而至了。对于科特、"蛋仔"达迪、丽塔和平普这样的人来说，冬天是苦行军的天气。

就拿"肥仔"科特来说，他再不可能熬过这样的一个冬天了，他自己也知道这点。他喜欢进到室内，攒点坚果莓果啥的，找个暖和的地方"冬眠"。但是，依然没有支票寄到埃拉蒙特街上的地址。当科特挣扎着爬上山丘去收信件的时候，他找到的不过是需要更多文件的要求——一次又一次要求证明残疾，科特愿意为任何想看的人卷起自己的裤腿。罗斯蒙特街的社工现在想要过去两年的病历了。科特从街角的业务里抽身很长一段时间，好搭黑车去罗斯蒙特街上。在那儿他问了关于钱的问题，并被告知他的 DALP 申请尚在处理中。

"你申请 SSI 了吗?"罗斯蒙特街的那个女人问道，"因为要想收到 DALP，你必须申请 SSI。"

"我去过。"

"你去过社会保障局?"

科特点点头。"他们说我得申述。"

"行，那你应该不久就会收到我们的消息了。"

不久，科特按照自己的理解接受了这个说法，也就是说，他得回到门罗街和费耶特街上，尽他所能地为即将来临的天气做准备。他从一个朋友那里淘来了一套加大号的运动衫。要是他待在户外的话，需要穿两层。他换了一双新的跑步鞋。之后，当警察跳到门罗街和瓦因街上，作为即将结束的季节里最后一次毫无用处的惯例，把那些街角清理一空的时候，科特得到了一件新的外套。

外套不是直接到他手里的，不是出于慈善，而是经历了一系列不太可能的事件。这要从一个身穿黄棕色皮夹克的年轻毒贩冲上瓦因街开始说起。他后面跟着一辆西区的巡逻车，后者是逆行开上富尔顿街然后冲进小巷子里的。那个孩子飞奔着从两辆停着的汽车之间埋头冲过，然后在瓦因街 1823 号前猛然停住。他一步就跨上了门前台阶，然后抓住门把手。门锁着。他开始砸门，但那个巡警看到了他，巡逻车引擎轰鸣而来。除了跳下门前台阶，试着冲到背街巷子里之外，别无他法了。但不行，那辆巡逻车会在那儿等着他。

那孩子猛然冲回街上，跳上了另一组台阶，拉开了 1827 号的防风门。他迅速进到前厅里，从肩头扯下皮夹克，希望换身衣服就能甩掉猎犬们。他偷偷摸摸地走过楼梯间，进了厨房里。在这里他撞见了萝伯塔·麦卡洛，她正在熨着丈夫的工作衬衫。

"那……那个詹姆斯在吗？"

"谁？"

"詹姆斯。"

那个孩子把外套扔到了满当当的餐桌上。萝伯塔·麦卡洛狠狠地盯着他，试图想起任何有关信息。

"你是谁，年轻人？你为什么在我家里？"

那个孩子走向后门，消失了，从厨房里飞了出去，进了背街巷子里。西区的警察们稍后来到了前门，冲过房子去追他。萝伯塔女士只差一点就犯心脏病了。

"他在哪儿？"第一个穿过大门进来的警察问道。

她毫无办法地指向那扇后门。那个西区制服警不相信她。

"要是我们在这儿找到了他，你也会被关起来。"

萝伯塔·麦卡洛说不出话来。另一个巡警冲上了楼梯，她能听见那间临街卧室里的搜查声。

"他在哪儿？"

"他从后面走了。"

"他是谁？"

"我这辈子从来没见过他。"

"那他为什么要跑到这儿来？"

她摇着头，迷惑了。他们不相信她。

警方又待了一会儿，其中两人对加里的地下室进行了迅速的搜查。他们离开的时候带着毫不掩饰的厌恶表情，既没有给出解释，也没有道歉。一会儿之后，当卡迪把自己的皮卡停在瓦因街上，试图走进他妈妈房子的时候，警察把他狠狠压在了砂浆墙面上。

"他是个有工作的人。"平普从小巷的尽头吼道。

但这些细节已经不再重要了。卡迪被强迫当街脱下了裤子，两名西区警察对他进行了搜裆检查。除了失望，一无所获。

"这可不对。"卡迪对他们说。

"闭嘴。"

"我只不过想看看我妈妈。"

"闭嘴，不然就关起来。"

威廉·麦卡洛停下出租车的时候，看见自己工作最努力的孩子被压倒在人行道上，裤子被扒到了脚踝。"你们这是在对他干啥啊？"威廉·麦卡洛问道，"他有工作的。他有两份工。他和这一堆破事没有一点儿关系。"

但这些西区警察们找够了乐子，直到街上所有人都清楚这件事没有道理后，才放卡迪走——无论是法律上还是道德上——从最开始把他摁倒在人行道上就毫无道理可言。

"这是个零毒品区域，"一个西区制服警离开的时候告诉卡迪，"你会因为随地乱扔垃圾而被关起来的。"

"我住在这儿。"

如同迅速降临在瓦因街上一样，警察们也很快离开了。巡逻车和囚车分别加速驶向了小巷的两头，消失在下一项任务中。

威廉·麦卡洛说了一会儿要投诉的话，但卡迪劝住了他，告诉父亲那事儿没啥好处。妻子从震惊中恢复过来后，注意到了那件黄棕色的夹克在她的桌子上。那件衣服吓到了她。

警方搜寻着这个区域，徒劳无果地寻找他们的猎物。萝伯塔·麦卡洛拿着那件皮夹克走出了自家前门，把它送给了自己看到的第一个活人。

"你要……你愿意要这件夹克吗？"

"肥仔"科特站在瓦因街上，盯着这匹馈赠之马的牙口看着①，"你说啥？"

"那个年轻人把它留在了这里，我不想让它在我家里。你需要外套吗？"

"是的，女士。"

因此，"肥仔"科特的秋季穿搭完成了。他把自己的拐杖靠在麦卡洛家房子前面的砂浆墙上，上身试了这件夹克，算是基本合身吧。他谢过她，拿起了拐杖，沿着瓦因街走向富尔顿街去了。

等他走到列克星敦街和布鲁斯街的街口，一辆西区警局的车经过了他，正朝着另外一个方向开去，然后尖叫一声停了下来。科特没有马上转过身去，尽管他能感到那个巡警的目光盯在了自己的背上。那个警察缓缓地把车沿着列克星敦街倒了回来，倒到足以从前方看到科特为止。

"看啥？"科特问道，"我看起来是只兔子吗？"

绝妙的一句，但那个警察没有笑。

"那件夹克哪儿来的？"

"朋友给的。"科特说道。

那个西区警察生气地离开了，"肥仔"科特则继续着自己的事儿。他又是一名战士。如今，无论如何假装，他已经确信自己将永远是一名战士。再过一两周，他就不会再去他姐妹的房子，或者为需要更多文件的那永无止境的要求而担心了。他不再相信政府资助了，也不再相信罗斯蒙特街的那些塑料椅子，不再相信要找到对应的那张办事桌子了。他不相信自己的脚踝会停止疼痛，不相信自己双腿的肿胀会消失。他相信自己的肝脏不得不在现有条件下尽力工作。是的，"肥

---

① 源自英谚 Don't look a gift horse in the mouth（馈赠之马，勿看牙口），指不应该对礼物挑三拣四。

仔"科特回到了岗位上，布鲁家里也没有人想要他去任何别处。那里也没有人会提醒他，至少有几周的时间，他看起来比之前很长时间里的状态都要好。"肥仔"科特回到了他们的生活中，他们因为这样一个井井有条的宇宙带来的安慰而充满感激。他的回归确定了那条古老的街角公理依然正确：没人能活着离开。

只有一次，科特犹豫了，至少有那么短短一瞬间，展露出了对失去那三四周清醒中收获的成果的遗憾。一个没有太阳的下午，坐在门罗街一栋排屋的台阶上，科特真的哭了起来，眼泪在他的眼角积攒，然后冲下了脸颊。

加里·麦卡洛正和他在一起，组成了一对奇怪的组合。科特和加里其实混不到一起去。加里还是乐穆勒药店伙计时，店主们命他去追赶拿了东西没付钱的科特、丹尼斯和其他人，他们由此结下梁子，根本混不到一起去。但那一天，科特选择为自己悲伤，还请了加里来陪自己哀悼。而加里自然会愿意听吸毒点里那帮人永远不想听的东西。

"看看我，看看我的腿，我的手……"

"嗯嗯。"

"我他妈就是个怪物，我他妈什么都做不了……"

"你应该去趟急诊室……"

"你以为我是没去过城里的每一家医院吗？该死的医生们屁都做不了。"

"但是……"

"没什么但是。我需要爱。每个母亲的孩子都需要爱。我这个样子谁他妈会爱我啊。没有人爱过我，也没有人会爱我。"

这让加里无话可说。他把一只手放在了科特的肩上，等着这一刻过去。这一刻确实过去了。

"我得去赚点钱。"科特说道。

"我也是。"加里说。

"你还在下面搞螃蟹呢?"

"对。"

从此刻开始,柯蒂斯·戴维斯就只露出他公事公办的表情了。不再聊什么治好脚踝的话题,也不提治腿或者治手,不再预约诊所或者去急诊室了。仅有两个医疗事务还让科特挂心,其中一个似乎是在找他。已经两次了,某个叫罗伯特·卡尔的人悄悄地走近费耶特街和门罗街上的男孩们,问柯蒂斯·戴维斯可能跟哪儿混着呢。

"你是警察?"

"不,我是波恩赛考斯的。"

当然,没人信他。人会去医院,但医院不会来找人。

"科特在哪儿?我只需要他签几张表格。"

"他走了。"

"行吧,告诉他来一趟医院。"

但科特不打算同罗伯特·卡尔聊天,不管他是谁。要是这个男人不是一个带着逮捕令的警察,那就是个收债的。科特已经看到类似的账单堆满了自己姐妹的房子。哪怕医院在接下来的一年里每天都派人来街角,科特告诉自己,那些账单涉及的钱波恩赛考斯也永远都收不到了。科特不得不躲着卡尔先生,他可能会需要回波恩赛考斯处理最后一点医疗事务的麻烦。

在向加里掏心一周后,科特和一个朋友小心谨慎地走去了波恩赛考斯,想要去问一个问题的答案。科特知道自己已经测试过了,那些医生们不可能在那么多次治疗他的时候不去做个测试。几周以前,他已经问医院要过自己的病历好用来核实 SSI 申述了,但因为街角再次攫住了他。他没有跟进。科特寻思那份表格多半在病历里的某处,装在一个马尼拉纸的信封里,等着自己。

"你能给我复印一份病历吗?"他问一个护士长,"在哪儿我能看看自己的病历呢?"

他被告知要走过几个走廊，到建筑靠费耶特街那部分的一个小柜台前。他报了自己的名字，一个漂亮的金发姑娘递了病历给他。没有会诊、没有解释、没有隐私——只有一厚沓病历和检查报告落进了一个瘾君子肿胀的手中。科特不识字，但他带了个朋友来。

"说了啥?"科特问道。

那个朋友迅速地掠过表格。"虫子"已经抓住了丹尼斯、平普和布莱恩。它也抓住了坏小子，天知道门罗街和费耶特街上还有多少人会在毫不知情前就死去。科特不是傻瓜，他知道自己和别人共用过多少支针头，知道自己熬过了多少个日日夜夜、岁岁年年的吸毒生涯。

"说实话。"科特坚定地说道。

"你是阴性的。"

"嗯嗯。"科特没有表示出惊讶。

"科特，你的测试结果是阴性的。"

要是真有赢家的话，这算是一个了。颠覆概率，柯蒂斯·戴维斯成功得到了一个相当于马里兰州彩票大奖的医学奇迹。

"科特，这意味着你没有得。"

"该死的，我知道阴性的意思。"

"行吧，你放心了，对吧?"

"我是个战士，""肥仔"科特说道，"要是我得了，我也会对付它的。"

早上七点、七点半的时候，他们出现在罗斯蒙特街上的那间办公室外，在熹微晨光里靠在黑色的金属栅栏上，或者瘫在这栋由红褐色砖垒出的盒子那段没有扶手、边缘尖锐的台阶上。他们一言不发，默默等待，有时候会问其中一个保安到没到自己，他们是接收二十个人还是二十五个人，什么时候他们会开始放人进去。

到了八点左右，其中一个保安拿着纸条出来了，编号一到二十五。纸条被发出去的样子就好像这里是个熟食店的柜台一样。有时候会有一两句争论，也不过只是在消磨时间。十四号告诉十三号说她先来的。十三号说你先来个屁，我看见你从黑车上下来，走过来的。但大部分时候，在接下来的半小时里，他们都会保持安静，直到工作人员下来抽早上的那根烟。

从此时开始，那扇门的每一次打开和关上都被那些等候的人记着。他们开了吗？他们啥时候开啊？后来的人挪上来问自己还有没有机会，或者数数已经有多少人拿着号码在等了。那些愿意试一把的会留在附近，其他人则踱开了，发誓下一次要早点来。

九点，门没开，队伍末尾的一两个人那里有了几句低语，但没人离开或者同保安进行任何认真的争论。十分钟后，办公室开了，编号一到二十五被吆喝着进去。他们经过保安，走向那台老电梯。就是那台上面涂着"所有在这儿上班的人都去死吧"的电梯吱吱呀呀地把他们五人或者六人一组送上了三楼。

在大厅的尽头，另一个保安冲他们的肢体乃至私处挥舞着手持式金属探测仪——投入程度勉强表示出这是一次认真的搜查，并让受辱的感觉再增加了一点。从安检点开始，是去往等候区的一小段路，在等候区里，这帮人可以选择各种颜色和形状且不想任何人的屁股能好受的不成套塑料椅子坐下。这些椅子存在的理由只是为了装饰一下美国政府最底层的这个机构而已。

他们坐了下来。接下来的四个或者五个或者六个小时里，他们似听非听、似看非看。他们的脸庞是冻住的面具，盯着墙壁或者天花板，或者向他们强制宣传艾滋预防、产前护理和毒品成瘾的电视。他们坐在曾经一起上学或是住在附近的人之间，其中可能有朋友的朋友，但除了浅浅一聊，所有这些信息都不会被谈起。

"你还好？"

"老样子。"

他们看着一号和二号、三号和四号走到前台接待员面前，说出他们前来这里的理由。他们看着那些人最终被配上了社工，带着一页又一页的表格去了别的房间。他们等着五号和六号、七号和八号。九号被叫到的时候，他正同桌子后的那个女人进行着一场漫长的争论。那人争着什么自己已经填了申请，只想要见自己社工的废话。但不，该死的，他没有预约。花了十分钟才轮到十号。

午饭时间到了。在四十五分钟左右的时间里，没有一个号码被叫到。然后时间连同着号码开始再次悄悄流动。最后，下午过了一半了，对那些又累又饿的人来说已经是漫长的一天了，是同那条"蛇"的较长搏斗中的一次了。

"十八号。"

十八号已经走了。

"十九号。"

啊，上帝。终于轮到十九号先生了。他坚持住了。而因为坚持，他赢得了拿过一张申请表并跟着社工走过大厅进到侧边一间填满空文件柜和远古办公家具的办公室的特权。要是他走运，他能遇到个足够友好且能快速处理文书工作的公职人员。老兵们熟知工作人员名单：遇上那个染头发的女人，那她永远、永远都不会接你的电话；遇上那个尼日利亚人，一旦情况变复杂，他说啥你都听不懂。但在此刻，一切都不重要了。在这么一天，希望依然还在，十九号先生同社工之间的你来我往有着舞会上第一支舞的所有教养和体面。表格都填好了，规则也都解释清楚了。对补充文件的要求被记录了下来，这个过程看上去是合理且确定的。他离开时感觉自己已经表明清楚了必要的内容，所剩的不过是得到那张独立卡，然后就等着钱从银行的电脑机子里出现了。

但始终等不到任何一个支票日到来——甚至等不到有钱开始流动

时——那些去过罗斯蒙特街的人就会生出一股强烈的恨意。这个对他们的绝望漠不关心且本身就过于短缺的体系让人倍感苦涩，对其中的傀儡们更是充满抱怨：那是一些哪怕竭尽全力也无法弥合自己同客户之间天堑的人。罗斯蒙特街的常客们都明白那些社工有太多客户了。他们有太多的冗余文书工作要做。他们受那些要求无穷无尽的文件束缚，能做的有限。但一旦涉及生存，真相就毫不重要了，因为这里涉及的是真金白银：吃饭的钱和租房的钱，买耐克和汤米·希尔费格的钱以及买毒品的钱。而当他们做了全部被要求的事儿，钱还没有如同预期中那样迅速且自由地涌来，那还理解个鬼啊。

至于社工们自己，他们在这个话题中占据同样的地位。他们在这个国家行将崩溃的边缘工作——这是那些走投无路之人前来嘶吼、请求和祈祷的前线，他愿意搞出任何手段和勾当，或者拿出瘾君子的那一套，只为能多拿几美元。社会服务部门的社工每个工作日都在此处迎接着街角世界，在那个世界和正常政府之间，为社会冲击的最后碎片谈判。他们被人咒骂和威胁，听到谎言和哭诉。而对这些人来说，这个过程不是通往较好结局的道路，这过程就是结局本身。

这就是福利。这同所有交易对这座城市里的毒品街角所做的事儿一样，变成了满是伤害和仇恨的往来。过程本身让交易双方都对彼此充满恨，施舍者和接受者各自困在自己的角色中，无法创造或者完成任何能坚持过每月第一天的东西。

我们当然明白这点。我们已经搞明白很多年了，所有针对福利国家的争论都已经固化在我们脑中。工作不受尊重，无助成了一种生活方式。政府发放的救济让底层阶级永远被局限在了底层，而中产们则陷入了永恒的愤怒。所有的真相都为任何一个自称是纳税人的人证明了这般愤怒、勉强以及普遍厌恶的正当性。

那些愿意捍卫现状的人，可以举出很多关于生活被福利拯救的案例——理智地使用福利金存钱上学并最终把自己拉入到工薪阶层的年轻妈妈们。那些故事是真的，它们也证明了这些项目意图中的最好一面。

但在费耶特街上，则有着另一种真相——占主导优势的真相——支票日混乱不堪，所有那些政府资助会在三天或四天或五天内冲向揽客仔和毒贩。每个月的一号到了，政府用来喂养、保暖以及庇护穷人的东西被换成了小瓶子、胶囊和玻璃纸袋，因此每个月的第一周就足够养活一个毒贩了。过了十号，贩子可以在这个月剩下的时间里关张，却还能有钱过到下一个支票日。到了任何一个月的第四周，街头就几乎没有一点儿现金了。对任何理智的零售商来说，都是时候休个假了。到了下个月的第一天，他就会回到街头开始时长十六小时的轮班。

"支票日效应"在蒙特街和费耶特街这样的露天毒品市场上，让福利救济金在毒品文化中的角色展露无遗。站在毒品街角，看着为人父母的人们把自己的独立卡放进银行的机器里，然后带着现金冲回街角，直到三分之一或者一半，或者在某些情况下一整月的钱都花光——看着这一切就会厌恶政府用真金白银搞出来的任何项目了。现金是最先消失的——AFDC 现金、SSI 支票以及 DALP 的钱——但到了周末，食品券就以价值一美元的券换八十或者六十或者五十美分的折扣被交易了。无论任何高贵的动机和慈善的目的，这桩生意都会进行到底，街角都会吃到饱。远在费耶特街之外，其他人可以争论福利改革或者工作福利，抑或是工作培训。但在支票日当天，没有一项对那些在另一个完全不同的国度里搜刮和鬼混的人来说有任何意义。街角已经不再是我们经济和文化的一部分了，福利救济金也许可以被合理判定为某种类似外国援助的东西。坦白地说，当我们给自己喜爱的第三世界独裁者们撒去几十亿美元时，我们很确定大部分都会被贪没、偷走并挥霍一空。在我们心中的黑暗角落里，认同这是国际贿金，意识到它们的目的不过是劝服那些小一点的国家多做一点我们要求的事儿。所以，为什么，仅仅站在讨论的角度，我们会期待那些被发到费耶特街上的钱有更好的结局呢？

福利就是一种行贿，按此标准还是挺有效的。二十多年来，它都是行贿，也仅仅是行贿，除了用于包装这种收买方式的高尚想法。那些想法呼吁的是一种过程。经由这种过程，那些贫穷以及利益被损害的市民们得到拯救，恢复如初。但这个过程已经被证明比任何人起初的设想都要代价高昂且充满争议。因此这个国家从承诺里抽身而退，把支票日当成后院保安。那些假装拯救人类的想法已经逐渐地演变成了一系列的基本交易：收钱，闭嘴，老实待到下个月，到时会有更多的钱进来。

了不起的地方在于，这么小小的一笔投资就能买到这么多的沉默和冷漠。费耶特街上的母亲和小孩每个月能有二百八十美元的现金外加一百二十美元的食品券。第二个孩子也许能再带来六十美元。马里兰州的 DALP 贷款规定一个残疾的成人每月仅能领一百五十七美元，而等到整个项目从预算中剔除后，他们就一分钱也都没有了。至于SSI——对于那些幸运到可以被社会保障局宣布完全残疾的人来说，这是每个月四百五十美元的富矿，但上到那份名单也不是轻而易举的事儿。实际上，他们几乎直接拒绝了所有人，只把机会给了愿意申述、申述、再申述的人。

通过医疗补助计划向妇女儿童提供基本健保，或者通过 WIC 项目向贫困母亲提供食物奶粉兑换券，这都是合理的考量。那些愿意也能够在某些社区大学课程上试试自己运气的人，也有相应的经济资助。但总体看来，我们花在穷人身上的钱只是政府总开支的一小部分，不到联邦和州总开支的百分之三。在政府的总体规划中，所有这些加在一起并算上利息，也没什么值得去抱怨的。但出人意料的是，我们永远都在抱怨。不管多荒谬，坚信我们发放的所有福利总会在某个时候创造出合格公民的想法依然留在我们的脑中。当这样的想法无一实现时，我们就暴怒不已。

但我们付出的钱所带来的结果并非没有影响。没错，对某些人来说，支票日带来的不过是头二十四小时里七次试图停留在那列化学过山车上的最短暂喘息。在不受到小孩、未来或者最基本需求束缚的情况下，有的瘾君子会在拿过支票后的第四天太阳升起前就把钱挥霍一空。幸运的是，也有很多人学会了对每一分钱精打细算，意外地在毒瘾和责任之间保持了一种起起伏伏的平衡。对他们中最棒的一帮人来说，政府发的钱能用上两周或三周的时间。

总体来说，福利国家的最佳构思和努力——AFDC、SSI、DALP和医疗补助计划——在这座受诅咒的城市不得不再次陷入勾当、乱搞和犯罪之前，为我们换来了八天，或者十天，或者十二天的平静时间。一个月里有三分之一的时间，捕食者的本能被银行机器里以及支票兑换点里涌出的现金给转移掉注意力。抢了就跑的需求要少一点，从仪表板上扯下汽车音响或者从排屋地下室里拽下铜管的兴趣要少一点。实际上，在这样的间歇里，这种行贿完成了所有警察和监狱永远做不到的事情：街角吃饱了，街角的常客们被手里的钱攥住了注意力。当然，还会有犯罪——当有那么多钱涌上街角的时候，不可能所有人都能忍住不去想忽悠欺骗别人。因此在支票日，毒品导致的袭击和抢劫抵达了巅峰。但总体来说，政府的救济保证了大部分垃圾待在我们想让它们待的位置上，任何一个住在邻近费耶特街社区的纳税人的生活几乎可以由自己掌控一下。花钱买来了十天，直到支票被兑换，现金被吸掉，然后所有人都在为自己寻找下一发毒品。但客观来说，我们已没资格期待更多了。在这个世界里，你付出多少就得到多少。而就拿收买用的美元来说，我们不过是支付了第一期按揭而已。

尽管如此，我们也值回了票价。少花哪怕一丁点儿，都是白费力气了，甚至假装有个计划都不行。那些钱去了街角，几天就被耗尽，其中的差额就会在犯罪率里反映出来，在西巴尔的摩之类的地方掀起一阵持械抢劫和盗抢财产的旋风。但要是再多花一点，你也不会因每月一张的支票多换来十天或者十二天的安宁。在一个已经习惯了短缺的群体里，收益递减理论大概率是真的。毕竟，这些玩家靠着更少的钱也都成功撑到了每个月月底。多几块钱除了多几瓶毒品之外，毫无意义。

在费耶特街上，这就是政府付钱买来的东西——仅此而已，再多也没有了。在过去三十年来的经验里，我们依然这样假装去应对贫穷，在除了质疑和蔑视之外还能收获点别的东西，这个想法显然是极其惊人的。但是要多做点什么事儿——任何除了行贿之外的事儿——对整个国家来说都还是不可想象的。

我们已经在城市里花费了不菲的财富——数十上百亿美元的AFDC 支票和食品券，数十上百亿美元花在了 HUD 兑换券以及街区改造中——但几乎所有的钱都不过是把城市里的穷人困在了他们的噩梦之中。除了行贿的钱，我们还一次次地重建、重塑了住房市场——不是因为给贫民窟镀金能解决任何问题，而是因为我们懂得水泥和砖块，因为甚至是在费耶特街上，这些补助也能使承包商和分包商们获得些许利润。但能被称为真正进步的东西，即把城市核心区系统性地重新融入到国家经济版图中，这类计划要么早夭，要么从来就没出现过。在水泥、砖块和福利支票之外，这样的努力不过是在暗示我们有持续的承诺，要把费耶特街这样的地方变成美国地图上的合法部分。这需要源源不断的精力和意志，以及在阶级和种族之间早已不在或者从来就没有过的联结。它还需要多花比我们所能幻想的、比要给城市贫民的钱还多出几十上百亿美元的开支。要是只要在芙兰·博伊德和她孩子们身上每月扔上三百二十美元，或者给科特·戴维斯每月一百五十七美元，那不需要太痛苦就能做到。同样地，我们可以向一家非营利的住房公司支付四万或者五万美元来改造露珠旅店，并为可预见的，哪怕仅仅是临时的改变而倍感欣慰。

但要把芙兰·博伊德或者科特·戴维斯领过这道鸿沟，把他们重塑成符合美国经验的主流，这是艰巨的任务[①]。打造能瓦解街角逻辑的进程，为毒品经济提供一种实际可行的替代物，这标志着一个全国性的新起点。且别说这个尝试所要求的多年人力和大量资金，这一过程只是要想开始，就需要似乎已经没有可能达成的全国性共识。这要求纯粹的、不受束缚的资本主义不再被视作等同于社会政策的东西，而是一个需要受人道主义限制的强有力经济体系。

相反，关于福利改革的讨论已经被小心地限制成了一件事关每个美元乃至每个美分的事务。那些愿意重塑底层阶级的人，让他们参与这个国家的社会经济体系将会是一桩难如登天的任务。但那些人的声音甚至已经不再是这项政治讨论的一部分了。如今，这个国家的讨论一如最近的福利改革立法以及对全国福利人群的一揽子缩减所证明的，都仅仅专注于削减施舍的行动上，或者提出了"从福利到工作"的要求，而丝毫没有意识到费耶特街上的男男女女已经变得多么没有雇佣价值。安全网，或者说没有安全网，如今对底层阶级来说是唯一的问题。长达三十年的沮丧不断加码，政府在重塑、复兴最穷市民的过程中需扮演任何角色的希望都已经被拆毁。穷人们本身成了问题。因此，关于改革福利国家的讨论就被狭窄地限制在惩罚的议题上。它被归结成了：

> 我们给你们钱。
> 你们屁都没做。
> 我们把钱拿走。

[①] 原文为 Herculean，指希腊神话中的赫拉克勒斯需要完成十二项艰巨任务，以证明自己的勇气和力量。

这是在责怪这个世界里的迪安德尔·麦卡洛和理查德·卡特们为何要生在费耶特街上，责怪他们为何要在街角的新文化中长大，责怪他们看不见自己世界之外的东西，责怪他们做出了那些常见而又满是灾难的甚至不能算是选择的选择。我们因他们的幸存而责怪他们，无视他们创造了街角并把街角的逻辑延伸到无法避免的极端境地。我们因毒品问题而暴怒不已，因枪击问题而恐惧受怕，并因为除非做点什么否则事态将无法控制，且这场恐怖秀会溢出腐烂城市核心之外这一认识而倍感紧张。我们对自己用于腐化对方的贿赂已经不耐烦了。三十年来，我们用每月月初那仨瓜俩枣的慈善收买着他们，让他们知道他们不重要，他们的国家没他们也无所谓。如今，随着这种无助的教训一再被深入体会学习，我们感觉有资格说自己再也负担不起那些救济了。

事关福利改革的讨论被裹上了更堂皇的语言，而不仅仅是要去证明政治的微妙之处。认识到费耶特街和其他社会秩序之间的鸿沟，并预测需要多少时间、多少努力和金钱来拆毁街角文化，把那些受困的人送回到主流中，是一回事儿；告诉那些被系统性地剥夺了自律、目的以及意义的人，他们有十八个月或者两年，甚至是三年时间，就要他妈的站起来去找份工作，又是另外一回事儿了。

这是行不通的。当行不通的时候，就有更多的理由去丧失耐心、去责怪他们、去从每月支票里削减越来越多的福利。很快，花钱买来的十天或者十二天就会变成八天，或者六天，或者四天。对一些人来说，则是一天都没有了。那时就只有上帝能拯救我们了，特别是我们中那些住在美国锈带城市圈里的人。因为街角们还会在原地，街角规则决定了没人会因为支票日推迟或者丧失而省掉所需的毒品。无论有什么能掉进此处的裂缝中，买毒品的钱依然必须每天都有，因为买毒品的钱既是绝望之物，亦是身份证明。经济理论中的理性力量不适用此处。

街角现在成了另外一个世界，一个在迷失的美国中形成的强硬亚文化。费耶特街和类似的地方不再是种族导致的意外情况，也非地理或者贫穷的后果。几代以来，他们已经成了所有那些东西的总和，并且还要更糟，因此政府政策或者经济优先项里那些简单、似乎合理的变化，再也不会创造出想要的结果了——或者，在很多情况下，不会有任何结果。费耶特街是一个同自然界里任何生态系统一样复杂的系统，也比中产阶级经验所能想象的要独特和割裂得多。就好像没有头脑正常的环境学家会考虑把一条山间小溪的生态应用到一片受潮汐影响的沼泽上一样，也不应该有政治家或者理论家会相信那些在其他地方行得通的东西能够并且应该也在毒品文化中行之有效。

　　搞乱支票日，我们也就搞乱了食物链；搞乱了食物链，后果必然是严峻的。从高处着眼，我们的目的是终结失业救济金，让人们去工作，其中的道理是不劳则不获。但从内里看，福利改革并没有针对毒品街角的核心来进行。砍掉政府资助，那些勾当和瘾君子行径将会越发绝望，街角的暴力会升级，犯罪率会飙升，鲜血直流的人们将会像波浪一样涌向各个急诊室。更多犯罪意味着更多的囚犯，也就意味着更多的警察、法官、律师、狱卒、保释官员以及监狱——这是终极的社会成本，每年高达三万美元甚至更多的额外资金被花到小偷小摸的惯犯或者濒死的揽客仔身上。最终，我们会被要求因支付了更多的钱而心怀感激，反而拒绝花在福利上的一点小钱，哪怕我们被迫在医疗援助计划、寄养家庭和训练营上多花了数十上百亿美元。

　　这个观点是实际的，而非符合道德的。从扔进福利深渊的钱里，我们得不到奇迹。实际上，我们得到的差不多算是受贿后的保证。但要是我们骗自己相信已经做得够多了，并值得从付出中获得更多，那绝对会发现得到的东西甚至会更少。

　　终结福利，或者只是限制福利，或者用某些粗鲁的"胡萝卜和大棒政策"工作福利来取代，结果都是无法预测的。被视作福利改革的操作毫无疑问会激励到一部分人，让他们把自己抬出泥潭，告别救济。但对于剩下的人来说，这很可能什么都没法解决，并让城市比现在还要更不宜居。当费耶特街上的钱没了，街角就会往外延伸，从旁边的社区里夺取自己的份额，然后是下一个社区，直到一个曾经似乎远在天边的问题变成了不同世界之间的冲撞。

当情况恶化——一定会的——我们很可能会去计算自己的损失，并评估造成的破坏，然后得出结论——就像是我们历来所做的一样——不是我们的错。我们会继续为自己那些有限的承诺找理由，去自我安慰已经为这些人做了所有能做的，但不知为何他们还是成功地让我们失望了。

之后的选择就会是仅有的选择了，就如同它也是二十年前的选择一样。我们可以对费耶特街上的人们承诺——基于他们是我们自己人，他们的未来也是我们的未来这个认知——或者我们可以把这个问题扔回给他们，声称要用上更小的胡萝卜和更粗的大棒子。之后，会和今天一样，我们做出最坏的选择，几乎就像是出于习惯似的。

除非我们想法变了，停止抱怨。随着每月第一天到来，我们就得支付贿赂吗？做得更少是会加剧悲剧，那做得更多呢？好吧，那是一条从没人走过的路，因为我们在面对贫穷的战争中，都是道德上的伪善者。我们已经当了三十年的伪善者了，从越南战争吞噬了大社会（the Great Society）所有的理想开始。要想比给出贿赂做得更多，需要同情心、慈善和彼此之间的联结，但在三十年的时间里，我们连任何近似的东西都没能调动起来。

同情心要求我们在蒙特街和费耶特街的跟前认清我们自己，需要我们承认上瘾的冲动不能简单归为不守法，要求我们开始把街角视作那些真正断绝了社会联系的群体的最后庇护所。慈善则要求我们不再为已失去的财富而心怀怨怼。至于联结，则要承认在他们和我们世界之间的距离，至少在人类的概念里，绝对不是我们表现的那么遥远。

　　使用靠近地下室里的那部公用电话不是件容易事。轮上它他妈的基本不可能。要接到一个电话几乎就是超乎想象的事了。芙兰几天前就把号码给了迪安德尔，告诉他什么时候打来，试着在每天一个小时的窗口期内打。那时候她没有会议，也没在接受咨询。她已经等那个电话等了三天。而三天以来，一无所获。

　　就她所知，孩子们也许已经沦落街头了。迪罗德也许已经受了伤。迪安德尔也许被关了起来。被困在仅属于她自己的炼狱之中，芙兰没有方法去获知情况。

　　时间是八月底了。费耶特街依然处在漫长夏天的煎熬之中，但芙兰已经远离了这群人。她独自一人，抽身在外。她已经在巴尔的摩戒毒中心待了六天了。

　　头三天像是一阵恶心的眩晕。没什么症状比非常严重的感冒要糟糕，她只想着自己宿舍的那张床。医生发了可乐定（Clonidine）和阿司匹林，还有一点美乐事（Maalox）来安抚肠胃，但她的身体利用所有的机会来施加惩罚。被海洛因浸透了的细胞们发了一场长达七十二小时的大脾气。哭喊、暴怒，直到它们完全确定再也不会有东西进来了。然后她开始觉得好一点了。空虚，但好一点。

　　第四天，她坐了起来，环顾四周，然后开始认识人。她花了一两天学习规则、时间表以及中心的方位。她讨来一支烟抽，尝了尝食物，听了一耳朵谈论救赎的新语言，并记住了进这门时他们给出的警告：现在房间里的三十个人中，只有一个人能在未来一年保持戒断。概率就是这么低。

　　一旦记住了程序，她在每日例行事情之外就没啥可做了。墙外面是另一个世界。外面，街角依然喧嚣，毒品正在被交易，勾当也在进行，这场游戏要玩到每一天的最后一刻。一开始，她感觉被剥夺了权利。这场比赛再也不是她的主场了。她被猛然从赛道上抛了下来，强迫留在内场的草坪上观赛。她感到无聊，但认命了。她告诉自己想要变好不仅是要放弃毒品，还要放弃整个游戏。

芙兰受不了的是来自孩子们的沉默。她需要消息。她需要那部公用电话响起来，辅导员拿起听筒，然后喊出她的名字。相反，那部电话一直被占着，除了电话和电话之间的罕有时段。此时电话会响起来，却是打给其他人的。

三天前，她给斯谷吉打了电话，要他去费耶特街，命令迪安德尔接电话。她还会再打电话回去，确保斯谷吉照做了，并且迪安德尔也有了正确的号码。但直到现在，什么都没有。没有电话，甚至连个让她知道迪罗德没在某个医院急诊室里的消息都没有。她生活中失联的部分此刻在墙外，在微风中翻飞着。而在墙内过了一周后，芙兰觉得自己有必要抓紧它们了。

这是她为此说出的第一个谎言。

只有堕落到不能再堕落的瘾君子才会在戒毒项目上只待了一周就离开，告诉自己需要外出来一发。此刻，那些饥渴的细胞们在寻找一扇后门。在最初的几天过去后，它们已经放弃了正面进攻。现在的进攻是基于对负罪感、良心抑或是物质需求的巧妙申述。芙兰不想为了抽嗨而离开。不，她只是想走到费耶特街上，看看自己的孩子们。

周二上午，她轮到了电话，又给哥哥打了电话。斯谷吉向她保证说迪安德尔已经得到了那条消息。

"他还没打来呢。"芙兰说道。

"我知道他有一天试了一下，"斯谷吉告诉她，"他试过了，但他说打不通。"

她听到这里，知道是真的。但是除了迪安德尔的声音之外，没什么东西能安慰到她，甚至也许仅有迪安德尔都不够。第二天，辅导员中的某人终于叫到了她的名字。她几乎都已经放弃了，已经告诉自己只需要十四天来戒毒，最多二十一天。

"芙兰·博伊德。"

"芙兰，有你电话。"

她像是个参加综艺节目的选手，跳了起来，冲了过去。

"安德烈!"

"妈。"

"孩子。你好吗?"

"还行。"

"迪罗德呢?"

"他在卡伦家。她看着他呢。"

"那就好。那就好。"

所以迪罗德不用她担忧了。在内心深处，芙兰感觉到了一丝后悔。她问迪安德尔过得怎么样，但也没啥算得上紧急的。他过得还行。

"德雷，你简直都不会相信。这地方太疯了。"

"嗯。"

"我是认真的。瘾君子刚开始戒毒时，他们会说出所有那些关于生活的大话，能把你整疯。"

"是吧。"

"然后他们难受劲儿过了，下一件事儿就是所有人的性欲就都上来了……"

她现在吸引到了他的注意力。"比如?"

"你以为呢? 我发誓，这地方就像出肥皂剧一样，人们跟兔子一样地四处乱蹭。"

迪安德尔大笑了起来。

"我认真的。他们都疯了。"

"那可不像你，妈。"他说道。听上去算是个问题了。

"嗯嗯，我就说这里能有多野。我是说，你简直不会相信这里面是什么样子的，"她给他讲了所有的规矩，"他们把一切搞得像禁闭一样。他们管你的那种方式。"

"是吗？"

"你周六来会面吗？告诉斯谷吉开车送你和迪罗德来参加会面。一点整。我想看看你们。我想你们了。"

她都要挂上电话了，突然又想了起来：

"安德烈，我需要你帮我做点事儿……"

"嗯。"

"我需要你帮我跑一趟。"

跑一趟。迪安德尔沉默了一会儿。"不，妈。"

芙兰吃了一惊。"孩子，你疯了吗！我想要正常过日子。我说的是香烟，也许再来点糖。我喜欢的那种巧克力棒。他们说尼古丁和巧克力都是毒品，但我不想听这些。"

"嗯。"

"你把它们放进一个袋子里，今天三点到四点之间来侧面的小巷子里。等你看到我的时候，就把它们扔过栅栏……"

迪安德尔在大笑。他要来一次飞车射击，但射出来的是新港香烟和好棒先生（Mr. Goodbars）。

"但你没看到我的时候可别扔。我得确保辅导员没在看。你懂吧？三点到四点间，好吗？德雷，我爱你。你爱我吗？"

"嗯嗯。"

当天下午稍晚时候，她去口中的地方，紧紧贴着那道十二英尺高、围着戒毒中心后院的铁丝网。她一只眼盯着后门，一只眼看着小巷，不耐烦地踱着步，直到看见一辆车从施罗德街（Schroeder Street）拐进了小巷。随着车子偷偷靠近，她看见自己儿子坐在副驾上。迪安德尔伏着身子，傻笑个不停。

"快扔!"

随着车子驶过,迪安德尔挥起了那个小小的白色塑料袋。东西撞到铁丝网的顶端,跌回了巷子里。

"干!"迪安德尔吼道。

现在芙兰大笑了起来。"真可悲。"

儿子下了车,跑向那个袋子,在逃跑之前再扔了一次。袋子落在楼后的楼梯间里,芙兰在那里捡上糖果和香烟,把它们塞进了裤子里。几分钟后,迪安德尔回到铁丝网前。

"你看起来不错。"

"我感觉不错。"

一个辅导员从后门出来了,看到铁丝网内外的两人,并要求迪安德尔离开。有那么一小会儿,芙兰感到有点眩晕,仿佛这次走私已经被发现了一样。

"你知道规矩的,"那个辅导员说道,"你不能隔着铁丝网聊天。"

芙兰退开了。

"她是我妈妈。"迪安德尔解释道。

"我明白。但我们有规矩。"

"周六见,"芙兰提醒他,"我爱你。"

会见日当天,斯谷吉带来了迪安德尔和迪罗德。他们是在午餐时到的。芙兰在地下室的食堂里为他们占了张桌子。随着三个人走进门,她整个人都亮了起来。

"嗨,你们!"

她拥抱了哥哥。斯谷吉告诉她自己有多么为她骄傲,以及她看起来可好了太多。她确实如此:双眼不再微微泛黄,头发剪过了,并在好几个月以来第一次做了发型。她甚至还长了几磅体重,脸上深深的凹陷要稍微平复一点了,但就是连着一周半的规律饮食也无法让芙兰·博伊德看起来不那么瘦骨嶙峋。

"我记起了从这里出去后，自己感觉有多么好，"斯谷吉告诉她，"那是八年前，我一天都没有后悔过。"

芙兰，仅此一次，让这句话就这么过去了。今天，所有一切都是可能的，甚至极有可能。

迪罗德在观察四周环境，妈妈则全情关注着他，把双手环绕在他腰上，把他拉到自己这边。一个辅导员给了他甜点，他立马就对冰淇淋三明治的几何形状着了迷。她把迪安德尔留到了最后。

"嗨，小子，过来。"

确保没有认识的人会看到，他倒进了妈妈的怀抱里。芙兰退了一步看看，然后又抱住了他。

"你看起来太棒了。"

迪安德尔有点烦躁。

"我真心的，"芙兰说，"我用新的眼光在看你。"

他们四人坐下来聊了一会儿，期间芙兰逼着自己的孩子们承诺要留下来参加会议。斯谷吉恳请先走，说自己又需要把车开去修车铺了。

"你需要一辆新车。"芙兰告诉他。

"我一直都需要，"他站起来说道，"你可坚持住啊，芙兰。你现在走上正道了。"

他们又拥抱了一次，他留下这三人坐在桌边。迪罗德溜开去找喝的，芙兰和迪安德尔抓住机会互通消息。她用说话、计划以及对未来的各种乐观填满了沉默。

"我不会回到费耶特街了。"她告诉他。

"我肯定不会想念那栋房子，"迪安德尔说，"住在那儿可不是开玩笑的。"

他告诉她最近几天露珠旅店是什么景象。更多的老生常谈而已，他说，但现在芙兰冲这些故事苦涩地摇着头，她听到街角故事在铁丝网的另一边回响着。迪安德尔分门别类地讲述着其中的荒谬：

“妈，我知道不要把零食放在厨房里，但我以为要是把它们藏在卧室里，就没问题。”

但卧室的门被踹开了。“史蒂维舅舅或某人进去，拿走了我给迪罗德买的曲奇饼干和太思提糕点。等我回来的时候，所有东西都被撕开了。”

“啥?”

“乱七八糟的。之后，我就用窗户来进出了。我把梳妆台推到门后，让电视大声放着，就好像我还在里面一样。但你不知道他们还是搞了我。”

“他们是瘾君子，”她告诉他，显露出了此刻和彼时的距离，“他们一直都是这副德性。但我告诉你，我们不会回去了。”

她把手伸向了自己的皮包。

“这是给你的，安德烈，”她说道，递给他一个叠起来的信封，“现在别看。回头再看。”

他把信封放进口袋，然后环顾起这个房间来。芙兰能看出还有些东西没有说出口。迪安德尔看着他妈妈，然后看着迪罗德，他正围着桌子追另一个小男孩。他看回芙兰，然后噘起了嘴。

“啥事儿?”她问道，“你为什么这副样子?”

“妈，”他说道，他居然能笑出来，“我需要四百块。瑞卡……嗯……瑞卡怀孕了。”

“你要钱干什么?”

“堕胎。”

芙兰微笑了起来。泰瑞卡两个月前就显怀了，她已经怀孕快六个月了。这时候堕胎已经不可能了。她儿子，芙兰猜测，正试着哄骗自己呢。

“安德烈，我他妈哪儿来的四百块啊?”

那就这么定了：不会有堕胎了。迪安德尔会在十六岁的时候当上父亲，泰瑞卡是一个十四岁的母亲。芙兰会在三十六岁的大好年纪当上奶奶。真相是，他们三个人都想要这个孩子。对于迪安德尔和泰瑞卡，一个孩子意味着认可；对芙兰来说，这个孙子将会成为从头再来的一部分。她将同时给这对年轻父母和他们的孩子双方当妈。

"瑞卡怎么想的？"

"我让她怎么想她就怎么想。"

芙兰摇摇头，微微一笑，让他假装一会儿吧。

"说真的，她想要什么？"

"她想要这个孩子。"

"那你就没什么选择。"

"是我来决定。"

"拜托了，"芙兰说道，"她怀孕几个月了？"

"她说孩子预计在圣诞节前后出生。"

"她有去产检吧，有吧？她在看医生吗？"

"她姑妈在照顾。"

她问了更多的问题，大部分问题都是在梳理产前的事务。芙兰如今加入进来了，毕竟这是她的第一个孙子。她告诉迪安德尔让泰瑞卡给戒毒中心打个电话。

"小子，你要当爸爸了。"

迪安德尔微笑了起来，把双臂大大地张开了。

"我不敢相信。"芙兰说道。

迪罗德回到了椅子上。房间的前面，员工们正在把一串桌子拼在一起。一名辅导员请大家都听他说。芙兰把自己的椅子往迪安德尔身边推了一点。

"听着，"她告诉他，"听他们要说的，他们也是对你说的。"

随着会议以惯常的方式开始，迪安德尔耸耸肩，向后瘫了过去。

"好的，各位，艾瑞克会带着我们走这十二个步骤。"

"嗨，我叫艾瑞克，我是个吸毒成瘾者。"

"嗨，艾瑞克，"整个房间整齐划一地喊道，"请继续。"

他像唱歌一样抑扬顿挫地把步骤说给了大家。这是死记硬背下来的："……我们面对自己的毒瘾曾经无力抗拒，我们的生活也变得无法掌控……我们向上帝承认，向我们自己以及另一个人类承认……"

另一个人接着匿名戒毒会议的十二步骤传统，此刻迪安德尔已经郁闷到坐不住了。这是其他人灾难中的鸡毛蒜皮，和他生活的相关程度就如同英语作文或者社会研究同他的关系一样。

负责人迅速地拉了一遍流程清单，介绍了今天下午的发言人。他瘦得像竹竿一样，比真实年纪更显老，双臂上布满了旧伤疤。他的微笑明媚又富有表现力。

"……所以我站在后门廊上，我对她说我要进去，说我只需要一点吃的，说要是我肚子里有点东西，就能有个工作机会，然后让自己戒掉毒品……"

芙兰推了推迪安德尔。"他不错。他之前说过一次。"

"她相信我，不是吗？因为我人不错，不是吗？我还能说啥呢？一个垃圾瘾君子不可能不会说得一口好谎啊……"

参会全员爆发出了大笑。因为这些匿名戒毒会议上的发言人，这种街角共性的行为几乎就像是布道或者单口喜剧一样有效。某些发言人——那些距离街角和街角时光更近的人——绕不开他们自己的生活细节。但其他人，比如今天的发言人，就能找到大家共通的地方。此刻坐在这里，没有一个在 BRC 地下室里听着发言的人能跟共同经验里解析出的真相拉开距离。

"……我的意思是，你们都做过。你们知道自己做的。当你要哭求才能有毒吸的时候，你就会哭。当需要哀求的时候，就哀求。需要撒谎的时候，就撒谎，对吧？所以我进了那栋房子。甚至是在她告诉我不能去后，我还是进去了。当时她在炉子旁边给我做一盘鸡肉——我妈挺会做鸡肉的——我溜了进去。我拿起那台收音机，然后就离开了。"

他摇着头，为这其中的恐怖而大笑着。大笑的原因是你他妈还能做出别的什么呢？

"各位，这就是我妈妈。正是这个女人把我带到了这个世界上，把我养大，教我什么是对、什么是错。我就是个垃圾瘾君子。"

甚至迪安德尔现在都对这个坦白产生了一丝兴趣。芙兰点着头，完全沉浸其中，她的思绪触及了自己的几桩瘾君子行径。很长时间以来的第一次，她还没有沦落到费耶特街上时那些已经遗失的记忆又涌了上来，那时候加里的工资还能负担那场"派对"。她记起了那位在某个四车道路口的老太太。那个可怜的女人当时正开着车上教堂，芙兰在奔驰车里，同一时刻也停到了那个路口。女人挥手让芙兰先走，芙兰也冲她挥了挥手。就在那个女士再挥手时，芙兰下定了决心。你先请，她示意，劝她先起动了。

然后她踩上了油门。

那辆老旧豪车的刮蹭赔款就足够了。而打官司得来的保险赔款美妙如蛋糕上的糖霜。芙兰跳出自己撞坏的车子，痛斥那个老女人，让她承认是自己操作失误，为这个混球行径锦上添了花。

但此刻，听着台上的那个瘦子的话，芙兰回想起了那个老女人的脸。整个场面冲了回来，引发了真切的羞愧。

台上，那个瘦男人正聊着在废弃汽车里过夜，闯进住宅，从自家兄弟那儿骗来四十块钱。他正在将自己坦诚剖析，而芙兰坐在第四排，也被引诱得极其想要做同样的事儿。等他说完后，这次会议就平静了下来。钥匙扣发给了那些有一天、一周、一个月和半年清醒时间的人。这群人之后聚在一起进行虔诚祈祷。芙兰拉着自己的儿子们进了圈子里，抱着他们。

"谢谢你们大家。"在椅子被复位的时候，那个发言人说道。

迪安德尔伸展着，打着呵欠，看向了大门。迪罗德溜到一边去要第二块冰淇淋三明治。

"他很棒，"芙兰说道，"真的很棒。"

"嘻，我那天还看见他从德拉克那儿偷东西，然后去到了吉尔莫街。"迪安德尔面无表情地说道。

"你个瞎说的臭小子。"

迪安德尔大笑起来。朋友和亲戚们互相道别，挨挨挤挤地走过楼梯上到大厅，会面结束了。芙兰得到了下一次会面的承诺——这一次会带着泰瑞卡——并在一个长长的拥抱后才放开了自己的孩子们。

"信你收好了？"

"嗯。"

"行吧。我爱你。"

当天下午，在露珠旅店的门廊上，迪安德尔从口袋里抽出信封，读起信来。他预感妈妈会有这么多愁善感，像脱轨火车一样冲着自己来了，但是，这三页手写的信让他有了希望，有一点相信芙兰提到的那些事情了。他走进阳光下，依然看着，眼睛没有离开信纸的同时在台阶上找到了自己的座位。

"亲爱的布莱克。"开头写道。

不是迪安德尔，他的名字。或者"洋葱头"，这个他忍受到大的乳名。芙兰礼貌地用他最喜欢的街头名字开始了这封信。这个名字是他愿意听到的。她用一个笑脸接在了这个致敬后面。

我今天能微笑着叫你布莱克，是因为我看到这个名字的时候就想起了你的俊脸。首先，我想要说今天的我是个好得多的人了。等我回到家后，你会有一个好得多的妈妈和一个最好的朋友。

安德烈，我这么爱你，我真的不知道从哪儿开始弥补我对你的忽视和伤害。我无法改变过去。我所能做的一切就是接受它。但我可以尽我所能地去改变自己。这个病太过难熬了。我不敢相信我从你生活中游离开了多少年。就好像十六年前，我请我妈妈看着你，等我从商店回来。结果我十六年后才回来，这真让人难受，尽管我一直在你身边，也应该在你不仅仅需要我是你妈妈的时候陪着你。

德雷，我原本永远都不想告诉你，但你就是我的翻版。我不需要解释这点。我知道你为什么卖毒品。我知道你为什么对我毫无敬意，因为我自己也一无所有。尽管我的毒瘾让我尚能稳定地把你按正确方式养大，但我其实他妈的毫不在意。我的意思是，你知道对和错的区别，知道怎么尊敬别人。是我教会了你这些。但你的态度实在太糟糕了，原因是我没能好好表现，并给你所需的指引。

我如今有两个漂亮的儿子，我有活下去的理由。安德烈，你是我如今最好且唯一的朋友，我真希望你从今往后仔细听我说话，因为我不希望你没了命或者像我一样被关起来。我不知道没有了你我能做什么。别做那堆破事儿了，拜托了！！！生活又美好又天真，你可能再没有别的机会了。我爱你，我们需要彼此。在后院看到你的时候，你可帅了。宝贝，请不要毁掉自己的生活。哪怕你不需要你自己，但我需要你。

爱你的妈妈
＋最好的朋友
芙兰，
XXXXXXXXXX（意为拥抱）

怀着这样的情绪，她在一个晴好的九月上午出来了，带着所有扭转过来的新信仰，历经二十八天后"毕业"了。她看上去棒极了：重了十磅，剪了个法式发型，穿着新牛仔裤，那对巨大的耳环是一个同期毕业的人送她的礼物。在费耶特街所有人的眼中，芙兰看起来完全是另外一个人了。

她也打算保持住。走回费耶特街来到露珠旅店时，揽客仔和瘾君子们、跑腿仔和毒贩们向她这个奇异的全新个体投来了目光，她的出现几乎让业务都停滞了。

"看看你，姑娘，"泽娜，史蒂维的女友吼道，"你在发光啊。"

她们抱在一起，彼此细语了很久，直到家人们都出现在台阶上。史蒂维和他儿子、肯尼和雪莉，所有人都为芙兰迈出这一步送上了毫不吝惜的祝贺，所有人都基本表示说自己很快也会照着做同样的事儿。

邦琪的问候是最衷心的。走出露珠旅店，她用双臂环住了芙兰，后仰着再去打量她，随后抱着她摇了很久。

"你做得很棒。"她最后说道。

芙兰被这样的温暖感动了，被家人们为她的逃离而喝彩这一意外情绪感动了。她会和斯谷吉待在萨拉托加街上——他对这个借宿者不是很高兴，但不敢拒绝，不敢把她留在露珠旅店。同时，芙兰也在寻找自己的地方。她一直在四处打听，读报纸上的分类版块。她还在费耶特街 1500 号段街区搭上了一条线，那是一处按照条款八接受租房券的公寓。

但这一切都可以等等。此时此刻，她赢得了这场胜利。她从每个跌跌撞撞走过来的瘾君子那里接受着恭喜和赞美，向任何人、所有人承诺自己可以替他们找安托瓦妮特递话，说要是他们愿意，他们也能去 BRC，开始同样的旅途。

此处的忙乱最终引来了迪安德尔。他没穿衣，也没穿鞋，就这样离开那间背街卧室，下了公寓楼梯。他望着她，挤出了一个快速和认可的点头。面对这一切，他像往常一样带着公事公办的表情。

"过来，小子!"芙兰吼道。

终于，儿子的微笑蔓延开了。

"我需要一个'欢迎回家'。"

上到露珠旅店的前厅楼梯前，芙兰最后来了个长长的拥抱。但那所公寓，尤其是那个卧室，如今对她来说似乎是另一个世界了。这是那个她爬出来的洞。

邦琪的男人阿尔弗雷德要从上面公寓下楼去，他穿过了前面的房间。

"嘿，芙兰。"

说话的语气像是她从来没有真正离开一样，就好像她去了趟商店还是哪儿似的。她在原地站了一两分钟，四下环顾，好奇为什么自己一开始要费心来到楼上。

"德雷!"她吼道，朝下走了下去。

他正等在门廊那里。

"只拿你需要的，"她告诉他，"我晚点会回来打包剩下的。我现在没法进那个地方。"

她走回到户外，去寻求阳光的拯救。她现在就在那个曾耗费了那么多小时、那么多天、那么多月月年年的台阶上，但已无法想象自己是如何那样活过来的，以及他们剩下的人要如何继续这样的生活。

她把这个想法抛开，朝着街区走去，重新开始自己的胜利巡游。

"看起来不错，芙兰。"罗尼·休斯说道。

"感觉也不错。"她回答说。

她走向街角的商店，路过了 R. C. 的姐姐达琳。她也恭维了一番。

"希望他们也能收了我。"达琳微笑着说道。

"我帮你打电话。"

"可以吗?"

芙兰从韩国人那里买了个甜筒，然后从找零中拿了二十五美分去商店旁边的公用电话。她要联系上那个租房中介的女士，看自己能不能在 1500 号段街区找到一处公寓。那不过是同一地带一个街区外的地方，但对芙兰来说，哪怕是能掌控两间或者三间房间都是巨大的进步。

"请问丘吉尔女士在吗？"

她等了一会儿，一边对着听筒轻轻地呼吸，一边看着揽客仔们跨过蒙特街将一小队人领进了小巷里。

"你能告诉她是丹尼丝·博伊德打来的吗？"

那些瘾君子一个接一个从巷子里出来了，每个人都被服务过，现在正走开。

"B-O-Y-D……嗯嗯……谢谢你。"

她重新穿过蒙特街，尽可能地远离街角的那栋空屋。巴斯特跟在她身后，像条发疯的玩具梗①。

"交出来！交出来！交出来！"

芙兰大笑了起来，以为这是某个"欢迎回家"的玩笑。

"你拿了我的东西！你拿了我的东西！"

芙兰难以置信地瞟了他一眼。但她现在知道这是真的了，于是继续走了起来。过了一会儿，她进了露珠旅店的门廊里，无处可去，而巴斯特则在外面的台阶上，像只杂种狗一样狂吠。

"她拿了我的东西！"他喊道。

他的指控动员起了街角上的人群，形成了由二三十个想要看表演的旁观者组成的群氓图。蒙特街上的毒贩们也来了，"疤脸"和汉子还有两三个其他人。"开庭"了。

"她拿了我的东西。"

芙兰跨出门廊，面对露珠旅店台阶下面站着的毒贩们："我屁都

---

① toy terrier，一种梗犬。

没拿。他在说谎。"

巴斯特阐明了自己的诉求。他的毒品藏在那台公用电话的退币口里。芙兰用了那台电话，毒品瓶子就不见了。因此："她拿了我的东西。她拿了我的东西。"

芙兰被恶心到了，但同时也不知道说什么。她已经不再在这场游戏中了，也不再有相应的精力了。在转向自己的"法官"们时，她轻叹了一口气。

"我刚戒了毒回家。已经戒毒二十八天了。你们以为我回家后要做的第一件事儿就是去偷他那该死的东西？你们疯了。"

迪安德尔冲下了楼梯，像是一个意外的证人，把自己插进了巴斯特和妈妈中间。他俯视着那个揽客仔，鼻孔放大了，双拳紧紧地攥在体侧。

毒贩们看着迪安德尔、芙兰和巴斯特，不知道作何想法。也许她拿了，也许巴斯特是在诬人。无论哪种情况，此刻此地都不太好发作。

"走吧。"汉子说道。

毒贩们离开了。剩下了未能作出裁定的"陪审团"。

芙兰震惊了。她告诉迪安德尔回到楼上去把那些东西打包完。她还留在门外台阶上，让自己振作起来。这时候达琳踱了上来安慰她。

"巴斯特一直像那样说谎，"芙兰说道，"但他们看着我就好像那些玩意儿真在我兜里一样。"

"巴斯特不过是想找个人来怪罪。"

"我知道，"芙兰说道，"他傻得跟屎一样。"

达琳走开了，芙兰只需要一分钟就解开了谜题。达琳相信她是无辜的，那说明达琳有备而来。那姑娘在芙兰打电话之前就在电话旁边，而现在她陪在这里，还这么体贴。该死。

"德雷!"

他带着塑料袋装着的几件东西下了楼梯。

"去斯谷吉家,"她说道,站了起来,拍了拍牛仔裤上的灰尘,"我发誓,我永远都不会回这里来了。"

秋

八

"我明白你们一直在输球，"新教练告诉他们，"但是，我带的队不会输。"

他停顿了一下，让这个声音回荡在体育馆里。

"我的球队不会输。"他又说了一遍。

长椅上，马丁·路德·金娱乐中心队陷入了一阵不安的沉默中。他到现在已经差不多说了十分钟了，比之前任何一名教练被允许发言的时间差不多要长出八分半。他们不习惯倾听，只是警惕地听着。

"对那些不认识我的人，我叫德里克·肖茨。但一般都叫我'南瓜'（Pumpkin）……"

布鲁克斯和"硬汉"撞进了体育馆的大门。"硬汉"正在大笑，布鲁克斯手上运着一个娱乐中心的篮球。"嗨，嗨，嗨。"德里克招呼道。

"硬汉"望了过来。布鲁克斯冲到场地侧边的一个篮筐下，来了个反身上篮。

"嗨。""南瓜"喊道。

布鲁克斯自己抢自己的篮板。

"你俩是这支队伍的?"

"硬汉"点点头。

"那他妈现在就滚过来。"

布鲁克斯又上了一个篮。

"马上，该死的!"

布鲁克斯让球滑出自己的指间，毫无目的地在体育馆另一端的地板上弹跳着。即使一点都不愧疚，他也有点被吓到了，用他那标准的坏笑武装着自己，然后跟着"硬汉"去了长椅上。

"我的球队打的是速度战。我们能跑过所有人……"

他继续讲话，球队保持安静。

"……当年我在大学里打初级联赛，然后我的膝盖……"

还是沉默。

"……如今，我想通过做这事儿来回报社区……"

不发一言。

"……而我想从你们这里得到的承诺是：当我告诉你们去做的时候，给我做到最好。你们照做了，我们就能赢下比赛。"

他一口气讲了四十分钟，期间整个球队就沉默地坐在他面前的长椅上。他满口都是那些教练惯常的陈词滥调——努力、纪律、团队——但他们依然坐着倾听。他告诉他们自己在大学打球的经历，讲了一个几乎成真的职业生涯，讲曾在一场巡回赛中负责防守帕特里克·尤因①。

"发生了什么?"泰问道，打破了沉默。

"什么?"

"你和尤因比赛的时候?"

"南瓜"耸耸肩："他进了一两个球吧。但他也没有抱我啥的，倒不是我不好意思。"

男孩们彼此对视着，好像在纠结要不要在可信度上刨根问底。要是"南瓜"声称曾经带球过了帕特里克·尤因，他们也许会存疑。说他勉强能赶上那人，倒是暗示着一丝可能。"南瓜"肯定是壮到能打

---

① 前美国国家篮球队队员，前 NBA 球星，现任乔治城大学男篮教练。

大学联赛了：他身高六英尺五英寸，二百二十磅重，依然保持着力量型前锋的体格。要是他说自己曾经和尤因比过赛，也许是真的。

"……但要是你们不打算听话，那我也不会要你们。我说话不是只为了自己听的。要是我说了啥，那一定是因为你们需要听到……"

至少在第一天，他们给了他多过之前对所有教练的关注。"南瓜"是一周前找到的艾拉，当时他刚从沃巴什大街上的一次庭审上出来。他曾经在费耶特街和门罗街上混，那些在山顶街角上干活的男孩子们很熟悉"南瓜"。如今他身处法庭判决的缓刑中，想要用某些比扫大街更容易忍受一点的事儿来满足自己的社区服务要求。

"行吧，"他总结道，"我们先从绕场跑十圈儿开始。"

怨声载道。男孩们互相看着。迪安德尔给出了一句简短、猥亵的评论。

"十圈，""南瓜"说道，"现在。"

"我们通常直接比赛。""硬汉"说道。

"十圈。最后一个人跑二十圈。"

"我去，该死。"

泰和杜威冲向了球场，其他人跟在后面。所有人都动了起来，除了迪安德尔。他只想挑战这个人的权威，不想做别的任何事儿。他半走半跑着，被其他人套了圈儿。然后他开始跑了——朝后跑。他又被套圈了。

"迪安德尔。"

"南瓜"对他怒目而视。

"给我好好跑。你要跑二十圈。要是不想认真跑，你可以滚回家去。"

其他人憋着笑。迪安德尔也露出了一丝微笑，然后转身，开始冲刺着去赶别人。他跑了十圈，试着要溜走，但被"南瓜"抓住了，命令他再回去跑十圈。

"现在，"教练说道，"排到这边儿来。"

冲刺。接着是传球练习。跟着是快攻训练。随后是罚球练习。九月的这个周二下午，练习真的变成了练习。

天知道他们现在有多么需要一点规矩。夏天的时候，他们顶着M. L. K. 娱乐中心队的名字参加了克洛弗代尔联赛，输掉了所有比赛。从珀金斯之家（Perkins Home）队到本塔劳队再到樱桃山队，全市各支球队轮着虐艾拉的小鸡仔们，逗着他们在克洛弗代尔公园的沥青场地上来回乱跑。没错，其他所有队伍里都有一两个作弊的球员——其中有人都十七八岁了——拿着更年轻球员的出生证明来比赛。但马丁·路德·金队的队员们也不是完全符合年龄要求：双胞胎十七岁了，"卡车"则是十八岁。除了 R. C.、布鲁克斯和"硬汉"，其他所有人也都过了自己的十六岁生日。

比赛打得又臭又让人沮丧。迪安德尔第一个放弃，在第一天晚上惨败的最后时刻就昂首走下了球场，再也不愿回去，哪怕这意味着自己被判交五十美分的联赛罚款。

"该死。"他在那场比赛的头几分钟里就骂了起来，当时他丢了一个篮板。

"六号罚款二十五美分。"记分员宣布，动用了克洛弗代尔的规定——每说一句脏话就罚二十五美分。

"六号，过来。"

迪安德尔穿过球场去了记分员的桌前。

"你因为骂人被罚二十五美分。"联赛的主席解释道。

"没钱。"迪安德尔耸耸肩。

"你得在下一场比赛前付钱，要么你就别打了。"

"嗬，去你丫的。"

"五十美分。"

不管克洛弗代尔怎么想，比赛对迪安德尔来说就这样了。队伍里的其他人付了罚款后，又不断地被罚更多，整个夏天一直在输给由旗屋赞助的东北城区和公园高地的队伍们。他们落后的比分有三十分、十五分、十八分。某一次，在偶尔打得不错的比赛中，他们和一支早前在旗屋娱乐中心巡回赛中大败自己的球队打平了。R. C. 随后断下了一个长传，他们因此领先了两分。

"暂停，"对方教练吼道，"喊暂停。"

旗屋球队聚了起来。马丁·路德·金队的队员们互相击掌，走去用一次性杯子接冰水喝。等到了那一节的最后，他们又落后了十几分。

R. C. 受不了了。他打每一场比赛的时候都表现得好像过去的比赛对他没有影响似的。就好像今天，他也可以穿上鞋，拉伸双腿，然后以他计划好的方式来打篮球。他时不时地展现出自己杰出的能力——一次断球，一次完美的传球，一次篮下的左手反身上篮——但渐渐地，共有的分母拖累了每个人独自的闪耀时刻。山顶男孩们也不足以成为救星，哪怕麦克、"卡车"和双胞胎都努力比赛。R. C. 也没法让队伍动起来，每次不过能鼓气打上几分钟而已。队伍还是在用跑轰打法①：泰用他优雅而盲目的传球，把球扔出界外；杜威试着运球晃过对方的两名后卫，跌倒在地还依然试着控球，而不是传出去；布鲁克斯用力朝着克洛弗代尔那冷酷的篮筐抛出虔诚但失去平衡的跳投，努力只换来了一声夹杂着金属声的愤怒空响。R. C. 大怒不已，口出脏话，然后支付罚款，只看见两次输球变成了四次，然后是六次和八次。但他从来没放弃在下一场比赛中，或者再下一场比赛中，为这支娱乐中心队带来第一次难以获得的胜利的想法。

"他们不比我们好，"从又一次失败中走回家的路上，他告诉泰，"他们只是打得更像一个团队。"

---

① run-and-gun，指一味快速进攻的打法。

他们以完美的 0 比 10 败绩结束了夏季联赛。在克洛弗代尔联赛的全明星比赛中，双胞胎和泰被选中代表 M. L. K.。杜威因此大发雷霆，R. C. 也将其视作侮辱，但他表现得很好。"我知道我打得不错。"他告诉人们。

克洛弗代尔联赛的经历最终让某些初期队员心里有了疙瘩。"硬汉"、丁基和布鲁克斯在联赛尾巴上从队伍里流失了，原因是不开心山顶男孩们上场的时间多过自己。迪安德尔也选择为五十美分而错过了大部分的比赛，他认为这是对宪法第一修正案的侵犯。但 R. C. 从夏天的失败里重生了，向艾拉询问球队有没有机会参加冬季联赛。艾拉甚至有了更好的条件："南瓜"。

他是紧跟着克洛弗代尔联赛的惨败而来的，说着什么学到了教训，想要在一个月接一个月的贩毒吸毒循环后回馈社区。他在彭罗斯街的酒吧里有份临时工，但除此之外都有空。而且，他之前干过这事儿，他向艾拉保证。尽管艾拉在门罗街上见过"南瓜"，但她还是喜不自禁。在她看来，耗在街角的时间不会让一个候选人自动失去资格。要是真这样，那年纪在十八岁到二十四岁之间的男性里，三分之二的人就都没资格了。她有了教练。"南瓜"带着朋友蒂莫西来训练，她于是又有了一个助理教练。

"你们要像从来没跑过那样给我跑起来。"他在第一次繁重的训练里这么对他们说道。

一直到了最后的四十五分钟，他们才停下来打了场比赛。但"南瓜"一而再地中断比赛来说教和展示，还为和打球无关的错误斥责球员。他嗓门很大——有时候他的语气里有同情，有时候又是愤怒的——一直很大。在这第一天训练中，他是这支一直无法凝聚起来的球队的中心。

"硬汉"漏接了一个传球，还搞砸了一个三打一的机会。R. C. 开始了他惯常的责骂，却发现被六英尺五英寸的"南瓜"压在自己头顶，告诉他闭嘴打球。

"你别冲他喊。你不需要冲他喊。"

"但他没……"

"R.C.，你他妈闭嘴打球。你干你该干的，我干我该干的。"

两天后第二次训练时，"南瓜"和蒂莫西迟到了。习惯了这个社区里成年男女们破碎承诺的男孩恢复了惯常的讽刺。

"'南瓜'呢?"自己也迟到了的丁基问道。

"在街角上鬼混呗。"迪安德尔说道。

他们投了一会儿篮，打了一场五十分游戏，然后开始为对战选球员。最后，"南瓜"到了，他冲进门，说了点算不上道歉的话，然后立马要求他们排队开始冲刺。

"泰，别胡闹，好好跑。"

现在，对他们来说，他们的教练是否曾经真混在街角已经无关紧要了。某些时候，"南瓜"和蒂莫西两人看上去要比平常更奇怪、更双眼无神，这也无关紧要了。要是他们在贩毒，那就随他们去吧。要是他们嗑嗨了，那也是他们自己的事儿。甚至比艾拉更甚，费耶特街上的男孩们除了篮球本身，没有兴趣去评判任何事儿。大家都贩毒。大家都吸毒。此刻，要是"肥仔"科特亲自进到体育馆里，吼着让他们服从，然后向他们展示要如何赢得一场比赛，他们大概也会为科特跑动起来。

"注意……注意……布鲁克斯，你得盯着场上。你放过了一个人……"

一阵一阵地，他们排好队，为时不时的辱骂和羞辱嘟囔着，但同时也因相信自己如今是某个真实一点的东西的一部分而感到安慰。几周后，"南瓜"从自己早前的某支队伍里带来了两个选手——坦克和托尼——两人都十七八岁了，如今在麦克亨利街上全职贩毒。这多长的一两年大为关键：坦克和托尼不仅为弗朗西斯·M.伍兹体育馆带来了更好的技术，还带来了街角老兵那种冷静的笃定感。他们在那儿混了够久，已经足够强硬了，并接受了他们会去哪儿、会得到什么样的真相。他们周围全是虚张声势的大小孩们，是还有所期待和保留的未成年人，被困在幻想和现实之间的无人之地上。但坦克和托尼都已经去过那里了。虚张声势不是必需，甚至远非有用。他们去街角，就是去贩毒，而不是去玩耍的。他们来体育馆打球，就要打出自己最好的水平。他们让自己完全适应了场景，直面它，不会讨价还价。错误的决定或者牢狱之灾，糟糕的传球或者比分算错，他们用街角的规则来应对一切。要是侮辱够大，那就有人会受伤。任何不到这种程度的东西，也就没人会为其哭嚎。坦克和托尼几乎不发一言就向这些比自己小的男孩们说明了一切。他们在体育馆里的存在就让其他任何人在长大和滚开之间做出了选择。突然间，娱乐中心队——尽管严格来说不再是一支十六岁及以下的球队——就变得迅速且致命了。

在最初的队员中，只有泰、杜威和 R.C. 的球技足以应对更高要求的比赛，外加三名山顶来的球员后，对"硬汉"、丁基和布鲁克斯这样的队员来说，未来就不甚明朗了。

"再也不是我们的队伍了。"在结束了自己勉强完成的最后一次训练离开时，丁基苦涩地说道。他来体育馆是为了找乐子的，除了生理上的释放，不做他想。尽管球技不如他人那么犀利，但他在节奏更慢、更随意的跑轰战术中，知道到哪儿去得分、如何抢篮板。可现在，为了赢球这一目的，丁基变得可有可无了。

随着丁基离开，他的表亲也走了，尽管迪安德尔足够骄傲，不会在没有合理的借口时就任由自己被推到一边。等坦克和托尼被带进体育馆后不久，迪安德尔找到了几个显眼的方法去违反训练中的新标准，之后，当"南瓜"终于彻底爆发的时候，他回击了。

"你屁都不是，"迪安德尔告诉他，"我烦死你这套狗屁了。"

"那就滚。""南瓜"告诉他。

迪安德尔就滚了，把那道双开门狠狠地扇在了身后。去年冬天为消磨午后时间开始的事——每周三天逃回褪色童年里——变成某种工作一样的东西，有了要求、标准和老板。迪安德尔可一点都不想要。丁基和布鲁克斯也是，两人也都加入了抵制。等博因为打架被艾拉踢出球队，布莱恩因为对他妈妈房子的缉毒突袭而被关进未成年监狱，初始队员里剩下来的人用三根指头就能数清了。

弗朗西斯·M.伍兹体育馆里的变化挑战着 C. M. B. 老成员们对彼此的忠诚。比如，"硬汉"就不明白为什么泰和杜威还有 R. C. 会愿意以自己为代价去忍受这么多的新人。他曾经在每场比赛都至少会打满一节。现在他上场的时间，嗯，只有几分钟了。

"这已经不是娱乐中心队了。"他抱怨道。

但泰、R. C. 和杜威不会听。他们终于在打那种努力就有回报的篮球了。没球的时候跑动起来，你就会得到传球。你防守，就会被认可，获得更多上场时间。你抢到了篮板，传了球，漂亮地断了球，回冲去防守，"南瓜"都会点出你的贡献。

才能是如此关键，R. C. 时而能打小前锋，时而只能当替补，这取决于"南瓜"的心情。但他情绪过于高昂，不能上场的时间对他也无所谓。当上到球场时，他立马就和这台奇妙的新机器连为一体。这几个少年，在最佳状态下，能认同并表现得像是一个整体了。

艾拉终于给他们安排了一场对战迪格斯-约翰逊中学队的比赛。他们到场发现对方是比自己矮半个头的十三四岁小孩子。他们压着这些小孩打，大比分领先，哪怕"南瓜"扣着自己最好的球员，不让托尼或坦克或卡车踏上球场。

"天哪，"泰说道，"他们太小了。我们需要一场真正的比赛。我们得进一个冬季联赛。"

十月初的时候，他们在弗朗西斯·M.伍兹体育馆里再次对战那帮老人。当时对战的是沙姆洛克、普雷斯顿和其他十八九岁的费耶特街街头成员。这一次，那些大一点的男孩们所能做的不过是保留点体面而已，把同马丁·路德·金队的比分差距控制在十五六分。对艾拉的娱乐中心队来说，这是他们的成年礼，是那些一辈子都仰望着沙姆洛克和普雷斯顿的街角小孩们进阶的通道。如今，在球场上，他们双方之间的球技没有明显的差距了，他们已经长大了。

在球场上，R. C. 得到了那个他梦寐以求的世界。面对费耶特街上年长的那帮人，他得了十六分。一旦离开这块硬木铺就的场地，他依然迷茫。除了在麦克亨利街上替别人卖货贩毒，他没有工作。除了这支"乌合之众"的娱乐中心队，他也别无计划。他夜复一夜地在麦克亨利街上鬼混、贩毒，同男孩们厮混，追逐姑娘们，如此放纵，像是其他任何可能性都不存在了。他不试图掩饰生活的无序，哪怕用上了将来时说话，也都是聊着同样的老一套，说什么他的哥哥里基和虫子会在一两年后把自己搞进海员工会。仅凭这点——无论有多模糊——就足以解释这之前发生的一切。R. C. 声称拥有未来，但在那张工会成员的会员证到来前，他能随意搞砸。

R. C. 最新的女朋友德娜现在也怀孕了。秋初的时候，翠西说自己怀了 R. C. 的孩子，因此有那么一会儿，他面临着两个姑娘给自己生两个孩子的情况。这只是提高了他在团伙中其他人跟前的地位而已。但翠西的怀孕没有了后文，R. C. 将其归为对德娜的嫉妒。但是德娜确实在发胖，R. C. 因此也放了心。他也许不是 C. M. B. 里第一个让姑娘怀孕的人，但他一直努力确保不让自己是最后一个。

九月时，R. C. 遵照了这个季节的洄游规律，去县上的商场为即将开始的学期购买装备和材料来武装自己。不是笔记本和二号铅笔或者计算器、文件夹啥的，而是新的耐克鞋、运动衫和一点首饰，以及——最重要的——一个新的传呼机。实际上，秋季学期不过只持续了几分钟，R. C. 因为把传呼机带进学校而让自己被停了课。几年前，教育系统就将传呼机视作街角文化的标志而把它给禁了。假装不知道这条规定，R.C.其实一清二楚。这正是他带着那台传呼机，并在一名教职员面前展示的原因，他也因此解决了拿自己最后剩下的义务教育要怎么办这个难题。他快满十六岁了，离生日已经够近，足以让他在不担心逃学指控或者未成年法庭的前提下，走出高中了。

但萝丝·戴维斯丝毫不打算让传呼机这件事儿决定R.C.的未来。她在市区学校工作日久，早能看出这其中的意图了。就在同一天，她把R.C.叫进办公室，告诉他说这不是一次完全的停课，说他只需要和自己的母亲去北大街上的学校总部参加听证，然后就能重回学校。她还告诉R.C.，要是他在当天还逃课的话，就别想来学校体育馆参加篮球训练了。

R.C.明确承认自己已经听到并明白了她说的话。

"是的。"他说道。

"所以你会去北大街吧？"

"是的。"

"那周一见。"

"是的，女士。"

"要是不上完一整天的课，休想三点后进体育馆的门。"

"是的，女士。"

"没听见。"

"我是说，是的，女士。"

"那就好。"

妈妈拖着他去了北大街，然后停课被取消了。但R.C.再没去上过一天学。

十月初的时候，萝丝·戴维斯瞥见他身穿运动服，手持一个篮球走上了前厅的楼梯，之后还冲着墙上弹球。

"R.C.。"

"在。"

"年轻人，我要把你从花名册上划掉了。"

"好的。"

她看着 R. C.，知道自己对他已经无计可施了，知道没啥可说也没啥可做了。什么也改变不了即将酝酿成形的灾难时光了。他不过是个孩子，一个大块头、没有安全感的孩子，向全世界展示着自己的伤口和疤痕。但他也已经是成品了。令人恐惧之处在于他对此心满意足。她知道他只想要不被打扰而已。

"你想要这样吗？"

"不，女士。"

"那就来找我。"她提议道。第十次机会。第十一次机会。或许是习惯让她说出了这样的话。R. C. 犹豫了一会儿，直到萝丝·戴维斯走进了办公室的前门。他把球靠在胯上，等着看她是不是要把自己赶出体育馆。她没这么做。她允许他使用体育馆，因为这里至少不是街角。他跑上了楼梯，踢开其中一扇金属门，然后冲进去来了个跳投。

"硬汉"和丁基也在那儿。丁基试着阻挡这个跳投，但触到 R. C. 的前臂犯了规。跳投没进。

"一次。"他说道。

等妈妈转动了钥匙，迪安德尔·麦卡洛第一个窜进门，第一个上楼梯，第一个进了二楼临街的那间大卧室里。

"这间房是我的。"他说道，宣誓了主权。

"是个屁。"妈妈反驳道。

"妈，你说过我应该有自己的房间的。"

"我没说过是这间。你这么年轻，居然想占这个二楼的卧室，而让我他妈一天天地从三楼上跑上跑下。"

"对你好啊，"迪安德尔笃定说道，"很好的锻炼。"

"小子，滚上楼去。"

三楼临街的房间才是迪安德尔的，迪罗德则住在走廊对面的背街卧室里。这也许不是最大的一间房，但这是他的，他自己的空间，一个他能伸展和控制的地方。

迪安德尔从自己新房间的一面墙走向另一面墙，判断着距离，想象着自己尚未拥有的家具和物件。他打开一扇窗，探出了这栋排屋，扫视着自己的新街区，一路望向富兰克林镇路（Franklintown Road）。一股秋天的轻风拂面迎接了他。

"太棒了！"他吼道。

这栋三层的砂浆排屋将是仅属于他们三人的家，是足够有勇气从费耶特街1625号离开的住户们的庇护所和救赎。芙兰再不会回到露珠旅店了。她发过誓。在她戒毒出来三周半里发下的所有誓言中，这个誓言是她用宝贵的支票日现金支撑的。在斯谷吉家住了三周后，芙兰搬到了自己的地方，把自己和儿子们带离了费耶特街一带。越过山顶，下到坡底，又上到了下一座小山，他们来到了一个街区中间的这栋三层小小排屋里，所处地址恰如其分地被称为"博伊德街"。这个博伊德街2500号段的街区——其实不过是条小巷子——位于富兰克林镇路和凯瑟琳街之间，就在西区购物中心的北边。他们往西走了足够远，让最诱惑她的街角都远离了视线。但这里并没有真的远离毒品。富兰克林镇路和巴尔的摩街有个街角。富兰克林镇路和隆巴德路也有个街角。凯瑟琳街和霍林斯街则是时有时无的毒品市场，取决于哪个团伙在卖哪家的货。但是，在芙兰看来已经足够清爽到同过去分割了。

对迪安德尔和他弟弟来说，三间卧室在三个人之间分配就是无法想象的奢侈。他们可以像真正的家庭一样生活，就好像迪安德尔自己能记得的那些年，在爸爸离家之前，在父母双双陷入毒瘾之前。

"我们现在过得不错，妈。"在博伊德街过的第一晚，迪安德尔这样告诉芙兰。他们的家具，或者说是露珠旅店地下室里剩下的东西——一张玻璃餐桌和木椅背的椅子，几张床垫和破旧的梳妆台，那台屏幕泛绿、快坏掉的电视，以及一个摇摇晃晃的铬合金玻璃书架——一切都会在这个周末送来。加里的弟弟卡迪自愿贡献了自己的皮卡，但他要等到周日才能从海丰餐馆的工作中抽身休息。然而，哪怕要伴着这栋空荡荡的房子，他们在拿到钥匙后也兴奋不已，无法在斯谷吉家里再待一晚了。

那天晚上，他们在二层硬木地板的地铺上过了夜，听着房梁和墙壁那不熟悉的嘎吱和呻吟，听着九月深夜的一阵风把临街窗户吹得哗哗作响。

"这房子不错。"迪安德尔告诉妈妈。

"我们这才刚开始。"她向他保证。

钱会很紧张。从戒毒中心出来后，芙兰一直期望能排到一张租房券，但有补贴的安置住房的等候名单都排到三年后了。至于像费耶特街 1500 号段上的那栋房子一样被列入联邦八号房租报销款里，以便租房公司自己就能拿到一两张租房券，芙兰也没能办到。她的信用太差，租房中介的丘吉尔女士——这个被她寄托了太多希望的名字——收到芙兰的信用报告后就帮不上忙了。除非有优良的评级，否则租房公司不愿在租房券或者任何事儿上冒险。这让选择只剩下招租广告了，而任何值得租住的地方至少要价三百美元，外加水电燃气。

芙兰花了一两天时间读报纸，想找个优惠点的。没想到，一个老朋友的一通电话找到了她，那是芙兰在一家临时工服务中介短暂工作时的同事，当时她刚刚丢掉了那份电话公司的工作。琳达一直同芙兰保持着联系，甚至时不时地开车经过露珠旅店，接上芙兰请她吃顿饭。听说自己的老朋友完成了戒毒并正待在自己哥哥家的时候，琳达给斯谷吉的住址打了电话，提供了一栋自己从过世亲戚那里继承来的、已经招租招了几周的排屋。芙兰请琳达出于旧日情谊给房租打折，等她站稳脚跟。但是，这栋博伊德街上的房子的租金还是要二百五十五美元一个月，超过了她每月 AFDC 支票金额的四分之三。

食品券能让他们在一个月的大部分时候都有钱买食物和杂货。那剩下的一点现金——七十多块——得用来买其他所有东西，包括冬天的衣服、运动鞋和牛仔裤；香烟、零食以及公交月卡。公交卡现在是必需品了，尤其对芙兰来说。

刚从戒毒中心出来一周，在九月初的时候，她就在做出改变上又跨了一小步，报名了社区大学在自由高地校区的课程。芙兰拿着裴尔助学金①重回校园，在社区大学的自由高地校区选了代数和英文写作两门课。试着先解决掉这两门，也许到时候她能在计算机或者健康护理，或者某个意味着会有真正工作的专业上，得到一份两年制的学历。英文写作不是问题，但代数让人痛苦。芙兰告诉自己一定能够应付，说她要一步一步地走。她会在第一次测试前都扑在书里。要是她对那些关于 x 和 y 的蠢内容还有问题的话，也许还会找个家教。

到了十月初，她不仅住进了自己的房子，而且已经在外面待了三十天而没有复吸了，也因此得到了纪念戒毒一个月的钥匙环，并在圣詹姆斯教堂举行的匿名戒毒会上得到了大量的表扬和鼓励。她怀念嗑嗨的感觉，每一天都在怀念。但她一直告诉自己已经见够了地狱。

然后还有迪安德尔。她知道，儿子也正看着呢。

他并没有表现得很明显。在迪安德尔的话里，能被当作是鼓励或者希望乃至恐惧的东西不过是一两个词而已，是在楼梯上或者浴室门口的某个安静时刻嘟囔出来的。

"你看起来不错，妈。"

或者："你长胖了一点。"

或者，还有一次："妈，我为你在做的事儿感到骄傲。"

---

① Pell Grant，是罗得岛州联邦参议员克莱本·裴尔（Claiborne Pell）为贫困大学生设立的助学金。

除此之外，迪安德尔也表现出了善意，对家庭这个概念也显示出了更多的一点忠诚。夏末的时候，他吸大麻、喝酒以及在麦克亨利街上鬼混的频率都慢了下来。这是芙兰的功劳。她一直在坚持午夜宵禁，告诉迪安德尔他得在两件事儿里二选一，才能挣到自己在博伊德街这栋房子里的一席之地。

"你要么去上学，要么去打工，"妈妈告诉他，"你不能只是待在这儿，所有时间都吃了睡，或者去街头鬼混。你要么读书，要么工作。"

在用一两次深夜晚归试探了她之后——有一次就发现自己被锁在了博伊德街房子的门外——迪安德尔似乎在妈妈新建立的权威面前认输了。

九月初，妈妈专注于社区大学，迪安德尔去向萝丝·戴维斯报了到，却发现自己依然还是弗朗西斯·M. 伍兹中学的九年级学生。为了表示厌恶，他没有马上回去上课。但是过了几周，随着妈妈不断对他施压，迪安德尔回到了学校，问戴维斯女士自己是否可以从核心课程老师那里把作业拿回家做，也许能做到足以让自己得到高中学位，就好像是某种半工半读的形式。

"你在工作吗?"她问他。

"在找。"他告诉她。

因此迪安德尔的老师们为他准备了家庭作业，他时不时地去取来，时不时地还能写完。这就是教育系统在迪安德尔·麦卡洛身上所能维系住的最细微联系了。萝丝·戴维斯同意他在家自学，大概是因为这比其他选项都要好点。

在博伊德街上的头几天里，迪安德尔在厨房餐桌上写写作业来做个样子，向妈妈展示他也在努力。但是芙兰没有完全信服。她看见他在一份作业上费劲，几天后却发现那几张纸被忘在了卧室里的一堆色情杂志下面。同时，儿子似乎也没在找工作。

至于麦克亨利街的夜晚，芙兰为他能遵守宵禁并尊敬自己而给了他一点认可。天气的变化尚未把 C. M. B. 成员们带离麦克亨利街一带。男孩们现在到了一个要是他们愿意，就可以完全忽视整个学期，并在街头贩毒贩到冬天结束的年纪了。但迪安德尔保持了低调，告诉自己的团伙成员们他需要在孩子出生的时候待在家里。而且他也夜复一夜基本成功地让自己在十一点半的时候离开麦克亨利街，并在半小时内抵达博伊德街。

终于，在十月开始的时候，芙兰向琳达交出第一个整月的房租，儿子认真地开始说要用自己的钱来凑份子，帮着妈妈支付燃气费或者租金，也许还能在月底的时候往冰箱里放点吃的。

自从夏天经历了麦当劳求职的惨败后，他一直三心二意地找着工作，在附近廉价商品店和快餐连锁店里随意地打听着。他也在某些临时工中介那里填了申请表，并在西区和克莱尔山一带面试了几家卖服装和鞋子的店。有一次，他甚至试了试内港，一直走到市中心，去海港城的吾诺披萨店①填了申请表。但在那里，如同在每一个地方一样，他那闷罐子一样平板的表现给助理经理留下了坏印象，那人把迪安德尔的缺乏安全感当成了心怀不满的郁郁寡欢。没有后续的电话联系，没有第二次面试，没有任何东西让他说服自己同麦克亨利街头交易里得来的那仨瓜俩枣去做个彻底了断。

但是到了十月初，迪安德尔走进了西区的一家温蒂快餐店（Wendy's）。从一开始，这一次经历就完全不一样。那个经理和所有员工都是黑人，这让迪安德尔轻松了些许。他甚至还认识几个在烤炉后工作的小孩。最重要的是，他已经绝望到需要一份工作了，这让他惴惴不安地走向了柜台，看着那个女经理的眼睛，说出了实话。

"我很需要一份工作。"

---

① Uno Pizzeria，发源于芝加哥的连锁披萨店，发明了厚底披萨。

她有个职位空缺。而且她为迪安德尔免除了消耗他自信和耐心的漫长申请和面试。她说她可以给他个机会，他只需要下周带着出生证明和社会保障卡回来就行。

"下周我就有工作制服了。"他骄傲地告诉芙兰。

迪安德尔需要做的是收拾桌子和打扫卫生。然后要是一切顺利，他能学着操作烤炉，也许还能负责收银。

"那你上学怎么办?"芙兰问道。

"也上啊。会赶上该做的作业的。"

很快，这个家里的骄傲就可以双向表露了。迪安德尔领到了制服后——蓝色裤子，蓝条纹上衣，蓝白相间帽子——在这栋排屋的临街房间和厨房里稍作了展示，而芙兰则带着纯粹的惊异看着迪安德尔。此时此刻，他不再围着街角转了。她一直告诉他要行正事，而现在，他真的听进去了。

"你看起来很棒。"

迪安德尔大笑起来，在自己的脏辫中调整着帽子的位置。

"你又变回我的小孩了。"

"拜托了。"

"真的，德雷。你做得对。"

"我可不是小孩。你别叫我小孩了。"

"那你是个男人了?"

"我是个有工作的男人。我会用帮忙付账单来证明的，"他告诉她，"但首先我得存够钱买个摇篮。也许还要买点衣服和玩具啥的。瑞卡会期待我拿出点什么吧。"

孩子的预产期在圣诞节前后，至少泰瑞卡是这么说的。

到现在几乎有三个月了，这个孩子让迪安德尔有一搭没一搭地用将来时思考着，但如同费耶特街上的惯常情况，这些思考并没有带来任何结果。如今，妈妈的戒毒和恢复为他带来了博伊德街上的住所以及普通生活的一纸租约。如今，似乎有足够的空间容纳一两个梦想了。

这个计划几乎是史诗级的，包含了一份工作、一个女朋友、一个儿子以及一个自己的住所。在脑海中，迪安德尔能看见自己在温蒂快餐店打着两班、三班的工，从工资里存下足够的钱来照顾泰瑞卡和孩子。也许还能买辆车。然后就是同自己的新家庭搬进一套公寓。不是马上，但到时候会的。第一件事儿就是找份工作，而现在第一件事儿已经成了。

接下来是泰瑞卡。秋天到了，迪安德尔也一如往常地玩够了。他想要稳定的女朋友。但按照迪安德尔夏天以来所见到的，在那处仓库台阶上泰瑞卡所说的一切都是真的。实际上，最近这几个月相比他们一年前认识的任何时间，她都同他保持了更疏远的距离。这也毫不意外，毕竟她已经这么多次抓到他和别的姑娘鬼混，次数多到他自己都记不清了。无论泰瑞卡有多么孤独、害怕，且孕期渐长，经过这个夏天她都已经积攒了足够的伤害和怒气让自己离开他。她回到了学校，住在四十号公路另一边她姑妈在里格斯大街上的房子里，越来越少下到费耶特街来见男孩子们。

在劳动日前，他给她打了几次电话，但她表现冷淡。他有一回在南富尔顿街上看到了她。泰瑞卡当时和 R.C. 的姑娘德娜以及她们那群人在一起。迪安德尔推断她来到这个以前住过的社区，一定是想要见到他。

"我都想冲你吹口哨了。"他说道。

"爱吹不吹，我不在乎。"

"等等，瑞卡。我在和你说话呢。"

冬天那时候，当时他被关了起来，她还会来"男孩村"看望他。春天那时候，他把她的心抓得牢牢的，同时还能追求这一带的好几个姑娘。现在她正逼着他主动，对他爱答不理。到了富尔顿街这次偶遇的最后，变成了迪安德尔丢盔弃甲，他被贬低到了要展示真爱、恳求第二次机会的程度。泰瑞卡听他说完，环抱着双臂，得意洋洋，说她要考虑考虑。

迪安德尔已经付出了代价，以为她说要考虑考虑，那他就一定可以把她赢回来。他知道泰瑞卡爱自己——他是她的第一个也是唯一的男人——她很快就会再同自己在一起了。在迪安德尔心中，她会无数次地重新接受他，直到形成固定规律为止。几天后他就走了"好运"，她下到这一带来，撞见了他同某个吉尔莫街的小姑娘在厮混。他着急忙慌地解释，坚持说自己是清白的，但泰瑞卡早已经没那么好骗了。她跑开了。当天晚上他打电话到她家，她骂了他后就把电话挂了。

但现在他有了一份工作、一个计划。现在他是个有工作的男人了。迪安德尔知道自己需要做的不过是向泰瑞卡展示那套蓝色的温蒂快餐店工装，她就会看到他在努力。她就会找到相信他的理由。

"妈，你会去和瑞卡说说吗？"

"嗯，我需要和她聊聊。"

"啥时候？"

"你为什么不让她这周末过来呢？"

"你去说。我俩不说话了。"

"你们不说话了？她怀了你的孩子，不是吗？"

"她表现得自己不想和我有一点关系似的。"

他把问题留给了芙兰，知道自己的妈妈想和这个孙子保持所有可能的联系。芙兰准备好要宠爱泰瑞卡了，准备好要领着她经历生产了，并让她尽可能地感觉自己是这个家庭的一分子。下个周末，芙兰毫无困难地劝说泰瑞卡来到了博伊德街，并在这里住了几天。条件是一场关于当妈的交心谈话和芙兰坚持要帮助抚养这个孩子的表态，但对迪安德尔和泰瑞卡两人来说，潜台词其实和芙兰毫无关系。

第一次经过的时候，迪安德尔表现得好像他完全没有预期会在这里看到泰瑞卡一样。

"行吧，我来这里也不是为了看你的。"她告诉他。

"哦，你这么一路走过来只是为了看看我妈呀。"

"嗯。"

"我去。"

第二次经过的时候，当时芙兰去新鲜农场商店买东西了，迪安德尔回到房子里，坐到餐桌旁，坐到了她旁边，安静地听泰瑞卡不停说着为这个孩子自己所需的一切东西。迪安德尔明白了这个暗示，几乎是随意地告诉她说自己现在有份工作了，说他会搞来摇篮和别的啥。他会做正确的事儿。

"你知道我和姗奈没戏了吧。"迪安德尔告诉她。

泰瑞卡怀疑地看着他。

"嘻，我们早分了，"迪安德尔坚持道，"我和那姑娘是一丁点儿关系都没有了。"

"德娜说……"

"德娜知道个屁。我都不知道多久以前就和姗奈没关系了。"

迪安德尔告诉她说现如今一切都不同了，说她要是愿意，可以来到博伊德街和他们住在一起。她和孩子。他告诉她说自己准备好了，说自己已经玩够了，说他现在要陪着她和孩子。而泰瑞卡做了她总是会做的：她回来了。

那个周六晚上，他们待在了楼上迪安德尔的房间里。芙兰任由这事儿发生，毕竟她他妈的还能做别的什么呢？再说了，泰瑞卡又不可能再怀孕。到了早上，迪安德尔又把泰瑞卡称作自己的姑娘了，而芙兰则喊她女儿。那周，他们三人一起乘车去了西奈医院做最后一次超声波检查，确保一切都正常。从七月开始，迪安德尔就把这个未出生的孩子称为"儿子"，说一定要是个儿子，因为女儿对他来说没用。但在这个下雨的秋季下午，从检查室里出来，他走向休息室里的母亲时，脸板得死死的，表情是一片完美的空白。想要一个女孩的芙兰看出来了。

"嗯?"她满怀希望地说道，"一个姑娘，对吧?"

迪安德尔试图保持面无表情，但做不到。他的脸咧成了一个少年的大笑。

"是个儿子。"芙兰干巴巴地说道。

"妈的没错，我有儿子了。"

"你他妈太走运了，我不开心了。"

"我儿子也会是个混小子。他在那个显示屏上四处乱跑。他在翻跟斗啥的，又踢又打。我儿子可不服输。"

"拜托了。"

"妈，你应该看看他。他太屌了。"

"他是个小流氓，嗯?"

"他绝对是。他会比他爸还坏。"

有一段时间，新生一个小孩的预期似乎为他们的生活同时带来了秩序和可能。对泰瑞卡来说，这意味着周中的时候上高中，然后周末去博伊德街，同自己的男朋友过家家。到了十月底，她已经如同芙兰预计中的那么重了。要是十二月底是预产期，那迪安德尔并没有太夸大自己的预判：小迪安德尔绝对是个混小子。

迪安德尔为这份温蒂快餐店的工作全力以赴。他上的是下午和晚上的班次。有时候，他会到后厨区域，但通常都在前厅，收拾桌子或者保持沙拉吧的整洁，确保不缺东西。他想要做到最好，但无法避开这其中纯粹的无聊，因为这家西区分店的生意不是太好。但他还是努力工作，特别是要做给其中一个助理经理看，那是迪安德尔很快就混熟了的年轻男子。但那个女经理惹到了他，她坚持要他以特定的方式来干活，并且不愿意每周分派给他超过四五个的四到五小时班次。而迪安德尔需要更多工时，需要钱。

当他终于口出抱怨后，那个经理变得越发冷淡，对他只剩批评了。助理经理试图维护迪安德尔，诱劝他为这家分店贡献自己的努力，不去在意和经理之间日益增长的敌意。这招没管用多长时间，那个女经理渐渐地拿到了她一直在寻找的弹药。

事情发生在这份工作开始三周多后，当时迪安德尔搞混了周末的排班，错过了一个周六，以为自己应该在第二天上班。周日下午出现的时候，他被告知是前一天需要他来，说他可以回去了，因为周日晚餐班次的员工已经满了，准备开工了。

迪安德尔生气地冲走了，周一回来时才发现自己至少要到周三才有班上。第二天打电话去的时候，他被告知周三和周四都有人了。周五，他去拿自己的工资支票，同时想搞明白下次上班是啥时候。那个女经理说她会打电话通知的。

但她没有打电话来，那个周末他也没有工作。周一的时候他也被拒之门外。周二，他被排了几个小时，但被提前打发回了家。周三也是一样。

"凭这点儿钱我可过不下去，"他告诉妈妈，"我不是想要被关起来，但我需要真正的钱。"

又过了一周，显然他已经没了工作。迪安德尔消沉了一两天，然后回到了麦克亨利街上，同泰和丁基一直待到了凌晨。

第二天早上芙兰在卧室里抓住了他，当时他正在点着现金。

"你有一卷儿，啊？"

迪安德尔耸耸肩，显得心虚。

"你又回去卖货了。"

他爆发了，回击着这个指控，宣称这些钱是丁基和多里安夏天里欠自己的债。

"你他妈哄谁呢？"芙兰走开的时候问道，"你以为我会相信你一晚上没回来的时候，不是在鬼混？"

迪安德尔没有理她，第二天晚上也彻夜未归，接下来的一晚也是一样。芙兰锁上了大门，儿子在斯谷吉家的沙发上过了一夜。接下来的下午他出现的时候，芙兰大骂了他一顿，向儿子保证说除非他能找份正经工作或者去上学，否则他就不能住在博伊德街的房子里。

"我在上学。"他抗议道。

"安德烈，你甚至都没做他们发给你的那丁点儿作业。我发誓，你一定觉得我很蠢吧。"

迪安德尔噘起了嘴。

"你要么把你这该死的一套搞清爽了，要么你就滚出去。你想要去街上鬼混，那你就可以住在街上。"

芙兰离开了房子，在身后摔上了大门。一小时后再回来，她甚至比离开时还要生气。她不再吸毒了。她在上学了。她在努力了。生命中头一次，她在自己长子面前站到了道德高地上，而她打算继续站下去。

"你收拾好你的玩意儿了吗？"她一进前门就吼道。迪安德尔坐在厨房餐桌旁，背对着她，吸着一支新港香烟。

"你听到我说的了吗？"

他一言不发。

"小子，"她吼道，"我说你听到了吗？"

她大步走进了厨房，准备在儿子的后脑上来一下，准备把他丫赶到博伊德街上去。

"小子……"

透过香烟的缭绕烟雾，芙兰低头看见了一份有关美国政府的小测试。迪安德尔写了一半了，还在继续写着。而在那份测试下面是一篇单词作业，漂亮地写完了。

看到这一幕，芙兰越发地愤怒了。

"小子，"她高喊，"你可别想这么糊弄我！"

迪安德尔抬起头，一副求知若渴的样子。"啥?"他问她，"又咋了?"

芙兰想不出能说些什么。她冲上楼，摔上了自己卧室的门。迪安德尔又等了一会儿，确保自己的妈妈没在计划又一次冲下楼来愤怒进击。然后他收好学校作业——做完和没做完的——把它们夹进自己的社会研究教科书里。他走进客厅，把那本书塞到一个小小的胶合板音响架下，然后抓起了外套。他出门走上了街头。

艾拉·汤普森待在室外的沥青地面游乐场上，在一个微寒的十月下午宣示着对这块地方的主权。最小的孩子们挤在中心的台阶旁，用一沓线条本上扯下的纸张叠纸飞机。女孩子们要不在滑梯上，要不在那块玩四方游戏的场地上，争论着新泽西是城市还是村子，要是它不是城市，那托莎就必须回到一号方块里去。男孩们则用游乐场狭长的另一端玩着触身式橄榄球①。已在太多方面处于劣势，小史蒂维、戴莫、T. J. 和其他人还因为长大的过程中没有城市的主队巴尔的摩小马队（Baltimore Colts）而越发落后于人。这支巴尔的摩的全美橄榄球联盟球队在 1984 年逃离了这座城市②。T. J. 穿着一件华盛顿红人队（Redskins）的运动衫，而戴莫在接住一记长传后便宣称自己是四十九人队球门区的杰瑞·赖斯。

艾拉一只眼看着他们打球，另一只眼监控着在四方游戏里争论的女孩们。通过第三只眼，她看见年仅九岁却已经是街角奇才的"小老头"正用一个一次性打火机验证另一个小一点男孩的纸飞机的"坠毁燃烧"效果。

"'小老头'，"她吼道，"你干吗?"

---

① 指不能使用擒抱技术的橄榄球。
② 1953 年成立于巴尔的摩的职业橄榄球队，1984 年搬去了印第安纳波利斯。

那孩子面无表情地抬头看向了她。

"把打火机给我。"

"什么打火机?"

艾拉低头盯着他。"小老头"把手伸进口袋,交出了这件"走私货物"。再过一年,或者三年,他就会趴在墙上,让协警搜查自己的口袋。要是你无论怎么做都会被指控的话,那主动交出来就毫无意义。

"你知道该怎么做的。"艾拉告诉他。

"小老头"耸耸肩,系了系他的牛仔裤,开始寻找新的娱乐活动。游乐场对面的橄榄球比赛陷入了僵局。

"第三次触地。"小史蒂维喊道。

"第四次。"戴莫说道。

"现在才是第四次。"小史蒂维坚持道。

"你跑步达阵一次,传球两次。"丘博争辩道。

小史蒂维做起了算术。

"婊子,你作弊。"戴莫说道。

现在,按照这里的规矩,小史蒂维不得不找戴莫的麻烦,当众干他了。这两人大眼瞪小眼地站在游乐场上,倾向对方,脸部扭曲。艾拉会关注真正敌意的迹象,此时看见的不过是通常的虚张声势。她没去理会。

"上啊,小史蒂维。"T. J. 说道。

他们的脸只隔了几英寸。终于,小史蒂维大笑起来,把挑战抛到了一边。戴莫冲着朋友的头快快地张手一挥,错过了。

"第四次触地。"他坚持道。

"对,这四次了。"T. J. 向队友保证道。

"那就四次呗。"小史蒂维说道,现在他不在意了。他把球拉向自己,后退几步,然后把球歪歪扭扭地传给了游乐场一角的特里梅因。

那男孩一只手差一点才碰到球。

"小子，"T. J. 吼道，"我空着呢!"

另一场争论开始了，比赛沦为了彼此敌视。戴莫被争论烦到，溜达到了栅栏边上，双手抓住栏杆，把脸按在了冰凉的金属上。

"嗨，"他招呼道，"来看看。"

空地对面，一辆破旧的别克汽车停在靠近蒙特街的那一边。两个男人正坐在前座上。没有说话。没有动。只是坐着。

"他们今早就像那样待在那儿。"小史蒂维说道。

"打劫的。"戴莫宣布说。他今年十岁。看到一个打劫的团伙时，他当然能认出来。

"肯定是，"大一岁的小史蒂维同意，"条子们不开那样的破车。"

"他们盯着男孩麦克的房子，"T. J. 说，提到了蒙特街上一个年轻毒贩的名字，"他们看见麦克走上这个街区，还小心翼翼的，那绝对有情况。"

艾拉的孩子们聚在栅栏边，三年级、四年级和五年级的小孩们等着看天知道会发生的什么事儿。那两个车里的男人确实像是在等着街对面那栋排屋里的某些东西。某些巴尔的摩街和吉尔莫街上来的男孩们已经在这里进进出出好几周了。

"他们打算对那里的存货下手。"戴莫说道。

男孩们又看了一会儿，而小史蒂维沿着小巷子摸了过去，想要透过挡风玻璃看得更清楚一点。他回来时确定了传言。

"他们绝逼是打劫的。"

慢慢地，这场谈话传遍了整个游乐场，从大一点的男孩那里传到了小一点的男孩耳中，然后又传到了聚在游乐场远端的女孩们那里。很快，八岁大的孩子们就在对七岁大的孩子们耳语着那辆停着的别克了。

当然，随着这个下午过去，游乐场上的传说变得越发详细。车里的那两个男人现在已不再是当地的打劫犯了，他们是一路南下的"纽约男孩"，要来费耶特街和蒙特街上解决一笔债务的。或者也许是某个来自列克星敦台地的黑帮，从自己地盘上到山上来报复某次之前受到的侮辱。

"要是他们现在开始开枪怎么办？"克拉丽斯问道，一边咬着指甲，"我是说，要是他们冲我们开枪呢？"

小史蒂维不耐烦了。"他们为什么要冲我们开枪啊？"

"我是说就好比他们开始开枪，然后子弹冲着我们这边儿来了。"

"嘻，"戴莫说，"那我他妈就趴在地上。"

"我他妈的跑到街区那头去。"小史蒂维不甘示弱。

"那我他妈就在中国某个地方了。"特里梅因说道，终结了话题。女孩笑了起来。

T.J. 把双眼眯成了一条缝，同时双手环抱在胸口，露出一种帮派成员才有的冷静。"嘻，我会开枪打回去。"

"哥们儿，拜托了。"戴莫不相信地说道。

"哥们儿，你别以为我不敢，看我回家拿了我的那把 9 毫米口径手枪来，把丫的干了。"

克拉丽斯咯咯笑起来，T.J. 试着扇打她。她俯身躲开，跑回了艾拉身边。艾拉正坐在娱乐中心的台阶上，耐心地向小一点的孩子们中的一个解释说为什么有规矩不让把桌游拿到室外来。

"……要是你把游戏拿出来，搞丢了里面的部件，那我们就没得玩了。"

"但我不会搞丢部件啊。"

"泰里，拜托了。这是规定。"

泰里生起了闷气，克拉丽斯抓住这个空当报告了这个消息。"艾拉女士，"她说道，"那些车里的男人是打劫的。他们就要开始打枪了。"

艾拉望向那辆别克，摇了摇头。

"克拉丽斯，你可不知道这些。"

"戴莫说……"

"戴莫也不知道这些。"

小女孩溜走了，留下艾拉盯着那辆别克又看了一会儿。她来马丁·路德·金娱乐中心已经三年了，足够回忆起好几个恐怖时刻了。那些时候她要跑过的正是这片沥青地面，还冒着枪声，试图把自己负责的孩子们赶回到这栋水泥预制板搭建的建筑里。任何时候都可能爆发枪战，但要是对每次传言都相信，那就没有小孩可以在任何靠近费耶特街的地方玩耍了。

无论别克车里的男人们在等着什么，她告诉自己，那可能意味着十几种不同的可能性。她让孩子们留在了室外。

如今那些持续一整天的夏令营活动结束了，炎热的月份已经让位给了秋天，艾拉正在重新找回一点思绪。更早的天黑和更凉爽的天气似乎让这个社区慢了一点下来，或者至少让那个街角世界变得没那么有攻击性了。这让她有可能从新的角度去看待事物。

其中的很多思绪，她清楚，都和基蒂有关。三周前，九月底的时候，她最小的儿子离开巴尔的摩去了加州。她不太清楚他要去哪儿，但她知道的情况听起来不错：基蒂会待在长滩，她把这地视作一张有棕榈树和海景的风景明信片，而且他会有哥哥蒂托的照顾。无论长滩是什么样子，她也不会想象那里有那种自己门前台阶上的挣扎。在某个名叫加利福尼亚的神秘地方，基蒂·佩里，她那孤独的儿子，那个安静的梦想者，那个把持住了自我过完青春期的儿子，一定会找到自由呼吸和生活的空间的。

一开始的计划是儿子会带着自己最好的朋友一起去，但普雷斯顿既没有钱，也不愿意冒险。对艾拉来说，这也挺好。某些事关普雷斯顿的东西让她不太舒服，那是某些闻来太像是街角的东西。她在基蒂离开前的几天里已经见了很多次普雷斯顿，能感受到那男孩对自家儿子的影响。艾拉知道普雷斯顿同沙姆洛克和夸梅都混在街角，她也为他担忧过、祈祷过。在最后几周里，普雷斯顿离开了街角世界，同基蒂一起玩乐，抓住自己的发小，好像抵御住了无法避免的诱惑。但艾拉有自己的疑虑。

夏天的大部分时间，这两个年轻男孩都在筹划着他们联合逃亡加州的计划。普雷斯顿会回到学校取得同等学力学位，找一份临时工，存足够的钱同基蒂一起登机。当上述无一发生后，计划被修正了。基蒂会先过去，找一份工作，安顿下来，然后在圣诞节假期时回来看望妈妈。到了新年，普雷斯顿就会有足够的现金同他一起走了。

这依然是目前的计划，但艾拉对此存疑。首先，一周前基蒂打电话来说自己不会回来过节了，蒂托给他在电话公司找了份工作，此刻他没有足够的时间可以休假。另外，普雷斯顿看起来不妙。她昨天看到他和迪安德尔还有夸梅在瓦因街的尾端。三人分着两瓶四十盎司的麦芽酒，望着富尔顿街的几个街角，好像他们同那里的生意有关似的。自从基蒂离开后，普雷斯顿就不再过来探望艾拉。而当他们在街头遇到时，他也似乎眼神迷糊、不甚耐烦，几乎没有什么有意义的对话。

当然，她一直都知道喝酒的事儿。在离开前，基蒂就已经同自己的朋友不止一晚地分享着四十盎司一瓶的酒了。他们两人坐在门前台阶上，或者富尔顿街角那栋房子的花园矮墙上喝。她也知道大麻的事儿。在基蒂离开前两周，他和普雷斯顿还有杰米下到海港公园看午夜场电影，等到了凌晨却被关进了中央区的拘留所里。

艾拉听到的故事版本是，男孩们当时坐在电影院外面的路边上，喝着套在纸袋里的啤酒，然后普雷斯顿掏出了一支吸了一半的大麻烟点燃。几分钟后，在进去电影院的时候，他们三人被一个穿制服的警察给压在了墙上。更多的警察来了，其中一人搜查了普雷斯顿，找到了那支大麻烟。他看向那一点儿大麻，然后看向了基蒂，再看向另一个警察，后者似乎毫不在意。接着那个警察把大麻放回了普雷斯顿的口袋里。这也许还是在承认那样一支抽了一半的大麻烟在巴尔的摩的毒品战争中几乎没有任何意义。但那个最初拦下他们的警察没那么随意：他仔细搜查了他们三人，再次掏出了那个他们已经获得赦免的违禁物，然后指控普雷斯顿犯了持有毒品罪。杰米和基蒂则被指控公开饮酒。

按照西巴尔的摩的标准，这些在艾拉看来都算是无辜了，基蒂也在他前往加州的旅程前得了一个无限期推迟审理的判决。但艾拉还是忍不住有一点担心。基蒂之前从来没有陷入过任何形式的麻烦中，尽管这次市中心的逮捕在被区法庭洗白成一次不端行为后，就几乎毫无意义了，但这让艾拉对普雷斯顿有了一丝模糊的感觉：无论他说了多少要重新开始的话，他依然是个麻烦。当看到那个男孩混在富尔顿街上时，她对基蒂的离开更是感到松了口气。

基本上，她将自家儿子的解脱归功于上帝，她因基蒂的哥哥和姐姐们也曾向牠表达赞颂。她所有的孩子——当然，除开"臭肥肥"——都从高中毕了业。所有人都尊敬他人和自己。所有人都知道要努力并稳住工作。但基蒂的逃离——发生在费耶特街沦为一串毒品市场的几年后——为艾拉标志了一段漫长而危险的情节的终结。相比娱乐中心，艾拉认为自己的孩子们更可以被称为重大的胜利。

现在，坐在娱乐中心门前台阶上逝去的天光中，看着那些可能成为打劫犯的男孩们盯着街对面的那栋房子，艾拉·汤普森感觉自己儿子的离去真正地解放了她。无论这些街角还能做出什么，无论它们还能产出何种的人类灾难，它们再也不能波及她的孩子们了。任何比之更轻微的事情，作为必不可少的一部分，也都能够轻易忍受了。今天，是蒙特街上那两个等在车里的男人把这套游戏带到了艾拉庇护所的边缘。上周，是"死刑犯"成员们在蒙特街另一边的巷子里开了店，领样品的队伍每天早上都在孩子们的眼中展示着全景。上个月，则是丁基开着一辆偷来的别克车冲过了列克星敦街。当艾拉从人行道上盯着他的时候，他试图用一只手遮住脸，用另一只手开车，徒劳地转过了目光。或者是第二天的 R.C.，混在蒙特街和费耶特街的揽客仔和贩子中间，俯进经过车辆的车窗，供应着毒品。从此刻开始再过两周，就会轮到迪安德尔了。他醉醺醺地出现在万圣节舞会上，怒视着年轻姑娘们，然后朝泰和"硬汉"扔甜玉米，直到觉得无聊后才离开了。

从所有的角度上，街角都继续蚕食着她的小小领地，夺走那些她在娱乐中心抚养过的十六七岁孩子。她正在失去他们，一个接一个。博在拉姆齐街上贩毒。布莱恩从希基学校被放回了家，接着在两个街区外贩卖他叔叔的可卡因。R.C. 在蒙特街上卖着货。泰、丁基、"硬汉"和布鲁克斯则几乎每晚都混在吉尔莫街和麦克亨利街上。那姑娘们呢？泰瑞卡十四岁就怀了孕。托莎的妈妈每晚都命令她回家，远离男孩们。尼瑟现在和某个门罗街上的年轻毒贩混在一起，艾拉已经看到她在街角上调情了，她努力想要博取关注。

她正在失去他们，从小马丁·路德·金娱乐中心的水泥台阶上看来是如此。从这里看去，所见皆是残酷、荒废和不幸。

"嗨，艾拉女士，"小史蒂维说道，从栅栏那边走了过来，"他们打劫的一定是等得不耐烦了。我要走上去问他们在等谁。"

"不，你不会的，"T.J. 说道，"你比那可胆小太多了。"

小史蒂维·博伊德冲着 T.J. 冷笑一声，后者在他头上敲了一下。小史蒂维后知后觉地来了一记落空的挥拳。

"小史蒂维，"艾拉说，"你不知道他们是不是打劫的。你不知道那些男人要干嘛。"

"那他们为什么只是坐在那儿呢？"戴莫问道。

艾拉翻了翻白眼。"就让他们待着吧。"

小史蒂维拿起橄榄球，等到 T. J. 没在看的时候，朝着这个大一点儿的男孩"开了一枪"，击中了他的肩膀。T. J. 追着他在游乐场上跑，抓住了他，并用尽自己所能地紧紧夹住了他的头。

"来啊，"戴莫又无聊了，"我们来比赛啊。"

他们选了边儿，在这块满是裂纹还散落着玻璃的沥青地面上又打了一局比赛。这局比赛的高光时刻是戴莫接过了一记传球，一路持球冲到了沥青地面的远端，来了个被证明是决定胜利的触地得分。

艾拉从她坐的地方站起身来，招呼自己的"部队"回室内，开始分发几样零食：薯片、炸猪皮或者里面加了花生酱的橙味饼干。T. J. 尝试了自己的常规操作：在一堆涌动的小孩里伸出了两只手，想要多得一份零食。

"T. J. ，"艾拉瞪了他一眼，"别胡闹。"

他冲她做了个鬼脸。

"那你一个都没有。"她告诫他。

他选择了炸猪皮。

三年后，这些小孩也就都会流失了，至少其中的大部分会。甚至艾拉·汤普森，凭着她那无休无止的对于希望的期许，也都能算出这些不会动摇的可能性。

但是现在随着基蒂离开，这些可能性还能对她做什么呢？艾拉在自己费耶特街的公寓里足够安全。一旦她关门上了锁，就没人能叨扰到她。走在街头的时候，也没人会费心找她的麻烦。她那辆灰色的旧车整晚都停在街区的一端，每晚如此，而她带着一点骄傲地意识到，它从来没被乱搞过。

看着孩子们从她手里抓走零食，套上外套，她确实感到足够有安全感和有必要来讨论讨论可能性了。没错，这些孩子们的未来也许已经注定了：街角，以及罕有的其他东西，在等着他们。但在这样的确定性之中，艾拉还能为那些在自己这个中心进进出出的人赢来点什么，一些也许能从街角游戏里幸存下来并且依然在那儿的东西，隐藏着但也准备着。当这些孩子中的某些，也许只有屈指可数的几个，从毒瘾或者监狱或者两者中挣脱时，他们能用上。甚至在她管理的那些最困难也最冷酷的孩子中——迪安德尔和R. C.、丁基和泰——也能窥见社会契约的端倪，一种核心的价值观能在某种层面上让这些潜在的帮派成员们意识到这个世界里还是有些人会信守承诺，会关心你的所作所为以及你将成为什么样的人。当他们中相当多的人都愿意相信——通常带着各种理由——这个世界对他们毫无期待时，艾拉一直坚持着迎接他们。她在他们所有人身上都窥见了珍贵的东西，这值得她为之付出时间和爱。

甚至在那些业已输给了街头的人中间，艾拉的礼物也累积成了一颗小小的、自爱的种子，那是在未来某个时候，当最糟糕的行为尚在酝酿中的时候，能起到作用的一小片灵魂。到那时候，关于艾拉和娱乐中心的思绪也许会浮现在他们脑中，对抗着最糟糕的选择、残忍和冷漠。因此当R. C.和"硬汉"在蒙特街上揽客时，也许是艾拉的功劳才阻止了他们冲着小孩和老人兜售毒品。而当迪安德尔同沙姆洛克和夸梅外出"狩猎"的时候，当这个年轻的打劫团伙打算去别的社区抢几个毒贩的时候，也许是艾拉在娱乐中心教的东西阻止了迪安德尔扣动他那把4-4手枪的扳机。

在费耶特街上，你不得不寄希望在极端情况之中。那就是她上周所做的事儿。当时她看到丁基开着别人的车。被某个在自己生活中重要的人抓包，被某个从来没有停止相信他的人抓包，丁基发现艾拉的反应伤自己最深。那次"兜风"之后的几天，在同样的娱乐中心台阶上，丁基居然真来找她道歉了，并保证说自己已经归还了汽车，还到了偷车时差不多的位置上。然后，这个十六岁的孩子怀着尊敬和耐心听取了那无法避免的一课。

"你说得对，"他告诉她，"你总是对的，艾拉女士。"

艾拉·汤普森的爱不会创造奇迹。但在费耶特街上，她已经做到了任何人所能做的极致了。

今晚，分完了零食，她把头探出娱乐中心的门就会看到，愉快且放松地看到，那辆别克车已经没在蒙特街上了。没有打劫。没有枪击。没有麻烦。

"他们走了，"她对小一点的男孩们说道，"一定不是你们想的那样。"

戴莫离开中心，跑向了栅栏。他透过铁丝网望去，上上下下地打量着街区。

"嘀，他们走了。"

"他们也许还会回来。"小史蒂维满怀希望地说道。

"他们应该再等等，"T. J. 说，"麦克和他的那帮小子现在随时会回来，他们没等着他们回来。"

三人组在空地上等了一会儿，朝蒙特街的两端望着。在费耶特街上，一个"死刑犯"团伙的揽客仔正在一遍一遍地招呼着货品的名字。

"他们早走了。"T. J. 失望地宣布。

"我也走。"戴莫说，戴上了兜帽，走开了。

"等等。"小史蒂维说道。

艾拉看着他们离开，关掉了娱乐中心的灯。要等负责的最后一个小孩都离开了游乐场她才会这么做。

几天后，她再次带着骄傲，连同社区联盟的几个人，在费耶特街和门罗街，从街角上夺回了秋高气爽的一天。富兰克林广场某些还留在社区里的市民站在那几个北边的街角上，大概有十五到二十人，举着写有"无毒社区"以及"反毒你就嘀一声"一类的大字海报。他们在那里试图发出声音，跟着一面从当地鼓队借来的低音鼓的节奏喊着口号。市长也来了，从他那市政府的豪车里出来，带着全员随从，来到了街角上。有一段时间，他举着其中一面海报，每当红灯的时候就走进车流，敦促那些等候的司机们为这次活动鸣笛支持。

这场活动持续了整个早上和下午的大部分时候。到了傍晚，门罗街上大部分的街角玩家不得不承认他们那些站在冷空气里提出要求的邻居们、以前的朋友和亲戚们都用心良苦。有几个还真的做出了反应。比如史密蒂就穿过门罗街，加入了活动，扛着一个写着"打倒毒品"的牌子走过朝南的那条街道，并为那些表示了支持的司机们欢呼。其他人则做了他们面对这类事件时一直都会做的事儿：把当天这个街角的交易挪到了列克星敦街和富尔顿街，或者下到瓦因街的另一端去。

当天下午，在归还街角之前，艾拉尽可能地从努力中汲取愉悦。她没有幻想：她已经在这个地方住了太久，已经不会把活动当成是某种解决方案了。但她还是因为今天的种种，开心地走回了家。

"我说虽然只是一天，但能让你想想它最终能有多了不起，"在走回自家街区的路上，她对默特尔·萨默斯说道，"那些街角，我是说，不过是在提醒你要是没那些东西，将会多么美妙。"

当天晚上，她在门口台阶上坐了两个小时来证明自己的观点，一边喝着热巧克力，一边听着广播。富尔顿街上的揽客仔和跑腿仔们显示出了一点点儿的尊重。

他们往下挪了半个街区。

芙兰·博伊德尤其喜欢那趟胜利巡游。

她喜欢人们脸上的表情，那是对她新地位的无声承认。她喜欢那种远离并高出了费耶特街日常的特别感觉。她感到那是自己走了这么远以后应得的。

在一个清冷的十月天里，从戒毒中心出来已经六周了，距离搬进那栋博伊德街上的房子也过了快两周。芙兰穿过瓦因街来办点事儿，并由此收获了一个真正的正义时刻，那是一次会给予任何一个前吸毒成瘾者应得骄傲的街角顿悟。

瓦因街和门罗街上的交易如火如荼，但芙兰穿过了那一堆堆的揽客仔们，冲商品摇头说着"不，谢谢"。她感到强大且超脱其上。

从另一个方向上到门罗街来的，是乔治·尔普斯，他冲她微笑着，祝她一切都好。布鲁到现在已经戒毒好几个月了，他只是为了去艾拉的娱乐中心才经过了这些街角。他又一次接过了在中心上艺术课的任务。

"嗨，姑娘。"

"嗨，你好。"

"你看起来真不错。"

"你也是。"

他们拥抱在一起，两个老兵享受着这一刻轻松的和平。而围绕着他们的揽客仔继续喊出产品名字，跑腿仔则跑去从存货里取货。

"你现在去娱乐中心?"芙兰问道。

"对，回报点啥。"

芙兰点点头，又多聊了一会儿，然后四处看了看。

"老样子。"布鲁乐了。

"一直是。"芙兰说。

他们快要分开的时候，一个"纽约男孩"帮的人从酒水专卖店墙边上溜了过来，向布鲁推销"大奖六号"："它们可带劲了。"

"不，"布鲁轻声地告诉他，"我再也不吸了。"

"是吗?"那个纽约人问道，大感惊讶。

"就那么对劲。"

"你很棒，哥们儿。"

"嗯。"

布鲁转过身，带着一点微笑。但芙兰为这一刻的喜悦已不能自已了。

"感觉真好。"她告诉布鲁。

"嗯，"他说道，"我想也是。"

"你在这儿，像那样对他们说不。我知道那感觉很棒。"

但对于布鲁来说，还有谦逊这一要素在起作用。他依然在参加会议，依然为全新的自己这一概念而挣扎，还在念叨着上帝的仁慈以及过好一天是一天。对他来说，那个揽客仔和他关于黑盖儿货的消息不过是漫长障碍赛中的又一个障碍。

芙兰说了再见，看着布鲁走开。她又在街角上待了很久，兴高采烈。

即便如此，胜利巡游的大部分已经彻底结束了。到了现在，她已经被大部分她认识的人看见、表扬并表达过惊异了。这些天来，芙兰走过这条街，已经是平凡的一幕了。街角还是老样子，它不过是从她身边走开，去别处做生意了而已。一句短短的夸奖，几个美好的祝福，那个她曾经熟知的世界以及其中的所有人都已经结束赞叹了。

新世界似乎对她不是那么欢迎，但公平地说，对一个试图找到自己方向的女人来讲也算是给出认可了。一个接一个，她那些因为偷窃而累积起来的大量指控都被轻判成了不受监视，或者大部分时候不受监视的缓刑。芙兰把区法庭的法官们玩弄在股掌之间，告诉他们自己成功戒掉了毒瘾，自己有了新的住房，以及自己现如今不再吸毒，想要让自己的生活重回正轨。

她不仅背着糟糕的信用记录活了下去，从老朋友那里租来了博伊德街上的那栋房子，甚至当九月底钱紧的时候，朋友亲戚们还凑出了十块二十块的，或者攒出了一袋子食品杂货——他们是因为相信这些现金不会被花到玻璃纸袋或者小瓶子上，而提供了这样的帮助。同样，美国政府给了她一千四百美元的裴尔助学金，允许她继续上大学课程。

所有一切都足以维持正常生活了。如今，下一步，她需要通过课程，或者找份工作，或者搞到某些东西——一台新电视，迪罗德的新冬衣，德雷的新耐克鞋——用来展示物质上的进步。

而所有的这一切，不像是那次胜利巡游，而是都需要付出努力。

最基本的一点，大学就不像她所想的那样。对一个正式教育早在几十年前就结束了的人来说，代数简直难如登天。实在是太难了，学期刚过了一个月，她已经再也无法跟上教学了。英语要简单点，但即便如此，她也无法逼自己去做阅读。夜复一夜，芙兰把课本摊在梳妆台上，浪费着晚上的时间看情景喜剧和深夜播放的电影。

另外，她试着找份工作。从西区开始，一路往东找到了克莱尔山，芙兰在十几家商店都填写了申请表，但大部分商店都因为盗窃而禁止她入内了。没有马上接到回电，她又试了试招工广告，从派送司机到电话推销员。一个在伍德劳的公司给了她一次面试，但这是纯赚佣金的销售工作。西区的一个商店经理打来了电话，然后意识到芙兰曾因盗窃而被禁止进店，于是取消了面试。最后，她从亨特谷的一家公司那里得到了一次面试机会，地点在城市以北数英里的地方。一个周四上午，她花了两个小时搞好发型和妆容，穿了一身西装，迫不及待地要留下最好的第一印象。

那天下午，迪安德尔进门的时候，她正坐在餐桌旁边吸着一支新港香烟。她看上去彻底地自在放松。

"找到份工作。"她告诉他。

迪安德尔一秒都没耽搁。"妈，"他说，"我需要双新鞋。"

"该死的，德雷。我周一才开始呢。"

他大笑起来。

但对芙兰·博伊德来说，没啥轻松差事。那份工作不是文书，不像她之前做过的所有工作那样。那是一份露华浓①的车间工作。周一

———————

① Revlon，美国著名家化品牌。

早上，芙兰花了两个小时乘公交、换车，从西巴尔的摩赶到了北边的巴尔的摩县，最终抵达亨特谷工业园最深处的一条流水线的工位上。然后，连续六个小时，她同其他四十个工人干到手指抽筋，把一个个小碟子盛的眼影塞进塑料盒子里。第二天，闹钟响了，她把它关掉，一直睡到了中午。当晚她一直看电视到凌晨三点。

会有更好的工作的，她告诉自己。马文·帕克打来电话时，她已经彻底放弃了招工广告这条路。他们是在九月戒毒时认识的，刚获得第一次自由时就好上了。马文三十五岁，已在各个街角上厮混了十多年，但最近他成了圣詹姆斯教堂匿名戒毒会的常客。芙兰在吸毒时既没有时间也没有耐心去寻求浪漫，如今突然发现自己又有了兴趣。这似乎挺好的，两人都在重新发现自己，两人都试图改变生活。这似乎也能持续下去。但到了十月中旬，当他终于把自己的东西收一块儿，搬进博伊德街的房子同芙兰和她儿子们同住时，马文·帕克又一次开始在富兰克林镇路和巴尔的摩街上贩卖可卡因了。

芙兰让他进家门的时候就知道了，但还是允许了，理由是这个男人只要自己没有嗑药，就可以在街角上干活，并带点钱回家。马文同一个被称为"矮子"博伊德的老派毒贩兼打劫犯合了伙，后者同芙兰没有关系，但他们认识也有很多年了。

"矮子"在街角上基本啥都干过，还能活下来并谈论着自己干过的事儿。他强硬霸道，广为人知的行为是持枪抢那些弱一点、年轻一点的毒贩的货，拿来自己卖。"矮子"是幸存者也是吸毒者。很快，马文·帕克就会复吸了。

到了十月最后一天，芙兰的新男朋友正在嗑药，吸得和他卖出的一样多。到了需要结算"矮子"的一包货的时候，他短了一整个"八号球"。很快，从富兰克林镇路和巴尔的摩街上就没有一分钱的进账了。只有马文，嗨得昏沉沉且毫无用处。

芙兰知道迪安德尔因马文吸毒而讨厌他。日子一天天过去，房子里的紧张不断累积着。在芙兰听不到的地方，马文对其他人都带着挑衅的态度，把泰瑞卡和迪罗德呼来唤去。迪安德尔时不时会挑战他，愤怒地宣称要是马文想要定规矩，那他最好付点房租或者往冰箱里放点东西。但马文不去理会，更糟糕的是，他把问题交回给芙兰，她为他确立了权威。然后东西开始消失了。迪安德尔牛仔裤口袋里的现金、磁带、迪罗德的世嘉游戏卡。

"妈，"迪安德尔说，"他从我们这儿偷东西。"

"安德烈，你不知道你在说什么。"

但芙兰知道，她也知道迪安德尔知道。儿子很快就用别样的眼光在看她了，搜寻着她也正在堕落的迹象。有一回，她在卧室的时候，正告诉马文说要是他必须吸毒的话，就去她看不见的地方吸。迪安德尔此刻上了楼梯。芙兰看到了他，见他在楼梯口上仔细听着，她因向儿子证明了自己依然试着保持清醒而感到骄傲。但是，她也知道这里存在着一个不断发展的隐患，一个已经无法抵抗太久的后退动作。

在重获自由的头几周里，芙兰全身心投入到戒毒中心的戒后护理项目，以及列克星敦街和门罗街街角圣詹姆斯教堂举行的匿名戒毒会里。自从在戒毒中心发现了十二步康复法这曲福音，她一直热衷参加那些会议，那些坦白和证言给了她一种身处社区的感觉。在最开始的日子里，要是一次会议不够，芙兰会再参加一次，之后又继续。圣詹姆斯教堂有夜间的聚会，又可以去萨拉托加街和弗雷蒙特街交汇的"宛如家人"（Almost Family）参会。詹姆斯·麦克亨利中学有下午的聚会。要是你早上起来感觉到了软弱，还有五六个地方有早上的聚会。芙兰已经很久没去过教堂了，但她记忆中的基督徒信仰都无法同一次好聚会给她的力量比肩。在圣詹姆斯教堂，她可以进入那扇地下室的门里，然后去倾听，不是先知和圣人们的沉闷说教，而是来自吸毒成瘾者的简单真理。他们说的不是未来的生活，而是他们曾熟知的日子。

一开始，芙兰在人群中感觉充满了能量和温暖。伴随着平静祷告中的最后几个词语，力量似乎能跟着她走出门外。在很多次聚会上，她见到了自己认识的人，那些曾和她一起在费耶特街和蒙特街上的人。有些人比起她最糟糕时的状态都还要迷失，也绝望得多，而现在他们利用这些聚会重新整理着自己的生活。很多人失败了，但其他人似乎一直在进步。随着得到自己的三十日、六十日、六个月"清醒钥匙扣"，他们变得越发强健。那个晚上，当走到那间圣詹姆斯教堂房间的前方去领取自己的两个月戒毒纪念时——在戒毒中心清醒了二十八天，在外面清醒了三十二天——芙兰骄傲到流了泪。但是她拒绝了本应有的下一步行动：找一个监护人，一个可以依靠的瘾君子同胞，共同分享自己的恐惧、希望和沮丧。

　　从一开始，芙兰就一直抗拒着自己要依靠除自己之外的任何人。遭到逼迫时，她争论说自己可以负责自己的康复，不需要同任何人分享秘密。她告诉匿名戒毒会的组织者说自己会坚持出席，说无论她有没有监护人，都已经走在了正确的方向上。

　　有一阵子，她守住了这个承诺。好好地参加了一个月的会议后，她终于开始为所有的那些规矩和要求感到愤怒了。她不满每一次匿名戒毒会上重复的核心元素。渐渐地，她开始对所有的交谈、所有同样结局的故事感到厌倦了。她开始缺席这些聚会了。迪安德尔注意到了这点，并说了点啥，芙兰解释说自己已经过了这个阶段了，说圣詹姆斯教堂里的所有人不过像是以前追逐毒品快感一样追逐着这些聚会。除了当一名前吸毒成瘾者，他们没有自己的时间去做任何别的事儿，而她想要的更多。当你不去理会毒品之后，某种新的生活应该就在那儿等着你呢。

　　马文·帕克搬进来后，芙兰已经不再去圣詹姆斯教堂的聚会了，也不去 BRC 参加任何戒后护理项目。如今迪罗德开始上学了，她有时候会一整天都待在博伊德街以外的地方：要么在山顶的斯谷吉家里看电视里播出的电影；或者更糟的是，在费耶特街上同邦琪和史蒂维待在一起，在蒙特街街角附近厮混，只为了远离她那栋空荡荡的房子，并看看如今街头情况如何。

很长一段时间里，她只是作为观众坐在自己在门廊的老位置上，从别处看着熟悉的混乱，在露珠旅店的门前台阶上同蒙特街的常客们度过每一天，从他们那儿为自己的胜利挤出最后的一丁点儿赞扬。

"你看起来不赖，芙兰。"有人会这么说。

"感觉也不赖。"她会回复。

但情况并非如此。一次，在九月里，当时她还待在斯谷吉家，她向饥渴屈服了，走回到蒙特街和费耶特街的街角上。她路过了巴斯特、小罗伊和罗尼·休斯，进了露珠旅店，下楼梯后发现姐姐正蜷在惯常的角落里。

"嗨，芙兰。"

邦琪没多说别的什么。那就够了。

邦琪把镜子递给她，三线粉末正等着她。芙兰吸了一线，等待着那股快感。当快感来临时，她因为感觉羞愧而惊讶。她站了起来，把另外两线留在了镜子上。

"你要去哪儿？"

"外面。"她说道，离开了。

那天下午，她找了一场匿名戒毒会。当天晚上，她带着自己因失足而产生的怒气入睡。她满足了蒙特街所有瘾君子看她失败的开心愿望。她躺在床上想着邦琪，想她在吸那份毒品的时候，邦琪几乎冲她得意地笑了起来。

她不能回到那儿了。她对自己发了誓。她的旧世界对她来说是致命的，但新世界却又如此空旷和疏远，她进入其中的旅途注定是孤独的。从一开始，从出了戒毒中心的头几天开始，芙兰就已经感觉到了这点。她熟知费耶特街和蒙特街，但其他东西和其他人，她还知道吗？有一阵，她努力想要相信旧世界的一些碎片可以被带到新世界里来。实际上，她曾试着用自己新找到的力量去拯救其他的灵魂。毕竟，她都为自己做到了这些事情。她可以凭借意志力让社区剩下的人也都做同样的事儿。

对于不想被拯救的人来说不存在救赎，芙兰没有天真到以为自己可以拖着史蒂维、邦琪和其他任何家庭成员去戒毒中心并命令他们戒毒。但对于那些请求过帮助的人，芙兰伸出了援手。她不仅把安托瓦妮特的名字和电话给了他们，还祝他们好运。芙兰把他们揽到自己羽翼之下，带领他们走过了整个过程。

她是从林恩开始的。这个姑娘她认识，混在蒙特街和巴尔的摩街一带。从戒毒中心回来后过了一两周，当时芙兰正在巴尔的摩街上的韩国市场，林恩鼓起勇气开口了。

"看起来很棒，姑娘。"

"嗨，"芙兰微笑着说道，"你可好?"

"你觉得我有可能进到下面那里去吗?"

芙兰点点头。她能帮忙。她会打电话。她会和安托瓦妮特说。她会帮助林恩振作起来，鼓励她，等她出来后还要确保她不会再堕落。

林恩之后是卡伦，她一辈子的朋友，也是她哥哥斯谷吉的一生挚爱。卡伦似乎同芙兰一样触到了生活的底。卡伦在富尔顿街上追逐着可卡因和海洛因，而芙兰把她这位朋友对自己康复的恭维当做了也想要戒毒的证明。卡伦说自己愿意试试，前提是芙兰能帮她开始。再之后是加里，他嚷了几句要找张戒毒中心的床位，问芙兰是不是能把他的名字加到等候名单上。芙兰对这个任务上了心。她能拯救这些人——他们所有人——通过这么做，她能拿过旧世界的一部分，拖着它和自己一起进到新世界那孤独的空白中去。

但林恩从戒毒中心出来后只坚持了一两天，之后芙兰就又看到她和往常一样在原地打转了。卡伦抓住了一个绝佳的机会，只参加了几次会议就被收进了图尔克之家。但在一周多之后，卡伦就又回到了同类中，追逐着同样的东西。至于加里，芙兰打了电话，但她后来发现加里并没有跟进时，这也并不是什么意外。

她注定要孤独了。在很短一段时间里，她曾希望马文·帕克能做个伴，但显然他毫无用处。迪罗德太年幼，无法提供任何真正的安慰。而迪安德尔，自从丢掉了温蒂快餐店的工作后，再一次成了一个只会提要求的小孩。这个月的支票日，他甚至逼她买了一双一百美元的篮球鞋。他说自己身无分文，提醒她说他是因为相信了过正经日子口袋里就能有点钱的承诺而远离的街角。这里的暗示直接又明确：你要他妈不给钱买双新乔丹鞋啥的，那我就去混帮派了。所以芙兰买了那双耐克鞋，感到即使在露珠旅店里过了那么多年，自己也没法对大儿子说一个"不"字。

如今她再度混在了露珠旅店，坐在那些熟悉的台阶上，等着天知道的什么结果。她依然强大到能坚持住，她这样安慰自己。那些聚会、那个过程、十二个步骤，那些东西是针对没有她这种内在力量的人的。她告诉自己，一旦天气转冷，就会待在室内做作业，准备考试。只要商店开始雇佣圣诞节的帮工了，她甚至还会回去找个工作。

她依然在那儿，等着十月十五号——她的生日——到时候，包括在戒毒中心里的时间，她就清醒七十一天了，除了同邦琪犯下的那一个错误外。她现在三十七岁了。

"你会庆祝吗?"邦琪问她。

"也许吧。"

当天晚上，她让马文拿着三十美元去了巴尔的摩街和富兰克林镇路的街角。她听闻"矮子"博伊德的货好到炸。传言不虚。

第二天早上，芙兰把自己清醒两个月的纪念从钥匙串上摘了下来：同邦琪共享的一线毒品还可以被原谅，而三十块钱的海洛因在几小时内就被干光了的话，也就算不上清醒了。她想去找一个聚会，但没有找到。回家的时候，除了上床睡觉，把恐惧给睡过去，她再没有更好的计划了。谢天谢地，马文没在。他大半个晚上都在找可卡因吸，要到大清早才会回来。之后，她又出门去找匿名戒毒会的时候，他已经再次离开去找更多的毒品了。

现在她独自一人了。她是这么以为的，但上楼到自己房间时，赶上了迪安德尔从浴室出来。他站在二楼的楼梯口，用毛巾擦着脸，仔细地看着她。

"妈。"

"啥事儿？"

"马文必须走。"

"你说啥？"

"马文必须离开。他认为这栋房子和里面的一切都是他的。他冲着瑞卡吼，还骂了迪罗德，说他要揍他一顿啥的。如果他以为我会随他这么干，那他就是疯了……"

"安德烈，这不是你该管的。"

"就该我管。"

"我说这不该你管，"她突然吼了起来，"你屁都不懂，管好你自己吧。"

她想要吼服他，想要在他说出所有她也知道是真的事儿之前让他闭嘴。但她太疲倦了，无法维持住合理的愤怒。她爬上楼梯，往自己房间走去。

"妈。"迪安德尔小声说道。

"啥事儿？"

"你这样倒下太不划算了。你经历了那么多，你做了那么多，如今又回去了。"

迪安德尔站在那儿。她最大的儿子，那个一直能在自己最不需要的时刻触及最重要部分的人。迪安德尔，正在把自己的真心剖给她看。

"我是说，你也知道的，马文除了把这个家拖垮，啥也没干。他必须离开。"

这个家。迪安德尔还是试图相信这个家，她忍不住为此爱他。有那么一刻，她几乎同他一起相信了。她转身走回楼梯口，他们抱在了一起。

"我不会回到费耶特街了。"他告诉她。

这不是威胁。他甚至没有生气。他淡淡地说着，她也淡淡地听着。

"我是说，我爱你，"她儿子说道，"我希望你能成功。但要是你做不到，我也不会再回去了。"

"我也不回去。"她轻声说道。

很久很久以前，你同大局保持着完美的和谐，你是街角节奏中的快乐囚犯，一个倾心于一次次完美快感的普通、日常的瘾君子。但没有童话可以不落幕，还没收到警告，你就已经触底了。

只不过底部不是一个地方，不是任何一条街上立着"地狱这边请"标志的特定地点。底部是逐渐产生却无法避免的恐惧感，会把任何吸毒成瘾者带到那个胃部扭曲、焦虑不已的真相时刻。

你震惊了。你也有权利震惊：说实话，你甚至都不知道自己在冲着这儿来。你显然没看到任何标志，没有任何东西提醒你要温柔一点。多年来，你一直专注于麻痹自己。现在，连任何像样的理由都没有，你就要经受一阵绵延不绝的自我意识了。当最初的震惊过去，你会尝试一直以来最有效的做法：否认。

但哪怕你强拖着自己的皮囊去到一个街角，让今天能跳线启动①，你脑海深处也藏着一丝让人难受的恐惧，担心没有任何化学制剂可以为你驱除这种感觉，这种你已经抵达终点的陌生感觉。半小时

①　jump start，指通过外接电源到汽车电瓶，为缺电的汽车打火。

后，当周围那些人都沉浸在"蜘蛛袋"最新样品带来的快感中时，你坐在一个吸毒点的深处，像是一只慢慢漏气的旧轮胎，随着快感溜走而倍感无助。

底部是瘾君子能遇到的最坏情况，坏过任何背街小巷里的殴打；坏过被上了铐子站着，站在某个阴沉的狱卒前，却只是因为某个初出茅庐的巡警把你身上的五小瓶毒品办成了大案要案；甚至坏过坐在大学医院急诊室那些塑料椅子中的一把上，恍神听着住院医生把某个诊所的电话和地址塞进你手里，同时安慰你说只要有合理的护理，你还能有几年好活。身为一名士兵，你早就学会了应对殴打和逮捕。被毁掉的肝脏、心内膜炎、"虫子"，这些是必然的，在毁灭之路上可接受的伤害。最后，你会认同这样的挫折——如果你要认同任何东西的话——认同它们作为及时又合理的理由，让你对"核心规则"及获取快感这事儿保持了信仰。去他妈的，你学会了对自己这么说：没人是完美的，没人能长生不老。

但底部则完全是另一个维度，一种不同于你遭遇过的任何情况的思想状态。它远超那条"蛇"能带来的恐惧，甚至远超那些诡异的毒瘾怪梦。在那些出于生理需求而不断重复的噩梦里，你去到了自己最喜欢的吸毒点，混好了粉末和水，但无论你点了多少根火柴，那玩意儿就是熬不出来。它超越了那些最糟糕的诡计和谎言，超越了被某个更聪明或者更饥渴的玩家摆了你一道的情况——比如你被换了注射器，费劲换来的不过是一汪清水而已。甚至在那些高烧不停、肠胃翻江倒海的时刻，你都能重新振作，设法让自己回到街头，又换来注射器里的二十毫升。

揭示真相的过程也许会花上你几天时间，甚至能有一周，但它渐渐沉沦到了没有小瓶和小袋的组合①，没有勾当和手段能带你熬过这

————

① 指同时吸食可卡因和海洛因。

种感觉的程度。这招也再玩不下去了，一切都被直白展露。你看着自己所有的对抗崩溃，被一堆毫不掩饰且陌生的情绪代替。羞愧、恶心以及几乎淹没了你的疲倦统治着清醒的每一瞬间。最后你明白了，底部是一股力量，而不是没有选择之后的选择。你的道路已经划定，你所能想到去做的一切只是试着寻求帮助。但寻求帮助这个想法本身就距离业已成形的街角宇宙如此之远，以至于一开始的时候，你甚至都想不到能去哪儿找。

　　也许你会试着全靠自己，蜷在某个地下室里，裹上一床旧毯子，孤独地对抗着恶心难受。等上几天，等你有了力气再拖着自己去街头，经过揽客仔们，来到教堂的地下室里或者娱乐中心，在那里你可以在"十二步康复法之我对自己的毒瘾无能为力"的哲学中试试手。要是你没法做到这步——也没多少人能够——那你最后也最好的希望就是能认识某人了。这个某人得认识别处的某人，那人加入了某个项目，最后成功上岸了。去找对的某人，大概率你会拿到一个电话号码。拨通电话后，你也许能进到某个等候清单里。熬过等待，过了一个月，或者两个月、四个月，你也许会被奖励一个床位、一张可乐定的贴片，还有点儿布洛芬或泰诺啥的，外加助理医师或者护士帮着照看你的悲惨。

　　你在治疗了，是底部把你带到了这一步。要是没有那种能把最强效毒品的快感都夺走、如同坠落无底洞的痛苦，你不会走这么远。但随着身处戒毒中心的时间一天天过去，你开始将这里视作比底部还要大的东西。你把自己献给了某种在街角之外亦反对街角的东西，你相信可以因为尝试了踏上这段旅程而给自己一点奖励，这才公平。对你，这个虚弱的士兵来说，治疗似乎是一个选择。你确实也选了。回头看，你想要相信这个选择。

　　那些手控阀门的人——政治家、评论员、警察、律师以及社会理论家——基本都相信同样的东西。他们似乎是自主做出了选择，但实际上他们的征程只不过是来到了属于自己的一个底部而已。

在颁布禁令之后，在动员组织之后，在填满监狱、改写法律和花费了数十上百亿美元之后，那些负责对美国毒品文化发起战争的人获得了同样的、迟来的结论。哪怕已经历了四分之一个世纪的否认，但也如同任何一个瘾君子一样放弃了挣扎。二十五年前，他们选择的路是禁毒突击队、关键法令和国际禁令。资金涌向禁毒警察、检察官和监狱。当资金不够的时候，就修改法律好让资金能做的事儿更多。强制的最低刑期、民事罚没、对宪法第四修正案的破坏成了新武器。四分之一个世纪以来，毒品斗士们加剧了冲突，总是在说什么多一点的努力、多一点的压力虽帮不上大忙，但能带来必要的影响。他们的《旧约》式做法是单一、专一且细致的。这是一套不错的老实美国战略：先上大棒，再上胡萝卜。

如今，随着终局在望，巴尔的摩这类城市的数据已经回天乏力。露天毒品市场的数量太多，已无法为大棒政策找到借口了。如今，随着毒品文化的最终确立，普通的巴尔的摩警察局局长早已学会去争辩虽然所有的逮捕、扫荡和罚没无法赢得战争，但它们依然有意义。执法机构不再仅仅是为了惩罚而去针对街头的毒贩和吸毒者了。当下的做法已经变成了把违法者送去治疗的系列操作。仍然还是先出了大棒。但现在，至少，毒品战争里也有了胡萝卜。

今天，去同任何一座有着相当数量涉毒人口的城市的警察或者检察官交谈，获得的大致会是坦承，已经晚了二十五年的坦承，表示我们的社会无法仅仅依靠逮捕就解决问题。那些将自己的职业生涯倾于毒品战争的人，他们会提出并非基于改变的论点，而是某种已经累积成了可重新定义现状的东西。按照这种新认知，对费耶特街上那些人进行追究，相比之前显得越发关键了，因为这些追究攻击的是需求端，能把吸毒者们赶去治疗。在这种新愿景中，治疗、教育和执法已经联合成了协同作战的新主体。

相比试图向不断加剧怀疑的公众兜售来自街头的逮捕数据，禁毒政策的制定者和警方的领导人如今宣称有一个更高尚的目的。他们没有追赶那些已经没有监狱空间来容纳的迷失灵魂；相反，他们在引领那些人回到提供疗愈的解决方案中去。比常规的审前拘留和区法庭传讯要好的是，那些被捕之人的选择如今被拓展到了专门的涉毒法庭以及有同情心的法官那里，后者主要负责判决住院戒毒和康复治疗。多亏了这个重新定义，那些追赶似乎再次有了意义。通过对术语的一次迅速调整，战争和战士们再次变得必不可少了。

　　但是，去巴尔的摩拥挤的戒毒机构走一走吧。毫无疑问，宿舍的床位和会议室都是满的，被领受了法庭判决而到来的病人塞到了极限。毫不意外会看到这些病人中的很多人都鹦鹉学舌地说着摆脱毒品的理想，就好像这对他们来说有任何意义一样。但当表象被揭开，就会全然暴露出，其实在大棒和胡萝卜之间，没有任何真正的关联。

　　那些人之所以在这里，是因为接受了法官的命令。那些被要求要么去监狱里关上五年，要么完全服从某个戒毒咨询及康复项目管理的人，其实不过是占着床位，熬着时间，寻着任何逃离的机会。如果一个人只为街角而活，没有任何法庭的命令能盖过街角的法则。要是一个人本身看不到改变的理由，没有任何法官可以要求他去改变自己最基本的需求。

　　戒毒咨询师——至少是其中最好的那些——清楚这点。他们把那些经由市禁毒法庭送来或者为了服从法官保释要求而来的客户，都视为成功机会渺茫的案例。少数人也许真会对咨询和群体治疗乃至匿名戒毒会上的坦白构成的新体制有所反馈。但在那样的偶然案例中，那些法庭指派来的案例主角之所以改变，是因为他们想要改变，不是因为社会希望他们改变。而至于剩下的人，他们假扮着康复，直到达成了结束保释的要求，或者等到饥渴再无法抑制，就冲出前门，下到最近的街角上了。

因此，领受了法庭命令的伪装者们很快就流失了，只剩下那些获得了这个机会，并因为本身的意志而攀住了它的人。这些人不是因为毒品是违法的或者被禁止的，亦不是因为会遭到他人的谴责而来寻求改变的。对他们来说，救赎之所以重要，是因为他们已经见过、感受过并品尝过了底部。多年以来，他们以一次一发毒品的频率在拆毁着自己的生命，粉碎着友谊和亲情，并最终粉碎了自己。如今，出于自己的意志，他们回来寻求另外的选择。而到底什么是另外的选择呢？

也许更高层面，蓝十字/蓝盾①依然支付着免赔额之外的所有开支，药物治疗似乎是一套精心组织的完整项目，旨在把那些脆弱的、无法独立的人重新纳入到社区中来。在那些花费了真金白银的地方，相当多的治疗都是能保证的。但提供公共药物治疗的努力，在对所有人开放的时候，它也并非那种全效的、"贝蒂·福特②救救我"式的戒毒。大部分是针对门诊病人的治疗。那些更幸运的人，能得到三天、五天甚至长达二十八天的住院治疗，后面接着一些团体治疗，以及每天被重复三到四次直到变成陈词滥调的匿名戒毒会信条。

对那些从内城角落里冒出来的人，在经历了最初的稳定时刻之后，再没有什么东西可以帮到他们了。没有人会认为一个来自西巴尔的摩的前瘾君子会在这一处新的美国世界里比他第一次吸毒之前更受欢迎。治疗也许能够告诉人们，一旦度过了二十八天远离街头的日子，他们生理上的毒瘾就被治好了，因此也就开始了康复。但它无法告知他们是谁，或者他们可以从哪儿寻得更好的东西。

在慈爱医院（Mercy Hospital）的戒毒科待了四天，或者在 BRC 的宿舍里住过四周后，这名触及了底部并反弹的瘾君子所面临的是要重回那些街道，走过同样的毒品市场，一路跟着那条把他从一个匿名

---

① Blue Cross/Blue Shield，美国著名医疗保险公司。
② Betty Ford，杰拉德·福特总统的妻子，1974—1977 年期间为美国第一夫人，在禁毒等多项议题上有着活跃且突出的贡献，是以第一夫人身份参与政治的先驱。

戒毒会带往下一个的细线。他从娱乐中心去到教堂地下室，再到小学里，追逐着同样的字词话语和想象，紧抓住其他瘾君子的故事。他每天赶两场、三场或者四场会议。无论多少，只要能阻止他去抓挠灵魂中的那块空白就好。

在美国城市里，匿名戒毒会是最后的教会。它提供能把街角幸存者带进礼拜场所的每日宗教仪式，尽管穿过的是地下室的门。在他们之上，除了周日，祭台大部分时候都空荡荡的。但在下面，在折叠椅子和油毡天花板之间，这间《圣经》教室①里是他妈几乎天天做礼拜的宗教。

"……我们谦卑地请求祂能驱除我们的弱点……"

在这个茧房里，日复一日、夜复一夜，那些步骤被重复念诵着，那些传统被不断巩固着。忏悔也都在被诉说着。

"我们在找寻自己，并对自己的道德进行无畏的盘点……"

钥匙扣分发下去——清醒一天，清醒一周，清醒半年——廉价的小玩意儿被那些踏上了英雄之旅的男男女女奉若珍宝，他们会在夜深散会时拥抱，然后步入那曾经吞噬了他们的街道上。

"我们列出了所有自己伤害过的人的名单，并愿意去补偿……"

至少在这下面，有着共享坚韧的同志情谊，有一种身处其他同为这场缓慢屠杀幸存者中的感觉。这些东西随时都在，等着那些脱离了街角的人。

"我们共同的福祉应该优先。个人的康复依赖着匿名戒毒会……"

按照任何戒毒治疗都有效果的这一说法，这套方法确有效果。尽管很多参加匿名戒毒会的人是需要在法庭的文件上找人签字，是为了向外部机构证明他们每周参加了如此多的会议。他们也适用于同样的规则：作为毒品战争的战俘而身处此处的人不是祈祷者，但为自己而

---

① 指教堂的地下室通常会作为为小孩们开设《圣经》学习班的场所。

来的人则有可能成功。他们是那些因对底部的恐惧而被迫前来的人，他们是那些已经学会了要相信谦逊以及对自己的弱点有着一种近乎本能感觉的人。

如果你是他们其中一员，如果在一周或者三周的会议后你依然还想参加，依然决心不要把自己生命剩下的部分交付给街角，你也许可以环顾一下四周，盘点一下自己同伴的数量。这是一帮混杂的灵魂：虚弱者所需的是临时的歇息；绝望者则因为被一次濒死经历给吓坏了；还有游戏玩家正忙着在庭审前打造自己的形象。这里也有少许像你一样的人，谦逊且历经挫败。那些男男女女遭受过街角力量的这般摧残，此时此刻，他们也许能保持一两年的清醒。很多都是戒毒老将了，他们戴着过去戒毒活动的徽章。九次、十六次、二十二次——有人已经数不清自己多少次触底了，已经打心底认了输，熬过难受、治疗和会议只是为了穿越这片云霄，再次被街角的轨道俘获。你会看着他们，然后计算自己的机会。

年轻的那些人不会来。或者说，他们来了，但个个都沉郁且冷漠，只是等着会议结束，好让法庭文件被签上字。对他们来说，最糟糕的噩梦尚只在想象中，更别说亲身体会了。除非在街角上沉沦了多年，哄骗了所有朋友，抛弃了全部家人，否则一个瘾君子是体会不到底部的。在二十一岁或者二十五岁时，一个瘾君子远没有被摧残到去质疑街角这一体系。他还有好多年可以当自由落体，也能有十年时间去搞勾当、说谎话，直到体会到身下有了坚硬的东西。

但要是你准备好了，就会接受所提供的一切。你会背诵那些步骤、那些传统。你会听到别人的证词。当时机到了，你还会说出自己的故事，一点不漏。你会选一个导师，然后也给别人当导师。你会坐到每天的聚会结束，同一百个人一起连续抽着烟，领受一次性纸杯里的咖啡和管他妈的什么钥匙扣，就好像那些玩意儿就是基督本人的血与肉一样。很长一段时间里——长过了你认为它可能达到的长度——

这些会议就会是你的生活。

也许也不是。

街角还在那儿，规则也是一样的。在这场漫长挣扎的任何一点上，你都可以错过一两次会议。或者是十次。你发现你以为是底部的东西其实完全不是底部，发现还有更深的地方依然需要你去探寻，一直到再次想要改变为止。你可以无忧无虑地堕落一刻，或者经历好几天故意且清醒的堕落，告诉自己所有的快乐都在等待，只差跨过一处吸毒点的门槛，把针头攥在手里。你也可以就那样杀死自己，在教堂的茧房里待了数月之后，重回到街角的人群之中，注射曾是你惯常剂量的毒品，却在世界崩塌的那一刻意识到自己所有曾耐受海洛因的细胞都不在了。这个戒了毒的你已经不适应一次性注入三十毫升的"蜘蛛袋"海洛因了。

或者你也可以缓缓前进，从一次会议熬到下一次会议，直到终于抵达了关键一刻。此时你的力量意外涌来，你可以告诉自己想要保持清醒的渴望已经等同或者超越了对毒品的饥渴。只有到了那时候，你才最终准备好要去眺望戒毒会议以外的人生了，在你去往下一个鸿沟前。

你最终会问自己：我现在该做什么？

你的整个康复过程——所有在这个国家被视作戒毒治疗的东西——都是关于定义你不想成为的那个人的，都是关于你所害怕和担忧的，以及你需要避免的。你曾是个吸毒成瘾者。你现在是个正在康复的吸毒成瘾者。除此之外，你对如何来描述自己的生活毫不知情。

哪怕你的底部是真实的底部，哪怕你成功听从了它的警告并保持了清醒，对于一个曾经以街角为家的三十五岁或者四十岁的幸存者来说，还剩下什么呢？你曾经活在毒品的操纵下，忽略了自己和别人的痛苦，把瘾君子行径和勾当看作所有问题的答案。现在，在某种几乎只存在于想象中的别样生活的门槛前，所有这一切必须被抛弃了。要想在费耶特街和蒙特街上幸存，你就不得不在该死的每一天都要抢得过别人，而且你必须擅长这么做。但在任何其他的世界里，应用街角的规则只会带来沮丧和失败。你要用你的瘾君子勾当换来什么？谦逊？服务精神？最低工资？放弃毒品已经够难了，放弃这些勾当和行径更难。要是你真成功做到了，所做的一切不过是抵达了开始的终点而已。

接下来要做的近乎不可能。

把毒品抛到一边，转身离开街角，你只剩下面对生活了。而旅程的这个部分是他们在设计戒毒治疗及康复理论时，从没人提到过的：你当初并不是真冲着毒品去的，至少一开始不是。你当初是想要逃离如今正被逼着去发现和验证的同样一种生活。在迷雾中逡巡多年后，你回到了期待里。你更老了，也许更聪明了，但依然被困在那个之前就一直无法满足你的存在的残迹之中。你的身体是清洁而清醒的，你的思想是清晰而清楚的。但当破烂生活的碎片被倾在你面前的桌上时，所有那些都没什么用。没错，你还有同样的问题。它们还在那儿，还等着你的关注。

那些拿着大棒和胡萝卜的人，那些曾经说着逮捕数据如今改口谈论治疗的人，他们丝毫不知道就那些问题里的任何一点能对你说点什么。他们知道自己不想你去做的事儿。他们不想你吸毒或者贩毒，或者闯进停着的车里偷走电台。他们不想你打劫别人、枪击别人，或者在别人停车加油的时候抢走豪车。他们不想要瘾君子，并以某种理论上可行的方式，通过支付数十上百亿美元来防止你成为瘾君子，以此展示自己的决心。

除此之外，他们无话可说。

所以，欢迎回到一个依然没有为你或者你的同类找到什么解决方案的文化里来。这就是美国。在这里，西巴尔的摩处在社会及政治的孤立中；在这里，有高达百分之十的人口不再被经济引擎所需要；在这里，永远会存在着不仅少量物质上的成功是空想，甚至就连生命意义都不太可能拥有的人。你为费耶特街和蒙特街的街角而生，你也去了那里。而此时此刻，仅有的真实意外在于你居然幸存了足够长的时间，以至于你想要点别的东西了。

要是你现在回到那里——也许是最后一次拜访——要是你从市中心往西走上二十个街区到了蒙特街上，发现那个犹如圣徒的傻瓜依然守着自己的岗位，那你就可以介绍自己的情况了：

"我一直是个瘾君子。"你会这么说。

"我现在累了。"你会这么说。

"我在试着停下来。"你会这么说。

而那个街角的傻瓜一定会看着你，问出一个非常接近真相的冷酷问题：

"为什么要停下来？"

去他妈的，要是你回答得了就好了。

九

"嗨，加里。"

加里·麦卡洛越过海丰餐馆的柜台望出去，发红的双眼在蒸汽中眯缝着。

"这边儿……在这边儿，加里。"

终于，加里看到了他：一个白人男孩，金发，顺从地咧嘴笑着。是约翰·"小子"·沃尔顿（John Boy Walton），至少加里最近一直这么叫他。加里咧嘴笑着回应，然后从蒸锅和调料盒子后面穿了过来，摘下手套，伸出右手，来了一个白人式的握手。可那孩子把这个动作扭成了街角风格的问候。加里大声地笑了起来。

"你迟到了。"加里告诉他。

"我们错过了第一辆公交，"约翰·小子解释道，"这是我哥们儿丹。就是我给你说过的那家伙。"

丹草草地点点头，加里抬起柜台上带铰链的台面，一路出来走到了海丰餐馆的前门外面。要超出玛丽女士的听力范围，这样他们可以自由交谈。

"我的小朋友啊，"加里笑道，拍了拍约翰·小子的背，"你应该十二点就到这儿的。我现在走不开。"

"哪怕几分钟都不行吗？"

加里摘下他那顶加州天使队的帽子，擦了擦头，嘟囔了几句玛丽女士啥的，说要是赶上她在收银台时走开，都不是很好。约翰·小子争辩说自己可是带着丹一路从布鲁克林公园过来的。

"我一直在给他说你是我哥们儿。"约翰·小子说道，用一种介于黑人和白人之间的语调。

加里大笑了起来。

"来啊，加里，我们够来一发的了。"

加里动心了，但玛丽女士至少需要他干到五点。哪怕现在，已经十月中旬了，螃蟹季彻底结束了，他的工时也减少到再无可减了，海丰餐馆依然是他主要的工作。他摇摇头，告诉对方他们必须过一小时后再回来。"在那之前，我都没法下班。你应该十二点到这儿来的，现在我没办法了。"

约翰·小子望向丹，只收到了一个耸肩作为回应。

"大概一小时？"

"也许不到。要是我能把全部锅子都装满的话，也许就能在那之前开溜了。"

丹冲着约翰·小子点点头，后者在加里肩头重重地拍了拍。

"行，摩，"加里说道，转身走回海丰餐馆的时候恢复了活力，"你们就好好等着，别搞事儿，我们一会儿就好。"

"我们玩着，"约翰·小子说，"回去干你的活儿吧。"

加里听到这个白人小子蹦出的几个街头术语，忍不住笑了起来。按照街角的标准，约翰·小子几乎算是还裹着尿布呢，是一个需要教导的新手。在加里看来，第一次出现在费耶特街上的白人买家都一样：他们都试着溜边儿走，双手插在裤袋里，有点太过紧张和礼貌了。他们都有单音节的名字——鲍勃、约翰和丹——仿佛任何更复杂的东西都会冒犯到人似的。这一堆人中最新的一个就是这个来自布鲁克林广场的、笑眯眯的浅色头发白人，一个如喜剧般真诚的小孩。他太过白人且阳光了，加里忍不住把他比作那部老电视剧里的约翰·小子。而要是约翰·小子·沃尔顿想要从自己的山上下来开始吸可卡因，那他得有个同样真诚及充满人性的人来辅助他才说得过去。

临近夏末的时候，两人在费耶特街和门罗街的街角上找见了彼此。加里之前就一直看到他像是一只迷路小狗一样试图攀上关系。加里发现那孩子毫无头绪，某些扔地上都没人要的玩意儿就是他所能找到的最接近可卡因的东西了。秉持着他一直以来的慈悲，加里靠了上去，给出了力所能及的建议：

"哥们儿，避开那些紫盖儿的货。"

"哈？"

"我是说那些紫盖儿的货是诓人的。"

那天，那个白人男孩离开费耶特街的时候，是带着上好的可卡因离开的。多亏了那个提供全套服务的笑眯眯的导游，加里也只收了他一两瓶作为回报。那男孩走到山下的时候，感觉好像已经寻获了一个同类，一个彻彻底底明白所有人都是兄弟的家伙。

从此以后，加里就一直在接过约翰·小子的钱，然后给他所能找到的最佳产品。为此，这个来自城市南部边缘的白人男孩用毒品来回报他。一开始，约翰·小子会在交接后离开，带着毒品回家去。但他越来越频繁地想要和加里一起玩儿，和自己的这个新朋友一起拔开瓶盖儿吸可卡因。

"加里，"他有一次告诉他说，"你是个很棒的家伙。"

"嗯。"加里说道。

"真的，我是认真的。你是我认识的最好的人。"

加里感到尴尬，但也觉得荣幸。他认真地对待着导游的角色。当他用约翰·小子的钱买到了较差的货时，就会再三道歉，并提出要用自己的钱再回去——要是他有自己的钱——找更好的货。渐渐地，约翰·小子决定跟他合住，也许在普拉特街上某处一起找一处公寓。加里听着这样的话，开始担心这个白人小孩已经迷上了自己，但真相不过是约翰·小子对费耶特街可卡因的迷恋越来越严重了而已。他对完美世界的看法很快变成了一处楼上的公寓，而世界上最棒的家伙每天都会带着钱能买到的最好可卡因回家。

加里一直告诉约翰·小子说自己会考虑考虑，他不想在得到最后一颗金蛋之前就杀掉这只鹅。他没有丝毫意愿要基于注射器里那二十毫升东西带来的种族和谐，从此过上幸福美满的生活。但与此同时，约翰·小子不断地来，日复一日，把现金塞进加里的手里，让他的日子比任何瘾君子所能盼望的都还要轻松许多。

时机可是再好不过了，因为在海丰餐馆的勾当已经开始让他厌烦了。劳动日的高峰过后，生意就慢了下来，几乎所有人——除了卡迪和矮子鲍比这两个最有经验的分拣工——都发现自己的工作时长被缩减了。加里已经从一周工作六天变成了五天、四天。然后，寒冷天气缩减了柜台前的人群，餐馆除了北上运来的更高成本的墨西哥湾螃蟹之外，别无他物可卖。他的工作时间就只剩了周三和周六。月底的时候，玛丽女士甚至说起要砍掉他周三的工时。

更重要的是，加里的毒瘾已经因为这份海丰餐馆的工作而加剧了。尽管他一直在把部分酬劳交给母亲保管，但剩下的钱都进到了他的血管里，所以到了夏末的时候，他对混合了海洛因和可卡因的快球的耐受度达到了前所未有的高度。六个月前，他尚能够靠二十或者三十美元的毒品撑一天。如今，他吸毒的量是之前的三倍，通常是靠着海丰餐馆的现金酬劳以及其他三五个勾当来支付。而在海洛因和可卡因之外，他还有钱论包买香烟，从海丰餐馆厨房帮工姑娘们那里买薯条或者三明治，并每天从酒水专卖店买来两三瓶四十盎司的酒。

现在这一切都在终结。这个夏天里他所有的辛勤劳作，所有兢兢业业的打工精神，随着季节结束都会一文不值。沮丧烦躁之中，加里坚信这必定同种族有关，玛丽女士更情愿把淡季的工时派给南巴尔的摩的白人男孩们，其中有些人几乎毫无工作道德。加里忽略了自家弟弟在海丰餐馆还保留着全职工作，享受着自欺欺人地说玛丽女士这个行为就是不折不扣的种族歧视。

当然，这样的想法让他今天得以更轻松地从工作中抽身一两个小时，去见约翰·小子和丹小子，以及任何一个备好了现金前来的朝圣者。午餐高峰之后，他就会溜过柜台，再一次带领他们走向应许之地，为他们搞到够真够正的好货。

穿过前厅柜台回来时，他被玛丽女士的儿子罗恩盯了一眼。罗恩正站在收银机后面。

"加里，你他妈去哪儿了？我们需要十六元餐。"

"就来。"

"我十分钟前就要了。"

"老板，现在就来。马上给你。"

他又在蒸锅和冰镇水槽上花了四十分钟，一箱接一箱地处理螃蟹，直到前厅的桶都装满了。然后他等着。玛丽女士和罗恩还在前厅操作收银机和点单。为了让他的缺勤不受到更多关注，他得耗到保罗或者其中某个姑娘来接替自己。

"还要调料。"后面房间传来一声喊叫。

"更多粉儿！"加里喊道，"我来，摩。"

扛着两箱螃蟹调料往后面分拣室走的时候，他瞥见芙兰站在柜台的边缘，招手找他。

"啥事儿？"加里说道，"可还好？"

"干完你手上的事儿，"芙兰说，"我在外面等你。"

加里把调料箱放到了冰镇水槽前，摘下手套，从卸货区的门走了出去。芙兰正靠着海丰餐馆的墙壁，咬着指甲。她看上去还很棒，但加里注意到了她眼角的黄色。

"啥事儿？"

"你儿子挺能折腾。那小子可不省事儿，加里。"

"哈?"

"准备好了?"

"准备啥?"

"准备好听新闻了吗?"

加里眨眨眼,耸耸肩。

"你当爷爷了。你有孙子了。"

"谁?"

"你。你儿子也有了个儿子。"

加里的嘴张开了。他听说迪安德尔的女朋友看起来长胖了,但芙兰从戒毒中心出来后的好几周,他都没怎么见过她。最近他也没有和自家儿子说过话。

"你知道是个男孩?"加里震惊地问道。

芙兰点点头。加里摘掉了那顶天使队的帽子,挠了挠头,然后绽出了一个非常快乐的笑容,让芙兰不得不张开双臂拥抱了他。

"是那个跟他一直在一块儿的姑娘?"

"瑞卡。"

"好啊,"加里说道,"瞧瞧,我们要当爷爷奶奶了。这可不是个大事儿?"

芙兰又拥抱了他一下。他们两人,在此时此刻,丝毫感觉不到悲剧降临,也没有察觉还只是孩子的人正在把小孩子生到这个残酷世界里来。泰瑞卡才十四岁,迪安德尔只大她两岁。他们的结合很快就会带来一个远离希望和诚实信仰整整三代人的孩子。正是这份希望和诚实的信仰促使着当年的威廉·麦卡洛偷偷摸上一辆北上的大巴,去巴尔的摩一家铸铁厂工作谋生。然而在此时此刻,加里·麦卡洛除了喜悦,没有其他的感觉。

他问预产期是啥时候,芙兰告诉他是圣诞节。再一次,加里告诉芙兰自己会改变,说他会及时戒掉毒品来帮忙。

"我会熬过去的。"他说。

芙兰说了点去参加会议啥的，说了 BRC 的等候清单的事儿。加里点着头，但对他们俩来说，这不过是例行的对话，三心二意又草草的闲聊而已。芙兰在他承诺的中途打断了他。

"安德烈需要帮忙买点东西，"她说，"他想要买个摇篮和餐椅，还有衣服和其他有的没的。但他在温蒂快餐店的工时已经给减了，现在正在找别的工作……"

加里停住了笑。

"他一直在努力，但你懂他的。要是他不很快搞点现金，就会立马回到街角上去。"

加里张开嘴，嘟囔出了一个音节，然后转过了身去。芙兰紧逼上去，把自己的论点说得天衣无缝。加里每天都有钱拿，他当然能给她个四五十的。为了安德烈。

"啊，天哪。不，这不是，嗯……"

"那给我二十。"

加里看向别处，然后看回芙兰，接着朝下望着自己的塑料雨靴，湿漉漉的，还被螃蟹调料染成了棕色。他试着反驳，试着想出个理由，但就是说不出话来。他又张开了自己的嘴，却只能在转身走回海丰餐馆前叹一口气。芙兰等在原地不动，十秒后加里回来了。

"我今天还没拿到钱呢。"加里说。

"那我等着。"

加里再次转过身，踱回了海丰餐馆去整理自己的思绪。一分钟后他走了回来，解释说自己一点儿都分不出来，因为他妈妈会下来拿钱去买杂货啥的。

"告诉她是为了安德烈的孩子，她会让出一点儿的。要是她知道是为了啥，她不会介意的。"

加里再一次逃回了室内，留芙兰在人行道上大摇其头，大喊，至少至少他也应该给她个十块。

"真的，加里，别这样。"

但他现在回到柜台后面躲了起来，每隔几分钟就隔着蒸汽瞟一瞟，看她走了没。过了一会儿，她真走了。

对加里来说，同芙兰的你来我往一直都是让他筋疲力尽的折磨。如今这比之前更难了：随着更多的海洛因和可卡因在体内流动，加里更深地滑入了那片迷雾。他长期以来都以自己的想法和观点为傲，但最近他能感到自己的话变得更少更慢了，他的句子也没那么复杂了。他越来越频繁地从一个半生不熟的想法跳到另外一个，曾经满是内涵和信息的对话现在不过只是嘟囔而已。他能就普通东西清楚表达，但他一直以来都更在意普通东西之外的事儿。现在，在经历了体内多年的化学制剂暴动之后，他正在失去自己的一部分。

时不时地，加里在他妈妈地下室的静谧中挣扎着要厘清脑中不断增长的混沌。这样的时刻吓到了他。偶尔他会向朋友们出声承认这种恐惧，然后期待地望着他们，等着他们摇头告诉他这不是永久状况的救赎时刻，说这不过是毒品作祟。而加里听到这些会点头微笑，告诉自己假以时日一切都会重回自己身上：他的智识、他的幽默、他的清醒，所有东西都会在他抛下它们的原地等他。其他时候，他怀疑着自己，担心自己不会再去思考了，担心自己记不起曾经牢记的东西。这些毒品，加里说，正猛摇着他的脑袋。这些毒品正在杀死他的思想。

一小会儿之前，他无法跟上芙兰·博伊德讨价还价的挑战。现在，又无法记起自己走回分拣室是为了拿公蟹还是母蟹。他走回外面去，盯着桶里看。除了十六元餐，所有品种都是满的。他回到分拣室里，拉着一塑料桶的十六美元一打的公蟹走向了水槽。他把它们举到边缘，准备往水槽里倒。这时候卡迪疑惑地看向了他。

"你刚做了十六元的。"

"啥？"

街角　　615

"你取了十六元的，蒸了它们，这还不到十分钟呢。"

一只手还扶着螃蟹桶，加里用另一只手从头上摘下了天使队帽子。他用衣袖擦了擦额头，试着回想起来。

"看看锅里。"他弟弟告诉他。

加里把桶放到地上，走回了前面房间的酷热中。他弯腰在墙边看着控制盒上的数字。十六元的螃蟹在三号蒸锅里蒸着。

"干!"

他走回到分拣室，拿起那个塑料桶，把它倒回了螃蟹堆里。卡迪微笑了起来。

"干!"加里再次说道。

"你去哪儿了，加里?"卡迪问。

"极乐天堂呗。"他眉头一皱回答道。

卡迪唱起了一句歌词："你想当谁就当谁……"

加里听到这曲诱惑乐队的老歌，迷失在怀旧情绪中。他唱完了那一段歌词，然后把歌切到了一曲《迷幻舞会》上，接着是《不过是想象》。这是古老的汽车城音乐①的一曲混响，随着他把新鲜的冰块铲进水槽，歌曲在破碎的韵脚中被哼唱了出来。他对自己已经超前了进度感到很满意，告诉弟弟自己一会儿就回来，然后从卸货区的门溜了出去，来到了门罗街上。那两个白人男孩没在那儿。

"啊，天哪……"

他查看了外卖店，然后是街对面的马蒂尼酒吧。走出酒吧的时候，约翰·小子和丹小子正在闲逛呢，手上拿着冰淇淋甜筒，香草和巧克力味的，搅在一起。

"我以为你俩不见了呢。"加里说。

---

① Motown，上世纪六七十年代的一种流行音乐，主要由底特律一家黑人唱片公司发行。

"没。来吧。"

三人朝着丘顶爬去，加里走在前面。他们经门罗街穿过巴尔的摩街，直直朝着费耶特街街角的混乱奔去。加里朝里走了半个街区后，眯缝着眼打量着揽客仔和跑腿仔，像一个值得信任的哨兵分析着这片区域。

"你们想要的是全套，对吧？"

"货好的话，对。"

"我们一个一个地看，"加里说道，接过了他们的现金，"要是够好，我们再回来买。"

加里把钱揣兜里，让他们回到下面街道去，告诉他们去浸会教堂边上等着。看着自己的钱走远了，丹小子露出伤感且紧张的表情，约翰·小子则耐心安定地等着。加里，他清楚，是诚实的。

十分钟后，三个人围在瓦因街 1827 号的地下室里，构成了一种三部和声的视觉展示，一个不分肤色的美国街角版本。

加里在自己的前臂上找到一根血管，注入了快球。注射器推了一半，他等着浪潮安全地涌起。当浪潮抵达后，他又注射了剩下的一半。白人男孩们则猛地注射了自己的那份，把注射器一推到底。约翰·小子靠到床上，几乎昏了过去。

"哥们儿，"加里说道，"你要一直这么猛，会昏过去的。我告诉你。"

约翰·小子瘫平在床垫上。丹小子则把针头拔了出来，坐直了，紧张地嗅着空气，然后退到地下室后面的墙边，站在那里，颈部后仰，双拳紧握，像是一个执勤的哨兵一样抱着变形的护墙板。加里又摇了摇头，又来了一遍自己关于猛推快球危险性的说教。

"我说，你们可得小心啊……"

但没人在听。上周也是同样的情况。当时加里把约翰·小子经由后门带进了同一栋房子，他们跌跌撞撞穿过厨房，经过了他妈妈。几分钟后，在地下室里，加里惊讶地看着自己那个苍白的同伴迅速地连续注射了三发快球。

"干！"加里叹道，"慢点。"

但约翰·小子没有听他的。他跌坐在地板上，眼球翻进了头里，两个嘴角都泛出了泡沫。

"不，嘿，约翰……"

加里当天当导游赚到了报酬。他让约翰·小子站着，保持呼吸，朝他脸上泼冷水试图把他救回来。然后回到楼上去取更多的水并寻求一点帮助。在那个白人男孩露出任何一丝清醒的迹象之前，加里已经在自己的母亲面前上演了一出糟糕又狂乱的表演。

此后一连几天，加里都诅咒自己给父母带来了这个新的大麻烦。再不会出现白人男孩了，他发誓，再没有贫民窟游览了，至少不要任何会把这堆破事带到自己家里来的情况。

尽管双双沉迷于海洛因和可卡因，加里一直认为自己要好过珠贝，责怪哥哥把成瘾导致的所有混乱都带回到了瓦因街的家中来。珠贝从房子里偷过东西，还带人回来到楼上的卧室里胡搞。上个月，他们父母南下南卡罗来纳州去参加一个亲戚的丧礼，珠贝把那么多的人从门罗街上领回了家中，让这栋房子更像是一处吸毒窝点。加里为此斥责了哥哥，甚至威胁说要是珠贝不停下来，就会告诉他们的父亲。把街角带回家中，这事儿曾经一度离加里异常遥远。他父亲那么努力工作，就为了让家中保持和平。母亲太爱他们了，不能让最糟糕的情况在她眼前上演。

同样，加里已经持续多年对自家最小的弟弟夸梅含怨带怒了。夸梅无论兜售什么货，都会把存货放在卧室里，连同枪支子弹和各种各样这类破玩意儿一起放着。要是西区警察们从前面破门而入，这些东西足以把全家人都置于险境。夏天那时候，带着搜查令的小队有的进了前门。他们寻找夸梅，用半自动手枪和威胁把萝伯塔女士给吓了个半死。

"夸梅·麦卡洛，"一个市局警察在搜查了楼上卧室下来后问道，"人在哪儿？他最后一次在这里是啥时候？"

萝伯塔女士没法撒谎。她也无法把自家儿子交给他们。儿子就在几分钟前穿过厨房门溜走了。

"他……我不……他没在这儿。"

"但他之前在这儿。"那个市局警察说道。

萝伯塔·麦卡洛陷入了沉默。

"他啥时候走的？"

"我……他到底干了啥？"

"他被通缉了。持枪威胁。"

雷吉娜——夸梅小孩的妈妈——报警时宣称，夸梅在一场激烈争吵中拿枪指了自己。此刻便衣警察正在涌入这家人的房子，四处翻找，要求提供信息，并提出了指控。

"他最后一次在这儿是啥时候？"

萝伯塔一言不发。

"你几周都没见过他了，是吗？"那个市局警察说道，声音带着不满而高了起来。

"我……他……"

"你个撒谎精，"这个便衣警察对她说，然后转向了自己的搭档，一个负责执行通缉令的州警察，"看看她。她他妈的可不是个撒谎精嘛。"

这个女人一只手抚在胸口，盯着敞开的前门，望着瓦因街。那个州警，也许是感受到了此刻的真正代价，没有配合自己的搭档。

"女士，"他轻声说道，"我不过是在做自己的工作。你的儿子需要去自首，去处理这个通缉令。"

几分钟后，加里进到屋内，发现自己母亲正处在哭泣的边缘，因这场对峙和为夸梅的担惊受怕而几近崩溃。再一次，加里怪罪了自家弟弟，不仅因为他惹了雷吉娜，还因为他不愿意服从通缉令，把这个突袭小队引进了家门。

在加里看来，珠贝和夸梅把街角带回到这栋房子里时，都只会考虑自己。而按照这个标准，加里判定自己是那个好一点的儿子。没错，他是个吸毒成瘾者，但至少他在做任何会违背自己对父母的爱的事儿之前，都会三思。

但是，不到一周以前，他为了快感，把一次吸毒过量的地狱场面带到了自己母亲的视线里。事后他诅咒自己，一直在为此诅咒自己。而今天，再一次，他同两个白人男孩在同一个地下室里，为了同样的酬劳玩着同一套勾当。

"加里，哥们儿，这货不错。"约翰·小子一边坐起来一边嘟囔。

加里赞同地点点头，然后目光越过杂乱拥挤的地下室看向了丹小子。他依然在抽吸着气，同时抽搐着，像只松鼠一样将头扭向了一边。

"你还好？"加里问道。

约翰·小子慢慢地转过来，看了看自己的朋友。"嗨，丹，可还好？"

但丹小子已经离开了这个世界，去了别的空间。他痉挛般地抽搐着，朝自己的同伴们投来了一个无神的目光，这是通常在一发优质快球抵达高潮时会出现的深度妄想表情。

"哟，丹。"加里说道。

那个白人男孩跳向破旧的梳妆台，把一个空的四十盎司酒瓶撞到了地上。瓶子没碎，但这声响让加里找回了仅存的理智。楼上，他妈妈正在厨房里忙活。

加里转向了约翰·小子。"我们得走了。"

约翰·小子点点头。两人小心地走过无精打采的丹，去打开地下室后面的门。加里先出去，然后把后院的两层金属栅格门推了上去。阳光涌进了地下室里。

"走啊，丹。我们要出去了。"

但丹一点反应都没有。很快，一场好戏就在后院上演了。当时加里和约翰·小子在外面的晾衣绳边上狂乱地打着手势，试图把丹从地下室里引出来。他们挥动着双手，愚蠢地笑着，换着说法说出温暖的鼓励，同时夹杂着因烦躁而脱口而出的言语。但这一切毫无用处。丹小子最多能做的就是把头从楼梯口弹出来，然后像只老鼠一样四处转动着脖子，眯缝着眼睛瞅着所有的方向。

"干，"约翰·小子说道，"他彻底茫了。"

加里和约翰凑一起想了个计划。他们到院子尽头，威胁说要离开了，不管丹出不出来。他们走过巷子的一半长度后，诱使紧张兮兮的丹来到了院子边缘。加里得以转回去，关上地下室楼梯口的栅格门。他带着强烈的解脱做完了这事儿，然后抬头看见妈妈从厨房窗户里望着他。他不敢让自己去想她在那儿站了多久。

两个白人男孩成了疯狂的麻烦。加里又一次发誓要让他们远离自己的地下室，要在街角勾当和家庭的住房之间设置一点距离。但他已经不再处在一个能做出并保持这一类诺言的位置上了。结束了同两个白人男孩一个半小时的胡闹再回到海丰餐馆的时候，他被告知将会再失去一天的工时，这让他只能在周六领到一张支票了。

很快就是冬天了，而加里·麦卡洛这位吸毒成瘾的市民，一个仅仅需要一张金额微薄的支票、地下室"图书馆"和一支上好的分离式注射器就能过上舒服、清醒生活的男人，将被迫回到街角人群中去。对他来说，这个游戏正在变得更加艰难。那些空置排屋是真的空了，铜管和铝件早就没有了。从垃圾场偷东西会让你被殴打致死，而同威尔合作的传奇偷车勾当已经是远古历史了。罗妮·布瓦斯也没在身边：自从加里在海丰餐馆对她冷眼相对之后，她就同自家兄弟走了。

至少，此刻，加里是孤独一人。

在不得不把丹诱骗出地下室之后的一周，他在外面同另外两个白人结伴而行，从酒水专卖店那里南下到了富尔顿街上。其中一个苍白的朋友花钱买了加里的最爱四十盎司装米基麦芽酒。此刻加里正嗨着，因为一次绝佳的挨家买货经历而轻松自在。他让自己的思绪自由奔涌，一场自言自语的对话从宗教聊到了太空旅行再到了投资策略。他没有注意到那个高个子、深肤色的孩子在身后的人行道上改变了方向，也没注意到另外两个从街对面走来的人。

"你知道这是啥，"那个高个的说道，晃着小小一支像是.25口径手枪的东西，"滚到他妈的巷子里去。"

那两个白人男孩太知道这是怎么一回事儿了。天色已晚，而他们距离自己应该待的地方还要往北好几个街区。

第二个孩子掏出了一把猎刀。

"现在。进小巷，狗日的。"

加里试图溜边走开，趁着那两个白人男孩被赶进暗地里的时候躲开这件事儿。

那个高个的转向了他。

"你也是，黑鬼，"他说道，"你也在这档子破事儿里呢。"

米基牌的酒、钱包还有房子的钥匙被扔到了地上。除开那瓶酒，拢共还有约2.75美元现金。在小巷的封闭尽头那里，加里冒险地快速看了一眼那两张脸，但没能认出是谁。他们来自另外的某个社区。打劫犯们显出了厌恶：要是他们赶在这两个白人男孩买货之前就狩猎成功，至少能到手二三十美元。要是在他们买后得手，也应该能拿到三四瓶毒品。这说不过去。

"屁都没有。"那个高个的说道。

"哥们儿，求求了，"加里说，"我们就这些了。"

那个高个的用.25口径的枪指着加里的头，喷出了一长溜的"去你妈这个""去你妈那个"。加里低头看着地面，在漫长的几秒里等待体会吃一颗子弹到底是什么感觉。

"把你的口袋翻出来。"拿刀的那个说道。

他们照做了。那个高个的摇摇头，盯着加里，表情似乎在说：你想要和这些白人走一起，那在被问到的时候就最好能掏点白人会有的钱出来。

"哥们儿，求求了。"加里再次说道。

"从我眼跟前滚开。"高个吼道。

白人男孩们出了巷子。加里试图伸手去捡那瓶酒，但那个高个的一脚把瓶子踢到了另一边去。"我说了他妈的滚开。"

他们跑了起来。两个白人男孩往南冲着巴尔的摩街跑去。加里绕过街区，回到费耶特街上，朝家跑去。他一边朝那个方向跑，一边对自己说他会回来的，说他会拿着夸梅的.38口径手枪回来的。但是，当然了，他根本没做任何这类的事情。这不是他的本性。

加里在妈妈的厨房里度过了那晚余下的时间。他的快感被浪费了，那条"蛇"在胃里嘶嘶叫着。他回到了底部，对明天没有任何计划，但还有着一个不到两个月前每周能赚二百或者二百五十美元的男人的习惯。加里需要各种勾当，新的勾当、更好的勾当。这一个同白人男孩们的勾当，麻烦比其他东西还多。他需要这个世界付出一点，对他放松一小会儿。他已经向街角付出了整整五年，除了遍布双臂的深色网状疤痕，这五年里他绝无任何可以展示的成就。但在他妈妈厨房的静谧一刻中，加里还能动用足够的天真来表示不可思议。

"我本来会被杀死的，"他告诉母亲，"啥理由都没有，他们就可以夺走一条命，然后继续走。"

萝伯塔女士用双手合住了儿子的一只手。加里摇着头，抖出了一阵轻声的哭泣。

"外面人的心态简直了……"

加里低下头，揉捏着妈妈的手，抽泣了起来。

马文·帕克必须离开。

芙兰·博伊德现在意识到了。实际上，她已经意识到好几周了，但这期间都在抗拒独自生活这个想法。戒毒出来后，她在没有被保证会得到新世界的前提下就放弃了旧世界。除了孩子们，她关心的所有人或者和她相关的人都是吸毒成瘾者。每一个都是——朋友、家人、熟人——每一个如今都是"康复"这个虚弱想法的威胁。

凭着自己也试图戒毒的这个优点，马文之前给了她一个承诺，承诺她会有个新的舞台来上演自己的人生。马文之前是计划的一部分，一个能分享她的恐惧和希望的同类，能为她那竭尽所能的努力提供支持的人。他就像她一样，是一个受害者，他们也会疗愈彼此。

如今，马文每天都在巴尔的摩街上追着毒品跑，她的那个想法看上去就显得荒诞不经了。如今，她情不自禁地感觉遭到了背叛。

她为他提供过庇护，把他领进了自己的新家，但他还是回到了街角。她爱过他——至少是肉体的爱——但这几乎没法让他放慢脚步。她提供过情感上的支持，但没有得到丝毫类似的回报。相反，马文每天要去巴尔的摩街和富兰克林镇路的街角四五次，以贩养吸，甚至会把毒品带回家，就在她的卧室里嗑到嗨。芙兰一次次坚持过，要他至少把自己的问题留在街头，但他甚至都无法向她承诺这一点。

在过去的这个周末，十一月的第一个周末，马文根本没有回家，除了周六晚上把头伸进门来，试图再讨要几美元之外。到了周一早上，芙兰已经决定了。

马文必须离开。

她花了午后的时间从房子各处收拢他的东西，用外套、亚麻衬衫还有洗漱用具把他的筒状行李包塞满。芙兰小心地打着包，她不会把任何东西落下，不给他留下回来并靠着花言巧语进到屋里的借口。

她把袋子拖到房子前面，放在客厅的地毯上。只有一个喇叭能用的音箱里放着音乐，她在脑中为自己的做法寻找理由。她想了几个小时，她的愤怒在马文终于披着一身的街头气息筋疲力尽地进到房子之时，变成了一锅慢慢沸腾的水。

"你必须离开。"她告诉他。

马文盯着她，仿佛这个宣告是平白无故说出来的。

"对不起，但你必须离开。"她又说了一次，迅速站起来，拎起他的包。马文低头看着芙兰把他在尘世间所有的东西硬塞过来。他面对那个行李包没有任何反应，而是试着让自己靠着客厅墙站稳。芙兰走过他，打开门，把那个行李包扔到了门前台阶上。

"马文，你必须离开。"她说道，表现出了绝对的笃定。

"芙兰……"他说道。

"别，想都别想。"

马文试着坐下来，走上五六步到餐桌前去。但芙兰走回房间，死死盯着他的脸。

"你要是不走，我就叫警察。"

"芙兰……为什么？"他问道，"我没地儿可去。"

她走过去，抚住他的肩膀，把他轻轻推向门口。他看着她，最后意识到自己无能为力，只能离开了。

伴随他离开的，还有芙兰对自己康复的信心。离开戒毒中心的时候，她的信心里饱含着力量。但自那之后过了八个星期，这信心似乎已经变成一种幻觉。芙兰已经不只是失去了一个男人或者一段关系，放弃马文亦是放弃自己的计划。如同费耶特街一带的所有计划，这个计划亦是纤弱无力的。两个月前，她曾在两点之间连上了一条细线，她不知道其他任何路径了。

当天下午晚些时候，芙兰一周以来第一次试着读代数课本。但她缺的课和上过的课一样多，第一个问题就因为晦涩难懂而只能让她徒生烦躁。她看了会儿奥普拉的节目，听了一个小时广播。接着，在迪罗德放学回家之前，她去巴尔的摩街和富兰克林镇路的街角上买了一瓶可卡因。对她来说，这是个满是新面孔的新街角，为她提供了隐姓埋名的可能，因此流言不会传回斯谷吉或者邦琪、加里或者卡伦那里——总之就是任何来自费耶特街、可能让她为此事羞愧的人那里。

故态开始复萌了，不是一下子，而是渐渐地，伴随着优质海洛因提供的镇静放松。她羞愧难当，但公开地迎接着，同时继续做自己正在做的事儿。马文也回来了：她把他赶出家门的第二天早上，他就又出现了，哭诉着穷困，说什么流落街头无家可归。芙兰没有足够的力气去争论，而马文就这么把自己的东西又搬回了房子里，同时一直在承诺会再回去戒毒。他最新的阴谋是告诉她说自己一直在给戒毒中心打电话，想要去等候清单的顶上。她再也不相信他了，但同样地，也再不相信自己了。过了十月，进入十一月，在博伊德街上的这栋房子里，他们人在一处，但心各一方。他们熬着时间，每个人都在后退堕落，被不可避免的结局吞噬。

迪罗德几乎感知不到这种变化。他现在九岁，仅能注意到冰箱这个两个月前还是奇迹之源的东西，如今已经空如它在露珠旅店的时候了。里面空无一物，除了蛋黄酱和香料以及一条面包的最后一段，绿色的霉菌正在面包边儿上生长。

然而，迪安德尔对一切洞若观火。芙兰知道他盯着自己，评价着、判断着，找一个借口好放弃伪装。如果他妈妈已经放弃了要找份工作的念头，那为什么他要求着温蒂快餐店的经理再给次机会，或者再去别处找份工作呢？要是芙兰不去上自己的课，那为什么他要求萝丝·戴维斯再给点工读学分，或者在春季学期的时候重新入学呢？既然他妈妈都溜上巴尔的摩街了，除了心安理得之外，他在下到麦克亨利街上抽大麻、喝酒的时候，为什么还要有任何别的情绪呢？

一个月前，迪安德尔终于放弃了那个温蒂快餐店的经理会打电话来安排另一个班次的想法，有一搭没一搭地说着要再去找工作。但现在，惰性已经统治了博伊德街上的这栋房子。芙兰不再去上课。迪安德尔起得越来越晚，有时候要一觉睡到午后，再在天黑后离开博伊德街，朝东去向他的老地方。

芙兰觉察到了迪安德尔的变化，但她再没有足够的底气挑战他了。逐渐地，十一月的某天，芙兰悄悄下楼来看到儿子坐在桌边，对着大大一卷五块十块的现金又数又理。迪安德尔试图尽自己所能地随意把钱收起来，但她没有瞎。

"你又去那儿了。"她平平地说道。

"谁？"

"你。我知道的。"

他们坐在桌边的时候，她对他这么说道。当时芙兰把一根新港香烟直抽到了过滤嘴，下午两点还只穿着内衣的迪安德尔双眼因为之前一夜充血浑浊。

"拜托了。"迪安德尔轻蔑地说道。

"安德烈，你没有别的理由会有这么多钱。"

他为这个指责冲她发火，芙兰盯着他看："不能因为我攒了点儿钱，你就以为我在贩毒。为什么一定和我在贩毒有关呢？"

"你没找到工作啊。"

"你不也没有吗！"他吼道。

"我是说要是你没工作，你哪儿来的这些钱？你就是又在外面卖那些玩意儿了。"

"妈，我没贩毒。我不过是让多里安和丁基还我一些他们欠我的钱。你以为我会在自己儿子出生前冒险被关起来吗？拜托了。"

这是拙劣的谎言，她以前也听过，但无论八月的时候她被赋予了何种的权威，此刻也已经不在了。

"你还在缓刑中，"她警告他，"你再被指控一次，就得去坐牢了。"

"我不怕坐牢。"他不太自信地说道。

"你个犟牛。没人能教会你个屁。"

"你他妈肯定不可以。"

"那就滚,"她喊道,被深深地伤到了,"要是你住在这儿,那你就还是我儿子。不然,你就他妈的滚出这扇该死的门。"

迪安德尔暴怒冲上楼,穿好衣服,摔门而去。芙兰有两天没看到他,也没有任何消息,直到泰瑞卡打来电话说迪安德尔一直同她住在里格斯大街的房子里。

几天后,就在迪安德尔回到博伊德街后不久,他向妈妈提供了她所需的一切证据。在前厅花了一上午分装好价值几百美元的可卡因后,他下到了麦克亨利街上,把他的镜子,残留着毒品的闪光的镜子,留在了餐桌上。迪安德尔心不在焉地拿上了毒品,藏好刀子,但把镜子留在了芙兰一定会看到的地方。

芙兰觉察到了其中的侮辱,那种她儿子居然用他们家来分装毒品的漫不经心。在街头,他已经失去了控制,她很清楚这点。但这些房间依然还是她的家,且无论发生了什么,她感觉自己至少还可以如此宣称。一个月前,镜子的这一幕应该可以把她扔进一场"守护领土"的暴怒发作中。但如今,她能动用的怒气却是模糊又空虚的。

她上到楼上,把镜子留在了桌上,迪安德尔回家的时候就会看到。她脱掉外套,揉着眼睛直到它们充血发红,然后爬进了床里。

马文在外面某地儿。这也刚好,他是她此刻最不想见到的人。迪罗德放学到家,门在身后重重关上,她试着用枕头裹住耳朵。但迪罗德拆家的声音穿过了这道屏障,她勉强抬起头,喊出自己的不满。

迪罗德静了下来。芙兰睡着了。

几小时后,当她醒来时,天已经黑了。迪罗德正在扫荡厨房。冰箱里没有任何可以吃的玩意儿,更别说食品橱柜里了。甚至连干麦片都是遥远的记忆了。

"我饿了。"迪罗德告诉她。

"我知道你饿。我也饿。"

还不到感恩节，这个月的钱已经用光了。芙兰让迪罗德去斯谷吉家蹭了一顿芝士意面晚饭。趁房子空无一人，她对迪安德尔的存货进行了一次系统性的搜查，寻思这是她的房子，那任何他带进了这栋排屋房门的东西都是她的财产。她检查了迪安德尔的房间、浴室以及未完工的地下室。对整栋房子翻天覆地的搜查毫无结果，除了在他卧室里找到的几个空玻璃纸袋——海洛因，不是可卡因——她开始怀疑迪安德尔自己是不是也在吸毒了。他一定把存货放在了别处，在她接触不到的地方，只带回家够一两天卖的量来装瓶。她不得不承认，这小子在"进步"。

马文终于露脸，她尽一切所能想让这个男人吐出几块钱。她已经烦透了他蹭吃蹭喝的行径，说他要是想待到新年，那就必须凑上点钱来。但马文对她不屑一顾，消失了，回到了博伊德街上，朝着富兰克林镇路的街角走去。透过窗户，她看着他爬上坡道走着。她抛出了几句抱怨咒骂，但一无所获。

毫无疑问，上个月的"生日庆祝会"引出了马文最糟糕的一面。现在回想，芙兰意识到让他同自己共享那一发毒品为这一切都开了绿灯。当时，她找到了理由，告诉自己那是个特殊情况，是一次庆祝。但到了第二天早上，显然对于马文和迪安德尔来说，无论之前她有着何种道德优势，现在也已经让出来了。从此以后，那个男人就毫无顾忌了。

在庆生混乱之后几天，芙兰试图扭转方向，并让马文也照做。她同他交谈了好几个小时，试图让他看清自己正在失去的东西。有时候，他已经同意了，承诺会做得更好，并求芙兰可怜自己。因此，芙兰除了给他更多的时间外，无计可施。她需要去相信，但那已经是过去时了。

"去他的。"她说道，一边躺倒在了客厅的地毯上，侧身躺着，好让音响的效果好点。她把电台调到了 R&B 黄金频道，然后彻底地伸直，看着那堵蓝色的灰泥墙。泰迪·潘德葛雷斯①在静电干扰声中柔情地哼唱着。

"去他的。"她又说了一遍。

八月的时候，她是那么强健有力地走出了那道门。她已经搬离了费耶特街，做了一切正确的事儿，或者说至少绝大部分正确的事儿。她制订了计划，报名了课程，还找过工作。在这次最大幅度的信仰之跃中，她还给自己找了个男人，不抱希望地渴求着有这么一个人可以来分担压力。但她找到的是马文。

马文、迈克、加里，她所有的旧爱都浪荡于这样的街头，饱经风霜，从一个街角漂流到另一个街角，从一发毒品飘荡到另一发毒品。同加里和迈克在一起时还有所不同。当时她也在这个游戏里，他们的堕落绝妙地同她自己的堕落同步了，所以除了充当把他们拽入深渊的重物，她没有别的角色。但马文不一样，这次是芙兰被拖累了。当她走岔了一步又一步的时候，马文·帕克就在身边，等着在她踉跄之际大占便宜。

马文是个糟糕的选择，但在费耶特街上，好的选择难觅踪影。芙兰认识的所有男人，要不混在街角，要不离街角也就半步之遥。从戒毒中心出来时，如果她有任何希望的权利，所能希望的也不过是一个像自己一样正在康复的成瘾者，一个同样追逐着会议和十二步康复法项目的残缺灵魂。简而言之，某个同样虚弱和脆弱的人。

哪怕是麦克·埃勒比，那个仅仅通过离开街角、登上商船就能动摇她对生活可能性看法的人，都让她大吃一惊。十天前，她在蒙特街

———————————
① Teddy Pendergrass，著名歌手。

上看到了他，双眼混沌、飘飘欲仙，飞速地说着他是怎么寄钱回来给自己的姑娘杜西，给他的继子和女儿，说自己从国外的船上给她写信，告诉她花钱交房租、交水电燃气、购买校服和玩具。

"而她把钱都吸光了，"麦克说，苦涩地抱怨道，"等我回家来，发现她除了开'派对'，啥都没干。"

芙兰看着麦克·埃勒比，他手拿一瓶四十盎司的酒站在蒙特街上。她断定他的逃离已经结束了，断定他到春天就会再开始贩毒，而到了夏天就会开枪打人了。这个男人完了。

但大概又过了一周多，她问姐姐，麦克在哪儿。走了，邦琪告诉她。

"你说啥?"

"他回船上了。"

这是真的。麦克回了家，混了一两天，然后停下来评估了一下情况。"回到这里，"他告诉人们，"就好像我要死了一样。"

他给自己的航运中介打了电话，上了下一艘离开这个国家的货船。芙兰又没能赶上喊出一声道别。

为什么是小麦克呢? 为什么不是马文呢? 那样的好事为什么轮不到她呢? 某个已经开始堕落的人是如何重回正轨的呢? 为什么会有人在把自己一次次撕碎后，又逆着所有合理的预期，找到足够的力量再把自己拼起来呢? 按照逻辑，芙兰知道这需要什么。她知道自己不得不让马文离开，然后原谅自己，再给安托瓦妮特打电话，重回到二十八天戒毒项目的等候清单上。她知道自己需要去参加会议，然后找个监护人，渐渐地让自己超脱那种对受到英雄般欢迎以及胜利巡游的痴迷。她需要找份工作，存下点钱，然后想办法让自己滚到县里去。那里不是每两个街区就有一个毒品街角，人们也能活下去。

两个月前，当她第一次从戒毒中心的茧房里破蛹而出时，救赎曾显得那么笃定。她已经爬出了费耶特街 1625 号，用的是她几乎不属于自己的那种力量。她病了又好了，"狠揍"了海洛因一顿。在四周之后，她带着近乎傲慢的、对街角的蔑视重回了街头。如今，这一切比起任何时候都更像是神秘传说了。如今，她只能过一天是一天了。

也许她明天就会给安托瓦妮特打电话。也许过了圣诞节，会有一张慈善床位空出来。但现在，她需要做的是在室内待上一两天，也许能想出办法搜刮到足够的现金好熬到下一个支票日。

可这一周里，她去了两次街角。周五晚上，她又去了富兰克林镇路和巴尔的摩街的街角，想要开启一场周末狂欢。正是此刻，她撞见了一张熟脸。

"嗨，你，""矮子"博伊德说道。芙兰知道，马文的这个高级合伙人正在街角上给自己找点小乐子呢。

"你看见马文了吗？"芙兰问道。

"他在附近呢。你找他？"

芙兰摇摇头。

"可还好？""矮子"问道。

不到三周以前，芙兰还站在自己的厨房窗前，看见"矮子"突袭了某个年轻男孩，把枪指到对方脸上。芙兰看着他把那男孩抢劫一空，然后走回了巴尔的摩街上，随意无比。按照概率，"矮子"博伊德应该已经死了十年了，但他还在富兰克林镇路上，活得好好地供应着自己的货。

"你有啥？"芙兰问他。

"矮子"皱起了眉头，然后歪过头。"以为你戒得不错。"他说。

"我之前是。"芙兰说道。

"那你不需要这些。"

当晚，她带着这些话而不是海洛因回到了家里，意识到自己已经有一点病态了，最近"庆祝"得过于频繁了。她躺在床上，想着事情，想着迪安德尔和自己，还有她的家人，想着马文和这栋房子以及就要生小孩的泰瑞卡。她好奇是上帝还是命运，或者是运气，好奇像"矮子"博伊德这样一个站在街角兜售海洛因的玩家，会拒绝卖海洛因给自己。不是其他人，而是"矮子"博伊德啊，这么多年在生活破碎边缘苟活的他，偏偏在今晚，他出现在她的街角上，讲出了箴言。就好像他关心似的，就好像她很重要似的。

躺在床上，芙兰对自己发誓说整个周末都要待在室内。她会躲起来，让自己好起来。她要靠意志力做到这点，不需要任何人的帮助。等到不再感觉难受了，她就会打扫干净房间，从斯谷吉那里借点钱来买感恩节需要的食物杂货。她会为这个节日做饭，把他们所有人都请来。也许还会给泰瑞卡打电话，让她过来同自己还有迪安德尔一起过这个大周末。要是马文没有在新年前他妈的振作起来，她也会处理他那破事儿的。

但现在，要是可以的话，她要睡会儿。

迪安特·泰瑞·麦卡洛在感恩节下午四点十五分来到了这个世界，哭得就好像他已知晓了一切似的。

此刻，泰瑞卡已经精疲力竭了。她双眼无神，盯着西奈医院产房远端的墙面。她十四岁，只知道非常有限的产前知识，还没有上止痛。而她刚刚生了一个七磅十二盎司重的婴儿。甚至到了此刻，那个小男孩在助产士的怀里哭喊的此刻，泰瑞卡似乎还被这种恐惧笼罩着。

迪安德尔在床头，在她身边抓着她的手，无法也不愿意放开。这是过去两小时里他所能做的一切，从抵达这个生命降生现场的一刻，所有其他的语言和行为都已经从他脑海里离开了。

"抱抱你儿子。"芙兰命令道。

迪安德尔看向自己的母亲，眼神迷茫。

"抱抱他。"芙兰坚持道。

他伸出手，双臂僵硬地同胸膛垂直着。助产士小心而缓慢地把那一团东西温柔地交了过来，直到她明确了迪安德尔的想法后才让出这个"包裹"。

"他看上去相当壮，"芙兰告诉他，"看看那些头发。"

迪安德尔朝下盯着，那男孩盯了回来。这个新爸爸张了口，却什么都说不出来。迪安德尔·麦卡洛第一次不再盛气凌人，被带入了一种心事重重的安静之中。婴儿发出了轻声的哭泣。

迪安德尔求助地抬起了目光，助产士从他手中接回婴儿。这一团东西被递给了泰瑞卡，但她毫无反应。又过了一小会儿，新生儿被送进了保温箱。迪安德尔最后捏了捏泰瑞卡的手，然后同自己的妈妈一起离开了产房。

"干，"他在走廊里说道，说出了两个小时以来的第一句话，"看过那事儿，我对女人可太敬佩了。"

按照通常的标准，这次分娩算足够顺利了。泰瑞卡经历了十小时的分娩，但只有最后的两小时是在西奈医院里。助产士和芙兰全程同这个少女说着话。但是，医学上的具体信息根本反应不出这件事儿所包含的恐惧和迷惑。

首先，泰瑞卡把预产期搞错了，所以这个原本预计会在圣诞前后出生的婴儿，反而在前一个节日里就妊娠期满了。当天早上，她给妇产科打电话报告有阵痛。但当值班的工作人员问她时，泰瑞卡说了圣诞节前后的预产期。于是工作人员让她先洗个热水澡，看看宫缩会不会停。

这基本就是这姑娘在分娩的早期和中间阶段所做的一切了。后来，状况的紧急程度越发清晰，她试着给那些之前提议会在大日子到来时开车送她去西奈医院的朋友们打电话。但他们都以为她是十二月分娩的，于是在这个节日午后，泰瑞卡联系不上任何人。终于，她联系上了一辆市里的救护车，之后在宫缩带来的疼痛中，她一直求着急救人员，说服他们不开去最近的自由医疗中心（Liberty Medical），而是去了西奈。在这里，她被安排好了时间。到了医院，她就像一只被车头灯给定住的鹿，一个因自己的身体变化而处于绝对恐惧中的小姑娘。

这事儿传到迪安德尔耳中的时候，他还因同普雷斯顿、杰米以及费耶特街上其他年长一点儿的那帮人一起度过的一天而兴奋不已。迪安德尔跟妈妈同乘一辆黑车，在泰瑞卡刚发出一声尖叫的时候进了产房的门。

"唔。"迪安德尔说道，双眼还充着血。

"进来。"他妈妈命令道。

他把门推开一条缝，把头伸进去，勉强能看到泰瑞卡正挣扎着要换姿势，助产士和她的帮手们正试着给出指令。

"我就在外面儿啊。"他宣布说。

"不，你不准。"他妈妈告诉他。

"妈，这里面已经太多人了。"

芙兰根本不屑去争论。她抓住儿子的外套袖子就把他扔进了产房。一旦进入女朋友的视野范围内，他就别无选择了。他温顺地走到了泰瑞卡身边。她看见了他，什么都没说，但绝望地抓紧了他的手。

"当爹的，"助产士说道，"你可以鼓励她。她需要用力。她需要在宫缩来的时候使劲。"

但迪安德尔因为大麻和震惊而定住了，任由自己的手被泰瑞卡攥着，一言不发。

在最后的半小时里，芙兰抓住机会，去到泰瑞卡的另一边，一直出声鼓励，一遍一遍地告诉她要用尽全力。

泰瑞卡吓得说不出话来，除了哭泣什么都做不了。

"你越使劲，就可以越早休息……瑞卡，你得听她们说的。你得开始使劲了。瑞卡，现在听我说……"

即使是助产士都难以让泰瑞卡保持专注，但芙兰待在了她的眼前，要求这个孤独又恐惧的女学生做出反应。助产士在产床和洗手间之间往来，芙兰还帮助她和助手们为瑞卡找新的姿势来减缓疼痛。迪安德尔就这样站着，沉默又僵硬。芙兰一直催促着泰瑞卡，直到最后一声痛苦的喊叫里伴上了湿漉漉的哭声。

现在，这个新妈妈被世界遗忘了，而迪安德尔被各种各样的感觉搞得晕头转向的。他同妈妈回到了斯谷吉在萨拉托加街上的房子里，差一点儿到七点的时候到的。博伊德一家人聚在这里一起过节。芙兰一整个早上都在做饭，接着她接到了泰瑞卡的电话。有了足够的食品杂货以及体面的厨房，她可以做出家族菜谱上的全部菜肴。芙兰去医院的时候，雪莉、邦琪和斯谷吉掌勺。等她从自家孙子的出生现场回来后不久，一只十四磅重的火鸡和一堆配菜就上了桌。

对博伊德家族里的每个人来说，这是个理所当然的场合。同时大家也有些震惊：这个饱经摧残的家族在刚过去的几小时里增添了一位成员，这是一个荒谬的诺曼·洛克威尔①时刻。

斯谷吉拿起切肉刀，尽了地主之谊。

"迪安德尔为自己的儿子而感恩，"他说道，把一片鸡肉装到了餐盘上，然后看向迪罗德和小史蒂维，"我们还要为其他什么而感恩呢？"

迪罗德一言不发。小史蒂维耸了耸肩。

"我们没人出庭。"迪安德尔冷幽默地说道。

史蒂维大笑了起来。他今晚的状况罕见，从自己在蒙特街街角的岗位上来到了这里。他洗过澡，剃过胡须，穿了一件利落的运动衫。邦琪也看起来很棒。她一如既往地瘦骨嶙峋，但为这个场合穿上了带

---

① Norman Rockwell，美国二十世纪早期重要的插画家，作品涵盖商业宣传和美国文化等方面。

褶的裙子和毛衣。雪莉和肯尼来了，阿尔弗雷德也在——露珠旅店的整帮人转移到了斯谷吉家的餐厅里，围坐在一张曾经属于他们奶奶的橡木餐桌周围，轮流使用分菜的勺子和切肉刀。邦琪的女儿妮基带来了德坎，她四个月大的儿子，还有科里，这孩子的父亲也是迪安德尔上个冬天的贩毒伙伴，他当时在费尔蒙特街上做生意。在大人们腰身周围或者更矮的位置，则是小孩们——迪罗德和小史蒂维，甚至连蕾蕾都来了，她刚开始蹒跚学步——一群矮个子拾荒者们在桌边逡巡，迅速出手，然后就冲向了客厅。

一品脱接着一品脱的酒是放纵的证据，但依照博伊德家族的标准，此刻的化学品使用量已算受到了抑制。在凌晨到来之前，不会有什么可卡因和海洛因。之后肯尼、阿尔弗雷德、史蒂维和邦琪才会步行走上山，再下到费耶特街。此刻这里只有紧跟在任何一顿丰盛到荒唐的大餐之后的慵懒。

"芙兰。"史蒂维呻吟道，在沙发上瘫平了。

"啥?"

"你挺能烧啊。"

芙兰笑了起来。

"不开玩笑，妈，"迪安德尔说道，"你厨艺还在。"

"很好吃，芙兰。真的好吃。"邦琪补充道。

"瑞卡错过了一顿好饭，"迪安德尔乐了，"我知道她会生气的。"

芙兰哼了一声。

"安德烈当爹了，"邦琪笑道，看着芙兰，"我的天哪。"

"迪罗德是个叔叔了。"斯谷吉补充道。

这个想法让老一辈们都大笑了起来。

"迪罗德叔叔，"芙兰试了试，"这听起来根本不对啊。"

迪罗德从另一个沙发上抬起头，因为自己被提到了。"妈?"

"啥?"

"他是我表弟，对吧？"

"他是你侄儿。你当叔叔了。"

"我能当叔叔？"迪罗德问道，突然就得意了。"那我就像史蒂维一样是个叔叔了。"

迪安德尔从沙发上起身，伸展了一下，环顾客厅看了一圈他妈妈家族躺平的亲戚们。所有人都眼皮发沉，半睡半醒，梦想着攒出挑战红薯派所需的第二波精力。

"我有儿子了，"他说道，与其说是炫耀，不如说是想听自己亲口说出这句话，"我现在是个男人了。我有男人要负的责任了。"

芙兰又哼了一声。"拜托了。你在那间病房里可完全不像个男人。"

迪安德尔大笑起来，无法稳住自己的伪装。"妈，我被惊到了。我一句话都说不出来。除了站在那儿我啥也做不了。"

"你做得不错。你人在那儿，"她宽厚地说道，"但瑞卡得努力了。她是个勇敢的小姑娘。"

"绝对的。"迪安德尔表示同意。

这些值得收入家庭相册的时光一直延续到甜点以及之后做清洁的阶段。发现自己妈妈独自一人在厨房里的短短一分钟里，迪安德尔试图表达所感所想。

"妈，这很棒。"

"哈？"

"现在，这里。我们今晚是一家人。每个人，甚至史蒂维舅舅都看起来不错……就像他以前那样，你懂的。"

芙兰点点头。

"我们应该在圣诞节再来一次。"

"是很棒。"芙兰同意。

"圣诞节，我能带上瑞卡和我儿子。"

那天夜里离开的时候，对一切的感觉好到了如同他所能想起的任何美好时刻。他上到山顶的瓦因街去找自己父亲，但没在那儿找到加里，于是他同自己的爷爷奶奶分享了这个好消息。然后他走到了各个街角上——门罗街到蒙特街再到麦克亨利街——去向任何愿意听的人炫耀自己的新身份。这个第一次当父亲的人不仅仅是要抽雪茄了[①]：他同普雷斯顿分享了一支大麻烟，同丁基和泰共享了另一支。

　　"你是下一个。"他告诉 R. C.。

　　当晚剩下的时候，迪安德尔同男孩子们待在了一起，喝酒抽烟，他的话题在惯有的、骄傲的炫耀和某些更像是当日经验的更真实版本之间来回跳跃。

　　"我当他的父亲，"他告诉自己的伙伴，"我会比自己的父亲做得更好，我会同他待在一起让他知道我是谁。我的孩子得认识我。"

　　晚些时候，他同丁基走回了山下，告诉表亲自己会彻底离开街角一段时间。他们在吉尔莫街和麦克亨利街上的合伙生意现在落到了丁基肩上，他会在迪安德尔照顾自家儿子的时候照看生意。

　　"他还是个强硬的小子，"迪安德尔向自己表亲保证，"到现在就哭了一次。"

　　第二天早上，他比自己应该起床的时间起得更晚，还因为前一晚而疲倦不堪。但是，他同芙兰刚过午后就到了西奈医院。他们在大厅里分开了：芙兰负责找一辆有儿童安全座椅的黑车回家，迪安德尔直接去了妇产科。

　　"姓名？"保安桌后的女人问道。

　　"麦卡洛。迪安德尔·麦卡洛。"

　　"你来这儿是看？"

　　"我儿子。"

---

①　西方习俗。指孩子出生后，当父亲的人会同朋友亲人共享一支雪茄来庆祝。

他带着这么明显的开心说出了这句话，那个女人都忍不住微笑了起来。

迪安德尔走进泰瑞卡的房间时，她醒着，正在休息，吃了一半的午餐放在身前。婴儿正在摇篮里搅动，嘴张着，双眼闭着，双臂伸开，小小的指头在空气中蜷曲着。

泰瑞卡不一样了，无论如何幻想，她也都不一样了。她看着迪安德尔，他正绕过病床俯下身子来轻吻她的额头。尽管被这场苦旅给掏空了，她的脸却散发着光彩。但她的举止，笃定而庄严的举止，传递出了她的新地位。从一开始，她就打算把迪安德尔拴住，现在她相信自己有足够的办法来达成这一目的了。

迪安德尔低头看向自己的儿子，也能感受到这点。他已可以跳脱出自己本性去承认这一点：这个小姑娘曾经只是玩玩而已，但现在以及以后都不止于此了。她也许能拴住他，也许不能。但泰瑞卡·弗雷蒙再也不会只是一场意外了。至少在此刻，他接受了所有的要求和职责。也许是有史以来第一次，迪安德尔对自己的姑娘认了输。

"你可以把他抱起来。"她告诉迪安德尔。

"他睡了。"

"没，他没睡。他醒着。"

迪安德尔把手伸进摇篮，揽起了那一团。他坐在病床边缘，在一臂之外的膝头支着新生的婴儿。

"干。"他说道，大感惊异。

芙兰进来的时候，他还在那儿，还被迷着呢。她走到床边，拉起泰瑞卡的手，然后退后去看自己儿子盯着他的儿子。

"德雷，你想啥呢?"

"嗯。"

"你想啥呢?"

迪安德尔耸耸肩，"我啥也没想。"

芙兰摇着头。"你怎么能坐在那儿还啥都不想的?"她问道。

"我上学的时候都这样啊。"迪安德尔不动声色地说道。

他们都大笑起来,甚至芙兰都笑了。但之后她控制住了自己,表达了她典型的不满:"那可太可悲了,安德烈。"

"是真的。"他轻声地说道。

芙兰看向摇篮的底下,清点着医院免费提供的东西。"我们应该管他们再要点。要是你开口要了,他们会赠送你婴儿护理包的。"

芙兰离开去找护士了,回来时双臂里抱满了东西,然后又走回去撺掇护士再给一整包尿布。在这整个期间,她仅仅稍停了一下,告诉迪安德尔他没有正确地抱小孩。

"我知道怎么抱他。"他反驳说。

"你得扶住他的头。"

"我抱得好他,妈。"

从医院离开时,芙兰统领着全局。她过于指手画脚了,以至于抵达里格斯大街的时候,迪安德尔和泰瑞卡都已经怒了。在他们眼中,芙兰不过是奶奶而已。再说了,这对自己还是小孩的父母打算完全地拥有自己的孩子。

他们把育儿的地方选在了里格斯大街的房子里,而不是博伊德街,也说明了这点。他们前两周都在那儿过的,谁也不准去拜访,还限制芙兰只能偶尔打来电话和只能下午来访,以此表明他们的态度。芙兰之前已经把自己即将降生的孙子算入了能让自己继续努力、远离街角的少有几件事儿之中。她全心全意地盼望泰瑞卡和迪安德尔手忙脚乱到需要严重地依赖她的建议和支持。但对他们来说,这个孩子提供了一个清楚宣示独立的机会。

在最初的这段时间里,迪安德尔住进了泰瑞卡姑妈的房子,心甘情愿地让自己沉浸在围着婴儿需求打转的日常中。在泰瑞卡二楼小房间的范围里,他被自己儿子这个奇迹感动着,而他对泰瑞卡的态度甚至超出了她自己的期待。他在事关新生儿的一切事务上对她言听计从，她有关这个婴儿的每句话都如同福音。

母亲身份以之前不曾想到的方式改变了泰瑞卡。曾经她是一个黏人又孤独的小姑娘，而现在她向这个新生儿倾注着能量和爱，显示出她拥有着远超自己十四岁年龄的智慧。这个曾经的街角女孩已经开始成长为某个更复杂的人了。她在自己身上找到了蕴藏的成熟，这既无法解释也让人意外。曾经，她想要迪安德尔，以及他所能带给她的任何欢乐时光。现在，为了这个孩子，她已经开始思索比那更多的东西。

迪安德尔抱着小孩给他换尿布，或者让他发笑以及咿咿呀呀时，她在那里鼓励着他。当迪安德尔说要回去上学，她说他非常聪明，对他来说要拿一个同等学力证书是多么轻而易举。当他坚称自己会在年底前找到一份新工作时，她很小心地不要流露出任何怀疑。

里格斯大街上最初的这段时间如同一首田园诗。仅此一次，在此刻，两个费耶特街上的孩子得以让梦想匹配上了预期。在这里，有那么一两刻，他们对那个新生儿和彼此敞开了心扉，自信这种全新的生活不会背叛他们或者证明他们无法胜任。在其他地方，承诺一次次地被证明是虐待和失望的前奏。但在这里，在泰瑞卡的卧室里，那个婴儿接受着他们所能提供的一切，并仅以需求、喜悦和意义来回报。在这期间，过去一年他们之间所有的小打小闹、所有的背叛和伤害，哪怕没有被彻底忘记，也都一并被原谅了。

他们的联盟在十二月第二个周末也牢牢守住了。当时他们终于带着婴儿去了博伊德街拜访芙兰。他们去了那栋排屋的第三层，由迪安德尔拖着摇篮、婴儿车、尿布包和衣服袋子爬上了楼梯，尽自己所能再现了里格斯大街上的那个房间。但芙兰一直到现在都是迪安德尔同泰瑞卡这场精彩冒险的局外人。他们知道自己可以做到。他们正做着呢。在迪安德尔看来，他妈妈除了把马文挡在一旁，以及钦佩自家儿子当父亲的努力外，别无他用。

芙兰的建议未被听取，她的经验几无意义。当她提出要喂自己孙子的时候，迪安德尔告诉她说不可以。

"你不应该让除了他妈妈之外的任何人喂婴儿，"他告诉她，"否则婴儿就不会知道谁是他妈妈。"

芙兰为此大发怒气，"你他妈是在跟谁说话呢？你不知道你他妈在说啥。"

迪安德尔坚持了自己的立场。泰瑞卡就是这么给他说的，泰瑞卡的话对他来说就够了。只有母亲可以喂养婴儿。

"所以你都没法给他喂奶瓶咯？"

"当爸的偶尔可以做做。"

芙兰翻着白眼在厨房里踱步，为儿子的主张发怒，说着自己是如何养大了迪安德尔，养大了迪罗德，比他们两人所知的一切都更懂怎么当妈。迪安德尔退回了楼上。

"要是我对那孩子啥都不能做，那你们为什么要来呢？"她在他身后喊道。

"你以为你他妈那么聪明，"迪安德尔吼了回来，"你对啥事儿都要说一嘴。你没法改变自己的生活，却想要告诉我们怎么养自己的娃。"

芙兰跟着他上了楼，"安德烈，那孩子无论如何都会知道谁是他妈的，你们都是在无理取闹。"

不管是不是无理取闹，他们把芙兰关在了外面，周末过后就回去同泰瑞卡的姑妈待在一起，享受另外一周童话般的日子了。

泰瑞卡的很多有孩子的朋友在几周或者最多几个月里，婴儿的到来收获了她们同样的开心和关注。然后，青少年时期的分心事抓住了她们，让她们又回到了街角，回到了夜店，回到了家庭派对、电影以及同新一拨男孩的约会上。婴儿们被送去给了祖母们或者姨祖母们或者曾祖母们。他们被养大时，生母最多也就充当了他们的姐姐，最糟糕的则是当了一个随来随去的熟人。

与之相反的是，泰瑞卡选择了待在家里，日复一日做着养育迪安特的工作。在她看来，学业也可以救回来：她会错过三周的课，会申请补作业并获得额外的学分，然后同班上的同学们一起参加期末考试。到了一月，她会在早上把婴儿唤醒，喂饭、穿衣并同他玩耍，然后自己穿好衣服赶公交去卡弗高中。她姑妈要工作，在她上学并乘坐同一班公车回来之前，照顾迪安特的工作就落到了她奶奶身上。对她来说，学习和毕业都会更困难，但现在，为了她和迪安德尔，她感觉自己必须要努力了。一年前，她还和迪安德尔以及他那帮男孩们混在街角，早退、翘课去海港那边游荡或者看一场下午的电影。现在，因为迪安德尔的儿子——她的儿子——她正在用未来时思考和说话。

"我不会辍学，"她告诉迪安德尔，"我不会像那些姑娘一样最后靠着福利救济金过日子，每天就和她们的孩子一起坐在门前台阶上。"

而尚被束缚在居家生活中的迪安德尔无比赞同。各处商店正在为圣诞购物季招聘，他会出去找份工作，甚至会和萝丝·戴维斯聊聊读完高中的事儿。

"我们赚够钱后，就找个自己的地方。"他这样告诉女友。

曾经，这样的幻想对泰瑞卡来说意味着一切，而当迪安德尔说出这席话后，她给了他一个随意的赞同。泰瑞卡还在担心迪安德尔，担心他会飘回到街角上，也担心自己会被他一起拉回到那个世界去。这里，在她姑妈的房子里，她能坐上去高中的公交。这里，她同自己的姑妈分享着 AFDC 支票，并且有地方住、有东西吃，她奶奶还能在她上学的时候照看婴儿。终于，她还算有了一些接近成人指导和支持的东西。但面对迪安德尔，她清楚，每天都可能出现问题。

"我不想要我们的儿子像我们一样长大，"她告诉他，"我不想要他做我们做过的事儿。"

有那么一段不短的时间，迪安德尔日日夜夜都待在这个临时的育儿室里，以他对为人父的理解的极限承担着父亲这一角色。这意味着养家。在一段时间里，迪安德尔能够做到这一点。他借钱、以物换物、从他妈妈那里乞求、从丁基那里要来一点小小的利润用来购买帮宝适纸尿裤和一点儿婴儿的衣服。其他的一切则很快超出了他的能力范围。鞋子、汽车安全座椅、跳跳椅、玩具：迪安德尔为泰瑞卡或者他自己能想象的每一个需求而感到压力。更糟糕的是，他被自己对于物质的那种未曾间断的痴迷统治了。他坚持只看牌子，去他妈的价钱。他买了威步①和耐克鞋子以及迪士尼专卖店里的衣服。当然，他还为自己的小孩买了一条缀了名字在上面的金项链。

　　"我儿子，"他某天告诉泰瑞卡，"不会穿没牌子的垃圾。"

　　"安德烈，婴儿怎么会知道他穿的是什么呢？"

　　"我知道啊。"

　　"那等你被关起来了以后怎么办？"

　　"他会知道我在外面为他赚钱。"

　　泰瑞卡退缩了。那个曾经通过自己能让他花多少钱来衡量迪安德尔忠心的女孩，现在告诉自己儿子的父亲说，所有那些东西确实是很好很好的，但孩子更需要的是父亲的陪伴。

　　"你回到街角，就可能被打死或者关起来，"她争论说道，"要是你死了，你要怎么来帮你的儿子呢？要是你在监狱里，要怎么来帮他呢？"

　　迪安德尔能感到接下来会发生什么，他开始同她在这一点上争论。他无法让自己永久地迷失在里格斯大街上。他无法待在这个巢穴里，换尿布、热奶粉，把自己埋葬在居家生活的宁静之中。他之前已经试过了止经的路子，穿着温蒂快餐店的蓝色条纹工装，靠着屈指可

---

① Weebok，著名运动品牌锐步（Reebok）的童鞋童装线。

数的工时把最低工资标准的薪水带回家。就在圣诞节前几天，他在西巴尔的摩和附近的郊区社区里游荡，填写申请表——西区的各家商店，四十号公路上的玩具反斗城——但他不过是在假装执行一个自己既没有兴趣也没有耐心的计划。他的妈妈，他知道，也在堕落。她无法坚持住那些她离开戒毒中心时发下的誓言。而他的父亲则已经堕落得无以复加了：加里最近对搞勾当如此饥渴，他甚至没找到时间来看自己的孙子。自此而下，除了街角本身，再无他物在等着迪安德尔·麦卡洛了。

他告诉自己这只是暂时的，不过是快快地跑上一趟，走几包货，赚到足够的钱。之后，所有更好的计划都会再回到桌面上。每个人在去到街角的时候都会告诉自己这番说辞。没有人告诉过他真相，尽管很多人确实想过要说。在这场游戏之外，人们总把贩毒说得像是一个决定，或者认为嗑嗨是一个决定、诉诸暴力是一个决定。但那只是街角以外的世界所能承受的、看待这一切的方式：就好像那个在其他地方值得一提的自由意志，能昂首阔步地下到蒙特街和费耶特街上，还不被痛打一顿似的。而事实是，一直以来，与其说这是一个决定，不如说是因为没有决定可做。这需要迪安德尔付出极其艰巨[1]的力气才能找到新的时刻，供他去转向，从他一直以来打交道的唯一世界中走开，而这个世界还保证了他能拥有某种地位。现在，随着泰瑞卡、儿子和他自己的未来都岌岌可危，那个时刻就更不会来了。

到了圣诞节那一周，他已经回到了吉尔莫街和麦克亨利街上，以他熟知的方式赚着大钱。他已经看过了儿子的出生，已经确保了迪安特认识自己，因此即使他中了一枪，或者要去杰赛普或黑格斯敦被关上几年，也有一条微弱且简单的联结让他有所依靠。自从那次在费尔

---

[1] 原文为 Herculean，指希腊神话中的大力士，宙斯之子，完成了十二项艰巨任务后才成了神。

蒙特街被捕之后，他一直把街角挡在一臂之外，要么彻底地离开，要么让朋友们去街头兜售卖货。但现在，他盛大回归了。他告诉自己说，当泰瑞卡看到这些钱后，当她被已经付过钱的纸尿裤、玩具和设计师款婴儿衣物淹没时，她就屁都不会放一个了。他坚信这点。内心深处，迪安德尔告诉自己，泰瑞卡还是那个他之前认识的贪心小姑娘。

回到街角的那一周里，迪安德尔只去了里格斯大街三次。有时候带着纸尿裤，还有一次在泰瑞卡的催促下，带着冬天的鞋子来了——迷你版的添柏岚，给孩子买的。但情感上的他在别处。在他心里，他在麦克亨利街和吉尔莫街上，同他的大麻烟、四十盎司的麦芽酒和那些看起来很不赖的街角姑娘们在一起。而当他掏出钱卷儿，剥下一张五块或者十块时，泰瑞卡会忍不住怨恨他把大部分钱都留给了他自己。更重要的是，她为他这么快就放弃而怨恨着他。

且不提他们的宝宝，她自己再一次失去了他。她满怀苦涩地开始往芙兰的住所打电话，或者不停地呼着迪安德尔的新传呼机。

"你儿子需要纸尿裤。"

"你儿子需要一套风雪服。"

"你儿子需要去诊所的车费。"

这些需求足够真切，而如今迪安德尔也正在稳定地贩着毒，泰瑞卡对街角的邪恶就不再进行评价了。她知道决定已经做出了，知道无论自己说什么，迪安德尔都会待在麦克亨利街上，知道她要么浪费自己的时间争论，要么可以一直伸手接过任何给出来的钱，把这当做实际的、能拿就拿点的事儿来处理。但她源源不断的电话和呼叫不仅仅是物质需求，它们是泰瑞卡想要攫住的那种她自己从未体会，但试图逆着一切可能去创造的家庭生活，是她孤注一掷的努力。

迪安德尔回到了街角，按时带婴儿去诊所成了泰瑞卡的任务。她还得去市场上拖回来许多罐配方奶粉。她得带着迪安特同他全部的物件在西区里来回，带着他坐公交或者乘黑车去看芙兰，同迪安德尔的表亲妮基和她的宝宝德坎待在一起。也可能是同她在费耶特街沿线的女朋友们在一起。所有人都在同一条路上跌跌撞撞，努力想要记起或者忘记她们曾经一度所相信的东西。

圣诞节刚过，泰瑞卡就带着婴儿去了埃德蒙森村的 WIC 诊所，在一个门诊员工那里等着自己的预约，希望能被录进可以免费领取配方奶粉的代金券系统中去。在候诊室里同她一起等着的是六个姑娘——三个比泰瑞卡大，两个和她同龄，还有一个小一岁——都拖儿带女。她们的双眼因为死气沉沉的候诊室而昏昏欲睡，她们的身体都因为最近的怀孕而滚圆肥胖。

"你孩子多大？"一个姑娘问泰瑞卡。

"一个月。"

"我的还有一周就三个月了。"

"她真好看，"泰瑞卡说道，"是个好看的宝宝。"

"你有纹吗？"那姑娘问道。

泰瑞卡耸耸肩，不明所以。那姑娘掀起自己的上衣，解开牛仔裤最上面的纽扣，把裤腰拉下去，露出了她的妊娠纹。

"哦，这个啊，"泰瑞卡说道，"有。我有。"

"啥时候能消啊？"另一个姑娘问道。

泰瑞卡不知道。但看到这些姑娘给她带来了一点安慰，她感到自己并没有比任何人做得更糟糕。圣诞节时，她只付订金买来了玩具和衣服，哪怕这意味着整个春天她都要付钱给商店。在这个下午，她去波普勒格罗夫（Poplar Grove），手里攥着 WIC 的代金券，用配方奶粉把购物车装满。下一周，她带着迪安特回到诊所做儿保。她会做所有的事儿，依然还能在自己心中找到力量和确信，并以此去爱和养育一个小孩。因为错误的原因，在错误的时间，出生在了错误的人家中，迪安特·麦卡洛也许足够幸运到被另一个小孩需要和照顾，而那个小女孩哪怕没有受过完备的教育，也不够实际，但无论如何依然证明了自己是有能力的。

"麦卡洛，"那个WIC项目工作人员说道，拿着一个马尼拉纸的文件夹走进了候诊室，"迪安特·麦卡洛。"

"这里。"泰瑞卡说道，站了起来。

"你是妈妈？"

"对，"泰瑞卡说道，"我是。"

低头穿过裂开的胶合板，布鲁从后面进到了自家妈妈的房子，在厨房这个破碎的空壳里四下环顾，用一双新的眼睛看着这一切。

"嗬，谁在这儿？"

"谁？"传来了一个粗厉的声音。

"布鲁。"

"肥仔"科特从前厅里探出了头，顺着走廊看向这栋西巴尔的摩排屋曾经的业主。布鲁试着微笑，好像想要保证这次相遇是和善的。但科特羞愧了。如今布鲁已经戒毒了，他除了羞愧也不会有别的感觉了。

"哥们儿，我走。我在做不该做的事儿，我这就走。"科特说道，蹒跚地经过了布鲁，朝巷子里走去。

"科特，哥们儿……"

"别，我这就走，"他的呼吸在十二月初的寒冷中被凝住了，"都搞砸了。"

科特走了，但丽塔哪儿也去不了。她还在前厅的岗位上，戳着上臂的生肉，试图把一丝血液诱到注射器针管的底部去。她看见布鲁后停了下来，在他面前礼貌地克制住了自己。

"嗨，布鲁。可还好？"

"还行，你懂的，靠上帝帮忙呢。"

"行吧，那上帝一定是知道点啥，"丽塔乐了，"因为你看起来不错。"

"谢谢。"

"我知道我看上去不好。"

布鲁微微一笑，试着想出一个回应。

"我看上去很糟，"丽塔说道，"感觉也很糟。"

平普坐在角落里一把只有三条腿的椅子上。椅子靠墙保持着平衡，一条破烂脏污的毯子围在肩上取暖。沙登在他旁边。"蛋仔"达迪加入了这帮人，他听到布鲁的声音后从楼上走了下来。

"'蛋仔'。"

"嗨，布鲁。"

"嘿。"

对乔治·尔普斯来说，救赎是一段由一千个小步子组成的旅途，每一步都要在合适的时候迈出。八月时，必要的行动——也许是他唯一有足够力量采取的行动——就是离开，离开他童年房子所残留的一切，把生活残留的部分移植到南巴尔的摩无家可归者庇护所的一张床位里去。然后是咨询。然后是会议。然后有了个监护人。渐渐地，当感觉足够稳定了，他开始找点别的事儿来填满日子，找一种能把自己不仅仅看成是一个恢复中的吸毒成瘾者的方法。

他在娱乐中心找到了这个方法，守住了一个很早之前对艾拉·汤普森许下的承诺，负责起年幼孩子们的艺术和手工课。布鲁在那里找到了一点喜悦，在那些小孩子的面前找到了一点微弱的希望。他完美地隐藏在了那期间的欢笑中，看着孩子们的手因为手指涂料变得湿哒哒的，或者因为埃尔默（Elmer）牌胶水而黏糊糊的。也是在娱乐中心，他在艾拉的助手马泽尔·迈尔斯那里寻获了友谊。马泽尔尽自己所能地鼓励了他，成了第一批让他在一个自己早已长期缺席的世界里感觉放松的人之一。

同时，在庇护所里，辅导员们说起了工作培训，说起也许可以走出下一步，进入职场了。布鲁告诉他们自己还没有感到能强壮到那么做，但他在过去的几周里对这个想法已经没那么抗拒了。也许他们是对的，他开始告诉自己。也许是时候冒另一个风险了。毕竟，他已经在庇护所里学会了相信人，学会了用新体悟到的、对自己的局限认知去平衡他的欲望和毒瘾的原始力量。无论如何，布鲁对自己起誓，这一次他不会把自己再乱搞回费耶特街和门罗街上了。

　　到现在已经好几周了，他走在老社区里的时候，一直都对自己的目标保持着坚定。他沿着费耶特街从一个街角走到另一个街角，戴着一副宽边的墨镜，头上支着一顶非洲花色的库菲帽①，随身听的耳机负责把揽客仔们的招揽呼喊屏蔽在外。随身听就说明了一切：任何一个在这些街角上这么表现的人都不会是在吸毒，一个真正的瘾君子分分钟会用价值四十美元的随身听换来一份海洛因和可卡因一比一的货。

　　对那些日常路线上经过的人来说，布鲁突然的康复似乎不像真的。这是那个多年来在针头圣殿门口收着每个客户两块钱的人啊！这是那个把自己已故母亲的房子吃干抹净的人啊！他能找到一种方法从这些人中走过去，就值得被注意了。他能沿费耶特街迈步走着，而所有那些过去的诱惑在等着他。他显得既勇敢又引人注目。

　　然而，布鲁的康复没有丝毫可以归功于勇敢。在过去的几个月里，他曾经放弃过可以找回自我或者自己的毒瘾可以被控制的想法。布鲁同头脑中的每个诡计都搏斗过，同每个辩解和否认都搏斗过，才抵达了最核心的结论：当事关小瓶子和玻璃纸袋的时候，他是无能为力的。在那么多年的迷失之后，他无法相信自己知道自己在干嘛。他无法相信自己的判断。不管喜不喜欢，他不得不相信其他人的判断。

---

①　kufi，一种无边、短圆的帽子。

被这么些想法武装着，他从无家可归者庇护所冒险投身到了不断变长的待办事务里去。一开始是逡巡在老地方周围，然后经过它们的时候瞥上一眼，再然后——在他找到力量后——径直穿过它们，让自己经过那些遍布可卡因和海洛因的街角。

但这个十二月的日子里，那小小的朝前一步涉足了那个他被迫要宣称属于自己的吸毒点。

"可还好？"他问这群汇集在这栋破败排屋前厅的人。

"老样子，""蛋仔"说道，"你知道的。"

"对，"布鲁接道，"就是那样。绝对是我所想的那样。"

此刻有那么多应该要说的，有那么多布鲁能够给出的理由。就在刚才，就在走回那条巷子进到房子之前，他告诉自己这个行为更多是象征性的。是我开启了这堆荒唐事，他推断道，我他妈绝对应该终结它。

这里曾经是他母亲一辈子努力的实物证据，如今早已成了他自己生活中荒废和痛苦的破损纪念碑。而布鲁已经往前走了，他放弃为费耶特街 1846 号支付税款，因此市政府可能已经拥有了这个破旧的空壳。所有这一切，不知为何，都不重要。布鲁知道这栋房子以前是什么样的，也知道自己做了什么。为了他自己，为了这个社区还残存的东西以及那些在这处吸毒点里迷失的灵魂，他不得不把这地方给关掉。

"我只想说……"

开始说话了。旧友们看着他的样子像是他们站在某条幽深隧道的尽头。布鲁感觉到了这其中的距离，也感到不得不说的话在自己喉中变得滞重。

"我是说，你们知道的，这必须得结束了。"

平普在破椅子里不安地挪了挪。

"我的意思是，你们想要帮助的话，我来帮你们，你们懂的。要是你们想要继续之前的样子，也可以，但我是说我不希望是在这里。"

其他人彼此看看。丽塔挪开了目光，盯着前方胶合板上透着阳光的缝隙。"蛋仔"达迪走过了布鲁，嘟囔了一句抱歉。他要去找另外的地方了。

"我是说，"布鲁继续，"我知道是我开始了这一切，但它得在某处停下来。"

"好吧，"丽塔说道，永远那么礼貌，"你有资格说，我想……"

但没人动。布鲁试着和丽塔说话，试着劝她和自己一起去波恩赛考斯医院，为她上臂那些裸露的生肉寻求帮助。

"你那里需要看看。"

"我知道。"

"那我们去吧。"

"现在吗？"丽塔问道。

"对，现在。赶早不赶晚。"

丽塔耸耸肩，四顾吸毒点寻求着帮助。当没人出头时，她告诉布鲁说明天要好点。

"明天。"布鲁说道，为这个词感到悲伤。

"我明天就准备好了。"

他试过了。而因为尝试，他感觉好一点了。他祝福他们都好，告诉他们要保暖，向他们保证要是需要帮助的话随时可以找到他。然后他走回厨房，走回了巷子里。他的战争结束了——无论如何，他祈求那已结束了——而他们还在那儿，要熬过另一个冬天。但布鲁，出于他获得的新力量，忍不住去爱他们，甚至是敬佩他们，为他们的坚韧，为他们那毫不动摇的投入。从外面，布鲁能完美地看清楚了：没人能比得上一个瘾君子。没有活人能在隆冬之际在一栋空屋里入睡，夜复一夜，知道自己正做着不得不做的事儿，知道其他任何东西都可能丧失了，但毒品会在最后为他证明。

乔治·尔普斯的任何发言都打动不了这些人。当离开自己母亲的房子时，他不得不承认，在某些层面上，他们对这处房产的权利要比他自己更合法。过了一周，他才鼓起勇气打电话给西区警局，同一个警长建议对那处针头圣殿进行搜查，也许能用新的胶合板把所有的门窗给再封一遍。

"里面有人需要治疗，"布鲁告诉警长，"为了他们自己，他们需要被关注一下。这就是我举报的真正原因。"

西区的警察们确实上了门，也清空了吸毒点，留出足够的时间让一队市政服务人员钉上了新的胶合板。这逼着科特、丽塔和团伙里的其他人去街区里晃悠了几天，直到某人把阻碍再给撬开，溜回去为止。

布鲁回去过，看到毫无用处，也就放弃了。他如今走在另一条路上了，发生在他旧房子里的事儿无关他最核心的任务——拯救自己。布鲁无法从吸毒点里引诱走的人们逐渐出现在了波恩赛考斯医院急诊室门口，遍体鳞伤，病入膏肓。

在同类中，"肥仔"科特第一个倒下，在他的街角上瘫成了语无伦次的一堆。他的肝脏做着医生们警告他说会发生的事儿。他被收治入院，靠输液和抑酶治疗稳定了下来，再一次碰巧戒掉了毒。这一次，不像八月，他无法达到出院的标准。因为肝脏的问题和肿胀的四肢以及高到破表的血压，没人能编出一个可行的借口在一两周治疗后就把他扔回街头。

他被安顿到了三层一间双人病房的床上，这个变化很快就被科特自己认为是面对寒冷天气的合理喘息。当然，食物很糟糕。每一天科特都盯着小餐桌上的果冻，并恳求前来探望的访客们给自己带点烧烤。每天的例行活动中也没啥风波：更换脓肿四肢上的敷料，漩涡浴治疗和物理理疗都被勉强当成了科特这次医疗间歇中的兴奋时刻。但他好歹温暖干燥，能躺在干净的床单上看电视。

至于同伴，他很快就有了平普。在科特倒下之后一周，平普也崩溃了，不仅被送来了同一家医院，还是同一个病区，占据了走廊正对面的一间单人病房。"虫子"如今已经席卷了平普的身体，但他的精神尚且清醒。他入住波恩赛考斯医院，就好像科特是马特，他是他的杰夫①，两人在走廊尽头尽自己所能地站着，挑逗护士们，并从路过的人身上榨出香烟和汽水来。

然后沙登在那栋空房里度过某个寒夜后就爬不起来了。终于在午间前后起身时，她满嘴胡言乱语，思绪经由破碎的句子溢了出来。她被收治到了这家医院另一个病区的床位上。自此，费耶特街的迷失军团只剩下三名战士："蛋仔"达迪、丽塔和科特的兄弟丹尼斯。

"他们得把我从街角上抬走，"丹尼斯骄傲地宣称，"你能劝服他们其他所有的混蛋去波恩赛考斯，而我还会待在这儿。"

"你是'硬汉'。""蛋仔"向他确认。

"我会是街角上的最后一个人。"

"我会在这儿陪着你。"丽塔向他保证。

但丽塔开始起了二心。像科特一样，她已经多年浑不在意地伴着疼痛及肢体损毁了。如今在这处吸毒点的前厅，有着足够的空间来让她思索。一开始是"包子"离开了他们。然后是"饿仔"。之后布鲁站起来走开了，就好像他真有个啥规划似的。接着是科特和平普，一个接一个倒下了。如今是沙登，向着潮湿和寒冷屈服了。迄今已经一年多了，丽塔一直在修补着自己那腐坏的双臂，用非法得来的抗生素以及所能找到的任意破布和绷带进行着自我治疗。她开始好奇，要是在病床上躺上几天，输点液，来点干净绷带，会不会感觉好一点。

就在圣诞节前，她也走进了波恩赛考斯医院急诊室的大门。因为

---

① Mutt & Jeff，由漫画家哈利·费希尔（Harry Fisher）创作的一对著名卡通形象，该作品连载超过七十年。

两只手臂的感染都到达了几乎不可挽回的耐药状态，丽塔很快就被收治，并被安排住到了沙登所在的走廊另一端。

"我们又是一个幸福的大家庭了。""肥仔"科特干巴巴地说道。

这他妈几乎算是真话了。丽塔离开了布鲁的房子，费耶特街和门罗街上其他十好几个瘾君子不得不来她的病床边拜访，带着他们的小瓶子、玻璃纸袋和注射器。护士和医生们转过身的时候，丽塔为她的每个来访者找准一根血管，也为自己的需求注入了同样的东西，甚至比起任何时候都要更轻松，因为她插的静脉分流管用于海洛因就和用于抗生素一样有效。直接存款，她这么称呼它。

她挪动着走完整条走廊，确保沙登得到合理的"药物"，然后同隔壁及对面房间另外两个同样迷失的灵魂交了朋友。他们看上去很惨，受着"虫子"的困扰，病毒在他们血管中肆虐。他们已经无法继续自己的勾当了。没关系，丽塔分享自己得来的东西，帮助两人嗨起来。"肥仔"科特身为这个古怪联盟的大家长，试图劝告丽塔，告诉她要慢一点，冷静点，给自己至少几周时间来休息。

"你会在药物有机会起效前就被从这里给扔出去的。"他告诉她。

"我不会的，"丽塔坚持道，"我能瞒过去。"

但在病床上躺了五天后，沙登的一次验血结果显示其中有比起她刚走进急诊室时更高的海洛因含量。她被送回了街头。

然后丽塔自己被看见溜进了走廊对面的房间，还带着一只分离式注射器。夜班护士突袭她的时候，她正一只手拿着工具，一个充满感激的病人的手臂被她攥在另一只手里。因此，丽塔·哈尔，费耶特街上最好的医生，自己也被从一个治疗的地方给赶了出去，被指控在没有管理权限的时候私自治疗病人。

现在就只剩下"肥仔"科特和平普了，他们的这一年在一股消毒水的味道和苍白的四壁之间走到了最后。但他们也因此有了最后的一点花絮：身为绝对静止的目标，两个病人被那个神秘的罗伯特·卡尔给锁定了。这个男人曾在数月前去街角找过科特，科特把他当成医院收账的人给打发了。卡尔其实是医院自己的稽查员，负责找出有高医疗开支的贫穷病人，然后在官僚系统中运作他们的医疗辅助计划及SSI，让医院最终可以收到钱：如果不是病人来支付账单，那就由政府资金来付款。现在，在过去三次住院中积累了高达三万美元的账单后，科特已经从波恩赛考斯医院的医务人员那里得到了通知。罗伯特·卡尔让他签签这个，签签那个，然后在一两周里，柯蒂斯·戴维斯有了一张州里发的医疗辅助卡——一个驳斥了之前所有努力的结果。除此之外，科特和平普两人都已经获得了受到长期照顾的承诺：要么去养老院，要么去长期理疗机构。身为一个骨子深处都是战士的人，"肥仔"科特拒绝死亡，也拒绝好转。这一点已经让那些负责他这场医疗冒险旅途的人意识到了，最好把他安置到城市的别处去，而不是让他一次次地出现在同一间急诊室里。

平普，在生命的末尾，对任何貌似规划的东西都心怀感激。但科特一听到养老院就开始计划逃跑了。他不过只有四十五岁，但他们已经把他当成老古董在对待了。他知道自己病了，也知道再在街角上多过一天都可能会让他病得更重。即便如此，这个男人还没有准备相信自己已经走到了尽头。

全看他的脚踝了，他告诉医生们。要是他能让脚踝矫正过来，就没事儿了。而他双脚双手肿胀这件事儿已经是永恒的了，虽然他听说过有某种机器可以把脓汁儿挤出来，让一切恢复正常。至于肝脏，好吧，科特可没法真看见他的肝脏。他知道自己需要这么一个器官，他明白这个器官不是很开心，但他真没法通过考虑某个这么难以度量的东西来评估自己的健康。

"把我治到可以再次走路，就没事儿了，"他告诉自己的医生，"是腿给我造成了麻烦。"

但科特再也不会没事儿了。当医生们试图温和地对他解释这一切时，科特似乎没有明白所有的信息。

"我不需要养老院，"他告诉一个社工，"我需要的是把一切归置归置，恢复到可以找个自己的地方，然后每个月也许还能有点钱。要是我能让那只脚不肿成现在这样，要是我能每月给自己搞到一张支票，就没问题了。"

"肥仔"科特把一生都献给了街角，如今他在要求一点微小的尊严作为回报。那名社工告诉他说，罗伯特·卡尔在推进 SSI 的案子，说最终也许真会有张支票。但至于他的健康，比起肿胀的双脚来说可严重得多。

"那就加上我的血压咯，"科特同意，"我需要为那事儿吃药呗。"

"还有你的肝脏。你病得非常严重了，柯蒂斯。"

"我的肝，"他重复道，就好像被提醒了一个微不足道的细节一样。"也得让它轻松点。"

"你需要被关注，"她解释说，"你需要待在一个他们能看见你每天状况的地方。"

渐渐地，他勉强接受了他们的计划。但即使是在最后，他也把去长期理疗机构当做一个临时的解决方式，是通往某个更幸福地点的路途中的一站。

到了一月，他会住到富兰克林街上的西顿大宅（Seton Manor）里，这是市中心一处被改造过的酒店，之前被称为"詹姆斯·布朗汽车旅馆"，因为这个娱乐业里最勤奋的男人在 1970 年代买下了这个地方，并用自己的名字命名。但在它当下的生命里，西顿大宅是那么多曾在这座城市街角上游戏了人生而最终迷失的灵魂那最后的休养机构。从费耶特街到格林蒙特大道，从旗屋到列克星敦台地，所有那些没有速死和戒毒想法的人被带到西顿大宅，在电梯的慢慢移动里被推到楼上，然后被安置在三楼和四楼其中一间煤渣砖砌的房间里。在此处，他们被喂以医院的食物和 AZT，一开始是口服，然后通过静脉注射，再之后就什么都没有了，因为在最后的日子里，维持生命的物质已经毫无意义。他们大部分都有着黑色或者棕色的、骨瘦如柴的躯体，要么躺在钢架床上，或者在走廊里跌跌撞撞、步履蹒跚地经过彼此，看着对方死气沉沉的面孔，清楚知道一切都无法挽回了。

在西顿大宅，科特会被安置在大部分住户都是艾滋病人的第四层。尽管他会坚持，不顾护士们普遍的漠不关心，说自己检查过没有问题。他住到那里的第五天，他的第一个室友就会在睡梦中死去。两周后，第二个也停止了呼吸。等到了室友三号温柔地走进了那个良夜，哪怕是科特也不会搞错自己新家的意义和目的了。

"他们认为我要死了，"他告诉平普。在同一周里，平普也到了这里，占据了走廊尽头的一张床。"护士们试着给我那些发给这里每个人的药片。"

平普够有同情心了。但当然，被收进西顿大宅是基于他除了需要临终关怀而再无他求的判定。

"你告诉他们你没有得？"他问科特。

"告诉我的护士了，也告诉那个该死的社工了。他们还是试图把那些药片塞我嘴里。"

科特把日子耗在了一间小休息室里的电视上，或者同平普在房间里聊天。同时，他周围的所有人都已化为虚无。

"快到你刚知道他们的名字，他们就死在你面前了，"科特有一次说道，"在这里认识人没有意义的。"

他无法相信一切将如此结束。他无法相信造成的损坏已经无法修补。没有一个医疗上的认罪协议可以达成，以改变这个审判结果。他做了所有的事儿，他一直都知道代价。像科特这么强硬且意志坚强的士兵如今早已经没有了。按照那些已经死去的人的标准来衡量，科特的这个杯子早在多年前就已经枯干了。但是，死亡对他来说似乎是错误的、不合时宜的，并且是完全无法相信的。去他妈的肝脏问题，去他妈的血压，"肥仔"科特内里依然感觉如初。他没有瘦下去，也没有同病毒搏斗。他还能大笑，还有希望和回忆。他还能讲出一个笑话，或者祝福人们健康，抑或是为自己乞求更多。

"我还不到时候，"一天他这么告诉一个来访的人，"但在看见所有人都走了，并因此想杀掉自己之前，我需要离开这个地方。"

进入新一年几周后，科特求他在费耶特街的朋友们来市中心，把他带到别的地方去——任何地方——让他能擦碰一把普通生活，看看人们还在和现世而不是下一世打交道的样子。他被带回了费耶特街和门罗街，在这里他被老守卫们带着真心的爱意问候着：丽塔告诉科特说他穿着干净衣服、睁着清澈双眼站在那儿看起来很棒；臭仔同他开玩笑说要远离大白袋的货，今天这款货可不行；丹尼斯打量着他，用一种低沉而快速的语气表达了一点士兵之间的敬意：

"他们还没杀了你，啊?"

"你也没死呢。"

"我也没死。"丹尼斯赞同道，大笑起来，直到被咳嗽打断。

有那么一阵，科特看着揽客仔和跑腿仔来来往往，感到欲望在体内滋长。但今天，除了骄傲，再无别的原因。他同自己做着斗争，在约一小时后离开了费耶特街，请一个朋友在把他送回西顿大宅之前，先把他放到港口去。

在那里，在联邦山（Federal Hill）顶上，他坐在一张长椅上，肿胀的双手深深插在外套口袋里，双肩因为寒冷而支着，拐杖放在身边。往东，在外港里，有一艘拖船正慢慢地推着一艘空货船离开多米诺糖厂（Domino Sugar）的停泊处。它慢慢地转动着那艘大船，直到船头正对向检疫所的灯塔（Lazaretto Light）以及通往海湾的运河。

科特很长时间里不发一言，看着那艘拖船脱离，那艘大船开始移动。

"出海去了。"他最后说道。

一个年轻黑皮肤女人推着婴儿车经过了他。科特抬头看了看，然后微笑起来。但那个女人的注意力被自家小孩儿占满了，他正试图要摘掉自己的手套。她伸过手去轻轻地拍打着小男孩的手。

科特温柔地笑了起来，然后又看向了海港。那艘船现在挂上了一道尾流。

"我过了很好的一生，"他说，"最后这几年是很难，但我不会一直抱怨那些事儿。我做了我想做的，我不能说要是能再来一遍，会做得有多不同。"

他在那张长椅上又坐了一会儿，一直等到那艘船驶完那一段，进入下游河道里。此时夕阳低垂，一月的寒意越发地渗了开来。

科特站起身，停下来最后看了一眼水面。他重重地靠在拐杖上，开始缓缓朝车子走去。

"该走了。"他说道。

十

这场战争还在持续。

这条悲伤的路已经走了三十年，同样一群人还在兜售同样牌子的蛇油①，还在叫卖着隧道尽头那道虚幻的光。

这场再完美不过的、针对毒品的战争是没问题的，他们会这么告诉你。只有一点微调和稍多一点资金的话，什么都没法成功。更多的警察、更多的监狱，还要一些新的法律，我们就准备开始针对供应的源头或者是进攻需求端了，或者也许能二者兼顾。民主党人、共和党人，无论是谁掌管着政府，他们都承诺要重拳出击，让事态得到控制，把钱花到更大更好的行动上。他们聊着这些垃圾，因为他们不知道还能做其他什么事儿，因为他们知道，至少至少，这些是我们大部分人想要听到的话。

三十年了。而如今，剩下的是全国性的败退，一个被一届政府反手抛给下一届政府的污点政治遗产。三十年了，政治家和专家们依然还在供应那种迎风撒尿一样的乐观主义，这让任何一个理智的头脑都会去回忆类似的灾难。听一个大城市的禁毒警探炫耀自己的逮捕数据，并把它们当做进步的实际证据去享受，你也许会想起西贡某个穿着浆洗一新制服的军官在做简报的场景。他在开着空调的匡西特半圆铁皮房②里累加着每日被击毙的敌军人数。要么听一个缉毒署（DEA）或者海关的发言人把某一大批在墨西哥边境上缴获的可卡因的街头价值吹嘘得高高的，而你则可能唤出五角大楼里某个早已故去的大师的鬼魂，后者承诺说地毯式轰炸能让胡志明小道沿线的一切停滞。一个市区警官赞美以社区为本的执法的好处，说它是重获内城社区信任的一种方式？那他就是每个曾急切地说着安抚政策或者模范村庄项目的中情局间谍和国际开发署（Agency for International Development）官员的直系后裔。你还想要更多？那看看美国任何城市里的任意检察官召开的常规媒体吹风会吧。会上，他们宣布在一起涉案金额百万美元的缉毒行动中对一个主要贩毒人员定了罪，哪怕此时新的毒贩们正在前来占领同一片露天毒品市场。这就等同于一个军队的指挥官耗尽了兵力、军费和装备，只为占领某座他妈的越南小山丘，然后在他用直升机撤离自己的士兵并把同样的这块地方还给敌人的同时，还宣布获得了胜利。

如同在中南半岛上遭遇的挫折，美国针对毒品的圣战也在没有输掉任何一场重要战役的情况下崩溃了。在这个国家的西巴尔的摩，这个即将到来的大捷伴随着一系列显而易见的胜利而分外饱满：监狱像仓库一样关着成百上千的人；收缴了数以亿计的赃物和赃款；一代又一代的警官和律师累积起了惊人的数据，确保了自己的升迁。

但这些胜利远远不够。当交战规则影响到了持续的胜利时，我们仅仅需要修改规则，创造全新的联邦法规，打造严格的强制惩罚措施，以及在判决上执行毫不宽恕的指导意见，赋予美国检察官们那么多生猛的惩罚权力，以至于全国的联邦法官们都只能在法学期刊里抱怨一下严苛和不道德的判决法律。曾经人们认为只有在一个警察国家里，警察的工作才会轻松。但为了这场战争，我们已经把宪法第四修正案开膛破肚，同意了基于种族的犯罪筛查，以及基于那些最微不足

---

① snake oil，相当于中文语境中的"万金油"，号称能治百病，但实际没有用处。
② Quonset hut，美国军方的一种营房。

道的理由就截停搜查的警方战术。我们已经打造了民事罚没法规，把没收任何想要的东西变成了政府的游戏——房子、船只、飞机、汽车、现金——从任何它想针对的人手中罚没，还不需要定罪。我们还让强制药检成了特权，不仅是保释和缓刑官员的特权，还是这个国家里任何一个私人雇主的特权。最夸张的也许是，我们还在继续升级这场战争对内城的占领，直到像巴尔的摩一类的地方，超过一半的成年黑人男性如今都以某种方式处在刑事司法系统的监控之下。

这场战争，如同上一场一样，都不会取得胜利。这其中的真相赤裸可见。即使那些打磨着战术和战略的人视而不见，那些身处底层、仰望着这一切喧嚣并为此愤怒的人也能看见。对费耶特街上的男男女女们来说，这和把螺丝拧紧一点无关，也同加大犯罪代价无关，或者同对宪法进行更多的扭曲和歪曲也无关。这不需要事不过三的法规，或者是专审涉毒案件的法庭，或者要找到正确的藏毒点再踹开正确的那扇门。不是因为所有的这些努力都不够好，或者有更多的努力就会更好，而是所有一切都毫无用处。战术是完美无瑕的，但战略则是不存在的。

在最底层，在费耶特街和蒙特街交汇并向山上延伸至同门罗街相遇的地方，没人会被骗到，就如同越南稻田里对事实再一无所知的低等士兵都不会被骗到一样。在费耶特街上，每个瘾君子、每个揽客仔、每个跑腿仔都明白，他们明确无误地知道，无论任何宗教信仰，没人会错过他每天的那份毒品。

面对这一点，就不会有胜利。哪怕你开着推土机上了费耶特街，推倒了位于市中心和波恩赛考斯医院之间的每一栋排屋都不行。见鬼去吧：小贩和瘾君子们会出现在废墟上，兜售着粉盖儿的小瓶子。哪怕你招来了国民警卫队或者把警官安排到了每个街角上也不行。就算你这么做了，他们不过是挪开五个街区，或者十个、二十个街区，直到一个新的露天市场开始收割某个新的社区，而你已经耗尽了警察和卫队。

但你还是想要它奏效。你当然希望它奏效。

试试凝固汽油弹吧。

真的。来一个"滚雷行动"一样的空袭应该就行了。因为那个有着圣人般智慧的海军陆战队指挥官搞对了：只有当你愿意毁掉一个村庄时，才能绝对确保拯救它。别麻烦去手术式精准打击这个国家的费耶特街了。如果你想要胜利，就得把那些人直接送回到话都不会说的石器时代，因为任何一个还站着的人都会在第二天回到他们的街角上。或者更棒的是，某个"纽约男孩"帮的成员会想出怎么把你扔下的凝固汽油弹给调制出来，然后那些瘾君子们就排队来买那款全新而狂野、仅售十美元一瓶的新毒品了。

那样的一次彻底清洗也许真能奏效。但当然，哪怕是某个稍微近似种族灭绝的事我们都不能做，更别说做了后我们还期望能保持住自我，维持住国家这一理念的幻觉。一场公开针对底层阶级的战争必然会给自己造成伤疤，无论我们认为自己有着什么样的国家灵魂，它也会受到破坏。要是我们无法忍受这样的一场恐怖秀，也许唯一的真正替代方式是继续假装，继续告诉我们自己只需要更强硬的法律或者更好的诱捕计划，抑或是只需要今年份的模范搅屎棍政客来发誓说他就是那个真正能对犯罪重拳出击的人。

所以，我们无视那些正在死去的社区，或者当它们靠得太近的时候从它们身边逃开。最后，我们都知道自己总可以套现离场，爬上大使馆的屋顶，乘坐最后一班休伊直升机①撤往郊区，或者去到我们城市里最好的、警力充足的某些雅皮士聚居区。我们都有离开的权

---

① 正式名称为 UH－1 Iroquois，是美国贝尔直升机公司设计制造的军用通用直升机，正式名称来自北美原住部族之一的伊洛魁部落，绰号为 Huey（休伊）。在越南战争中，UH－1 直升机成为美军标志性代表形象出现在媒体的新闻图片中。

利，因为这是我们的世界。见鬼去吧，我们可是有纳税申报单来证明的。

但我们能从纽约、底特律逃开多远呢，能从亚特兰大和纽瓦克逃开多远呢，又能从西巴尔的摩和东圣路易斯逃开多远呢？需要穿越多少条县边界，直到那些该死的城市不再尾随我们呢？我们能雇来多少个私人保安呢？我们需要装多少个动作感应器呢？这场战争是不同的，而我们本能地知道从它面前的撤离将永远不会结束。这些我们已经准备好要放弃的人，他们不是一股来自外星的敌对势力，他们的部落也是我们自己的部落。而这些战场也没有在半个世界以外，在一个很容易就忘记的地方。这是我们，是美国，在同自己作战。以某种怪异的方式，这是我们自己的宿命转头对我们反咬了一口。我们是所有那些敬畏上帝的先父们的纯种后代。先父们纵身跃入了荒野，开垦田地，期望从新世界里觅食。他们杀戮也被杀，打开了东部，进军到西部。如今，这是那种觅食的扭曲重现。只不过这一次，我们成了饲料。

我们内心深处清楚这一切。我们阅读报纸，观看电视。我们有而他们无，因此，他们需要我们。他们如此需要我们，因此会穿过界限，躲过保安，翻过我们所能建起的任何一堵墙。而到了最后，当听说邻居的车子不见了，你不会有一丝意外。听说当地 7-11 便利店的柜员在昨晚的一起抢劫中被一枪毙命，你不会有一丝意外。某个同你一起工作的人在三十二号高速那家埃克森加油站拔管加油的时候被劫走了车，你不会有一丝意外。当遭遇到那个你耗费一生去为之准备的讨厌时刻，你也不应该意外。当时你或者你爱的某人走到了错误的街区，走进了错误的停车场。那一瞬间，幻觉就灰飞烟灭，而领悟——他们的领悟——也就是你的领悟了。

三十年过去了，如今毒品街角是它自己文化的中心。在费耶特街上，毒品不再是他们售卖或者吸食的东西，而成了他们本身。我们也许是以打一场针对毒品的战争开始的，但如今我们是在击打那些吸食毒品的人。沿着费耶特街，敌人无处不在，因此这个一开始就执迷不悟的战术任务已经被转化成了一场慢动作的内战。要是我们永远不认真地思考替代方式，要是我们永远以逮捕、监狱和律师的视角来看待战斗规则，那也许我们还会迎来另外三十年的失败。

到最后，我们会怪他们。我们总是怪他们。

而该死的，为什么不呢？他们一直忽视我们的警告和制裁。他们拿了我们在支票日发出的贿赂，却拿钱几乎不办事。他们把我们城市的街道变成了毒品集市。为什么他们不承担责怪呢？

要是换成我们，要是我们每天形单影只地拖着脚走过门罗街和费耶特街的街角，我们早已经离开了，不是吗？我们会忍住，然后成功。接着迎来繁荣。无论有什么，无论要如何，我们都会找到那该死的出口。

如果是我们的父亲在注射海洛因，我们的母亲在吸食可卡因，我们会拖着自己离开这一切。我们会养大自己、教育自己，教会自己自我否定的本质和延迟满足，这些在我们的宇宙里从没人展示过的东西。如果家是某栋破败三层吸毒点里的一间背街房间，我们也会突破那里。我们会在楼梯上经过不住点头的瘾君子和阴沉的毒贩，关上卧室门，关掉电视，做我们的家庭作业。在焚烧可卡因的臭味中做代数，在警察突袭的间歇里写美国历史的作业。要是桌上没有食物，我们很确定自己能应对这件事。我们会对自己的年纪撒谎，去郊区的店里为每小时五块多的工资切土豆、倒油、炸薯条，并每天都走过街角看朋友们在此处用十分钟就能赚到我们一天的工钱。

没关系。我们会坚持不懈，不是吗？我们会在晚上打那份工，白天去上学，借助某种奇迹从那个被叫做巴尔的摩教育系统的火难里挤出一个有质量的教育水平。我们会完成所有的作业，我们会支付所有的代价。而当其他孩子都在街头，学习街角世界，为他们所知的唯一生活而磨砺着自己的时候，我们会蜷缩在某个屎坑一样的排屋里，伴着我们的课本和黄色荧光笔，为期末考试填鸭式学习。等到了发薪日，我们不会在耐克鞋或者斐乐运动套装上荒掷那张最低工资的支票，也不会带着邻居姑娘把钱花在海港公园周五的电影之夜上。绝对他妈的不可能，哥们儿，因为我们从某个黑洞里掏出了自尊，要是我们的每个欲望没有受到绝对的控制，那可就完蛋了。我们不需要花钱买任何社会地位。不，我们能存下每一分钱，也许能用它去投资。而到了最后，我们知道，我们会像一个新铸的十美分硬币一样，闪闪发光地去上大学，发誓永远都不会再涉足西费耶特街了。

这就是其中的迷思，就是允许我们做出自己判断所必需的谎言。害虫、罪犯、瘾君子、毒贩、妓女，当我们开车在费耶特街和门罗街上经过他们的时候，车门会紧锁，我们的视线小心地盯着前方的路，然而深入黑暗的漫长旅途却在进行中。肤色苍白的山里佬和面无表情的妓女，没有牙齿的垃圾白人和镶满金牙的帮派成员，当我们经过他们却只能感觉到恐惧时，我们已经早就走上那条路了。如果在一段时间后，我们能在瞥见街角的盛况时，除去厌恶和蔑视外别无他想，那就最终抵达了那个赤裸的真相。此时，一个人就能看见那些蔓延的刀片铁丝网、营房建筑和径直进入这些综合体的囚车的意义了。

也许，这是另外的一种领悟，一种仅仅通过傲慢以及对计划周详且备受照顾的生活有所确信才有可能习得的领悟。我们知道自己，相信自己。经由最看重的东西，我们赋予自己这样的幻觉，说不是因为机遇或者环境，说机会本身并不是决定性因素。我们想要站上高地，想要自己的价值获得承认。道德、智商、价值观，我们想要让这些东西都被衡量和考虑。我们想要这一切都是关于我们的。

是的，就算我们去到街角，就算我们是美国城市的受害者，我们也不会失败。我们会超越街角。当告诉自己这些话的时候，我们想都不想就会假设自己在被抛到费耶特街这类地方时会全副武装，带着所有的优雅和自律，还有天才和我们如今业已掌握的训练。我们的父母还会是我们的父母，我们的老师依然是我们的老师，我们的股票经纪人还是我们的股票经纪人。在这么浓重的失败和绝望的臭味里，我们会冲着命运兜脸一拳，然后宣告命定的胜利。我们会逃离此地，过上应该过的生活，过上现在正在过的生活。我们会得到拯救，就好像救赎一直就该有一样。我们把这一切视作完美、正直信仰的必然事实。

为什么呢？真相很简单：

我们生来就不是黑鬼。

"太他妈的混蛋了。"R. C. 说道。

团伙里其他人也同样生气。是他们发掘了这个街角，并开垦、培育了它。就好像他们能在这世界里拥有任何东西一样，他们拥有吉尔莫街和麦克亨利街的这个街角。如今，突然间，C. M. B. 团队发现自己的地盘已经吸引了对手的注意。

"我就说，干，"泰说道，"我知道我们不对。但其他人怎么敢对我们说从这个街角滚开，他们也在干我们干的事儿啊。"

"而且他们甚至都不是这一块儿的。"丁基说道。

"哥们儿，我懂，"泰同意，"他们怎么敢说我们不能站在这里，他们自己都不是这一块儿的人。"

"他们也不像"纽约男孩"帮那样。"博说道。

"那就是我说的嘛，"泰坚称道，"他们是 D. C. 的。他们怎么敢来这里，装得有权利告诉我们他妈的要怎么做一样。"

"真混蛋。"R. C. 又说了一遍。

"是他们混蛋。"丁基精确地说道。

在十六七岁这个年纪，大部分 C. M. B. 成员都还太年轻，无法把街角的规则视作终结所有争论的手段。毒品和美元是唯二的两个标准，由此吉尔莫街和麦克亨利街上的生活才得以维持。但此刻他们站在这里，被另一群兜售毒品的年轻男人的行为搞晕了、冒犯到了。他们还年轻，按照一种不理智的说法，可以说是理想主义的。结果就是，有人居然能够表现得武断且毫无逻辑，能够师出无名且专横傲慢，这引发了他们所有的不齿。

他们已经断断续续地在这个街角上厮混了三到四年，足够学到很多关于贩毒的东西了。资金、机制、玩家、计谋和风险、花招和恐惧。但如今，随着赌注陡然增加，他们遭遇了这其中最基本的不公平——街角不是他们的游乐场，它一直以来不断证明自己就是一个如此不公平的游戏。

从夏天开始，C. M. B. 就一直占据着吉尔莫街和麦克亨利街。他们已经侦察清楚了这个街角，开立了自己的铺面，把上好的海洛因和可卡因带到麦克亨利街底部这一带。他们也因此看到了不少的美元。

南区的警察们依然按照老派的时间表在行动——接电话出警，写报告，基本上只在他们去往别处的路上经过这个街角。打劫的依然没有表露出太大的兴趣。而这里的白人男孩们则是忠实又温顺的顾客。他们的钱总是准时交到。他们偷存货、以次充好、瘾君子勾当的版本不过是对费耶特街上那一套的拙劣模仿。其他的一些年轻团伙也在这里开业了，但他们在大部分时候，都在适应 C. M. B. 建立的业务。团伙之间的历史和联系足够顺滑：博的兄弟们掌握了拉姆齐和斯特里克街；杜威、坦克还有托尼在南文森特街上；赫比和他的兄弟们在西边的佩森街上。

所以在这个十二月初的夜晚，游荡在距离他们街角半个街区外的一条巷子口，还有几瓶四十盎司的啤酒因为无人在意而躺倒在地，这个团伙正因为事态的最新变化而愤怒不已。如同这类事情通常会发生的情形一样，这一次的变化一开始没有那么大张旗鼓。两晚之前，他们在自己的岗位上——泰、丁基和布鲁克斯——当时有一辆深蓝色的讴歌驶过，音箱炸响着。然后那辆车第二次开过了麦克亨利街，最后开向了吉尔莫街的北角。泰当时在那儿，靠着街角那栋房子的砖墙，试图同时显得强硬又冷漠，却在好奇他们是谁，以及这事儿会怎么继续。

副驾驶的车窗降了下来。

"嗨，矮子。"

"你跟我说话呢？"泰表现得像是德尼罗①，却没有后援。

他的枪在家里。丁基站在街对面，把自己的那把放在存货的房子里了，而且半个街区的距离也太远了点。

"这是我们的街角。"

"哈？"

"你得挪开。你站在我们的街角上了。"

泰说不出话来。他们的街角？

"我是说你可别想明天也站在这儿。"车里那个男孩警告道。在泰能有所反应之前，那辆讴歌从路沿开走了，转上门罗街。然后丁基过到了街这边来。

"哟，咋回事儿啊？"

这花了泰几分钟才把这个故事给讲清楚。整个 C. M. B. 第二天花了大部分时间，就那些零碎信息冥思苦想，才最终足够自信来应对这场威胁。丁基把那辆讴歌同某个年长一点的男孩联系了起来，那人几天前曾出现过，在吉尔莫街和麦克亨利街上，正对着他们做起了生意。这一切也同另外的一些细节有关：布莱恩透露，说某个从 D. C. 来的团伙试着在富尔顿街上干点啥；R. C. 则还说某个 D. C. 男孩是坦

---

① DeNiro，著名演员，此处指他在《美国往事》中扮演的黑帮角色。

克的表亲，是接受了坦克的邀请而来的。所有这些连同泰的感觉都表明那些男孩不是本地人。

但是，即使他们今晚努力思考了所有可能的后果，这还是不太说得过去。丁基记起了那些男孩们刚露面的时候：一开始是在吉尔莫街上，然后，当很明显他们的小瓶子卖不过 C. M. B. 的货之后，他们下到了斯特里克街的那个街区去。C. M. B. 观察了对方几小时，显然认为这个新团伙不是什么大事儿，不过是几个带着垃圾玩意儿的迟入局的家伙，想要找点市场而已。

C. M. B. 一伙决定随他们去。对任何混在麦克亨利街上的人来说，市场都是足够大的，尤其是那批 R. C. 和布鲁克斯正在卖的、瓶上打了两个戳的货，正火着呢。但对于他们的热情好客，对方却"奖励"了一个威胁。

C. M. B. 在巷子口开着会，丁基一如既往是最坚决的。"哟，我们应该一开始就把他们挤走的，"他说道，"这里他妈的是我们的。"

"我们要怎么做?"R. C. 问道。

"干他们，"博说，"狠狠干他们。"

简单的问题就要简单的解决方式，但泰不得不去担心细节。迪安德尔不在，他得独自一人带着这帮人。

"我们去哪儿找他们呢?"他问。

他们计划来一场全力进攻，也准备好了要遭遇一场势均力敌的对抗。但此时此刻，那帮 D. C. 男孩有着某种优势。首先，他们是从别处来的，所以几乎不可能去伏击，去某个地址搞搞突袭啥的。另外，他们显然更有机动性，开着那辆讴歌四处游走。

"他们在华盛顿就搞那种开车游荡的玩意儿。""硬汉"说道。

"那我们等着。"丁基表明了心意。

"我们等?""硬汉"问道。

"要是他们那帮黑鬼来真的，他们绝对会再回来，"丁基说，"我可哪儿也不去。"

所有的战略都落到了这句让人不安的话上。无论他们是否还当得起任何表扬，但克伦肖黑帮兄弟可不习惯进行防守，这一点过去几个月里已经在篮球场上轻易地证实了。他们最好的战术就是机动灵活的快攻，而如今，他们要被迫站在南巴尔的摩的一个十字路口，等着看他们的对手是否会回来冲他们射子弹。

毫无疑问，丁基一直渴求着这样的事儿，而且等它真发生的时候会欣然迎接。迪安德尔的这个表亲一直在找理由站出来、爆发、放大夸张一切侮辱，直到成为付诸暴力的充足借口。在自己这群人中，丁基忠诚、安静且有礼。在街角上，他是第一个挥拳出击或者射出第一颗子弹的人。一年来，他已经准备好要收割一具尸体了，因此男孩子中的某些人真的开始担心了，担心丁基有着某种赴死的愿望。

布鲁克斯则毫不在意，对这件事既没有表现出害怕，也没有多想。博一整个人都迷失了，无法去推测会有何种可能性。事实上，他也一直在消瘦，这让他的判断更加可疑了。泰和 R. C. 两人都坚信他把他们的那份利润全部吸掉了。

对于泰，这个选择需要认真考量。他对风险和奖励都很理智，但认为自己比其他人更聪明也更有觉悟，是最不可能成为早期牺牲品的战士。当事情发生时，他会迎接它们，且每一天都会重新评估。但现在，他没有在评估了。"硬汉"被吓到了，并显露了出来。他一直在玩街角这个游戏，跟着泰，试图归属于某个比自己稍大一点的东西。如今，对抗一个致命未知的想法让他紧张无比。

然后还有理查德·卡特。

R. C. 大部分时候不置一词，他听得比说得多，把自己日常的夸口都抛到了脑后。自从泰最开始有了要组一个费耶特街团伙的想法起，他就一直是 C. M. B. 的核心成员。在过去，他在找麻烦这件事上也一直不甘人后。但如今，帮派的精神正在成为某种超越了幻想的东西。之前，它一直都限于对社区里未成年人的炫耀吹嘘，捎带着枪支、小瓶子、玻璃纸袋的嬉戏，基本算是散发着大冒险气质的游戏。现在，他们身处一个街角之上——他们的街角——相比社区里的某个对手团伙，要对抗着某些远无法去预测的东西。无论那些 D. C. 男孩是谁，他们没有假装是成年人，他们都十八九岁了，有些看起来有二十出头。他们是带着某种计划来到麦克亨利街上的，而且他们已经出于某种原因抛出了自己的手套①。

对 R. C. 来说，这次威胁是某种要立见分晓的测试，是他同这个街角关系的转折点。他已经打过许许多多的零工，兜售东拼西凑来的毒品，直到有足够的钱去追姑娘、吸大麻为止。他参与了暴力，身为团伙的一员去追击和殴打过对手，拿着街头买来的枪支装模作样，也许还隔着一个街区的距离打出过一两夹子弹，终结过某些小型的帮派纷争。他在同鲍勃·布朗及其他警察的猫鼠游戏里享受过乐趣，内心也知道一起未成年犯罪指控不会毁掉自己，最严重也就是在希基学校或者"男孩村"里待上一两个月。而当风险成真之际，当恐惧或者无趣开始压倒其他东西的时候，他知道自己可以简单地走开，走回他妈妈的公寓，吸大麻吸到嗨，然后看卡通片或者回到娱乐中心去投球玩，要么就玩玩触身式橄榄球和四方游戏。

如今他到了一个真正的十字路口上，这个说法既准确又有象征意义。实际上，他们都到了十字路口上。作为一个团伙，克伦肖黑帮兄弟唯一持续下来的集体成就是他们创造了麦克亨利街和吉尔莫街的这个街角。从夏天开始，每一周都有某个 C. M. B. 成员在这里代表着他们的帮派。有些人赚到了钱，其他人则破了产，有相当一部分人证明了自己是绝对的废物，但这个街角本身繁荣了起来。它每天都在那儿

---

① 表明发起决斗的仪式。

等着他们，准备着，也愿意再让他们来一局。但突然间，不速之客要来把它一扫而空了。

他们对 D. C. 那帮人所知甚少，但神秘本身就足够吓人了。要是他们有一点像是四五年前开始在费耶特街沿线露面的"纽约男孩"帮，那他们就是成规模的团伙。他们会一天二十四小时、一周七天都待在街头，把街角当成工作来做。为了对抗这点，C. M. B. 将不得不升级行动：泰和 R. C. 还有丁基，所有人。对 C. M. B. 来说，玩票时间结束了。

R. C. 感觉到了这个情况。泰也一样。其他人则不过是模糊地意识到他们生活中的某些东西已经变了。

"我们得把所有人都召下来。"泰说道。

R. C. 同意："要是我们明天还想回来，"他用一种克制的语气说道，"那我们就得准备好再回来。"

他们确实准备好回来了。B&G 帮的男孩们离开了自己的街角来帮忙，还有 C. M. B. 里的年轻一群——"硬汉"的弟弟、迪昂、特拉维斯以及其他人。布莱恩从勒芒街上下来了。博从拉姆齐和斯特里克帮里带了些人过来。唯一值得注意的缺席成员是杜威，他现在同坦克和托尼合作，也因此以某种尴尬的方式同 D. C. 那帮人有了关系。而从丁基那里听说了这次冲突的迪安德尔，却同自己的儿子待在了泰瑞卡住的房子里，他依然在承诺说要找份工作、回去上学、为自己的新家庭重回正途。他捎来了话说，要是任何一个哥们儿受了伤，他就会去的。

其他人很早就到位了，刚过中午就出现在了吉尔莫街上，此时地势较低这一带的生意尚且冷清。他们每个人都在裂开的房门后、纸袋里或者停着的汽车下放了一两件武器，然后轮流站在西南街角的那家外卖店前。到了下午稍晚时候，肾上腺素开始喷涌，引发了促使他们狂奔而出的虚假警报，这些动作伴着一阵紧张的大笑以及不可避免的互相推搡戛然而止。只有丁基冷漠地站着，对这些骚动无动于衷，带着奇怪的冷静。十六岁的他已经有了一个战士的气质，在危机中寻到了自己的特质。他的存在开始控制住场面，并让其他人镇定了下来。

他们操持着生意，卖出了几份毒品。随着时间流逝，他们开始坐立不安地等待并寻思起来了。

"我们必须散开，"泰坚持道，颇有策略地思考着，"别他妈凑一块儿。我们必须去望风。"

他们就这点达成了基本的共识，但直到丁基站出来之前都没人动。丁基宣布说外面一点那个街角是他的。丁基，在砂洗牛仔裤后腰别着他那把 9 毫米口径手枪的丁基，在任何形式的防御中都是定心之锚。

他们散开了，继续等着，留意着那辆讴歌。但很快夜就深了，那辆车无处可寻。最终有情况发生了，所有人都大吃一惊。

"啊，该死。"R. C. 说道。

他们听到四五个警察此刻正在斯特里克街附近。R. C. 瞅见人影从凯里街爬上山来，然后是一阵枪口焰火。接着就传来了喊叫声和惊恐的笑声。"硬汉"跑回到这个街区，经过了 R. C. 和严肃且一动不动的丁基。然后泰喊出了去年冬天那首热歌的歌词："掏出枪来。"

一开始他们听见枪声从身后传来，于是跑了起来，埋头冲进小巷子里或者躲到了停着的车后，试图搞清楚他妈的到底发生了什么。D. C. 小子们？一定是的。但没人看到什么。有人喊出了一句咒骂，然后打出似乎是一整弹夹的子弹。R. C. 冲过街角，上到了吉尔莫街，紧跟在博身后，从一辆停着的皮卡边跳过路沿的时候试图抓住一个支撑的东西。他手一滑摔倒了，咒骂了起来。

"啊，该死。"

他们被击溃了。直到他们中的大部分人穿过普拉特街后，看起来似乎就是这么个情况。在这里，他们因为人数又找回了信心。

"他们在斯特里克街那边。"泰说道。

"丁基在哪儿?"

"哥们儿,他们刚就在我头顶上开枪。"

"我想埃里克大概中枪了。"

"打哪儿了?"

"他在我后面,我听到他说'干!',然后就掐着自己的腿啥的。"

"丁基去哪儿了?"

他们回顾了一遍,在依然扎实的人数中累积着勇气。他们回到富尔顿街上,然后从西边上到了麦克亨利街。丁基依然站在那儿,等着他们。

"哟,"丁基说道,"他们退回山下了。"

"埃里克中枪了?"R. C. 问道。

丁基耸耸肩。"没人跟这儿过。"

谁先开的枪?他们中的五六个人都想知道这个问题的答案。

"那帮 D. C. 黑鬼呗。"博说道。

但当被逼问的时候,博承认几乎什么都没看见。

他们下到麦克亨利街,一些人留在街头,一些人散入了背街巷子里。在这条街南边的排屋背后,R. C. 朝斯特里克街走了一半,看见某人冲过了连接两条街的小巷。他扣动了自己的.25 口径手枪,一切又开始了,但这一次迷惑调转了方向,朝着山下的凯里街去了。

"他们在跑了!"博吼道。

从卡尔洪街上传来了一阵枪声和更多的喊叫声,然后归于寂静。慢慢地,三两成群的,男孩们溜回吉尔莫街,退回到他们原本的位置上,再没离开。警察们终于经过的时候,他们都已经把枪藏在了停着的汽车轮胎顶上或者排屋门前台阶的后方。某些人溜进了外卖店,其他人则走过了普拉特街,去到勒芒街巷子里的篮球场上,在这里进行行动后的汇报。

街 角   677

"混蛋们他妈的跑了。"R.C.说道。

埃里克的小腿擦伤了。其他人似乎没被击中。

"我想我在巷子里打中了他们一个黑鬼,"R.C.说,"但他没停下来。"

"我周围都是子弹,"博兴奋地说道,"我当时在往斯特里克街跑,它们刚好擦过了我。"

除此之外,没人能有任何头绪。有多少人?从哪个方向来?谁先开的枪?谁在那儿?到底有没有任何一个 D.C.男孩在麦克亨利街半英里以内的地方?如今随着战斗结束,这些都不重要了。重要的是在这个晚上,有某个团伙试图压迫他们,而他们守住了,保住了一个街角。其他的都不重要,就任由评论了。

"他们也许还会回来。""硬汉"说道。

"那我们就等在这儿。"泰说。

他们吸了大麻,大肆吹嘘自己的英雄行为,一直到夜深。他们在彼此的陪伴中倍感安全,享受着每分钟都在变得更勇猛的战场故事。

等 R.C.庆祝得又嗨又醉,最后溜进他妈妈的公寓时,已经过了凌晨三点。第二天直到下午稍早时候,他才睁开双眼。他从床垫上起身,调小了《X 战警》动画的声音,然后穿着 T 恤短裤和运动袜从卧室出去了。他去厨房电话旁边,拨打了博的传呼机,挂上电话,溜达着穿过客厅,倒在了沙发上。

公寓空无一人。他妈妈正在干洗店里努力干活;他哥哥虫子如今在海外一艘船上;他姐姐达琳则在外面某个街头折腾。没有任何事儿和任何人来占据他的头脑,R.C.的思绪从这个宿醉的下午远远地发散开了。

他不得不再回去。今天、明天以及后天,要是他真是个帮派成员,而不再只假装是的话,他将不得不每天都去到吉尔莫街和麦克亨利街上,或者基本每天都去。他想要为了比零花钱更多的东西来干这事儿的话，这就是必须做的。

　　但是 R. C. 今天提不起一丝力气，也没有储备的信心可供汲取。昨晚他被吓坏了，真的吓坏了。此时此地，独自一人，他向自己承认了这一点。有人冲你开枪的时候，谁他妈不会被吓到啊。当枪支开始射击的时候，他因为等待终于结束而轻松，意识到终于要开始应付这一切了。事后，当所有的朋友都在大笑和炫耀的时候，他也感觉到了某种喜悦。但现在，在白日的天光中，他无法调动起除了模糊又让人恶心的恐惧之外任何别的情绪。

　　他可能会死掉。他们中的任何一个人现在都可能已经死了。

　　最糟糕的是那种他没有任何东西可以留存下来的感觉，那种生活中其他所有的门都被狠狠摔上并封住了的感觉。不仅仅是昨晚或者今晚。街角如今像是职场世界一样逼近着，而他在内心深处知道它会把他折磨到一无所有的。

　　他没有丁基那样的战士精神。说真的，他们所有人都没有。他也没法像泰那么聪明和敏锐，没法调动起博或者布鲁克斯那种盲目的服从。他不像他们中某些人那样擅长算钱。他不像是迪安德尔，真没法带领别人或者恐吓别人。

　　还有毒品的诱惑。在过去的几个月里，R. C. 已经时不时地同那玩意儿搅到了一起。他知道要是待在街角，就会对那玩意儿胃口大开，会找到新方法来补足短缺的货。他不能像博那样自己骗自己：博整个晚上都在吸食兜售的货，然后为此撒谎，发誓说自己除了大麻烟之外啥都没有吸过。R. C. 也许也会向其他所有人撒谎——每个人最开始的时候都会撒谎——但现在，想着未来，他愿意向自己承认这其实真不是什么问题，待在毒品附近必将让他迅速堕落。

　　他不得不承认，他并不是很擅长待在街角。但街角是他仅剩的所有了。学校一直以来不过就是个糟糕的笑话，而现在随着他年满十六岁，任何想要重回弗朗西斯·M. 伍兹中学花名册的努力都将是一种荒谬的志愿者奉献精神了。R. C.无法想象自己要去对萝丝·戴维斯说什么，才能让她相信自己的决心，他没有什么特别之处能让她相信。他早前的承诺大部分都是被强迫许下的，通常是在戴维斯女士逮住他溜进体育馆参加娱乐中心队训练的日子里许下的。而在这些日子里，他都翘掉了当天的每一节课。

如今甚至连篮球练习都毫无意义了。一方面，当"南瓜"决定收参加训练的队员每人每次一美元的时候，体育馆就空了一半。另一方面，就在这个被诅咒的球队成功完成了不可能的任务时，R. C.却已经对娱乐中心队生厌了。

他们赢了一场比赛。

这还不是一场对阵某支社区临时球队的比赛。在艾拉女士的支持下，他们进到了"市长邀请巡回赛"中，这是能让娱乐中心队和所有社区球队全力以赴的年度赛事。不为人知、出人意料的马丁·路德·金队在一个十一月的夜晚来到了克里夫顿湖高中巨大的体育馆里，琢磨了一下比赛战略，然后就上场了。

他们与当初在克洛弗代尔夏季联赛里的那支队伍相比，已经完全不同了。当然，他们依然不稳定，但现在能够表现出不止一瞬的灵光乍现了。如今，有了"坦克"、托尼、"卡车"、双胞胎还有麦克作为首发五人——R. C.则和泰作为第六、第七候补球员——他们已经强大到不仅不会被碾压，体力也十分充沛，不会筋疲力尽，还快到能跟上这座城市里的任何一支娱乐中心队了。

在弗朗西斯·M.伍兹中学体育馆里一起打球的几个月已经给了这支队伍信心，同时还有彼此之间近乎本能的感觉。他们此前的比赛依然没有战略，不过是一支穿着好点儿队服的游乐场篮球队。但如今，当R. C.抢到了一个防守篮板球后，他大概知道托尼会在中场的哪个位置正等着他传球。如今，当坦克埋下头向前推进的时候，麦克会在他身后朝底线附近游荡，清楚要是没机会进球的话，坦克会把球扔出来，让麦克跳投。金队①还是打得很糟，他们也普遍感觉糟透了。但当他们状态好的时候，打得居然不赖。

第一轮就让整个巡回赛见识到了。当时金队以十八分的优势胜了一支皮姆利科的队伍。但是，在四分之一决赛对阵约翰·埃德加·霍华德队的时候，他们一开始就丧失了自信。霍华德队已经在克洛弗代尔联赛中折磨过他们两次了，而被吓到的娱乐中心队在第一节一开始就落后了八分——10 比 2——此时"南瓜"停下狂叫，让 R. C. 换下了卡车。

伴着一次篮板球、一个断球、另一个篮板球以及一次跨越了半场的迅速长传，R. C. 成功稳住了队伍，带来了能让跑轰战术成为可能的内线支持。很快比分就追平了。到了半场的时候，金队领先了六分。这一情况引发了他们对手的强烈不满，而这种指责在几乎一年的时间里一直都是 M. L. K. 那帮人的痛。

"那边那个人和我哥哥一起混的，"霍华德队的一个前锋大喊，"他都十九岁了。"

"他们所有的队员都不合规。他们都太老了。"

"南瓜"把他们拢在一起，花了几分钟抱怨打得笨拙的战术以及错失的机会，并因为他们忽视自己从场边发来的命令而斥责他们，然后用一个似乎惊到了所有人的宣言总结了发言："你们有机会赢下这场比赛。"

但首发五人组下半场开局不利，没过多久，"南瓜"就在场边气急败坏地说和吼了。R. C. 替换双胞胎时，第三节都几乎要结束了。他们此时落后了三分，还打得憋憋屈屈的。

R. C. 再一次挺身而出，提升了水平，为防守锚住了中心，也守住了内线。最后一节打了三分钟，他们已经领先了六分。"南瓜"冲

---

① Kings，队伍全称马丁·路德·金队的缩写。

着麦克喊，让他们慢下节奏，好强迫霍华德队的队员们去费劲投球。金队跑了起来，这是他们最擅长的。

他们无视自己的教练，很快就在只剩五分钟的时候领先了十一分。但"南瓜"已然暴怒。他把自己的怒火转向了裁判们，为一个走步判罚纠缠不休。

"我就问这他妈什么玩意儿？"

技术犯规。M. L. K. 的球员们从替补席上怒视着这一切。

"你们他妈的在看什么？""南瓜"吼道。

没人回答。仅此一次，这支队伍完全地控制住了自己。会为了想象中的错误冲别的队员尖叫的那个 R.C. 现在冷酷且安静，面对"南瓜"的大发脾气，他最多也就回以一个悲伤的摇头。"南瓜"更加怒火中烧，把自己的注意力转回了裁判身上，然后又转向自家队员的失误上，再之后基本就是冲着整支队伍去了："没人听我说的该死的任何事儿。"

"闭嘴。"托尼吼了出来。他在进攻的时候跑过了替补席。

"啥？你对我说啥？"

托尼没有再多说什么，但"南瓜"转过身，踢了木头长凳一脚。裁判警惕地看了他一眼。在下一次交换进攻时，托尼为防守一个霍华德队的后卫跑了回来，经过教练身边，同时瞟了一眼观众席。

"让我们把球打完。"他告诉"南瓜"。

"你说啥？"

"让我们把这该死的比赛打完。"

于是"南瓜"坐了下来，生着气。而 R.C. 抢到了对方进攻的篮板球：这个球他原本是没啥机会的，但他奋力得了两分外加一次犯规。当他转向三分线的时候，比赛结束了。霍华德队在赛尾来了一阵冲刺，但金队还是领先七分赢下了比赛。

终场哨的响声中，M. L. K. 球员们都聚在场上庆祝胜利，和他们的教练保持了一段安全距离。胜利之下，"南瓜"看上去却像是被打败了。在回西巴尔的摩的车上，R.C. 从坦克、麦克还有托尼口中得到了"好小子"的称赞，这些球员知道也愿意承认他为这场比赛做出的贡献。

"打得好。"麦克告诉他。

"对，R.C.，你打得很拼。"

那是他的比赛，是属于他的时刻，是对他真正擅长的事儿进行的一场时长三十分钟的安静认可。他都知道。但当晚在富兰克林街的那家麦当劳庆祝胜利的时候，包括稍后同泰走回家的路上，R.C. 奇怪地克制着。没有炫耀，没有对自己的伟大进行狂野宣示。R.C. 看起来完全不像他自己：他心满意足，就好像一场漫长且残酷的高烧终于退去了。

当然，这样的魔力没能持续。在第二天晚上的半决赛上，娱乐中心队在最后时刻丢掉了镇定。比赛的最后几秒钟正从计时器上溜走时，他们只落后了二分。托尼断下对手的一次传球，泰接过球且此刻有一条通往篮下的通畅线路。这一切美好到不真实，但确实就是这样的。泰迈着罗圈腿冲向了无人防守的篮筐，独自一人，对那个似乎一定能追平比分的上篮有着全盘把握。但不知何故，泰在最后一刻把球扔向了底线，并冲到了篮下。在他身后，篮球在线上转了一秒，也许是在等着某个紧跟而来的 M.L.K. 队员和一次让人心跳停止的扣篮吧。但没有球员在这附近。球又弹了一次，然后就被对手球队夺了回去。

在终场哨声之后，泰没有费劲解释他这么做的逻辑。他没有被感谢，但也获得了理解。打平甚至是赢得比赛都不够，风格本身才是重点。而风格要求的是一个不用眼睛看、只凭上帝保佑的大灌篮。

R.C. 对输球几无反应。他拢好自己的运动服和冬季外套，安静地坐在穿城而过的回程车上。前一晚，在打出了他人生最佳的一场比赛之后，他已经成功地让自己和比赛、和球队以及任何在前一年里占据他心智的东西拉开了距离。他已经向自己和他认识的每一个人都证明了一些东西。做到这一点后，除了另一种空虚的感觉，他就一无所剩了。

他如今知道了：篮球一刻也救不了他，改变不了他，无法给他提供除了那个自己惧怕不已的未来以外的任何选择。他一直以来都清楚这点：娱乐中心队不是某个大学新生球队。它不是城里高中的校队，甚至都不是某个像本塔劳那样杰出的娱乐中心项目。这一年除了他对这个运动本身的热爱之外，再也没有更多的东西了。

但是，在不断失败的几个月里，R. C. 偶尔也开始幻想，开始相信在弗朗西斯·M. 伍兹中学体育馆里有着点什么利害攸关的东西。在那儿，在那蒸腾的热气中，他全心地打着球，把自己献给他整个人的存在中那一个微小、独立的部分。而与此同时，他生命中其他所有的一切都崩溃了。

在球场上，他是团队的核心，是不可或缺的。但现在，在他妈妈公寓的静谧之中，他回想起昨夜的混乱，哪怕加上所有的英雄时刻，他还是被这个恐怖的领悟给压制了。街角游戏提供不了可以证明他价值的同类、俱乐部或者团队。R. C. 这一辈子都是为这个选择在活着。他已经目睹了自己的父亲、哥哥们和姐姐在自己之前去了街角。如同 C. M. B. 里的每一个成员，他多年来一直像成形的帮派成员那样滔滔不绝地说着那些冷酷无情的黑话。而当麦克亨利街和吉尔莫街处在紧要关头的时候，他昨晚也同其他人一起在那儿待着，愿意以生命犯险，准备好冲着自己是某个团队的一部分这种说法而吃上一颗子弹，也愿意承认自己是克伦肖黑帮兄弟的一员，并且一直都将如此。

那是他昨晚所感受到的。要是早些时候他尚有疑惑的话，它们也都被 D. C. 男孩们作鸟兽散时带来的喜悦给冲抵了。但等妈妈出门上班，动画片声音被调小，R. C. 不得不开始考虑即将到来的夜晚，之后的夜晚，以及从今天开始的一个夜晚。

这不像是篮球。在街角上，没有能让球员为之牺牲的队伍。在街角上，你要是吃了一颗子弹，那就是你的命，也只会是你的命。最多，你团伙中的其他人会在布朗殡仪馆露面来瞻仰遗容，假装承诺一番，发誓要血债血偿，然后就会溜达回他们的位置继续贩毒并遗忘。昨晚，他们似乎是一支队伍，而 R. C. 归属其中。但再前一晚，因为一些短少的毒品，他一直在和丁基掰扯，还同布鲁克斯就应付的钱争论不休。明天晚上，要是 D. C. 男孩们没来叨扰，那样的争吵就又会重启。

对理查德·卡特来说，篮球场上的幻觉一直以来都因为仅有的一个原因而被小心呵护和维持。在底线之间，他可以——在正确的时间且有正确的队员在他身边时——成为比他所相信的自己更好的人。然而，在街角上，无法假设。

电话响起，他不想去接，但还是在第四声之后拿起了听筒。

"哈喽。"

他停了一下，听着，试图想出点能说的，某些也许能把他带到别处和别的时间的话，带给他一种不同于仅剩的那种生活的其他选择。但这样的说法并不存在。

"嗯，我起来了，"他告诉泰，"我们啥时候下去啊?"

在小马丁·路德·金娱乐中心的孩子们十月里苦干了三周才把它变成一个社区花园之前，费耶特街和蒙特街西北街角的这块空地被一辆偷来的车所创造出的废墟填满了。而在那之前，是一个名叫特伦斯的十六岁男孩，被五六辆警车追着，把他偷来的车开上了人行道，冲进了那栋砖砌的排屋。那里曾是西费耶特街 1702 号，一个富兰克林广场社区的活动家们成功经由定罪程序罚没后，最近才被清空的吸毒点。这里曾是"清醒吉恩"（Clean Gene）的吸毒点，在春季例行扫除中被警方突袭了。在特伦斯得逞之前，这里被规划为了一处男性庇护所，一个针对康复中的瘾君子的住宿机构，也会被用作街对面"回声屋"援助中心的额外办公空间。在落入吉恩手里之前，它是一栋三层的排屋，是数代黑人、爱尔兰裔以及德裔家族的家。这是一栋联邦风格的排屋，就在亨利·路易·门肯故居旁边，这名巴尔的摩的圣人、伟大的反传统作家正是在此出生和长大的。

当艾拉·汤普森和她的孩子们一开始接手这块地方的时候，上面全是灰土和碎片。在蒙特街数个街角的跑腿仔和揽客仔，以及毒贩和瘾君子的睽睽目光中，娱乐中心小队把这块空地变成了另一番景象。到了十一月，它已经成了一个被悉心维护的花园，这也是一种胜利花园①。

市区绿地是最后的选项，因为特伦斯"出色"地完成了自己的工作，让社区组织几乎没有别的选择了。他的那次狂野兜风把建筑的前立面给撞倒了，剩下的部分也摇摇欲坠。一名市政建筑检查员为剩下的部分举行了"临终仪式"。一两周后，运垃圾的卡车和挖掘装载机抵达，并把那些梁柱、石膏和砖块给运走了。

默特尔·萨默斯和乔伊斯·史密斯以及社区领导层中剩下的人没被这个意料外的发展给打倒。他们为这处地产已经进行了漫长而艰苦的斗争，计划让这栋房子的转手和修复成为他们在费耶特街一带核心位置的立足点。当然，吉恩已经把自己的针头圣殿搬去了别处，费耶特街1700号段的排屋中有一半也都同样破败。但旅程总得从某处开始，至少他们是这么认为的。所以当有着偷车天赋的十六岁男孩终结了他们的一个梦想后，他们如同真正的乐观主义者一样，成功地变出了另一个梦想。

他们判断，只要付出一些劳动，这块街角空地依然能够被变成某

---

① 呼应了前文提到过的 victory garden，指一战和二战期间各国政府号召居民在自家花园中种植蔬果，作为战时配额的补充，同时也能鼓舞士气。

种有价值的东西。即使没有变成被恢复了功能、可供人使用的机构，也可以是某些具备象征意义的东西。象征意义恰是那些彻底处于困境中的人频繁诉求的最后庇护所。

一个公园。一个花园。矗立起一座美丽小岛来回应蒙特街上的团伙们——"家务事帮"、"裸钻帮"、"死刑犯帮"——这些人都曾滥用过这个十字路口。默特尔·萨默斯告诉艾拉，这个花园会被用来纪念梅尔文·鲍威尔，一名社区的老居民，一年前他在蒙特街和巴尔的摩街街角的韩国杂货店抢劫案中遭枪击身亡。鲍威尔是泰·本内特的叔叔，一直在那家杂货店当保安，而在那些持枪男子劫掠店铺前部收银机的短短过程中，只有他被射倒了。艾拉牢记着这个恐怖的事件，她记得社区里所有故事的最悲伤细节。只要起个头，她就能全部背出来，一个接一个，涵盖了费耶特街沿线的周周月月年年。她在这片地狱之地的口述历史中逡巡，因惊愕而大摇其头，仿佛为自己拥有如此多不值一文的噩梦而大感震惊。

十月过了一周左右，她安排年幼的孩子们去清理这块双倍宽度空地①上的石头和砖块，为铺设泥炭、表层土以及造景的石头做好准备。小史蒂维、戴莫和迪罗德都帮了忙，甚至连丘博和 T.J. 都抛开他们的帮派学徒生涯好一段时间来贡献一份力量。艾拉让女孩子们决定要把花种在哪儿。忘忧草、蝴蝶花、雏菊、黑眼苏珊②这些都是可以在晚春时种植，并在第一次寒霜夺走它们色彩前大肆绽放的品种。至于更长久的品种，娱乐中心的孩子们种植了黄水仙和郁金香的球根，这些多年生的植物能在春天的时候让花园遍布繁花。在花圃的中心是矮灌木，这些耐寒的常青植物能在整个冬天里都坚持住。孩子们按照大小和颜色进行了种植，把这座花园的核心景观留给了最鲜艳的

---

① double-width，指可以修建一栋宽度大于十六英尺但不能超过二十八英尺的房子的地块。
② 中文学名翼叶山牵牛，草本爬藤植物，开黄花，花蕊呈黑色。

内容——新鲜表层土的大部分被石头拼出的非洲大陆轮廓给框了起来。

最开始，艾拉和娱乐中心孩子们的劳作只收到了街角团伙的漠视，他们照旧沿着蒙特街做生意。但逐渐地，随着这项园艺活动持续进行，揽客仔和贩子们开始试着绕开这座花园，朝东去一个街区，到了吉尔莫街上，或者沿着蒙特街向下走出足够远的距离，去到巴尔的摩街上。渐渐地，一些年长一点儿的孩子们——其中很多人都已经被艾拉算作彻底输给街角了——暂停了厮混，抽出大量时间来出了一把力。"硬汉"从麦克亨利街上来，花了三天里的大部分时间又耙又锄——有一小部分原因是园艺的确是愉快且能转移注意力的，大部分原因则是他因为一包搞砸的货欠了南巴尔的摩一名毒贩一大笔钱。迪昂也帮了忙。泰和 R. C. 也来了半天左右，后来麦克亨利和吉尔莫街上的新鲜事儿又把他们吸引回去了。当"志愿者"们刚好赶在万圣节前完工，这里变得比蒙特街上任何一个街角所能呈现的样子都要好看。

"对费耶特街来说，好得有点儿过了，"欣赏着成果的"硬汉"告诉艾拉，"现在花园在这儿了，他们应该去别处卖毒品了。"

有一阵确实如此。但渐渐地，当工作结束，花都浇过水，工具也都收了起来，蒙特街和费耶特街上除了惯常的空虚平静，就再无他物了。没有了园丁们的每日现身，毒贩又回来用他们的口哨、喊叫和警告填充了空白。在那些幸存下来的一年生植物最后的花苞间，糖果包装纸、碱水包袋子、分离式注射器、空瓶子开始累积。秋天的最后几天里，在种下植物的几周后，社区委员会为这个花园举行落成仪式的不久前，艾拉第二次、第三次回到这个街角上清理花圃。她同一些蒙特街的常客们聊了聊，请他们去别的街角上做生意，提醒他们有这么一小块脆弱的天堂。在某种程度上，他们同意了，艾拉也因为能从街角人群里得到哪怕是拐弯抹角的尊重而享受到了她惯常的骄傲。

现在，刚好赶上十二月初这天举行的落成仪式，临到最后一分钟的清洁工作让这个社区花园显得崭新夺目。乔伊斯和默特尔都讲了几句话，之后在花园里干过活的孩子们被特别介绍出来并收到了欢呼致意。之后，一张白布被从立在街角进到花园处的木头标志上揭开了，一开始毫无头绪就接手了这个项目的艾拉大受震撼，一句话也说不出来。盯着那个标志的时候，她已经不再微笑了。

献给记忆中的人。而且不仅是记忆中的梅尔文·鲍威尔，还有安德烈娅·佩瑞。

安德烈娅。"臭肥肥"。

这是她失去的孩子的名字，已经走了五年，却从未远离过她的脑海。在一阵尴尬的沉默中，艾拉把那个标志读了一遍又一遍。

在接下来的落成庆典上，艾拉几乎说不出话来。她以点头表示答谢，重重地吞咽着口水，挤出了一句真心而略显匆忙的"谢谢"。然后她退回到蒙特街对面，回到了娱乐中心和她那个背街的办公室里。

大部分观礼的人都明白，还有人则在等着一个包含了更明显认可和感谢的时刻——这个时刻永远不会来了。

当然，在她心中，艾拉充满了感激。通过落成仪式，这个社区做到了她自己过去五年里一直试图要做的事。她女儿的生命如今被铭记、被认可了，也被同每一个日复一日路过这些街角的人再度联系了起来。在娱乐中心，在她的教堂，在街角上，艾拉很长时间以来都试图为"臭肥肥"留下一些证明。如果这个小小的花园不是她这种精神的证据，那还有什么能是呢？

但当那张布被揭开，那个木头标志凝视着她时，艾拉能感到多少年月被撕掉了，把她直接带回到了那件事的恐惧之中。"臭肥肥"死了，被谋杀了，被强奸了。这个世界里所有的希望都无法改变那个事实。虽有五年的慈善工作经历和无数善意想法，但每当艾拉想起自己的女儿，就会再度变得鲜血淋漓。这个花园是艾拉的美好劳作成果，是她在街这头的娱乐中心，是她爱的礼物。而这些孩子，从丘博、

"小老头"、小史蒂维再到泰、尼瑟和"点地儿",都是她向善的野心所系。但如今,当过去挑战着她,这其中没有东西足以对这道伤口进行灼烧止血。

这就是费耶特街从艾拉·汤普森这里夺走的:

一个年仅十二岁、满头鬈发、满脸微笑、喜欢大笑的姑娘,在1988年的十一月陪着自家姐姐走去巴尔的摩街和吉尔莫街街角的公交车站。当时天色渐晚,还非常寒冷,但"臭肥肥"就是想要和唐妮一起走,去看她坐上二十路公交,再自己从富尔顿街走回到费耶特街上来。除此之外,"臭肥肥"还想炫耀一下当天下午唐妮花了一个多小时为她打理的发型。

"姐姐给弄这样的发型可不是常见的事儿啊。"看着唐妮捣鼓着发梳和发刷,艾拉告诉安德烈娅。

原本唐妮的计划是要过夜的,但她在和一个樱桃山那边的男孩子约会。稍晚时候,在艾拉离家去参加一个在卡弗高中举行的继续教育课程后,姐姐决定搭公交车去看看男朋友再回来。"臭肥肥"无视寒冷,跟着去了,挥手告别了自家十八岁的姐姐,然后在二十路公交轰隆隆开下巴尔的摩街的同时,转身回到富尔顿街上。坐在公交的一个靠窗座位上,唐妮目送她离开了。

那天晚上,艾拉上完课回来,估计所有人都已经睡了。她自己也因为课程而疲倦不已,很早就睡着了。在凌晨五点毫无来由地醒来时,似乎有某些东西告诉她要去看看唐妮和"臭肥肥",还有蒂托和基蒂。

唐妮睡得很沉。"臭肥肥"的床空着。

艾拉叫醒了年长的姑娘,但唐妮也毫无头绪。"我以为她直接回了家。"

最糟糕的情况并没有立刻被他们想起。"臭肥肥"十二岁了,刚好大到开始违反一些规定了。她在整个社区里都有女朋友。当天清晨剩下的几个小时里，艾拉试图让自己镇静下来，劝慰自己说"臭肥肥"待在一个朋友家里，天一亮就会回来，她到时一定又难为情又充满了歉意。但等天亮的时候，艾拉联系了警方。

即便如此，艾拉还是在排除着恐惧，想象着安德烈娅睡过了头，心想她会在朋友的家里很晚醒来，意识到自己陷入了一大堆麻烦。艾拉告诉唐妮和蒂托，她能想象受惊的安德烈娅待在某个姑娘的卧室里，想办法来圆这件事。

那天早上，艾拉还有陪审团义务要履行。

"你去吗?"唐妮问她。

艾拉点点头。等着警方打电话到家里意味着承认某些严重情况已经发生了。除此之外，她告诉女儿，要是她离开了，就能给"臭肥肥"一个回家的机会。"她很可能正等着我们都走了，才能溜回来，不被我们抓住，假装自己一直都在家。"

艾拉不断从市中心法庭的陪审团房间里往家里打电话。唐妮很是紧张，但她说两次接起电话都只听见打电话的人立马挂断了，希望这一消息能安慰妈妈。

"那就是'臭肥肥'，"艾拉告诉她，松了口气，"她打电话来看是不是有人在家。下一次，你就让它响。"

但再也没有电话打来，警方也没有任何消息。

晚上回到家后，艾拉在公寓里坐立不安。六点整的新闻时段里，一家电视台报告了一则突发消息，在西巴尔的摩街 1800 号段街区的某条小巷里发现了一具不知名女性的尸体。除此之外没有更多消息了。除了暗示那是一名成年女性，其他信息都没有。但一听到这则报道，艾拉就知道了。她的恐惧，小心地压抑了一整天的恐惧，席卷了过来。

当晚稍晚时候门铃响起，艾拉看着那位身着制服的警官，说出了她心里的话："我知道你们找到她了。"

唐妮的脸因为纯粹的恐惧而扭曲了。蒂托在狂怒中抓起电视机砸打着。他和只比"臭肥肥"大一岁的基蒂开始疯狂地喊叫，说着要去街上找到那个男人，杀了他。艾拉处于震惊中，麻木、找不到任何语言。她试图祈祷，但思绪四处飘散。

"为什么？"她最后问那位警官。

他摇了摇头。

"这说不通啊。"她说道。

她把自己的孩子们拢在一起，在前厅里抽泣着。她给其他家庭成员打电话通报了这个消息。

第一个警官抵达后一小时，凶案组的警探们来了，把他们带去市中心进行问询，问了远超他们能够回答的问题。但没关系。很快艾拉就知道了自己需要知道的一切。安德烈娅被发现塞在那条小巷旁边的一堵矮墙下，遭一发.32口径的子弹从后脑射入，即时毙命。此外还有遭到性侵的证据。尸体解剖、提交证据、实验室报告——一桩死亡调查的混乱如漩涡一样在她周围搅动着。

几天后，艾拉得知"臭肥肥"可能没从公交车站径直回家。她到了佩森街一个朋友的家里去炫耀自己的新发型。又过了几天，她听说那个社区里发生了第二桩案子，第二桩强奸案，这次涉及的那个年轻女性被侵犯她的男性饶过了性命。渐渐地，她从警探们那里听说那名男性被逮捕了，他们搜查了他的公寓并找到了一支.32口径的左轮手枪，得知从她女儿身上取出的子弹就是从那把武器里射出的。

安德烈娅的谋杀者，那个名叫尤金·戴尔的反社会人员，是费耶特街上的陌生人，一个新近才从州监狱里假释出狱的人，他原本就在那里服性侵罪的刑期。尽管偶尔会从街角上买可卡因，但他不是重度成瘾者，也不为费耶特街上的常客们熟识。然而这一片就是这一片，每天把数以百计的人带上街角的那种兜售和勾当的狂热允许戴尔保有了所需的神秘。海洛因和可卡因已经掩盖了费耶特街上其他所有东西，因此只有老人们还记得曾经那个邻居们彼此清楚对方情况，且能从一开始就辨识出一个陌生人的社区了。在费耶特街、列克星敦街和巴尔的摩街上的团伙和客群中，有黑人、有白人，有西区的、有东区的，有当地的、有游荡而来的，尤金·戴尔只是这出街头游行里一个微小而面目不清的部分。

费耶特街的这种混乱不仅给尤金·戴尔提供了隐姓埋名的可能，还供应着破碎不堪的地形，让他可以在光天化日之下引诱受害者。对社区里第二个姑娘施行的强奸——为这起案子提供了突破的事件——就发生在吉尔莫街上的一栋空屋里。那栋翻新了一半的排屋是空的，它的年轻女主人被一个海洛因可卡因混吸的人谋杀了，后者是她天真地雇来翻新这处房产的。在那起谋杀后几周，这栋半完工的房子空置原地、可供利用，尤金·戴尔才能随心所欲地来来去去，不会被问任何问题。正是这里让他得以在小巷子里杀死安德烈娅前，强奸了她。人们得知，在某天，距离安德烈娅被发现后两周，戴尔拖着一个小姑娘走到了这一片，从前门进到了这栋空房里，给那姑娘看了自己的枪，并在那个死去女人的卧室里强奸了她。然后他把她送回到了街头人群中，在回去的路上告诉那姑娘要是她敢对任何人提起，就会杀了她。为了强调这一点，戴尔告诉这个小姑娘，说自己已经在另一个姑娘身上用了这把枪，因为那姑娘威胁说要告诉别人。

这个年轻的受害者告诉了自己的妈妈。当晚，警方就踹开了尤金·戴尔的门。

这些并不能算作街角的罪行。看看尤金·戴尔，你只能在那双空洞无一物的双眼背后看见丑陋的饥渴，再无他物了，那种不属于这个世界的东西是科特或者布鲁或者"蛋仔"达迪永远装不出来的。在他们最坏的时候，街角的常客们也不过是小偷小摸，惹人可怜。尤金·戴尔则是邪恶本身。但即使对安德烈娅的谋杀不是街角的罪行，它依然是一桩因街角而变得简便的罪行。一瓶接一瓶，西巴尔的摩的这个部分已经被劫掠到了极端欠缺社会正义的程度，直到除了买卖毒品所需的关系之外，它再也无法提供任何形式的人际联系了。那些迷失在街角的人也许自己没有吸毒，也没有毁掉一个小姑娘，但日积月累中，他们已经为任何可以这么做的人创造出了理想的世界。

最后，艾拉习惯了她能在那种微小区别中寻到的安慰。她不会以尤金·戴尔来评判自己的世界，她不会通过他犯下的单一事件来看待这个自己度过了一生的社区。相反，她把自己所有的信仰都放进了戴尔的他者身份上，把他从费耶特街上的一切里剔除了出去。这样的事儿，她告诉自己，可能发生在任何地方，也确实正发生在任何地方。

艾拉出席了传讯，并在庭审上作证。在走向证人席的路上，她慢慢地经过了尤金·戴尔，感觉到他的双眼落在了自己身上，但还是全程都成功地把自己的凝视转向了别处。当陪审员们被展示犯罪现场照片的时候，她抽离了自己，感觉好像他们以一种她不具备的方式占有了她的女儿。而在法庭的走廊里撞见戴尔的母亲时，她优雅地接受了一个痛苦的道歉，然后温柔地对那个女人说话，告诉她那不是她的错，不是任何人的错，有时候孩子们就这么长大了，做一些无法解释的事儿。

"我不恨他，"她告诉那些问起的人们，"我恨他所做的事情，但我不恨他。"

她竭力开导唐妮，说她不应为已经发生的事情负责，说公交车站距离家只有一个街区，说"臭肥肥"已经大到在晚餐前可以去社区里的任何地方了，说这样的悲剧可能以十几种不同的方式发生。她吃力地劝慰过蒂托，他有一股爆裂般的愤怒。还有基蒂，她孩子里最敏感的那个，在安德烈娅被杀后他似乎全然消失在了沉默之中。最重要的是，她拒绝在这起事件里学到任何教训，她拒绝相信这样的代价需要经由某种大于一个个体的残忍总和的东西来实现。

艾拉对于残杀发生后的几天里，没有人——任何人——向警方提供过有效信息的这一事实并无怨怼。那晚很冷，她分析道，而且更有可能的是，那条巷子在她女儿被射杀时早已荒废了。要是凶案组的警探们从来没有听到任何人报告说当天早些时候见过安德烈娅·佩瑞，艾拉愿意将其归结为运气不好，而不是怪一个毒品市场带来的那种人人都匿名的混乱。没人看见杀手靠近那姑娘，或者同她一起走，或者抚摸她——艾拉推断两人在街头被看见在一起时只有短短一瞬。艾拉·汤普森在费耶特街上安了家，养育了一个家族并度过了有意义的一生。她坚持要把这样的暴力归为随机事件，把社区里如死亡一般的沉默当作纯粹的漠视而予以原谅。她不认为那是共谋背叛的证据。

公诉人把尤金·戴尔的 DNA 样本同尸检上取得的精液样本匹配了起来。他们要求判处死刑，而当陪审团带着终身监禁且不许假释的判决回来后，艾拉偷偷地松了口气。我只是不想他待在能伤害到任何别的人的地方，她告诉自己的家人们。

而当时，大部分人都不再相信任何自身痛苦之外的事，艾拉·汤普森却做了件意想不到的事。所有人都早已逃离或者暴怒或者迷失在悲伤中时，艾拉去了那个破旧的社区娱乐中心，把自己献给了社区的孩子们。

娱乐中心就是"臭肥肥"。在夜里，当锅炉发出异响，艾拉知道那是安德烈娅在让自己的母亲知道她就在那儿。当欢笑填满了游乐场，当手指画的颜料涂抹到了桌面上，当年幼的孩子们都挤在电视前看迪士尼视频时，"臭肥肥"就在那儿陪着她，看着，也分享着。在她的公寓里，也一样。"臭肥肥"在这处公寓里度过了全部的十二年人生。艾拉感觉又得到了自己失去的那个小孩，尤其是在夜里，"臭肥肥"是一个让人宽慰、无法看见的存在。

艾拉无法离开费耶特街，因为那意味着离开"臭肥肥"。而现在，经过多年的爱的付出之后，她也无法放弃自己在那栋水泥预制板建筑里所创造的一切了。要是她离开了，要是她为了一份更好的工作或者更多的钱去了别处，那就是放弃了安德烈娅。要是没有沿着费耶特街的排屋，没有空地和小巷来构成一份心中的地图，"臭肥肥"要怎么才能找到她回家的路呢？

到了新年时，这个花园将被惯常的街角人流给淹没，花圃再度被食品包装袋、针头和四十盎司的酒瓶给污染。走上蒙特街小巷子的路途将会被脚下用过的毒品瓶子的碎裂声填满，这是已耗尽的狂喜的坟地，正在被碾作尘埃。但艾拉依然会带着对自己地盘和对这世界的目标的绝对认知经过这块空地。新年来就来吧，她依然会说，市政府承诺要重新铺设游乐场的沥青地面，也许还会替换篮筐。她确信就在今年，会有钱去修缮娱乐中心的房顶和锅炉，或者再买点新的桌游。春天来了，她会把孩子们拢在一起，清理这个花园，添加更多的表层土，再种花。等到了五月，她知道，花会回来的。

费耶特街上的未来，就艾拉所能看见的，尚未写定。当然，可能性还在。但可能性嘛，它们也许还有自己的想法。这一年，布鲁戒掉了毒，教了艺术课。而芙兰·博伊德似乎在努力，到了明年她也许就成功了呢。这一年，艾拉有了一支篮球队，明年他们也许能赢得另一场比赛。这一年是以迪安德尔、R.C.、丁基——都是她的孩子们——踏上街角开始做错误的事儿而结束的，明年他们也许会回心转意，回到家来做正确的事。

这一年，1702 号上曾有一个吸毒点。

如今，在同一块地方，"臭肥肥"有了一座花园。

在这座纪念花园落成仪式的那天，艾拉·汤普森的情感过于汹涌，让她无法清醒思考。但当晚，她回到家，放任自己去想象更好的日子。她为这一路的旅程给予自己一些赞扬，为她所有的付出已经带来的以及还能带来的东西而赞扬。她为这个花园感到开心。那些花儿啊，那个木头的标志啊。

落成仪式一周后，她走出自己的公寓，沿着费耶特街上下打量，然后经过门廊退了回去，进了客厅里。她发怒了一小会儿。愤怒过去后，她打电话报警，报告说自己那辆灰色的老车被偷了。

邻居的孩子们，艾拉告诉自己，在兜风呢。

她扣好外套，从前面的衣柜里选了一顶蓝色贝雷帽戴上，然后检查了公寓门上的门锁。走下自家台阶的时候，她看见"肥仔"科特在富尔顿街的街角上颤抖着。

"嗨，科特先生。"

科特点点头，一如既往地优雅。

"今天外面冷啊。"她说道。

"确实冷，""肥仔"科特说道，"老鹰出来了①。"

"你小心啊。"

"你也是，亲爱的。"科特说道。

艾拉·汤普森走路去上班了。

他此刻正做着违反常理的事：穿过卡尔洪街，然后是凯里街，朝东下到萨拉托加街，经过了列克星敦台地上那些阴森的半空置高层住宅。

对加里·麦卡洛来说，任何斯特里克街以东或者高速路以北的地方向来都没有太多机会。那些方向多年前就已经被洗劫一空了，所有的铜和铝都被剥走卖掉了。最近那里有过一阵短暂的复兴，当时住房机构花了点钱修复了一批低层住房和台地一带的几栋高层里的公寓。但对于大部分的地区，从马丁·路德·金林荫道到沙镇-温彻斯特街，瘾君子们早已如同蝗虫过境。没错，加里所在的社区也空了。每一栋空置建筑的地址上，如今产出的不过是两美分一磅的废金属而已。但还剩下了南边和西边——南边要南到山里佬们的社区了，在那里废旧

---

① 民谚，指天气寒冷。

金属的业务才刚刚开始；西边则对上了那些被包围的房屋业主们，后者还在山顶街的这一边为自己而战。

在十二月末的这一天里，加里往东走进了贫民窟那空荡荡的入口，跟着巫医参加她自己选择和设计的任务。罗妮·布瓦斯又一次领队冲入了战场，而加里如同任何一个深陷在壕沟里的士兵一样，告诉自己不要去好奇为什么。今天是罗妮的勾当，所以罗妮负责指挥。今天，加里就是个跟班。

"干，"穿过艾灵顿街的时候他对她说，"这些房子都被搬空了。"

罗妮没理他。她今天对金属不感兴趣，她另有计划。而因为对她在想什么其实门儿清但仍选择了追随的加里，只不过是在假装搜寻金属，好在途中分分神。

"我们要走过林荫道，对吧？"

罗妮嘟囔了啥。

"我们可以从那儿走。"

罗妮一言不发。

"干，我们没必要一路走到市中心去。"

但罗妮很是谨慎，一直走在主干道上，避开了任何会让他们撞见熟人的社区，其中的一些人罗妮之前还骗过。对于罗妮来说，西巴尔的摩大部分地区都已经是人际关系的雷区了。

"我们从下边上去。"她终于告诉了加里。

他们确实是这么走的：沿着马丁·路德·金林荫道往上走到宾夕法尼亚大道，然后沿这条街剩下的部分走西北向朝北进发，这里曾是巴尔的摩黑人社区的壮观林荫大道，如今只剩下了破碎的空壳。在宾夕法尼亚大道和布鲁姆街交汇处，他们开工了。

罗妮扮演揽客仔，加里守着货。他身处一个陌生的街角上，像是立在宾夕法尼亚大道上的妓女、混混及其他毒贩中的一根黝黑路灯杆子，手里拿着一把骗人的奎宁粉袋子，等着罗妮施展自己的话术，好把一两个零星的客人送过来。

要是不像她说的那样管用，那就混蛋了。要是他们没能卖掉足够多的假冒海洛因来支付自己的极乐快感，那就混蛋了。罗妮挑选菜鸟的眼光一流，确保了大部分顾客都是偶尔来一发的人，是不那么重度成瘾的那种。他们来宾夕法尼亚大道和布鲁姆街与其说是为了海洛因，不如说是冲着妓女们来的。这些顾客不会在意识到残酷的真相后再回过头来找你。他们来自别的社区，哪怕想要找你，也不会知道从哪儿找起。

至少这是加里想要的方式，也是他需要看待这一切的方式。毕竟是加里冲在前头，用一文不值的东西换取对方努力赚来的东西。也是加里顶着骗子的头衔，站在来来往往的人流中间。要是这个勾当搞砸了，子弹是打向加里的。至于罗妮·布瓦斯，这位能想出一千个勾当的女士，那颗在铜壳上印了她名字的子弹尚还未被铸造出来呢。

加里被自己的欲望拖累，没有机会去评估风险，或者更确切地说，没有机会承认自己再一次被女朋友给大肆利用了。他不再操持自己的业务了。实际上，他不再费心去区分有望成功的勾当和纯粹的蠢事了。

把博尼塔奎宁当可卡因卖会害死人，而在一个陌生社区的陌生街角上售卖博尼塔奎宁则会让自己死得更快。但在不到半小时的时间里，加里兜里就揣上了现金，然后他再一次落后半步地跟在自己的爱侣身后，沿着布伦特街往上走去戈德街，再下到迪维森街，找个卖真货的毒贩。在他看来，这个结果是足以玩几乎任何手段的理由了。

罗妮会全程把控：她带领团队，让一切发生。比如现在，她把他们最新的收益从一个陌生街角上汲取了出来，并带回了一发上好的货，然后在布伦特街上找到了一处便宜的吸毒点。嗬，加里想道，真不愧是我的女人啊。

在回宾夕法尼亚大道的路上，他沉浸在欢愉的迷雾中，确定自己还能参与这场游戏，还有法子熬过这一天天，就这么活下去。他能适应。他不需要时时刻刻都往蒸锅里送螃蟹。即使他如今在海丰餐馆的工时没被砍到一周只剩一天，也他妈见鬼去吧。他也不需要去搞废旧金属那一套了。所以就算周围的社区全都被剥得一干二净了，那又怎样呢？他的老搭档托尼·布瓦斯被关了起来，关在市监狱还是哪儿来着？行吧，白天闯空门就没了呗。给白人男孩们当导游风险太大？好，没问题。总能有事可做的。要是真没事可做了，那罗妮总在那儿等着他，带着某些能成事儿的新手段，只需要加里负责身强力壮的部分就行。

走回宾夕法尼亚大道的路上，他们在寒冷中彼此取暖，加里承认有一部分的自己真爱着罗妮。够奇怪的是，他感到同样的感觉也朝自己蔓延了回来。

"我们明天还可以这么干。"他告诉她。

"你愿意就行。"

"但也许换个街角。"

"不，"她安静又笃定地说道，"我们跟那儿挺好的。"

他们在日落后穿过林荫道，躲闪着晚高峰的车流，加里梦想着从宾夕法尼亚大道和布鲁姆街再次凯旋，这一次要带原先两倍的货回去。

罗妮想要再转上萨拉托加街，但加里拖着她穿过了街道，朝着圣玛丽公园走去，布鲁斯·尔普斯——布鲁的兄弟——住在那里其中一条翻新过的街道上。布鲁斯曾经同加里搭档过，当时加里的承包公司莱特劳正在欣欣向荣地起步。如今加里飘荡在风中，而布鲁斯，按照当地的标准，正过着正当的生活。

"我想带你看看一条街。"他告诉她。

"啥？"

"这条街上的所有房子都搞得挺好。"

罗妮像是隔着一个宇宙似的盯着他。游览一个每栋排屋都打理清爽的街区有任何意义吗？这里面能有啥勾当？

　　"我想要住在这里。"加里说道。

　　罗妮嘲弄地哼了一声，但加里没理她，穿过了林荫道，强迫罗妮和自己一起绕了路。他走到了可以看见绿地、重新勾嵌的砖头以及涂着威廉斯堡风格颜色百叶窗的位置，被传送到了一个超越他目前所过日子的生活中去。加里身处在圣玛丽街上，吸收着那个他几乎抓住过的世界的核心元素。

　　"这，"他告诉她，"才是过日子呢。"

　　慢慢走下这条街道的时候，他迷失在了各种可能性中，沉浸得如此之深，以至于当两个面目严肃、紧紧戴着兜帽帽衫的战士从公园边缘冲他们而来的时候，被吓了个措手不及。

　　加里想到要跑，但没动。罗妮只是坏笑了一声。

　　"呃。"加里说道。

　　矮一点的那个把手伸进了帽衫的口袋，开始掏枪。加里崩溃了：在宾夕法尼亚大道和布鲁姆街上那么辛苦，而现在他却要失去自己为明早东掖西藏的那一点点毒资了。

　　但罗妮动了起来，朝着打劫的人走了过去。

　　"嗨。"她说道，伸出了手。

　　"啥事儿？"个高的那个问道，从罗妮看向加里，然后又看了回去。

　　"赏个硬币呗。"罗妮说道。

　　打劫的对视一眼。矮个的那个把手从运动衫的腰部位置掏了出来。没有枪。

　　"来啊，就给我一个硬币嘛。"罗妮哀叹道。

　　打劫的团伙离开了。加里站在公园入口处，他的脸在发光。罗妮，是女皇。他的女皇。

"你太牛了!"加里宣布道,拥抱了她。

"走吧,"罗妮微笑说道,"我们回家。"

走回费耶特街的一路上,他都在回想着刚才,为女友的技巧而惊叹,恭喜自己赖上了她。他告诉自己那些假货能糊弄过去,说明天还能继续,后天也是,想干多久就能干多久。

"我们明天还一起,对吧?"

"只要你愿意。"罗妮友善地说道。

"早上,"加里说,"你过来,敲地下室的门叫我。"

等他们走完了斯特里克街溜进自己的社区后,加里的世界似乎已经尘埃落定、稳妥万分了,至少直到他想起自己的父亲之前。

"哦,天啊。"他说。

罗妮看着他。

"早上我可没法一起。"

"为什么不行?"

加里组织着语言。罗妮把头歪向了一边,盯着他。她的天线能接收到加里希望掩盖的任何微小动作。要是他明天一早无法一开始就和自己一起,他大概率是计划了其他的勾当。而从所有的勾当里,她都要分自己应得的那一份。

"你要去哪儿?"

"早上我得去个地方。"加里告诉她。

"我和你一起。"

加里摇摇头。"是家务事。"他告诉她。

一路走回费耶特街的路上,罗妮都在生气。加里清楚知道她在想啥:想他不知感恩,此刻能有优质海洛因嗨着,全是因为她的勾当,他却不愿意分享自己的勾当。但他愿意让自己被误解,否则他就得以一出有关麦卡洛家的大戏来武装罗妮,这是去年夏天法庭上的丑陋一刻以来,加里一直厌恶去做的事儿,当时罗妮的母亲毫无由来地痛斥了萝伯塔·麦卡洛。同自己女友走上费耶特街的时候，加里任由这阵安静持续着，随便罗妮怎么想，他会在一段时间后再来处理这个问题。

加里无法告诉罗妮在第二天早上，他需要早起开车送妈妈和弟弟卡迪穿城去联邦纪念医院（Union Memorial Hospital）。他们要去那儿探望威廉·麦卡洛，他正住在一间双人病房里，等着看医生们要如何来知会他前列腺的情况。

威廉·麦卡洛现年六十五岁，几乎没有表现出任何担忧，即使他已经在联邦纪念医院住了近一周了，从他试图给自己插入导尿管来排尿，但因痛苦而瘫倒在浴室地板上开始算起。他如同过去多年来一样，独自应对着这个问题。医生们暗示是癌症甚至是更糟的情况，用压低的声音同萝伯塔和孩子们交谈，但这似乎没能影响到这个家庭的大家长，他就医院食物说的话都要多过谈论自己病情。

但是，对已经去医院探望过一次病中威廉·麦卡洛的加里来说，父亲躺在病床上的景象——插着管输着液以及其他医疗科技的设备——非常吓人。在加里看来，威廉·麦卡洛一直颇具传奇色彩，是一个能担起漫长而艰苦的辛勤工作且有着无休无止的坚韧精神的人。在加里心中，父亲会一直熬下去，哪怕不是永远，也绝对会长久到等加里放弃了吸毒，重回那种能在父亲眼中重塑自己形象的生活为止。从海洛因带来的迷雾中朝外看去，加里有时候会劝服自己，说过去的这几年不过是比一次短暂间歇要稍微糟糕一点的经历而已，是一个微小的错误，其间时光和家庭都静止了而已。但上周，威廉·麦卡洛躺在了铺着白床单的金属病床上，医生们查看着表格，而萝伯塔·麦卡洛则每天待在自家丈夫床边，看上去又孤单又害怕。

第一次对父亲的探望，除了放大加里那结伴袭来的罪恶感和恐惧感之外，没有任何作用。坐在床上，威廉·麦卡洛不过是轻点了一下头来表示看到加里了，然后在整个探望过程中他都继续着同妻子和卡迪的对话。天生敏感的加里忍不住感觉到了自己同父亲之间的距离。在那间病房里，他什么也做不了、说不出，只想缩减这段距离。

"那个男人就在这张床上，他晚上的时候死了。"威廉·麦卡洛告诉萝伯塔，朝着隔挡对面的那个空垃圾桶点了一下头。"我能听见他喘息、咳嗽、努力呼吸。我当时按铃叫护士，但没人来。我是听着他去世的。"

靠着远端的墙壁，加里听到了这个故事，他胃部感到了一阵恶心。他的父亲躺在自己面前，等着好消息，而很有可能会得到坏消息。与此同时，加里却无法从自己的生活中提供出好故事来。整整五年他都在街头厮混、浪费时间，对真正重要的东西视而不见。

"不想像他那么死掉，"威廉·麦卡洛开了个玩笑，"医院可不是适合生病或者死去的地方。"

加里想要大哭出声，想要恳求把自己抛过这道鸿沟，去抓住他很早以前的生活的边缘。可在卡迪和他妈妈离开的时候，他也离开了，什么都没说，什么都没做，除了另外一个安静的点头，再没有向父亲进行任何示意。

开车回瓦因街时，他一路沉默。当晚，当那条"蛇"盘旋而上，冲他嘶嘶叫的时候，他兜里揣着钱去了街角，做了他必须做的事儿。但第二天早上，他有了足够的力气一路走到波普勒格罗夫街上的圣爱德华诊所，听说这里可以每天领到可乐定的贴片。

他会摆脱海洛因，他向自己承诺，他要仅凭可乐定做到这一点。他会待在地下室里，睡觉、听收音机里的谈话节目，而等到了周末他会感觉不舒服。但等到了周一或者最晚周二，他就不再是一个吸毒成瘾者了。然后他会回到联邦纪念医院，父亲躺在这里的白床单上，而他则是再度出现在门口的回头浪子。他如今对自己的父亲说不出任何话，但在上帝和每日份处方药的帮助下，加里还有机会说出他想说的一切。

无论如何，这是上周的计划，在探访医院后的几天里依然是他的计划。在圣爱德华诊所，加里报名了一次体检，表明了自己困难的真实程度，然后离开时拿上了三片贴片——足够他熬过周末了。

　　他待在地下室里，睡了十二个小时，感到不适感在增强。然后在地下室里又待了十到十二个小时，他试图通过收音机里的整点报时或者靠翻动床边那本已经卷边儿的《圣经》来计算时间。第二天，汗水流到了下背部，他穿好衣服溜出去寻了一瓶可卡因。而仅凭可卡因仍不能让他安定下来，他又上街去找了一份海洛因。

　　周一他回到了波普勒格罗夫街去领另一片贴片。"我还在努力戒毒，"他告诉圣爱德华诊所的那名医生，"我已经减到一天一包了。"

　　但第二天，他的量是一包半。又过了一天，成了两包。而那天之后，好吧，他同罗妮·布瓦斯勾搭上了，她把他的可乐定贴片作价五美元成功给卖了出去。那点儿钱花光后，她想出了那个假毒品勾当。而现在，走回费耶特街的路上，加里意识到自己明天得像和六天前一样的堕落之人回去探望父亲。

　　明天早上，加里清楚知道，他父亲可能会被告知时间不多了，那么多年的辛劳、希望和挣扎都要结束了。而加里会在现场，在那间病房里，却又不在那里。他会在这出家庭大戏的边缘徘徊，如同半是儿子半是鬼魂的混合，筋疲力尽、毫无用处，除了那个每天三次把他勾引到街角上的目标之外，空荡荡再无他物。

　　同罗妮从吉尔莫街上走回来，加里感觉到自己的毒瘾愉悦之船正在沉没，随着它同自己的良心之石碰撞，正在进水和解体。

　　"家务事。"罗妮轻蔑地说道。

　　"我没说谎。我答应了要做点事儿。"

　　"答应了你妈妈吧，你是说。"

　　罗妮显示出了自己对萝伯塔的敌意，为加里假装是一个好儿子而惩罚着他。

"她认为你善良纯洁，"罗妮说道，"她可不像我这么了解你。"

加里摇摇头。他无法再保持这个秘密了。"不是我妈妈。"他说。

"就是你妈妈。"

"我爸爸住院了。他也许得了癌症。"

罗妮不为所动。"那，"她问加里，"为这事儿你明天得做什么？"

"我要去看他。"

罗妮摇了摇头。对她来说，威廉·麦卡洛与加里当下的身份和每天因毒品产生的挣扎毫无关系。哪怕威廉·麦卡洛病了，那他们也需要来一发。要是他好点儿了，他们也还需要来一发。如果他死了，他们还是需要外出去嗨起来。

"你爸爸愿意见你？"罗妮问道。

"我想见他。"

"呵。"罗妮说。

他们在沉默中走完了最后几个街区。当他们走到门罗街的那家酒水专卖店门口时，罗妮给出了最后一击。

"你总假装是和他们一伙的。"她告诉加里。

加里想要打她，把她推开，朝她大吼，放任自己所有的怨怼。但罗妮如今太过重要。她今天已经证明了她明天还会继续证明的东西，所以加里咽下了自己的骄傲，找一个方法来平息这个世界的怒气，久到好让自己能短暂地访问另一个世界就行。

"我一从医院回来就过来，"他说，"卡迪开车送我们。"

罗妮耸了耸肩。

"我发誓我不会不带你就去干任何事儿。"

"最好不要。"她说道，扬起了一边的眉毛。

按照瘾君子的标准来衡量，这算是婚姻级别的忠诚了。在给出了自己的誓言后，加里带着一种放松的感觉和真心的感激离开了。她明天会等着他。她会把他加进另一趟去宾夕法尼亚大道和布鲁姆街的旅途中，或者任何她在今晚和明晚之间想出的更好的勾当中。此刻那条"蛇"没什么可以对他说了：至少还有一天，加里同某个计划之间有着某种微弱的联系。

他及时赶到家，吃上了妈妈炉灶上的一盘暖热鸡肉。妈妈给他端来了菜，他在桌旁加入了夸梅和珠贝，还有他的小外甥女夏奇玛。之后，萝伯塔女士带着悲伤清理着厨房，疲倦的双眼定在了水槽上。在夸梅打破沉默之前，没人开口提起那个从餐桌边缺席的男人。

"他今天如何，妈？"

"他看起来好点了。"她告诉他。

"所以他明天就会回家，对吗？"

"上帝保佑的话。"

珠贝先溜走了，然后是夸梅。之后夏奇玛吃完了，开始把鸡肉扔给猫。加里收拾了餐桌，把洗好的衣服拿上楼，然后悄悄地溜到街上，从布鲁姆街勾当里得来的最后十三美元在他裤子后兜里灼烧着。他买了份一比一的货，然后转场到地下室里体验到了可算是几周以来最棒的一份快球。黑盖儿的货，吉钱帮的一发炸弹。

夜晚余下的时间，加里和自己的收音机以及图书馆待在地下室里，因强效的可卡因而躁动不已。他试图在脏污的床单和毯子中找寻一点安慰，双眼在堆积的杂物中扫射着。当搜寻无果后，他再次穿好衣服，在凌晨走到了瓦因街上，没钱也没目标地浪荡在街角，希望在黎明前的寒冷空气里让自己骚乱的思绪稳定下来。

可卡因终于让他在日出前投降了。卡迪在早餐后过来接上妈妈的时候，怎么也叫不醒加里。他当天下午才恢复知觉，带着一份加倍的愧疚独自待在空房子里。他的妈妈和弟弟此刻在医院。他的父亲正在和医生们交谈。而加里·麦卡洛身穿内衣坐在餐桌边，面前摆着一杯橙汁和两条培根。

他想了一会儿要不要打辆车穿过市区，独自出现在联邦纪念医院，让所有人都大吃一惊。但他内心有些东西大喊着劝阻了在十二月的寒冷里进行这么一场艰苦旅途的想法。他吃完饭，慢慢穿好衣服，沿着费耶特街溜达了很长的时间。得知罗妮还没有起床，他回到瓦因街，从冰箱里拿了一片美式芝士，用白面包裹住它，吃了午饭。

加里锁上房门，开始沿门罗街往北走去，朝着波普勒格罗夫街和圣爱德华诊所走去，告诉自己说他还会继续做这件事，说他病了，也对生病感到疲倦了，整个疲倦了。来更多的可乐定，他就能准备好了。今天来一片，周末再来两片，周一的时候他会出现在父亲面前了。

"我叫加里·麦卡洛，"他告诉那名护士，"我在你们的戒毒项目上，但我过去几天没来。"

那个护士摇起了头。医生在波恩赛考斯医院查房，他明天才会来诊所。

"我只想要拿到贴片。"

"你必须先看过医生。"

加里礼貌地点点头，走出了诊所，感到了临近黄昏的寒意。在波普勒格罗夫街对面，阳光正在没入公墓那片光秃秃的树丛中。对他来说，今天似乎彻底地失去了。

罗妮，她会回到费耶特街上或者来到瓦因街附近找他。加里稳定了自己的情绪，在寒冷中缩紧了身子，开始沿格罗夫街往上走，朝里格斯大街走去，远离了自己的社区。他有了个新主意。他今天就会去做。他会在自己母亲和弟弟从医院回来前挽回一点荣誉。

在里格斯大街上，他转向了东边，没有任何困难就找到了那栋房子。他儿子的女朋友因为放假没有去上学，她在门口带着意外问候了他。

"加里先生。"泰瑞卡说道。

"嗨。"他说道。他想不起她的名字了。

"安德烈没在这儿。"她告诉他，迷惑又尴尬。

"我只是过来看看宝宝的，要是可以的话。"

泰瑞卡微微一笑，很是开心。迪安特在楼上和曾祖母在一起，喝最后一瓶奶，她告诉加里。"我得给他换尿布了，但之后我会抱他下来。"

加里安静地坐在前厅的沙发上，冲着在自己周围跑来跑去、大喊大笑的泰瑞卡表亲们礼貌地点着头。那姑娘离开了十分钟。她从楼梯上下来时，迪安特就趴在她肩上，小小的、崭新的、双眼大睁着。

"天哪。"加里说道。

"你想要抱抱你孙子吗？"她问。

"可以吗？"

"当然。"

加里在沙发上向后靠去，伸出了双手。泰瑞卡小心地把婴儿放到了他的双臂中。迪安特抬头望向了加里的脸，充满了好奇。

"他有麦卡洛家的眼睛。"她说。

加里轻抚着婴儿的脸颊，很久都没有说话。泰瑞卡坐在对面的一张椅子上看着。

"你现在是爷爷了。"她说。

加里抬起头，专注又严肃。然后他微笑了起来。

"他很美，"他最后说道，"让我想起了安德烈。"

"上帝啊，我可不希望，"泰瑞卡大笑道，"要是这孩子有一丁点儿像迪安德尔，我可就摊上事儿了。我希望在某些方面他能更像我家这边。"

加里想着这话，然后同意地点点头。"安德烈很皮，"他沉静地说道，"他总想着干点儿啥，总干着坏事儿。"

街角　　709

"对，确实。"泰瑞卡说。

婴儿咳了起来，然后哭了。加里把孩子放在自己肩头，轻轻地拍着。当这么做不起作用时，他看向了泰瑞卡。她站了起来，接过婴儿。哭声停了。

"他认识他妈妈。"加里说道。

"我马上回来。"泰瑞卡说，把婴儿带回了楼上。加里望向一扇开着的窗外，看到了前门廊和里格斯大街对面的排屋。太阳现在完全沉下去了。

"当你们还小的时候，"他看着泰瑞卡的表亲们说道，"会想自己要成为什么……"

加里似乎放弃了那个想法。他靠回去，把头歇在了沙发上，望向了前厅天花板上长长的阴影。

"……你想着所有的东西。你会好奇自己应该许愿要什么。"

他现在哭了起来，眼泪沿着两边脸颊流了下来。

"我是个有毒瘾的人。"他说道。

加里向下看着自己的双手。

"那就是我了，"他坚定地说道，"谁会许愿要这样的东西呢？谁会为自己的生活选这个呢？"

加里慢慢站起来，拉上了外套拉链。他听到了楼上小姑娘的声音，冲自己的孩子柔声低语着、欢笑着。他尴尬地站在前厅的黑暗中，听着自己上方的幸福噪音，等着一个说感谢和再见的机会。

"安德烈有个儿子了啊，"他说道，就好像说出这话就会让自己相信似的，"我儿子都有自己的儿子了。"

一个十岁的表亲从门廊里进来，加里让这个男孩告诉泰瑞卡自己必须走了。那男孩点点头，然后溜达到了后面的厨房里。

加里摸索着外套的衣襟，用袖子擦了擦双眼，戴上针织帽子，为寒冷做好了准备。要沿西南方向朝南走上整整十五个街区，才能走到门罗街和费耶特街，而现在已经很晚了。他妈妈会在家了。也许他爸爸也在了。还有罗妮，她现在很可能正在找他呢。她又阴险又讨厌，还思考着最糟糕的情况。

"我自己选的啊。"他说道，走下了里格斯大街。

加里把双手放进外套口袋里，身子朝前倾去。他一边走着，一边任风吹干了自己的脸。

要是你想要那该死的事儿能做好，迪安德尔·麦卡洛想，你他妈就得自己做。

所以他今早出摊开毒品店了，在博伊德街房子的前厅里，把东西在蓝色的长绒地毯上铺了一地。他拿了妈妈的镜子、一片干净的剃须刀片、一袋空的红盖儿小瓶子，还有价值约六百美元、货真价实、已经稀释过、利润十拿九稳且尚未分装的可卡因，是从周末那趟纽约过来的班车上直接拿过来的。尽管已经下午了，他还只穿着内衣，双眼因为昨晚的狂欢而干涩发红。他在从前窗照进来的阳光里感觉温暖，而且之前已经大吃了一顿泡足牛奶的可可脆和草莓味的酷爱牌饮料当早餐，现在听着那台勉强能用的音响里传来的低音和节奏，德瑞博士和史诺普以及"死囚牢房"唱片厂牌①其他成员告诉所有黑鬼们要把自己那摊破事儿②给搞好点，因为他们总要被干的。

迪安德尔·麦卡洛能把事儿搞定。用一只久经锻炼的手，他从那堆可卡因里分出了一条又一条，用流水线一样的动作填满每个小瓶子，再盖上。一瓶又一瓶，一堆又一堆，他能带着从未在生活其他部

---

① Death Row，由德瑞博士等人于 1991 年创立的著名嘻哈厂牌，史诺普亦是其旗下歌手。

② chronic，来自德瑞博士 1992 年同名专辑 *The Chronic*，系对种植大麻采用的水培技术 hydroponic 的错用，由此 chronic 进入俚语，指强效的大麻，后被用来泛指很好、很棒的东西。

分里展现过的自律和精准做这件事儿。这是一种技艺。简单，但重要。他待在这块蓝色地毯上，不停地装瓶，持续了一个小时。

迪安德尔·麦卡洛能把一批货分小份，送到街头，保证安全，并获得收益。在某种程度上，他可以领导、组织和动员几个没那么有天分的街角玩家。他能安排好跑腿仔、望风仔和揽客仔。他能找到一栋供存货的房子，打造一套流程，监控销售。比起大部分在青春期的尾巴上去到西巴尔的摩街角的人来说，迪安德尔眼里能看见有哪些事儿必须做，然后自己把事儿做了，或者更厉害的是，让其他人为自己去做。而当他们做不了，当他们搞砸或者消失或者算错了，他也会生气，至少能假装生气。面对瘾君子和他们的小动作时，他能坚持立场。面对竞争对手、敌人和掠食者时也一样。要是他集中了全部的经验和能力，就能下到街角上，把一包货变成供他花销的钱。

作为一种谋生方式，这不算什么。按照社会的广义标准，这更是一无是处。但迪安德尔能做到。要是他制订了一个能避开每日分心之事的计划，就有足够的能力去把某事儿搞定。按道理，他应该能有自己的公寓，脱离芙兰，控制着自己的空间。他应该也可以管好自己的钱，从裤兜里掏出来，放进鞋盒子，再把鞋盒子放到床下或者衣柜深处，并让它不被染指、被打扰。

这就是迪安德尔此刻能看见的未来了。这就是他搞定了小瓶子，清理了镜子，把刀片扔进厨房垃圾桶后的计划了。他告诉自己三堆货应该足够启动今天的销售了，前提是能在三点左右下到麦克亨利街和吉尔莫街。他喜欢在南区警察们换班的间隙去兜售，只等特纳和其他低级警察忙着应付点名的时候才去街角犯险。生意不错的黄昏一小时里，他能赚到比翻一周汉堡的税后工资还多的钱。关掉音响，他把自己归整好，然后冲到楼上去拿冬天的外套，同时把那袋空瓶子带了上去，藏在了自己的脏衣服堆里。

他打理了头发，用一块冰冷的毛巾在脸上胡乱一擦，接着就踱进了十二月底的阳光里，想着别的做法对自己行不通，想着自己可没法坐在里格斯大街的房子里同泰瑞卡和宝宝过家家。首先，他只有十六岁，泰瑞卡、宝宝的每日例行需求以及居家生活几乎要把他逼疯了。在他看来，那姑娘每天要呼他五到十次，一直都喊说想要这个、想要那个。

迪安德尔足够敏感到能看出泰瑞卡要的不是尿布或者威步童鞋，而是他。她想知道他人在哪儿，和谁一块儿，可能在和哪些姑娘鬼混。如今他依然宣称自己爱着泰瑞卡，爱着自己的儿子。但与此同时，他告诉自己说，已经烦死了接到她打来的传呼机，烦死了在公用电话上和她吵架，烦死了被告知还欠她一包一次性尿布。

昨天晚上他才刚给她打了电话，承诺早上要带一包帮宝适过去。但已经晚了，而泰瑞卡会记仇的。迪安德尔走到巴尔的摩街上，搭了一辆黑车穿过山顶街，下到麦克亨利街上，C. M. B. 的其他成员在这里再次证明了他们完全有能力偷走他的钱、数错他的货，基本上就是扭盈为亏。教训就是你无法遥控一个街角。你必须得在那儿，盯着销售，清点小瓶子，同时还要留意所有的成员。否则，你就血亏了。

团伙成员们在吉尔莫街和麦克亨利街上共事多年的历史也没什么用。把友情放到一边，他的男孩们也得为了自己在一批货中的那份利润做点实诚的工作了。而最近，他们一直在让他失望。

首先，迪安德尔想杀了多里安：上周，他带着整整四分之一包的货从供应商和存货处之间某个地方消失了。多里安哭诉说如何被一个打劫的给抢了，但他在过去已经搞砸了太多次，再无法把这个谎话给圆下去了。他现在躲着迪安德尔，惧怕他，但又希望过了几周后，甚至连不见的四分之一包货都可以被忘记。而迪安德尔，尽管他已经放出了话，可能也不得不忘记。另外的选项是痛打、搞残甚至干掉一个自己多年来一同翘课、追姑娘和在街头厮混的男孩。尽管迪安德尔在体力上能够做到任意甚至全部三件事儿，但他也无法保持愤怒并做得那么绝。

迪安德尔同 R.C. 也有矛盾，后者欠了他的钱，还欠了丁基一屁股的债。同样，"硬汉"也躲在娱乐中心，同艾拉女士待在一起，害怕下到普拉特街以下的地段来，在这里他不得不应对一长串累积起来的债务。至于这群人的领导泰则躲在某处吸可卡因呢，至少迪安德尔如今是这么认为的。就好像 R.C. 一直都在吸海洛因一样，无论他有多少次对这个指责一笑置之，但迪安德尔就是坚信他在吸。博？那小子已经吸了好几个月的毒了，看上去不能更糟了。所以迪安德尔自己在周末的时候吸一点海洛因又能怎样呢？海洛因不是可卡因，而且他也不打算搞上可卡因。

按照他的看法，除了自己和丁基，整个团伙都是废物。至少表亲能撑着自己，迪安德尔觉得这就够了。

不，要想从一个街角收到钱，你就不得不去到这个街角上。没有别的方法了。在克伦肖黑帮兄弟还剩下的成员中，所有那些"我为人人，人人为我"的说法正在被证明不过只是说说而已。他们都在长大，也在渐行渐远，街角本身确保了这一点。当还是小孩的时候，他们玩过这个社区的游戏，从彼此手里抢走冰淇淋或者汽水，然后喊着过手不还，并大笑。如今，他们贪没彼此的毒品，带着存货跑路。再过一两年，这些微小的背叛就会累积起来。很快，他们就会开始追逐彼此，痛打彼此，甚至也许还会枪击彼此。街角的法则无可避免。

此刻，距离南区警察们换班只有一个半小时了，他径直走到了他的街角上，丁基正等着他。

"特纳刚刚走了。"丁基告诉他。

这批货走得很快，迪安德尔毫不羞愧地站在岗位上。他是游戏玩家，是个中高手。此刻，他丝毫不在意他妈会怎么想。是她把马文领回家的，是她一直在吸到嗨的，是她完全没对自己该死的人生负责的。上个月，她才一个多星期就把福利救济金搞光了。这个月，还他妈一样。而且不仅是福利救济金，迪安德尔知道，还有她成功从那些还相信她的朋友和亲戚们那里借来的一百美元。这些人以为这笔借款是为了给她的儿子们买圣诞节礼物的。不，迪安德尔告诉自己，我不会再相信从她那里听到的任何该死的鬼话了。

整个换班期间他都在卖货。他在午夜后回到博伊德街上的家中，芙兰正在楼上，试图入睡。早上的时候她瞅见了他，但啥也没说，迪安德尔为此感到胆更壮了。

没人再在假装什么了，也没人再在威胁啥了。他妈妈回到了自己的族群里，他可以自由地做任何想做的事儿了。几天后，迪安德尔在他妈妈费耶特街的老位置上遇到了她，同常客们一起坐在露珠旅店的门前台阶上。邦琪和史蒂维、德拉克和小罗伊、罗尼·休斯、迈克和雪莉。

"嗨。"他说道。

"给我十块钱。"她说。

"我没钱。"

芙兰冷冷盯了他一眼，但没有进一步逼着要钱，而是告诉他，没关系，说反正自己也不想管他要任何东西。

"你以为你是个大人物了，"她告诉自己的儿子，"你屁都不是，小屁孩。"

"对，行吧。"他嘟囔道，走开了。

芙兰看着自己的儿子离开，心对他关上了，哪怕只是针对此刻。她回到了自己的起点，回到了这场游戏中，回到了她的角色中，回到了骗人的把戏中，每吸一次就回去一点儿。而且，她愿意对自己承认了，比起任何别的存在方式，她显然更擅长街角生活。没有海洛因和可卡因的生活只有复杂和麻烦。但今天她赚到了点儿钱。她私吞了几瓶货，她做了必须做的事儿。

明天，她告诉自己，明天她会睡个懒觉，先是感觉不舒服，再好过来。但堕落还在加速：她如今每周有三到四个晚上在嗨，还告诉自己这不是大事儿，说她能承受住并随时抽身。但令人惊讶的是，她能在朝向底部的漫长滑落之前，短暂地慢下来一点。就在圣诞节前，她为节日想出了一个计划。

芙兰把自己拖离费耶特街，同斯谷吉聊了聊，劝说自己的哥哥一起去市场上买杂货食物。当围绕她的一切都已经是灾难的时候，做一顿圣诞晚餐的想法成了芙兰的压舱石，同上个月感恩节大餐的一道情感链接，当时博伊德家的人们离开了街角，为罕见的家庭和谐一刻打扮了自己。她会再做一次，她告诉自己。她会在每一块红薯派上都再现出那一刻来。

在露珠旅店门前台阶上诅咒自家儿子的两天后，芙兰下到普拉特街的市场上，同哥哥挑选着合适尺寸的火鸡。斯谷吉陪着她的大部分原因是要确保自己的钱真的是花在了杂货食物上。但的确，他也和芙兰一样，都被这家人在感恩节上的顿悟给俘获了。

"甚至连史蒂维都看起来不错。"他告诉她。

"确实，收拾干净了啥的。"

二十五号当天一整天，她都在斯谷吉的厨房里忙上忙下。如果救赎是用面包做的填料和棕色的肉汁，那芙兰·博伊德就会是一个获得拯救的女人。

在餐桌上放上了一道接一道的菜，她等着其他人从费耶特街头飘进来。至于马文·帕克，她尽自己所能应付了他，告诉他自己在节日期间不会怎么出现在博伊德街的房子里，说他需要在新年前把自己给倒腾清爽。马文向她抛出了那通名叫戒毒中心的陈词滥调，告诉她说自己的名字绝对在等候名单上。在她心中，芙兰同马文已经结束了，但她还没法把他赶出去：不能是在节日期间，不能是天气很糟糕且他无处可去的时候。

圣诞大餐的每个细节都同感恩节那次一样让人惊叹。但这一次，邦琪、雪莉、阿尔弗雷德和肯尼是在最后一刻才身穿破旧的牛仔裤和运动衫冲进来的。史蒂维很晚才晃荡过来，瞳孔放大，双眼几乎睁不开，他憔悴的身形倾出了一个不太可能的角度，在一份上好毒品那狂风般的力量中迅速地摇摆着。

还有迪安德尔。那小子等到东西都吃掉一半了才慢慢走进来，几乎不发一言地从姨妈舅舅们身边掠过。他抓来一个盘子，填满，然后溜达进了客厅。

泰瑞卡等在沙发上，他们的儿子在她脚边的婴儿提篮里熟睡着。她已经在那儿坐了三个小时了，阴郁地盯着音乐视频看，假装除了迪安德尔·麦卡洛外，在这个世界里还能期待点别的什么东西。

他走到电视机前，按动有线电视机顶盒的按钮换到一个动作片，她几乎没有抬眼看。

"我在看那个呢。"泰瑞卡温柔地说道。

"现在没看了。"迪安德尔说。

泰瑞卡用眼泪反击，依然紧盯着电视，拒绝看向别处。迪安德尔在迪安特的头顶上迅速揉了揉，把他的盘子放在茶几上，坐进了沙发里。芙兰能看出他正嗨着，并向斯谷吉抱怨，仿佛迪安德尔只是因为喝了一瓶四十盎司的啤酒而搞砸了圣诞晚餐。但一会儿后，面对着空了一半的盘子以及在餐桌和电视周围来来回回的家人们，迪安德尔仰倒在沙发上，陷入了一阵嘴巴大张的呆滞小睡。

芙兰看着他，牛仔裤是脏污的，军队样式外套的一边肩膀上有污迹，脏辫板结在了一起。这是迪安德尔吗？那个对自己的衣服、造型和外貌都如此骄傲的人吗？还有他的皮肤——实际上，迪安德尔看起来可说是灰暗的，脸和脖子都显露出了那种黯淡的、毫无光泽的颜色，这是只有在重度吸毒把生命本身给抽干后才会出现的。

"你怎么看安德烈?"她低声询问斯谷吉。

"糟透了。"她哥哥说道。

"我是说，他应该是在吸海洛因。"

她听着自己说出的话，并隔着一定的距离去体会它们，就好像她站在一个问题的外面朝里窥探似的。迪安德尔发誓说自己绝对他妈的不会碰海洛因或者可卡因。他见识到它们对他父亲，还有对她、对她家里所有人所做的事儿了。但此刻，也是他在沙发上打瞌睡，流着口水，呼吸深沉，食物在他面前变冷。

"他只是喝醉了。"邦琪说道。

又过了几分钟，这小子醒了过来，又拿起了叉子。他吃光了盘子里的东西，然后把迪罗德和小史蒂维从沙发的另一端赶了下去，好自己躺平。泰瑞卡听到他打呼，于是站起来换了台。

十分钟后，邦琪的女儿妮基同她的男友科里还有他们的孩子德坎来了。随着他们的到来，迪安德尔显出了一点生气。他问候了科里和表外甥，然后注意到迪安特醒着，并悲伤地注视着自己。他蹲到婴儿提篮的旁边，同自己儿子嬉戏起来。

"嘿，小子。"

迪安特发出了咯咯声。

"嘿，小子，你看谁呢?"

他依然没对泰瑞卡说一句话，她继续盯着电视，看着《格林奇是如何偷走圣诞节的》，避免同迪安德尔有任何眼神接触。科里吃完了自己的那盘食物，捅了捅迪安德尔，两人拿上了自己的外套。

"你们要去哪儿?"芙兰问道。

"蹦迪。"迪安德尔说。

芙兰看向泰瑞卡。那姑娘已经融进了沙发的一角里，努力试着不从卡通片里抬起目光来。

"晚餐很棒，妈。"迪安德尔说，转身要走。

"你不和你儿子待一会儿?"芙兰问道。

迪安德尔怒了："我回来再看他。"

他走了。芙兰从门口转身回来时，看见泰瑞卡的脸半遮在一只张开的手掌下，正哭着。

"瑞卡。你和宝宝今晚和我一起过，对吧?"

那姑娘倾下身子，抱起了她的宝宝。她勉强点了点头。

"你今晚会见到他的。"芙兰告诉她，试图化解一点伤痛，但泰瑞卡什么都没说。芙兰走回到餐厅，邦琪、雪莉和斯谷吉已经把他们的椅子从桌边推开了，正在重温一点点兄妹之间共有的怀旧情感。芙兰拉过一张椅子坐到邦琪旁边，加入了他们，此刻只听着他们的絮叨就已经满足了。她想要这一刻，不会让儿子把这一刻从自己这里抢走。甚至连史蒂维都精神了起来，从瞌睡里醒过来，在回忆小径上的某处加入了他们。

尽管开局不太顺利，但这个晚上满足了芙兰那微小的欲望。一直要到午夜过了很久，等到盘子都洗净晾干了，芙兰、泰瑞卡和迪罗德才带着迪安特，几个塑料袋里塞着他的东西，挣扎着走下了萨拉托加街。

"等回家后，迪安德尔心情就会好点了，"芙兰向泰瑞卡保证，"你知道他在科里身边的德性的。"

但情况并没有如她所说。泰瑞卡在博伊德街上的房子里待了几天，但迪安德尔现身的短短时间里，都几乎无视了她的存在。其他时候，他都跟同伴们待在麦克亨利街上，要么晚上就在外蹦迪和派对。芙兰试着找他说说，但联系不上。

当泰瑞卡最终决定要回里格斯大街的时候，芙兰帮她打包了东西，并找了辆黑车。这个年轻的妈妈刚吃过晚饭就带着婴儿离开了，当爸爸的还在某个街头厮混。

"我会告诉他你尽量等他了。"芙兰说。

"费都别费这劲儿了。"泰瑞卡说道。

当晚，迪安德尔没有回家。第二天晚上，他在凌晨时分回到了家，芙兰早就睡觉了。早上起来后，她的儿子已经迷失在梦乡，衣服脱了一半瘫在床垫上。

"德雷。"

他没有动静。

"安德烈！"

没动静。她在那儿站了一会儿，确定他睡死过去了，然后她弯下身子，开始把手伸进他牛仔裤的裤兜里，轻轻地伸长手指，直到摸到那一大卷钱为止。她慢慢地把它拉出来，抽出三张二十美元，然后把剩下的还了回去。

他妈的为什么不呢？他住在这里，吃她买的食物、用她的电，除了嗨和在街角鬼混啥事儿不做。她一直告诉他说，凡是他带回到这栋房子里的东西——钱、毒品、枪——都是她的，说要是被她找到了，就由她来处理了。她不是偷，她告诉自己。她是在拿自己应得的。

一小时后，迪安德尔开始有响动，芙兰已经穿好衣服等在厨房里了，准备防守。过了一会儿，她能听见他在楼上卧室里嘟囔、咒骂、四处乱扔东西。

"你他妈怎么回事儿？"当他走到楼下的时候，她问道。

"你懂的。"

"我他妈不知道……"

"你拿了我的钱。"

"可拉倒吧。要是我拿了你的钱，你以为我会坐在这儿等你丫起来？你以为要是我拿了你的钱，会像现在这么感觉难受？"

迪安德尔盯着她。

"你他妈怎么回事儿?"芙兰问道,站起来走到了冰箱边。"今天冰箱里屁都没有。要是我拿了你的钱,你以为我会等到你起床?我早都去市场了。"

迪安德尔冷静了下来。芙兰又给了他一两分钟等他查看冰箱和食品柜。

"给我二十块。"她最后说道。

"妈……"

"买杂货,买吃的。你也住在这儿。"

迪安德尔满脸不情愿地抽出了一张钱。

稍后,等他洗漱过,穿好衣服,越过山顶街,走回去往他地盘的路上时,芙兰跟在一段安全距离之后,并在迪安德尔转向山底的时候,径直去了巴尔的摩街上。她在可卡因和海洛因上花了二十美元,同邦琪一起回到露珠旅店地下室那处她最喜欢的派对场所。另外的四十美元,她在回家路上去了趟市场,买了足够支撑到下一个支票日的杂货食品。剩下的二十美元她存给了明天。或者今晚,如果需要的话。

当晚,迪罗德从山上的斯谷吉家回来,在食品柜里找到麦片,在冰箱里找到汉堡肉饼和绿色塑料罐装的草莓味酷爱牌饮料,芙兰感觉好像自己还撑着这家呢。需要做的事儿都做了,等新年来了,她会应付其他的事儿。马文和安托瓦妮特以及其他所有事儿。那些事儿会一直等到她准备好的。她能承受放纵一下,所以当晚稍晚时候,带着那额外的二十块,她又回到了费耶特街上。

她直到第二天大上午了才回家,在露珠旅店地下室里过了半晚上,另外半晚是在斯谷吉家的沙发上过的,睡在迪罗德身边。在博伊德街房子里的厨房坐定后,她太过疲倦,是靠着迪罗德才发现了情况不对。

"妈?"他把冰箱打开说道。

"哈?"

"吃的呢?"

她死死盯了他一会儿，想着他是想要开玩笑吗，而她只想回去睡觉。

"别闹。"她告诉迪罗德。

他耸耸肩，然后站到一旁展示那空荡荡的空间。

芙兰怒视了一会儿，然后冲上了楼。她发现迪安德尔正在三楼睡觉，马文不知去哪儿了。马文·帕克。

"该死。"她说道，毫无头绪地飘下了楼梯。迪罗德站在厨房里，好奇地望着她。

"妈?"

"关上那该死的门。"

迪罗德关上了冰箱。

"妈? 是马文先生拿走了吃的吗?"

芙兰没有回答，扔下迪罗德去好奇这栋房子里的其他人立刻就能明白的事儿。

"妈?"

芙兰闭上眼睛，双肘撑在桌子上，用双手扶住了头。她想要哭，但眼泪流不出来。迪罗德站着，看着她。

"穿上你的外套。"她告诉他。

迪罗德服从了，然后耐心地等着，而他妈妈呆坐着，盯着厨房的墙壁看。在沉默中感到不舒服的他，偷偷绕过了她，慢慢地朝楼上走去。芙兰感觉在桌前似乎坐了好几个小时，诅咒他妈的到底为什么会这样。她撑不到支票日或者新年或者任何时候了。

当迪安德尔只穿内衣和袜子下楼来的时候，她几乎没有力气抬头看，更别说带着应该有的愤怒讲述这事儿了。

"马文拿走了吃的。"她轻轻地说道。

甚至连迪安德尔都震惊了。

"那男人偷了我们该死的吃的，"她说，"他把我们偷空了，带去街角卖掉了。"

迪安德尔走向冰箱，打开门，然后关上。他又在那儿站了一会儿，然后转身往楼上走去。

"他拿走了吃的，"芙兰不可置信地说道，"我不敢相信他会这么做。"

"妈，"迪安德尔小声说道，"他必须走。"

芙兰盯着他，一言不发。她慢慢地望向了别处，身体瘫软下来。相比冲着迪安德尔，她更是对自己承认了彻底的失败，嘟囔着一句比喘气声音大不了多少的回答。

"我也得走。"

迪安德尔坐在楼梯上，再没说什么。

很久以后，芙兰站了起来，走向了楼梯，喊迪罗德下来。那男孩紧张地经过了迪安德尔，感觉到一股丑陋的气氛已经驻留在了厨房中。

"走吧，迪罗德，"他妈妈说，"你要回斯谷吉那儿去。"

迪安德尔抬起头。"妈，你这是干吗？"

芙兰没有回答。她不必回答。迪安德尔知道。

"妈……"

"安德烈，别想要告诉我怎么做。"

"但，妈……"

"因为我根本听都不会听你说。"

芙兰把他留在了楼梯上，独自一人，只穿内衣和袜子。他听到门被扇上，还有他妈妈和弟弟走下门前台阶去到博伊德街上的脚步声。他想象着弟弟在距现在二十分钟后到了舅舅斯谷吉的门前。他想象着妈妈一分钟都没有暂停就走上萨拉托加街，然后径直走上门罗街，一路走向费耶特街，来到了蒙特街团伙们活动的一带，接着踏上露珠旅店已经磨损的大理石台阶。他能看见他妈妈同邦琪一起迷失在地下室里，或者在楼上和史蒂维一起，也许策划着一桩新的勾当。

他独自一人了。他感到肚子咕咕叫，于是站了起来，走向食品柜。他依然无法相信，垃圾混蛋甚至把麦片都偷走了。一个黑鬼拿一盒可可脆能换来啥啊？

迪安德尔摇着头，走回了楼上去洗漱穿衣，告诉自己下次一有机会就会干掉马文·帕克。他向自己承诺无论他妈妈做什么或者说什么，他也不会回到费耶特街去。

到了下午，他已经把早上的大戏抛到了脑后。他同丁基一起下到了地盘上，找着 R.C. 和迪昂，希望能在南区警察的第三班来到街头前，把所有必要的生意都做了。半小时后，R.C. 和迪昂来了，每人拿着一瓶四十盎司的啤酒，迪昂拿着他的那瓶主要是为了装装样子。四人一起走上了吉尔莫街，去到街中段的那栋粉色房子。他们付给公寓里的那个女人几美元，好用第二层背街部分来存自己的货。但在几周的小心谨慎之后，他们已经在业务上有所松懈了。迪安德尔和其他人在进去前几乎不停下来四下张望，更别说费劲绕到巷子后面从后门进去了。在房子里，他们越发放肆，比起给货装瓶，更愿意抽大麻抽到嗨。丁基有一件从街头买来的凯夫拉防弹背心。他想要穿上，并让人冲自己开枪。

"别太猛的。一发.25 口径子弹的就行。"

迪安德尔抽了一支大麻。R.C. 开始同丁基争论昨天的数。"你搞砸了，R.C.，"丁基说，"你总搞砸。"

迪安德尔接过大麻，在迪昂开始装瓶的时候，自己蜷了在破旧的沙发上。灰蓝色的烟雾在他头顶盘旋。他睡着了。

这就是麦克亨利街和吉尔莫街上的一天天如何变成一周周又如何变成一月月的。在任何人能想出任何新鲜想法之前，时间就已经到了春天。这一带将会因暖和天气里的活动而喧闹躁动。南区的警察们则深陷泥潭。无论是巡逻警车，还是没有标志的车，特纳和飓风以及其他搞突袭的小子会盯着这帮人，等着，甚至把迪安德尔拎过来警告一番他将会遭遇的情况。但所有这一切都会如同幻梦一样逝去。小瓶子们涌出去，美元涌进来，利润变成了大麻或者妓女或者同迪安德尔坐黑车去到公园高地，瘾君子们都说这里能找到市里最好的吸食海洛因。

但现在，在今年的倒数第二天里，迪安德尔·麦卡洛睡着了。第二天，他在存货地点的沙发上打着瞌睡，等警察们换班。再过一天，他也会在这里，日复一日，直到五月的一个下午，到时候他会被一双靴子走上楼梯时的陌生吱呀声惊醒。半睡半醒且因为大麻而神志不清之间，迪安德尔会盯向公寓的门，然后看见特纳手持着枪，靠在门上往里窥探。

他们的眼神将会交汇，特纳甚至会真的微笑起来，然后往双唇上比一根食指。嘘，请安静。

而迪安德尔，以为这一切都是梦中的一部分，甚至不会从朽坏的沙发上起来。他体内没有足够警觉朝着窗边的丁基喊出声，或者冲着坐在那张椅背坏掉的椅子上的 R.C. 喊，抑或是迪昂，他会坐在那张老旧的带贴面的桌子前。桌上放着五六袋海洛因，还有三堆装可卡因的瓶子散落在面前。当特纳最后转过角落，把他的格洛克九号对着丁基时，迪安德尔才会傻看着这最后的时刻铺开，仿佛这是录像带上记录的别人的人生。

海洛因在桌上。可卡因在桌上。打包好待售。蓄意持有及计划售卖。而迪安德尔到时候已满十七岁了。他也许会上到成人法庭，也许最终会在伊格街上见到自己的狱友们。

春天来了，他们就会年长到知道自己在这个世界上的位置了，但又年轻得不会去争辩。春天来了，街角会算出所有的过往和债务，并前来收取，笔笔不落。当春天来到了麦克亨利街和吉尔莫街，正是在这间房间里，会有一个短短的毕业仪式，标志着迪安德尔·麦卡洛步入了成年。南区的警察们会带来毕业证书。

"逮到你了。"特纳说道，把他从沙发上拽了起来。

后记

"肥仔"科特回到了街角。

在波恩赛考斯医院的医生们把他扔进西顿大宅这个养老院三年半后，他慢慢地瘦下来了。到了 1997 年春天，他的双手双腿依然还肿着，除此之外几乎没有任何东西来为他的街头诨号正名了。

在 1994 年的冬天和初春，他在养老院里蛰伏着，积蓄着力量。但到了春天，随着天气渐暖，科特溜到费耶特街上来了一两发庆祝。西顿大宅的员工们意识到科特在街角厮混、兜售也吸食可卡因时，他们迅速把他从四楼的房间里赶了出去。一天早上，借着一张只能白天出门的出门条在外待了一夜后，科特回到养老院却发现他的东西被堆在了大厅的走廊里。

在护士们意识到他把早上也花在了好几条费耶特街上分发样品的队伍中之前，平普也就多坚持了一周。被从自己房间赶出去后，他同科特一起回到了布鲁的空房子里。

那个夏天，"笑面"摊上的案子是被指控用刀刺杀了"饿仔"，但起诉很快就失败了。在警方无法锁定目击证人后，检察官们把案件归入了休眠案件的卷宗里。警探们花了几天在费耶特街上寻找罗宾、布鲁以及其他人，但他们谁也没能找到。罗宾失散在了风中，瓦因街上一个孩子给了警探们笃定的声明。而布鲁——检方的第三个目击证人——也没在所有人预期会找到他的地方。

当时，乔治·尔普斯正住在南汉诺威街的一处团体之家里，离他的老地盘有数英里之遥。他也在工作，是"市区伙伴"（Downtown Partnership）的一员，这是一个雇佣人员巡逻市中心的商业联合体组织，布鲁为此每周能拿到一张工资支票。"市区伙伴"的雇员们身穿颜色鲜艳的夹克，他们的工作是捡拾垃圾、劝阻破坏、帮助游客，并带着一种模模糊糊的权威站在街角上。布鲁是经由一个南巴尔的摩无家可归者庇护所的员工获得这份工作的，他之前因想到会被看见身穿一套小丑服装并假装是警察而恐惧不已。他希望，也许，会在不见到任何自己认识的人的前提下，熬过这份工作。

但布鲁坚持了下来，收到了工资，然后得到了另一份工作，在之后是一份更好的工作。渐渐地，他在市中心租了自己的公寓，又找了工作。分外巧合的是，他成了西顿大宅维护工人中的一员。在这里，他同数十个在街角上认识的男男女女共度生活。所有人都病了，很多人正在死去。对布鲁来说，似乎是上帝带着某种目的把他安排在了西顿大宅里。不要搞错，他去那儿是为了油漆和修理墙壁并领工资的。但对布鲁来说，这也是在退开一步，想想他留在身后的生活。他想，也许，他去西顿大宅是为了见证的。

后来，布鲁加入了以马内利非裔卫理公会教堂（Bethel A. M. E.），西巴尔的摩最大黑人教会之一旗下的一个援助组织，在这里，他开始把上帝的箴言带给那些在毒瘾中挣扎的人。去年秋天，他庆祝了自己戒毒清醒满三年。

到那时候，丽塔已经死于双臂感染了。沙登在前一年也已经去了。斯卡里奥也走了，还有泰·布瓦斯和平普。被赶出西顿大宅后，平普回到了费耶特街上，但在最后的日子里找到了上帝，并在一张干净的床上安静地死去了。他是在城市另一头的一家养老院里读着《圣经》去世的。1994 年，"蛋仔"达迪卖了一包用艾禾美牌苏打假装的可卡因给一名卧底警察，按照州里事不过三的规定，面临五年的刑期。他恳求市一级法官开恩，希望能像布鲁一样去无家可归者庇护所。那个法官给了他最后的一点宽容，同意了，暂缓了执行判决。

今年年初，"蛋仔"在"市区伙伴"中被授予了"月度员工"的称号，他已经戒毒好几年了。

科特在费耶特街和门罗街的十字路口上显得越发孤单了。1995年初，他的申述听证终于在社会保障局举行了①。在听证官员迅速地看了一眼他那肿胀的双腿和扭曲的脚踝后，科特被奖励了每月四百五十九美元的政府救济金，外加同样数额的第二张月度支票，代表的是他的申述被耽误的所有这些月份里的补偿金额。简而言之，柯蒂斯·戴维斯——以揽客为职业，百分百的瘾君子——每月会因他的残疾而被支付超过九百美元，而他的残疾原因被认定为，嗯，他是一个百分百的海洛因瘾君子。

在费耶特街和门罗街上，九百美元可是很大一笔钱。在为了任何形式的政府援助等了几乎两年后，科特差点成了支票日的受害者。当头两张 SSI 支票寄到时，就好像是由政府派出的轿车顶着一支六英尺长的注射器开到了费耶特街上。对科特来说，这如同是狂欢庆典。

一年之内，他就回到了波恩赛考斯医院。他的转氨酶彻底暴乱了，身体消瘦到了难以想象的程度。后来，补偿的钱不再寄来了，而科特学着在剩下的钱上控制节奏，让自己脱离这个游戏一段时间。

在一年多的时间里，他同他的女人萝丝一起住在蒙特街上一栋无电梯楼房的二楼上。他有一台电视、一台录放机，还有好几身不错的衣服。他加入了一个美沙酮戒毒项目，试图改变，把对针头的追逐变成偶尔为之的事。而因为有一点救济金帮忙支撑，科特没有花费之前那么多的时间去揽客。但是，仍然有几天，他会走上门罗街，站到自己的位置上。他在那儿晃悠着，看着来来往往的人发出了慨叹。

---

① 指前文他申请救济一事。

"人都不一样了，"他解释道，"除了一帮年轻小子就没人了。小子们啥都不懂。"

　　在 1997 年的初夏，科特最后一次崩溃了。他从波恩赛考斯医院的急诊室被送到了卡罗尔顿街（Carrollton）和费耶特街街角一处养老院，距离他的街角有七个街区。他于六月九日死于肝脏疾病。

　　小小的追悼仪式把"肥仔"科特真正的家人以及费耶特街那帮与他有较强联结的人里还剩下的部分聚到了一起。

　　"他是个瘾君子，最早的瘾君子之一，"科特的弟弟告诉人群，"但是，"一生远离了街角的兰迪·戴维斯补充道，"我们可以感谢上帝，他从未丢失他全部的人生意义。"

　　与此同时，科特的兄弟丹尼斯每天还在门罗街上，拒绝向那个病毒屈服，在经历了被那么多战士一一抛弃后，表示出自己的惊讶和一点点震撼。

　　"我会是最后一个站着的人，"丹尼斯骄傲地说道，"你们会看见的。"

　　多年来，艾拉·汤普森抗拒将自己的社区视作无法挽救的地方。她被偷的车子找回来了。娱乐中心还能继续使用。她的公寓从没被侵犯过。

　　但 1994 年的一个下午，艾拉当时正在娱乐中心工作，抬头看见迪安德尔和普雷斯顿一起站在门廊里。她邀请他们进来，但迪安德尔只是挥了挥手，两个年轻人就走开了。

　　当天晚上，她回到自己的公寓，发现那地方被洗劫一空。有人打破开向背街巷子的一扇窗户闯了进来，把房间翻了个底朝天，从一个抽屉拿走了几百美元。只有一个房间——基蒂的——没有被动，因此艾拉意识到他的朋友们清楚公寓里那部分的任何值钱东西都已经和她的儿子一起待在加州了。所有这一切都让她怀疑普雷斯顿和迪安德尔，尽管她没有和他们任何一个人对质过。她没有证据，所以闭口不言。但她知道普雷斯顿在吸毒，迪安德尔也是。艾拉多年来找着法子去相信富兰克林广场。在这次盗窃后，她的信仰在她看来，是第一次错付了。

接下来的冬天，警方封了布鲁的房子以及费耶特街上其他几处被用作吸毒点的空置房屋后，很多重度成瘾者都搬到了费耶特街1804号这处针头圣殿里。这是艾拉公寓隔壁的一栋空房子，她有两次在烟雾的味道中醒来，两次都是瘾君子们在空房里点了火，差点把整个街区烧掉了。

她开始在周六买周末版报纸，查看房产出售的信息。最后，1996年，她从费耶特街搬到了汉密尔顿一条安静街道上的一栋两层红砖房子里，此处是位于东北巴尔的摩的一个工人阶级和中产阶级社区。而且，艾拉也没有租房了，有生以来第一次，她拥有了自己的住房。

基蒂现在和她住在一起。1994年地震后，他从洛杉矶回来了。费耶特街也许是地狱，但也是甚至连魔鬼都不敢乱搞的坚实大地啊。一开始，艾拉对自己最小儿子归来所担的心被坐实了。他开始和普雷斯顿在富尔顿街上交游，在酒水专卖店的门口喝酒。几个月后，艾拉在他房间里找到了一支手枪。基蒂发誓说自己没有贩毒，说他拿着这把武器只是为了保护自己不被街头抢劫。但艾拉逼着他想出一个好一点的计划，要么回到学校，要么学个手艺，总之做点能改变他人生方向的事。

艾拉离开费耶特街的时候，基蒂和她一起搬走了，而且他立马对这个变化有了反应。几个月前，他完成了木匠的认证培训，这是在一路乘火车去到弗吉尼亚州北部上了部分课程后才完成的。本书写作期间，他正戴着一顶安全帽，在市中心的查尔斯街和列克星敦街一带的建筑工地上磨炼自己的手艺呢。更惊人的是，他的朋友普雷斯顿也已经浪子回头，他甚至还娶了一个来自虔诚教徒家庭的年轻姑娘。他结了婚，有了工作，住在水库山（Reservoir Hill）一处安静的公寓里。

放弃自己的公寓对艾拉来说已经够难了，但比起把小马丁·路德·金娱乐中心留在身后给她造成的痛苦来说不值一提。甚至当计划要从费耶特街搬走的时候，艾拉也从没有动过任何心思要放弃娱乐中心。一直以来，她都想象着每周五天通勤来到娱乐中心，抓住那个和她关于女儿的记忆羁绊最深的东西。但是，艾拉同某些社区政治起了冲突：一次想要选出一名带薪高管来管理社区组织的秘密投票被证明不是那么保密的，而艾拉支持的是失败者。后来上任的高管乔伊斯·史密斯虽是她长期的朋友和同盟，但对艾拉来说，这次选举似乎在这段友谊上投下了阴影。在委员会会议上，乔伊斯对娱乐中心项目和艾拉的管理两者都变得越发挑剔，至少艾拉是这么感觉的。

同时，那些清楚艾拉在小马丁·路德·金娱乐中心工作成就的市公园部门同事开始拿类似但更高工资的工作来劝她。1996 年，她收到的那份工作邀约实在诱人：她将负责监护孩子们，涵盖了一系列西巴尔的摩娱乐中心，这份工作是"孩子成长"（Kid Grow）项目的一部分，是一个有拨款的新项目，针对的是市区生态和农业领域。艾拉思量了一周多，之后，在和富兰克林广场委员会的朋友们沟通后，她提交了辞呈。

写本书的时候，她已经在"孩子成长"项目上工作一年有余了。市政府有计划把项目扩大到其他一些娱乐中心，去营造花园、植树造林和进行环境教育。依然在自己心中为费耶特街留有一席之地的艾拉，最近劝说官员们资助小马丁·路德·金娱乐中心开展这个项目。

而至于娱乐中心本身，它的管理一度被交给了布鲁，后者当了几个月的娱乐中心主任。后来孩子们惹恼了他，因此他换去了别的工作。之后，社区联合会被拨付了一笔大一点的市政街区资金后，来自社区外的工作人员被雇佣了来。如今三个雇员领着工资做曾经由艾拉和马泽尔·迈尔斯负责的工作。但艾拉组一支男孩篮球队的想法比她在这里的工作要持久。娱乐中心的游乐场也终于在几个月前被重新修整过了。市公园系统的官员们用那种更好的室外球场为这块空地增添了光彩。

艾拉开车经过蒙特街并看见新铺地面和白色篮板的那天，她简直不敢相信。她多年来一直在申请这么一块球场，求着乔伊斯和默特尔以及她碰见的任何市政官员。对游乐场的改造总有计划，但计划也总被推迟。如今她已经离开了，就好像那些她曾试着用初生牛犊一样的一支篮球队去拯救的孩子们一样离开了。但此时此地，面前正是那块她一直梦想着的球场。一群年长一点的男孩们正在上面全场跑动着。她回忆起 R. C. 冲着破旧的篮板投出了幻想的球。她回忆起迪安德尔和他父亲试图用螺丝刀和垫圈把一个松脱的篮筐给装上去。

那天，当那些变化也注视着她，她以自己从未想过还会发生的方式看到了娱乐中心——从外面往里看。但是，她无法为此感到苦涩。那栋灰色的建筑占据了艾拉如此大的一部分人生，让她无法冲它生任何气。这也不是艾拉的为人之道。

"我就知道，"她后来骄傲地说道，"我一直都知道我们会建起那个篮球场的。"

为了自己在麦克亨利街上的地盘而对抗来自 D. C. 的入侵者两年后，克伦肖黑帮兄弟不复存在了。为了归属感而开始的一次集体行动结束在了任何毒品街角都时时上演的争吵、抱怨和背叛中。

R. C. 吸上了海洛因，搞砸货款，还偷存货。多里安带着另外一包货跑了。泰的体重一直在掉，行为疯狂。所有人——R. C.、泰、博、丁基、布鲁克斯和"硬汉"——都开始指责对方吸毒和偷窃，哪怕他们也都痛苦地否认着针对自己的指责。

有时候，他们连枪都掏了出来。

1995 年，在巴尔的摩街和吉尔莫街的 B&G 团伙同某些列克星敦台地男孩的一次冲突中，两个年轻男子骑自行车来到吉尔莫街和霍林斯街的街角上，开了几枪。其中一发子弹打中了丁基，迪安德尔的表亲，子弹射入了他的胸口。他在巴尔的摩街上蹒跚了几步后倒下了。几小时后，十七岁的丁基在大学医院的外伤中心被宣布死亡。尽管这起光天化日下的谋杀被五六个 B&G 团伙中的老成员目睹，但几乎没有准确的信息被提供给警探们。后来，警方指控了一名被公认是无辜的台地男孩。几个月后案子撤诉，对罪行再没有进一步的调查。

去年夏天，在同一个南文森特街团伙的争执中，博在麦克亨利街上被一个十六岁的姑娘给枪杀了。但文森特街的那帮人——包括了坦克和托尼，娱乐中心老篮球队的成员——不打算作罢。两天后，泰和 R. C. 双双在麦克亨利街的一场伏击中受伤，泰被击中了肩膀和手臂，而 R. C. 则是臀部和手上吃了子弹。两人都在波恩赛考斯医院接受治疗后出院了。

泰、"硬汉"、迪昂、多里安、杜威和布鲁克斯还住在这个社区。大部分时候，他们都不会假装自己有任何的计划，尽管泰号称自己就要从弗朗西斯·M. 伍兹中学得到高中同等学力证书了，并坚称说这个秋天他要去上大学。但此刻，他把大部分时间荒废在普拉特街和吉尔莫街上，大喝特喝。布鲁克斯在未成年监狱待了几乎一年，上个月才回家。多里安的刑期还要更长。布莱恩因为涉毒指控被关在了纽约的莱克斯岛（Rikers Island）监狱。

对 R. C. 来说，去年的枪击事件是一个转折点。在那之前，他一直做得不错。实际上，他一直在慢慢地把自己拉出漩涡，从毒品、贩毒和麦克亨利街的街角上一并离开。在找了一个比自己大两岁的威南斯山（Mt. Winans）姑娘后，R. C. 意识到自己早就想从母亲的公寓里搬出来，并找一份稳定可靠的工作了。

一开始，临时工中介机构把他安排到了位于杰瑟普的马里兰食品批发市场当劳工，此地距离巴尔的摩的南边还有十几英里。那里的一个主管问 R. C. 能不能操作叉车，十八岁的他带着自己惯有的浮夸回答了。

"我想我可以。"R.C.说道。

"那是什么意思？你之前到底开没开过叉车？"

"车在哪儿？"

主管给了R.C.一个机会来证明自己，而他把叉车操作得很好，为自己赢得了一份正式工作。

每个工作日，R.C.会离开自己女友祖母的房子去县上。每一周，他都把工资支票拿回来，给女友一半，帮她完成学业，助她成为一名护士。连他自己都惊讶的是，他做得不错。

这段非同寻常的稳定生活差不多持续了十个月。然后博就被杀了，同文森特街团伙的冲突由此升级，R.C.回到麦克亨利街去了解情况。毫不意外的是，C.M.B.那帮人对他十分责备，用愧疚和"居然离开了这个社区"问候了他。两天后，R.C.住进了波恩赛考斯医院，看着一名实习医生从他的左手皮肤下夹出了一颗变形的子弹。

在枪击之后，他坠回了自己的老套路中：在麦克亨利街上鬼混；旷工，丢了杰瑟普的那份工作；对自己的女朋友撒谎。同泰和"硬汉"及其他人一起，他开始在麦克亨利街和吉尔莫街上一包接一包地贩毒。直到某一刻，他攒出了一卷快五千美元的钱卷儿。他又开始吸毒了。渐渐地，他因闹事遭了一起指控。写本书的时候，他已两度身陷市监狱，一共经历了三个半月的刑期。他如今获保释出了狱，但还有一起涉毒案件待审。他在找工作，想要挽回那个让他重回正轨几乎一年整的姑娘。

"我以前走起来了，"他如今说道，"我当时把所有事儿都做对了，我只不过是又搞砸了，就好像受不了一直像那样做对事儿似的。"

现在，他不怎么打球了。

芙兰·博伊德习惯告诉自己，说在追逐毒品的快感时是有原则的，是有总得坚持的行为标准的。但街角自有其规则，而其中的第二条规则——别把话说满了——总会被一丝不苟地执行。

1994 年，芙兰足够幸运地住进了一栋有补贴的排屋，从博伊德街搬到了东巴尔的摩的洛林大道（Lorraine Avenue）。她终于摆脱了马文·帕克，后者在一年内死于吸毒过量。作为一个依然自称在康复中的瘾君子，芙兰同自己的儿子们，被一个旨在支持这类人群的非营利住房合作机构安排住进了这栋彻底翻新过的房子。但是，这里有两个问题。第一，芙兰不再处于康复中了；第二，地势较低的格林蒙特大道那一带所进行的漫长警方严打已把街角的人流往北边和东边赶了几个街区，将洛林大道 400 号段变成了这一区域里最活跃的毒品市场之一。

芙兰总是告诉自己，说她永远都不会鼓励迪安德尔贩毒，说她永远不会从中牟利，或者同意他把自己的住房当成存货点。在洛林大道上，她做了所有的这些事情。她还从他那里偷窃，摸进他房间的次数实在太多，以至于有一次，在失望沮丧中，迪安德尔冲着卧室墙壁来了一拳。

"你又偷我钱了！"

"你他妈说啥呢？"

"我的钱！你就是个偷东西的毒虫！"

"小子，我可不知道你在说些啥。"

有一次，她在迪安德尔的卧室门口等了四个小时，听着他的呼吸，耐心地等着他陷入沉睡的瞬间。然后她可以摸遍他的夹克口袋找钱、找毒品，或者两者都要。但迪安德尔，在连续熬了五天夜后，强迫自己保持了清醒，希望抓个人赃俱获。这次对峙一直持续到黎明。当时迪安德尔终于起身，要去上洗手间。芙兰退回了自己的房间，等着那阵漫长的排尿声响起，然后她在不到二十秒的时间里洗劫自家儿子的房间。她到手了四十美元，并没有一丁点儿的羞愧。她的勾当就是她的勾当。她儿子带回家的一切都必须经历这个简单的事实。

同样地，芙兰多年来一直告诉自己，说她不仅是围着海洛因在转，说自己也不会像其他的疯狂瘾君子一样，每五分钟就要吸一发可卡因。但在洛林大道上，她的福利救济金像流水一样地被花光了。几个月里，她的脸就变成了一张死人般的面具，她的体重降到了九十磅以下。最糟糕的是，芙兰总是告诉自己说，无论如何她也不会骗人。但在洛林大道上，她让几个老男人误以为她和他们是一对儿。她为了毒资玩弄他们，最终引发了自家儿子冷静且关心的责备，劝她不要这样出卖肉体。

"妈，你不至于。"

深受震撼后，芙兰联系了戒毒中心。她上了等候名单——这一次是四个月——然后把房子钥匙留给了迪安德尔。二十八天后，她回到了洛林大道，开始寻找一个新家，在任何一个街角就仅仅只是十字路口的社区里就行。替代毒品的是她对戒毒会议的不断追寻。而当那也无法填满她所有的时间后，她去 BRC 当了志愿者，尽自己所能把尽可能多的时间花在戒毒中心里。

过了一个月左右，她在巴尔的摩县找到了一处有补贴的公寓，位于洛赫·雷文林荫道尽头。几个月后，BRC 通过雇佣她嘉奖了她的志愿精神——一开始是协助中心的医疗部门，然后是作为戒毒辅导员来监管中心的住户们。而芙兰，如同任何前瘾君子一样，当面对吸毒成瘾者同胞们时，不会被诓骗到：在如此优秀且长久地玩过了所有的那些游戏后，她不会让 BRC 的住户们骗到自己一丝一毫。

就在上个圣诞节前，距离芙兰庆祝自己戒毒一整年的几个月后，她被解雇了，这是对戒毒中心一次联邦审计的结果。资助 BRC 的资金要求所有的辅导员都要是受过完整培训且有资质的，为了保住自己的预算，中心不得不解雇了一些最棒、最可靠的雇员，解雇了那些从街角中幸存下来且此刻正利用经验在行善事伟业的男男女女们。芙兰、安托瓦妮特还有其他十几个人都是这场英雄旅途中的街角老兵，试图为自己找到一点救赎，试图施以微小的回报。而政府，一如既往地，无法看到这一切。

芙兰惊呆了。好几个月里，她都蜷缩在自己的公寓里，不停抽烟，把指甲都咬光了，就这么等着，大概是等着自己的失业救济金和退税花光。过去，这样的一次挫折绝对足够再把她推入漩涡了。但值得表扬的是，芙兰也感受到了这一点，并反击了回去。

一开始她去了比平常更多的匿名戒毒会议。然后她在一所县上的社区大学登记入了学，决心要获得某些培训，这也许能让她保住BRC的工作。两个月后，她在一所为问题青年们服务的住宿机构找到了一份临时工。写本书的时候，芙兰正在街头搜寻，想找点更好的工作机会。

她也快清醒满两年了，这样的一段时间再也无法被一场胜利巡游给搞砸了。她戒毒一年的庆祝是一场 BRC 的匿名戒毒会议，持续了几乎两个小时。今年她颇矛盾要不要搞一场派对。

"我不认为我想要搞任何大规模的庆祝，"她说，"我只希望它是平常的一天。"

威廉和萝伯塔·麦卡洛留在了瓦因街上，如今都快七十岁了。威廉·麦卡洛继续每天为皇家出租公司开车，萝伯塔女士则在圣詹姆斯教堂当志愿者。

他们众多孩子里的大部分都给他们带来了巨大的快乐，孙子孙女们也在有规律地出生，来为这份快乐锦上添花。但越来越多的街角世界找到了进入他们家中的路径。

珠贝依然是自己毒瘾的囚犯。总是对世界如此愤怒的夸梅，在他的女朋友雷吉娜拒绝作证后，他的那起家暴指控被撤诉了，但很快又摊上了更多麻烦。1995 年，夸梅因一起贩毒指控被判缓刑。同一年，他在南吉尔莫街的一次抢劫中受伤。最近，他遭到了逮捕并因两起独立的涉毒枪杀而被控谋杀。他此刻正在羁押中，无法被保释，等着伊格街上法庭的审判。

接下来的两年里，加里·麦卡洛在温暖的月份里去海丰餐馆工作，冬天则靠搞勾当过活，有今天没明天的，也时不时地靠着罗妮·布瓦斯和他妈妈的慷慨来帮自己熬过去。他继续住在父母房子的地下室里，同那条"蛇"搏斗着，让自己的轨道绕着小瓶子和玻璃纸袋转动。

1995年底，他在费耶特街和蒙特街的街角上买了一瓶可卡因回家注射，却发现毫无效果。这是加里买到的又一瓶假货。

两天后，一个十五岁的街头贩子想把更多同样的东西卖给他。

"不，"加里回复说，"这玩意儿诳人的。"

"你说啥？"

"啥用也没有。"

另外两个年轻贩子突然出现了，没再多说一句话，这三人把加里打倒在了地上，又打又踢，直到他失去意识。接下来的几周里，加里遭受着耳鸣的困扰，还有一阵让他左眼失去了视力的炫光。但奇怪的是，加里似乎从这次遭遇里汲取了力量，开始以新的眼光来看待自己和自己的处境。

"他们还是孩子，"他说，一边摇着头，"孩子毫无由来地打了一个成人。"

连续三天，他都步行前去慈爱医院，希望能得到一张由州里资助的四天戒毒项目的床位。当被告知没空缺的时候，加里恳求过。一个朋友主动借给加里五百美元来支付床位，这个善举把加里推到了医院等候名单的顶上。

在慈爱医院的戒毒科度过神志不清的两天后，加里离开了，回到了西巴尔的摩，来了一发可卡因。之后，对这其中包含的矛盾毫不在意，他又径直走到了南巴尔的摩无家可归者庇护所，说自己想要戒毒，就像布鲁和"蛋仔"做过的一样。

此时，加里已经连续五年，每天都在注射快球了。而当那最后一发可卡因的快感消散后，他发现自己在大到难以置信的抑郁中苦苦挣扎。有时候，他甚至会产生幻觉。

庇护所把他转去了沃尔特·P. 卡特中心，这是市中心的一个州级精神机构。中心的员工开了抗抑郁药给他。加里后来同自家弟弟克里斯住到了巴尔的摩的东北部去。在那些日子里，他给弟弟的孩子们当保姆。晚上，他享受着他们全家的陪伴。作为当保姆的报答，他们不会给加里钱，也不会开车送他回瓦因街。

有一个月，加里都独自对抗着自己的魔鬼们。但当那年二月下雪的时候，加里清扫了十几条车道，赚来了二十多块钱。他把孩子们独自留下，一直游荡到找到一处街角和一发快球。当晚，克里斯对自家哥哥再次吸嗨的景象感到悲哀，把加里赶出了房子。

之后的选择是回到他妈妈的地下室或者再去试试戒毒。"要是我回到瓦因街，"加里向一个朋友承认道，"我就会死在那儿。"

他回到了无家可归者庇护所。他在室内缩了一周。他开始努力参加会议、咨询以及集体治疗。他达成了时长一个月的清醒，就开始同其他住户到社区去找活干。

1996 年三月，加里从一群工友中溜了出来，从南巴尔的摩走到了费耶特街一带。当加里走上前询问产品的时候，"肥仔"科特正在岗位上。

"最近没看到你。"

"我知道。有啥好货？"

科特看着他。"你确定你想要？"

"对，"加里说，"我想要。"

十分钟后，加里和哥哥珠贝下到了瓦因街 1827 号的地下室，又烧又捅地吸上了毒。在只吸了屈指可数的几次毒的三个月后，加里的身体已经受不了惯常的量了，他突然从床上跌到了地板上。

珠贝慌了。没有立刻拨打 911，加里的哥哥试图清理干净这一团糟，想藏住这个家里所有人早已知道的秘密。他往加里脸上泼了水，把加里抬起来放回了床上。他又花了半小时把弟弟搞出了地下室，去了瓦因街上的另一个地址。然后，最后，他呼叫了一辆救护车。

加里在抵达波恩赛考斯医院时去世。

在圣詹姆斯教堂举行的丧礼上来了两百多名哀悼者，这是对麦卡洛家族在那所教堂地位的证明。芙兰几乎无法经过那口开放式的棺材。萝伯塔女士彻底崩溃了。迪安德尔以对自家父亲的记忆起誓，说他再也不会吸毒了。他在棺材边停下来，轻轻地摸了摸加里的脸，忍住了眼泪。在教堂的后部，罗妮·布瓦斯坐在一个靠走廊的位置上，哭喊出了自己的哀悼。

牧师说了很多，其中某些部分确有其事。唱诗班唱响了福音。加里在海丰餐馆的白人经理保罗说起加里时，那饱含的大爱让全是黑人的教会都为之动容。随后他优美地演绎了一曲《祂既看顾麻雀》（*His Eye Is On The Sparrow*）。

"干，"芙兰乐了，"这个白人小子挺会唱啊。"

由家人们撰写的讣告排除了这场悲剧的核心元素，但无论如何，还是几乎表达清楚了其中所蕴含的巨大损失："他总是乐于付出。实际上，他经常为那些有需要的人提供精神上、情感上和资金上的支持，并让自己家成了避难所。充满了哲思的加里总是渴望把这些智慧同他有幸经由直觉和精神洞察得来的生活经验，以及从辩论中、训诫里和读过的东西里得来的一并传达。然而，依然没有话语能真切地表达出他是个多么美丽、真诚和善良的人。"

离开教堂，芙兰站在门罗街上，擦干了眼泪。迪安德尔迅速地抱了她一下。

"这不是他能玩的游戏，"她看着费耶特街上的揽客仔们说道，"他不像他想的那么强悍。"

当儿子的点点头。"我知道这听上去不对，"迪安德尔最后说道，

"但我几乎为这事儿感到高兴。我感觉他永远也摆脱不了了，你知道，他永远都回不到他从前的样子了。我认为他为此感到悲伤。我觉得他现在安息了。"

当站在父亲的棺材旁发誓的时候，迪安德尔·麦卡洛真心地相信着自己的誓言。他历来如此。

到了 1994 年夏天，迪安德尔就每天都同 C. M. B. 那帮人在麦克亨利街和吉尔莫街上贩毒了。吉尔莫街存货点里的那次抓捕并没有让他慢下来，尤其这个案件，即使发生在他刚满十七岁后，还是再次被递交到了未成年法庭。作为保释条件，迪安德尔被禁止涉足任何靠近麦克亨利街和吉尔莫街的地方——这个条件他勉强遵守了一个月。

到了那个夏末，他开始乘坐黑车去公园高地一带的毒品街角，把赚来的大部分钱花在了城市里最棒的吸食海洛因上。他蹦迪，也召妓，一直嗨着。他还遭到了几桩小指控，但没有严重到让未成年法官判定他违反保释条例。

到了 1995 年，迪安德尔吸上了可卡因，一度能在洛林大道房子的房间里一晚上一气吸完整整半盎司可卡因。他妈妈知道。芙兰能在楼下就闻到丁烷和可卡因灼烧的味道。但当时，她自己也在做自由落体，因而对自家儿子没啥可说的，说也没有意义。

在自己的街角上，迪安德尔开始搞混货物，蒙骗供应商，欠上债务。在同一个名叫"汉子"（Man）的毒贩争吵中，迪安德尔跟沙姆洛克合伙，抢了那人的存货点，挥着一把 4-4 的手枪拿走了毒品和毒资。这场争端本会升级，但"汉子"本人后来被台地男孩们给伤了，而沙姆洛克则因为另一场涉毒抢劫导致的谋杀上了法庭。这起案子很快不了了之，但沙姆洛克之后又遭到了一桩贩毒指控。他如今被关在伊格街上，等着因违反自己在那桩指控中的保释条例而被判服刑。

与此同时，在家中，迪安德尔对自己的家人玩起了瘾君子勾当。

一次，他偷了芙兰的独立卡，取走了一整个月的救济金，为她从自己这里偷走的所有钱报复了她。他甚至偷了自家表亲丁基的存货，但够聪明地把这事儿推到了 R. C. 头上。当 R. C. 试着告诉丁基真相时，遭了一顿捶打。但后来，丁基承认自己一直在回避真相，他悄悄地向 R. C. 道了歉。

"迪安德尔嗨得太频繁了。"丁基悲伤地说道。

丁基被射杀后，迪安德尔的疯狂变本加厉。台地男孩们在霍林斯街上设伏袭击他表亲的第二天晚上，迪安德尔就伙同其他三个 B&G 帮的老人，冲到列克星敦台地的游乐场上，冲着一群对手开枪射击。那晚，巴尔的摩街和吉尔莫街上的这帮人又嗨又醉地冲进了芙兰在洛林大道上的房子，说他们确定在现场留下了几具尸体。但第二天早上的报纸上没有消息。一个旁观者受了轻伤，再就没啥了。没关系，迪安德尔发誓说他会报复那些杀掉丁基的小子。他如今还在发这个誓。

在丁基的丧礼上，迪安德尔开始吸食吗啡。之后没多久，他就试过了注射吸毒，沿着一只小臂扎出了一线细小但密集的痕迹。到那时候，他贩毒的能力已经不能再满足贩毒的需求了。两年前，十五岁时，他已能让费尔蒙特街和吉尔莫街的生意兴隆起来。如今到了十七岁，他的生意却只能带来争吵和债务。

在这般奇怪、尴尬的情况下，他回去里格斯大街看望自己的儿子。迪安德尔看见泰瑞卡带着模糊的恐惧注视着自己。有时候他会陷入一阵瞌睡。其他时候他则说着不知所云的话。但他一直都是苦涩且愤怒的，随着泰瑞卡显得同自己越发疏远而更加愤恨。泰瑞卡成功待在了学校里，正期待着毕业以及自己在西巴尔的摩寇平州立学院的第一年。她还打着零工。泰瑞卡独自抚养着迪安特。在某个时刻，她就已经成长到不需要迪安德尔了，而迪安德尔也足够聪明地意识到了这点。他试着告诉她，说什么都没变，说他正在振作起来，说他没吸毒。

"但是，"泰瑞卡告诉别人，"我能看出他不一样了。"

当他妈妈回去戒毒时，迪安德尔堕落中的最坏部分也结束了。戒毒成功回来后，芙兰给了儿子一个终极警告，告诉他不能继续在她的房子里吸毒了，说他必须支持自己保持清醒的努力。一开始他争论过，怨恨在他看来是那种"我比你纯洁"的假正经。

"你有过了你的乐子，"他告诉她，"现在你给我说我不能有我的。"

他逐渐软化了。在他母亲回到洛林大道的房子里并开始找一处县上的公寓后，迪安德尔住进了奥克维尤戒毒，占了州里对未成年人戒毒需求有求必应的便宜。但一周后，他自己出院了，去看了泰瑞卡，承认了自己的毒瘾，并把他们之间的所有问题都归罪给了海洛因和可卡因。

泰瑞卡吓坏了，但在一阵惊悸不安之后，她接受了他，给了他最后一次机会。之后不到两周的时间，迪安德尔就又回到了吉尔莫街和麦克亨利街上。

芙兰威胁过他，告诉他自己不会允许他同搬去县上。但是他们共同的过去的重量让她不可能相信自己发出的威胁。多年以来，她一直都在欺骗迪安德尔。如今，当他自己骗自己的时候，她因过于愧疚而无法把他赶到街头去。

过去一年里，迪安德尔在漫长的街角贩毒时光和短暂的、奋力挣扎着重回正轨的间歇之间徘徊，一次次发誓说自己再也不会回去了，说自己不会再吸毒、贩毒了，也不会再在软弱这点上自己骗自己了。每逢这样的时刻，他都是急切而真诚的。他会早起。他会去看望儿子。他也找工作，而且要是找到了，他会在不可避免的陷落之前拿回一两张工资支票来。去年十月，他叔叔丹把他带出了巴尔的摩，去了弗吉尼亚州的哈里森堡（Harrisonberg），这是丹生活和工作的一处谢南多厄河谷小镇，这里没有街角。迪安德尔在那里的麦当劳工作了差不多有一个月。他喜欢弗吉尼亚，而那里的人似乎也喜欢他。

在感恩节的时候，他回到巴尔的摩看儿子，参加了迪安特的三岁生日派对。他把自己从麦当劳得来的工资的大部分都花在了礼物上，但他出现在泰瑞卡家中举行的派对上时，已经嗨了。他没有再回弗吉尼亚去。

今年初春，迪安德尔让自己陷入了同一个名叫"甜豆"（Sweetpea）的供货商的债务中，那是一个众所周知会时不时动枪的硬核毒贩。大部分的威胁对迪安德尔都没啥作用，但甜豆似乎打定了主意要挽回损失，或者更确切一点来说，他似乎就是喜欢枪击别人。人生中第一次，迪安德尔开始了逃亡，直到甜豆自己因另一起与此事无关的争端而被射杀在了吉尔莫街上，这个危机才被化解。这个春天还标志着迪安德尔首次因成人犯罪指控被关押，同时又被有条件地保释了。案子说实话不大，不过是在某个三明治店发生了一场争端而已。迪安德尔宣称自己试图分开一场争斗，而被错误地当做袭击者遭到了逮捕。无论如何，他被判要支付三千美元才能保释。

他从中央拘留所（Central Booking）给芙兰打了电话。

"我要三千美元才能出来。"

"那你最好把自己（在里面）搞得舒服点。"

他在拘留所里待了一周多，这是自"男孩村"那次以来的第一次。迪安德尔似乎被这次体验给羞到了。之后的一周多里，他试着在晚上的时候都待在家里，看电视上的篮球比赛，写写说唱歌词和诗歌。

这几句就是他写的：

> 破碎的幻梦和沉默的喊嘶，
> 成瘾者、毒虫子、毒贩子、瘾君子。
> 悲伤的脸孔和拥挤的房子。

警察追你时可千万别回过身子。
街头的受害者，混乱慢慢吞噬，
不敢张口，却依然渴求知识。
好像没人在意你过着破烂的日子，
肩负重担，哪怕只是个大孩子。
困于犯罪和仇恨的生活，
贫民窟就是我的全部生活。
要是我只有一个愿望能成真，
请上帝派天使来渡我身。
从疯狂中解脱，从狂野城市中解脱，
从一个贫民窟小孩的生活里解脱。

　　写本书的时候，迪安德尔刚过了自己二十岁的生日。他对此表示了一些意外。他一直以为自己现在应该已经死了，像是丁基或者博，或者其他五六个同自己一起长大的男孩一样。当还年轻一点的时候，他总是幻想着自己的死亡是残酷而暴烈的——一个匪徒的终局，迅速、坚强且粗厉，带着那种一个年轻男子喜欢假装出来的浑不在意。

　　过不过这日子，都没啥大不了的。

　　但街角永不停歇，真实无比。它无法被低估。它也不因假装、夸张或者年轻人的轻易死去而平息。它等待着。它运转着。它循着自己的步调终结由它开启的一切，以它自己的方式。

　　今天，迪安德尔·麦卡洛，一个吸毒成瘾者和无足轻重的小毒贩，还活着。

作者的话

这本书是新闻报道的成果。实际上，出现在书中的名字都是在西巴尔的摩费耶特街一带生活过、挣扎过的居民的真名实姓。书中复述的事件，除了在后记里描述的那些，都发生在 1993 年。

我们的调查始于 1992 年九月。当时我们开始冒险进入富兰克林广场社区，并开始同人们会面，让自己被他们所熟悉。我们几乎算是随机选择了那片地区。人们认识中的费耶特街一带始于吉尔莫街，一路上到山上的门罗街，是马里兰州这个最大城市里一处有着一百个甚或一百二十个露天毒品市场的地区。正因如此，它在我们看来很典型：富兰克林广场因此类同于任何一个被毒品交易席卷的内城社区。除此之外，我们选择西费耶特街是因为它和种族混居区域的距离。我们觉得这在展示一个基本事实上很重要：巴尔的摩绝大部分的大型毒品市场都位于黑人社区中，但这些市场服务的很多吸毒者都是白人。在费耶特街和蒙特街的街角上，如同在那么多的美国街角上一样，对海洛因和可卡因的需求绝对是跨文化的。

身为白人，我们在费耶特街上颇为出挑，一开始也被很多街角常客当成了警察或者警察的线人。更糟糕的是，一些老人还记得埃德身为巴尔的摩警察局巡警及警探的日子，导致有谣言把我们称为告密者或者便衣警察，甚至是更糟糕的角色。有一段记忆是关于"蛋仔"达迪的：他晃悠着走上瓦因街，用尽全力高喊"我为 FBI 干活"，对所有人宣布了我们的存在。

为了消除这些怀疑，我们聊了很多天，开了很多玩笑，不带特定的目的在这一带厮混。我们同娱乐中心的孩子们打过篮球。在温暖的日子里，我们带着揽客仔们去街角商店喝冰茶。我们给出去了几十本《凶年》，大卫早期的著作，明确了我们真的是试着要写一本书的作家。最重要的是，我们按照他们自己提出的条件同他们会面，并倾听他们说话。

西区警局巡警中的很多人并不熟悉我们，这让我们也成了他们眼中的嫌疑人。按照他们的思路，除了购买海洛因和可卡因，白人几乎没有理由出现在巴尔的摩街以北。这样的一个假定导致了一系列的截停、询问以及时不时的逮捕威胁。他们还会命令我们停止闲逛，离开这里。渐渐地，写作这本书的传言传回到了局里，这样的遭遇就变少了。

那些认识我们的警官则带来了另外的问题。年初时，在门罗街和费耶特街上的一起枪击案的事后巡查里，一个资深警探从犯罪现场人群中把大卫叫了出来，并亲切地交谈。这带来了问题。在街角常客们看来，这样的一次互动就需要解释解释了。后来，大部分警官都明白了我们的困境，并以无视来回应了我们，时不时地还对我们施加一点温和的"虐待"。

到了二月，大部分常客们都确信了，即无论我们宣称自己是谁，我们肯定不是警察。没人能想起我们买过啥或者卖过啥，或者我们做过任何让别人被关起来的事儿。基本上，我们一直在说实话，直到人们开始相信我们。

我们的方法足够简单，最贴切的描述就是"站边儿上看"新闻主义。我们每天都带着笔记本去到社区里，跟着人们四处走。某天，我们也许会跟着迪安德尔·麦卡洛下到吉尔莫街和费尔蒙特街；另一天，我们则会同艾拉·汤普森待在娱乐中心；下一天，我们也许会跟着加里·麦卡洛进到一处吸毒点。

因为笔记本的存在，我们经常吓到街角的人们。于是我们把纸笔放在口袋里，放在车上、娱乐中心或者一些足够友善而招待了我们的人家里。事件发生后，我们会离开一会儿去记下细节。记者们知道这不是记录自己目睹之事最好或者最简单的办法，但他们同样知道在非法活动中抽出笔记本一定会改变事件的走向或者阻止事件。对这本书来说，这个困难的方法也是唯一的方法。

书中描写的约百分之七十五到百分之八十的事件是被我们一人或者两人见证的。在某些情况下，重要的事件会在我们忙于记录另外一起事件或者没在这个社区里时发生。结果就是，这些场景不得不经由传统的、对有关人士的采访来呈现。幸运的是，街角世界对发生过的事件是如此在意，好几种描述会从不同的源头那里汇集到我们这里来。那时候，我们要做的就是把麦粒从麦糠中筛出来，这是所有新闻报道的关键过程。

我们一直要到1994年才开始动笔，此前跟踪了我们的角色一整年，好让自己能对他们的经历有更好的理解。为了保持住对那些住在费耶特街一带的人的叙述焦点，我们选择不把自己放进书中。时不时地，也许读者能看出作者——被称为"黑车"或者"朋友"或者"同伴"——是一个特定场景中的角色。但是，任何试图猜测作者们在不同场景里存在感的人也许会大吃一惊。比如，当迪安德尔举手主动参加演讲活动时，我们没在那堂英语课上。当他在公交车站堵住博，把他打倒要求还钱的时候，我们也没在。这些事件是被复述给我们的。另外，当迪安德尔面对未成年法庭法官的时候，我们在法庭里。当泰瑞卡生儿子的时候，以及——当时我们大感懊恼——当加里·麦卡洛在富尔顿街上被打劫的时候，我们都在现场。我们试图对自己时不时在场这一事实进行准确描述，但同时也要保持谨慎。

书中的对话要么是我们一人或者两人所亲历的。或者，在屈指可数的情况下，是从对那些参与了对话的人的采访中重构出来的。同样，当暗示角色们在思考某些东西的时候，我们不是简单地插入了他们的思绪，或者从他们的行动中感受出了这些。更经常的情况是，当事人在回忆事件的时候我们在场，他们的想法在事件发生当时或者发生之后立刻被口述表达给了我们。其他情况下，内心独白则是从多次采访中构建出来的。

此外，我们逐渐向书中的每个主要角色展示了相关的部分，他们此刻可以建议——但无法坚持——修改。我们鼓励自己的描写对象纠正事实性错误，解释清楚其中的矛盾，或者为自己的故事增加相关细节。新闻报道经常拒绝同信息源分享尚未刊载的内容，但在这样的一个项目里，这个惯常的禁止似乎没有意义。为了写出内在视角的叙事，记者们需要从自己采访对象那里获得能获得的一切。值得一提的是，费耶特街上的人们读了我们写的，并在读后对大部分内容都实话实说。那样的互动过程让这本书变得更好以及更准确了。

然而，读者们也许会好奇某些角色会不会倾向于以对自己有利的角度来复述事件，夸张或者伪造细节。实际上，作者们在很多情况下听到了很多谎话。要是我们在有限的时间窗口里进行调查，且基于的是同人们有限的互动的话，这本书将会存在严重缺陷。事实上，我们又持续跟踪了我们的观察对象长达四年多，这个时长足以让任何人都无法就自己的生活弄虚作假了。比如，1993 年一整年，除了大麻和酒精，迪安德尔·麦卡洛拒绝承认在使用任何毒品。但是到了 1995 年，他进了戒毒中心，卑微地展示了几个注射痕迹，并承认早在两年前的圣诞节就在吸海洛因了。正如人们所说的，时间会给出答案。

最后一点坦白：对于观察人们的挣扎和遭遇来说，一年是很长的一段时间。1993 年的时候，费耶特街上的很多人都在面临着挣扎。我们是记者，但我们没有抛开可以鼓励那些想改变的人的机会。当他们想要重回正轨或者进到戒毒中心寻求康复的时候，我们也没有回避给出一定程度的情感支持。

一开始这让我们略有困扰。严格不介入的通常规则要求，当某人想搭车去美沙酮诊所时，记者应该拒绝。要是那人真的想要参加美沙酮戒毒项目，无论有没有记者和记者的汽车在身边，他都会去做。同样地，要是那个人差几块钱买早上的那一发毒品，无论记者兜里有没有钱，他也都还差着那几块钱。

这种不偏不倚的立场听起来不错，但某天那个记者遭遇了一个难受至极、业已崩溃并公开哭求别人开车载他去诊所的人，他很难袖手旁观。或者是那天，那个记者把一个重度成瘾者拉出街角人群进行了两个小时的采访，却看到他因为没有毒品而痛苦不已。如果那个瘾君子在搞自己的勾当，他此刻应该已经有毒资了。但他花费这个早上同一个作者聊自己的生活，上帝啊，那男人急需五块钱啊。

出于规则，我们不会干预事件进程。但偶尔，我们也会忽视这条规则。我们作为记者进入了这个项目，但随着时间流逝，我们发现自己要比预想的更关心我们的观察对象。要是这样做有益或者有害，他或她之外的人会受益或受害，那可以说我们的原材料遭到了污染。但是我们所提供的有限支持几乎没有起到任何效果。迪安德尔、芙兰、加里他们年初时都混在街角人群里，年底也全部在那里收尾。而布鲁逃离自家的吸毒点是悄悄做到的，没有来自任何人的任何鼓励。也许我们所有事关新闻报道不干预原则的担忧都是基于虚荣吧。街角文化和毒瘾是强大的力量，等同或者大于横亘在它们面前的所有法律障碍以及社会计划。在费耶特街上，其中的几率不会因为某人带着笔记本和偶尔的善意而有任何改变。

我们在这些事务里最好的向导除了艾略特·莱博再无他人，他在1962和1963年里，以类似方式对华盛顿特区的街角人群进行了自己的经典研究。在关于《塔利的街角》（*Tally's Corner*）调研方法的阐述中，莱博这样写道："我观察的人们知道我在观察他们。有人利用了我，不是把我当做一个外来者，而是把我当成了某个因为某种原因比他们有更多资源的人。当另外一个有资源的人出现时，比如拥有金钱或者汽车的人，他同样会被如此利用。我通常试着限制金钱的数额或者其他援助的程度，使其等同于他们面对一个有着同样资源的朋友时所能获得的分量。我在不变得显眼的前提下，尽量地满足了这些要求。"

费耶特街上很多人给予了我们合作和支持，我们特别想感谢那些对我们敞开了自己世界的人：芙兰·博伊德和博伊德一家；威廉和萝伯塔·麦卡洛及他们的家人；迪安德尔·麦卡洛、泰瑞卡·弗雷蒙以及迪罗德·赫恩斯；理查德·卡特和他的家人；艾拉·汤普森、她的家人以及小马丁·路德·金娱乐中心的孩子们；乔治·尔普斯、麦克·埃勒比、丹尼斯·戴维斯、"蛋仔"达迪、泰瑞·哈姆林、布莱恩·桑普森、托尼·布瓦斯，还有维罗妮卡·布瓦斯。我们也怀念柯蒂斯·戴维斯、平普、丽塔、斯卡里奥、"包子"、沙登以及其他逝去的斗士们。我们深切怀念加里·麦卡洛，一个有着伟大心灵和温柔精神的人。他真诚的友谊和对这本书的兴趣支撑着我们。

支持我们费耶特街旅程的还有一群慷慨的灵魂：社区委员会和娱乐中心的弗兰克·朗、马泽尔·迈尔斯、默特尔·萨默斯以及乔伊斯·史密斯；巴尔的摩警察局的罗恩·丹尼尔警监以及西区和南区警察局里所有那些理解这个项目并给予我们工作空间的警官们；巴尔的摩拘留中心的拉蒙·弗拉纳甘典狱长；南巴尔的摩无家可归者庇护所的约翰·西曼和他的同事们；弗朗西斯·M.伍兹中学的萝丝·戴维斯；波恩赛考斯医院社工部门的凯茜·麦克加哈和珍妮·麦克纳马拉；波恩赛考斯医院及圣爱德华社区健康诊所的丹·霍华德医生；艾萨克·T.戈尔德神父，"好消息圣经"礼拜堂的牧师，这所教堂是富尔顿街浸会教堂的分支；还有瑞贝卡·科贝特，来自《巴尔的摩太阳报》的朋友和导师。我们同时得到了乔·兰尼、索尼·迈斯和"豪斯"拉里·卡纳达——费耶特街和门罗街上三名圣徒老兵的大力帮助，是他们同我们分享了很多来之不易的智慧。

最后，也一定是最重要的，有这么一帮曾被称为"克伦肖黑帮兄弟"的人。我们缅怀丁基和博，我们也对泰、"硬汉"、迪昂、布鲁克斯、布莱恩、杜威、多里安、阿诺德、罗纳德和其他人致以西巴尔的摩方式的敬意：

慢一点。轻一点。保持自由。

在我们自己的生活中，埃德想要感谢安娜·伯恩斯，大卫的一切则有赖凯尔·塔克·西蒙。没有他们不间断的爱和支持，这本书不会付梓。

在大路出版社（Broadway Books）里，我们的谢意要给到比尔·申克尔，感谢他对这个项目毫不动摇的支持，还有维多利亚·安德罗斯、卢克·登普西、瑞贝卡·霍兰德、玛吉·理查兹、特里格·罗宾森、詹妮弗·斯维哈特，以及罗伯托·德·维克·德·昆普蒂什。同样还要感谢我们的代理拉斐·萨加林，哪怕截稿日一个接一个过去，他也依然站在这个项目身边。同时我们对责编芭芭拉·拉瓦奇的付出充满了谦卑的谢意，没有她细致的审视，这本书几乎是前言不搭后语的。

这一切的中心是约翰·斯特林。他不仅以一名伟大编辑的所有技艺和优雅塑造了本书，早在我们创作灵感乍现的那一刻他就已在场。是约翰最早建议要记述一个城市街角上的生活，也是约翰让我们坚持了四年的调研和写作。最后，他挺身而出完成了这一切，控制了页数，从作者手中又赢得了一本书。

最后，我们想要感谢费耶特街上的人们给予了我们的罕有礼物。在如此多的混乱和抑郁之中，他们依然决定欢迎我们，讲述自己的故事，并允许我们在他们试着从一天活到下一天的时候在旁观看。他们信任我们，相信我们不是要去讲一个超出真相的更美好或更讨好的故事，而是在理解市区毒品文化是关于真实个体和真实生活的前提下去报道和记录。这是一个简单的前提，也是个重要的前提。我们一直试着不要丢掉它。

毕竟，记者们去寻求和获取同他人如此深入的联结几乎是种不得体的行为，这样的联结让记者在同一时刻里既感到了职业的骄傲，也感到了个人的羞愧。

关于这个两难困境最好的说法来自美国民族志的精髓之作，詹姆斯·阿吉的《现在让我们赞美名人》（*Let Us Now Praise Famous Men*）一书的序言。对自己也毫不放过的阿吉坚称："我所要写的是人类，他们生活在这个世界上，对这些以及远超他们理解的弯弯绕绕都一无所知。但他们居于其中，调查、窥探，并被其他异常陌生乃至无比陌生的人所尊崇和爱戴；而他们如今被他人审视着，别人拿过他们的生活，随意得如同拿起一本书来……"

大卫·西蒙、爱德华·伯恩斯

马里兰州巴尔的摩

1997 年 6 月

又及

新闻报道中大部分被视作亲密的状态，最好情况下会被当成假装出来的，而在最糟糕的境况下，则被当做彻底的欺骗。这个世界里的某些脆弱部分会容忍一个记者在其中逡巡。之后，一两周后，或者最多几个月后，这个闯入者搜集了一点观察到的细节，一些最为诱人的引言以及几个笑话。之后这个要笔杆子的人就写出了一份居高临下的、关于人类生活或政治系统的内部报告。这是个低级的喜剧故事，也是个盛大的悲剧，还不可避免的，是他在进入这场冒险之前所具有的无论何种观点的民族志证据。

亲密不是一周或者一个月甚至两个月就可以创造出来的。但真正的人类联结不是叙事性新闻为满足某种衡量其成功的标准而诞生的。记者得以走进人们的生活故事中，攫过一个好故事然后转身离开。这是一种值得享受的任务，处在平衡生活中的人们由此获得了让人舒服的冷静，不必付出精神上的代价。

从智识来说，那就是我们在开始这段旅程前所想象的《街角》的样子。我们明白这是叙述中的非虚构训练，我们会花上一年待在一个悲剧和残酷事件都会发生的世界里。我们知道会遇见受困于无休无止毒瘾的人，遇见让人无力的贫困，以及在很多时候，遇见最无法原谅的后果。从一开始，我们就看到了这件事的不可避免之处。

但我们感受它了吗？

你要如何对尚未见过的人感同身受呢？你要如何理解加里·麦卡洛的全部悲剧，要是你还没有理解完整的加里·麦卡洛是谁，要是你还没有在他的生活中伴他同行一整年，或是还没有在他的地下室里一坐一下午，倾听他的梦想和恐惧呢？当你还没开始获得一段慢慢赢得的友谊，又怎么能希望会有别的结果呢？在你还没有学会去爱即将失去的东西时，又怎么能理解失去呢？

我们没那么天真。埃德在巴尔的摩警察局度过了二十年的职业生涯后加入了这个项目，之前那段日子的大部分时候都是在应对谋杀。大卫在近十年的时间里，是这座城市日报的一名涉警记者，之前写了一本关于城市警局凶案组每日生活的作品。

我们关于街角文化的知识不是学术层面的，但也不是完全基于人际关系所需的希望和爱、欢笑和憎恨的。埃德参与过如此多发生在西巴尔的摩街角上的案子，他同非常广泛的族群都打过交道，但一桩案子结了就开始另一桩，姓名和脸孔也都随着案子在变换。而大卫报道过抢劫和谋杀、缉毒和警方丑闻，但当被划入每日新闻故事乃至周末新闻报道，还有系列调查及杂志文章的范式之后，很少有角色能让自己被长久地审视，直到完全展现出他们的人性为止。范式对亲密几无渴求，也不需要。

同样是在报道中，对冷静有着极端的要求。一个新闻学教授也许会问，要是没有一定的必要距离，一个人要如何清楚地去报道人和事呢？新闻报道要如何防范新闻记者的个人情绪呢？什么是经验主义的？由于我们存在希望、偏见和爱意，什么才是真实的呢？

多有趣的问题啊，如果你是新闻学教授的话。

我们去门罗街和费耶特街上，并在那里待了一年。我们遇见了很多人，有些人处在极端严重的困境之中。在手稿完成之前，我们遵循他们自己提出的条件同他们见面，我们与他们同行了三年多的时间。有人熬过去并胜利了，有人失败了，有人死去了，有人还在挣扎。

最终，我们认识到并了解了这些人，如同新闻报道通常所宣称的要认识和了解人们那样。但事后回想，这一点代价确定无疑：我们开始关心很多报道对象。我们甚至爱上了其中一些人，直到今天，我们也把某些幸存下来的人视作亲密且重要的朋友。

　　如果这是对新闻报道的冒犯，那新闻报道本身就是一种冒犯。也许这是我们美国媒体在贫困、毒瘾以及毒品战争中犯下无休无止错误的原因之一：在冷静时，数据——有的粉饰过，有的很精确——也一直都有政治上和学术辩论中的利和弊。那些似乎足够让我们中的大部分人冒险给出观点了，通常还带着相当的严谨。但当然，缺失的元素是那些挣扎中普通又私密的人性。

　　也许有很多原因导致美国这场失败的毒品战争进入了第五个十年，导致我们成了地球上入狱人数最多的国家，导致我们的禁毒政策越发严苛，哪怕不断在巴尔的摩、费城、圣路易斯这样的城市里失败，根本无法夺回毒品街角或者降低毒品的纯度。有几个原因导致了近半个世纪的失败，但没有政治领导人敢于公开承认这一点，或者提出别的原因。对于一个如此规模的政策灾难，要责备的对象肯定是有的。

　　但一个基本的原因，显然是这个：

　　美国仅仅情愿承认另外一个数据上的美国，只将其看作一团需要讨论的混乱事务，抑或是可供参与的政治辩论而已。在这个富有且运转良好的美国中，我们少有人能有机会认识一个加里·麦卡洛、一个芙兰·博伊德或者一个"肥仔"科特。更少的人会不带前提地去冒险接触这样的人，无论需要接触多长时间。那至于爱本身呢？它能有什么机会呢？

　　报道和写作《街角》给了我们一个罕有的机会，我们连带所有的条件接受了这一机会。没错，有人会说居然还有关心他们写作对象的作家，还有那些期盼着好一点儿结局的作家，还有能去书写个人失败、人性缺点，但更愿意将这些东西置于基本的同情包裹之下的作家。但另一方面，要是作家们能够传递一点他们内心的东西，是不是就有可能让读者们发现那些站在门罗街和费耶特街街角的人们了呢？

回看一眼，我们对这里的交易感到心安，尽管它一而再地付出着我们无法事先衡量的隐藏代价。1992年十二月，上述的一切，即使我们已经大声嚎呼过，也不过是陈词滥调而已。而等项目进行了几个月后，当芙兰·博伊德没能得到一张戒毒机构的床位时，那当然非常令人伤心，但我们能期待什么呢？到了那年年底，当博被射杀的时候呢？天哪，可怜的博。但总有人会在这些街角上被射杀，不是吗？又过了一年，当芙兰再次堕落，我们突然就心碎了，真正的心碎了，因为当时的芙兰，芙兰啊，她对我们非常重要。而当加里最终决定戒毒，却又溜出了团体共居的地方，来了一发致命剂量的毒品时呢？我们有好几个月写不出一个字。那时候，当然，再没有任何东西是抽象的或者是陈词滥调了。

我们所遵从的叙事性新闻报道的标准精确如下：在1993年期间，我们开始写作《街角》，很小心地不要以任何有意义的方式介入到所追踪的人和他们的结局之间。

我们带着关怀的双耳去倾听。要是某人暗示自己想要摆脱海洛因或者可卡因，我们表示赞同。要是某人暗示他们想要搞一支装着9毫米口径子弹的手枪并在别人身上开几个洞，我们不会赞同这样一个计划里所包含的智慧。要是某人需要一辆车去见社工或者出庭或者去看看能不能让自己被登到戒毒床位的等候名单里，我们乐意效劳，一辆行驶中的汽车的前排座位可能是盘问采访对象、更深入了解他们生活的最好地点。

这些微笑的互动有没有任何真正的效果呢？也许吧，但很多人都说着要戒毒。布鲁确实做到了，静悄悄的，没有"粉丝"围观。在这样的一次人生转向之前，我们对他没说过什么，也没能预见到这点。

我们同芙兰总是在聊戒毒，她也给自己攫来了一些机会，但直到《街角》完成记录的两年后，当我们不再是惯常的存在之后，她才有了足够的力量保持清醒。而离开海洛因则是加里·麦卡洛每日生活中的口号。和他一起时，我们尽朋友的本分对他施以鼓励。但是他在完成记录后的很多年里都没有行动，而最后，他失败了，悲剧戛然而止。

新闻报道不可违逆的原则会辩称——以《星际迷航》和《回到未来》系列电影里的那种态度——哪怕最微小的干预都有影响。搭载某人走过一个街区，意味着他们不是自由行走在蒙特街上，并去创造他们本应该创造的任何场面了。但是，费耶特街上人们所面临的多股力量分外复杂、毫不动摇并在合力做功，十分强大。认为两个拿着笔记本在社区里闲逛的白人家伙在某种程度上有影响力其实是不错的，但甚至是记者的虚荣也无法把这个想法带出太远。

我们在1993年里保持了小心谨慎，而在接下来的几年里和《街角》的记叙尘埃落定后，我们开始接近很多在费耶特街上认识的人，不仅是为了后续调查，也是作为朋友。我们对自己是否在这本书的范围之外，是否影响到了任何人这一点思索良多。要是我们在费耶特街上最初一年之后所说所做的任何事帮任何人获得了更好的处境，那就原谅我们的侵入吧，请把它们想成是被允许进入别人生活后所付出的正确代价吧。

之后那些年确实带来了某些不可避免的结局，但也有很多的惊喜。我们不仅和那些在《街角》中描述过的人保持并加深了联系，还学会了在此书之外去珍惜那些友谊。

在《街角》的记叙落幕十五年后，丹尼丝·弗朗辛·博伊德始终没再碰毒品。除此之外，她已经成了博伊德家族的基石，不仅养育着自己的两个儿子，还伸出援手收养了她妹妹的三个孩子，也给他们提供了一个稳定的家庭。

芙兰住在巴尔的摩县上，孩子们在县里的学校上学，但她定期前往那些让她付出过高昂代价的西巴尔的摩社区。多年以来，她一直做着由波恩赛考斯医院资助、针对吸毒成瘾者的一个治疗项目的外联工作。

她和哥哥斯谷吉是这个家庭里的幸存者。她的姐妹邦琪和雪莉以及哥哥史蒂维，在她戒毒成功并改变了生活方向后，依然在毒瘾中挣扎。邦琪最终戒掉了毒，却在 1996 年败给了肺癌。史蒂维于 2004 年去世，雪莉在去年随他而去。

看过基于此书改编的 HBO 迷你剧集的读者们也许能回想起一个场景，其中扮演芙兰的女演员坎蒂·亚历山大在得知预期中的戒毒治疗床位得不到时情绪崩溃，那是对芙兰为戒毒而做出的漫长奋战中痛心一刻的准确演绎。扮演接待员这一配角，目睹了坎蒂崩溃一刻的人，就是真实的芙兰·博伊德。当这部迷你剧集在 1999 年开始拍摄的时候，芙兰已经在超过四年的时间里保持着戒断状态。

也许最"灰姑娘"的一刻是在艾美奖上，当时芙兰同导演查尔斯·达顿及其他制作人一起走了红毯。一名洛杉矶的电视记者看到芙兰身穿的晚礼服，问她设计师的名字。

"蒙道敏。"芙兰答道，说出了这个西巴尔的摩购物中心的名字。

对此，那个记者点点头，假装知道。

这一刻看来太神奇了。这是一段英雄的旅途，芙兰教会了我们关于人类的优雅知识，并消解了那些在她进入我们生命之前，我们只能假装知道的东西。那个从费耶特街 1625 号的门前台阶上怒视我们的冷酷灵魂已经不能再被轻易地召唤出来了，另一个女人已然浮现，而她的力量和自信扛起了一整个家族。

在两个儿子和侄子侄女们之外，芙兰还是泰瑞卡·弗雷蒙的家长，将迪安德尔儿子的母亲视为己出，帮着养大了迪安特，并鼓励瑞卡待在学校里继续读完了大学。

泰瑞卡一边在巴尔的摩的马里兰州大学医院做着行政助理的全职

工作，一边继续她的学业：一开始是在寇平州立学院，之后在斯特赖尔大学（Strayer College），每个学期修六个或者九个学分，最终拿到了商业管理本科学位。她在医院被提拔了两级，如今参加了斯特赖尔大学商学院的一个硕士项目。

那段学术生涯中最困难的一刻，大概是本科生社会学课程的第一天，泰瑞卡惊恐地发现《街角》是这门课的必读书目。她很快就被认了出来。

"我的天哪，"她回忆道，带着只有事后回想才有的那种大笑，"我都想死了。"

如果不算争端的话，她同迪安德尔的关系没有结果。在十多年的时间里，迪安德尔都在持续挣扎。他搬到了自己的公寓里：一开始是巴尔的摩的沃尔布鲁克区（Walbrook），后来知道县里的学校对迪安特有益，于是搬到了芙兰房子附近的一所公寓。泰瑞卡同芙兰保持了亲密的关系。被接受为博伊德家族一员的她和迪安德尔在家庭事务上会彼此交流，也分享了迪安特的部分童年，但在其他方面，迪安德尔——从街角世界收到了信号的他——保持了情感上的疏离。瑞卡因此受了伤，对迪安德尔的忠贞不再抱有希望，她也一度寻求了别的亲密关系。

当然，芙兰的生活中再没有过审判了。

她尽自己所能补偿了兄弟姐妹，但史蒂维缓慢的堕落最终重重地砸在了儿子小史蒂维头上，后者不带丝毫犹豫就去了街角，不像迪安德尔曾经还犹疑过。尽管斯谷吉代替了自家弟弟想充当父亲的角色，但这样的尝试没啥作用。写下这段文字的时候，小史蒂维·博伊德已然不小了，他的结局也不平淡：他正在服着一段漫长的刑期，原因是涉及了一场联邦级别的禁毒大案。

芙兰的小儿子迪罗德顺利地避开了这一切，他妈妈搬到巴尔的摩县的做法阻止了他在费耶特街上度过青春期。迪罗德从高中毕了业，修了影视编辑课程，并在 HBO 的《火线》剧集里得到了一份工作，成了一名助理剪辑师。当他的哥哥磨砺出了行骗一生所需的技巧和在这座城市的毒品街角上争强好胜的本领后，迪罗德克服了自己天生的羞涩，成了这部电视剧幕后团队里的重要一员。

而现在，说说迪安德尔。

聪明、固执，如同自己母亲深陷毒瘾时曾表现出来的那种熟练一样，迪安德尔在十多年的时间里给所有人造成了很多麻烦。在最初的几次成人法庭指控中，他只被判了缓刑。当这些缓刑的条款被违反之后，他以一次数天，然后数周，乃至数月的长度，见证着市监狱的内部变化。

最后，一个不耐烦的法官在一桩案子上判了他几年。突然间，当时已经二十多岁的迪安德尔被送到了马里兰州东海岸的东部矫正中心（ECI），服着货真价实的刑期。这让他的堕落慢了下来，但不足以让他在被释放后的多年里停止挣扎。

他同自己的母亲对抗。他同泰瑞卡对抗。他似乎在面对每个机会时都阻止着自己变好。他疏离了雇主和朋友还有爱人，让自己屈服于一系列愤怒下的选择。

但是，他没有完全把自己交给街角。当他的朋友们在麦克亨利街和费耶特街、富尔顿街和埃德蒙森街上被吞噬殆尽时，迪安德尔留了一只脚踏足于他妈妈在县上以及街头上那些不断正常化的世界里。他不会把贩毒作为一份全职工作，至少不会像他被关进 ECI 之前所做的那样。更有力的证明是，从二十多岁往后，他没有再彻底堕落回去，或者真正地长时间陷入到重度吸毒的混乱中。

为什么？是什么阻止了他？

服完刑回家后，迪安德尔震惊地发现对手们的生命几无残留了——有多少人死了，有多少人被毒瘾吞噬了，有多少人正服着比他熬过的那个要长得多的刑期。而他之后的那一代人呢？迪安德尔承认自己吓到了。

"我们后面的这些孩子们，"他说着那种年长的人们一度抛给他的陈词滥调，"他们毫不在意。他们完全脱缰了，我发誓。"

从迪安德尔口中说出这话，就意味着他自己同辈之间的摩擦已经足够剧烈了。当然，博和丁基早就死了，是在《街角》这本书记叙的这段时间里被射杀的。"硬汉"在毒瘾中挣扎，流落到了富尔顿街的街角上，没有一丝未来可言。R.C. 跟着妈妈搬去了新泽西州的瓦恩兰（Vineland），在脱离他的西巴尔的摩模式后，有那么一段时间似乎表现更好了。但他妈妈在几年后去世，R.C. 再度开始同毒瘾和抑郁二者斗争。而泰，这帮人里年轻的领导人，差那么一点儿就从高中毕业了。当时他把自己的数学课本随身带着四处走，告诉所有问起的人说自己只需要过了这最后一门课就行。泰全身心地投向了街角，很快就背上了一起枪击指控，收到了八年的刑期。实际上，他今年已经获释了，在写本文的时候，他正努力遵守着自己的保释条款。

按那个标准，迪安德尔自己不比大部分人做得更糟，甚至比很多人都好。在同自己的主管闹翻之前，他在一个团体之家的辅导员工作岗位上坚持了惊人的十八个月。他在《火线》中的临时演员身份也不错，一部分魅力得以在剧中的几幕戏里展示了出来。有那么一段时间，他还打理着某个表亲刚起步的说唱生涯。

迪安德尔拒绝像他的那么多朋友一样放弃或者堕落。但他似乎也无法完全相信自己能拥有一个未来，没有自己必须要为那个未来行动的想法。他闲逛着靠近了自己的三十岁生日。三年前，一起关键事件发生，它如此意外，是我们的项目在博伊德家族中所造成的最重要干预的结果。

回到 1994 年，当我们完成了自己对街角那一年的记述之后，埃德还一直同之前的一个线人保持联系，后者是七年前他经手的一桩涉及监听的大案中的线人。

唐尼·安德鲁斯专事打劫，是巴尔的摩专门打劫毒贩这一了不起行业中的幸存者。后来，安德鲁斯被一个暴虐的毒贩雇佣，并以意想不到的方式卷入了一起雇佣杀人案件。在这样的暴力中感到愧疚和愤怒的困扰，安德鲁斯向埃德坦白，并佩戴了一个监听设备去监听那个雇他出手杀人的男人。尽管积极配合，安德鲁斯还是被判在联邦监狱里长期服刑，但他依然决心要改变。他修了关于社会工作的大学课程，开始辅导和指导其他狱友。他在监狱系统里赚到的钱都捐给了慈善机构。最重要的是，安德鲁斯努力保持了自己同埃德·伯恩斯及其他合作过的检察官、警探和联办工作人员的友谊。

当芙兰还在为保持清醒而挣扎之际，还在试图让自己的孩子们避免走上同一条让她浪费了如此多年的道路之际，埃德冲动之下告诉芙兰有这么一个人，她也许愿意同他聊聊。之后，在她同意之后，他把芙兰的电话给了安德鲁斯。

这段基于长途电话的关系开始在这名挣扎中的母亲和改造中的在押匪徒之间生发。甚至当芙兰处在最糟糕状态的时候，在追逐毒品的时候，她也会想方设法确保每天四点整待在家里，因为此刻是安德鲁斯可能打来电话的时候。

他成了她的咨询师、她的知己、她毫不动摇的支持者。渐渐地，哪怕从未见过，这两人坠入了爱河。唐尼让芙兰变得坚强，而芙兰则让唐尼保持了耐心，哪怕我们在保释听证上经历了一系列的失望。后来，芙兰上了唐尼的访客名单，有大卫作为向导，她生平第一次勇敢地登上了一架飞机，飞过了半个美国。而在监狱的会客室里，他们只不过确定了很多早已熟知的东西。

唐尼服了十七年多的刑期，终于在 2005 年获释。他立即成了一家之主。这对情侣在两年后成婚，仪式里散发着至死不渝的气息。

尽管迪安德尔时不时地接受了安德鲁斯作为长期导师和咨询师的想法，他妈妈房子里的变化还是迫使这个年轻一点的男人去评估和衡量。就在年满三十之际——这是当年他还在费耶特街上时不断预言自己活不到的年纪——迪安德尔得出了结论，说自己已经太过年长而无法依靠别人的善意来过活了，说自己需要对自己的未来有所把控。

这是艰难的一课，但迪安德尔有史以来似乎第一次做好了准备。去年，他回去工作了，压抑了频繁同主管们交恶的冲动。他还同泰瑞卡成功复合了，两人再一次住到了一起，并为此感到幸福。他参加并通过了高中同等学力证书的考试。最值得一提的是，在写本文的时候，迪安德尔·麦卡洛被录取进了巴尔的摩市社区大学的护理项目。

"我已经年满三十，还一事无成，"他坦诚道，"那不是能轻松说给自己听的事，但我意识到自己不得不做点困难的事儿，要是还想要为自己争取点什么的话。"

在当年记述的结尾，我们宣布迪安德尔·麦卡洛作为一名毒贩和吸毒成瘾者，还活着。如果非要说什么，那一句总结暗示了我们预期死亡或者入狱会在任何一刻来临。但尚在继续的生命里，没什么结局是写定的，而迪安德尔——连同芙兰和唐尼一起——证明了菲茨杰拉德对美国生活的评价，那是一种放肆而夸张的生活。

有时候会有第二幕，还会有第三幕。

当然，对艾拉·汤普森来说并非如此。她依然被富兰克林广场社区怀念着。在那里，她的娱乐中心再也不是那个她曾经创造的庇护港湾了。

1998年，在本书出版后一年，她被《巴尔的摩》杂志评为"年度巴尔的摩人"。同年晚些时候，在驾车把捐赠来的电脑设备送往一处西区娱乐中心的途中，她遭遇了一场严重的突发中风。她的英年早逝在那个社区以及她的孩子和孙辈中留下了一个空洞，但她所有的后辈都已经过上了自己那富于创造力的生活。

她有一个难以被忘怀的、慈悲的罕见灵魂。自从《街角》出版以来，作者把自己的演讲报酬捐给了以艾拉·汤普森命名的基金会。该基金会致力于为市区孩子们提供娱乐项目。艾拉·汤普森基金会受巴尔的摩公园和人民基金会管理，是一个可抵税的项目，其功能直接回应了费耶特街一类地方的孩子们的需求。受这段描述感染的读者们可以考虑在网上搜索这个基金会，并各尽所能。

而至于麦卡洛一家，他们对这本书的出版反应复杂，感觉这本书直接地描述了加里的毒瘾和悲剧，并不是一次对他们家庭各个方面怀有同情或者小心的记录。作者不同意这点，但我们同威廉·麦卡洛和萝伯塔女士——二者我们都非常尊敬——的关系依然被这本书间离了。

萝伯塔女士在数年后去世，威廉·麦卡洛继续开了一段时间的出租车。他依然同自己的儿子住在费耶特街上。我们祝福他和他的家人一切都好，并希望在未来某刻，他们会感受到我们的描述是经过努力的，我们带着小心和敬意对待了书中的角色。

布鲁的房子作为吸毒点又存了几年，尽管布鲁本人已经不是其中的一分子了。乔治·尔普斯已经超过十五年没有吸毒了，他的工作是西区的一名戒毒辅导员。他还幸福地步入了婚姻，并在巴尔的摩西南部拥有了一栋房子，在任何场景之下都能让在场的人感到真正的愉悦。他是唯一逃脱的人：丽塔跟着"肥仔"科特和"包子"去世了；之后，最后一个活着的人，丹尼斯，科特的兄弟，也走了。新的面孔替换了他们，但不是在同样的街角上了。

在本书 1997 年出版后，市政府在费耶特街和富尔顿街街角修建了一个警察局，毒品市场因此迁徙到佩森街和霍林斯街，还有巴尔的摩街和吉尔莫街上，移动了几个街区。新的团伙贩售着新货，新的瘾君子们排队领取着用不同颜色和花纹装饰的样品袋。某个时候，有过这么一场选举。一名年轻的议员觉察到了一个机会，在门罗街和费耶特街的街角上，面对电视台摄像机镜头举起来一本《街角》，宣布要是自己能当选，他会夺回这些毒品街角，让城市恢复安全。他会以打毒品战争应有的方式来打这场仗。

这名野心勃勃的议员被告知，他拿着的那本书实际上是一本反对禁毒的书，说它描绘的是日渐严苛的法律体系并无法缓和人类的脆弱和绝望。这是反对经济上的忽视、反对系统性种族歧视的一本书，是反对失败的教育系统和将美国城市居民边缘化的著作。

那名议员承认自己并没有真正读过这本书，但他无论如何都是该来干这个工作的人。实际上，他两次当选了巴尔的摩市市长，如今是马里兰州的州长。他当时的副警监们也已经当上了副警督，当时的副警督如今都是警督和局长了。

当然，街角依然存在。这就是我们所建立并为其付出过代价的美国，也是我们所有人应得的美国。也许我们可以为某些更多、更好的东西付出代价，但无法在没有一开始就诚实承认问题本身的深度和复杂程度之前达成。

一直要到那时候，我们才能有理有据地说，对于每一个个体，没有结局是注定的，希望亦是不断延续的。但街角本身，已无法改变。

大卫·西蒙、爱德华·伯恩斯
马里兰州巴尔的摩
2009 年 1 月

译后记

交稿很久了。某天，在和责编范范随口聊了两句封面图片的风格后，我突发奇想，在网上用英文搜了一下"街角""巴尔的摩"。

鼠标刚滑动了一下，一条新闻就映入眼帘："迪安德尔·麦卡洛，《街角》中的毒贩，死于 35 岁。"

我"啊"出了声来。

新闻刊发的时间是十年前的 2012 年 8 月 9 日，而在那时的三个月前，我刚刚读过了自己人生中第一本"译文纪实"——《寻路中国》。到了这次死亡的十年后，正是我集中翻译《街角》的那段时间。没记错的话，当时书中各个角色的下场已经初现端倪，我每天蹒跚在每一条飘向结局的小道上，随着加里、芙兰、迪安德尔以及街角上的每个角色一起，朝着清晰却又混沌的尾声走去。

当时四川遭遇了极端高温天气，我蜷缩在电脑前，对真实世界的焦灼感知甚少，而是浸入到了 1993 年的西巴尔的摩；再具体一点，浸入到了费耶特街和门罗街上，体会到的是彼时美国南方城市内城街角上的夏日灼人高温。我和书中的角色一起，期望着秋日来临的第一丝凉风，以及一个又一个尘埃落定的结局。

我是多么喜欢和害怕这本书啊。

我喜欢每天早上坐到电脑前，用手指一个字一个字地敲出意料之外却又情理之中的发展，隔着安全的、不可跨越的时间和空间，以比追剧观影深入百倍的体验俯瞰着街角的那些人生，被这种粗厉的现实冲击。但我也害怕这本书，或者说我害怕看到自己倾注了感情的角色，最终被毒品吞噬殆尽，或者以任何意外的方式，被街角不可避免地抹去，留不下一丝痕迹。好的作品，应该兼具让人喜欢和害怕的面相。

　　作者大卫·西蒙和爱德华·伯恩斯在后记里也表达了非一般的强烈情绪，他们甚至对自己的职业操守提出了疑问：身为记者，深入故事的限度在哪里？街角和街角上的人们以自己的方式给出了答案：每一个深入过街角的人，都无法全身而退。大卫·西蒙和爱德华·伯恩斯在街角观察众人，他们也因此交出了自己的一部分，联结起了两个世界，并因为在情感上的投入，他们甘愿和街角产生久远的联系。他们像是候鸟一样抵达，想着总会离开，最后变成了风筝，一根若有若无的线把他们和街角牵了起来。读到这里的读者朋友们，应该已经获知两名作者和书中某些角色的联结，不知道你们做何感想。而作为这本书最认真的读者之一——译者，我深切地理解了他们所做的一切。你无法在面对他们所见的一切时，保持住绝对的理性，即使阅读本书中文版的我们，与这一切隔着绝对安全的时间和空间。

　　所以在翻译到芙兰最终摆脱街角的引力，日复一日地用新生活填满曾被毒品侵蚀得千疮百孔的灵魂时，我为她感到由衷的高兴；也在翻到加里倒在了一次荒唐的吸毒过量中后，如同亲自跌入深渊，连呼喊都无处发声。同样，《街角》正文的最后一句，"今天，迪安德尔·麦卡洛，一个吸毒成瘾者和一个无足轻重的小毒贩，还活着"，是一个足以让人掩卷长叹的结局。它不够完美，也并非没有希望，它就这么侥幸地发生了。在某些地方，正文中迪安德尔的结局，居然有点像是《红楼梦》里的那一句：白茫茫一片大地真干净，不是完全的虚无，也没有必然的意义。

因此，开头的那条新闻，让我惊悲出声。迪安德尔去世的时候 35 岁，比 1993 年的他预计自己能活的寿命，足足长了两倍。街角的孩子们，不认为自己能活到成年，很多人确实也验证了这个预测，把生命荒掷在了街角。而迪安德尔带着天生的狡黠，母亲芙兰自己摆脱深渊而造成的全新引力，以及意外之中的运气，使他有一只脚跨到了街角之外，也窥见了街角厚障壁之外的世界一角。我读到作者们在后记里所写的迪安德尔在街角之外所拥有的少量生活时，感到了欣慰，好像看到自己的朋友摆脱了困境，往光明中迈出了一步。然而，光明还是彻底熄灭了。

　　作者西蒙其实一直在对迪安德尔施以援手。《街角》改编的迷你剧最后一集里，迪安德尔饰演了一名警察，逮捕了剧中的迪安德尔。随后他也在西蒙主创的《火线》及其他剧集里有过工作，直到毒瘾再次把他拉回深渊。在那篇报道里，没有说明迪安德尔的死因，但如果我们能看见警方的验尸报告，应该不难从死亡原因的字里行间读出两个字：街角。

　　《街角》的时间跨度仅仅一年，1993 年的冬春夏秋。《街角》的副标题表明这是对内城社区的描写，其实勉强，不过是西巴尔的摩寥寥数条街道及其交错而出的街角而已。但从 1997 年出版开始，它早已经超出了那一年，那几个街角。1993 年的费耶特街和门罗街，是之前半个多世纪结出的果子，是加里的父亲从南方土地上逃离、北上后打造的美国梦，也是麦卡洛一家人所亲历的，美国梦在巴尔的摩内城中的渐次破灭；并且，这样的街角故事也在很多美国城市上演。1993 年之后的费耶特街和门罗街，也以不同的面相把街角播撒到了更多的地方，成了同属"译文纪实"的《美国小城镇的死与生》中讨论的问题，或者最近几年里攫住全世界目光的阿片类药物滥用问题。如果把目光放远拉长，甚至可以窥见一股股在全球涌动的乱流，从中东到中南美洲，从亚洲到欧洲，都和西巴尔的摩费耶特街上的街角有着草蛇灰线的关联。好的作品，应该有这样的能力和洞察，《街角》做到了。我有幸作为翻译，能成为串联起一切的小小节点，感到震撼和感激。同时也因为对文本的深入阅读，对街角的故事会如何蔓延，有着深切的恐惧。

也许我们是幸运的，不会直面最残酷的事实；但稍微把天线的敏感度调高一点，多半会意识到，我们没有距离太远：蝴蝶的翅膀扇动一下都有风暴，那风暴本身就已经肆虐了多少年呢？

而调谐敏感度的最好、最安全方式，除了阅读，不作他想。这也是我在翻译《街角》过程中不断意识到的一点。如何建立对世界的敏感，如何同未知的世界、世界的未知产生联系，翻译是我的答案。而当下捧着《街角》，为其中角色的跌宕感叹的你，我希望，也能有自己的答案。

最后，感谢上海译文出版社对我的信任，尤其感谢责编范范和营销编辑王琢，有她们在，我可以全心地投入翻译中去。相信《街角》会经由她们，以完美的样子，抵达更多的读者。

感谢好友何雨珈，她在翻译中给了我极大的鼓励和支持。每当遭遇荒谬无助的现实时，因为她的存在，让我觉得世界并没有太糟糕。

感谢我的父母和姐姐，他们对我的包容和爱，让我可以自由地选择生活的路径。啊，还有姨妈一家，用源源不断的美食，保证了一个自由职业者的生活质量！

李昊
2023 年春于成都

街角　771

图字：09 - 2022 - 0661 号

图书在版编目(**CIP**)数据

街角 / (美) 大卫·西蒙(David Simon)，(美) 爱德华·伯恩斯(Edward Burns)著；李昊译. —上海：上海译文出版社，2023.6

(译文纪实)

书名原文：The Corner

ISBN 978 - 7 - 5327 - 9253 - 5

Ⅰ.①街… Ⅱ.①大… ②爱… ③李… Ⅲ.①纪实文学—美国—现代 Ⅳ.①I712.55

中国国家版本馆 CIP 数据核字(2023)第 091845 号

街角——一个内城社区的一年

[美] 大卫·西蒙 爱德华·伯恩斯 著 李昊 译

责任编辑/范炜炜 装帧设计/邵旻 观止堂_未氓

上海译文出版社有限公司出版、发行

网址：www. yiwen. com. cn

201101 上海市闵行区号景路 159 弄 B 座

山东韵杰文化科技有限公司印刷

开本 890×1240 1/32 印张 24.5 插页 2 字数 499,000

2023 年 7 月第 1 版 2023 年 7 月第 1 次印刷

印数：00,001—10,000 册

ISBN 978 - 7 - 5327 - 9253 - 5/I·5762

定价：108.00 元